H.E.L.P.

Entwurzelt

Jessica Westin

ISBN:
9781720066767

„Es ist schön, dich zu spüren", flüsterte er in Rejynas Ohr. „In den letzten Monaten gab es eine ganze Reihe an Nächten, in denen ich wachgelegen und mir vorgestellt habe, dich im Arm zu halten."

Sie sah zu ihm auf. Dabei glänzten ihre Augen herausfordernd. „Du hast mich nur im Arm gehalten?"

„Nein, nicht nur", gab Parker zu.

Rejyna schluckte. „Wovon hast du noch geträumt?"

KAPITEL 1

Ein leises Klopfen gegen den Türrahmen ließ Parker aufsehen. Sofort hellte sich seine Stimmung auf, als er die attraktive FBI-Agentin in der Tür stehen sah.

„Rejyna!“, rief er überrascht aus, während er sich erhob.

„Störe ich?“, fragte sie unsicher.

„Überhaupt nicht. Komm rein.“ Wie immer, wenn er Rejyna Seymour erblickte, schlug Parkers Herz auch dieses Mal schneller. Statt einfach weiterhin zwischen den beiden Lungenflügeln unauffällig seine Arbeit zu verrichten, drängte es sich in den Vordergrund und ließ ihn jeden einzelnen Schlag bewusst wahrnehmen. „Haben wir einen neuen Fall?“

Gemeinsam mit Hunter, Emily und Lucas hatte Parker das innovative H.E.L.P.-Programm entwickelt, das es ermöglichte, einmal erstellte psychologische Täterprofile mit realen Personen im Internet abzugleichen und damit die Identifizierung von Serienmördern zu beschleunigen. Als sie das Verfahren dem FBI zum ersten Mal vorgestellt hatten, waren viele Leute äußerst skeptisch gewesen. Glücklicherweise hatte ihnen ein alter Kontakt in das New Yorker Büro die Chance gegeben, sich zu beweisen und nachdem ein berüchtigter Killer innerhalb weniger Tage durch die Hilfe von H.E.L.P. gefasst worden war, hatte das Quartett seinen zweiten Auftrag in ihrer Heimatstadt Boston erhalten.

Die erfolgreiche Aufklärung hatte zu einem Kooperationsvertrag mit der Bundesbehörde geführt und seither konnte jedes FBI-Büro in den Staaten H.E.L.P. zur Unterstützung anfordern. Gemeinsam mit den beiden Bostoner FBI-Agenten Blake McGrey und Rejyna Seymour nahmen Parker, Hunter, Lucas und Emily dann die Ermittlungen auf.

In den vergangenen sechs Monaten hatten sie bereits fünf Serienverbrecher hinter Gitter bringen können. Eine solche Bilanz konnte sich durchaus sehen lassen, zumal sie in der Zwischenzeit auch noch einige vermisste Personen aufgespürt hatten. Insbesondere ausgerissene Jugendliche ließen sich mit dem von ihnen entwickelten Verfahren sehr schnell auffinden, da diese Gesellschaftsgruppe durch ihre hohe Aktivität im Netz und auf diversen Social-Media-Plattformen leicht zu psychografieren war.

Wenn das FBI uns weiterhin so gut bucht, werden wir jemanden für die Vermisstenfälle einstellen müssen, dachte Parker, während er Rejyna zu der kleinen Sitzecke in seinem Büro führte. Mit den vier Sesseln und dem niedrigen Tisch war es dort gemütlicher als an seinem großen schweren Schreibtisch.

„Wir sind nicht ganz sicher“, beantwortete Rejyna Parkers Frage. „Eine Gruppe von fünf Schülern ist letzte Woche buchstäblich über eine Leiche im Wald gestolpert. Während eines Klassenausflugs hat der Lehrer in Kleingruppen eine GPS-Schnitzeljagd durchgeführt. An einem Punkt sind besagte Jungen falsch abgebogen und dadurch vom Weg abgekommen. Mitten im Wald ist einer von ihnen über eine Wurzel gefallen und hat sich gewundert, dass der Boden unter dem Laub derart uneben ist. Neugierig, wie Kinder mit dreizehn und vierzehn Jahren nun einmal sind, haben sie die Blätter mit ihren Händen beiseite geschoben und haben darunter die sterblichen Überreste einer ein-Jahr-alten Leiche gefunden.“ Rejynas Gesicht nahm einen mitfühlenden Ausdruck an.

„Ich nehme an, das Bild werden diese Jugendlichen so schnell nicht vergessen“, folgerte Parker warmherzig.

„Bestimmt nicht. Der Mann war wirklich kein schöner Anblick mehr“, seufzte Rejyna und presste für einen Moment die Lippen aufeinander.

Es war eine typische Geste für Rejyna, wenn sie dem Tod gegenüberstand, wie Parker mittlerweile wusste. Er hatte schon sehr früh in ihrer Zusammenarbeit festgestellt, dass jeder Tod der jungen Agentin zu Herzen ging und sie zutiefst bedauerte, dass sie ein weiteres Gewaltverbrechen nicht hatte verhindern können. Parkers Finger zuckten. Mitfühlend und ermutigend wollten sie sich auf Rejynas Hand legen, doch das wäre in höchstem Maße unprofessionell gewesen. Daher legte er sie auf die Lehnen seines Sessels, schlug die Beine übereinander und führte sie anschließend in seinen Schoß zurück.

„Es war also eine männliche Leiche“, stellte er fest, um Rejyna von dem Bild in ihrem Kopf zu befreien und sie damit gleichzeitig zum Weiterreden aufzufordern.

„Ja. Sein Name war Samuel Crawford, zweiundachtzig Jahre. Er lebte auf der Demenzstation eines Seniorenwohnheims und wurde seit zwölf Monaten vermisst.“ Rejyna reichte Parker ein Foto, das einen dünnen, durchschnittlich großen weißen Mann mit schütterem Haar zeigte. „Sam liebte Spaziergänge im Garten und als er eines Abends nicht zum Abendessen erschien, nahmen die Pflegekräfte an, dass er am Nachmittag vielleicht in den gegenüberliegenden Park gegangen war. Die Bewohner dürfen den hauseigenen Garten eigentlich nicht ohne Begleitung verlassen, aber Sam hatte sich wohl schon einige Male vorher vom Gelände gestohlen.“

„Sam ist jedoch nicht in dem Park gewesen“, folgerte Parker.

„Nein. Die Pflegeleitung hat ihn daraufhin als vermisst gemeldet, denn der Mann konnte sich in einer ihm ungewohnten Umgebung nicht mehr orientieren, aber bis letzte Woche blieb er verschwunden.“

Parker legte das Foto auf den Tisch. „Ich nehme an, Sam ist keines natürlichen Todes gestorben.“

„Er wurde erstochen“, informierte ihn Rejyna und schluckte angestrengt. „Der Gerichtsmediziner hat Spuren von mehreren unterschiedlich starken Stichwunden gefunden. Auf Grund des fortgeschrittenen Verwesungszustands lässt sich die genaue Anzahl leider nicht bestimmen, aber es sind auf jeden Fall mehr als zehn.“

Parker hob erstaunt eine Augenbraue. „Da waren eine Menge Emotionen im Spiel.“

„Das habe ich mir auch gedacht und ich habe mich gefragt, was Samuel Crawford in seinem Leben getan haben muss, um so brutal umgebracht zu werden. Ich meine, der Mann war zweiundachtzig Jahre alt und konnte sich an so gut wie nichts aus seiner Vergangenheit mehr erinnern.“

Parker nickte bedächtig. So weit konnte er folgen. Er verstand allerdings noch nicht, wie er Rejyna helfen sollte, diese Frage zu beantworten. H.E.L.P. war kein Programm, um einen Einzeltäter aufzuspüren. Zwar hatten sowohl er als auch Lucas, Hunter und Emily ein Psychologiestudium hinter sich und sie alle waren, trotzdem sie unterschiedliche Schwerpunkte gewählt hatten, Profis der Mimikanalyse, die sie anhand von Mikroausdrücken sehr schnell feststellen ließ, ob jemand log oder nicht, aber das war nicht das Ziel von H.E.L.P. Ihre Psychografiemethode mochte ganz bestimmt bei kriminalistischen Ermittlungen hilfreich sein, aber Parker, Lucas, Hunter und Emily waren sich von Anfang an darin einig gewesen, dass sie sich auf Serienverbrechen konzentrieren würden. Parker wusste jedoch auch, dass er Rejyna keine Bitte würde abschlagen können. Wenn sie ihn um seine Hilfe bat, würde er ihr helfen.

„Wie genau denkst du, dass H.E.L.P. dich dabei unterstützen kann, das herauszufinden?“, erkundigte er sich vorsichtig.

Sie zögerte kurz. „Wie ich eingangs schon sagte, ich bin nicht sicher, ob es ein Fall für H.E.L.P. ist. Ich habe in den letzten Tagen allerdings ein wenig recherchiert und mir andere Vermisstenmeldungen angesehen.“

„Und es sind mehr Männer in Samuel Crawfords Alter oder mit seinem Krankheitsbild in Boston und Umgebung aufgetaucht?“, hakte Parker nach, als Rejyna schwieg.

Sie senkte ihren Blick. „Nicht in Boston.“

„Aber?“ Parkers Stimme klang nach wie vor ruhig, doch sein Blick hatte sich intuitiv geschärft.

„Ich habe die Suche bundesweit ausgedehnt, auf die die Beschreibung, männlich, in einem Seniorenheim lebend und dement, zutrifft“, gestand Rejyna.

Parker atmete unauffällig aus, bevor er sich vergewisserte, dass er diesen Punkt richtig verstanden hatte. „Du hast in den gesamten USA gesucht?“

„Ich weiß, dass das ein ziemlich großes Gebiet ist.“

„In der Tat“, bestätigte Parker. „Weißt du, wie viele ältere Menschen sich beim Spazierengehen verlaufen? Insbesondere Alzheimerpatienten. Bereits in den frühen Phasen der Krankheit verlieren sie zeitweise die Orientierung und vergessen ihre Adresse.“

„Die meisten von ihnen werden jedoch innerhalb einiger Stunden mehr oder weniger wohlbehalten wieder aufgefunden“, hielt Rejyna dagegen und klang dabei wieder selbstsicherer. Sie wusste, wenn sie Parker überzeugen wollte, sich die Sache anzusehen, dann musste sie ihm mehr geben, vor allem musste sie ihm zeigen, wie wichtig es ihr war. „Hör zu, Parker, ich weiß, dass das Ganze ziemlich weit hergeholt ist, aber mein Bauchgefühl sagt mir, dass hier mehr dahintersteckt.“

Parker spürte, dass der Tod dieses Mannes Rejyna aus irgendeinem Grund persönlicher berührte als andere, noch bevor er ihre nächsten Worte hörte.

„Niemand sollte auf eine solch grausame Weise sterben“,

flüsterte sie.

„Nein, das sollte er nicht“, gab Parker ihr recht und entschied, der Agentin zunächst zuzuhören. „Was hast du herausgefunden?“

Rejynas dunkle Augen begannen energiegeladen zu funkeln und sie richtete ihre Schultern wieder auf. Dabei drehte sie ihm ihren Körper offen zu. „In den Staaten gibt es eine Reihe von offenen Vermisstenmeldungen, aber es gibt in den letzten fünf Jahren jeweils mindestens eine mit den eben genannten passenden Eigenschaften: All diese Männer hatten Alzheimer, haben in einem Seniorenheim gelebt und sind im April verschwunden. Alle diese Meldungen konzentrieren sich übrigens auf den Nordosten des Landes, was zugegebenermaßen immer noch ein riesiges Gebiet ist.“

„Willst du damit sagen, dass es keine analogen Vermisstenmeldungen in den anderen Monaten gab?“, fragte Parker ungläubig.

„Doch, natürlich gab es die, aber das Interessante an der Sache kommt erst noch. Anfangs hatte ich bei der Suche im Computer aus Versehen den Filter nicht richtig eingestellt, und so hat mir das Programm auch alle weiblichen vermissten Personen angezeigt. Interessanterweise folgt auf fünf dieser Fälle nach ein bis drei Tagen eine zweite Vermisstenanzeige.“

Parker runzelte die Stirn. „Sagtest du nicht zu Beginn, dass es keine weiteren Vermissten wie Samuel Crawford in Boston gibt? Es dürfte schwer sein, die Unterbrechung eines Musters zu argumentieren, wenn die Basis ohnehin schon sehr dünn ist.“

„Das Muster wurde nicht durchbrochen“, klärte ihn Rejyna auf. „Bei der zweiten vermissten Person handelt es sich immer um eine Frau im Alter zwischen achtundvierzig und dreiundfünfzig Jahren. Sie waren allesamt Karrierefrauen mit einer hohen Position in einem guten Unternehmen oder sie waren selbstständig. Sie alle haben erst relativ spät eine Familie gegründet.“

Rejyna legte fünf Bilder nebeneinander auf den Tisch. „Das sind Rebecca Hudson, Margaret Jones, Catherine Tenner, Francis Darnell und Lana Walder. Sie alle verschwanden im gleichen Monat in der gleichen Stadt in der kurz zuvor ein Alzheimerpatient vermisst gemeldet wurde.“

Verdutzt starrte Parker auf die fünf Fotos vor ihm. Es war unverkennbar, dass ihr Äußeres einem Frauentyp entsprach. Sie alle waren schlank, hatten kurzgeschnittenes blondes Haar und blaue

Augen. Jede von ihnen trug ein Business-Kostüm und strahlte eine Form von Selbstbewusstsein aus, die nur geschäftlicher Erfolg verlieh. Interessiert nahm er eines der Bilder in die Hand, um es genauer zu betrachten. Seine Neugier war auf einmal geweckt.

Oberhalb jeden Frauenfotos legte Rejyna das Bild eines männlichen Greises. Darüber legte sie einen Zettel, auf dem der Namen der Stadt mit den beiden Zeitpunkten der Vermisstenmeldung stand. Dann deutete sie auf das zweite Bild von links.

„Dies ist Eric Dubovsky. Er ist vor vier Jahren aus Buffalo in New York verschwunden. Man hat ihn zehn Tage später erstochen in einem kleinen Waldgebiet gefunden. Margaret wird noch immer vermisst."

„Hat man eine der anderen Frauen bis heute gefunden?"

„Ja, Francis Darnells Leichnam ist drei Wochen nach ihrem Verschwinden an Bord einer kleinen Yacht in Kalamazoo entdeckt worden. Die Stadt liegt am östlichen Ufer des Michigansees." Rejyna zeigte auf das Foto von vor zwei Jahren. „Ihr Körper wies eine Reihe an Stichwunden auf."

„Die fünf Orte verteilen sich über fünf Bundesstaaten: Pennsylvania, New York, Ohio, Michigan und Massachusetts", murmelte Parker. „Es könnte alles Zufall sein."

Rejyna lehnte sich in ihrem Sessel zurück. „Ich weiß."

„Was sagt Blake zu der Sache?", erkundigte sich Parker, denn er wusste, dass Blake McGrey der seniore Partner in dem Team der beiden FBI-Agenten war.

„Es könnte alles Zufall sein", gab sie Blakes Worte, die die gleichen wie Parkers vor wenigen Sekunden gewesen waren, mit einem traurigen Lächeln wieder. „Allerdings sagte er auch, dass mehr dahinterstecken kann und er fand es eine gute Idee, eure professionelle Einschätzung dazu einzuholen. Wenn wir wollen, dass Chief Hanson uns eine Freigabe für den Fall erteilt, brauchen wir mehr als nur mein Bauchgefühl."

Wohl wahr, dachte Parker. Er erinnerte sich nur allzu gut daran, wie der Mann anfangs versucht hatte, Hunter, Emily, Lucas und ihn als Spinner abzutun. Wenn es nach Hanson gegangen wäre, hätte das H.E.L.P.-Team niemals eine Chance erhalten, sich zu beweisen. Glücklicherweise war FBI-Direktorin Alice Garner neuen Methoden gegenüber aufgeschlossener gewesen. Im Laufe der letzten Monate hatte sich Hansons Verhalten gegenüber den

Psychologen zwar gebessert, aber Freunde würden sie dennoch niemals werden.

Parker warf einen Blick auf Rejyna und erkannte, dass sie noch immer auf das Ergebnis seiner Entscheidung wartete. Ihre Unsicherheit war zurück und er fragte sich, ob sie tatsächlich allen Ernstes damit rechnete, dass er ihre Bitte ablehnen würde.

Ermutigend lächelte er sie an. „Dann machen wir uns wohl besser an die Arbeit. Schließlich ist morgen der erste April und wenn du recht hast und hier tatsächlich ein Serienmörder unterwegs ist, sollten wir verhindern, dass es in diesem Jahr zwei weitere Opfer gibt."

Erleichtert atmete Rejyna aus und strahlte. „Danke, Parker!"

„Keine Ursache", entgegnete Parker und schluckte. Rejyna Seymour war die faszinierendste Frau, die er je gesehen hatte. Ihre Eltern stammten ursprünglich aus dem Iran und auch wenn Rejyna selbst in Amerika geboren war, wies ihre Anatomie die typisch eleganten persischen Merkmale auf. Ihr Körperbau war schmal mit langen Beinen, Armen und Fingern. Auch ihr Gesicht hatte eine leicht längliche Form mit einem runden Kinn. Die Oberlippe verlief herzförmig und war ein wenig schmaler als die Unterlippe. Zusammen ergaben sie den für ihn sinnlichsten Mund schlechthin, vor allem wenn sie diesen zarten, fast farblosen Lipgloss trug. Das Interessanteste waren jedoch Rejynas schwarze mandelförmige Augen, die von langen dichten Wimpern umrahmt waren und deren volle Augenbrauen in einem perfekten, schwungvollen Bogen verliefen. Sie waren ebenso dunkel wie ihr dickes Haar, das ihr in leichten Wellen bis zur Taille reichte, wenn sie es offen ließ. Allerdings hielt sie es im Dienst meistens in einem tiefgebundenen Pferdeschwanz zusammen.

Was definitiv gut ist, entschied Parker, denn er erinnerte sich nur allzu gut daran, wie samtig weich es sich anfühlte und die Verlockung, seine Finger darin zu verlieren war alles andere als gering. Gleich während ihres ersten Falls war Rejyna vor dem H.E.L.P.-Bürogebäude angeschossen worden. Verzweifelt hatte Parker versucht, die Blutung zu stoppen, doch im Grunde hatte er nicht viel mehr tun können als Rejynas Hand zu halten, ihr die Haare aus dem Gesicht zu streichen und sie zu beruhigen, bis der Notarzt eingetroffen war.

Sie hatte Glück gehabt. Und Parker sollte sie aus seinen Fantasien verbannen. Rejyna Seymour war keine Frau für ihn. Mit ihrer anmutigen Eleganz verkörperte sie das Gute, wohingegen er das absolute Böse in sich beherbergte.

Wie so häufig in letzter Zeit, wenn die Vergangenheit ihn gedanklich einholte, spürte Parker das flaue Gefühl in seinem Magen, das sich innerhalb der nächsten Minute zu einer erbrechenden Übelkeit steigern würde, wenn es ihm nicht gelang, seine Gedanken unter Kontrolle zu bringen. Er hatte ungefähr dreißig Sekunden Zeit dafür oder er würde zur Toilette rasen müssen. Unauffällig blickte er auf seine Armbanduhr, deren Sekundenzeiger unaufhörlich tickte, während sich die erste Krampfwelle seines Magens auftürmte.

„Entschuldige mich einen Moment“, bat er und verschwand aus seinem Büro.

KAPITEL 2

Es war schon spät, als er nach Hause kam. Doch das Licht der kleinen Tiffanylampe, die auf dem Fensterbrett im Flur stand, brannte. Er hasste das kitschige bunte Muster des Lampenschirms, aber sie verkörperte Kleinbürgertum in reinster Form. Sie war perfekt für seine Zwecke. So wie auch der Gartenzwerg im Vorgarten.

Er schloss die Tür auf und sofort nahm seine Nase den Geruch von gebratenem Fleisch, Zwiebeln und Tomaten auf. Sie hatte Gulasch gekocht. Zum dritten Mal in dieser Woche. Er hätte es wissen müssen. Schließlich war es das Einzige, was Brittany kochen konnte. Er seufzte, während er seine Autoschlüssel auf der niedrigen Kommode ablegte.

Die Zeit ist definitiv reif für Veränderungen, entschied er. Brittany würde ihm fehlen. Sie war eine gefügige Schülerin gewesen. Allerdings musste er zugeben, dass er auch immer besser wurde. Im Laufe der Jahre hatte er bei der Auswahl der Frauen ein gutes Gespür entwickelt und er war sich sicher, dass die nächsten Monate mit Eileen mindestens ebenso gut laufen würden wie es mit Brittany im vergangenen Jahr der Fall gewesen war. Zumindest würde er kein Gulasch mehr essen müssen, und das alleine war schon einen Austausch wert. Er setzte sein strahlendstes Lächeln auf und betrat die Küche.

„Du hast dein Gulasch gemacht. Wie wunderbar“, freute er sich und schloss die junge Frau von hinten in die Arme.

„Nur für dich“, gab sie zurück.

„Du weißt, das ware nicht nötig gewesen“, flüsterte er, während er ihre schulterlangen braunen Haare zur Seite schob und ihren Hals küsste. Sofort spürte er, wie sie regierte. Brittany war so vorhersehbar. Langsam ließ er seine Hände an ihrem Oberkörper hinuntergleiten. „Hattest du einen schönen Tag?“, hauchte er in ihr Ohr.

„Wunderschön“, gab sie zurück und drehte sich in seinem Arm herum. Enthusiastisch funkelten ihre Augen ihn an. „Morgen gibt es Kaninchen.“

Mit hochgezogenen Augenbrauen ließ er seinen Blick durch die Küche wandern. Auf der Abstellfläche rechts neben dem Kühlschrank blieb er hängen. Mitten auf der Holzplatte lag ein vier Kilogramm schwerer Hase. Eines der großen Küchenmesser steckte senkrecht in dem Körper des Tieres.

Ja, Brittany hat ihr Enddatum erreicht, dachte er zufrieden. Langsam lenkte er seinen Blick zurück auf die Frau vor ihm.

„Ich kann es kaum erwarten“, verkündete er beflügelt. Dann küsste er sie. Morgen würde ein guter Tag werden.

KAPITEL 3

„Ist alles in Ordnung?", erkundigte sich Hunter mit einem kritischen Blick, als Parker aus dem Bad in den Büroflur trat.

„Bestens", erwiderte Parker.

Argwöhnisch warf Hunter einen Blick durch Parkers offenstehende Bürotür am Ende des Ganges. Erstaunt zog er eine Augenbraue in die Höhe. „Rejyna ist da?"

„Sie ist bei der Untersuchung eines Mordes auf einige kuriose Dinge gestoßen, die ihre Aufmerksamkeit erregt haben, und sie möchte wissen, ob es sich unserer Meinung nach um eine Serientat handeln könnte. Es ist noch kein offizieller Auftrag, aber ich werde einmal einen Blick in die Akten werfen."

„Gute Idee!" Hunter nickte bedächtig. „Hast du sie mittlerweile eigentlich einmal eingeladen?"

Unwillkürlich verdüsterte sich Parkers Miene. „Du kennst meine Einstellung dazu."

„Stimmt, aber ich verstehe sie nicht. Du hast keinen Grund ..."

„Lass es, Hunter!"

„Sag mir einfach, dass du Rejyna als Frau nicht attraktiv findest und du wirst nie wieder ein Wort von mir in dieser Angelegenheit hören."

Parker schwieg, aber er blickte seinen Freund, der wie ein Bruder für ihn war, verärgert an.

Ungerührt fuhr Hunter mit gedämpfter Stimme fort. „Lade sie ein, Parker!"

„Nein!"

„Warum gibst du ihr nicht die Chance und lässt sie selbst entscheiden, ob sie dich auch privat sehen möchte, oder nicht?"

„Weil es nichts zu entscheiden gibt. Sie hat in ihrem beruflichen Alltag genug Grauen um sich herum. Glaube mir, sie will keine weiteren Bilder in ihrem Kopf."

„Hast du sie gefragt?"

„Das brauche ich nicht."

„Ah, du kannst also Hellsehen", stellte Hunter provokant fest.

„Du kannst so ein Mistkerl sein.“

„Weil ich dich nicht in deiner selbstzerstörerischen Schwarzmalerei brutzeln lasse? Tja, Parker, das ist wirklich Pech für dich, denn das werde ich nicht zulassen. Seit du Rejyna kennst, übergibst du dich wieder fast so häufig wie zu der Zeit, als Will dich bei uns aufgenommen hat.“

Hunter registrierte, wie sich Parkers Pupillen weiteten. „Hast du gedacht, ich bekomme es nicht mit? Oder Lucas und Em würden es nicht bemerken? Dann lass dir gesagt sein, dass keiner von uns blind ist. Jeder von uns dreien beobachtet besorgt, wie du dich selbst immer tiefer von der Vergangenheit zurück in die Dunkelheit ziehen lässt, nur weil du dich aus irgendwelchen falschen Schuldgefühlen heraus quälst und deine Emotionen unterdrückst. So wie wir die Situation einschätzen, gibt es für dich genau zwei Möglichkeiten: Entweder du bekommst die Sache in den Griff, und das wird dir nur gelingen, wenn du deinen Gefühlen und Rejyna eine Chance gibst, oder du brauchst professionelle Hilfe. Externe Hilfe.“

Bitter lächelte Parker. „Du willst mich zu einem Psychologen schicken?“

„Wenn es sein muss, schleife ich dich eigenhändig in eine Praxis und stelle mich vor die Tür, um sicherzustellen, dass du den Termin wahrnimmst. Auch wenn ich es für komplette Zeitverschwendung halte, denn jeder Kollege wird dir das Gleiche sagen wie ich: Du musst die Vergangenheit loslassen.“

„Du kannst mich gerne haben, Hunter!“, stieß Parker wütend aus und schritt davon.

Seufzend trat Emily näher, die Parkers letzte Worte von der Tür ihres Büros aus mitbekommen hatte. „Liege ich richtig mit der Vermutung, dass du mit ihm gesprochen hast“, erkundigte sie sich, während ihr Blick Parker folgte.

Frustriert nickte Hunter.

„Denkst du, dass das zwischen Tür und Angel ein guter Zeitpunkt war?“

„Das war es ganz sicher nicht“, brummte Hunter verärgert. Er war wütend auf sich selbst. Wie hatte er nur die Nerven verlieren können?, fragte er sich, dabei kannte er die Ursache genau. Er hatte Parker zur Toilette hasten sehen und hatte gewusst, was seinen Freund dorthin trieb. Seit Wochen hatte er das krankhafte Verhalten stillschweigend beobachtet, doch heute hatte ihn die

Sorge um Parker zu einem unüberlegten Eingreifen getrieben. „Ich hätte nichts sagen dürfen, Em. Ich hätte warten müssen. Ich hätte ..." Verzweifelt fuhr sich Hunter durch die Haare.

Beruhigend legte ihm Emily die Hand auf die Schulter. „Ich glaube, wenn du ihn gerade nicht abgefangen hättest, hätte ich es getan."

Verdutzt blickte Hunter auf. „Wirklich?"

Sie nickte. „Wir können nicht mehr länger tatenlos zuschauen. Parker braucht unsere Hilfe und wenn es bedeutet, ihm unbequeme Dinge sagen zu müssen, dann ist das so. Vernünftigerweise wäre es ein anderer Ort und eine andere Zeit gewesen, aber ich verstehe, dass du dich nicht hast zurückhalten können. Er wird sich beruhigen."

„Ich hoffe es. Und ich hoffe, dass er zur Vernunft kommt", flüsterte Hunter.

Vor seiner Bürotür blieb Parker einen kurzen Moment stehen und atmete tief ein. Hunter hatte kein Recht, sich in sein Leben einzumischen. Es ging ihn verdammt noch mal nichts an. Es war seine Entscheidung. Hunter war schließlich nicht derjenige, der ...

Stopp!, befahl ihm eine innere Stimme. Hunter hatte seine eigenen Dämonen im Schrank. Sie mochten seinen nicht gleichen, aber sie waren weder besser noch schlimmer. In diesen Dingen gab es keinen Wettbewerb.

Parkers Blick fiel auf Rejynas Profil. Umsichtig heftete die junge FBI-Agentin ihre mitgebrachten Unterlagen an das große magnetische Whiteboard an seiner Wand und mit einem Mal überkam Parker eine innere Ruhe. Plötzlich wusste er auch, dass er gegenüber Hunter ungerecht gewesen war. Der Freund war seine Familie und damit hatte er jedes Recht, ihm alles zu sagen, was er für richtig hielt. In der Tiefe seines Herzens wusste Parker auch, dass Hunter die Wahrheit gesprochen hatte. Er befand sich in einer Abwärtsspirale, und er musste dringend etwas ändern, wenn er nicht wollte, dass ihn das Dunkle seiner Vergangenheit innerlich zerstörte.

Ich werde einige Entscheidungen treffen müssen, aber ich brauche ganz bestimmt keine psychologische Hilfe, entschied er.

Rejyna schien seinen Blick in ihrem Rücken zu spüren und drehte ihren Kopf zu ihm herum. Verhalten lächelte sie. „Ist alles in Ordnung?"

„Bestens“, log Parker zum zweiten Mal in fünf Minuten und trat neben sie. „Also, was haben wir?“ Konzentriert arbeiteten sie die vorhandenen Informationen durch und sahen nach zwei Stunden zum ersten Mal auf, als Blake, Rejynas Partner, das Büro betrat.

Erstaunt betrachtete dieser das scheinbare Chaos von Bildern, Akten und Notizblättern, die auf dem Tisch, den Sesseln und dem Boden lagen. „Wow! Ihr wart offenbar fleißig. Hat es sich gelohnt?“

Nervös rieb Rejyna die Hände an ihrer Jeans ab. Dabei sah sie fragend zu Parker hinüber. Sie würde ihm die erste Antwort überlassen, doch sie hoffte inständig, dass er ihre Einschätzung teilen würde, denn sie wusste, dass sie die Sache nicht auf sich beruhen lassen können würde. Sie war sich absolut sicher, dass all diese Vermisstenmeldungen auf irgendeine Art und Weise miteinander in Verbindung standen und sie würde das Mysterium dahinter enträtseln. Mit der Unterstützung ihres Partners und dem Team von H.E.L.P. würde es allerdings sehr viel einfacher werden.

Parker sah die Bewegung ihrer Hände so wie er auch die Anspannung ihrer Kiefermuskulatur und den erwartungsvollen Ausdruck ihres Blicks wahrnahm. Ohne Zweifel wollte Rejyna seine Zustimmung. Noch immer hatte er nicht verstanden, warum ihr dieser Fall so wichtig war, geschweige denn, wie sie darauf gestoßen war. Aber es waren Fragen, die er zunächst aufgeschoben hatte.

Er hatte bemerkt, dass ihr Blick immer eine Sekunde länger an dem Bild des vierten Mannes, Amir Ansary, hängengeblieben war, auch wenn ihr selbst dies wahrscheinlich nicht bewusst war. Diese ganze Geschichte enthielt definitiv einen persönlichen Faktor für Rejyna und für ein solches Gespräch wollte Parker besser vorbereitet sein. Zumindest sollte er selbst weitestgehend emotional ausgeglichen sein. Er bezweifelte, dass ihm dies in Rejynas Gegenwart jemals zu hundert Prozent gelingen würde, aber auf keinen Fall brauchte er die Aufgewühltheit, die er nach Hunters Konfrontation noch immer verspürte.

„Ich denke, Rejyna könnte hier tatsächlich auf etwas gestoßen sein“, beantwortete er Blakes Frage. „Möchtest du wissen, was wir bis jetzt herausgefunden haben?“

„Auf jeden Fall. Sollen wir die anderen dazu rufen?“

Parker überlegte kurz. Nach dem, was Hunter ihm im Flur gesagt hatte, war sein Interesse an einem Zusammentreffen mit ihm, Emily und Lucas im Augenblick eher gering, aber hier ging es nicht um seine persönlichen Emotionen. Hier ging es um die Aufklärung eines Mordes oder besser gesagt, um die Aufklärung von zehn Morden. Daher entschied er sich zu einem Nicken.

„Kannst du ihnen Bescheid geben?“, bat er, während er bereits die Blätter von den Sesseln nahm und anschließend die beiden Stühle vor seinem Schreibtisch zu der kleinen Sitzecke hinüberzog.

Einen Moment blieb Blake in Emilys Tür stehen. Wie so häufig hatte sie auch heute ihre langen dunklen Haare zu einem Dutt am Hinterkopf zusammengesteckt. Sie war mit Abstand die Unnahbarste in dem psychologischen Vierergespann. Während Hunter, Parker und Lucas von Anbeginn ihrer Zusammenarbeit ihm und Rejyna offen gegenübergestanden und sich um eine harmonische Atmosphäre bemüht hatten, hatte Emily reines Misstrauen ausgestrahlt. Selbst nach einem halben Jahr war sie noch immer reserviert, doch er war sich sicher, dass sie ihn und Rejyna mittlerweile zumindest auf beruflicher Basis respektierte.

Blake konnte nicht leugnen, dass Emily vom ersten Moment an seine Neugier geweckt hatte. In der Regel konnte er Menschen sehr schnell einordnen, doch Emily schien für ihn undurchdringlich. Nur selten ließ sie ihn ihre Gedanken sehen und niemals flirtete oder shakerte sie mit ihm auf unschuldige Weise. Mit Emily gab es kein kollegiales Geplänkel, kein gegenseitiges Aufziehen, kein verbündetes Zuzwinkern, wenn man einen dritten Kollegen neckte. Lediglich gegenüber Hunter, Parker und Lucas hatte sie die für solche Dinge notwendige vertraute Basis.

Ihre Blicke begegneten sich und wieder einmal wunderte sich Blake, dass er in ihren Augen nichts lesen konnte. Er erkannte weder Freude noch Abneigung über seine Anwesenheit darin, ja, nicht einmal Erstaunen darüber, dass er plötzlich in ihrer Tür stand, war zu erkennen.

Sie hat gewusst, dass ich sie beobachte, durchfuhr es Blake und er fühlte sich mit einem Mal ertappt. Er entschied jedoch, den Hauch der Verlegenheit, den er unverzüglich empfand, beiseitezuschieben. „Parker und Rejyna möchten uns eine Zusammenfassung ihrer Recherche geben. Hast du Zeit?“

„Ich nehme sie mir“, entgegnete Emily, sicherte die aktuellen Änderungen in ihrem Computer und versetzte ihn in den

Ruhemodus. „Worüber haben sie recherchiert?“

„Rejyna ist zufällig auf einen Mordfall aufmerksam geworden und hat ein wenig nachgeforscht. Dabei sind ihr einige Dinge aufgefallen, die auf das Muster eines Serienkillers hindeuten könnten.“

„Könnten? Ihr seid nicht sicher?“, hakte Emily nach.

„Noch nicht. Wir brauchen eure Einschätzung, wenn wir die Ermittlungen offiziell aufnehmen wollen.“

Aufmerksam musterte Emily den Mann. „Ihr habt hinter Hansons Rücken gearbeitet?“

„Rejyna hat. Ich nicht“, konkretisierte Blake grinsend, doch Emily ließ sich nicht täuschen. Rejyna mochte recherchiert haben, aber Emily wusste ebenso, dass Blake dazu im Vorfeld sein Okay gegeben hatte wie sie wusste, dass er die volle Verantwortung dafür übernehmen würde, wenn sein Vorgesetzter die Agenten dafür zur Rechenschaft zog. So war Blake McGrey.

„Es dürfte Hanson kaum gefallen, wenn er erfährt, dass ihr unseren Rat einholt, obwohl ihr noch nicht einmal intern geklärt habt, ob es sich überhaupt um einen Serientäter handelt.“

„Ich schätze, das ist Pech für ihn, denn der Kooperationsvertrag mit euch gibt uns dazu jederzeit das Recht“, erwiderte Blake achselzuckend und trat ein wenig zur Seite, um Emily den Vortritt in Parkers Büro zu lassen.

„Wenn alle da sind, können wir anfangen“, übernahm Parker das Wort. „Insgesamt geht es um zehn Opfer. Jeweils ein Mann und eine Frau“, er deutete auf die Fotogalerie an seinem Whiteboard, „sind im April der vergangenen fünf Jahre als vermisst gemeldet worden. Alle Männer sind Alzheimerpatienten. Dieser Mann, Amir Ansary, war zum Zeitpunkt seines Verschwindens achtundsechzig Jahre alt, alle anderen waren um die achtzig. Die Frauen sind ein bis drei Tage später verschwunden. Es sind allesamt erfolgreiche Karrierefrauen.“

„Was sind das für Orte, die über den Fotos stehen?“, wollte Lucas wissen.

„Es sind die Städte, in denen die Menschen zum Zeitpunkt ihres Verschwindens gelebt haben“, erklärte Rejyna

„Sie sind also nicht alle aus der Bostoner Umgebung?“, hakte Lucas noch einmal nach.

„Nein. Es sind alles Städte, die zwischen fünfundsiebzig- und zweihundertachtzigtausend Einwohner haben“, führte Rejyna aus. „Sie haben jedoch etwas gemeinsam. Sie liegen alle am Wasser und in ihrer Umgebung befindet sich ein Waldgebiet.“

„Hm“, überlegte Hunter. „Ein mehr oder weniger großes oder kleines Waldgebiet dürften wir fast überall im Land finden und Flüsse und Seen gibt es insbesondere im Nordosten der Staaten auch mehr als genug. Wie seid ihr überhaupt auf diese beiden Dinge gekommen?“

„Eric Dubovsky und Samuel Crawford wurden beide in einem Waldstück gefunden. Francis Darnell hat man auf einem Boot entdeckt“, informierte Parker. „Alle drei wurden erstochen und ihre Körper wiesen nicht nur eine, sondern zahlreiche Stichwunden auf.“

„Handelt es sich um den gleichen Täter?“, wollte Lucas wissen.

„Als man die Leichen entdeckte, befanden sie sich leider nicht mehr in einem Zustand, der Rückschlüsse auf Größe, Kraft oder Gewicht des Täters zugelassen hat“, verneinte Rejyna. „Auch eine genaue Anzahl der Wunden konnte nicht festgestellt werden.“

„Konnte wenigstens nachgewiesen werden, dass es sich jedes Mal um die gleiche Waffe handelt?“, hakte Hunter nach.

„Da niemand die Morde bisher in einen Zusammenhang gebracht hat, können wir auch das nicht sagen“, entgegnete Rejyna.

„Es lässt sich damit allerdings auch nicht ausschließen“, präzisierte Parker. Er bemerkte Rejynas erstaunten Blick. Offensichtlich hatte sie nicht damit gerechnet, dass er ihr aktiv helfen würde, die anderen davon zu überzeugen, das Gleiche zu sehen wie sie. Insgeheim lächelte er, denn unter diesen Umständen hatte er noch eine weitere Überraschung für sie.

„Nehmen wir einmal an“, fuhr er fort, „wir hätten es tatsächlich mit einem Serienkiller zu tun und nehmen wir einmal weiter an, dass er die Leichen der Männer in einem Waldgebiet und die der Frauen auf einem Boot zurücklässt, dann würde sich Lana Walder, die im letzten Jahr nach Samuel Crawford verschwunden ist, zwanzig Meilen südlich von hier auf einer Yacht in Quincy befinden.“

Zweifelnd neigte Blake seinen Kopf zur Seite. „Weißt du, wie viele Yachthäfen und Motorbootsportclubs es in dieser Stadt gibt, geschweige denn in deren Umgebung?“

„Zugegeben, in einem zwanzig Meilen Radius sind es eine Menge, aber in Quincy selbst gibt es nur acht.“

„Acht!“ Fassungslos schüttelte Blake den Kopf. „Hast du eine Ahnung, wie viele Boote das bedeutet? Abgesehen davon, dass uns kein Richter dieser Welt bei der derzeitigen Beweislage einen Durchsuchungsbefehl für einen solchen Großeinsatz ausstellen würde, können wir diese niemals alle durchsuchen.“

„Das brauchen wir auch nicht“, entgegnete Parker. „Überleg doch mal! Unser Boot muss seit mindestens zwölf Monaten bewegungslos in einem Hafen liegen, wahrscheinlich sogar eher noch länger. Vermutlich wird es schon ebenso lange zum Verkauf stehen, da unser Täter irgendwie davon erfahren haben muss, dass es verlassen ist. Er wird sicher nicht gewollt haben, dass er plötzlich an Bord überrascht wird. Daher denke ich sogar, dass er sich für eines entschieden hat, das schon mehrere Wochen, wenn nicht sogar Monate, vor seiner Tat erfolglos auf dem Markt angeboten wurde. Die Yacht, auf der Francis Darnell gefunden wurde, stand bereits seit Mai des Vorjahres zum Kauf, also elf Monate vor ihrem Tod.“

„Ich habe nicht gewusst, dass du die Boote überprüfst“, wunderte sich Rejyna.

„Der Gedanke ist mir gekommen, als du frischen Kaffee geholt hast“, erläuterte er lächelnd. Das freudige Glitzern in ihren Augen gefiel ihm.

„Ich nehme an, du hast schon recherchiert, wie viele Boote infrage kommen?“, erkundigte sich Hunter.

Der Blick des Freundes war vollkommen neutral, doch Parker kannte ihn zu gut, um nicht zu sehen, dass Hunter ihr Gespräch von zuvor nachhing. *Gut, dann bin ich wenigstens nicht der Einzige,* dachte er, bevor er antwortete.

„In der näheren Auswahl bleiben fünf übrig. Diese beiden sind meine Favoriten.“ Er legte den Ausdruck zwei kleinerer Sportyachten auf den Tisch. Sie liegen nebeneinander am Ende eines Piers.“

Erwartungsvoll sah Rejyna zu ihrem Partner. „Können wir die Boote überprüfen?“

„Mit der Erlaubnis des jeweiligen Eigentümers“, äußerte Blake einschränkend.

„Wenn wir falsch liegen ...“, begann Emily

„Glaubst du das wirklich, Em?“, forderte Parker sie heraus. Es ärgerte ihn, dass ihm die Freundin und Kollegin in den Rücken fiel. Hatten sich heute alle gegen ihn verschworen? „Die Beweise mögen nicht ausreichen, aber Rejynas Bauchgefühl hat sich meines Erachtens zu Recht gemeldet. Dein Instinkt muss sich ebenfalls regen, wenn du all das hörst."

„Ich habe nicht gesagt, dass ich nicht an die Serientätertheorie glaube. Im Gegenteil", erwiderte Emily ruhig. „Wir haben aber zu wenig, um zu wissen, dass die weiblichen Opfer auf einem Boot getötet werden und wenn wir fünf, oder unter Umständen auch mehr Schiffseigentümer bitten, ihre Boote durchsuchen zu dürfen, wird das ohne jede Frage Aufsehen erregen. Ich überlasse es deiner Fantasie, wie Chief Hanson darauf reagieren wird, wenn wir am Ende nicht mehr in der Hand haben als jetzt."

Lucas nickte. „Em hat recht. Es wäre besser, wenn wir das Boot zuvor eindeutig identifiziert hätten."

„Als interessierte Käufer können wir zunächst unauffällig über den Bootssteg schlendern", überlegte Hunter. „Eventuell hat sogar der Hafenmeister die Erlaubnis, uns das Boot zu zeigen."

„Das ist eine gute Idee", fand Blake und warf einen kritischen Blick aus dem Fenster, bevor er auf die Uhr sah. Draußen war es mittlerweile dunkel. „Allerdings sollten wir damit besser bis morgen warten. Es ist bereits kurz vor acht und niemand nimmt uns um diese Zeit eine Besichtigung ab."

„Gib's zu, Blake, du hast heute Abend nur noch etwas vor", neckte ihn Lucas.

„Selbstverständlich!", entgegnete Blake breit grinsend. „Mein Körper hat heute Abend noch ein unwiderstehliches Date mit einer Fitnessbank."

„Fitnessbank?" Zweifelnd sah Lucas ihn an.

„Ja, warum kommst du nicht mit? Wenn ich mir dich so ansehe, könnte dir ein wenig Krafttraining nicht schaden", forderte Blake den Psychologen heraus.

„Danke, aber ich stehe nicht auf flotte Dreier", lehnte Lucas lachend ab. „Außerdem muss irgendwer auch die Hemden in Größe L kaufen, nicht wahr?"

„Wenn du meinst." Grinsend zuckte Blake mit den Schultern und wandte sich wieder an alle. „Was ist der Plan für morgen?"

„Eigentlich müssen wir nicht alle nach Quincy fahren", überlegte Parker laut, während sich sein Herzschlag beschleunigte. Auch wenn sein Kopf ihm sagte, dass er sich besser von der attraktiven FBI-Agentin fernhalten sollte, konnte er der Gelegenheit nicht widerstehen, eine Weile mit ihr alleine zu sein. „Rejyna und ich können uns zunächst die fünf Boote ansehen. Ein Paar kann sich relativ unauffällig am Hafen bewegen. Falls wir nichts finden, könnt ihr immer noch nachkommen und wir können alle anderen Schiffe auf der Liste unter uns aufteilen."

„Gute Idee", fand Hunter und erhob sich ebenfalls.

„Was machen wir mit den Unterlagen?" Fragend sah Rejyna zwischen Blake und Parker hin und her.

„Ich denke, am besten lassen wir alles bis morgen an der Tafel hängen", schlug Parker vor. „Nach unserem kleinen Ausflug an die See wissen wir mehr."

„So machen wir es. Dann bis morgen", verabschiedete sich Blake.

„Hab' einen schönen Abend", entgegnete Lucas schmunzelnd im Hinausgehen.

„Den habe ich ganz bestimmt", gab Blake amüsiert zurück und verschwand.

Hunter und Emily folgten ihm und Parker und Rejyna fanden sich plötzlich wieder alleine in den vier Wänden des Büros.

„Sollen wir morgen mit einem Auto fahren?", schlug Rejyna vor.

„Das ist sicher sinnvoll. Soll ... soll ich dich abholen? Vielleicht gegen neun?"

„Ja, das ist eine gute Zeit." Rejyna strahlte. „Dann bis morgen, Parker."

„Bis morgen, Rejyna." Hin- und hergerissen zwischen Freude und Verzweiflung starrte Parker der Agentin nach.

Er hätte besser forciert, dass Lucas oder Emily mit Rejyna nach Quincy fuhren. Warum hatte er seiner inneren Sehnsucht nicht getrotzt? Und wenn er seinem Drang schon nachgegeben hatte, wieso konnte er sich dann jetzt nicht wenigstens freuen?

Schwermütig ließ er sich in den Sessel fallen, den vor einer Minute noch Rejyna besetzt hatte. Hatte Hunter recht und er sollte die Agentin um eine Verabredung bitten?

Es gab nichts auf der Welt, was Parker lieber täte, aber wie würde Rejyna reagieren, wenn sie die Wahrheit über ihn erfuhr? Es war ein Sprung in eiskaltes, unsicheres Gewässer und Parker hatte keine Ahnung, ob er darin würde schwimmen können.

KAPITEL 4

„Daddy, wo ist Mommy?“ Die Fliesen unter seinen nackten Kinderfüßen waren kalt. Das ganze Haus war kalt. Die Steine waren so dick, dass die Sonne selbst im Sommer Schwierigkeiten hatte, die Innenräume ausreichend zu wärmen. Ein greller Blitz erhellte den alten Flur und Parker zuckte zusammen. In der gleichen Sekunde krachte ein bedrohlich grollender Donner durch die Luft und brachte damit die Fensterscheiben zum wackeln.

„Daddiiiiiee!“, schrie Parker und steckte sich den Stoff seines zu großen Schlafanzugärmels in den Mund. Er war acht Jahre alt. Er wollte cool sein, aber im Augenblick fühlte er sich wie ein Kindergartenkind und es war ihm egal. Er hatte Angst. Er hasste Gewitter und er verstand nicht, warum seine Mutter nicht kam. Sie kam immer, wenn er sie rief.

Parker hörte Geräusche aus der Küche und wusste, dass sein Vater am Wurstmachen war. Seine Eltern betrieben einen kleinen Bauernhof und verkauften ihre selbst hergestellten Produkte auf dem örtlichen Wochenmarkt. Unschlüssig tippelte Parker auf der Stelle. Was sollte er machen? Er hasste es, wenn Tiere geschlachtet wurden. Er hasste es, sie tot in der Küche liegen zu sehen. Aber Gewitter fürchtete er. Das nächste Donnerkrachen folgte. Nein, er wollte nicht alleine sein.

„Mommiiiii?“, rief er noch einmal laut, doch sein Ruf ging im nächsten Donnerkrachen unter, das von einem weiteren Blitz begleitet wurde. Das Licht, das aus seiner offenstehenden Zimmertür fiel, ging aus und Parker stand plötzlich im Dunkeln. Sein Herz raste in seiner kleinen Kinderbrust und seine Entscheidung war gefallen.

Laut schluchzend lief er auf die Küche zu. Er riss die Türe auf. Ein Blitz erhellte den Raum und während ein ohrenbetäubender Donner erdröhnte, blieben Parkers Augen an seiner Mutter hängen, die mit einem Messer in der Brust auf dem Boden lag. Starr blickte sie gegen die Decke.

„Mommy?“, flüsterte er, während er auf die Knie sank und zu ihr kroch.

Schweißgebadet schreckte Parker auf, während das Licht eines Blitzes durch sein Schlafzimmer raste, ein Donner krachte und die dicken Regentropfen eines Wolkenbruchs gegen die Fensterscheiben schlugen. Ausgelaugt lehnte er sich gegen die

Wand hinter seinem Bett, während er versuchte, seinen Atem und seine Herzfrequenz wieder auf eine normale Geschwindigkeit zu senken.

Das Klingeln seines Telefons ließ ihn aufseufzen. Er kannte den Grund des Anrufs, und er hasste und liebte ihn in gleichem Maße. Er schätzte die dahinterliegende Besorgnis, doch wie pathetisch war es, wenn die Freunde eines erwachsenen Mannes glaubten, ihn anrufen zu müssen, nur weil es draußen gewitterte? Während Parker nach dem Telefon griff, überlegte er, wer es wohl heute war?

Hunter, Lucas oder Emily? Hunter wahrscheinlich eher nicht, dachte er und warf einen Blick auf das Display.

„Hallo, Lucas", grüßte er den Freund und hoffte, dass ihm der Stress des alten Traumes nicht mehr anzuhören war.

„Albträume sind ein Fluch", bemerkte Lucas jedoch nach einer kurzen Pause.

Es wäre auch zu schön gewesen, dachte Parker, aber im Grunde hatte er ohnehin nicht damit gerechnet, den Freund täuschen zu können. Abgesehen davon, dass sie ihr Geld damit verdienten, die kleinen Details der Mimik zu sehen und die feinen Nuancen in den Stimmen zu hören, kannte Lucas ihn einfach zu gut. Darüber hinaus hatte Lucas genügend eigene Erfahrungen mit schlechten Träumen.

„Ich bin in Ordnung", versprach Parker. „Es ist meine eigene Schuld, dass ich so früh ins Bett gegangen bin. Das Gewitter war schließlich angekündigt. Aber weißt du, ich komme damit wirklich mittlerweile zurecht. Es braucht nicht jedes Mal einer von euch anzurufen."

„Ist dir schon mal der Gedanke gekommen, dass wir es brauchen könnten?", fragte Lucas nach.

„Um ehrlich zu sein, ja", gestand Parker, wobei er grinsen musste.

Auch Lucas lachte leise. „Freunde: Segen und Fluch zugleich!"

„Du sagst es", stimmte Parker belustigt zu. „Am Ende sind sie aber doch eher ein Segen." Er spürte, wie die Atmosphäre am Telefon wieder ernst wurde.

„Hunter macht sich Selbstvorwürfe", bemerkte Lucas.

„Wegen der Dinge, die er mir heute gesagt hat? Ich schätze, das liegt in der Natur der Sache."

„Um ehrlich zu sein, sind es weniger die Worte als der

Zeitpunkt“, berichtigte Lucas vorsichtig.

Parker seufzte innerlich. Er hoffte, dass Lucas das Thema wechseln würde, aber der Freund hielt das Schweigen aus, was keine große Überraschung darstellte. Lucas wäre ein ausgezeichneter Gesprächstherapeut geworden, wenn er sich nicht, wie sie alle, dem H.E.L.P.-Programm verschrieben hätte. Parker schloss die Augen. In der Ferne war ein leises Donnergrollen zu hören und mit ihm verschwanden auch die letzten Beklemmungsgefühle in seiner Brust. Er konnte wieder frei atmen.

„Eure Sorgen sind unnötig“, beteuerte er.

„Gut zu hören, dass du eine Entscheidung getroffen hast. Zu welchem Schritt hast du dich entschlossen?“

Erstaunt richtete sich Parker auf. Entscheidung? Frustriert fuhr er sich durch die Haare, als er merkte, dass er dem Freund direkt in die Falle gelaufen war.

„Parker, du kannst so nicht weitermachen“, erklärte Lucas schließlich mit fester Stimme. „Sei ehrlich zu dir selbst.“

„Ich weiß“, gab Parker leise zu. „Ich weiß nur nicht, was ich machen soll. Rejyna ist die erste Frau, die ich nicht nur auf einer körperlichen Ebene begehre. Ich mag ihre Gesellschaft und ich ... ich wäre gerne öfter mit ihr zusammen. Alleine, verstehst du das?“

„Sicher verstehe ich das. Aber was hält dich davon ab, Hunters Rat zu befolgen und sie zum Essen einzuladen?“

„Lucas, sie bekämpft das Böse. Sie steht für das Gute.“

„Das tust du auch.“

„Aber sie trägt keine dunkle Seite in sich. Sie wird mich abstoßend finden, wenn sie erfährt, was ich ...“ Sein Magen begann sich zusammenzuziehen.

„Ich warte, wenn du ins Bad musst“, versicherte Lucas ruhig.

„Nein, es ist in Ordnung.“ Parker atmete einige Male tief durch. „Ich könnte es nicht ertragen, wenn sie sich vor mir ekelt.“

„Manche Dinge im Leben sind es wert, riskiert zu werden.“

„Und manche nicht.“

„Richtig“, bestätigte Lucas. „In welche Kategorie Rejyna fällt, kannst nur du entscheiden. Aber auf jeden Fall musst du deine Gefühle dir selbst gegenüber ändern. Du musst mit der Vergangenheit abschließen. Dein System ist sauber, Parker. Es ist so rein wie meines und du hast nicht das Geringste mit deinem Vater gemein.“

Nach einer kurzen Pause fügte Lucas hinzu: „Und auch nichts

mit deiner Mutter, die so schwach gewesen ist, dass dein Vater sie hat beeinflussen können. Du hast bewiesen, wie stark du bist, Parker. Und im Übrigen, falls wir uns alle in Rejyna irren sollten, wirst du weich fallen. Wir vier sind eine Familie."

„Danke, Lucas", flüsterte Parker gerührt.

„Gern geschehen", gab Lucas zurück, bevor er seiner Stimme wieder etwas mehr Lebendigkeit verlieh. „Nur eines noch ganz kurz, überleg dir, wie lange du Hunter leiden lässt. Am Ende hat er es nur gut gemeint."

„Die Nachricht ist angekommen. Mach, dass du ins Bett kommst. Es ist schon spät."

„Ich liege schon im Bett", lachte Lucas. „Gute Nacht, Bruder!"

„Gute Nacht!" Mit einem Lächeln auf den Lippen beendete Parker das Telefonat. Es mochte nicht das gleiche Blut durch ihre Adern fließen, aber Hunter, Emily und Lucas waren im Geiste und im Herzen seine Geschwister. Daran gab es keinen Zweifel und es gab auch keinen Grund, länger ein Idiot zu sein. In seinem Handy rief Parker den privaten Chatkanal von sich und Hunter auf.

Ich werde Rejyna nach einem Date fragen. Hast du einen Restauranttipp für mich? Parker sendete die Kurznachricht ab und nur wenige Sekunden später kam die Antwort.

Das Ostra. Darauf folgte eine zweite SMS. *Gute Entscheidung!*

Danke, textete Parker zurück. *Für alles!*

Hunter antwortete mit einen lachenden Smiley, und Parker legte das Handy zur Seite. Die Entscheidung war gefallen. Er würde Rejyna zum Essen einladen und das Ostra war ebenfalls eine gute Idee, denn in dem Restaurant gab es nicht nur den besten Fisch der ganzen Stadt, sondern es hatte auch ein wunderschönes Ambiente. Interessanterweise fühlte sich das Leben plötzlich gut an.

KAPITEL 5

Gemeinsam schlenderten Parker und Rejyna am nächsten Morgen durch den Yachthafen, in dem mehr als dreihundert Schiffe, die vom kleinen Segelboot bis zur zwei-Millionen-Dollar-Yacht reichten, ankerten. Trotz des schönen Frühlingstages war nicht viel los und niemand hatte sie bislang angesprochen. Je näher sie dem Ende des Geländes kamen, desto mehr freie Liegeplätze sahen sie und auch der Zustand der Boote nahm ab.

„Die beiden Schiffe dort hinten müssen es sein." Rejyna deutete auf das Ende des letzten Bootsstegs.

„‚Dancing Diamond'. Tanzender Diamant", las Parker den Namen des ersten Schiffes vor, der in blasser Schrift auf dem Rumpf zu lesen war. „Na ja, ich bin mir nicht sicher, ob sie wirklich noch mit den Wellen tanzen kann."

„Man soll nicht nach dem Äußeren urteilen", gab Rejyna lachend zurück. „Aber ich gebe zu, sie sieht wirklich nicht sehr vertrauenerweckend aus. Ihre Nachbarin macht allerdings auch keinen besseren Eindruck."

„Sie soll wohl ‚Butterfly' heißen. Schmetterling", fügte Parker die wenigen noch sichtbaren Buchstaben zu einem Namen zusammen. „Ich frage mich, warum die Eigentümer ihre Boote so vernachlässigt haben. Beides waren einmal stolze Yachten."

„Vielleicht ist der ursprüngliche Besitzer verstorben und die Erben hatten kein Interesse am Wassersport", überlegte Rejyna. „Oder sie sind die Trümmer einer Scheidung."

„Möglich", stimmte Parker zu und blieb stehen. „Riechst du das?"

„Den Salzgehalt des Meeres oder die Fische und Algen?"

„Weder noch. Ich meine diese ganz leicht süßliche Nuance, die in der Luft hängt."

„Süßlich?" Rejyna atmete noch einmal bewusst durch die Nase ein, dann folgte sie Parker, der bereits einige Schritte weiter auf die ‚Butterfly' zugegangen war und in diesem Moment an Bord ging.

„Parker, wir können das Boot nicht einfach besteigen. Das ist

Hausfriedensbruch“, mahnte sie leise.

„Komm hoch, Rejyna. Ich denke, hier sind wir richtig.“ Einladend streckte er ihr seine Hand entgegen.

Rejyna zögerte kurz, dann ergriff sie Parkers Hand und stieg an Bord. Sofort rümpfte sie ihre Nase.

„Verstehst du jetzt, was ich meine?“, fragte er sie.

Hastig nickte sie. „Es kommt aus der Kajüte. Ist die Tür abgeschlossen?“

Parker zog ein Taschentuch aus seiner Hosentasche und legte es auf den runden Türknauf. Vorsichtig drehte er ihn herum. „Es ist offen.“ Fragend sah er sie an. „Du bist die offizielle Vertreterin des Gesetzes. Gehen wir rein oder warten wir?“

„Ich denke, der Verdachtsmoment ist hinreichend. Mach die Tür auf.“

„Stopp!“, befahl Ihnen plötzlich eine tiefe männliche Stimme. „Wer sind Sie und was tun Sie da?“

Langsam drehten sich Rejyna und Parker um. Vor ihnen stand ein großer, schwerer Mann mittleren Alters. Gekleidet in einer Sicherheitsuniform hielt er eine Pistole auf sie gerichtet.

„Ich bin Special-Agent Rejyna Seymour vom FBI. Ich werde jetzt meine Hand nach unten nehmen und meine Marke herausholen. In Ordnung?“

Höhnisch verzog der Mann seine Lippen. „Lassen Sie die Hände lieber dort, wo ich sie sehen kann. Für eine FBI-Agentin sind Sie reichlich blass, Lady.“

„Kommen Sie zu uns hoch, dann erfahren Sie den Grund dafür“, forderte Parker den Mann auf. „Nicht jeder verträgt den Geruch einer verwesten Leiche.“

„Einer verwesten Leiche?“ Der Mann runzelte die Stirn. „Wovon reden Sie?“

„Kommen Sie hoch“, wiederholte Parker die Einladung. Er sah die Unsicherheit im Gesicht des Mannes und wusste, dass dieser im Moment keine Gefahr darstellte. Daher stieß er die Tür auf. Sofort kam ihnen der Fäulnisgestank entgegen. Instinktiv hielt sich Rejyna den Unterarm vor Mund und Nase.

„Äh!“, stieß der Mann angewidert aus. „Was ist das?“

„Wie ich bereits sagte“, wiederholte Parker, „es ist der Geruch eines sich zersetzenden Körpers.“

Rejyna hielt dem Mann mittlerweile ihre Marke entgegen. „Nehmen Sie die Waffe runter.“

Sofort gehorchte der Schutzmann.

„Wie heißen Sie?", wollte Rejyna wissen.

„Robert Palermo."

„Sind Sie hier angestellt?"

„Ja."

„Seit wann?"

„Im Sommer werden es zwei Jahre."

„Setzen Sie sich dort rüber und warten Sie, bis ich zurück bin", befahl Rejyna.

„Wo gehen Sie hin?"

„Ich werde mir ansehen, woher der Geruch stammt. Sie warten hier! Verstanden?"

Palermo nickte abermals, und Rejyna folgte Parker in das Innere des Bootes. Sie wunderte sich, dass Parker der Geruch nichts auszumachen schien, aber wahrscheinlich hatte er sich im Laufe der Jahre daran gewöhnt, folgerte sie. Schließlich hatte er forensische Pathologie als zweites Hauptfach studiert. Sie hingegen fand den Geruch bereits in den Autopsiesälen des FBI entsetzlich. Dabei mischte er sich dort wenigstens mit Putz- und Desinfektionsmitteln im Gegensatz zu der hochkonzentrierten Form, die sich im Laufe der Zeit in diesem kleinen Raum angesammelt hatte.

Parker hob den Deckel einer langen Sitzbank an, die im hinteren Teil des Raumes fest angebracht war. Noch einmal verstärkte sich der Duft. „Darf ich vorstellen? Lana Walder", erklärte Parker traurig. Manchmal wünschte er, nicht rechtzuhaben.

Rejyna trat neben ihn und sah einen halb verwesten Körper. Die Frau trug noch ihren Bleistiftrock, auch wenn er bis zum oberen Drittel der Oberschenkel hochgerutscht war. Auch ihre weiße Bluse hing noch über ihren Knochen. Diese war jedoch an mehreren Stellen von Messerstichen aufgeschlitzt und der Stoff hatte sich großflächig mit ihrem Blut verfärbt. Lanas Kostümjacke lag unordentlich neben ihren Füßen und auch ihre Schuhe mit dünnen, hohen Absätzen lagen dort. Rejyna schauderte. Sie hatte in ihren zwei Jahren beim FBI schon einige tote Körper gesehen, aber dies hier war mit Abstand der Furchtbarste.

Fürsorglich legte Parker ihr eine Hand an die Schulter. „Lass uns gehen, Rejyna."

Sie nickte nur stumm und ließ sich von ihm nach draußen führen. Erst als sie am anderen Ende des Bootes stand, atmete sie tief ein. Besorgt musterte Parker sie.

„Setz dich einen Moment“, schlug er vor.

„Nein, es geht schon wieder. Ich muss Blake anrufen und dann diesen Wachmann verhören.“

„Gib dir eine Minute“, bat Parker. „Mrs Walder hat es nicht eilig. Sie wird nicht weglaufen.“

Traurig lächelte Rejyna und lehnte sich an die Reling hinter ihr. „Glaubst du, wir haben einen Serienmörder?“

Parker wusste, dass es eine rein rhetorische Frage war. Rejyna kannte die Antwort längst. Dennoch nickte er. „Dein Gefühl hat dich nicht getrogen. Hier mordet tatsächlich jemand unbemerkt von aller Welt, aber jetzt werden wir ihm ein Ende setzen und darüber hinaus haben wir eine gute Chance, all diese vermissten Menschen aufzuspüren und ihren Angehörigen damit zumindest einen Abschluss zu geben.“

Rejyna nickte zustimmend und richtete sich wieder auf. Entschlossen sah sie zu Robert Palermo hinüber. „Lass uns Blake und die anderen anrufen, dann unterhalten wir uns mit dem Wachmann.“

„Sie arbeiten also seit zwei Jahren hier im Hafen“, vergewisserte sich Rejyna.

„Ja, Ma’m“‘, bestätigte Robert Palermo. „Ich bin jeden Tag hier.“

„Jeden Tag?“, hakte Rejyna nach.

Die Augen des Wachmanns wanderten für eine Millisekunde nach oben links.

„Abgesehen von fünfzehn Tagen im Jahr, ja. Ich habe zwei Kinder auf dem College. Das ist finanziell nicht einfach.“

„Das kann ich mir vorstellen.“ Verständnisvoll sah Rejyna ihn an. „Wie viele Sicherheitsleute arbeiten hier?“

„Wir sind zu dritt. Tom und ich wechseln unsere Schichten jeden Monat. Wallace ist zu alt für die Früh- und Nachtschicht. Er arbeitet immer von zwölf bis acht.“

„Das heißt, die anderen beiden Dienstzeiten gehen von acht Uhr abends bis vier Uhr morgens und von vier bis zwölf“, folgerte Rejyna. „Wann haben Sie im letzten April gearbeitet?“

Der Mann veränderte seine Sitzposition. „Im letzten April, sagen Sie? Ich weiß es nicht mehr genau.“

„Es gibt doch bestimmt Aufzeichnungen darüber“, half Rejyna.

„Ja, natürlich. Im Büro gibt es ein Buch mit den Dienstzeiten.“

Palermo wischte sich mit dem Ärmel über die Stirn. „Ganz schön warm heute."

„Die Sonne hat schon Kraft", bestätigte Parker. Dabei dachte er: *Aber das ist nicht der Grund, warum du schwitzt.*

„Ist ... ist die Person dort drinnen im April gestorben?", wollte der Wachmann wissen.

„Den genauen Todeszeitpunkt wird der Gerichtsmediziner noch bestimmen müssen, aber dem Zustand des Körpers nach, gehen wir davon aus, dass der Mord vor ungefähr zwölf Monaten geschehen sein muss."

Palermo erbleichte. „M...Mord?"

„Die Frau wurde erstochen, ja."

Die Lippen des Mannes öffneten sich, doch es kam kein Ton heraus. Schließlich schloss er den Mund, schluckte und versuchte es erneut. „Das kann nicht sein."

Interessiert neigte Parker seinen Kopf. „Warum nicht?"

„W...weil ich das mitbekommen hätte." Palermo blinzelte einige Male, bevor er hastig ergänzte: „Und Tom und Wallace auch."

„Wir sind vorhin auch eine ganze Weile hier herumspaziert, ohne dass Sie uns angesprochen haben", warf Rejyna ein.

„Es ist kein Problem über das Gelände zu spazieren. Das ist bewusst gewollt und viele Gäste der Restaurants dort drüben schlendern nach dem Essen noch eine Runde durch den Hafen." Der Mann deutete auf eine Zeile von Lokalen auf der anderen Straßenseite. „Allerdings habe ich Sie aufgehalten, als Sie das Boot der Shippendales betreten wollten, denn das ist nicht erlaubt."

„Ich nehme an, die Shippendales sind die Eigentümer der ‚Butterfly'?", erkundigte sich Parker, woraufhin Palermo nickte.

„Seit wann steht das Boot zum Verkauf?", interessierte Rejyna.

„Seit ungefähr dreißig Monaten. Der alte Shippendale hatte einen Herzinfarkt an Bord. Er war erst zweiundsiebzig Jahre alt und stand noch voll im Berufsleben, obwohl er es wirklich nicht nötig hatte, zu arbeiten. Ich schätze, er war einer dieser Menschen, die einfach nicht aufhören können. Seine Frau war seitdem nicht mehr hier, aber so viel ich weiß, ist sie auch in den Jahren zuvor nur sehr selten auf dem Schiff gewesen. Sie hat die Yacht ihrem Sohn übertragen, der sie verkaufen will, aber er lebt drüben in Chicago und hat andere Preise im Kopf. Er versteht nicht, dass seine Vorstellungen zu hoch sind, zumal er sich überhaupt nicht um die ‚Butterfly' kümmert. Allerdings ist er auf das Geld aus einem

Verkauf nicht angewiesen. Somit kann er in Ruhe abwarten, bis jemand kommt, der ihm seinen Preis zahlt."

Rejyna warf Parker einen kurzen Blick zu, um zu sehen, ob er bei ‚Chicago' die gleiche Assoziation gehabt hatte wie sie, aber offensichtlich erinnerte auch er sich daran, dass die beiden Opfer von vor zwei Jahren aus einer Stadt in der Nähe des Michigansees stammten. Chicago und Kalamazoo konnten nicht allzu weit voneinander entfernt liegen. „Mr Palermo, könnten Sie uns bitte Mr Shippendales Kontaktdaten geben?", bat Rejyna freundlich.

„Ja, natürlich. Sie stehen im Liegeplatzverzeichnis. Ich muss es nur schnell im Büro holen." Der Mann schien erleichtert und erhob sich sofort.

„Bei der Gelegenheit können Sie auch gleich nachsehen, wann Sie letzten April gearbeitet haben", schlug Parker vor, wobei er den Mann aufmerksam beobachtete. Palermos Schultern verspannten sich und seine Finger bewegten sich unruhig, ehe seine Hände in die Hosentaschen wanderten.

Er ist definitiv nervös, erkannte Parker. Die Frage war nur, warum. „Wir brauchen dann bitte auch die Kontaktdaten Ihres Kollegen Tom. Da wir nicht sagen können, wann der Mord geschehen ist ..."

„Ich verstehe", nickte Palermo hastig, obwohl Parker seinen Satz noch nicht zu Ende gesprochen hatte. „Ihre Kollegen kommen gerade. Ich gehe dann schon einmal und suche die Sachen für Sie heraus."

Parker blickte über den Bootssteg und erkannte den Pathologen Carter Ayres unter den drei in Schutzanzügen gekleideten Männern, die in ausholenden Schritten auf die ‚Butterfly' zukamen. Direkt dahinter folgten Blake und Hunter.

„Ich begleite Sie", entschied Parker spontan. „Agent Seymour kann in der Zwischenzeit die Spurensicherung einweisen." Sportlich sprang er vom Boot und grüßte die Kollegen des FBI, die er mittlerweile alle gut kannte.

„Willst du dabei sein, wenn ich mir die Leiche ansehe?", erkundigte sich Carter.

„Das würde ich sehr gerne", erwiderte Parker. „Aber ich muss mich leider noch um etwas anderes kümmern. Aber danke für das Angebot."

„Jederzeit, Parker. Das weißt du", gab der Pathologe zurück, bevor er weiterging.

„Hunter, könntest du kurz mitkommen?", bat Parker.

Der Freund sah ihn fragend an, nickte aber sofort.

„Das ist Robert Palermo", stellte Parker vor. „Er ist einer von drei Wachmännern hier im Hafen. Wir sind gerade auf dem Weg ins Hafenbüro, um zu sehen, wann er letzten April Dienst hatte."

„Angenehm, Mr Palermo", grüßte Hunter den Mann freundlich und reichte ihm seine Hand. Parker hatte ihm alles gesagt, was er wissen musste. Sein Freund glaubte, dass der Mann log und brauchte ein zweites Paar Augen und Ohren, damit - falls es nötig war - ein psychologisches Gutachten später vor Gericht anerkannt wurde.

„Bitte sehr! Hier ist das Buch, in das wir unsere Dienstzeiten eintragen." Robert Palermo reichte Parker ein großes schwarzes Notizbuch. „Wir zeichnen immer unseren Dienstbeginn und unser Dienstende ab."

Parker blätterte sich vom aktuellen Monat rückwärts zum letztjährigen April vor. Wie der Mann gesagt hatte, gab es an jedem Tag die Unterschriften der Männer. An einigen Tagen tauchte ein vierter Name auf. „Wer ist Mike Hodge?"

„Mike springt ein, wenn einer von uns dreien Urlaub hat oder krank ist. Im April war er allerdings nicht hier." Palermo verschränkte beide Arme vor seiner Brust. Dabei stellte er seine Füße ein wenig breiter auseinander.

Automatisch fragte sich Parker, was der Mann zu verbergen hatte. In Kombination mit seinem starren Blick strahlte seine gesamte Körpersprache Unsicherheit aus, auch wenn der Mann wahrscheinlich das gegenteilige Bild erzeugen wollte. „Wieso können Sie sich so genau daran erinnern?"

„Mike verbringt schon seit Jahren immer den ganzen April bei seiner Tochter in Florida", erklärte Palermo.

Die Antwort war, auch wenn sie einfach gewesen war, ein wenig zu schnell gekommen. Parker nickte jedoch nur und blätterte weiter. Als er den April aufschlug, sah er aus dem Augenwinkel, wie der Wachmann sein Körpergewicht zunächst auf den linken, dann auf den rechten Fuß verteilte, bevor er sich wieder breitbeinig hinstellte. Etwas beunruhigte den Mann, doch der Monat April sah genau so aus wie alle anderen Monate, stellte Parker fest.

„Können Sie sich an irgendetwas Außergewöhnliches in dieser Zeit erinnern?", hakte er nach und deutete auf den aufgeschlagenen Monat.

Palermo wandte den Blick ab und schüttelte den Kopf. „Nein", sagte er und sah Parker dann wieder an. Das gleiche Spiel wiederholte sich bei den nächsten beiden Fragen.

Leise ging die Tür des Büros auf und Rejyna trat herein. Stumm bedeutete Hunter ihr, den Platz neben ihm einzunehmen.

„Setzen wir uns doch einen Moment", schlug Parker vor.

„Warum? Wenn Sie noch etwas brauchen, dann sagen Sie es mir. Ich muss nämlich langsam wieder raus", bekannte der Wachmann und rieb seine rechte Hand am Stoff seiner Hose ab. Er schien zu schwitzen.

„Ich habe nur noch ein paar Fragen. Wir sind gleich fertig", versprach Parker, während er auf dem Stuhl vor dem kleinen Schreibtisch Platz nahm.

Zögernd nahm Palermo den Stuhl hinter dem Tisch. Hunter blieb gelassen mit der Schulter an der Wand gelehnt stehen und Rejyna stellte sich neben ihn.

„Mr Palermo, gab es Anfang letzten Jahres Interessenten für die ‚Butterfly'", erkundigte sich Parker.

„Nein, nicht das ich wüsste", kam die Antwort sofort.

Das ist also nicht der Grund seiner Nervosität, folgerte Parker sofort und blickte dem Mann direkt in die Augen. „Mr Palermo, wenn Sie unbemerkt eine Frau auf die ‚Butterfly' bringen wollten, wie würden Sie das anstellen?"

Energisch schüttelte der Mann den Kopf. „Das ist nicht möglich. Wir passen hier auf."

„Mr Palermo, die Leiche auf der Yacht sagt etwas anderes."

Nervös fuhr sich der Mann erst mit der rechten, dann mit der linken Hand über den Kopf. „Ich weiß es nicht. Vielleicht war derjenige von uns gerade abgelenkt."

„Abgelenkt?" Fragend hob Parker die Augenbrauen.

„Ja, ich meine, wir müssen alle mal zur Toilette." Der Mann stand auf und schritt durch den Raum. Dann blieb er plötzlich stehen und kehrte zu seinem Platz zurück.

„Sie meinen, der Täter hat gewartet, bis Sie die Toilette aufgesucht haben und hat das wiederholt, als er wieder gegangen ist?"

„Ja. Das wäre doch möglich, oder nicht?" Die Stimme des Wachmanns wurde ein wenig höher.

„Das wäre es", mischte sich Hunter ein, „wenn das Boot nicht am äußersten Ende liegen würde und die Toilette sich nicht genau zwischen dem Wachhaus und der ‚Butterfly' auf dem Hauptweg befände." Er musterte den Mann genau. „Wäre es vielleicht möglich, Mr Palermo, dass Sie in einer oder auch in zwei Nächten nicht so genau hingesehen haben?"

Der Wächter erbleichte. „N...nein. Nein, das ist nicht möglich."

„Oder hat vielleicht Ihr Kollege ein Auge zugedrückt?", bohrte Hunter weiter.

„Nein!", stieß Palermo entschieden aus, während sich auf seiner Stirn kleine Schweißperlen bildeten.

„Haben Sie das Boot eventuell für ein kleines Tête-à-tête benutzt, das schiefgelaufen ist?", gab Parker ihm eine weitere Alternative.

„Nein!", stieß er entsetzt aus.

Nachdenklich betrachtete Parker den schwitzenden Mann. Schließlich entschied er sich für ein wenig mehr Druck. In einer unterschwellig überlegener wirkenden Körpersprache legte er seine Unterarme vor seinem Körper auf den Schreibtisch und beugte sich dem Mann langsam entgegen. „Mr Palermo, wir wissen, dass Sie etwas zu kaschieren versuchen. Wir wissen nur noch nicht was, aber wir werden es herausfinden, denn Tatsache ist, dass eine Frau auf einem der Ihnen anvertrauten Boote brutal ermordet worden ist. Ich versichere Ihnen, dass unser Gerichtsmediziner auch nach einem Jahr noch den Todeszeitpunkt auf eine Stunde genau wird festlegen können und wenn sich dann herausstellen sollte, dass der Mord während Ihrer Schicht passiert ist, dann haben Sie ein größeres Problem als Sie sich im Moment vorstellen können. Also seien Sie klug und verraten Sie uns, was Sie darüber wissen."

Die Schultern des Mannes sackten nach vorne und sein Kinn fiel ihm auf die Brust. „Ich weiß nichts darüber", flüsterte der Mann.

Rejyna wollte nach vorne treten, doch Hunter hielt sie unauffällig am Arm zurück und schüttelte leicht seinen Kopf.

Parker behielt seine Körperposition bei, änderte aber seinen Gesichtsausdruck und zeigte sich empathisch. „Robert, was ist vor einem Jahr passiert?"

Niedergeschlagen sah der Wachmann ihn an. „Es hat nichts mit dieser Geschichte zu tun. Ich schwöre es!"

„Erzählen Sie es mir trotzdem", bat Parker einfühlsam.

„Aber wie soll ich das College für meine Kinder bezahlen, wenn ich den Job verliere? Und was soll Tom machen? Er braucht das Geld für die Arztrechnungen seines Sohnes."

„Tom hat ebenfalls einen Sohn?“ Parker hoffte, dass er den Mann zum Reden bringen würde, wenn er ihm einen Einstieg anbot.

„Ja. Er ist zweiundzwanzig. Er hatte ein Footballstipendium an einem College in South Carolina. Im letzten Jahr war er mit ein paar Freunden unterwegs. Sie hatten alle zu viel getrunken und es kam zu einem Autounfall. Toms Junge brauchte einige Operationen und die Schulversicherung hat, weil Alkohol im Spiel war, nicht gezahlt. Tom stottert die Rechnungen in Raten ab.“

„Und der Unfall war im April letzten Jahres?“, fragte Parker nach.

„Ende März, ja. Tom ist sofort zu ihm gefahren, und er ist drei Wochen lang bei ihm geblieben. Es war ein totales Chaos. Er musste so viel regeln und außerdem hat sein Sohn ihn gebraucht. Er war fertig mit den Nerven, denn das Stipendium konnte er natürlich vergessen. Tom konnte allerdings nicht einfach drei Wochen der Arbeit fernbleiben. Wenn er krank gemacht hätte, hätte der Boss ihn gefeuert. Mike war schon in Florida und so war niemand da, der seine Schicht übernommen hätte.“

„Also sind Sie für ihn eingesprungen“, kombinierte Parker. Das Sozialsystem in ihrem Land war wirklich eine Schande.

Palermo nickte. „Was hätte ich machen sollen? Tom hat mir diesen Job hier besorgt, als ich dringend Geld gebraucht habe. Da konnte ich ihn doch nicht hängen lassen.“

„Er hat also die Schichten in diesem Buch abgezeichnet, obwohl er sie nicht geleistet hat.“

„Der Boss interessiert sich nicht für das Buch und Wallace ist alles egal, solange er nur seine Tagschicht laufen kann.“

„Das bedeutet, sie haben drei Wochen lang von acht Uhr abends bis zwölf Uhr mittags durchgearbeitet“, stellte Parker fest. „Kann es sein, dass Sie irgendwann zwischendurch einfach eingeschlafen sind?“

Palermo seufzte, bevor er sich aufrichtete. „Ja, das bin ich. Zuerst habe ich mir den Wecker alle halbe Stunde gestellt und habe dann eine Runde gedreht, aber irgendwann habe ich auch das nicht mehr geschafft.“ Angstvoll blickte er zwischen Parker, Rejyna und Hunter hin und her. „Was passiert jetzt mit mir?“

Mit einem verständnisvollen Blick trat Rejyna vor. „Wir sind auf der Suche nach einem Mörder, Robert. Die Abmachungen mit Ihren Kollegen sind Ihre Sache. Allerdings sollten Sie die

Verantwortung Ihres Jobs ernst nehmen."

„Es ist meine Schuld, dass die Frau gestorben ist", resignierte der Wachmann.

„Noch wissen wir nicht, ob sie wirklich während Ihrer Schicht getötet wurde", sprach Parker versöhnlich.

„Aber Sie gehen davon aus."

Mit einem leichten Kopfnicken bestätigte Parker die Worte des Mannes.

„Wie soll ich damit leben?" Verzweifelt sackte er in dem Stuhl zusammen.

Verständnisvoll legte Parker seine Hand für einen Moment auf die Schulter des Mannes. „Sie haben einen Fehler gemacht, Robert, aber Sie haben die Frau nicht umgebracht." Dann verließ er gemeinsam mit Hunter und Rejyna den Bürocontainer. „Er tut mir leid."

„Ja, mir auch", meinte Rejyna. „Wir bräuchten dringend Gesetze, die Arbeitnehmer besser absichern."

„Und vor allem eine Krankenversicherung, die sich jeder leisten kann", setzte Hunter hinzu.

„Ihr beide seid sicher, dass der Wachmann nichts mit dem Mord an Lana Walder zu tun hat, richtig?", vergewisserte sich Rejyna noch einmal.

„Absolut", bejahte Parker. „Im Grunde wissen wir auch bereits, dass wir einen Serientäter suchen und er wird so wenig Aufmerksamkeit wie möglich erregen wollen. Er wird kaum einen Hafenschutzmann, den er nicht unter Kontrolle hat, in seine Pläne integrieren."

„Was ist mit dem Sohn der Shippendales, dem Eigentümer der ‚Butterfly'?", überlegte Rejyna. „Er lebt in Chicago. Die Stadt liegt keine einhundertfünfzig Meilen von Kalamazoo, wo zwei unserer Vermissten herkommen, entfernt. Außerdem hat er einen Bezug zu Schiffen."

„Nur weil Chicago und Kalamazoo am gleichen See liegen, heißt das nicht, dass der Mann etwas mit den Verbrechen zu tun hat", bremste Hunter. „Es wäre auch ziemlich dumm von ihm, eines seiner Opfer auf der eigenen Yacht zu verstecken."

„Wer weiß? Vielleicht hat er sich für sein fünftes, oder besser gesagt zehntes Opfer etwas ganz Besonderes ausgedacht. Manche suchen geradezu die Herausforderung, wenn sie sich sicher fühlen. Und möglicherweise hat er deswegen den Kaufpreis auch so hoch angesetzt.“

Abwiegend neigte Hunter den Kopf. „Denkbar ist vieles.“

„Wir sollten uns den Mann auf jeden Fall ansehen“, beschloss Parker. „Ich lasse Finnlay einmal das Netz nach seinen Daten durchforsten.“

„Gute Idee“, nickte Hunter.

Zu dritt kehrten sie zu der heruntergekommenen Yacht zurück. Der Pathologe, Carter Ayres war gerade dabei, die Tote in dem Leichensack zu verstauen.

„Warte, ich helfe dir“, bot Parker an.

„Danke.“

„Kannst du schon etwas sagen?“, erkundigte sich Rejyna.

„Die Frau ist vor ungefähr zwölf Monaten gestorben. Für eine genauere Bestimmung müsst ihr allerdings das Obduktionsergebnis abwarten. Ihr Körper weist eine Reihe an Stichwunden auf. Auf den ersten Blick habe ich fünfzehn gezählt.“

„Ist sie hier getötet worden?“, erkundigte sich Blake, der gerade die fünf Stufen, die in die Kajüte führten, hinunterkam.

„Definitiv. Sie muss geknebelt und gefesselt gewesen sein. Ich habe in ihrem Mund eine Stofffaser gefunden. Ich werde sie im Labor analysieren lassen. Wenn ihr nichts einzuwenden habt, nehme ich sie jetzt mit.“

„Nein, fahr nur, Carter“, meinte Blake und wandte sich an die beiden Kollegen von der Spurensicherung, die noch dabei waren, Fingerabdrücke zu nehmen. „Jungs, versiegelt ihr alles, wenn ihr fertig seid?“

„Machen wir. Wir werden hier allerdings bestimmt noch ein bis zwei Stunden beschäftigt sein“, kam die prompte Antwort.

„Was ist mit euch? Braucht ihr noch Zeit hier unten?“, erkundigte sich Blake bei Hunter und Parker.

„Gib uns ein paar Minuten“, bat Hunter. „Ich bin ja gerade erst gekommen.“

„Na klar“, erwiderte Blake. „Rejyna und ich warten draußen in einem der Cafés auf euch? Ist das okay?“

„Prima. Nehmt nur nicht das Burgerrestaurant“, bat Hunter.

„Keine Sorge, wir checken die Karte, ob auch etwas Gesundes für unseren Grünschnabel dabei ist“, neckte Blake und zwinkerte Parker freundschaftlich zu.

„Fisch ist ebenso okay. Vorausgesetzt, er ist als solcher zu erkennen, und es handelt sich nicht um Fischstäbchen oder

Ähnliches“, bemerkte Parker. „Du solltest es wirklich mal probieren, Blake. Es gibt eine Menge leckere Gerichte ohne Fleisch.“

Gespieltes Entsetzen zeigte sich auf Blakes Gesicht. „Und auf mein geliebtes Steak verzichten? Parker, Parker, Parker! Das ist, als würdest du dem Weihnachtsmann sagen, er muss statt seines Schlittens auf einem Dreirad fahren.“

Parker schüttelte lachend den Kopf. „Du bist unverbesserlich, Blake!“

Der Agent lachte ebenfalls und verschwand im Freien. Rejyna hingegen drehte sich in der Tür noch einmal um.

„Wir sind in dem Café, vor dem wir geparkt haben“, verkündete sie.

„Dort wird Blake kein Steak bekommen“, bemerkte Parker, der sich an die nette Konditorei erinnerte.

„Er wird auch mit einem Stück Käsekuchen zufrieden sein“, versprach Rejyna, schenkte ihm eines ihrer bezaubernden Lächeln und folgte dann ihrem Partner.

Erstaunt sah Parker ihr nach. Manchmal hatte er den Eindruck, dass Rejyna ihn auf einer ganz persönlichen Ebene verstand. Sie schien zu spüren, dass es Tage gab, an denen er besser mit den frotzelnden Bemerkungen der Umwelt klarkam als an anderen und wenn es ihm schwerer fiel, wie so häufig in letzter Zeit, dann versuchte sie, ihm den Rücken freizuhalten.

Ja, die Entscheidung, die er in der Nacht getroffen hatte, war definitiv richtig, urteilte Parker. Er würde Rejyna Seymour zum Essen einladen. Alles, was er jetzt noch brauchte, war eine günstige Gelegenheit.

KAPITEL 6

„Lange Rede, kurzer Sinn, wir haben den Fall“, erklärte Blake, als er am Nachmittag mit Rejyna in das Büro von H.E.L.P. zurückkehrte. Gemeinsam mit Hunter, Lucas, Parker und Emily saßen sie in dem großen Besprechungsraum.

„Es grenzt an ein Wunder, dass Hanson seine Zustimmung so schnell erteilt hat“, bemerkte Lucas.

„Na ja ...“ Blake grinste gerissen. „Ehrlich gesagt, er hatte keine große Wahl.“

Hunter runzelte die Stirn. „Wieso nicht?“

„Nun, als ich ihn in seinem Büro aufgesucht habe, war zufällig gerade Direktorin Garner bei ihm.“ Blake tat zerknirscht.

„Das war natürlich reiner Zufall“, betonte Lucas sarkastisch.

„Ja, was soll ich sagen? Ich habe mich natürlich sofort entschuldigt und angeboten, später wiederzukommen, denn natürlich kommt es bei einem Serientäter mit zehn Opfern nicht auf ein paar Minuten mehr oder weniger an. Zumal die Taten ja auch noch gar nicht offiziell in dieser Verbrechenskategorie zusammengefasst sind.“ Blake grinste wieder.

„Du bist wirklich ein gerissener Hund, Blake“, äußerte Hunter anerkennend.

„Du kämpfst mit allen Mitteln“, stellte Emily fest, woraufhin Blake ihr direkt in die Augen sah.

Wieder einmal konnte er nicht erkennen, was sie tatsächlich dachte. „Wenn es eine Sache wert ist, kämpfe ich mit allen legalen Mitteln.“

„Was ist mit Bauernopfern?“, forderte Emily ihn heraus.

„Ich mache keine Bauernopfer.“

„Hast du auch an Hansons Sekretärin gedacht? Der Mann wird ihr die Schuld geben, dass es dir gelungen ist, während eines Meetings in sein Büro zu platzen.“

„In dem Fall muss er die Schuld wohl bei sich suchen, denn er hat Karen mit wichtigen Unterlagen in die Personalabteilung geschickt.“ Unschuldig hielt er ihr seine Handflächen entgegen.

„Du siehst, ich bin tatsächlich durch und durch der edle weiße Ritter."

Emily ließ ihn sehen, dass sie ihm den Punkt schenkte, aber die Entscheidung, ob sie ihm tatsächlich glaubte, noch ausstand.

Was hat dich nur so misstrauisch gemacht, fragte sich Blake ein weiteres Mal. Dabei stellte er verwundert fest, dass der Wunsch, das Vertrauen dieser Frau zu gewinnen, immer stärker wurde. Dabei sollte ihm Emily Reed auf einer persönlichen Ebene eigentlich egal sein. Die Zusammenarbeit funktionierte und das war das Einzige, was zählte. Dennoch wünschte er, einmal einen offenen, freundschaftlichen Blick aus ihren smaragdgrünen Augen zu erhalten. Nur ein Mal.

„Es war also eigentlich die FBI-Direktorin, die uns den Fall zugeteilt hat", folgerte Parker.

„Genaugenommen, ja", nickte Blake und brach den Blickkontakt zu Emily ab. „Wir sollten zusehen, dass wir unseren Verdacht möglichst schnell untermauern und Hanson den Fund von Mrs Walders Leiche nicht als Zufall darstellen kann."

„Wir sind bereits dabei, eine Liste aller Häfen in der Nähe der anderen Städte anzulegen und nach Bootsangeboten während der jeweiligen Jahre herauszusuchen", erläuterte Parker. „Leider wird das immer schwieriger je weiter wir in den Jahren zurückgehen."

„Warum ist das so? Wie bei Lana Walder kann das betreffende Schiff doch ebenfalls noch nicht verkauft sein. Ansonsten hätte man die Leiche gefunden", wandte Rejyna ein.

„Das ist richtig, aber der Eigentümer kann die Anzeige irgendwann aus den Systemen genommen haben, um sie zu einem späteren Zeitpunkt erneut hineinzusetzen, damit sie bei den Aufrufen wieder ganz oben erscheint", gab Lucas zu bedenken. „Oder unser Täter hat am Anfang seiner Serie die Leiche einfach im Wasser versenkt und erst später angefangen, sie am jeweiligen Tatort zurückzulassen. Es gibt eine Reihe von Möglichkeiten, aber Finn sitzt dran und sobald er mit der Zusammenstellung fertig ist, werden Em und ich sie uns ansehen. Könnt ihr uns die offiziellen Tatortbilder von der Yacht besorgen, auf der man Francis Darnell gefunden hat?"

„Wir haben schon alles angefordert", informierte ihn Rejyna. „Ebenso alle anderen offiziellen Ermittlungsakten. Bislang haben wir schließlich nur die reinen Vermisstenmeldungen und deren Status eingesehen."

„Ich habe mit Howard Shippendale, dem Eigentümer der ‚Butterfly' telefoniert und ihn über die Vorgänge auf seinem Boot informiert. Er wird noch heute von Chicago aus nach Boston fliegen. Er hat darum gebeten, seine Mutter wenn möglich nicht zu involvieren, da sie seit dem Tod ihres Mannes unter Herzrhythmusstörungen leide und jede größere Aufregung vermeiden solle. Im Augenblick sehe ich keinen Grund, die Frau zu kontaktieren. Die Yacht war schließlich schon zum Zeitpunkt des Mordes nicht mehr in ihrem Besitz." Abstimmend sah sich Blake am Tisch um und jeder gab nickend seine Zustimmung.

„Ich habe mir Shippendales digitale Fußabdrücke angesehen", gab Emily bekannt. „Der Mann führt ein Franchise-Unternehmen im Immobilienbereich mit fünfundzwanzig Mitarbeitern in der Zentrale. Er ist auf den Osten der USA konzentriert. Zur Zeit hat er zweihundertachtzehn Lizenzen vergeben. Vier davon hält er selbst in den lukrativen Regionen von Chicago, Boston, New York und Rhode Island. Die Leitung der vier Maklerbüros hat er vergeben."

Leise pfiff Lucas durch die Zähne. „Kein Wunder, dass der Mann der Verkauf der ‚Butterfly' nicht interessiert. Wie groß ist sein Vermögen?"

„Ich schätze, es bewegt sich in einem zweistelligen Millionenbereich und man beachte, er ist erst sechsunddreißig Jahre alt", antwortete Emily. „Er hat eine Affinität zum Wasser und besitzt eine eigene kleine Yacht, die er in Chicago liegen hat." Die Beschreibung ‚klein' klang ironisch aus ihrem Mund und tatsächlich war das Schiff alles andere als das. Der Bildausdruck, den Emily auf den Tisch legte, zeigte eine zwei-Millionen-Dollar Motoryacht.

„Wow! Der Mann weiß, wie man lebt", stellte Blake fest.

„Wenn man Wert auf diese Dinge legt, ja", bestätigte Emily. „Wesentlich interessanter ist allerdings, dass er einen sehr dominierenden Charakter hat. Wenn wir uns seine Posts ansehen, so zeigen sie ihn immer in der besten Position."

„Stellen sich nicht die meisten Menschen im Netz positiv dar?", hakte Rejyna nach.

„Viele", bejahte Parker. „Aber sie setzen dabei nicht notwendigerweise andere herab und das ist es, was Howard tut, wenn er sich mit anderen in Relation setzt. Habe ich dich richtig verstanden, Em?"

„Hast du. Wenn du normalerweise eine Franchise-Lizenz

erwirbst, dann verpflichtest du dich, die vorgegebenen Richtlinien einzuhalten, kannst aber in deren Rahmen frei wirtschaften. Nicht so bei Howard Shippendale. Er schreibt jedes Detail vor, sogar wie die Schreibtische auszusehen haben.“ Emily zeigte zwei weitere Kopien, auf denen jeweils die Skizze einer Schreibtischplatte für einen Rechts- und einen Linkshänder abgebildet waren.

„Das ist wirklich verrückt“, murmelte Rejyna.

„Er besucht auch alle Außenstellen in mehr oder weniger regelmäßigen Abständen“, fuhr Emily fort. „Und wie ihr euch denken könnt, hat er Lizenznehmer in allen größeren Städten.“

„Ich nehme an, da gehören die Orte unserer Opferliste dazu“, warf Blake ein.

Emily nickte. „Korrekt.“

„Wie ist das Verhältnis zu seinen Eltern?“, erkundigte sich Lucas.

„Sein Vater ist ebenfalls in der Immobilienbranche gewesen, aber er hat nie den Sprung in die Selbstständigkeit gewagt“, berichtete Emily. „Vermutlich hat er dafür keinen Grund gesehen, denn er hat auch so genügend Geld verdient. Howard war es von Anfang wichtig, erfolgreicher als sein Vater zu sein. Ohne den Mann persönlich gesehen zu haben, ist es natürlich schwer zu beurteilen, aber es wäre möglich, dass er seinen Vater verachtet hat. Das würde auch erklären, warum er die ‚Butterfly' verkommen lässt.“

„Alles in allem könnte Shippendale also unser Täter sein“, fasste Blake zusammen.

„Nun ja, all diese Dinge machen ihn nicht zwangsläufig zu einem Mörder“, wiegelte Emily ab.

„Es gibt eine Menge Menschen mit gleichen oder ähnlichen Eigenschaften, die nicht mit einem Messer in der Tasche umherlaufen“, fügte Lucas hinzu. „Aber wir sollten ihn uns auf jeden Fall genauer ansehen.“

„Sollen wir ihn in eurem Vistatorium verhören?“, erkundigte sich Rejyna.

Das Vistatorium war ein spezieller Raum, der mit achtzehn hochauflösenden Kameras und mehreren Mikrofonen ausgestattet war, die neben Ton und Körpersprache auch jede noch so kleine Regung der Gesichtsmuskulatur aufzeichneten.

„Em?“ Hunter überließ Emily die Entscheidung.

„Ich glaube nicht, dass dies zum jetzigen Zeitpunkt nötig ist. Wir können das Vistatorium immer noch nutzen, wenn sich während des ersten Gesprächs der Verdacht gegen ihn erhärten sollte.“

„Das klingt vernünftig", fand Blake. „Dann führen wir beide morgen früh das Interview mit Howard Shippendale. Ich habe ihn für zehn Uhr ins Büro bestellt. Passt das für dich?"

Emily nickte einmal und notierte den Termin im Kalender ihres Handys.

„Meint ihr, es besteht eine realistische Chance auch die männlichen Opfer aufzuspüren?", lenkte Rejyna den Fokus in eine neue Richtung.

„Schwer zu sagen", meinte Hunter nachdenklich. „In einigen der Regionen gibt es gleich mehrere Waldgebiete oder Parks, die infrage kommen und manche von ihnen sind ziemlich groß."

Parker sah, dass Rejyna die Antwort enttäuschte. Die minimale Regung ihrer Lippen wäre ihm entgangen, wenn ihm nicht während der Fragestellung die Überspannung ihrer Stimmmuskulatur aufgefallen wäre. Bereits gestern hatte er das Gefühl gehabt, dass sie der Tod dieser Männer stärker beschäftigte und er hatte sich nicht geirrt. Aufmunternd lächelte er sie an.

„Wir können es dennoch versuchen. Immerhin haben wir zwei Fundorte, die wir vergleichen können."

Rejynas Miene hellte sich auf. „Eric Dubovskys Akte ist auf dem Weg zu uns und mit den beiden Detectives, die Samuel Crawfords Fall letzte Woche übernommen haben, können wir uns persönlich unterhalten. Lisa ist eine Freundin von mir. Durch sie bin ich überhaupt erst auf den Fall aufmerksam geworden."

Erstaunt nahm Parker die Aussage auf. Bislang war er davon ausgegangen, dass der Fall des alten Mannes zufällig auf Rejynas Schreibtisch gelandet war, aber offensichtlich war er zunächst an die Bostoner Polizei gegangen.

Was eigentlich auch der normale Weg ist, erinnerte sich Parker selbst. Wieso hatte er sich nur nicht sofort darüber gewundert, dass ein einfacher Mordfall an das FBI gegeben wurde? Im Nachhinein konnte er nur innerlich den Kopf über sich schütteln, aber wenn es um Rejyna ging, war er einfach abgelenkt. Auch jetzt musste er höllisch aufpassen, nicht in ihren dunklen Augen zu versinken.

Im klassischen Sinn war sie nicht bildschön. Dafür war ihr Gesicht ein wenig zu oval. Doch die Relationen ihrer symmetrischen Züge bildeten zusammen eine eigene Perfektion, die ihr eine einzigartig faszinierende Ausstrahlung verlieh. Ihr Charisma war atemberaubend.

Ich werde herausfinden, warum Samuel Crawford sie so sehr interessiert hat, dass sie eigene Nachforschungen angestellt hat, entschied Parker, beschloss aber gleichzeitig, das Thema auf einen späteren Zeitpunkt zu vertagen. Er wollte sie dies nicht vor allen anderen fragen.

„Dann fahren wir beide ins Polizeipräsidium“, verkündete er laut. „Wir sollten auch abklären, ob es Beziehungen zwischen den Opfern gibt.“

„Du hast recht“, stimmte ihm Hunter zu. „Auch wenn das Tatmuster nicht danach aussieht, sollten wir die Sache überprüfen. Blake, was meinst du?“

„Guter Punkt. Ich kümmere mich darum.“

„Dann sind wir alle mit Aufgaben versorgt“, stellte Hunter fest.

„Außer dir“, bemerkte Lucas grinsend.

Abwehrend hielt Hunter die Hände in die Luft. „Tut mir leid, Leute, aber ich habe heute Abend einen Termin, den ich unter keinen Umständen absagen kann.“

„Ach ja?“, hakte Lucas neugierig nach. „Heiratest du etwa?“

„Nein, noch nicht“, gab Hunter lachend zurück. „Und keine Sorge. Den Termin werde ich dir rechtzeitig in den Kalender eintragen lassen.“

„Gut zu wissen“, entgegnete Lucas. „Jetzt sag schon, was hast du vor?“

„Heute ist Mias Geburtstag“, erinnerte Parker den Freund sanft.

„Oh, Mist!“, rief Lucas entsetzt aus. „Das habe ich ganz vergessen. Habt ihr sie schon angerufen?“

Alle am Tisch nickten belustigt.

„Oh Mann, wie konnte mir das nur durchrutschen. Wieso hat mir keiner von euch was gesagt? Ich rufe sie sofort an.“ Hastig erhob sich Lucas und verschwand unter dem Gelächter der anderen mit dem Handy am Ohr aus dem Raum.

„Es läuft also gut zwischen euch beiden?“, wollte Blake von Hunter wissen. Vor einem halben Jahr hatte Mia das Team um Hilfe gebeten, nachdem sie den Händen eines brutalen Serienmörders zwar zunächst entkommen war, sich ihr Leben aber immer noch in Gefahr befunden hatte. Und während sich alle darum bemüht hatten, den Fall aufzuklären und den Täter zu fassen, hatten sich die junge Anwältin und Hunter ineinander verliebt.

„Das tut es“, bestätigte Hunter zufrieden. „Wir haben beschlossen, uns ein gemeinsames Haus zu suchen.“

„Ich dachte, ihr lebt bereits zusammen?", wunderte sich Blake.

„Nachdem Mias Haus abgebrannt war, ist sie erst einmal bei mir eingezogen, um in Ruhe zu überlegen, was sie möchte."

„Und sie möchte ein Haus mit dir", folgerte Rejyna.

„Ich denke, das bringt es auf den Punkt", bestätigte Hunter mit einem glücklichen Gesichtsausdruck.

„Was habt ihr beide heute Abend vor?", wollte Emily wissen.

„Wir werden zuerst ins Theater und anschließend essen gehen", offenbarte Hunter, während er die Unterlagen vor sich zusammenschob. „Der Rest des Abends unterliegt der Schweigepflicht."

„Alles klar", meinte Blake. „Dann wünsche ich euch viel Spaß."

„Danke! Wenn es in Ordnung ist, würde ich mich dann jetzt verabschieden."

„Hau ab, Hunter, und bring die Reihenfolge der Programmpunkte nicht durcheinander", mahnte Parker scherzend.

„Ich könnte sie dir aufschreiben", bot Emily an.

„Sehr nett, aber ich denke, ich habe alles im Griff. Bis morgen!"

„Es ist schön zu sehen, wenn das Konzept der Liebe funktioniert", äußerte Blake, dann erhob er sich ebenfalls. „Ich fahre zurück ins Büro. Bis morgen!"

„Bis morgen", gaben die anderen zurück.

Nachdenklich sah Parker dem Agenten nach. „Das klang traurig."

Irritiert sah Rejyna auf. „Seine Bemerkung über die Liebe?"

„Ja. Ich kann nicht sagen, was es war, aber es lag ein Timbre in seiner Stimme ..."

„Analysierst du eigentlich immer?" Ihr Blick wurde misstrauisch.

„Nein, ich weiß auch nicht, warum es mir gerade aufgefallen ist."

„Aber du hast recht", stimmte ihm Emily zu und sah fragend zu Rejyna hinüber, die unwissend mit der Schulter zuckte.

„Ich habe keine Ahnung. Wir kennen uns erst seit einem Jahr. In dieser Zeit hat er nie eine feste Beziehung erwähnt", berichtete sie. „Parker, wenn wir Lisa und ihren Partner Dave noch erwischen wollen, sollten wir uns auf den Weg machen."

„Dann lass uns gehen. Bis morgen, Em."

KAPITEL 7

Wo war er? Wo war sein Sohn? Scott hatte ihn abgeholt, oder nicht? Orientierungslos sah sich Adam Kramer um.

Doch, doch natürlich hatte er ihn abgeholt. Er hatte mit ihm im Auto gesessen. So wie früher. Früher waren sie oft zusammen in den Wald gefahren. Früher. Bevor Ella ihn verlassen und Scott mitgenommen hatte. Er stolperte und fiel auf die Knie.

Orientierungslos sah er sich um. Wo war er? Wieso standen überall so hohe Bäume um ihn herum? Es waren so viele. In seinem Vorgarten stand normalerweise nur ein Baum. Ein einziger Baum. Mit einer Hand stützte sich der alte Mann auf dem Boden ab und stand langsam wieder auf. Seine Beine zitterten. Er war nicht mehr so gut in Form wie früher. Früher. Als er noch Football gespielt hatte. Wo war der Ball? Er musste ihn beim Tackling verloren haben. Verdammt! Er musste ihn wiederholen. Seine Mannschaft brauchte den Sieg. Er drehte sich um die eigene Achse, stolperte, fiel wieder. Sein Körper begann zu zittern. Es war kalt. Es wurde dunkel. Er musste nach Hause.

Orientierungslos sah er sich um und Panik breitete sich in ihm aus. Wo war er? Er war vom Weg abgekommen. Verdammt, jetzt würde er zu spät zu seinem Geschäftstermin kommen. Sein Chef würde ihm den Kopf abreißen, wenn er nicht pünktlich kam.

In sein Blickfeld trat eine junge Frau. Kannte er sie? In letzter Zeit vergaß er häufiger Gesichter. Verzweifelt versuchte er, sich zu erinnern, aber es gelang ihm nicht.

„Miss“, sprach er schließlich atemlos. „Können Sie mir bitte helfen? Ich habe mich verfahren. Ich muss nach ...“ Er hielt inne. Ja, wo musste er eigentlich hin?

„Dieser alte Mann ist mein Vater?“ Überrascht sah Brittany zu ihm auf, während sie mit dem Messer in ihrer Hand auf den alten Greis deutete, der vor ihr auf dem Boden kniete. „Er ist das Schwein, das meine Mutter mit mir sitzengelassen hat?“

Er nickte. „Ich habe dir versprochen, dass ich ihn für dich finden werde."

Stumm nickte sie, während sich der Hass langsam auf ihrem Gesicht ausbreitete.

Er sah diese Verwandlung jedes Mal in dieser Situation und jedes Mal wieder genoss er diesen Moment in vollen Zügen. Es war sein Werk. Er hatte es wieder einmal geschafft.

Brittany stieß einen wütenden Schrei aus, dann hob sie ihren Arm über die Schulter und stach dem Mann das Messer unterhalb der Schulter in den Brustkorb. Dann zog sie es wieder heraus und stach abermals zu.

Er wandte sich ab. Dieser Teil interessierte ihn nicht. Dies war Brittanys Moment. Leise pfiff er eine leichte Melodie vor sich hin und wartete, bis nur noch Brittanys Atem zu hören war. Dann trat er zu ihr und ging neben ihr in die Hocke. Noch immer hielt sie das Messer fest in ihrer Faust.

„Wie fühlst du dich?"

Ihre Augen funkelten ihn an. „Fantastisch!"

Ihre Antwort beflügelte ihn. Ja, er hatte gewusst, dass Brittany das Töten liegen würde. Sie war eine talentierte Schülerin gewesen. Es war eine Schande, dass er sie gehen lassen musste, aber so war es nun einmal im Leben. Alles hatte seine Zeit.

„Es ist seine Schuld, dass ich auf der Straße gelandet bin. Es ist seine Schuld, dass ..."

Nein, das ist es nicht, widersprach er in Gedanken, während er sie reden ließ. Der gute Adam Kramer war einfach nur zur falschen Zeit am falschen Ort gewesen. Er hatte schlichtweg seinen Anforderungen an ein leichtes Opfer genügt. Schließlich hatte er sicherstellen müssen, dass Brittany bereit war, für die eigentliche Aufgabe, die er für sie bereithielt. Dies hier war schlussendlich nur die Generalprobe gewesen.

„Ich möchte ihn noch einmal töten", verkündete Brittany plötzlich.

Er grinste innerlich. Es war jedes Jahr dasselbe. Er war wirklich gut.

Vertrauensvoll rollte er eine ihrer Haarsträhnen um den Finger. „Das geht leider nicht, Brit, aber ich habe eine gute Alternative für dich. Erinnerst du dich daran, als ich dir von meiner Mutter erzählt habe ..."

KAPITEL 8

„Hi, Rejyna! Was machst du denn hier?“ Erfreut kam Lisa hinter ihrem Schreibtisch im Bostoner Polizeidezernat hervor und umarmte die Freundin. „Warst du zufällig in der Gegend?“

„Nein, um ehrlich zu sein, ist es ein offizieller Besuch. Wir wollten zu dir und Dave“, entgegnete Rejyna. „Lisa, das ist Dr Parker McNamara. Er ist einer unserer psychologischen Berater. Erinnerst du dich noch, als ich dir von H.E.L.P. erzählt habe?“

„Ja, natürlich. Es freut mich, Sie kennenzulernen, Dr McNamara.“

„Parker, das ist Detective Lisa Galotti“, beendete Rejyna die Vorstellung.

„Die Freude ist ganz auf meiner Seite und bitte nennen Sie mich einfach Parker.“

„Gerne. Ich bin Lisa. Setzt euch! Kann ich euch was anbieten? Wasser, Kaffee, Tee?“

„Nein, danke“, lehnte Rejyna nach einem Blickaustausch mit Parker ab. „Ist Dave schon weg?“

„Ja. Er hat heute schon um zwölf Schluss gemacht, weil er noch eine Menge für morgen vorbereiten muss. Die ganze Woche war so viel los, dass er noch nicht einmal Zeit zum Einkaufen hatte.“

Rejyna runzelte die Stirn. „Morgen?“

„Die Party?“, gab Lisa ihr einen Tipp.

„Oh, Mist! Seine Geburtstagsparty. Die habe ich ganz vergessen“, rief Rejyna schuldbewusst aus.

„Du kommst aber doch hoffentlich? Du hast versprochen, mich nicht alleine ...“

„Keine Sorge, Lisa. Natürlich komme ich.“

„Wunderbar.“ Lisa warf einen musternden Blick auf Parker, dann beugte sie sich ihrer Freundin über den Tisch entgegen. Sie sprach in einem lauten Flüsterton. „Warum bringst du ihn nicht mit?“

Parker räusperte sich amüsiert.

Lisa sah ihn kurz an, bevor sie weiter mit Rejyna sprach, als wäre er nicht anwesend. „Du erinnerst dich, dass Dave gesagt hat, du sollst jemanden mitbringen?"

„Wir werden es besprechen", versprach Rejyna ausweichend. Diese private Unterhaltung vor Parker war ihr unangenehm.

„Fein, solange er dich am Ende begleitet."

„Detective Galotti, ...", begann Parker.

„Lisa", unterbrach sie ihn korrigierend.

„Lisa, ich kenne Detective Carrera nicht. Da kann ich nicht einfach zu seinem Geburtstag ..."

„Es ist nicht sein Geburtstag. Er ist am 25. Dezember geboren und das ist, wie Sie sich unschwer vorstellen können, ein recht ungünstiger Tag zum Feiern mit Freunden. Können Sie mir folgen?"

Parker lachte. Die lebensfrohe Frau gefiel ihm. „Ja, das schaffe ich gerade noch. Aber wie ich sagte, ich kann nicht ..."

„Was Sie nicht können, ist eine so hübsche Frau wie Rejyna alleine auf eine Party gehen lassen, auf der mindestens achtzig Prozent der Gäste Cops sind. Haben Sie eine Ahnung, wie viel billige Anmache sie wird abwehren müssen?" Theatralisch hob sie die Arme in die Luft.

„Lisa, hör auf!", bat Rejyna erheitert, bevor sie ernst wurde. „Wir sind wegen Samuel Crawford hier."

„Das Opfer, das letzte Woche im Wompatuck State Park gefunden wurde", erinnerte sich Lisa sofort. „Was ist mit ihm?"

„Wir glauben, dass er das Opfer eines Serientäters ist", erläuterte Rejyna.

Unwillkürlich zogen sich Lisas Augenbrauen zusammen. „Eines Serientäters? Wie kommt ihr darauf?"

Rejyna gab der Freundin einen kurzen Abriss der Ereignisse. „Kannst du uns die Unterlagen mit euren bisherigen Ermittlungsprotokollen geben?"

„Sicher. Ich suche alles für euch heraus, aber ich kann euch direkt sagen, dass es nicht viel ist, was wir haben. Samuel Crawford war einundachtzig Jahre, ist nie verheiratet gewesen und hatte auch keine Kinder. Er war fünfundsiebzig als die Alzheimer-Krankheit bei ihm diagnostiziert wurde. Seine Schwester hat sich um ihn gekümmert, aber sie ist vor drei Jahren verstorben. Seitdem lebte der Mann in dem Seniorenheim."

„Haben Sie herausgefunden, wie er von dem Gelände gelangen konnte?", wollte Parker wissen.

„Leider nein. Er lebte in dem relativ neu sanierten Pflegeheim unten am Wasser. Es ist um einen separaten Flügel erweitert worden, in den eine Demenzstation integriert wurde. So lange es möglich ist, leben die Senioren in dem offenen Teil des Heims und wechseln später, wenn die Krankheit ein bestimmtes Stadium erreicht, den Trakt. Samuel Crawford stand bereits auf der Warteliste für ein Bett auf der Demenzstation."

„Das heißt, der sogenannte offene Bereich ist nicht kameraüberwacht?"

„Tagsüber nicht, nein", berichtete Lisa bedauernd.

„Gibt es keine Pforte am Eingang des Geländes?", hakte Rejyna nach.

„Doch, aber hier melden sich nur Lieferanten an. Besucher gehen einfach durch. Es ist schließlich kein Gefängnis."

Rejyna seufzte. „Jede Medaille hat zwei Seiten."

„Haben Sie mit dem Pflegepersonal gesprochen?", forschte Parker weiter. „Wäre Samuel Crawford mit einem Fremden mitgegangen?"

„Vermutlich", bejahte Lisa. „In den letzten Monaten war er allerdings gegenüber Männern aufgeschlossener. Häufig hat er sie für seinen bereits verstorbenen Bruder gehalten." Ihr Gesicht drückte Bedauern aus. „Es tut mir leid. Ich sagte ja, es ist nicht viel."

„Es ist mehr als wir vorher hatten", erwiderte Parker abmildernd. „Wo wurde seine Leiche gefunden? Haben Sie Fotos?"

Lisa ging auf die Seite ihres Partners, zog dessen Schreibtischschublade auf und breitete eine Karte des Parks vor ihnen aus. Ein roter Klebepunkt markierte die Fundstelle von Samuels Körper. „Sie liegt wirklich mitten im Wald. Der Park weist mehr als vierhundert Campingplätze aus und dieser Ort hier ist von allen meilenweit entfernt."

„Hier hat jemand seine Hausaufgaben gemacht", folgerte Parker. „Selbst der nächste Weg oder Pfad führt einige hundert Meter westlich daran vorbei."

„Der Täter muss allerdings mit dem Auto in den Park gefahren sein", überlegte Rejyna. „Habt ihr eine Liste der Anmeldungen und Kennzeichen?"

„Ja, die haben wir. An dem Tag sind dreihundertdreiundzwanzig Autos in den Park gefahren. Für zweihunderteinundsiebzig Fahrzeuge wurde ein Mehrtagesausweis ausgestellt, der den

Todestag beinhaltete. Ihr seht, das ist die Nadel im Heuhaufen."

„Wir brauchen die Liste trotzdem, denn wir haben ein weiteres männliches Opfer, das vor vier Jahren im Allegheny National Forest gefunden worden ist. Vielleicht tauchen ein Kennzeichen oder ein Name in beiden Fällen auf."

„Ich gebe euch alles, was wir haben. Der Drucker müsste eigentlich auch schon alles ausgespuckt haben." Lisa ging hinüber zu dem großen Drucker und nahm einen Stapel Papier aus dem Ausgabefach. Dann kehrte sie zurück. „Hier, bitte sehr. Damit ist es ab jetzt euer Fall."

„Du bist nicht sauer, oder?", vergewisserte sich Rejyna.

„Bist du verrückt?", lachte Lisa. „Wir arbeiten gerade an vier Fällen parallel. Dave und ich sind euch absolut dankbar, wenn ihr uns einen davon abnehmt, auch wenn es wahrscheinlich nur eine Frage von Tagen ist, bis der nächste neue Fall bei uns landet. Die bösen Jungs gehen irgendwie nie aus."

„Das stimmt wohl. Mach's gut, Lisa."

„Du auch", erwiderte sie und umarmte Rejyna zum Abschied, ehe sie Parker die Hand reichte. Herausfordernd zwinkerte sie ihm zu. „Wir sehen uns morgen!"

Parker lachte. „Haben Sie einen schönen Abend, Lisa."

Rejyna warf einen unsicheren Blick zu Parker hinüber. Sie hatten einige hundert Meter vom Dezernat entfernt geparkt, und er hatte weder im Treppenhaus noch auf dem Weg zum Auto ein Wort mit ihr gesprochen. Sie hatte versucht, ihn in ein Gespräch zu verwickeln, doch er hatte ihr nur recht einsilbige Antworten gegeben und so hatte sie schließlich aufgegeben.

Manchmal verstand sie Parker einfach nicht, musste sich Rejyna eingestehen. Es gab Momente, in denen sie den Eindruck hatte, dass er sie mochte und damit meinte sie, dass er sie wirklich mochte, dass er sich zu ihr hingezogen fühlte. Manchmal stand in seinem Blick ein männliches Feuer, das ihr Herz höher schlagen und ihre Körpertemperatur ansteigen ließ. Jedoch hatte er in den ganzen Monaten, in denen sie sich jetzt kannten, niemals auch nur den Hauch eines Versuchs unternommen, ihr näherzukommen.

Immer öfter lag sie abends in ihrem Bett und sinnierte frustriert darüber, ob sie sich diese Blicke von Parker nur einbildete. Meistens kam sie dann zu dem Ergebnis, dass dies der Fall sein musste. Denn welchen Grund konnte es geben, warum er niemals versuchte, sie alleine zu sehen? Allerdings revidierte sie diese Entscheidung wieder, sobald sie sich das nächste Mal begegneten und sie das Glänzen in seinen Augen sah. Sie war keine Expertin für Körpersprache, aber in jenen Momenten war sie sich sicher, dass er die gleiche Anziehungskraft zwischen ihnen verspürte wie sie es tat.

Unauffällig hatte Rejyna in den letzten Wochen Gelegenheiten gesucht, um mit Parker für einige Minuten alleine zu sein, aber er hatte sie nicht genutzt, um sich mit ihr zu verabreden, wie sie heimlich gehofft hatte. Ihre Freundin Lisa hatte ihr vor einigen Wochen geraten, die Initiative selbst in die Hand zu nehmen, aber ihr Gewissen hielt sie zurück.

Rejyna kannte sexuelle Anziehungskraft und wenn es allein um eine körperliche Attraktivität gegangen wäre, hätte sie Lisas Rat schon lange befolgt. Vielleicht zumindest. Aber Rejyna fürchtete, dass ihre Gefühle für Parker weitaus intensiver waren und ihr Gewissen sagte ihr, dass sie kein Recht auf Liebesglück hatte. Sie konnte diesen ersten Schritt daher nicht gehen. Wenn er hingegen die Initiative ergreifen würde ... Rejyna wusste, dass ihr Gedankengang paradox war. Allerdings konnte sie auch nicht leugnen, dass ihre Sehnsucht immer stärker wurde. Unauffällig warf sie ihm einen weiteren Blick zu.

Parker war groß, und er hatte eine schlanke Figur mit langen Beinen. Seine Schultern waren vielleicht nicht so breit wie Hunters und seine Brustmuskulatur mochte unter seinem Hemd auch keinen so deutlichen Sixpack aufweisen wie Blakes, aber er hatte einen definitiv männlichen Körper und für ihren persönlichen Geschmack musste ein Mann nicht die Figur eines Bodybuilders haben.

Parker strahlte Vertrauen und Verlässlichkeit aus und das war es, was Rejyna am meisten anzog. Sie liebte seine tiefblauen Augen, in denen sich seine Empathie spiegelte und ihr gefielen seine blassrosa Lippen, die immer öfter in ihren Träumen erschienen. Seit einigen Wochen trug Parker einen Drei-Tage-Bart, der ihm ebenso gut stand wie es die glatte Rasur getan hatte, ihm aber noch ein klein wenig stärkeren Sex-Appeal verlieh.

Rejyna wünschte, sie könne ihre Fingerspitzen durch die kurzen Haarspitzen fahren lassen. Sie würde zu gerne wissen, wie sie sich anfühlten. Vielleicht sollte sie ihn fragen, ob sie noch gemeinsam essen gingen?, überlegte sie. Es würde natürlich ein Arbeitsessen sein, bei dem sie die Papiere, die sie gerade von Lisa erhalten hatten, gemeinsam durchgingen.

Während sie sich dem Wagen näherten, entriegelte Parker das Schloss mit der Fernbedienung des Schlüssels und öffnete kurz darauf die Beifahrertür. Bevor sie einstieg, drehte sich Rejyna um und sah zu ihm auf.

„Rejyna ...“, „Parker ...“ Beide sprachen zur gleichen Zeit. Im ersten Moment blickte jeder erstaunt auf den anderen, dann lächelten sie gleichzeitig.

„Du zuerst“, bat Rejyna.

„Ich ...“ Parker schluckte, doch dann fasste er sich ein Herz. „Ich wollte dich fragen, ob du Lust hast, einmal mit mir essen zu gehen.“

„Ja, gerne!“ Rejyna strahlte und Parker spürte, wie ihm ein Stein vom Herzen fiel und sein Selbstvertrauen in den Himmel schoss.

„Wie wäre es mit dem ‚Ostra’ in der Nähe des Botanischen Gartens? Dort gibt es wunderbaren Fisch, aber wenn du lieber etwas anderes ...“

„Fisch ist perfekt“, unterbrach ihn Rejyna glücklich.

„Wann ... wann passt es dir?“

„Jetzt?“

Überrascht bewegte Parker seinen Kopf ein wenig nach links. „Jetzt?

„Ja, warum nicht? Ich habe seit dem Stück Kuchen heute Mittag am Hafen nichts mehr gegessen und du wahrscheinlich auch nicht.“ Erwartungsvoll sah sie ihn an.

Mist!, durchfuhr es Parker. Rejyna hatte ihn missverstanden. Er hatte nicht von einem Abendessen, um des Essens willen gesprochen, er hatte eine Verabredung haben wollen. „Ich glaube nicht, dass wir im ‚Ostra’ so kurzfristig einen Tisch bekommen“, begann er vorsichtig. Dann blickte er auf seinen rechten Unterarm, auf dem er plötzlich Rejynas Hand fühlte.

„Ich brauche keine Sterneküche, Parker“, sagte sie leise, während sie ihm intensiv in die Augen sah. „Ich würde einfach nur gerne mit dir ausgehen.“

Parker sah, dass sie ebenso nervös war wie er und begriff, dass er die falschen Schlüsse gezogen hatte. Rejyna hatte seine Einladung genau richtig verstanden. Lächelnd nahm er ihre Hand und führte sie an seine Lippen. „Jetzt ist eine wunderbare Idee. Worauf hast du Appetit?"

„Wie wäre es mit italienisch? In einer Seitengasse des Quincy Market gibt es eine kleine Osteria, in der sie einen echten italienischen Steinofen haben und in die sich nur wenige Touristen verirren."

„Das klingt verführerisch."

Eine halbe Stunde später betraten Rejyna und Parker das italienische Restaurant. Es war tatsächlich nicht groß, aber es strahlte eine herzliche, familiäre Atmosphäre aus.

„Ciao Rejyna, come stai? Es ist schön, dich zu sehen", begrüßte sie ein dicklicher alter Herr sofort und schloss sie in seine Arme.

„Danke, Luigi, gleichfalls. Hast du noch einen Tisch für uns?"

„Ich habe immer einen Tisch für dich. Das weißt du." Wild fuchtelte er mit seinem Arm in der Luft, was jedoch offensichtlich von seinen drei Kellnern als Arbeitsbefehl verstanden wurde. Einer der jungen Männer signalisierte ein Zeichen zurück und Luigi wandte sich wieder Rejyna zu. „Gib' mir drei Minuten."

„Kein Problem. Wir haben es heute einmal nicht eilig."

„Das höre ich gern, denn du weißt, zum Essen sollte man immer Zeit haben. Kochen ist eine Kunst, die man schätzen und genießen sollte." Der Mann musterte Parker offen, ehe er feststellte: „Du hast jemanden mitgebracht."

Rejyna lachte. „Ja, das ist Dr McNamara. Parker, das ist Luigi. Ihm gehört das Lokal und er macht sich ständig Sorgen, dass ich dem Essen nicht genügend Aufmerksamkeit widme. Dabei ist das eine glatte Unterstellung."

„Das Mädchen arbeitet zu viel", widersprach Luigi entschieden. „Sind Sie ein Kollege von ihr?"

„Auch", entgegnete Parker verschmitzt.

Der Italiener zog eine Augenbraue in die Höhe. „Auch", wiederholte er grübelnd. „So so."

„Ich glaube, Paolo hat einen Tisch für uns", wechselte Rejyna ein wenig verlegen das Thema und deutete auf einen der Kellner, der sie zu sich heranwinkte. „Ach ja, und Luigi, wir bleiben heute bei vegetarischen Speisen."

„Wirklich? Ich habe ganz frisches Vitello ..."

„Vegetarisch, Luigi", wiederholte Rejyna erheitert.

„Verstanden. Vegetarisch." Der Italiener nickte und murmelte: „Obwohl es eine Schande ist."

„Woher kennst du Luigi?“, erkundigte sich Parker, nachdem sie Platz genommen und eine große Flasche Wasser bestellt hatten.

„Meine Vormieterin hat mir eine Liste im Apartment liegen lassen, auf der sie einige Adressen für mich in Boston aufgeschrieben hatte. Unter anderem war diese kleine Osteria darauf notiert.“

„Das war nett von ihr.“

„Ja, das war es und ich bin ihr am Anfang für so manchen Tipp dankbar gewesen. Wenn man neu in einer Stadt ist, muss man sich eine ganze Menge zusammensuchen. Auf diese Weise hatte ich wenigstens einige Anhaltspunkte und dank Luigi bin ich nicht verhungert.“

„Kommst du oft hierher?“

„Zwei- oder dreimal die Woche.“

„Wie wäre es, wenn du unter diesen Umständen für uns bestellst?“, schlug Parker vor.

„Luigi wird uns nicht bestellen lassen“, klärte Rejyna ihn auf. „So wie ich ihn kenne, wird er es sich nicht nehmen lassen, uns etwas Eigenes zu zaubern. Daher habe ich ihm auch den vegetarischen Hinweis gegeben. Ich wollte weder dich noch ihn in Verlegenheit bringen.“

„Das war sehr aufmerksam von dir. Es tut mir leid, wenn ich essenstechnisch nicht ganz unkompliziert bin.“

Fröhlich winkte Rejyna ab. „Was ist kompliziert an vegetarischer Kost? Zumal du ja eigentlich auch nur ein halber Vegetarier bist.“

„Das stimmt“, entgegnete Parker und wechselte unauffällig das Thema. „Was war der Grund dafür, das du nach Boston gekommen bist?“

Rejyna antwortete nicht sofort. Stattdessen drehte sie ihr Glas unschlüssig hin und her. „Ich wollte helfen, Mörder zu fassen. In Boston war eine Stelle frei und ehe ich mich versah, war ich hier.“ Sie lächelte, als sie aufsah, aber ihr äußerer Augenringmuskel arbeitete dabei nicht. Es war ein vorgetäuschtes Lächeln.

Unauffällig atmete Parker ein. Manchmal wünschte er, die Fähigkeit, Lügen zu erkennen, einfach abstellen zu können. So wie jetzt zum Beispiel, denn jeder hatte in seinen Augen ein Recht auf Geheimnisse und Parker war sich absolut sicher, dass Rejyna nichts zurückhielt, was auch nur ansatzweise so grausam war wie das Dunkel seiner Kindheit. Vielmehr vermutete er, dass sie einfach nur etwas Zeit brauchte, um sich ihm gegenüber vollständig zu öffnen. Vielleicht gab es eine unglückliche Liebe in ihrer Vergangenheit, eine Beziehung, die schiefgelaufen war, ein Streit in der Familie oder sonst etwas Persönliches, was sie emotional noch immer beschäftigte. Er hatte kein Problem damit, Rejyna die Zeit zu geben, die sie brauchte, bis sie ihm freiwillig davon erzählen wollte. Allerdings hätte er es vorgezogen, gar nicht erst zu wissen, dass sie ihm etwas vorenthielt. Das wäre einfacher gewesen. Unbeschwerter.

Rejynas Ausdruck änderte sich. Sie lächelte noch immer. Dieses Mal schwankte es jedoch zwischen Traurigkeit und Ironie. „Ich schätze, eine Verabredung mit einem Experten nonverbaler Kommunikation hätte ein wenig mehr Vorbereitung meinerseits erfordert."

Parkers Hand reichte über den Tisch und legte sich über ihr Handgelenk, womit er gleichzeitig auch die Bewegung ihres Glases stoppte.

„Rejyna", begann er ernst, „ich will ehrlich zu dir sein. Ich glaube dir, wenn du sagst, dass die offene Position der Grund war, warum du nach Boston gezogen bist. Allerdings war sie sicher nicht die Ursache dafür, warum du Washington verlassen hast."

Zärtlich strich Parkers Daumen über ihre Haut. „Wenn sich Menschen begegnen, schätzen sie einander ab und wir allen hören und sehen emotionale Basisfunktionen. Je nach individuellem Empathievermögen erkennt sie der eine ein wenig früher als der andere und je nach schauspielerischen Fähigkeiten kann der eine seine wahren Gefühle ein wenig besser verbergen als der andere. Das ist ein völlig natürlicher Vorgang, dem auch ich mich nicht entziehen kann. Aber du solltest wissen, dass ich in meinem Privatleben mein Gegenüber nicht mehr analysiere als es jeder andere auch tut."

Langsam löste er Rejynas Finger vom Stiel des Glases und verschränkte sie mit seinen. „Ich möchte nicht, dass du beginnst darüber nachzudenken, wie du etwas sagst, denn das tue ich auch nicht. Lass uns einfach einen ganz normalen, ungezwungenen Abend miteinander verbringen. Du erzählst mir, was du mir erzählen möchtest und den Rest erzählst du mir morgen, nächste Woche, nächsten Monat oder vielleicht auch niemals. Es gibt keinen Druck oder Zwang. Einverstanden?"

Tränen glitzerten in ihren Augen und während sie versuchte, sie runterzuschlucken drückte Rejyna dankbar Parkers Hand.

Als sie vor einem Jahr nach Boston gekommen war, hatte sie niemanden gekannt. Doch alle Kollegen hatten sie herzlich willkommen geheißen und hatten ihr das Einleben so leicht wie möglich gemacht. Jeder hatte sie eingeladen, hatte sie mit seinen Freunden bekanntgemacht und in Nullkommanichts hatte Rejyna einen größeren Bekanntenkreis gehabt als zu ihrer Schulzeit. Sie war sich sicher, dass alle diese Leute, insbesondere ihr Partner Blake, sie als ehrlich, offen und unkompliziert beschreiben würden. Doch sie war nichts von alledem.

Die vergangenen fünf Jahre ihrer Biografie waren eine einzige Lüge und es fiel ihr mit jedem Tag schwerer, die Menschen um sie herum anzulügen. Allen voran Parker und Blake, aber auch Hunter, Lucas und Emily. Gegenüber Parker empfand sie ihr Schweigen jedoch am schlimmsten, denn ihre Gefühle für ihn gingen weit über Freundschaft hinaus und es war auch mehr als eine rein sexuelle Anziehungskraft, die sie ihm gegenüber verspürte.

In seiner Gegenwart konnte sie ihre Albträume vergessen. In seiner Gegenwart fühlte sie sich sicher und allein ein Blick aus Parkers tiefblauen Augen erzeugte eine Illusion in ihr, die das Bild einer harmonischen Familienidylle spiegelte. Doch sie wusste, es war nur ein Luftschloss. Sie hatte kein Recht auf eine eigene glückliche Familie. Allerdings hatte sie, seit sie Parker kannte, zum ersten Mal das Bedürfnis, von jener verhängnisvollen Nacht zu erzählen. Bislang hatte sie kein einziges Wort darüber verloren. Sie hatte nicht einmal ein Protokoll schreiben, geschweige denn, darüber sprechen können. Und sie sollte sich auch ganz gewiss nicht mit Parker darüber unterhalten. Aber vielleicht konnte sie ihm wenigstens ein wenig von sich erzählen, das der Wahrheit entsprach.

Aufmunternd lächelte Parker sie an. Er wusste nicht, was Rejyna innerlich beschäftigte, aber er sah, dass sie mit sich kämpfte, ob sie sich ihm öffnen sollte, oder nicht. Geduldig wartete er und hielt währenddessen ihre Hand. Ihre Haut war samtweich.

„Ich sollte nicht darüber reden", flüsterte Rejyna schließlich.

Verwundert kräuselte Parker die Stirn. „Du solltest nicht darüber reden? Warum nicht? Wer hat das gesagt?"

„Es ist nicht so einfach."

Parker wählte seine nächsten Worte mit Bedacht. „Ich habe in meinem Leben gelernt, dass die wenigsten Dinge wirklich einfach sind. Aber ich habe auch die Erfahrung gemacht, dass Reden immer eine gute Therapie ist."

Nachdenklich nickte sie, während sie auf Parkers Daumen blickte, der abermals sanft über ihren Handrücken streichelte. „So gut wie niemand weiß von der Geschichte."

„Ich bin ein guter Zuhörer, Rejyna, und wenn du sie mir erzählen möchtest, dann bin ich jederzeit bereit. Du kannst dir auch absolut sicher sein, dass niemand jemals etwas von mir darüber erfahren wird. Aber es ist ganz allein deine Entscheidung."

Parker wollte seine Hand langsam zurückziehen, um Rejyna nicht das Gefühl zu geben, sie zu bedrängen, doch ihre Finger hielten ihn zurück. Freudig überrascht hielt er den Kontakt und wartete.

„Seymour war nicht immer mein Nachname", erklärte Rejyna plötzlich leise.

Die Worte erstaunten Parker, obwohl er nicht recht wusste, warum. Wenn Rejyna verheiratet gewesen war und sie nach Boston gekommen war, weil ihre Ehe nicht funktioniert hatte und sie einen kompletten Neuanfang gesucht hatte, dann hatte sie schließlich keinen Grund gehabt, jemandem davon zu erzählen. Wahrscheinlich überraschte ihn die Aussage nur, weil er Rejyna in seinen Gedanken nie als verheiratete Frau gesehen hatte.

Parker wartete, doch als sie nicht weitersprach, beschloss er, ihr ein wenig zu helfen. Immerhin hatte sie freiwillig mit dem Thema begonnen. Er musste jedoch einen Moment konzentriert überlegen, bis er eine Frage gefunden hatte, die ihr alle Möglichkeiten, wie und ob sie das Gespräch weiterführen wollte, offen ließ. „Wie lange bist du verheiratet gewesen?"

Irritiert blinzelte Rejyna einige Male, bis sie Parkers falsche Schlussfolgerung nachvollzogen hatte. „Ich bin nicht verheiratet gewesen", berichtigte sie.

Nun war es an Parker, erstaunt auszusehen. „Bist du nicht? Aber wie hat sich dein Name dann geändert?" Plötzlich kam ihm ein anderer Gedanke. „Adoption", murmelte er.

Unwillkürlich musste Rejyna grinsen. „Nein, ich bin auch nicht adoptiert worden. Die Bundesbehörden haben die Namensänderung durchgeführt."

„Die Bundesbehörden?"

Rejyna nickte und holte tief Luft. „Es ist eine lange Geschichte."

„Wir haben Zeit", erinnerte sie Parker, während gleichzeitig der junge Kellner an ihren Tisch zurückkehrte.

„Zweimal eine klare Tomatensuppe als Vorspeise", erklärte er, „und dazu hausgemachtes Bruschetta. Guten Appetit!"

„Danke, Paolo", entgegnete Rejyna.

„Sehr gerne. Kann ich noch etwas zu trinken bringen? Vielleicht ein Glas Wein?"

„Ich muss leider noch fahren, aber du ...", begann Parker.

„Nein, danke, ich bleibe auch bei Wasser", lehnte Rejyna ab.

Paolo nickte und zog sich zurück.

„Hm, das ist die beste Tomatensuppe, die ich je gegessen habe", gestand Parker, nachdem er den ersten Löffel gekostet hatte.

„Ja, Luigi versteht sein Handwerk", bestätigte Rejyna. Genüsslich aßen sie die Suppe und unterhielten sich dabei über allerlei belanglose Dinge. Erst als sie beide ihre Löffel zur Seite gelegt hatten, kehrten sie zu ihrem ursprünglichen Thema zurück.

„Wie du weißt, stammten meine Eltern ursprünglich aus dem Iran. Mein Vater hat entschieden, seine Heimat zu verlassen und in die USA zu gehen, als meine Mutter mit mir schwanger war", fuhr Rejyna fort. „Wie seine gesamte Familie war er ein Gegner Chomeinis. Dennoch haben sie es lange geschafft, unter dem Radar der Regierung zu bleiben und den Verfolgungen und Hinrichtungen, die auf Chomeinis Amtsübernahme folgten, zu entgehen."

Rejyna nahm einen Schluck Wasser, bevor sie weitersprach. „Mein Vater war von Beruf Biochemiker. Er war gut, beziehungsweise eigentlich war er der Beste im Iran und als Chomeini von ihm erfuhr, hat er meinen Vater gezwungen, für ihn zu arbeiten."

„Der Iran wollte damals Atommacht werden", erinnerte sich Parker.

„Richtig, und mein Vater sollte das Projekt leiten. Als er sich dagegen gewehrt hat, sind seine Eltern bei einem Hausbrand ums Leben gekommen. Solch schlimme Schicksale passieren, wenn du verstehst, was ich meine."

Betroffen nickte Parker.

„Mein Vater begann also zu arbeiten, aber er zögerte die Dinge hinaus und natürlich fiel dies eines Tages auf. Daraufhin hatte sein Bruder mit seiner Familie einen Autounfall."

Parker schluckte entsetzt.

„Als meine Mutter schwanger wurde, wusste mein Vater, dass er etwas unternehmen musste. Er war ebenso wenig länger bereit, seine Familie der Willkür Chomeinis auszusetzen wie er bereit war, diese Atomwaffe zu bauen. Also nahm er heimlich Kontakt zu den USA auf und handelte einen Deal aus. Gegen ein Leben für seine Familie im Westen, gab er Amerika sein gesamtes Wissen über den Entwicklungsstand des iranischen Atomwaffenbaus. Meine Eltern bekamen neue Namen, mein Vater einen leitenden Job in einem Chemieunternehmen und ich wurde hier geboren, womit ich automatisch die amerikanische Staatsbürgerschaft innehatte."

„Deine Eltern bekamen einen westlichen Namen?", wunderte sich Parker.

„Nein." Rejyna schüttelte den Kopf. „Sie erhielten den Namen Ansary."

Ansary, wiederholte Parker für sich. Wo hatte er den Namen nur schon einmal gehört? Konzentriert dachte er darüber nach. Er wusste, dass er den Namen kannte und auf einmal fiel es ihm ein. Amir Ansary war vor zwei Jahren in Kalamazoo verschwunden. Er war wahrscheinlich eines der Opfer dieses verrückten Serienkillers.

Bestürzt sah er sie an. „Amir Ansary war dein Vater?"

Fest presste Rejyna ihre Lippen aufeinander und nickte.

„Das tut mir leid, Sweetheart", erklärte Parker mitfühlend. Dabei nahm er ihre Hand in seine beiden Hände.

„Danke", erwiderte Rejyna mit zitternder Stimme.

„Er ist der Grund, warum du überhaupt auf den Fall aufmerksam geworden bist und angefangen hast, nachzuforschen", stellte Parker fest und klang dabei verständnisvoll.

„Ja, ich ... ich hatte auf einmal so ein merkwürdiges Gefühl."

Paolo tauschte ihre beiden leeren Suppenteller gegen zwei große Holzbretter mit Pizza. „Buon appetito!"

„Wann hast du deinen Vater zum letzten Mal gesehen?", führte Parker das Gespräch auf ihr Thema zurück.

„Vor fünf Jahren. Meine Mutter starb an Krebs als ich siebzehn war. Von da an waren es nur noch mein Vater und ich. Wir hatten immer ein sehr gutes Verhältnis, aber er erzählte mir die ganze Geschichte, warum er in die USA gegangen war, erst, nachdem er die Diagnose der Alzheimer-Krankheit erhalten hatte und ihn sein Gedächtnis zunehmend im Stich ließ. Ich studierte damals bereits seit vier Jahren in Washington, aber er wohnte noch in unserem

Haus in Detroit. Es ist unser letzter gemeinsamer Abend gewesen."

Parker wunderte sich über die Bemerkung. „Du hast ihn nie mehr besucht?"

Traurig schüttelte sie den Kopf. „Er gab mir keine Gelegenheit dazu. Er zeigte mir das Pflegeheim, das er sich in Kalamazoo ausgesucht hatte, im Internet und versicherte mir, dass man sich dort gut um ihn kümmern würde und ich mir keine Sorgen um ihn machen müsse. Dann nahm er mir das Versprechen ab, ihn niemals zu besuchen."

„Warum hat dein Vater diesen Weg gewählt?", erkundigte sich Parker vorsichtig, denn er sah, wie sehr Rejyna dieser freiwillig gewählte Zeitpunkt der endgültigen Trennung immer noch schmerzte.

„Auch nach all den Jahren gab es im Iran noch eine Menge Leute, die nicht vergessen haben, dass mein Vater sie oder ihre Angehörigen verraten hat. Es bestand immer das Risiko, dass sie ihn eines Tages finden und töten würden. Als meine Eltern Teheran vor dreißig Jahren verlassen haben, hat man meiner Mutter die Schwangerschaft bereits angesehen. Es bestand also immer auch die Möglichkeit, dass man mich suchen würde und in seinen Augen machte es keinen Sinn, mich in Gefahr zu begeben, wenn er mich ohnehin nicht mehr erkennen würde." Sie schluckte. „Auf dem Aufnahmeformular des Wohnheims hat er angegeben, keine Angehörigen zu haben, aber er bestimmte testamentarisch, dass man mich von seinem Tod in Kenntnis setzte. "

Mit Tränen in den Augen blickte Rejyna in die Ferne. Sie hatte ihren Vater gut genug gekannt, um zu wissen, dass es nichts gab, was ihn in seiner Entscheidung, die letzten Jahre alleine zu verbringen, umgestimmt hätte. Aber sie fragte sich zum hundertsten Mal, ob ihr Leben anders verlaufen wäre, wenn die Krankheit ihres Vaters zumindest langsamer fortgeschritten wäre, und sie ihn noch hätte um Rat fragen können. Hätte er die wahren Gründe hinter dem Jobangebot der CIA gesehen?

„Es tut mir leid", bekundete Parker mitfühlend. „Es muss schwer sein, sich auf diese Weise zu verabschieden."

Mit einem traurigen Lächeln schluckte Rejyna die Tränen herunter. Schon wieder belog sie Parker oder zumindest ließ sie ihn glauben, dass die Trauer um ihren Vater sie überwältigte. Ganz gewiss war jener Moment auch einer der schwierigsten in ihrem Leben gewesen, aber der Tod eines fünf Monate alten Säuglings lastete schwerer.

Sie nahm einen Schluck Wasser. „Nachdem ich vom Tod meines Vaters erfahren hatte, startete ich mit einigen Nachforschungen. Dabei habe ich erfahren, dass er eines Tages nicht zum Essen erschienen ist. Wie bei allen Alzheimerpatienten ist das Pflegepersonal zunächst davon ausgegangen, dass er sich verlaufen hat. Als er jedoch auch nach Tagen nicht wieder auftauchte, erhärtete sich der Verdacht, dass seine Gegner ihn schließlich tatsächlich gefunden und ermordet hatten. Für diesen Fall hatte mein Vater einen Punkt in seinen Immigrationsvertrag aufnehmen lassen, der besagte, dass man mich und meine Mutter unter allen Umständen schützen musste."

„Daher haben die Bundesbehörden deinen Namen geändert", folgerte Parker.

Rejyna senkte ihren Blick. Die Gefahr, dass Parker die Lüge in ihren Augen sehen würde, war zu groß, denn in Wahrheit war sie selbst der Grund für die Namensänderung. Bis vor wenigen Tagen hatte sie auch selbst noch gedacht, dass sie den Tod ihres Vaters zu verantworten hatte, aber so wie es aussah, trug sie jedoch wenigstens diesbezüglich keine Schuld. „So ist es. Sie haben mir neue Papiere ausgestellt und ich wollte meine damalige Stelle ohnehin aufgeben."

„Du hast damals noch nicht beim FBI gearbeitet?"

„Nein. Nach meinem Studium von Geschichte und Politik habe ich angefangen, beim Auswärtigen Amt zu arbeiten, aber irgendwann stellte ich fest, dass es nicht das war, was ich ein Leben lang machen wollte." Sie hastete durch die Lüge, um sich schnell wieder auf sicherem Grund zu bewegen. Die Wahrheit war einfacher. „Ich absolvierte noch eine einjährige Fortbildung in Kriminalistik. Dann habe ich mich beim FBI beworben und schon war ich in Boston."

„Weiß Blake von der Sache mit deinem Vater?"

„Nein, niemand außer zwei Beamten und einem hochrangigen FBI-Direktor weiß davon. Allerdings frage ich mich jetzt, ob mein Vater tatsächlich von seinen Feinden getötet wurde."

„Eigentlich hast du dir diese Frage bereits längst beantwortet", stellte Parker fest, woraufhin Rejyna traurig nickte.

„Sein ganzes Leben hat er mächtigen Terroristen getrotzt, und am Ende wird er das Opfer eines verrückten Soziopathen. Das ist nicht fair. Wenn ich mir vorstelle, welche Ängste er in den letzten

Minuten seines Lebens ausgestanden haben muss ...“ Ihre Stimme begann zu zittern.

„Nicht, Rejyna!“ Sanft legte Parker seinen Zeigefinger über ihre Lippen, während er sich ihr über den Tisch entgegenbeugte. „Quäl dich nicht selbst. Das hätte dein Vater nicht gewollt.“

Leise seufzte sie. „Nein, wahrscheinlich hast du recht. Dennoch sollte niemand auf solche Weise sterben. Wir müssen diesen kranken Typen finden, Parker.“

„Das werden wir auch. Wir werden wir ihn aufhalten.“

Sie nickte, während sie versuchte, ihre Fassung wiederzugewinnen. Dabei realisierte sie, dass sie unbedingt das Thema wechseln musste, bevor sie Parker auch noch den Rest der Geschichte erzählte. Denn eines stand fest: Parker war definitiv ein guter Zuhörer. Bewusst hellte sie ihren Gesichtsausdruck auf.

Gespannt wartete Parker, was kommen würde. Er hatte den Eindruck, dass Rejyna noch immer etwas zurückhielt, aber wie er versprochen hatte, respektierte er ihre Entscheidung, wie viel und was sie ihm sagen wollte. Heute Abend hatte sie den ersten vertrauensvollen Schritt getan. Der nächste lag fairerweise bei ihm. Auch wenn Parker alleine der Gedanke daran, Übelkeit verursachte.

„Weißt du Parker, das ist definitiv das merkwürdigste und unromantischste erste Date meines Lebens.“

Parker tat entsetzt. „Was? Tatsächlich?“

„Ja“, bestätigte sie lachend.

„Das müssen wir sofort ändern“, entschied Parker resolut. Dann wurde seine Stimme sanft und sein Blick feurig. „Habe ich dir eigentlich schon jemals gesagt, dass du die schönste Frau bist, die ich je getroffen habe?“

Rejynas Herzschlag begann sich zu erhöhen und ihr Mund wurde auf einmal trocken. „Wirklich?“, flüsterte sie aufgeregt.

„Wirklich“, bejahte Parker ebenso leise.

„Warum hast du mich nicht früher gefragt, ob ich mit dir ausgehen möchte?“

„Ehrliche Antwort?“

Sie nickte.

„Ich habe mich nicht getraut.“ In Parkers Augen stand der Schalk, aber Rejyna ahnte, dass ein Körnchen Wahrheit in seinen Worten steckte.

„Warum nicht?“, wollte sie wissen.

„Ich hatte noch nie Probleme, mich mit einer Frau zu verabreden, aber bei dir hatte ich zum ersten Mal Angst, einen Korb zu erhalten und das Risiko war mir zu groß, denn dann hätte ich einen Traum aufgeben müssen. Einen Traum, der mir gar zu gut gefallen hat.“

„Wow, Parker! Du verstehst es, einer Frau zu schmeicheln.“

„Ich muss schließlich auch unser erstes Date retten“, erinnerte er sie und zwinkerte ihr scherzhaft zu, bevor das Lächeln aus seinem Gesicht verschwand. „Nein, im Ernst, ich schmeichle dir nicht. Ich sage die Wahrheit.“

Abermals griff er nach ihrer Hand und führte sie an seine Lippen. „Ich möchte dich kennenlernen, Rejyna, und damit meine ich, richtig kennenlernen. Du hast mit Sicherheit schon tausend Mal gehört, wie aufregend du bist. Aber wenn es mir nur um Sex ginge, würde ich die Finger von dir lassen, denn Sex zwischen Arbeitskollegen bringt nur Komplikationen. Ich habe jedoch das Gefühl, dass mehr zwischen uns sein könnte und ich würde gerne herausfinden, ob ich recht habe.“

Rejyna schluckte. Vernünftigerweise sollte sie an dieser Stelle sagen, dass sie nicht das Gleiche empfand. Sie sollte ihm sagen, dass ihr Interesse rein sexueller Natur war. Doch ihre Stimme gehorchte ihr nicht. Ihre Lippen formten eigene Worte. „Ich habe das gleiche Gefühl, Parker.“

Erleichtert atmete er auf. „Das ist gut.“ Parker löste die körperliche Verbindung zwischen ihnen und nahm einen Schluck Wasser, um Zeit zu gewinnen. Schließlich stellte er das Glas zurück. „Es gibt allerdings einen Punkt in meinem Leben, über den du Bescheid wissen solltest, bevor du dich auf mich einlässt.“

Irritiert neigte sie ihren Kopf. „Und der ist was?“

„Hier ist nicht der richtige Ort, um dir davon zu berichten, und ehrlich gesagt glaube ich, dass wir für den ersten Abend auch genug ernste Punkte angesprochen haben. Warum genießen wir im Augenblick nicht einfach Luigis Pizza und verschieben meine Vergangenheit auf das zweite Date?“

„Daraus schließe ich, dass erst die dritte Verabredung das erste leichte Rendez-vous werden wird?“

Wenn es noch eine dritte Verabredung geben wird, sagte sich Parker in Gedanken. Laut hingegen antwortete er: „Ja, ich denke, damit könntest du richtig liegen.“

KAPITEL 9

Panik erfüllte die Anwältin. Der Mann war verrückt! Er war absolut vollkommen verrückt. Sie hatte gerade ihr Büro verlassen, um nach Hause zu fahren, als ein dunkler Buick neben ihr gehalten hatte, aus dem ein attraktiver Mann ausgestiegen war. Er hatte sie mit ihrem Namen angesprochen und sich als Kollege vorgestellt, der die Nebenklägerin in einem ihrer Fälle vertrat. Megan Petrella hatte vorgeschlagen, das Gespräch auf den nächsten Montag zu verlegen, doch der Mann hatte ihr versichert, dass es nur fünf Minuten dauern würde, die Unterlagen durchzugehen, die er ihr im Anschluss gerne überlassen würde.

Galant hatte er ihr die Fondtür seines Wagens aufgehalten, um dem unangenehm kalten Wind zu entgehen. Megan hatte nur eine kleine Sekunde gezögert, dann war sie eingestiegen, was ein Fehler gewesen war, wie sie sofort erkannt hatte. Ein großer Fehler. Sie zitterte innerlich und fragte sich wiederholt, wie sie nur hatte so dumm sein können. Doch der Mann hatte so authentisch gewirkt, so sympathisch und vertrauenerweckend. Wie hatte sie nur auf sein Äußeres hereinfallen können? Sie hätte es besser wissen müssen.

Schockiert starrte die Anwältin auf die Pistole in seiner Hand. Noch immer verstand sie nicht, wo diese auf einmal hergekommen war, doch es gab keinen Zweifel, dass der Mann bereit war, sie zu benutzen. Seine Augen waren plötzlich eiskalt, seine Gesichtszüge entschlossen hart.

„Schnallen Sie sich an, Megan“, befahl er, während er neben sie auf die Rückbank rutschte.

Sie zögerte, doch die Mündung der Waffe erinnerte sie daran, dass sie keine andere Wahl hatte als zu gehorchen. Was wollte er von ihr? Eine andere Frage erschien ihr jedoch dringender. „Wer sind Sie?“, wollte sie wissen.

„Sie sollten besser zuhören, Megan. Ich sagte Ihnen meinen Namen bereits“, erklärte er vorwurfsvoll.

„Das ist sie?“, kam eine weibliche Stimme vom Fahrersitz, doch Megan konnte die Frau nicht erkennen. Sie drehte sich nicht zu ihr um, und die Baseballkappe saß zu tief in ihrem Gesicht, als dass sie die Augen im Rückspiegel hätte sehen können.

„Ja“, antwortete der Mann einsilbig.

„Und sie hat dich tatsächlich nicht erkannt?“

„Nein! Ich sagte dir ja, dass sie alles leugnen wird. Fahr los!“, befahl er und die Frau am Steuer ließ den Motor an.

„Wo ... wo fahren wir hin?“, wollte Megan wissen.

„Lassen Sie sich überraschen! Warum rufen Sie in der Zwischenzeit nicht einfach Ihren Mann an und informieren ihn, dass Sie spontan über das Wochenende zu einem Mandanten nach New York mussten?“

Megan schöpfte Hoffnung. Er wollte sie telefonieren lassen? Das war gut. So konnte sie James eine versteckte Nachricht übermitteln. Sie musste sich nur etwas Gutes einfallen lassen. Etwas, dass der Mann nicht verstand, aber James wissen ließ, dass etwas nicht stimmte. Dann konnte er die Polizei informieren, ihr Handy orten lassen und alles würde gut werden.

„Rufen Sie ihn an, Megan, und erklären Sie Ihrem Mann, dass sie am Montag wieder zurück sind. Die Anklage von Mr Shanahan wurde leider auf nächste Woche vorverlegt und daher müssen Sie sich dringend mit seinen New Yorker Anwälten abstimmen.“

Woher kannte der Mann den Namen ihres Klienten?, durchfuhr es Megan, während sie mit zittrigen Händen in ihrer großen Handtasche nach ihrem Handy suchte. Fest umklammerte sie es einen Moment, bevor sie es herauszog. Sie musste ihre Worte mit Bedacht wählen. Dieser Anruf war vielleicht ihre einzige Chance.

„Ach ja, Megan“, hielt der Mann sie zurück, als sie gerade die Kurzwahl der Nummer ihres Mannes aktivieren wollte. „Sie sollten besser überzeugend sein, wenn Sie nicht wollen, dass Ihrem Sohn etwas passiert. Diese Pfadfinderübernachtungscamps bergen so viele Gefahren. Vor allem, wenn die Jungs mitten im Wald zelten.“

Megan verlor alle Farbe aus ihrem Gesicht. Der Mann wusste von Pauly? Woher? Und woher wusste er, dass er mit seiner Jugendgruppe unterwegs war? Bluffte er?

Dunkel lachte der Mann auf, bevor sich seine Gesichtszüge wieder härteten und er ihr ein Bild ihres Sohnes beim Zeltaufbau im Wald von seinem Handy zeigte. „Ich spiele keine Spielchen, Megan. Ein falsches Wort und ich töte Sie auf der Stelle und den kleinen Pauly direkt im Anschluss.“

KAPITEL 10

Entsetzt fuhr Rejyna mit rasendem Herzen aus dem Tiefschlaf hoch. Noch immer klang der Schuss aus dem Traum in ihren Ohren nach und paralysierte sie. Atemlos starrte sie geradeaus und wartete, bis sich ihre Augen den dunklen Lichtverhältnissen in ihrem Schlafzimmer angepasst hatten. Dabei wischte sie sich mit zittrigen Fingern den Schweiß von der Stirn und blickte zur Sicherheit an sich herab.

Erleichtert atmete sie auf. Sie hatte kein Blut auf ihrem Körper. Der Schuss war nicht real gewesen. Wahrscheinlich hatte die intime Atmosphäre mit Parker den Traum ausgelöst. Als Erinnerung an ihre Schuld. Als Strafe. Sie wusste, dass es nicht richtig war, sich privat mit dem Psychologen zu treffen, allerdings konnte sie ihre Gefühle auch nicht länger unterdrücken. Sie befand sich in einem Dilemma.

Frustriert sank Rejyna zurück in die Kissen. Doch nur wenige Sekunden später schreckte sie wieder auf. Angestrengt lauschte sie in die Dunkelheit. Was war das gewesen? War jemand in ihrem Haus?

Sie wohnte einige Kilometer außerhalb der Stadt, denn sie liebte die Ruhe nach einem hektischen Tag im Büro. Sie brauchte den freien Blick hinaus ins Grüne. Er entspannte sie. Lediglich ein Haus mit Meerblick hätte sie vorgezogen, allerdings war daran bei ihrem Einkommen nicht zu denken. Aber am Ende war sie ebenso glücklich hier draußen auf dem Land. Alles war gut, solange sie nur den Lärm der Großstadt hinter sich lassen konnte und ein Stück eigenen Garten besaß.

Die alte Diele im Wohnzimmer ächzte. Sie hatte sie schon lange austauschen wollen, aber irgendwie war sie nie dazu gekommen. Anscheinend war Müßigkeit nicht ausschließlich negativ. Leise zog Rejyna die Schublade des Nachttischs auf ihrer linken Seite auf und griff nach ihrer Waffe.

Ihr Bett befand sich an der Wand gegenüber der offenstehenden Schlafzimmertür. Die Öffnung war jedoch zu weit links positioniert, um durch sie in den Flur blicken zu können, zumal die Tür nicht vollständig bis zur Wand geöffnet war, sondern mitten im Raum stand. Rejyna fluchte im Kopf. Nie wieder würde sie die Tür nur halb öffnen. Wieso schlug sie eigentlich nicht wie alle normalen Türen an der anderen Wandseite an? Und wieso war ihr das noch nie aufgefallen?

Rejyna schob die Fragen beiseite, als sie den Schein einer Taschenlampe über den Boden huschen sah. Lautlos sprang sie auf der rechten Seite ihres Bettes heraus und ging hinter der kurzen Seite einer Kommode, die rechts von der Tür stand, in Deckung.

„Piuh! Piuh! Piuh! Piuh!“ Schnell hintereinander ertönten vier Schüsse, die aus einer Waffe mit Schalldämpfer abgefeuert worden waren.

Einbrecher schießen normalerweise nicht auf Betten, durchfuhr es Rejyna. Hart hämmerte ihr Herz in ihrer Brust, als sie begriff, dass dies hier kein einfacher Einbruch war. Nein, diesem Kerl in ihrer Schlafzimmertür ging es nicht um Geld, Schmuck oder sonstige Wertgegenstände. Er war gekommen, um sie zu töten. Doch wer war er? Und warum musste ihr nur diese verdammte Tür jegliche Sicht nehmen?

Langsam erhob sich Rejyna aus ihrem Versteck. Dabei hielt sie ihre Glock mit beiden Händen an ausgestreckten Armen vor sich.

Der Kerl schoss ein weiteres Mal auf ihr Bett. Dabei trat er zwei Schritte in den Raum.

„Waffe fallenlassen“, rief Rejyna.

Überrascht wirbelte der Eindringling herum und richtete seine Pistole auf Rejyna.

Sie schoss.

„Aah!“, schrie der Schütze schmerzerfüllt auf, feuerte drei weitere Kugeln in Rejynas Richtung ab und verschwand. Laut fiel ihre Haustür ins Schloss und kurz darauf heulte ein Motor auf.

Rejyna hechtete an das Fenster neben ihrem Eingang, aber sie konnte nur noch die Rücklichter eines Wagens erkennen. Erschöpft sank sie mit dem Rücken an der Wand zu Boden.

„Er hat den Alarm ausgeschaltet und die Terrassentür aufgehebelt“, brummte Blake mit einem Blick auf den beschädigten Türrahmen.

„Das weiß ich auch“, gab Rejyna gereizt zurück. Sie wollte Antworten. Sie wollte wissen, wer in ihr Haus eingedrungen war und wer auf sie geschossen hatte. Doch Blake konnte ihr das im Augenblick ebenso wenig sagen wie jeder andere.

Vor ihrem geistigen Auge erschien Parker und Rejyna wünschte plötzlich, dass er hier wäre. Wann immer sie in der Vergangenheit die Bilder eines Tatorts erschüttert hatten, hatte seine ruhige Art sie geerdet. Ein Blick in Parkers Augen oder ein Wort seiner angenehmen Stimme hatten genügt, um ihre innere Unruhe zu besänftigen. Wahrscheinlich würde alleine seine Anwesenheit genügen, um ihr das verlorene Gefühl von Sicherheit zurückzugeben.

Rejyna verstand nicht, warum die Situation sie derart aufwühlte. Es war schließlich nicht das erste Mal in ihrem Leben gewesen, dass jemand eine Waffe auf sie gerichtet hatte und außer einer kaputten Tür war nichts passiert. Sie hatte wirklich keinen Grund, unhöflich zu sein. Seufzend ließ sie sich in einen Sessel fallen.

„Es tut mir leid", entschuldigte sie sich für ihren Ausbruch.

„Schon gut. Ich verstehe, dass du wütend bist. Viel mehr Sorge macht mir, was unter der Wut steckt. Wie geht es dir wirklich, Rejyna?" Aufmerksam musterte Blake seine Partnerin, während er sich zu ihr setzte. Ihr Anruf hatte Blake geschockt und er war selten so schnell zu einem Tatort gefahren wie gerade eben, obwohl sie ihm gesagt hatte, dass die Kollegen der Polizei bereits im Haus waren.

„Ich weiß nicht", antwortete Rejyna wahrheitsgemäß. „Im Moment ärgere ich mich vor allem darüber, dass ich daneben geschossen habe."

„Du hast nicht daneben geschossen. Du hast ihn getroffen. Vermutlich am Arm", verbesserte Blake.

„Dadurch haben wir auf jeden Fall seine DNA", sprach Detective Keller, der in diesem Moment ins Wohnzimmer zurückkehrte. Interessiert musterte er Blake, während er ihm die Hand reichte. „Keller, Mordkommission."

„McGrey. Ich bin Rejynas Partner beim FBI."

„Freut mich!" Der Detective wandte sich zurück an Rejyna. „Agent Seymour, können Sie den Eindringling beschreiben?"

Frustriert schüttelte sie den Kopf. „Er war ganz in schwarz gekleidet. Normale Größe. Ich glaube, seine Hautfarbe war weiß, aber beschwören kann ich es nicht."

„Hat er etwas gesagt, dass Rückschlüsse auf einen Akzent zulässt?"

„Nein, er hat kein Wort gesprochen."

„Haben Sie herausgefunden, warum der Alarm nicht angesprungen ist?", mischte sich Blake ein.

„Er hat die Stromzufuhr gekappt", klärte Keller ihn auf.

„Der Typ wusste also, was er tat. Dann können wir wohl davon ausgehen, dass dies nicht sein erster Einbruch war", folgerte Rejyna gedankenverloren.

„Das war kein Einbruch, Rejyna. Wer immer das war, ist gekommen, um dich zu töten." Blake nahm kein Blatt vor den Mund.

Rejynas Schultern sackten nach vorne. „Ich weiß!"

„Sie haben gesagt, dass er direkt geschossen hat?", versicherte sich Keller noch einmal.

„Ja. Er ist in der Tür zum Schlafzimmer stehengeblieben und hat auf das Bett gezielt", wiederholte Rejyna ihre Aussage ein zweites Mal.

„Wenn du geschlafen hättest, wärst du jetzt tot." Blake erschauderte. „Hast du irgendeine Idee, wer dahinterstecken könnte?"

„Nicht mehr als du. Wir bearbeiten schließlich die gleichen Fälle."

„Es gibt also keine anderen Verdächtigen?", hakte der Detective nach.

Herausfordernd blitzten Rejynas Augen. „Zum Beispiel?"

„Zum Beispiel einen Mann, dem Sie das Herz gebrochen haben? Irgendwelche Ex-Freunde oder jemanden, den Sie zurückgewiesen haben?"

„Detective!", entrüstete sich Rejyna. „Erstens hätte ich ein auffälliges Verhalten angezeigt, denn solche Dinge steigern sich normalerweise langsam und zweitens: Nein zu allen drei Varianten."

„Gibt es vielleicht irgendjemanden oder irgendetwas aus deinen Studienzeiten in Washington, was hiermit in Zusammenhang stehen könnte?", warf Blake ein.

Rejyna schluckte, während sie ihren gesamten Willen aufbrachte, Blakes prüfendem Blick nicht auszuweichen. „Nein." Sie hatte sich diese Frage ebenfalls schon gestellt, doch es war vollkommen unmöglich. Niemand aus ihrer Vergangenheit kannte ihre neue Identität.

„Dann brauche ich die Namen der Leute, denen Sie in letzter

Zeit auf die Füße getreten sind", meinte Detective Keller.

„Die meisten von denen dürften noch einsitzen", überlegte Rejyna.

„Es gibt auch vom Knast aus Möglichkeiten, einen Mord in Auftrag zu geben", erläuterte Keller unbeeindruckt. „Auf jeden Fall sollten Sie in den nächsten Tagen gut auf sich aufpassen, denn ohne jede Spur wird es schwierig, den Kerl schnell zu finden."

„Ich weiß, Detective."

„Dann verabschiede ich mich und warte auf Ihre Liste mit den Verdächtigen."

„Sie haben sie morgen früh", versprach Blake.

Einer der beiden Streifenpolizisten, die als Erstes eingetroffen waren, trat zu ihnen. „Wir haben die Terrassentür mit Holz zugeschlagen, Agent Seymour, und die Alarmanlage ist wieder an die Stromversorgung angeschlossen."

„Vielen Dank, Officer. Das ist sehr nett von Ihnen", erwiderte Rejyna, während sie den Mann und den Detective zur Tür geleitete.

„Selbstverständlich. Gute Nacht!"

„Gute Nacht!"

„Okay, dann loggen wir uns mal ein und gehen unsere letzten Fälle durch", entschied Blake, als Rejyna zurückkehrte. „Hast du noch mehr Kaffee?"

„Ich setze welchen auf. Wir sollten uns vielleicht auch die Fälle ansehen, mit denen ich in meinen ersten drei Monaten zu tun gehabt habe, als wir beide noch nicht zusammengearbeitet haben. Aber, Blake?"

Abwartend sah er sie an.

„Ich kann die Akten auch alleine durchgehen. Du musst dir deswegen nicht die Nacht um die Ohren schlagen."

Einen Moment sah er sie stumm an, dann zog er einen Stuhl von ihrem Esstisch zurück, nahm Platz und sah zu ihr auf. „Wolltest du nicht frischen Kaffee holen?"

KAPITEL 11

„Vielen Dank, dass Sie gekommen sind, Mr Shippendale“, begrüßte Blake den Besitzer der ‚Butterfly'.

Das Äußere des Mannes spiegelte seinen Erfolg in einer Art und Weise wieder, die typisch für die feine neuenglische Gesellschaft war. Er trug eine beige Chinohose mit weißem Hemd und blauem Sakko. Es war ein Kleidungsstil, der auf den ersten Blick zwischen Freizeit und Business angesiedelt war und dadurch einen legeren Eindruck erwecken sollte. Doch der teure Stoff, die Goldknöpfe des Jacketts und nicht zuletzt die aufgestickten Initialen auf den Manschetten des maßgeschneiderten Hemdes ließen eindeutig erkennen, dass es sich um bewusstes Understatement handelte. Den letzten Zweifel daran beseitigte denn auch die exklusive Armbanduhr, die mehr kostete als Blake in einem Jahr verdiente.

„Es war kein Problem. Ich war ohnehin schon auf dem Weg, denn ich habe am Montag einige Termine mit meinen Franchiseunternehmern in der Gegend und ich nutze die Gelegenheit immer gerne, um meine Mutter und alte Bekannte zu treffen“, winkte der Immobilienmakler ab, wobei er seine perfekten weißen Zähne zeigte. Im Grunde war alles perfekt an Howard Shippendale: der Seitenscheitel seiner tiefbraunen Haare, seine faltenlose Haut, die Form seiner Augenbrauen, die sauber manikürten Nägel.

„Ich hoffe, es macht Ihnen nichts aus, dass ich meine Assistentin mitgebracht habe. Miss Laura Lamkin“, stellte der Mann die Frau an seiner Seite vor. Sie war Anfang Zwanzig und wirkte mehr als sei sie der Kartei einer Modelagentur entsprungen als einer Sekretärinnenschule.

„Angenehm, Miss Lamkin. Ich bin Special-Agent Blake McGrey. Sie können gerne in unserer Wartezone Platz nehmen, während wir uns mit Mr Shippendale unterhalten. Darf ich Ihnen Miss Reed vorstellen? Sie ist eine unserer externen Beraterinnen und wird das Gespräch mit mir gemeinsam führen.“

Shippendale drückte sein Missfallen mit einem Stirnrunzeln aus.

Auch seine Lippen wurden ein wenig dünner. „So wie Sie es sagen, klingt es mehr nach einem Verhör als nach einem Gespräch. Ich dachte, es handelt sich nur um einige Formalitäten."

„Ich bin sicher, dass tut es auch. Warum gehen wir nicht in einen unserer Besprechungsräume? Dort können wir uns ungestörter unterhalten." Blake winkte einen jungen Kollegen heran. „Nick, könntest du Miss Lamkin bitte unsere Wartezone zeigen und ihr einen Kaffee anbieten?"

„Mach ich."

„Danke dir", erwiderte Blake und registrierte, wie die junge Frau unsicher zu ihrem Boss sah.

„Ich bin gleich zurück, Laura", versicherte dieser. „Es wird nicht lange dauern."

„Wie du meinst, Howard", erwiderte die junge Frau mit einem anhimmelnden Lächeln und folgte dem jungen Agenten.

„Gehen wir?" Blake deutete mit seinem ausgestreckten Arm auf die offene Tür eines Raumes am anderen Ende der Etage. „Nach Ihnen, Mr Shippendale." Er ließ auch Emily den Vortritt und suchte dabei ihren Blick.

Es ist das erste Interview, das ich alleine mit ihr führe, realisierte er. Während aller anderen Gespräche war immer einer ihrer Partner dabei gewesen, da die Situationen die Anwesenheit zweier Psychologen erfordert hatten. Zweifellos würde es eine neue Erfahrung für ihn werden, denn Blake nutzte normalerweise die Möglichkeit sprachloser Kommunikation mit seinem Interviewpartner. Es öffnete ihm die Welt der Spontaneität und Flexibilität. Ein Blickaustausch mit Rejyna oder auch Hunter, Lucas und Parker genügte ihm, um zu wissen, dass sie eine Äußerung auf gleiche Weise beurteilten wie er und ein weiterer Blick reichte für eine wortlose Abstimmung über ihr weiteres Vorgehen. Da Emily ihn ihre Gedanken jedoch grundsätzlich nicht sehen ließ, würde er ihre professionelle Einschätzung erst im Anschluss an das Verhör erfahren, und er war sich nicht sicher, wie gut er damit zurechtkommen würde.

Nachdem er bereits seit gestern Abend versucht hatte, sich darauf einzustellen, überraschte ihn der offene Blick, den er unerwartet von Emily auffing, regelrecht. Verdutzt stockte Blakes Schritt in der Luft, und er blinzelte. Zeigte ihm Emily tatsächlich gerade, dass sie Shippendale für einen arroganten, aber gefährlich intelligenten Gegner hielt?

Noch immer starrte er sie verdutzt an, denn auf einmal zeigte sie ihm auch, dass sie sich über ihn amüsierte. Mit einem deutlich belustigten Lächeln ging sie an ihm vorüber.

„Kommst du?“, fragte sie.

Blake grinste. „Selbstverständlich.“

„Wissen Sie mittlerweile, wer die Tote ist, die Sie auf der ‚Butterfly‘ gefunden haben?“, war Howard Shippendales erste Frage, nachdem sie sich an dem Konferenztisch gegenübersaßen.

„Ihr Name ist Lana Walder. Sie war Wirtschaftsprüferin“, informierte ihn Blake. „Kannten Sie sie?“

„Nein, der Name sagt mir nichts.“

„Sie arbeitete für Saperstein, Goldmen & Sons hier in Boston“, führte Blake aus, während er Shippendale ein Foto der Frau über den Tisch schob. Eine lachende Frau mit kurzen blonden Haaren im mittleren Alter war darauf zu sehen.

Der Makler kniff die Augen zusammen und nahm das Bild in die Hand. „Ich kenne die Prüfungsgesellschaft. Mein Vater hat mit ihr zusammengearbeitet, aber der Name der Frau sagt mir nichts.“ Er legte die Fotografie zurück auf den Tisch. Sein Ton und sein Blick waren distanziert. „Aber ich weiß auch nicht, wer dort seine Geschäfte betreut hat.“

„Das heißt, Sie haben eine andere Wirtschaftsprüfungsgesellschaft für Ihre Geschäfte hier in Boston?“

„Ich arbeite mit einer Kanzlei in Chicago. Sie erstellt alle meine Bilanzen.“

„Unseren Informationen nach hat Mrs Walder intensiv mit Ihrem Vater zusammengearbeitet“, klärte Blake den Mann auf, woraufhin sich Shippendales Blick verschärfte.

„Was wollen Sie damit andeuten?“ Der Blick des Immobilienmaklers schärfte sich.

„Was sollte Agent McGrey andeuten wollen, Mr Shippendale?“ Zum ersten Mal mischte sich Emily in die Unterhaltung ein. Dabei neigte sie ihren Kopf ein wenig zu ihrer linken Schulter und ließ ihren Blick genau so naiv wirken wie ihre Stimme.

Sichtbar irritiert wandte sich der Makler ihr zu. Dabei positionierte er sich neu auf seinem Stuhl. „Äh, nichts. Ich hatte nur das Gefühl, eine bestimmte unterschwellige Tonlage wahrgenommen zu haben.“

„Gefühle werden nicht immer von unserem Gegenüber ausgelöst“, erläuterte Emily. „Häufig basieren sie auf unseren eigenen subjektiven Erwartungen. Da ich in Agent McGreys Ton offenbar nicht das Gleiche wie Sie gehört habe, möchte ich Sie gerne noch einmal fragen: Was glauben Sie, hat Agent McGrey andeuten wollen?“ Ihr Ton war immer noch freundlich, doch ließ er gleichzeitig keinen Zweifel daran, dass sie das Thema nicht fallen lassen würde.

„Nun ...“ Verlegen faltete Shippendale seine Hände auf dem Tisch. „Es gab Gerüchte.“

„Gerüchte?“, hakte Emily unschuldig nach.

„Gerüchte über meinen Vater und ... Sie wissen schon.“

„Sie meinen, es gab Gerüchte, dass Ihr Vater und Mrs Walder eine Affäre hatten?“, sprach Emily das aus, was Shippendale nicht formulieren wollte. „Dann kannten Sie Mrs Walder also doch.“

„Nein, ich kannte sie nicht“, reagierte der Sohn ungehalten. „Ich weiß nicht einmal, ob an dem ganzen Gerede über eine Affäre überhaupt etwas dran war und falls es der Fall gewesen sein sollte, weiß ich nicht, ob es sich bei dieser angeblichen Geliebten um Mrs Walder gehandelt hat. Ich habe bei Agent McGreys Bemerkung lediglich gedacht, dass er darauf hinaus wollte. Offensichtlich habe ich mich geirrt.“

„Kannte Ihre Mutter die Gerüchte?“, erkundigte sich Emily interessiert, aber sie legte einen bedauernden Unterton in ihre Stimme, sodass es eher wie eine persönliche und mitfühlende, statt einer offiziellen Frage klang.

Shippendale zuckte mit der Schulter. „Das weiß ich nicht.“

Abwartend sah Emily ihn an und der Mann seufzte.

„Ja, wahrscheinlich kannte sie sie. Mein Vater war ein beruflich erfolgreicher Mann. Er war nicht hässlich und er besaß Geld. Diese Eigenschaften, vor allem Letztere, ziehen Frauen an und wenn man als Mann beim Essen mit einer hübschen Frau gesehen wird, heißt es sofort, dass man eine Affäre hat.“

„Haben Sie Ihren Vater auf die Sache angesprochen? Ich meine, Sie waren damals schon ein erwachsener Mann. Sie müssen ...“ Emily überlegte. „... Anfang dreißig gewesen sein? Das ist durchaus ein Alter, in dem man mit seinem Vater auch über dessen persönliche Dinge spricht.“

Shippendales Knöchel traten weiß hervor. „Wir hatten kein besonders freundschaftliches Verhältnis.“

Emily ließ die Bemerkung einen Moment im Raum stehen, ehe sie weitersprach. „Wie ist das Verhältnis zu Ihrer Mutter?“

„Gut. Was wollen Sie hören?“

„Würden Sie es als freundschaftlich bezeichnen?“

Der Mann überlegte kurz. „Ich weiß nicht, ob das der richtige Begriff ist. Meine Mutter war nie berufstätig. Sie war immer für mich da und dafür werde ich ihr ewig dankbar sein. Aber sie lebt ihr Leben und ich lebe meines.“

Er richtete sich in seinem Stuhl auf. „Können Sie mir vielleicht erklären, was diese ganze Befragung soll? Denn wenn ich Sie richtig verstanden habe, starb Mrs Walder vor einem Jahr. Da war meine Mutter bereits seit fast zwei Jahren Witwe. Warum hätte sie also eine Frau ermorden sollen, mit der ihr toter Ehemann irgendwann einmal im Bett gewesen war?“

„Wir verdächtigen Ihre Mutter nicht, Mr Shippendale“, korrigierte Blake ruhig. „Sie wäre schon alleine aufgrund ihrer körperlichen Konstitution nicht zu einer solchen Tat in der Lage.“

„Worauf wollen Sie dann ...“ Shippendales Gesicht verdüsterte sich plötzlich. „Sie glauben, ich hätte die Frau getötet?“ Abwegig schüttelte er den Kopf. Dann fing er an zu lachen. „Das kann unmöglich Ihr Ernst sein. Welches Motiv sollte ich haben, eine ehemalige Geliebte meines toten Vaters umzubringen?“

Blake sah zu Emily. Er brauchte Ihre Einschätzung, um zu wissen, wie er weiter vorgehen sollte. War Shippendale in Ihren Augen zu der Tat fähig? Unauffällig nickte sie ihm zu. Sie wollte den Mann im Moment also ebenso wenig vom Haken lassen wie er und wenn er sie richtig verstand, wollte sie, dass er fortfuhr.

„Ich will ehrlich zu Ihnen sein, Mr Shippendale“, begann Blake. „Wir haben noch keine Ahnung, warum Sie Lana Walders Tod gewollt haben könnten, aber es gibt eine Reihe von Motivoptionen.“

„Da bin ich gespannt“, forderte Shippendale ihn heraus.

„Möglicherweise hat Mrs Walder zu viel geredet oder sie hat damit gedroht, über das Verhältnis zu Ihrem Vater zu reden und hat Sie damit erpresst. Vielleicht hat sie auch etwas von oder über Ihren Vater gewusst, das sie plötzlich zu Geld machen wollte. Eventuell war die Beziehung zu Lana Walder für Ihren Vater auch mehr als eine rein sexuelle Bettgeschichte und Ihre Mutter hat es nicht geschafft, den Betrug zu vergessen. Im Laufe der Monate ist sie immer wütender geworden, und Sie konnten sie nicht mehr leiden sehen."

„Und da locke ich die arme Frau zum Hafen und töte sie auf meiner eigenen Yacht. Wäre das nicht reichlich dumm von mir?"

„Nicht, wenn Lana die ‚Butterfly' kannte. Dann hätte sie sich wahrscheinlich jederzeit mit Ihnen dort getroffen. Sie hätte das Schiff nicht als Gefahr gesehen. Im Gegenteil, es wäre ein ruhiger Ort, um miteinander zu reden, aber nicht gesehen zu werden", führte Blake aus.

„Nehmen wir einmal an, Sie haben recht, obwohl es definitiv nicht der Fall ist, dann hätte ich die Frau doch niemals an Bord verrotten lassen. Ich hätte wenigstens ihren Körper ins Meer geworfen, denken Sie nicht?"

„Ah!" Blake wiegte seinen Kopf nachdenklich hin und her. „Dafür sind Sie zu intelligent, Mr Shippendale. Wasserleichen tauchen relativ schnell auf, vor allem in einem Hafenbecken und Sie hätten nicht unbemerkt mit der ‚Butterfly' rausfahren und zurückkehren können. Nein, ich denke, es war geschickter, erst einmal Gras über die Sache wachsen zu lassen und in der Zwischenzeit den Kaufpreis der Yacht so hoch anzusetzen, dass sich zunächst kein Interessent meldet."

Shippendale wurde bleich. „Sie sind verrückt."

„Darf ich Sie etwas anderes fragen?", bat Emily und wartete, bis der Mann sie ansah. „Besuchen Sie Ihre Kunden regelmäßig?"

Der Themenwechsel irritierte ihn einen Moment, doch Shippendale fing sich schnell wieder. „Ja, das tue ich. Ein Franchisename lebt von seinem Ruf und ein schwarzes Schaf kann sehr schnell eine ganze Herde infizieren. Qualitätskontrolle ist daher ein Kerninstrument."

„Sie haben zweihundertachtzehn Büros zwischen Chicago und New York. Das sind eine Menge Besuche im Jahr."

„Bei guter Planung lassen sich gut drei bis vier Niederlassungen an einem Tag bewältigen. Warum interessiert Sie das?"

„Sie sind sicherlich sehr gut organisiert", unterstellte Emily mit einem leicht bewundernden Ton.

„Ich habe eine gute Assistentin, ja."

„Laura?"

Automatisch schärfte sich Shippendales Blick. „Auch. Ich habe mehrere Bürodamen, die für mich arbeiten."

„Daran zweifle ich nicht", bekannte Emily mit einem weiblichen Blick, den sie einen kurzen Moment hielt, ehe sie Blake signalisierte, das Gespräch zu übernehmen.

„Sie können uns sicherlich problemlos sagen, wo Sie an einem bestimmten Tag im Jahr gewesen sind, richtig?", wollte Blake wissen.

Verwirrt drehte Shippendale seinen Kopf zu ihm. „Aus dem Stegreif nicht, nein."

„Aber Sie können es uns heraussuchen lassen", äußerte Blake. „Sagen wir, wir bräuchten Ihren Terminkalender für die Monate März und April der vergangenen fünf Jahre. Das wäre sicherlich kein Problem, oder?"

„Das wäre es nicht, wenn ich wüsste, wofür Sie die Information benötigen", gab Shippendale zurück. Dann kniff er plötzlich die Augen zusammen, bevor er sie weit öffnete. „Lana Walder ist nicht die einzige Tote, die Sie haben." Er richtete sich in seinem Stuhl auf und seine Stimme wurde lauter. „Sie suchen einen Serienmörder. Die Geschichte mit meinem Vater hat überhaupt nichts mit Mrs Walders Tod zu tun."

„Das können wir zum jetzigen Zeitpunkt leider noch nicht ausschließen", bemerkte Blake.

„Sie haben eine Reihe von toten Frauen und tappen völlig im Dunkeln", stellte Howard Shippendale fest. Seine überhebliche Arroganz war zurück, und spöttisch verzog er seinen Mund. „Lassen Sie mich raten? Ihr Killer tötet seit fünf Jahren in den östlichen Staaten und Sie brauchen dringend einen Schuldigen. Vergessen Sie es, Agent McGrey. Dieses Spiel läuft nicht mit mir. Das Gespräch ist beendet. Wenn Sie noch etwas von mir wollen, kontaktieren Sie meinen Anwalt." Wütend schob er seinen Stuhl zurück und verließ den Raum.

Emily erhob sich ebenfalls und beobachtete ihn von der Tür aus.

„Laura", rief Shippendale laut durch den Raum, sodass sich alle anwesenden Köpfe im Raum zu ihm umdrehten. Laura hingegen eilte sofort auf ihn zu.

„Wir gehen!" Er nahm ihr Handgelenk und zog seine sogenannte Assistentin mit sich hinaus.

Blake, der zunächst hinter Emily getreten war, um Howard Shippendales Abgang ebenfalls zu verfolgen, vergrößerte den Abstand zwischen ihnen wieder. „Was denkst du?"

„Er ist vielschichtig. Im Großen und Ganzen entspricht er meinen Erwartungen, aber er hat einige Facetten ..." Mit einem grübelnden Blick ließ sie das Ende des Satzes in der Luft hängen. „Wenn es dir recht ist, würde ich gerne zuerst ein Gesprächsprotokoll anfertigen und mir einige Notizen zu meinen Gedanken machen, bevor wir uns austauschen. Noch ist alles frisch in meinem Kopf und ich möchte nicht, dass es sich mit deiner Einschätzung mischt, bevor ich es nicht schriftlich festgehalten habe. Ist das in Ordnung für dich?"

„Sicher. Du kannst Rejynas Schreibtisch nehmen."

Emily warf einen Blick zurück auf den Tisch hinter sich. „Meinst du, ich könnte diesen Raum noch eine halbe Stunde nutzen? Ich bin es gewohnt, alleine in vier Wänden zu arbeiten und die Geräuschkulisse dort draußen ... Es ist zwar nicht wirklich laut ..."

„... aber auch nicht still. Ich verstehe schon", lachte Blake. „Im Augenblick sind genügend Räume frei. Du kannst also gerne hierbleiben. Das ist der Vorteil, wenn man am Wochenende arbeitet. Ich werde derweil ein wenig recherchieren, was diese Affäre von Shippendale Senior angeht."

Gedankenverloren kehrte Blake an seinen Schreibtisch zurück. Als er am gestrigen Nachmittag mit Lana Walders Ehemann gesprochen hatte, hatte dieser die Nachricht vom Fund seiner Frau zunächst stoisch aufgenommen.

Im Laufe seiner Karriere hatte Blake leider schon eine ganze Reihe an Todesnachrichten überbringen müssen. Dabei hatte er auch die ganze Bandbreite an menschlichen Reaktionen kennengelernt und Mr Walders Verhalten war keineswegs aus dem Rahmen gefallen.

Nach einem Jahr hatte der Mann damit gerechnet, dass Lana nicht mehr lebte. Es war keine Überraschung für ihn gewesen. Daher hatte er schlichtweg genickt und anschließend seine Sekretärin gebeten, seine Termine am Nachmittag auf die nächste Woche zu verschieben. In aller Ruhe hatte er noch einige Dokumente unterschrieben, zwei kurze eMails beantwortet und die Kaffeetasse aus seinem Büro in die Küche gebracht. Erst als er die Pathologie mit Blake betreten hatte, hatten sich erste Risse in seiner Haltung gezeigt, denn die Hoffnung starb immer zuletzt. Solange ein geliebter Mensch verschwunden war, hoffte man. Auch wenn man wusste, wie gering die Chance auf ein Happy-End war. Erst die absolute Gewissheit löschte am Ende den letzten Funken.

Gedankenverloren erinnerte sich Blake, dass auf dem

Schreibtisch des Mannes eine Porträtaufnahme seiner Frau neben einem Bild gestanden hatte, die das Paar mit ihrem gemeinsamen Sohn gezeigt hatte. Auch seinen Ehering hatte der Mann noch getragen. Nach außen hatte also zunächst nichts darauf hingedeutet, dass es Probleme in der Ehe gegeben hatte.

Leise seufzte Blake. Er hasste es, den Mann mit dem unschönen Thema des Betrugs zu konfrontieren, aber es blieb ihm keine Wahl. Unter Umständen war dieses Wissen entscheidend. Er weckte seinen Computer aus dem Ruhemodus, der ihm sofort den Eingang fünf neuer Mails meldete. Eines davon beschleunigte seinen Herzschlag. Es war eine Vermisstenmeldung aus dem Bundesstaat Rhode Island.

„Verdammt!", fluchte er, nachdem er sie geöffnet hatte. Sofort griff er nach seinem Handy und rief den gemeinsamen Gruppenchat mit Rejyna und dem H.E.L.P.-Team auf.

Adam Kramer aus Providence, 72 Jahre, wird seit gestern Abend vermisst. Der Mann passt auf unser Opferprofil. Kam gerade herein, tippte er.

Bin in zwanzig Minuten im Büro, kam sofort Rejynas Antwort.

Bin auf dem Weg, textete Hunter und sowohl Lucas als auch Parker schrieben, dass sie so schnell wie möglich kommen würden.

„Gut, dass ich den Raum freigehalten habe", urteilte Emily, nachdem sich das Team dreißig Minuten später um den Konferenztisch versammelt hatte.

„Ja, wer hätte gedacht, dass wir ihn heute noch einmal brauchen würden?", stimmte Blake zu. „Ich habe eben mit Kramers Pflegeleitung telefoniert. Das letzte Mal wurde Adam beim Mittagessen gesehen. Normalerweise zieht er sich anschließend für eine Stunde zurück und dreht dann eine Runde im angeschlossenen Gartengelände. Zur offiziellen Kaffeezeit ist er nicht erschienen, aber da Kramer den Kuchen häufiger hat ausfallen lassen, hat sich noch niemand Sorgen gemacht. Erst als der Mann nicht zum Abendessen erschienen ist, hat man ihn gesucht."

„Lass mich raten: Es gibt keine Kameras in der Einrichtung", brummte Parker.

„Natürlich nicht. Dann wäre es schließlich einfach und wann ist jemals etwas einfach?", gab Blake frustriert zurück.

„Wieso haben wir die Meldung erst jetzt erhalten?", wollte Rejyna wissen.

„Ein Polizist im ersten Dienstjahr hat am Abend die

Vermisstenmeldung aufgenommen“, erklärte Blake. „Wie in einem solchen Fall vorgeschrieben, hat er eine örtliche Suche über die Medien angeleitet und eine Information an alle Streifen gesendet. Unseren Aufruf mit der Weiterleitung der Anzeige hat er schlichtweg übersehen. Er wollte wahrscheinlich alles richtig machen und hat sich auf das konzentriert, was im Lehrbuch steht.“

„Da steht allerdings auch, dass man sich bei Dienstbeginn in das offizielle Polizeinetz einloggt und über ‚Aktuelles‘ informiert“, echauffierte sich Rejyna. „Wenn er daran gedacht hätte, hätten wir den Mann vielleicht finden können.“

Beruhigend legte Parker ihr eine Hand auf den Unterarm. „Wenn man neu ist, vergisst man leicht etwas. Die Informationsflut ist am Anfang einfach gewaltig und ich kann mir gut vorstellen, dass sich dieser junge Polizist schon genug Selbstvorwürfe macht.“

„Du hast recht. Wahrscheinlich hätten wir Adam Kramer ohnehin nicht mehr helfen können“, gab Rejyna nach. „Ich wünschte nur, wir hätten etwas versuchen können.“

„Wir können jetzt etwas tun“, berichtete Lucas. „Um Providence gibt es nur einen großen Naturpark, nämlich die Big River Management Area. Sie liegt ungefähr zehn Meilen westlich von Providence.“

„Wie groß ist das Gelände?“, fragte Hunter.

Lucas rümpfte bedauernd die Nase. „Das ist leider die Kehrseite der Medaille. Das Areal hat eine Größe von dreiunddreißig Quadratkilometern.“

„Das ist nicht gerade ein Schrebergarten“, urteilte Blake. „Aber wir können sehen, ob wir etwas über die Autos erfahren, die gestern ein- und ausgefahren sind.“ Blake brach ab, als er Lucas Gesicht sah. „Was ist los?“

„Es gibt keine offizielle Registrierung für das Naherholungsgebiet“, klärte Lucas ihn auf.

„Das ist nicht dein Ernst!“

„Leider doch.“

„Oh! Mist!“

„Wir brauchen Leichenhunde“, schlug Rejyna vor.

„Weißt du, wie lange es dauert, bis sie das gesamte Gelände erschnüffelt haben?“, gab Blake zu bedenken.

„Haben wir eine Alternative?“, fragte Rejyna.

Seufzend schüttelte Blake den Kopf.

„Wir können versuchen, das Gebiet in

Wahrscheinlichkeitsquadrate einzuteilen“, schlug Hunter vor. Immerhin haben wir die Fundorte von Eric Dubovsky und Samuel Crawford zum Vergleich.“ Fragend sah er zu Lucas hinüber, der zustimmend nickte.

„Das können wir versuchen. Außerdem sollten wir Erkundigungen über zum Verkauf stehende Yachten in und um Providence einziehen. Wenn der Kerl sein Muster beibehält, ist er in der Gegend noch nicht fertig.“

„Das ist eine gute Idee“, fand Hunter. „Wir werden wahrscheinlich nicht rechtzeitig verhindern können, dass er sich ein weibliches Opfer greift, aber wir können ihm an seinem nächsten Tatort auflauern. Lucas, wie weit bist du mit der Liste über infrage kommende Schiffe in den anderen Orten gekommen?“

„Sie ist fertig, und ich bin sie heute Morgen noch einmal mit Parker durchgegangen. Toledo, Buffalo und Erie liegen rund um den amerikanischen Teil des Eriesees. Insgesamt umfasst die Liste dreiundzwanzig Boote, wovon die sechs gelbmarkierten diejenigen sind, die wir für am wahrscheinlichsten halten.“

„Gibt es tatsächlich Verkaufsangebote, die seit mehr als fünf Jahren im Netz stehen?“, wunderte sich Rejyna.

„Nicht viele, nein“, gab Lucas zu. „Ich habe daher einige Stunden herumtelefoniert und mich nach privaten Schiffen erkundigt, die in dem für uns relevanten Zeitfenster erfolglos zum Verkauf angeboten worden sind und mangels Interesse auch wieder vom offiziellen Markt heruntergenommen wurden. Tatsächlich konnte ich dadurch noch einige Yachten auf die Liste setzen. Allerdings sagt uns das auch, dass es möglicherweise noch eine ganze Reihe an Booten gibt, von denen wir nichts wissen. Ihr glaubt gar nicht, wie viele Schiffseigentümer ihre Boote einfach abstellen und wie ein Spielzeug vergessen, weil sie sie aus irgendeinem Grund nicht mehr nutzen.“

„Ich werde versuchen, einen Gerichtsbeschluss zu organisieren und diesen dann zusammen mit eurer Liste an die jeweilige örtliche Polizeibehörde faxen, damit sich eine Streife die Sache ansehen kann“, entschied Blake. „Vielleicht haben wir Glück und das richtige Boot ist bereits darunter.“

„Gib uns Bescheid, sobald ein Tatort identifiziert wurde. Jeder noch so kleine Hinweis kann uns helfen, die Yacht in Providence rechtzeitig zu finden“, bat Hunter.

„Mach ich“, versprach Blake.

„Dann kümmere ich mich um die Schiffe und du um die Wälder?“, schlug Lucas an Hunter gewandt vor, der zustimmend nickte.

„Wie ist euer Gespräch mit Howard Shippendale gelaufen?“, erkundigte sich Hunter. „Können wir ihn definitiv als Täter ausschließen?“

Bedachtsam schüttelte Emily den Kopf. „Nein, das können wir nicht. Aber ich fürchte, wir haben nichts gegen ihn in der Hand, um ihn orten und beschatten zu lassen, geschweige denn um ihn festzunehmen.“ Sich rückversichernd sah sie zu Blake, der die Vermutung bestätigte.

„Leider nicht“, bedauerte er.

„Ich bin mit der Erstellung seines Profils noch nicht fertig, beziehungsweise eigentlich habe ich mit der Analyse noch gar nicht angefangen. Bislang habe ich lediglich alles protokolliert. Ich kann aber auf jeden Fall sagen, dass der Mann grundsätzlich die überlegene Position sucht. Er ist der Schönste, Reichste, Beste, Größte, Schlaueste.“

„Mit anderen Worten, er ist ein arrogantes Arschloch“, brachte Lucas die Aussage auf den Punkt.

„Du hast es erfasst“, bekannte Blake. „Aber seine Arroganz ist unterschwellig. Er trägt sie nicht direkt zur Schau, sondern versteckt sie hinter einer falschen Freundlichkeit. Er ist ein Blender, der seinem Gegenüber das spiegelt, was er sehen will oder habe ich das falsch interpretiert, Emily?“

„Nein, das ist korrekt“, stimmte sie ihm zu, ehe sie fortfuhr. „Im Laufe des Gesprächs hat er einen strategischen Fehler begangen. Als er plötzlich merkte, dass er sich in eine Sackgasse manövriert hat, hatte er für eine kurze Sekunde Probleme, seine Emotionen unter Kontrolle zu halten. Seinen nächsten Zug hat er wie bei einem Schachspiel geplant. Er hat sich entschuldigt, aber nur, weil er sich davon einen Vorteil versprochen hat. Er wollte uns manipulieren und ich habe den Eindruck, dass er genau das mit allen Menschen in seinem Leben macht. Allerdings kann ich es nicht untermauern.“

„Das könnten wir im Vistatorium beweisen“, überlegte Parker.

„Habt ihr ein mögliches Motiv herausgefunden?“, hakte Lucas ein.

„Es sieht danach aus, als hätte sein Vater eine Affäre gehabt“, berichtete Blake. „Möglicherweise mit Lana Walder.“

Überrascht pfiff Hunter durch die Zähne. „Wenn das nicht ein interessanter Aspekt ist."

„Er hat zugegeben, dass es Gerüchte über ein Verhältnis zwischen seinem Vater und Lana Walder gegeben hat", erklärte Emily. „Leider kann ich nicht sagen, ob sie der Wahrheit entsprechen. Aber ich bin mir ziemlich sicher, dass der alte Shippendale eine Freundin hatte und ich glaube auch, dass dies mehr als eine Affäre war."

„Wie kommst du darauf?", hakte Parker nach.

„Während des Gesprächs hat sich Howard Shippendale uns gegenüber lange überlegen gefühlt. Als Blake jedoch mögliche Mordmotive aufzählte und zu dem Punkt kam, dass es seinem Vater mit Lana Walder eventuell ernst gewesen ist, hat seine Kiefermuskulatur reagiert und seine Augenbrauen haben gezuckt. Diese Affäre ist auf jeden Fall ein Thema, das den Mann in der Vergangenheit emotional beschäftigt hat und ich habe nicht den Eindruck, dass er damit wirklich abgeschlossen hat. Howard Shippendale hat seinen Vater gehasst, und er trägt eine Menge Wut mit sich herum. Über das Verhältnis zu seiner Mutter bin ich mir noch nicht ganz schlüssig. Es scheint mir zwiegespalten zu sein. Einerseits liebt er sie, andererseits verachtet er ihre Schwäche."

„Das verstehe ich alles", äußerte Rejyna. „Ich verstehe auch, dass er ein Motiv gehabt hätte, Lana Walder umzubringen."

„Vorausgesetzt, sie hatte wirklich ein Verhältnis mit dem alten Shippendale", schränkte Blake ein. „Noch wissen wir das nicht sicher."

„Okay, aber gehen wir einmal davon aus, dass es so gewesen wäre. Was war dann sein Motiv für all die anderen Morde?"

„Die männlichen Opfer sind leicht zu erklären", antwortete Parker. „Er tötet immer wieder seinen Vater, den er abgrundtief hasst."

„Aber hätte er dann nicht aufgehört, nachdem dieser tatsächlich gestorben ist?", wandte Rejyna ein.

Parker schüttelte den Kopf „Nicht, wenn seine Wut nach wie vor in ihm brodelt und das tut sie, so wie Em es beschreibt."

„Definitiv", stimmte Emily zu. „Was die Frauen betrifft, so wäre eine Möglichkeit, dass er sie anstelle der wahren Liebhaberin seines Vaters tötet. Eine solche Übertragung findet man häufig bei Menschen, die in gesellschaftlichen Zwängen und moralischen Normen gefangen sind. Shippendale weiß, dass er die Frau nicht töten darf, kann aber gleichzeitig seine Emotionen nicht kontrollieren. Infolgedessen überträgt er die Tat auf eine Unbekannte."

„Das ist krank", folgerte Rejyna.

„Die meisten Serienmörder haben krankhafte Gehirnstrukturen", erwiderte Emily nüchtern. „In Shippendales Fall kann ich mir allerdings auch vorstellen, dass er alles über Jahre hinweg einfach ganz gezielt geplant hat."

„Du meinst, er hat all diese Menschen umgebracht, nur um eines Tages seinen eigenen Vater und dessen Geliebte unter die Opfer zu mischen?", vergewisserte sich Blake.

„Das traue ich ihm zu. Wie gesagt, er ist ein Schachspieler und interessanterweise plant er seine Züge nicht danach, wie er gewinnt, sondern wie der Gegner verliert", erläuterte Emily.

Blake runzelte die Stirn. „Eure Analysen erstaunen mich immer wieder, aber wenn ich darüber nachdenke, könntest du recht haben."

„Es sind alles nur erste Überlegungen. Vieles davon basiert noch auf einem subjektiven Eindruck, aber ich werde eine wissenschaftliche Analyse erstellen und dann sehen wir weiter."

„Hätte er denn überhaupt die Möglichkeit gehabt, die Taten zu begehen?", warf Hunter in den Raum.

„Im Detail müssen wir das überprüfen, aber grundsätzlich hat er in all den Städten Büros", berichtete Emily.

„Was ihm gleichzeitig jedes Mal das perfekte Alibi liefert, warum er sich dort aufgehalten hat", gab Blake zu bedenken.

„Was ist mit Adam Kramer? Hätte er den Mann gestern entführen und töten können?", überlegte Lucas.

„Providence ist nur eine Stunde von hier entfernt", dachte Emily laut. „Er sagte, dass er ohnehin dieses Wochenende in Boston verbringen wollte und schon auf dem Weg gewesen sei." Sie blickte auf.

„Ich weiß, worauf du hinauswillst", unterbrach Blake. „Aber es reicht nicht, um ihn festnehmen zu lassen."

„Aber wir können ihn noch einmal verhören." Emily war noch nicht bereit, aufzugeben.

„Das können wir", bestätigte Blake. „Allerdings hat er gesagt, dass er nur noch im Beisein seines Anwalts mit uns spricht."

„Abwarten", urteilte Parker kalt. „Mr Shippendale ist nicht der Einzige, der das Spiel seines Gegners beeinflussen kann. Ich wette, er ist viel zu überheblich, um einer Herausforderung zu widerstehen, und er wäre weder der Erste noch der Letzte, dem seine Selbstüberschätzung zum Verhängnis würde."

„Ich werde ihn anrufen", erklärte Blake. „Aber am Ende brauchen wir nicht nur ein psychologisches Gutachten, sondern handfeste Beweise, und vor allem brauchen wir dafür als Erstes eine Leiche."

„Dann sehen wir zu, dass wir Adam Kramer finden und vielleicht fassen wir unseren Täter ja sogar, wenn wir die Yacht rechtzeitig identifizieren, die er sich dieses Mal ausgesucht hat", meinte Rejyna zuversichtlich.

KAPITEL 12

Er liebte dieses euphorische Glücksgefühl. Es war einfach unglaublich. Es war besser als jeder Sex. In dem einen Moment, der Sieg und Rache vereinte, fühlte er sich unverwundbar. Unbesiegbar. Was hieß hier überhaupt ‚fühlte'? Er war unbesiegbar.

Mit einem verächtlich schadenfrohen Grinsen blickte er auf die in ihrem Blut liegende Frau hinab. Ihre Finger bewegten sich noch, und sie röchelte erstickend. Gleich würde es vorbei sein. Gleich. Es waren die letzten Sekunden im Leben Megan Petrellas. Sekunden, die für ihn in der subjektiven Geschwindigkeit eines Wimpernschlags vorbeigingen, während sie sich für die Frau auf dem Boden wie Minuten anfühlten. Sie hatte es verdient.

Verständnislos sah sie ihn an. „Waaa...rrrr..." Warum, versuchte sie zu formulieren, doch der Tod war schneller.

Zufrieden schaltete er die Kamera seines Handys aus.

Ja, warum? Das war eine gute Frage, fand er. *Warum bist du Mutter geworden, wenn du doch nur deine Karriere im Kopf gehabt hast?*

Brittany schlang ihre Arme um seinen Körper und sah zu ihm auf. „Bist du zufrieden?"

„Ich bin mehr als zufrieden", erklärte er, als er die Umarmung erwiderte. „Ich bin glücklich. Du hast mir das schönste Geschenk meines Lebens gemacht. Vielen Dank!"

Ohne emotionale Regung sah sie auf die Leiche am Boden. „Es war nicht schwierig. Was machen wir jetzt?"

„Wir räumen ein wenig auf und dann sehen wir zu, dass wir nach Hause kommen. Der Wind scheint langsam zuzunehmen und du hast dir wahrhaft eine Belohnung verdient." Aufreizend ließ er seine Hände über ihre Kurven laufen. Brittany hatte einen Wahnsinnskörper. Es war wirklich eine Schande, dass er sich von ihr verabschieden musste. Doch bevor er sich von ihr trennte, würde er sie noch ein letztes Mal lieben.

Und er würde Brittany die Nadel kurz vor ihrem Höhepunkt überreichen, entschied er. Sie hatte sich einen rauschenden Abgang verdient.

KAPITEL 13

Sanft brachte Parker den Wagen auf dem Parkplatz des Seniorenheims in Providence zum Stehen. Mit einem verträumten Lächeln auf den Lippen warf er einen zärtlichen Blick hinüber auf den Beifahrersitz. Rejyna musste wirklich müde sein, wenn sie so tief schlief, dass sie nicht einmal aufwachte, wenn der Motor ausging. Unwillkürlich fragte er sich, was der Grund dafür sein konnte. Bereits während des Meetings war ihm aufgefallen, dass sie unnatürlich blass gewesen war.

Liebevoll strich er über ihren Oberarm. „Hey, kleine Schlafmütze, ich fürchte, es wird Zeit aufzuwachen. Wir sind da."

„Da?" Verwirrt sah sich Rejyna um, während sie sich aufsetzte. „Oh! Ja, natürlich. Wir sind da!"

Amüsiert lachte Parker leise. „Du siehst bezaubernd aus, wenn du schläfst."

Verlegen strich sich Rejyna die Haare aus dem Gesicht. „Es tut mir leid, Parker. Normalerweise schlafe ich nicht einfach mitten am Tag ein."

„Wir kennen alle schlechte Nächte", winkte Parker ab. „Ich hoffe nur, meine Gesellschaft von gestern Abend ist nicht dafür verantwortlich."

„Natürlich nicht", erwiderte Rejyna sofort und presste ihre Lippen aufeinander.

Unwillkürlich wurde Parker ernst. „Was war der Grund?"

Rejynas Blick streifte in die Ferne. „Ich hatte einen Einbrecher im Haus", erklärte sie, wobei sie es schaffte jede Emotion aus ihrem Ton herauszuhalten. Ihre leicht zitternde Unterlippe und ihre Schultern verrieten sie dennoch.

„Einen Einbrecher?", wiederholte Parker ungläubig, bevor er sie in seine Arme zog. „Oh, Honey, wie furchtbar."

Für einen kurzen Moment legte sie ihre Wange an seine Brust und genoss die Nähe zu Parker. Wie sie sich in der Nacht gedacht hatte, verschwand die Angst, die die Erinnerung an die Situation in ihrem Schlafzimmer erneut hervorgerufen hatte, auf der Stelle.

„Warum hast du nicht angerufen? Ich wäre zu dir gekommen", erkundigte sich Parker und Rejyna richtete sich wieder auf.

„Du hättest nichts tun können, Parker. Die Kollegen der Polizei waren da und haben alles aufgenommen. Mir ist schließlich auch nichts passiert."

Das sah er anders. „Auch für eine FBI-Agentin ist ein Einbruch ein Schock. Wenn du im Dienst bist, rechnest du mit Gefahrensituationen. Zuhause tust du das in der Regel nicht. Hattest du schon geschlafen?"

Rejyna nickte. „Ich bin aufgewacht, als er die Terrassentür aufgehebelt hat. Aber ganz ehrlich, Parker, ich möchte darüber im Moment nicht sprechen. Können wir uns vielleicht einfach auf den Fall konzentrieren?"

Nachdenklich musterte Parker sie. Er hatte das Gefühl, dass sie ihm etwas verschwieg. Unwillkürlich verdüsterte sich sein Blick. „Hat er dich verletzt oder angefasst?"

„Keins von beidem. Können wir jetzt unsere Arbeit machen?"

„Wenn du mir versprichst, dass wir später darüber reden", erwiderte Parker und sah Rejyna eindringlich in die Augen. „Du kannst auch mit Em über die Sache sprechen, wenn dir das lieber ist. Oder mit Hunter, Lucas oder einem anderen Psychologen deiner Wahl", fügte er hinzu.

„Parker ..."

„Ich meine es Ernst, Rejyna", unterbrach Parker sofort. „Ein Einbruchsdelikt hinterlässt bei jedem Menschen seelische Spuren. Deine Marke macht dich nicht unverwundbar."

„Du willst jetzt also mein persönlicher Psychologe sein?" Verärgert sah sie ihn an.

Parker atmete einmal tief durch, ehe er ruhig antwortete. „Nein, das will ich nicht. Wenn ich es mir aussuchen könnte, würde ich mir wünschen, dass du mir einfach als Freund davon erzählst." Noch einmal atmete er bewusst ein. „Und ich würde mir wünschen, dass du mich das nächste Mal anrufst. Ich hätte kein offizielles Protokoll anfertigen und auch keine Spuren aufnehmen können, aber ich hätte dich im Arm halten können."

Rejynas Augen füllten sich mit Tränen und ihre Lippen begannen zu zittern, als sie versuchte, sie zurückzudrängen. War das nicht genau das, was sie sich in der Nacht gewünscht hatte?

„Komm her!" Behutsam zog Parker sie zurück an seine Brust und rutschte dabei ein wenig näher an die Mittelkonsole des

Wagens heran. Er spürte die Schauer durch Rejynas Körper laufen und streichelte ihr beruhigend übers Haar.

„Er hat auf mein Bett geschossen“, flüsterte sie schließlich.

Schockiert stoppte Parkers Hand ihre Bewegung. *Was?* „Er hat auf dich geschossen?“

Rejyna setzte sich auf und wischte sich die Tränen aus dem Gesicht. „Auf mein Bett“, korrigierte sie und erzählte ihm, was passiert war.

„Verdammt, Rejyna! Der Kerl wollte dich eiskalt töten!“ Die Vorstellung ließ Parkers Blut zu Eis gefrieren.

„Ich weiß. Blake und ich sind die ganze Nacht unsere Fälle durchgegangen, damit die ermittelnden Kollegen gleich heute Morgen eine Liste mit Verdächtigen haben. Ich schätze, es ist ein Glück, dass ich erst seit zwei Jahren für das FBI arbeite. Ansonsten wären wir kaum so schnell fertiggewesen.“

„Blake hat dir geholfen?“ Parker spürte, wie ihn die Nadel der Eifersucht stach, aber er stieß das Gefühl von sich. Bislang hatte er Rejyna keinen Grund gegeben, ihn anders zu sehen als Hunter, Lucas oder Emily. Der gestrige Abend mochte ein Anfang gewesen sein, das zu ändern, aber er war eben auch nur ein Anfang gewesen und er sollte zusehen, dass er dieses zarte Band, das sich gerade zwischen ihnen wob, nicht vorzeitig durchtrennte. Vernünftigerweise zwang er sich zu einem Lächeln. „Das ist gut. Wie viele Namen habt ihr gefunden?“

„Drei“, seufzte Rejyna.

„Dann hoffen wir, dass eure Kollegen den Kerl schnell fassen.“

„Das würde mir gefallen. Gehen wir jetzt arbeiten?“

„Selbstverständlich, Agent Seymour!“, erwiderte Parker und verlieh seiner Stimme eine heitere Leichtigkeit, von der er hoffte, dass sie den Ernst für den Augenblick vertreiben würde.

„Puh! Diesen Besuch hätten wir uns sparen können“, schimpfte Rejyna, als sie zwei Stunden später zu ihrem Auto zurückkehrten. „Niemand hat auch nur den geringsten Hinweis zu Adam Kramers Verschwinden beitragen können. Was machen wir jetzt?“

Parker warf einen abwägenden Blick in den Himmel. „Es sieht aus, als würde der angekündigte Sturm eher eintreffen. Ich schätze, uns bleiben noch ein, maximal zwei Stunden.“ Er warf einen kurzen Blick auf sein Handy, das vor wenigen Sekunden in seiner Hosentasche den Eingang einer Kurznachricht gemeldet hatte.

„Lucas hat eine Liste mit zum Verkauf stehenden Booten in Providence geschickt“, informierte er Rejyna. „Vielleicht sollten wir sie persönlich bei dem Polizeichef abgeben.“

„Wie viele sind es?“, fragte Rejyna

„Insgesamt sind es dreiundzwanzig. Vier hat er hervorgehoben.“

„Wenn wir schon hier sind, ist es wahrscheinlich eine gute Idee, persönlich mit den Kollegen vor Ort zu sprechen und mit ihnen die weiteren Maßnahmen abzustimmen. Irgendwie müssen wir die Boote überwachen lassen.“

„Außerdem müssen wir die lokalen Polizisten für jede Vermisstenmeldung sensibilisieren. Du weißt, dass die Suche nach Erwachsenen normalerweise erst nach vierundzwanzig Stunden einsetzt.“

„Richtig, aber ich hoffe, dass wir den Kerl fassen, bevor sein nächstes weibliches Opfer überhaupt vermisst wird.“

„Du denkst immer positiv“, stellte Parker fest.

„Ja, das gibt mir Energie. Glaubst du nicht, dass wir ihm dieses Mal zuvor kommen?“

„Ich hoffe es“, schwächte Parker ab.

„Aber du glaubst nicht daran?“

„Ich denke, ich bin zu realistisch dafür. Wir haben einfach noch zu wenig, um sein Verhalten so detailliert vorhersagen zu können. Grundsätzlich bin ich am Ende lieber positiv überrascht als enttäuscht, aber ich bewundere deine Art zu denken. Oftmals wünschte ich, die Dinge optimistischer sehen zu können.“ Parker hielt ihr die Autotür offen und schloss sie leise, nachdem Rejyna eingestiegen war. Bis er um den Wagen herumgegangen war und den Fahrersitz eingenommen hatte, war sie am telefonieren. Neugierig drehte er ihr seinen Körper zu.

„Nein ... natürlich nicht. Das verstehe ich. Sicherheit geht vor ... Selbstverständlich ... Sie rufen mich an, sobald es etwas Neues gibt? ... Ja, vielen Dank! Ihnen auch.“ Seufzend ließ Rejyna ihre Hand sinken.

„Du siehst nicht gerade glücklich aus, wenn ich das sagen darf“, meinte Parker.

„Das war der Einsatzleiter der Hundestaffel, der die Suche nach Adam Kramer in dem Naturpark koordiniert“, berichtete Rejyna. „Bislang haben sie noch keine Spur und dic Wettervorhersage hat die Sturmwarnung zeitlich nach vorne gerückt. Sie werden die Suche für heute abbrechen müssen. Im Wald ist es einfach zu gefährlich. Er hat allerdings versprochen, dass seine Einheit morgen mit dem ersten Tageslicht erneut aufbricht. Ich weiß, dass es die richtige Entscheidung ist, aber ..." Sie seufzte.

„... aber du hattest gehofft, Mr Kramer heute zu finden", führte Parker den Satz zu Ende.

Rejyna nickte. „Ich hatte gehofft, ihm eine weitere kalte und einsame Nacht im Wald ersparen zu können."

Mitfühlend legte Parker seine Hand auf ihren Oberschenkel. „Du musst damit rechnen, dass es einige Tage dauert, ehe er gefunden wird. Die Hunde können nur zwanzig Minuten am Stück arbeiten, bevor sie eine Pause brauchen, aber wir werden Adam Kramer gewiss finden."

Bedächtig nickte sie. „Ich hoffe es." Energisch legte sie ihren Sicherheitsgurt an. „Komm, lass uns fahren, damit wir wenigstens noch mit dem Polizeichef sprechen können."

Parker schnallte sich ebenfalls an, dann steckte er den Zündschlüssel ins Schloss und drehte ihn um. Der Motor stotterte. Instinktiv runzelte Parker die Stirn. Er fuhr zwar eine fünfundzwanzig Jahre alte Corvette, aber bis heute hatte sie ihn noch nie im Stich gelassen. Er drehte den Schlüssel erneut, aber der Motor wollte nicht anspringen.

Irritiert von dem unerwarteten Stottern sah Rejyna zu Parker hinüber, der ebenso überrascht schien wie sie, dass der Wagen nicht ansprang. Allerdings hatte ihr Gehirn bereits begonnen, blitzschnell zu arbeiten. Sie kannte das Geräusch von ihrem zweimonatigen Training bei ...

„Raus, Parker!", schrie sie und öffnete mit einer Bewegung ihrer beiden Sicherheitsgurte. „Wir müssen raus!" Hastig öffnete sie die Tür auf ihrer Seite, als sie sah dass Parker ihrer Aufforderung folgte.

Sie war genau zwei Schritte gelaufen, als die Corvette mit einem lauten Knall in die Luft flog. Die Energie der Explosion warf sie zu Boden. Rejyna versuchte, den Fall so gut wie möglich abzufangen. Dann drehte sie sich auf den Bauch und legte die Hände über ihren Hinterkopf, um ihn vor herabfallenden Autoteilen zu schützen. All diese Handlungen hatten ihre Reflexe übernommen und sie brauchte einige Sekunden, bis ihr Verstand nachzog.

Sie lag auf dem Boden. Warum? Sie hatte doch gerade noch im Auto gesessen. Wieso war es so heiß? Vorsichtig drehte sie sich um und sah das brennende Wrack. Richtig! Der Wagen war explodiert. Aber sie war nicht alleine in dem Fahrzeug gewesen.

Parker! Wo war Parker? Panik ergriff Rejyna und sie sprang auf. Die Welt begann sich zu drehen.

„Parker?“, schrie sie verzweifelt, während sie versuchte, den Schwindel zu ignorieren. Instinktiv streckte sie die Arme aus, um eine bessere Balance zu finden. Sie musste ihn finden. Er durfte nicht verbrannt sein.

„Parker?“, schrie sie erneut. Wenn doch wenigstens der Boden stillstehen würde. Sie stolperte, stand wieder auf. Tränen liefen an ihren Wangen hinunter.

Bitte, lass ihn leben, flehte sie. Sie würde keine weiteren unschuldigen Toten mehr auf ihrem Gewissen ertragen können. Sie musste ihn finden. Er musste irgendwo sein. Wahrscheinlich auf der anderen Seite des Fahrzeugs. Sie torkelte in Richtung Flammen.

„Hey, Sweetheart, falsche Richtung“, hörte sie plötzlich eine bekannte Stimme und sie fühlte eine feste Hand an ihrem Arm, die sie stabilisierte.

„Parker?“, flüsterte sie ungläubig.

„Ich bin hier!“ Fest zog er Rejyna in seine Arme.

„Brauchen Sie Hilfe?“ Ein halbes Dutzend Menschen kamen aus dem Pflegeheim hinter ihnen gerannt. „Können Sie gehen?“, „Kommen sie ins Haus!“, „Ich habe die Feuerwehr alarmiert.“

Intensiv musterte Parker Rejyna. Sie war blass und ihre Pupillen waren größtmöglich geweitet, doch ansonsten schien sie unversehrt. Aber der erste Eindruck konnte täuschen. „Bist du verletzt?“

„Nein. Ich hatte nur entsetzliche Angst, dass du es nicht rechtzeitig aus dem Wagen geschafft hast. Es ging alles so schnell und ich hatte keine Zeit für Erklärungen.“

„Es war keine Situation, in der man Fragen stellt. Du hast einen Befehl gegeben, ich habe ihn ausgeführt. Fertig.“

Erleichtert atmete sie auf. „Bist du verletzt?“

„Ein paar Schrammen hier und da, nichts Wildes. Komm, lass uns ins Gebäude gehen und dort auf die Polizei warten. Eines steht jedenfalls fest, die Arbeit mit euch ist nicht langweilig.“

Als Hunter und Blake von der Autobombe erfuhren, sprangen sie sofort ins Auto und eilten nach Providence. Dabei setzte sich Blake über die Warnsignalregelung hinweg und schaltete sein mobiles

Licht mit Sirene ein. Er raste über die Autobahn und legte die fünfzig Meilen in weniger als dreißig Minuten zurück.

„Geht es euch gut?“, wollte er als Erstes wissen, als er in den Besucherraum stürmte, den die Pflegeleitung des Wohnheims der Polizei zur Verfügung gestellt hatte.

„Dank Rejynas schneller Auffassungsgabe ist uns nichts passiert“, beruhigte ihn Parker, während er aufstand und sich von Hunter einen Moment in den Arm schließen ließ. Für einen Außenstehenden mochte es merkwürdig aussehen, aber die zwei hatten ein enges Verhältnis zueinander und brauchten beide den Kontakt.

Für Hunters Geschmack war Parker dem Tod gerade eben ein wenig zu nahe gekommen so wie auch Rejyna, die er anschließend an seine Brust zog, während Blake Parker freundschaftlich auf die Schulter klopfte. Erst dann löste sich die Anspannung in den Gesichtern.

„Ihr glaubt nicht, wie froh ich bin, dass es euch gutgeht“, gestand Hunter.

„In der Tat“, bestätigte Blake. Dann wandte er seine Aufmerksamkeit dem fremden Mann im Raum zu, der sich ebenfalls erhoben hatte und bislang geduldig gewartet hatte, bis die Begrüßung vorüber war.

„Das ist Polizeichef Nick Hardy“, stellte Rejyna den Mann vor.

„Angenehm.“ Blake reichte ihm die Hand. „Ich bin Blake McGrey, Agent Seymours Partner. Das ist Hunter Holmes. Er gehört zu unserem Beraterteam.“

„Sie sind auch von H.E.L.P.?“, erkundigte sich der Chief.

„Ich bin sozusagen das H“, erklärte Hunter leichthin, wodurch sich die Atmosphäre ein wenig lockerte.

„Wissen Sie schon etwas Näheres über die Explosion von Dr McNamaras Wagen?“, lenkte Blake das Gespräch auf den Grund ihres Kommens.

„Es war definitiv ein Sprengsatz“ klärte ihn der Chief auf. „Mehr kann ich im Augenblick noch nicht sagen. Meine Leute hören sich draußen um, aber bisher hat niemand etwas Ungewöhnliches bemerkt.“

„Ja, die Sturmwarnung kam unserem Täter definitiv gelegen“, brummte Blake.

„Es ist wirklich ein Glück, dass Sie hinter dem Stottern des Motors mehr gesehen haben als einen Motorschaden, Agent

Seymour“, bemerkte Chief Hardy.

„In der Tat. Das ist eine beachtliche Leistung. Woher wusstest du es?“ Blake fragte aus reiner Neugier.

„Eigentlich hatte ich keine Ahnung.“ Verlegen sah Rejyna kurz auf den Boden. „Der Gedanke ist mir einfach durch den Kopf geschossen, ohne dass ich sagen kann, wo er herkam. Ich dachte nur, es ist besser, auf Nummer sicherzugehen und erst einmal auszusteigen.“

„Ich bin immer wieder beeindruckt von euren Fähigkeiten“, lobte Hunter anerkennend.

Rejyna lächelte schüchtern. „Das können wir nur zurückgeben, nicht wahr, Blake?“

„Allerdings“, nickte er, wobei seine Hand nachdenklich über sein Kinn fuhr, bevor er das Thema wechselte. „Habt ihr Chief Hardy bereits über die Bootsvorliebe unseres Serientäters in Kenntnis gesetzt?“

„Wir waren gerade dabei, als ihr gekommen seid“, informierte ihn Rejyna.

„Ich habe schon zwei Leute losgeschickt, um sich zumindest noch die vier markierten Schiffe auf Ihrer Liste anzusehen, bevor der Sturm eintrifft. Sie werden auch mit den Hafenmeistern sprechen. Sie werden ihnen sagen, dass wir in der letzten Zeit einen Anstieg von Schiffseinbrüchen verzeichnen und sie in den nächsten Tagen besonders aufmerksam sein sollen. Unter dem Vorwand, dass es sich um einen organisierten Ring handelt und wir auch die Hintermänner fassen wollen, sollen sie nicht eingreifen, sondern uns sofort informieren, wenn ihnen etwas Ungewöhnliches auffällt.“

„Das klingt nach einem guten Plan“, fand Blake. „Bitte informieren Sie uns sofort, wenn Sie etwas hören.“

„Das mache ich. Ich rufe Sie auch direkt an, sobald ich die Untersuchungsergebnisse der Autobombe vorliegen habe. Ich nehme an, sie stammt von dem Serientäter?“

„Im Moment wüsste ich niemand anderen, der dafür infrage käme“, antwortete Rejyna hastig. Sie spürte Blakes eindringlichen Blick auf sich, doch sie wusste, dass er ihr vor dem fremden Kollegen nicht widersprechen würde. Rasch erhob sie sich. „Vielen Dank, Chief!“

„Keine Ursache.“

Auch Parker, Hunter und Blake verabschiedeten sich und

verließen das Wohnheim. Im Auto drehte sich Blake jedoch zu Rejyna um, die mit Parker auf der Rückbank Platz genommen hatte.

„Du weißt, dass unser Serienkiller nicht der einzige mögliche Kandidat ist“, äußerte er missgestimmt. „Es ist nicht hilfreich, eine Ermittlung in nur eine bestimmte Richtung zu lenken, wenn man sich nicht hundert Prozent sicher ist, dass dieser Weg zum Ziel führt.“

„Ebenso wenig macht es Sinn, einen Kleinstadtpolizisten mit einer Fülle von Informationen zu erdrücken, die für ihn unerheblich sind“, argumentierte Rejyna.

„Sind sie das?“, warf Blake ein. „Heute Nacht ist jemand in dein Haus eingedrungen, um dich zu erschießen, Rejyna. Bitte verrate mir, woher du die Gewissheit nimmst, dass der Sprengsatz an Parkers Auto nicht auf das Konto dieses Typen geht?“

„Dieser Kerl will mich töten, Blake. Mich, nicht Parker. Warum hat er die Bombe nicht zum Beispiel an meinem Wagen angebracht?“

„Weil dein Wagen die ganze Nacht in der Garage und später in der Tiefgarage des Dezernats stand. Zu beiden Orten hatte er keinen Zugang“, entgegnete Blake. „Er kann jedoch beobachtet haben, wie du vor dem Büro in Parkers Corvette gestiegen bist und euch hierher gefolgt sein.“

Energisch schüttelte Rejyna den Kopf. „Es ist viel wahrscheinlicher, dass der Serienkiller uns beobachtet hat. Vielleicht hat er von dem Einsatz der Hundestaffel erfahren, und es hat ihn misstrauisch gemacht. Vielleicht war er zufällig hier, um sich noch einmal selbst zu gratulieren, wie gut es ihm gelungen ist, Adam Kramer von seiner Wohnanlage wegzulocken. Vielleicht steckt sogar tatsächlich Shippendale dahinter, der nach dem Gespräch mit euch nervös geworden ist.“

Blake schüttelte den Kopf. „Ich will gar nicht behaupten, dass der Sprengsatz nicht von unserem Killer angebracht worden ist und wir sollten auf jeden Fall Shippendale dazu befragen. Ich möchte zu gerne wissen, wo er heute Nachmittag gesteckt hat. Aber ich will definitiv auch nicht, dass wir frühzeitig eine plausible Alternative ausschalten.“ Mit einem fragenden Blick wandte sich Blake an Parker und Hunter. „Was sagt ihr eigentlich dazu?“

Hunter warf einen prüfenden Blick auf Rejyna, ehe er antwortete. „Ich denke, ich muss Blake zustimmen. Wir haben zwar noch zu wenig Ansatzpunkte, um ein Psychogramm des Täters erstellen zu können, aber ich halte es für unwahrscheinlich, dass eine Autobombe in sein Profil passt."

Mit einem verärgerten Blick hob Rejyna kopfschüttelnd abwehrend die Hände. Schließlich sah sie Parker an. „Was ist mit dir?"

Bedauern zeigte sich auf seinem Gesicht. „Es tut mir leid, Rejyna, aber ich denke, Hunter hat recht."

„Gut. Dann lassen wir das Protokoll und die späteren Untersuchungsergebnisse an Detective Keller weiterleiten", gab Rejyna nach.

„Wer ist Detective Keller?", wollte Hunter wissen.

„Er ermittelt bezüglich des Einbruchs in meinem Haus. Woher weißt du überhaupt davon?"

„Ich habe es ihm auf dem Weg hierher erzählt und im Übrigen halte ich das jetzt für einen guten Weg. Keller fängt auf jeden Fall mehr damit an als Chief Hardy in Providence", erklärte Blake zufrieden, drehte sich auf seinem Sitz zurück und startete den Motor.

Erleichtert atmete Parker auf, als dieser sofort ansprang. Unwillkürlich fragte er sich, ob er beim Anlassen eines Wagens zukünftig jedes Mal die Luft anhalten würde.

Rejyna lehnte den Kopf an die Fensterscheibe auf ihrer Seite des Autos und schloss die Augen. Sie wollte sich nicht länger unterhalten. Insgeheim fragte sie sich, ob Blake recht hatte und die Bombe tatsächlich mit dem Anschlag in der Nacht zusammenhing. Immerhin war es ihr erster Gedanke gewesen.

Sowohl einen Killer auf sie anzusetzen als auch das Anbringen eines Autosprengsatzes würden zu Hejazi passen. Allerdings konnte der Mann nichts mit der Sache zu tun haben. Er saß für noch mindestens zehn Jahre in Guantanamo ein. Sie hatte es gecheckt, nachdem Blake in den frühen Morgenstunden gegangen war.

Nein, es musste einer dieser drei anderen Typen sein, die sie mit Blake gefasst und für Detective Keller auf die Liste der Verdächtigen gesetzt hatte. Es war die einzig logische Erklärung.

KAPITEL 14

„Vertrau mir, Britt“, bat er zärtlich und legte ihr den weichen Kaschmirschal um die Augen. „Gefühle sind im Dunkeln um ein Vielfaches intensiver.“ Seine Hände glitten über ihren Körper und betteten ihn auf die weiche Matratze. Sie trug nur noch die schwarzen Spitzendessous, die er ihr vor einem Jahr geschenkt hatte und die schwarzen Pumps mit den zwölf Zentimeter hohen Absätzen.

Ja, Brittany Adams war die Investition wert gewesen. Sie hatte seine Erwartungen mehr als erfüllt. Sie war die bislang Beste gewesen. Jede andere würde es in Zukunft schwer haben, an sie heranzureichen. Er würde aufpassen müssen, seine Ansprüche nicht zu hoch anzusetzen, und er durfte vor allem zu Beginn nicht ungeduldig werden. Zum ersten Mal verspürte er eine gewisse Lethargie, wieder von vorne anfangen zu müssen und er fragte sich, ob es nicht vielleicht Zeit für die ein oder andere Veränderung war. Er drängte den Gedanken jedoch rasch beiseite. Dies war nicht der Anfang. Dies war das Ende, und er wollte es in vollen Zügen genießen.

Lustvoll betrachtete er Brittany noch einmal von oben bis unten. Dann begann er sein Spiel. Er kannte ihren Körper mittlerweile in- und auswendig. Er wusste, wie er sie zum Höhepunkt brachte. Es würde nicht lange dauern.

„Was ist mit dir?“, fragte sie mit rauer, erregter Stimme.

„Um mich kümmerst du dich später. Heute bist du zuerst dran. Genieße einfach“, antwortete er. Die Lüge fiel ihm leicht. Er hatte seinen ersten großen Euphorierausch bereits auf der Yacht erlebt und er würde einen zweiten taumelnden Höhepunkt erreichen, indem er sie in den Tod begleitete. Im Gegensatz zu Megan Petrella würde Brittany jedoch einen sanften Tod erfahren.

Geschickt setzten seine Hände sie in Ekstase. Als ihr Höhepunkt kurz bevor stand, nahm er ihr den Schal ab. „Ich habe ein Geschenk für dich, Britt“, flüsterte er in ihr Ohr.

Mit vor Lust verschleierten Augen blickte sie ihn an. „Ein

Geschenk? Jetzt?“

„Ja.“

„Können wir nicht später ...“

Er hielt ihr eine mit einer rosa Schleife versehene Spritze entgegen. „Es ist etwas ganz Besonderes.“ Behutsam nahm er ihren linken Arm, löste die Schleife und knotete das Band fest um ihren Oberarm. Dann deutete er mit seinem Daumen auf ihre Vene, in der sich das Blut staute. „Spritz es hier rein. Es gibt nur einen kleinen Pieks, aber ich verspreche dir, das Gefühl ist berauschend.“

Zweifelnd sah sie ihn an. „Du weißt, dass ich nicht auf Drogen stehe.“

„Es ist keine Droge, Britt. Es intensiviert nur dein Empfinden, so wie es der Schal getan hat. Vertrau mir! Habe ich dich schon jemals angelogen?“

Unsicher betrachtete sie die Spritze in ihrer Hand, dann lächelte sie ihn an. „Nein, das hast du nicht. Hilfst du mir?“

Sanft legte er seine Hand auf ihre und führte die Nadel gemeinsam mit ihr in die Vene. Dann ließ er seine Hand über ihre Brust gleiten. „Spritz die Flüssigkeit langsam ein. Ja, genau so.“

Erregt wartete er, bis sie die Spritze aus ihrem Arm gezogen und sie auf den Nachttisch gelegt hatte. Dann schob er ihren Slip zur Seite und drang mit seinen Fingern langsam in sie ein.

„Wow!“, flüsterte Brittany erregt, während sie die Augen schloss und sich ein Schleier des Glücks auf ihrem Gesicht ausbreitete. „Das ist wirklich unglaublich.“

„Sieh mich an, Britt“, bat er. „Ich möchte deine Augen sehen, wenn du kommst.“

„Das ist magisch“, staunte sie atemlos.

„Was fühlst du?“

„Es ist wunderbar warm und gleichzeitig ist alles so leicht, so schwerelos. Es ist, als würde ich fliegen.“

Ja, der erste Heroinkonsum befördert einen direkt ins Paradies, stimmte er in Gedanken zu. Zumindest war es das, was alle sagten. Er selbst hatte es nie ausprobiert, aber es hieß, dass kein nachfolgender Gebrauch diesen Zustand jemals wieder würde erzeugen können. Daher kam das hohe Suchtpotenzial der Droge. Jeder User jagte diesem einen perfekten Glückszustand nach, ohne auch nur die geringste Chance zu haben, ihn ein zweites Mal zu erreichen. Aber Britt würde keine sehnsuchtsvollen Qualen leiden. Sie würde nicht abhängig werden. Sie konnte dieses eine Hoch in vollen Zügen genießen.

„Es ist wundervoll“, seufzte sie. Die Bewegungen ihrer Hüften wurden fordernder und er gab ihr, was sie sich wünschte.

Ihr leidenschaftlicher Orgasmus ließ sein Glied anschwellen, doch der Druck in ihm begann erst steil anzusteigen, als ihre Pupillen immer kleiner wurden und sich ihr Puls verlangsamte. Ihre Atemzüge kamen in immer weiter auseinanderliegenden Zügen, ihre Haut bekam einen bläulichen Schimmer, aber ihr Gesicht strahlte noch immer.

„Das Leben mit dir ist schön“, sagte sie leise und schloss die Augen.

„Sieh mich an, Britt“, bat er zum zweiten Mal und weil sie gewohnt war, das zu tun, was er ihr befahl, öffnete sie ihre Lider wieder. Mit einem Lächeln auf den Lippen tat sie ihren letzten Atemzug und er masturbierte, bis er mit einem lauten Stöhnen kam.

Ja, das Leben war schön. Zumindest für einige von ihnen.

KAPITEL 15

Zurück in Boston fuhr Blake direkt ins H.E.L.P.-Büro.

„Gebt ihr uns eine kurze Minute?", bat Hunter, als sie die Räume betraten. Wortlos bedeutete er Parker, ihm in sein Büro zu folgen.

„Kein Problem. Wir bringen Lucas und Emily in der Zwischenzeit auf den neuesten Stand", meinte Blake.

„Was ist los?", wollte Parker wissen, nachdem er in Hunters Büro stand.

Hunter ließ seine Bürotür offen, wartete aber, bis die anderen im Besprechungsraum verschwunden waren. Erst dann drehte er sich zu seinem Freund um. Sein Gesichtsausdruck war ernst.

„Du weißt, dass Rejyna uns am Nachmittag etwas Wesentliches verschwiegen hat?", begann er vorsichtig.

Parker runzelte die Stirn. Argwöhnisch blickte er Hunter an. „Inwiefern?"

„Sie hat gelogen, als sie sagte, dass sie nicht gewusst hätte, ob es sich tatsächlich um eine Autobombe gehandelt hat. In Wahrheit hatte sie nicht den geringsten Zweifel daran."

„Das ist Unsinn! Woher soll sie es gewusst haben?"

„Das weiß ich nicht, Parker. Was mich jedoch mehr beschäftigt, ist, warum sie uns nicht sagt, woher ihre Erfahrungen diesbezüglich stammen."

Verständnislos schüttelte Parker den Kopf. „Du musst dich irren. Sie arbeitet seit ungefähr einem Jahr für das FBI. Sechs Monate davon in Kooperation mit uns. Da gab es keine Autobomben."

„Erinnerst du dich, als ich ihre besonderen Fähigkeiten ansprach? Ihr Mundwinkelheber hat nur auf einer Seite gearbeitet. Das Kompliment war ihr unangenehm."

„Nicht jeder kann ein Lob wie selbstverständlich annehmen", gab Parker zu bedenken.

„Es war kein schüchternes oder verlegenes Lächeln. In Kombination mit ihrem inneren Augenmuskel war es eindeutig ein

Lächeln, das bewusst über eine innere Grenze gehoben wurde. Rejyna fand nicht, dass sie das Kompliment verdient hat. Deshalb hat auch ihre Stimme an Kraft verloren. Sie wurde erst wieder stärker, als sie den Kommunikationsball Blake zugeworfen hat."

„Das ist Unsinn, Hunter. Du interpretierst über."

„Das glaube ich nicht. Ich glaube eher, dass du nicht objektiv genug bist."

Verärgert trat Parker einen Schritt zurück. „Was möchtest du nun, Hunter? Vorgestern machst du mir auf dem Flur die Hölle heiß, weil ich Rejyna noch nicht zu einem Date eingeladen habe. Heute sagst du mir ... ja, was sagst du mir eigentlich? Dass sie etwas Böses im Schilde führt und ich mich von ihr fernhalten soll?"

„Weder das eine noch das andere. Wir wissen beide, dass Rejyna eine gute Agentin und ein guter Mensch ist. Aber es gibt etwas, das sie verschweigt." Hunter verringerte den Abstand zu seinem Freund wieder. „Wir haben alle unsere Geheimnisse und sie müssen uns nicht daran hindern, eine gutes Leben und auch eine gute Partnerschaft zu führen. Alles, was ich daher sage, ist: Pass auf! Wenn Gefühle im Spiel sind, ist man naturgemäß weder objektiv noch neutral. Außerdem ..." Nachdenklich spazierte Hunter im Raum auf und ab.

„Außerdem?", lenkte Parker die Aufmerksamkeit seines Freundes nach einer Weile zu ihm zurück.

„Außerdem wäre es möglich, dass ihr Geheimnis etwas mit den beiden Anschlägen auf ihr Leben zu tun hat. Vielleicht solltest du versuchen herauszufinden ..."

„Ich soll sie ausspionieren?" Parker klang entsetzt.

„Sei nicht albern. Freunde spioniert man nicht aus", reagierte Hunter ungehalten. „Nein, du sollst eine Vertrauensbasis schaffen, damit sie sich dir anvertrauen kann und das vielleicht ein wenig schneller als es ursprünglich dein Plan gewesen ist. Je länger ich darüber nachdenke, desto mehr glaube ich, dass Rejyna noch gar nicht realisiert hat, wie sehr sie einen wahren Freund braucht. Denn am Ende ist man zu zweit immer stärker als alleine."

Eindringlich sah Hunter ihm in die Augen. „Und wenn ihr feststellt, dass ihr für diese Sache ein größeres Team braucht, dann musst du nur Bescheid geben. Du weißt, dass wir alle jederzeit hinter euch stehen."

Gerührt schluckte Parker. Dann legte er dem Freund eine Hand auf die Schulter. „Danke, Hunter."

„Keine Ursache. Lass uns zu den anderen gehen.“

„... und die Hafenmeister sind informiert. Die Polizei wird ebenfalls regelmäßig in Zivilfahrzeugen vorbeifahren“, berichtete Rejyna von ihrem Gespräch mit Chief Hardy in Providence.

„Ich fürchte, mehr können wir im Augenblick nicht machen“, seufzte Blake und sah zu Hunter und Parker auf, die sich in diesem Moment zu ihnen setzten. „Hardy hat gerade angerufen und uns informiert, dass seine Leute von ihrem Hafenausflug zurück sind. Sie konnten sich drei der von Lucas markierten Boote ansehen. Von dem vierten, der ‚Anthea' hatte der Hafenmeister keinen Schlüssel. Die Eigentümer sind im letzten Jahr umgezogen und haben den Schlüssel wohl bei dem Bruder deponiert, der über das Wochenende verreist ist. Man konnte das Innere der Kajüte jedoch durch die Fenster einsehen und nichts erweckte den Eindruck, dass etwas nicht stimmen würde. Das Türschloss war ebenfalls unangetastet.“

„Also müssen wir warten“, folgerte Hunter. „Wann können die Hunde wieder eingesetzt werden?“

„Frühestens morgen, wenn der Sturm nachgelassen hat“, gab Rejyna bekannt. „Ich denke, wir können von Glück sagen, dass wir hier in Boston nur ein paar schwache Ausläufer davon mitbekommen sollen. Der einzige Trost ist, dass unseren Killer das ebenso aufhalten wird wie uns.“

„Hoffentlich“, brummte Parker.

„Habt ihr die Info gesehen, dass die Kollegen in Erie die Leiche von Catherine Tenner gefunden haben?“, erkundigte sich Blake.

„Wir haben deine SMS gelesen“, bestätigte Emily. „Weißt du schon mehr?“

„Ihre Überreste lagen auf einer kleinen Motoryacht, die den Namen ‚Waverider' trägt.“

„Waverider“ Nachdenklich wiederholte Lucas den Namen. Er hatte so viele Schiffsnamen gelesen, dass es schwierig war, sich an jeden einzelnen zu erinnern. „Ist das nicht das Boot, das ein Junge von seinen Eltern zum achtzehnten Geburtstag geschenkt bekommen hat?“

„So ist es“, bestätigte Blake. „Mit neunzehn hat Papa ihm einen vierhundert PS starken Sportwagen gekauft und drei Wochen später ist er mit einhundertsechzig Meilen aus einer Kurve geflogen.“

„Sportwagen, Motoryacht ... welche Träume sollen diese Kinder eigentlich noch haben?", fragte sich Hunter kopfschüttelnd.

„Zumindest ist es kein Wunder, wenn sie Geschwindigkeit als Herausforderung sehen", urteilte Parker.

„Traurig, aber wahr", nickte Blake. „Auf jeden Fall hat die Ehe der Eltern den Tod des Kindes nicht überstanden. Sie haben sich einige Wochen später getrennt. Im Laufe der Scheidung konnten sich die Eltern nicht einigen, wem das Boot überschrieben werden soll und so stand es einige Monate zum Verkauf, doch dann wollte die Frau auf einmal keinen Verkauf mehr und so wurde das Angebot zurückgezogen."

„Und keiner von ihnen war seit fünf Jahren dort?", versicherte sich Parker ungläubig.

„Nein. Beide Elternteile sind aus Erie weggezogen und es hat den Anschein, als hätte jeder von ihnen das Boot vergessen. An die Hafenfirma läuft ein Dauerauftrag für die Liegekosten und wahrscheinlich ist der Betrag nicht hoch genug, als dass er dem Mann auf seinem Kontoauszug auffällt", vermutete Blake.

„Wo ist Rebecca Tenner jetzt?", wollte Hunter wissen.

„Sie ist auf dem Weg in unsere Gerichtsmedizin. Carter wird sie sich morgen ansehen. Willst du dabei sein, Parker?"

„Ja, das wäre ich gerne. Ich rufe ihn wegen der Uhrzeit an."

„Gut. Aus Buffalo und Toledo haben wir leider noch nichts gehört, aber die Kollegen dort sagten mir gleich, dass sie dieses Wochenende chronisch unterbesetzt sind."

„Hast du etwas über diese angebliche Affäre von Lana Walder herausgefunden", wechselte Emily das Thema.

„Ja, ich bin noch einmal zu ihrem Ehemann nach Quincy gefahren. Zuerst wollte ich ihn anrufen, doch dann dachte ich, es sei besser, ein derart heikles Thema von Angesicht zu Angesicht zu besprechen."

„Und?", fragte Lucas, als Blake nicht weitersprach.

„Mr Walder bestätigte, dass seine Ehe vor einigen Jahren eine Krise hatte. Vor ungefähr drei bis vier Jahren hatte er zum ersten Mal den Verdacht, dass seine Frau ihn betrog. Zunächst hatte er nichts unternommen, weil er gehofft hatte, dass es sich von selbst erledigen würde."

„Aber das hat es nicht", äußerte Hunter.

„Nein. Nach ungefähr einem Jahr hat er es nicht mehr ausgehalten und es kam zu einer Aussprache. Seine Frau war zuerst geschockt, weil sie nicht damit gerechnet hatte, dass er davon wusste, doch dann wollte sie die Scheidung."

„Aber das Paar ist nicht geschieden worden, oder doch?", vergewisserte sich Emily.

„Nein. Der Sohn der beiden war damals erst fünf Jahre alt. Mr Walder wollte, dass er mit beiden Elternteilen aufwächst. Daher hat er eine Paartherapie vorgeschlagen. Er wollte für seine Ehe kämpfen. Zunächst hat seine Frau den Vorschlag abgelehnt, doch er hat nicht locker gelassen und eines Tages war sie bereit, es noch einmal zu versuchen."

„Einfach so?", erstaunte sich Parker.

„Wohl kaum", urteilte Emily sarkastisch.

„Wie hat sie ihren Sinneswandel begründet?", wollte Hunter wissen.

„Sie hat ihrem Mann gesagt, dass sie erkannt hat, wie wichtig Werte sind. Das Übliche", urteilte Blake verächtlich. „Ihr Mann ist damals davon ausgegangen, dass die Beziehung mit ihrem Liebhaber nicht funktioniert hat, aber er hat nicht weiter nachgefragt. Er war einfach nur erleichtert, dass Lana bereit war, ihrer Ehe noch eine Chance zu geben."

„Hat es geklappt?", warf Lucas ein.

„Angeblich, ja. Es war wohl keine romantische Liebe mehr im Spiel, aber nach seiner Beschreibung war es eine faire freundschaftliche Beziehung."

„Hat er gesagt, wer der Mann war, mit dem Lana ihn betrogen hat?"

„Er wusste keinen Namen, vermutete aber, dass er wahrscheinlich ein Kunde von ihr gewesen sei." Blake machte eine kurze spannungsgeladene Pause. „Lana Walder änderte ihre Meinung bezüglich einer Scheidung übrigens zwei Tage nach Mr Shippendales Tod."

„Damit wäre die Identität geklärt", meinte Parker. „Alles andere wäre schon ein sehr großer Zufall."

„Das sehe ich genauso", nickte Blake zustimmend. „Ich bin nur nicht sicher, ob es wirklich für unseren Fall relevant ist. Wie weit bist du mit Shippendales Profil, Em?"

„Ich bin noch nicht dazu gekommen, daran weiterzuarbeiten. Ich habe den ganzen Nachmittag an den Waldgebieten gesessen, nachdem ihr zwei nach Providence gefahren seid. Aber bis morgen werde ich etwas haben."

„Das ist gut, denn ich will Shippendale noch einmal genau unter die Lupe nehmen“, stellte Blake entschieden klar. „Und ich will wissen, ob er eine Autobombe basteln könnte.“

„Ich werde es im Kopf behalten, wenn ich den Mann studiere“, versprach Emily.

„Alleine wirst du die ganze Nacht daran sitzen“, erklärte Hunter. „Wir machen es zusammen.“

„Du gehst nach Hause, Hunter“, widersprach Emily. „Im Gegensatz zu dir wartet auf mich niemand.“

„Das ist Quatsch. Mia versteht es, wenn wir arbeiten müssen.“

„Emily hat recht“, entgegnete Blake. „Es gibt noch genügend Nächte, die du dir um die Ohren schlagen musst. Heute ist jedoch keine von ihnen. Ich werde bleiben und helfen.“

„Das ist wirklich nett gemeint, aber dabei kannst du nicht helfen“, wehrte Emily dankend ab.

Mit hochgezogenen Brauen sah Blake sie fragend an.

„Nichts für ungut, aber du bist nun mal kein Psychologe, Blake“, erklärte Emily trocken.

„Direkt wie immer“, kommentierte Parker.

Gelassen zuckte Emily mit der Schulter. „Direkt macht das Leben einfacher.“

„Aber auch langweiliger“, konterte Parker.

„Ich werde bleiben“, entschied Lucas, ehe die Diskussion ausarten konnte. „Wir werden uns eine riesengroße Pizza kommen lassen und uns den Typen zusammen ansehen. Wie klingt das, Em?“

„Du musst nicht ...“, begann Emily.

„Ich weiß, aber alleine schaffe ich die Pizza nicht.“ Freundschaftlich legte Lucas den Arm um Emily. „Also, keine Widerrede.“

„Wie könnte ich widersprechen, wenn du mich so dringend brauchst?“

„Genau!“, lachte Lucas. „Und nachdem das geklärt ist, können wir die Runde aufheben.“

„Gut, wenn ihr mich nicht braucht, dann bin ich weg“, verkündete Blake. „Ich texte euch, wenn ich etwas Neues erfahre. Ansonsten sehen wir uns morgen.“

„Bis morgen“, verabschiedete sich Hunter und auch Parker und Rejyna verließen das Büro.

„Mein Auto steht noch immer in der Tiefgarage des FBI“,

gestand Rejyna. „Wir könnten ein Taxi dorthin nehmen. Dann kann ich dich nach Hause fahren."

„Ein verlockendes Angebot, aber ein Taxi ist nicht notwendig." Verschmitzt hielt Parker einen Autoschlüssel in die Höhe und ging zielstrebig auf einen Audi TT zu.

„Du hast Lucas' Auto?", wunderte sich Rejyna.

„Er braucht seines nicht, wenn er mit Em im Büro bleibt, oder? Außerdem gefällt mir Blakes Vorschlag, eure Technikjungs zur Sicherheit einen Blick unter deine Motorhaube werfen zu lassen."

„Ja, die Idee hat etwas", musste Rejyna zugeben. „Dann musst du mich wohl nach Hause fahren."

„Wir fahren erst zu mir und dann zu dir, sodass wir beide duschen und uns umziehen können."

„Duschen und umziehen?"

„Sicher. So wie wir im Moment aussehen, können wir unmöglich auf eine Party gehen."

„Du willst auf Daves Party?" Ungläubig sah sie zu ihm auf, während er die Tür des Wagens für sie öffnete.

Parkers Miene wurde ernst. „Wenn du nicht möchtest, dass ich dich begleite, dann ist das in Ordnung. Du kannst ehrlich sein."

„Nein, ich meine, natürlich würde ich mich freuen, wenn du mitkommst. Es ist nur so, dass ich nicht damit gerechnet habe und eigentlich wollte ich selbst nicht mehr gehen. Nach allem, was heute passiert ist, ist Feiern vielleicht nicht unbedingt das Richtige. Du hast dein Auto verloren ..."

„Mein Auto war ein Auto. Es hat mich von A nach B gebracht, aber es hat nicht mein Herz besessen."

Emilys Blick zeigte ihm deutlich, dass sie ihm nicht glaubte.

„Na ja, vielleicht ein bisschen", schränkte Parker ein. „Aber ich habe schon länger überlegt, es gegen ein Moderneres zu tauschen." Beherzt nahm er ihre beiden Hände in seine. „In meinen Augen haben wir heute jeden Grund, uns zu amüsieren. Wir sollten das Leben feiern, Rejyna. Wir haben heute deutlich zu spüren bekommen, wie schnell es vorbei sein kann. Also, lass es uns genießen. Für einen Tag haben wir genug Schreckliches erlebt. Findest du nicht?"

„Du hast recht. Lass uns feiern gehen."

„Du siehst bezaubernd aus", urteilte Parker, als er Rejyna aus dem

Bad kommend erblickte. Sie trug ein goldenes Paillettenoberteil auf einer engen Jeans mit hohen Schuhen. Zu ihren dunklen Haaren, den schwarzen Augen und ihrem natürlich gedeckten Teint bildete das Shirt einen schönen Kontrast.

„Du siehst auch gut aus“, gab Rejyna ein wenig schüchtern zurück.

„Es ist nur ein Hemd auf einer Bluejeans.“

Ein eng tailliertes Hemd, korrigierte Rejyna in Gedanken, *das dich verdammt sexy aussehen lässt.*

„Eigentlich können wir auch hierbleiben“, murmelte Parker.

„Wie bitte?“, entrüstete sich Rejyna gespielt. „Darf ich dich daran erinnern, dass du derjenige gewesen bist, der die Party in Erinnerung gebracht hat?“

„Da habe ich auch noch nicht gewusst ... ah, vergiss es!“

„Parker! Du hast mir ein zweites Date versprochen“, erinnerte sie ihn lachend.

Theatralisch atmete er ein. „Das war ein taktischer Fehler, aber ...“ Er trat einen Schritt zurück. „... zu seinen Fehlern muss man stehen. Also gehen wir feiern. Aber, Rejyna?“

„Hm?“

„Versteh mich bitte nicht falsch, aber was würdest du von dem Vorschlag halten, wenn du heute Nacht bei mir schlafst? Im Gästezimmer natürlich“, fügte er schnell hinzu.

„Du musst mich nicht nach Hause bringen. Ich verstehe, wenn dir der Weg später zu weit ist.“

„Mir ist kein Weg zu weit für dich“, warf Parker ein und deutete auf die mit Holz verschlagene Terrassentüröffnung. „Ich denke nur, dass es nach zwei Anschlägen in so kurzen Abständen klüger wäre, aus dem normalen Rhythmus auszubrechen und in dieses Haus erst zurückzukehren, wenn die Tür wieder eingesetzt und die Alarmanlage aufgerüstet ist, sodass sie zukünftig auch anspringt, wenn jemand die reguläre Stromleitung kappt.“

Langsam nickte Rejyna. Wenn sie ehrlich war, hatte sie kein großes Interesse daran, die Nacht allein in ihrem Haus zu verbringen. Sie hatte sich hier draußen immer sicher gefühlt, doch im Moment fehlte dieses Gefühl. Ihr Herz begann immer noch sofort zu rasen, wenn sie die Augen schloss und sich an das Ächzen der Diele erinnerte. „Du hast recht. Es wäre wahrscheinlich wirklich die klügere Entscheidung. Macht es dir auch gewiss nichts aus?“

„Im Gegenteil“, freute sich Parker.

„Dann brauche ich noch fünf Minuten.“

„Kein Problem. Wir werden ohnehin zu spät sein. Vor zehn werden wir es kaum schaffen.“

Fünf Minuten später schloss Rejyna ihre Haustür ab, und gemeinsam liefen sie zu Lucas’ Wagen.

„Es windet ganz schön“, meinte Rejyna, während sie ihre Haare mit einer Hand festhielt.

„Wenn wir bedenken, dass dies hier nur die Ausläufer des Sturms sind, will ich nicht wissen, wie es weiter südlich von Boston aussieht“, erwiderte Parker. „Hast du die Adresse?“

„Ja, ich gebe die Straße in dein Navi ein.“

Parker legte den Autoschlüssel in die Mittelkonsole und legte seinen Finger auf den Anlassknopf. Angestrengt schluckte er. Dann fiel ihm die unnatürliche Stille im Wageninneren auf. Er sah zu Rejyna hinüber und stellte fest, dass er nicht der Einzige war, der keinen Muskel mehr bewegte. Tief holte er Luft und suchte ihren Blick.

„Bereit?“, versicherte er sich.

„Haben wir eine Wahl?“

Noch einmal atmete er bewusst ein. Es könnte immerhin sein letzter Atemzug sein. Parker schloss die Augen und reichte ihr seine linke Hand.

Rejyna legte ihre linke hinein. Fest drückte sie sie, während Parker den Knopf betätigte. Sanft sprang der Motor an und ging sofort in ein gleichmäßiges Brummen über. Sowohl Parker als auch Rejyna lachten.

„Auf geht’s! Zur Party!“, rief Parker beschwingt aus und gab Gas. „Bist du schon mal bei Dave Carrera zu Hause gewesen?“

„Ein- oder zweimal. Er gehört nicht direkt zu Lisas engster Clique, was nicht weiter verwunderlich ist, da sich die beiden ja den ganzen Tag sehen, aber hin und wieder ist er mit ausgegangen.“

„Hast du ihn auch alleine getroffen?“

Erheitert warf Rejyna ihm einen Blick vom Beifahrersitz aus zu. „Bist du eifersüchtig, Parker McNamara?“

„Hätte ich einen Grund?“, gab er herausfordernd zurück.

„Nein. Dave ist ein sympathischer Kerl, aber es hat nicht zwischen uns gefunkt.“

„Was ist er für ein Typ?“

„Er ist Anfang dreißig, ehrgeizig, sportlich und beim Bowlen hat keiner einer Chance gegen ihn."

„Gehst du gerne Bowlen?"

„Nicht mit Dave", lachte Rejyna. „Ich muss nicht gewinnen, aber wenn jemand einen Strike nach dem anderen wirft, ist das auf Dauer demoralisierend. Was ist mit dir?"

„Ich habe es schon lange nicht mehr gemacht, aber als Schüler und Student fand ich es nett." Sie unterhielten sich über Dinge, die sie mochten und nicht mochten, über Orte, die sie gerne sehen wollten und Musik, die sie gerne hörten. Dabei stellten sie fest, dass sie tatsächlich viel gemeinsam hatten.

„Dort vorne ist es." Rejyna deutete auf ein historisches Fabrikgebäude aus roten Backsteinen. „Ein Bauträger hat das Gelände irgendwann einmal ersteigert und es in Lofts umgewandelt. Dave hat vor einigen Jahren eine der kleineren Eigentumswohnungen darin erworben. Er meinte, es sei eine gute Investition gewesen."

„Das kann ich mir vorstellen. Die Gegend war früher ein typisches Arbeiterviertel, aber in den letzten Jahren hat es hier einen richtigen Aufschwung gegeben. Moderne Wohnungen und Häuser sind entstanden und kleinere Boutiquen haben eröffnet."

Gemeinsam betraten sie das Haus und stiegen die Treppen zum zweiten Stock empor. Die Wohnungstür war nur angelehnt und so traten sie ein. Die Party war bereits in vollem Gang und eine große Anzahl an Gästen stand überall dicht gedrängt in Kleingruppen zusammen. Sie lachten und unterhielten sich. Unwillkürlich griff Rejyna nach Parkers Hand, und sie führte ihn durch die Menschenmenge ins Wohnzimmer, wo sie Lisas Partner entdeckte.

„Rejyna, wie schön, dass du es geschafft hast", begrüßte Dave sie herzlich.

„Vielen Dank für die Einladung, Dave", erwiderte Rejyna.

„Und wie ich sehe, hast du noch jemanden mitgebracht. Super! Je mehr, desto besser." Er reichte Parker die Hand. „Ich bin Dave."

„Parker."

„Ah, ich wusste, dass wir uns wiedersehen." Mit einem Glas Whisky in der Hand trat Lisa zu ihnen. „Schauen Sie sich um, Parker, und sagen Sie mir, ob ich übertrieben habe?" Sie nahm einen großen Schluck aus ihrem Glas. „In diesem Raum schwirrt eine Menge Testosteron herum." Ihre Sprache schlurfte ein wenig.

„Für ein Mädchen wie Rejyna ist es gut, wenn sie weiß, mit wem sie nach Hause geht."

Allerdings, stimmte Parker ihr in Gedanken zu. Hier gab es in der Tat eine Menge Männer, die sowohl Rejyna als auch Lisa mit eindeutigen Blicken bedachten, um ihre Chancen abzuschätzen.

„Lisa!", mahnte Rejyna.

„Was? Habe ich etwa nicht recht?" Mit einem unschuldigen Augenaufschlag sah sie zu Parker auf, während sie einen weiteren Schluck aus ihrem Whiskyglas nahm.

„Wie wäre es mit einem Wasser zwischendurch?", schlug Rejyna vor.

„Wasser? Bist du verrückt? W...wir sind zum Feiern hier, nicht wahr, Dave?"

„Ja, das sind wir", nickte Dave.

„Stimmt etwas nicht?", erkundigte sich Parker, der die Diskrepanz zwischen den Worten und der Mimik des Mannes wahrnahm.

„Das kann man wohl sagen. Ein Mann hat heute Nachmittag seine Frau und seinen s...siebenjährigen Sohn erschossen", klärte Lisa ihn auf. „Das Schl...limmste ist, Dave und ich hatten den Mann vor drei Tagen verhaftet, weil er die Frau bedroht hat. Aber sein zwie...lichtiger Anwalt hat ihn bei der Anhörung heute morgen tatsächlich aus der Untersuchungshaft freibekommen und dieses Arschloch hatte nichts anderes zu tun, als nach Hause z...zu fahren und das zu be...enden, w...was er vor ein paar Tagen nicht hinnn...bekommen hat." Sie trank den letzten Schluck aus ihrem Glas und wankte einen Schritt nach rechts.

Intuitiv griff Parker nach ihrem Unterarm, um ihren Stand zu stabilisieren. Im gleichen Moment gesellten sich zwei weitere Männer zu ihnen. Galant nahm ihr der eine das Whiskyglas aus der Hand.

„Lisa, ich habe dich vermisst. Wollten wir uns nicht bei der Espressomaschine in der Küche treffen?"

„Mar...cus", stotterte Lisa. Sie wankte abermals und Marcus legte seinen Arm linken Arm um ihre Taille, während er zuerst Lisa und anschließend Parker seine rechte Hand zur Begrüßung reichte.

„Marcus Brown", stellte er sich vor, ehe er versprach: „Ich werde ihr einen starken Kaffee brauen. Das ist wirklich eine schlimme Geschichte."

„Wohl wahr", stimmte ihm Parker zu. „Sind Sie beide am Tatort gewesen, Dave?“

„Nein, wir hatten frei, aber die Kollegen wussten, dass wir den Mann eingebracht hatten und haben uns verständigt. So was will man nicht am Montag hören, wenn man nach einem freien Wochenende zurück aufs Revier kommt“, erklärte Dave. „Lisa hat mir erzählt, dass Sie den Samuel Crawford-Fall übernehmen? Irgendwie scheint es schwer vorstellbar, dass er das Opfer eines Serienkillers ist. Die Welt wird wirklich immer verrückter. Ich meine, der Mann war einundachtzig Jahre alt.“

„Noch haben wir das Motiv des Täters nicht verstanden“, erläuterte Parker. „Aber wir haben sein Muster erkannt.“

„Ja, Lisa sagte, dass er auf alte Männer und erfolgreiche Geschäftsfrauen steht. Das ist eine seltsame Kombination. Seit wann ist der Typ unterwegs?“

„Vermutlich seit fünf Jahren“, antwortete Rejyna. „Aber wir wissen, dass er sich gerade in Rhode Island aufhält. Er hält sich für extrem schlau, aber er hat seine Grenze erreicht.“

„Ich ho...ffe, Ihr f...findet diesen Mistkerl“, stieß Lisa aus.

„Ich glaube, wir kümmern uns mal um den Kaffee“, meinte Marcus. „Komm, Lisa, wir gehen in die Küche.“

„Ich will keinen Kaffee. Ich will noch ein Glas Wein.“

„Das bekommst du nach dem Kaffee“, versprach Marcus und führte sie aus dem Wohnzimmer.

„Das ist übrigens Detective Ethan Keller“, stellte Dave den Mann vor, der gleichzeitig mit Marcus zu ihnen getreten war. „Er ist einer meiner Lieblingskollegen. Man muss zwar höllisch aufpassen, dass er einem nicht alle Kapazitäten der Technik und der Pathologie wegschnappt, denn er hat eine Art die weiblichen Kollegen zu bezirzen und die männlichen Kollegen zu überreden, seine Fälle bevorzugt zu behandeln, sodass er seine Ergebnisse immer ein wenig schneller bekommt als der Rest von uns, aber dafür ist er wirklich gut und er hat noch nie eine Bitte abgelehnt, wenn man ihn zu einem Fall um seine Meinung gebeten hat.“

„Wir kennen uns schon, Dave“, klärte Rejyna ihn lächelnd auf. „Er bearbeitet den Einbruch von letzter Nach in meinem Haus.“

„Bei dir ist eingebrochen worden?“, fragte Dave und blickte im gleichen Moment verwundert seinen Kollegen an. „Seit wann bearbeitest du Einbrüche?“

„Es war ein missglückter Anschlag“, berichtigte Ethan Keller. „Und nach der Autobombe am Nachmittag zu urteilen, ist es hier jemandem äußerst wichtig, seinen Fehler zu korrigieren."

„Autobombe?" Daves Gesicht verdüsterte sich.

„Können wir das Thema vielleicht verschieben?", schlug Rejyna vor. „Keiner von uns ist schließlich heute Abend im Dienst. Detective Keller, das ist übrigens Dr Parker McNamara."

„Angenehm." Parker reichte dem Mann die Hand.

„Gleichfalls", erwiderte dieser.

„Sie sind von H.E.L.P., nicht wahr?", erkundigte sich Dave und sah Parker offen an.

„Das ist korrekt", bejahte Parker. Dann wartete er auf die Reaktion des Mannes, denn er wusste, dass nicht alle Polizisten ihrem digitalen Verfahren gegenüber aufgeschlossen waren.

„Das ist eine coole Sache", lobte der Mann anerkennend. „In den vergangen Monaten haben Sie beachtliche Erfolge erzielt."

„Danke!"

„Ehre, wem Ehre gebührt", fand Keller. „Ich habe eine Menge über Ihre Arbeit gelesen. Sie haben Jahre in die Entwicklung investiert."

„Das haben wir und das Programm ist schon recht gut, aber wir sind ständig dabei, es weiterzuentwickeln. Wir möchten es noch schneller und effizienter machen."

„Ich hoffe, es gelingt Ihnen. Wenn man sich vorstellt, dass es jede Polizeidienststelle nutzten könnte ...", träumte Dave. „Wow! Das wäre eine Vision!"

„Das ist das Ziel, aber bis dahin ist es noch ein weiter Weg", meinte Parker

„Aber er lohnt sich", urteilte Keller. „Diese Welt hat zu viele Irre, die frei herumlaufen."

„Völlig richtig", stimmte Dave zu. „Aber jetzt holt Euch etwas zu trinken und amüsiert euch. Heute Abend will ich niemandem mit einem leeren Glas in der Hand sehen."

„Sollen wir kurz nach Lisa schauen?", schlug Rejyna vor.

„Sicher", erwiderte Parker.

Gemeinsam bahnten sie einen Weg in die Küche, wo Rejynas Freundin auf dem Küchentisch saß und ihre Beine um Marcus' Hüften geschlungen hatte, der sich mit beiden Händen seitlich von ihrem Körper an der Holzplatte abstützte.

Parker schmunzelte. „Ich schätze, Lisa ist beschäftigt."

Ohne mit der Wimper zu zucken, trat Rejyna neben Lisa und sah der Freundin in die Augen. Sie wirkten klarer als noch vor einer

Viertelstunde. Anscheinend hatte sie tatsächlich Kaffee getrunken und vielleicht sogar etwas gegessen.

„Weißt du, was du tust?“, fragte Rejyna sie direkt.

„Definitiv! Und wenn du klug bist, tust du das Gleiche. Dieser Parker ist wirklich heiß!“, entgegnete sie mit einem eindeutigen Blick auf den Psychologen.

Kopfschüttelnd drehte sich Rejyna um und kehrte zu Parker zurück, der sie von der Tür aus beobachtet hatte.

„Ist alles in Ordnung mit ihr?“, erkundigte sich Parker.

„Zuversichtlich lächelte Rejyna. „Es sieht aus, als sei Lisas Abend gerettet.“

„Wunderbar. Dann würde ich sagen, kümmern wir uns um unseren Abend. Hast du Lust zu tanzen?“, fragte er.

„Tanzen klingt gut“, fand sie.

„Ich weiß nicht, wann ich das letzte Mal so viel Spaß gehabt habe.“ Außer Puste zog Parker Rejyna eine Stunde später von der Tanzfläche im Wohnzimmer zurück in die Küche. „Ich brauche erst einmal ein Glas Wasser.“

„Ist deine Kondition schon am Ende?“, lachte sie.

„Keineswegs, ich dachte nur, ich hebe noch ein wenig auf.“

Mit einem flirtenden Gesichtsausdruck sah sie ihn an. „Tatsächlich? Wofür?“

„Für eine zweite Runde Rock’n Roll?“, gab Parker unschuldig zurück.

„Ah, natürlich.“ Rejyna verdrehte selbstironisch die Augen. „Da hätte ich auch gleich drauf kommen können.“

Ihre Augen funkelten, ihr Gesicht strahlte und Parker spürte plötzlich, dass er sich nicht mehr länger zurückhalten wollte. Er wollte diese Frau in seinen Armen halten, sie Tuch an Tuch spüren, sie küssen. Ihre Lebendigkeit lockte ihn wie das Licht die Mücken. Er wollte das Dunkle seines Lebens hinter sich lassen. Er wollte leben.

Sein Verstand sagte ihm, dass er warten solle, dass er mit ihr reden musste, bevor er den nächsten Schritt tat, aber er wollte nicht warten und er wollte nicht reden. Er wollte Rejyna.

Sein Verlangen musste in seinen Augen gestanden haben, denn Rejyna hielt plötzlich in ihrer Bewegung inne und ihre Blicke verschmolzen miteinander. Die Geräusche um sie herum, die Musik, die Stimmen, alles verschwand im Hintergrund. Nichts existierte mehr außer ihnen beiden.

Parker fühlte die festen Schläge seines Herzens, doch er schenkte ihnen keine Aufmerksamkeit. Er konzentrierte sich nur auf Rejynas Lippen, die ihn wie ein Magnet anzogen und immer stärker in Versuchung führten, sie zu kosten. Parker wusste, dass er verloren war. Dieser süßen Verlockung konnte er nicht länger widerstehen. Er wollte ihr nicht länger widerstehen.

Leicht zitternd legte Parker seine Hand an Rejynas Wange und registrierte, wie sich ihre Pupillen weiteten und sich ihre Lippen einen kleinen Spalt öffneten. Sie empfand die gleiche Spannung wie er. Sein Daumen bewegte sich als einziger Finger. Ihre Haut war unendlich zart und warm. Er wusste, dass er das nicht tun sollte, aber Parker musste sie berühren.

Die halbe Nacht hatte er mit offenen Augen von Rejyna geträumt, die andere Hälfte mit geschlossenen. Er hatte sich vorgestellt, sie mit seinen Fingerspitzen zu erkunden, sie zu spüren, zu fühlen. Es war die reinste Folter gewesen und gleichzeitig doch paradiesisch süß. Automatisch hielt er die Luft an, als Rejyna ihre Wange in seine Handfläche drehte und ihre Augen schloss.

Langsam beugte Parker seinen Kopf zu ihrem hinunter und sein Herzschlag setzte vor Aufregung aus. Sanft berührte sein Mund Rejynas Lippen. Im gleichen Moment blieb die Welt stehen.

Reglos verharrte er für eine lange Sekunde. Reglos ließ er den Stromschlag durch seinen Körper fahren und registrierte das weiße Rauschen in seinem Kopf. Erst als er bewusst einen vorsichtigen Schlag seines Herzens fühlte, bewegte er zärtlich seine Lippen.

Sie schmeckte nach Erdbeeren. Nach sommersonnigen, fruchtig-süßen Erdbeeren. Parkers Herzschlag beschleunigte sich auf einmal und Parker wollte den Kuss intensivieren. Er wollte seine Arme um Rejyna schlingen, sie an seinen Körper heranziehen und ihr zeigen, wie sehr er sie begehrte.

Er zögerte nur kurz, dann tat er den letzten Schritt auf sie zu. Sein linker Arm schlang sich um ihre Taille, seine rechte Hand glitt unter ihr Haar. Er löschte alle eventuellen Bedenken, die noch in seinem Kopf existierten. Dann löste er die Zügel seiner Zunge.

Rejyna sah den Kuss in Parkers Blick, noch bevor er sich ihr entgegenbeugte. Erwartungsvoll spannten sich ihre Muskeln an, und ihr Blut rauschte plötzlich schneller durch die Adern. Sie wusste, sie sollte dies nicht tun, doch sie wünschte sich diese

Intimität schon so lange, dass sie innerlich zitterte.

In ihren Träumen hatte der erste Kuss mit Parker nicht nur das Ende ihrer Kollegialität und den Beginn einer Partnerschaft besiegelt, sondern er hatte gleichzeitig ihre Schuld gelöscht. Rational wusste sie, dass dies nicht möglich war, aber ihre Gefühle gegenüber diesem Mann waren so tief, dass sie sie in ihrer Vorstellung in eine andere Zeitlinie oder zumindest in eine andere Dimension beamten. Eine neue Ära, in der nur sie und Parker existierten, begann und alles andere verschwand hinter einer grauen Nebelwand. Es war eine herrliche Illusion gewesen. Eine Illusion, die sich gleich auflösen würde. Doch Rejyna wollte nicht daran denken, was auf den Kuss folgen würde. Zuerst wollte sie diesen Moment genießen.

Ihre Hände wurden plötzlich feucht, ihr Herz fing an zu rasen und ihre Lippen begannen vor sehnsüchtiger Ungeduld zu prickeln. Sie wollte diesen Kuss mehr als alles andere auf der Welt. Aber sie wollte auch, dass er mehr war als nur ein Kuss. Er sollte ein Anfang sein.

Rejyna spürte Parkers Daumen über ihre Wangen streichen; sah, wie seine Lippen näher kamen und in dieser kurzen Sekunde, bevor sich ihre heiße Sehnsucht erfüllen sollte, überkamen Rejyna auf einmal Zweifel.

Was war, wenn Parker sie küsste und feststellte, dass es nicht das war, was er sich vorgestellt hatte? Was war, wenn der Kuss furchtbar war, wenn ihre Lippen nicht passten? Was war, wenn sie seinen Erwartungen nicht gerecht wurde, wenn ...

Federleicht fühlte sie Parkers Mund auf ihrem. Die Welt um sie herum verschwamm vor ihren Augen und alle Bedenken lösten sich in Luft auf. Es war perfekt. Nein, es war besser als perfekt. Es war ein wunderschön romantischer Kuss, der alles versprach und nichts forderte. Rejynas Puls beschleunigte sich, und sie hörte auf zu denken. Ihre Lippen brauchten keine Anleitung. Dies hier konnten sie alleine.

Intuitiv schmiegte sich Rejyna an Parkers Körper und vertraute darauf, dass er sie sicher in seinen Armen hielt, während sie sich von dem farbenfrohen Karussell in ihrem Kopf mitreißen ließ.

Der anerkennende Pfiff eines in die Küche kommenden Polizisten ließ Parker den Kuss beenden. Ausgelassen deutete der Mann mit seinem Arm auf Rejyna und Parker und rief dem an der offenstehenden Küchentür vorbeigehenden Gastgeber zu: „Deine Partys, Dave, sind die besten. Man fühlt sich bei dir immer wieder in die guten alten Collegezeiten zurückversetzt."

Dave zeigte ihm seinen Daumen, als Zeichen, dass er die Bemerkung schätzte und ging weiter, während Rejyna ihre Haare schüttelte und lachte.

„Bist du neidisch, Ronny?", wollte sie wissen.

„Ich würde sofort mit ihm tauschen. Das weißt du."

„Du bist ein alter Charmeur. Du würdest mit jedem hier tauschen, der ein weibliches Wesen im Arm hält", erwiderte Rejyna leichthin.

„Stimmt", gab der Mitte Zwanzigjährige ungerührt zurück. „Aber seine Position ..." Er deutete auf Parker. „... hätte ich am liebsten." Er ging einen Schritt auf Parker zu und reichte ihm seine Hand. „Ronny Harrison. Ich bin ein Kollege von Dave."

„Parker McNamara."

„Ich hab' gehört, du bist endlich zu Hause ausgezogen", änderte Rejyna das Thema, ehe Ronny Fragen stellen würde, die sie nicht beantworten wollte.

„Ja, vor ein paar Monaten. Ich hab' eine Wohnung in der Stadt gefunden. Es sind nur zwei Minizimmer im fünften Stock ohne Aufzug, aber sie hat Blick aufs Meer."

„Was machst du mit der Wäsche, Ronny?", erkundigte sich ein weiterer Kollege, der gerade hereinkam.

Der Polizist kräuselte seine Stirn. „Was soll ich mit ihr machen? Ich bringe sie zu meiner Mum." Ein breites Grinsen erschien auf seinem Gesicht und alle lachten mit. Dann wurde der Mann wieder ernst. „Wie läuft es bei dir, Rejyna? Gehst du noch regelmäßig zum Karatetraining?"

Parker hörte der Unterhaltung nur mit einem halben Ohr zu. Nachdenklich blickte er hinaus auf den Flur. Etwas an Daves Gesichtsausdruck hatte ihn gestört, als der Mann vorhin vorbeigegangen war. Er konnte allerdings nicht sagen, was es war. Zuerst war es nicht mehr als ein flüchtiger Gedanke gewesen, aber er ließ ihn plötzlich nicht mehr los und das Gefühl, dass etwas nicht stimmte, intensivierte sich. Parker versicherte sich, dass Rejyna kein Problem haben würde, wenn er sie für einige Minuten alleine ließ und beugte sich ihr ein wenig entgegen.

„Ich bin gleich zurück", versprach er flüsternd, drückte ihr einen leichten Kuss auf die Wange und verließ den Raum. Er folgte der

Richtung in die Dave verschwunden war. Am Ende des Ganges bog der Flur nach rechts ab und Parker stand vor einer geschlossenen Tür. Er zögerte nur kurz, dann öffnete er sie und trat ein. Keiner der Gäste befand sich in dem kleinen separaten Entree, an das sich zwei weitere Zimmer anschlossen. Aus einem der Räume drangen gedämpfte Stimmen.

„Ich habe dir gesagt, dass du sie in Ruhe lassen sollst."

„Es ist Sandys Entscheidung, mit wem sie zusammen ist, nicht deine", erwiderte Dave kühl.

„Du tust ihr nicht gut."

„Sagt wer?"

„Ich!" Wütend starrte Justin den Mann vor sich an. Da er Daves Größe hatte, konnte er ihm auf gleicher Höhe in die Augen sehen. Allerdings war Dave ihm an körperlicher Muskelkraft überlegen. Doch das war ihm egal. Er hatte sein Messer dabei. Heute würde er auf jeden Fall bekommen, was er wollte. Entweder auf die eine oder auf die andere Weise.

„Tja, ich schätze, das ist Pech, Justin, denn du hast an dieser Stelle nicht mitzureden."

„Du machst sie fertig, Dave. Du spielst mit ihr, wie es dir gerade passt. Sie ist nicht mehr die Sandy, die ich kenne. Sie tut Dinge, die hätte sie früher nie getan. Sie spricht anders, sie kleidet sich anders, sie hat ihre Ziele geändert."

„Das klingt für mich, als würde deine kleine Schwester erwachsen werden. Interessant, dass du damit ein Problem hast. Normalerweise sind das eher die Väter."

„Verdammt, Dave, du willst es nicht verstehen, oder? Sandy hat nur noch Augen für dich. Das ist nicht normal."

„Ah, du bist eifersüchtig."

Justin stieß Dave mit einem zielgerichteten Tritt die Beine unter dem Körper weg. In der gleichen Sekunde, in der der Detective auf dem Boden landete, saß der Junge auch schon auf dem Brustkorb des Detectives und hielt ihm sein Messer an die Kehle.

Erstaunt riss Dave die Augen auf. Wie hatte ihn dieser schmächtige Kerl umhauen können?

Ich bin unaufmerksam gewesen, weil ich nicht damit gerechnet habe, beantwortete sich Dave die Frage selbst und wahrscheinlich war auch der hohe Alkoholkonsum für seine langsame Reaktionszeit verantwortlich. Allerdings war er mit einem Schlag nüchtern. Er arbeitete seit sechs Jahren in der Mordkommission und hatte genügend Erfahrung, um in Justins Augen zu sehen, dass es Sandys Bruder ernst war.

Verdammt, wie hatte er nur in diese Lage geraten können? Da begegnete er jeden Tag auf der Straße den schlimmsten Buben und dann sollte er von einem Zweiundzwanzigjährigen, der mit viel gutem Willen gerade einmal fünfundsiebzig Kilo auf die Waage brachte, in seinem eigenen Haus in Anwesenheit von sechzig Polizisten getötet werden?

„Ich habe dich gewarnt, Dave", presste der Mann zornig hervor.

Parker hörte den dumpfen Aufprall eines Körpers und öffnete die Tür. Dave Carrera lag auf dem Rücken, mit dem Kopf zu ihm und drehte seine Augen nach oben, um Parker sehen zu können. Sein Angreifer, den Parker nicht kannte, sah auf, erhöhte aber den Druck der Klinge. Blut lief aus der Wunde von Daves Hals, die die Messerspitze verursachte.

„Ich habe keine Ahnung, worum es bei Ihrem Streit geht, aber ich weiß, dass Waffen niemals eine Lösung sind. Warum legen Sie das Messer nicht weg und Sie beide reden über die Sache?", schlug Parker vor, der die Ernsthaftigkeit, aber auch die Verzweiflung auf dem Gesicht des Jungen sah.

„Ich habe versucht, mit ihm zu reden, aber er will einfach nicht hören", stieß Justin aus.

Parker setzte eine nachdenkliche Miene auf. „Das macht es ein wenig komplizierter." Wie heißen Sie?

„Justin."

Gut, dachte Parker. Wenn er seinen Namen preisgibt, will er das nicht wirklich durchziehen. Allerdings wusste Parker, dass die Gefahr damit noch nicht vorbei war. Der junge Mann befand sich an einem emotionalen Abgrund und der kleinste Windhauch konnte ihn darüber stoßen. Wenn das passierte würde er das Messer über Dave Carreras Hals ziehen und dessen beide Pulsschlagadern durchtrennen. Er bezweifelte, dass jemand das Leben des Mannes in einem solchen Fall noch retten konnte. Nein, er musste diesen Justin dazu bekommen, das Messer in seiner Hand wegzulegen. Kurzentschlossen setzte sich Parker auf den Boden und lehnte seinen Rücken scheinbar gelassen an die Wand.

Verwirrt blinzelte Justin einige Male. „Was machen Sie da?"

„Ich setze mich. Wenn es kompliziert ist, dann dauert es

meistens länger und meine Füße tun vom vielen Stehen und Tanzen langsam weh. Also, Justin, warum erzählen sie mir nicht, warum sie so wütend auf ihn sind.“ Absichtlich verwendete er nicht Daves Namen, denn zuerst musste er eine Vertrauensbasis zu dem Jungen aufbauen. Er musste ihm das Gefühl vermitteln, dass er ihm ernsthaft zuhören würde.

„Was interessiert Sie das? Und wer sind Sie überhaupt? Sie sind doch sicher sein Freund.“

„Eigentlich sehe ich ihn heute zum ersten Mal. Ich habe nur eine Freundin zur Party begleitet.“

In dem jungen Mann arbeitete es und Parker registrierte, dass Dave nur auf den richtigen Moment wartete, sich aus der unterlegenen Situation zu befreien. Eindringlich sah er ihn an und schüttelte den Kopf. Doch Dave schien ihn nicht zu verstehen. Vielleicht wollte er ihn auch nicht verstehen. Cops waren in solchen Situationen nicht immer geduldig.

„Bleiben Sie ruhig, Dave“, riet Parker schließlich laut. Er konnte nicht riskieren, dass der Detective einen dummen Befreiungsversuch unternahm, der in einem Blutbad enden würde. „Also, Justin, was hat er getan?“

„Er vögelt meine Schwester“, erklärte Justin schließlich.

Parker ließ in seiner Mimik erkennen, dass er die Worte in seinem Kopf hin- und herdrehte. Dabei nickte er verständnisvoll. „Wie alt ist Ihre Schwester?“

„Dreiundzwanzig.“

Wieder nickte Parker und ließ einige Sekunden mit einer nachdenklichen Miene verstreichen. „Was genau stört sie daran, dass Ihre Schwester eine sexuelle Beziehung zu Dave hat?“

Justin reagierte erhitzt. „Seitdem sie ihn kennt, hat sie sich verändert. Er macht aus ihr einen anderen Menschen.“

„Zum Beispiel?“

„Wie bitte?“ Irritiert blinzelte Justin wieder.

„Geben Sie mir ein Beispiel. Was hat sie geändert?“, forderte Parker.

„Sie ... sie hat immer Klavier gespielt und klassische Musik geliebt. Jetzt geht sie zum Karatetraining und hört Rockmusik.“

„S...sie ... ha...t ...“, röchelte Dave.

„Ich glaube, er möchte etwas sagen, Justin. Lockern Sie die Klinge ein wenig, damit wir ihn verstehen können.“

„Es ist eine Tatsache“, rief der Junge lauter, wobei seine Stimme höher wurde. „Wenn er es leugnet, lügt er. Warum sollte ich ihn also etwas sagen lassen?"

„Weil eine Diskussion unter Erwachsenen in einem freien Land so nun einmal funktioniert. Sie wollen doch erwachsen sein, Justin, oder?"

„Ich bin seit einem Jahr erwachsen. Ich bin zweiundzwanzig."

„Auf dem Papier", gab Parker ihm recht. „Aber damit geht auch die Verantwortung einher, sich dementsprechend zu verhalten und sich gegenteilige Meinungen sowohl anzuhören als auch über sie nachzudenken."

Zufrieden stellte Parker fest, dass Justins Augenbrauensenker arbeitete. Zumindest erreichten seine Worte den Jungen. Noch einmal wandte er sich an den Jungen. „Sie müssen das Messer nicht entfernen, Justin, geben Sie nur einfach ein wenig nach."

Justins Mundringmuskel zog sich zusammen und kurz darauf änderte er die Stellung des Messers.

„Nun, Dave", forderte Parker den Mann aktiv zum Sprechen auf.

„Sandy liebte schon vor mir Rockmusik und ..."

„Das ist gelogen!", unterbrach der junge Mann hitzig. „Sehen Sie, ich wusste es. Es ist Zeitverschwendung! Es ..."

„Justin!" Parkers Ton klang auf einmal autoritär.

Verwundert verstummte der Junge.

„Lassen wir Dave ausreden. Das ist nur fair." Intensiv sah Parker ihn an, dann lenkte er seinen Blick auf Dave. „Sandy mochte Rockmusik schon früher?"

„Wir haben uns in einer Hardrockkneipe kennengelernt. Ihre Eltern gehören irgendeiner Sekte oder Freikirche an, die moderne Musik verbietet. Sandy wollte raus aus der Gemeinschaft"

„Und Sie haben ihr dabei geholfen?", hakte Parker nach.

Dave wollte nicken, doch das Messer hielt ihn zurück. „Ja. Ich konnte sie schließlich nicht sich selbst überlassen. Sie war vollkommen unbedarft gegenüber der Welt. Für die ersten zwei Nächte habe ich ihr einen Platz in einem Frauenhaus besorgt, aber dort konnte sie nicht bleiben. So habe ich sie mit zu mir genommen. Im Laufe der Wochen ist mehr daraus geworden."

„Du hast sie ausgenutzt!", warf Justin ihm vor. „Außerdem wollte sie immer Krankenschwester werden. Du hast es ihr ausgeredet und jetzt arbeitet sie in einem Schuhladen." Es klang abfällig.

„Sandy wollte nie Krankenschwester werden. Das war der Wunsch eures Vaters. Sie will aufs College und verdient sich das Geld dafür."

„Mädchen müssen nicht aufs College. Sie müssen ihre Aufgaben in der Gemeinschaft erfüllen."

„Kranke pflegen und Kinder erziehen?", presste Dave erbost hervor.

„Was ist verkehrt daran?", gab Justin zurück.

„Nichts. Es sind wunderbare Berufe. Allerdings sollte jeder die Wahl, was er mit seinem Leben machen möchte, selbst treffen."

„Justin", mischte sich Parker wieder ein, „haben Sie Sandy jemals gefragt, was sie möchte?"

„Sie weiß nicht, was sie will. Sie ist verblendet." Er sah auf Dave hinab. „Von ihm." seine gesamte Körpermuskulatur spannte sich an und seine Hand hielt die Stichwaffe noch ein wenig fester.

„Darf ich sie etwas fragen, Justin?" Langsam erhob sich Parker, schritt ruhig zu dem Jungen hinüber und ging neben ihm in die Hocke. „Darf man in Ihrer Glaubensgemeinschaft einen Mann töten?"

Verwirrt blinzelte Justin wieder. „W...was?", stotterte er flüsternd.

„Ist es Ihnen erlaubt, einen Ungläubigen mit einem Messer zu erstechen? Ich meine, Dave mag in Ihren Augen ein Leben in Sünde leben, aber es ist an Gott darüber zu richten, oder nicht?"

„J...ja." Irritiert schüttelte er den Kopf. „Ja, aber er darf meine Schwester nicht in seinen Abgrund ziehen. Er bereitet sie auf einen Kampf vor. Einen Kampf, der sich auch gegen ihre Familie richtet. Er macht sie zu einer Ninjakriegerin."

„Sie wird keine Ninjakriegerin", widersprach Dave entschieden. „Sie besucht einen Selbstverteidigungskurs für Frauen, weil sie häufig bis zehn am Abend arbeitet und ich sie nicht immer abholen kann."

„Das klingt für mich vernünftig", äußerte Parker. „Schließlich leben wir hier in einer Großstadt. Es ist nie verkehrt, wenn man sich verteidigen kann."

„Bei uns braucht sie das nicht. Bei uns ist sie sicher."

„Warum fragen wir Sandy nicht, wo sie leben möchte?", schlug Parker vor.

„Es ist nicht Sandys Entscheidung", stellte Justin klar.

„Wieso nicht?", fragte Parker nach.

„Sie ist eine Frau."

„Ich fürchte, das ist nicht ganz richtig", stellte Parker klar. „In diesem Land kann jeder Mensch unabhängig von Geschlecht und Herkunft frei über sein Leben entscheiden. Alles andere ist Freiheitsberaubung."

„Sie meinen, ich soll tatenlos zusehen, wie meine Schwester ihr Leben wegwirft? Das kann ich nicht. Ich liebe sie."

„Liebe", wiederholte Parker bedächtig. „Ja, ich verstehe, dass es wehtut, wenn ein geliebter Mensch Entscheidungen trifft, von denen man glaubt, dass sie falsch sind. Aber Liebe bedeutet auch, den anderen vermeintliche Fehler machen zu lassen und für ihn da zu sein, wenn er hinfällt. Und Liebe bedeutet auch, dem anderen zu vertrauen, dass er für sich selbst die besten Entscheidungen treffen kann, auch wenn einem diese nicht gefallen. Manchmal bedeutet Liebe auch, jemanden gehen zu lassen."

„Damit er zurückkommt?", vergewisserte sich Justin, wobei der zornige Ausdruck in seinen Augen verschwand.

„Nein", widersprach Parker. „Damit er glücklich sein kann. Warum gehen wir also nicht alle gemeinsam zur Party zurück und fragen Sandy, ob sie glücklich ist?"

Justins Kinnmuskulatur arbeitete, allerdings registrierte Parker auch die Bewegung von Daves Nasenmuskel. Er war ein sicheres Zeichen dafür, dass er nicht länger still liegenbleiben würde, denn auch er hatte bemerkt, dass sich die Aufmerksamkeit des Jungen verschoben und die Wut, die den Willen zu töten, ausgelöst hatte, nicht mehr vorhanden war. Unter diesen Umständen würde es für den erfahrenen Detective ein Leichtes sein, den Jungen zu entwaffnen. Aber Parker wollte keinen Kampf. Er hatte die letzte Viertelstunde nicht umsonst in das Gespräch mit Justin investiert.

Rasch legte Parker dem Detective seine Hand auf den am Boden liegenden Unterarm. Dave reagierte, indem er die Stirn runzelte, doch Parker tat, als bemerke er es nicht. „Geben Sie mir das Messer, Justin", sagte er stattdessen.

Der Junge zögerte kurz, dann reichte er Parker jedoch die Waffe und erhob sich. Erschöpft wischte er sich mit dem Unterarm über die Stirn, während Parker Dave seine Hand entgegenhielt, um ihm aufzuhelfen.

„Sollen wir Ihre Schwester suchen?", erkundigte sich Parker.

Verneinend schüttelte Justin den Kopf. „Das hat keinen Sinn. Ich weiß ohnehin, was sie sagen wird." Unsicher sah er Dave

Carrera an. „Werden Sie mich verhaften?“

Parker sah die Anstrengung, die es den Mann kostete, seine Wut nicht die Oberhand gewinnen zu lassen.

„Das sollte ich tun“, äußerte Dave und seine Stimme klang fest, aber ruhig. „Für Sandy werde ich jedoch darauf verzichten. Aber nur dieses eine Mal, ist das klar?“

Justin nickte. Dann verschwand er.

Seufzend ließ sich Dave auf sein Bett sinken. „Diese Sekte müsste verboten werden, aber es gibt niemanden, der offiziell aussagt, wie es wirklich in der Gemeinde zugeht.“ Er sah zu Parker auf. „Vielen Dank! Sie haben mir wahrscheinlich das Leben gerettet.“

„Ah, Sie hätten das auch ohne mich geschafft“, winkte Parker ab, doch beide wussten, dass dies nicht unbedingt der Fall gewesen wäre.

„Sie verstehen Ihren Job“, urteilte Dave anerkennend. „Sind Ihre Partner ebenso gut?“

„Besser“, erwiderte Parker grinsend und deutete auf die Wunde an Daves Hals. „Der Schnitt ist nur oberflächlich, aber sie sollten ihn desinfizieren, bevor Sie zu Ihren Gästen zurückkehren oder soll ich alle rauswerfen?“

„Auf keinen Fall“, entschied Dave. „Ich brauche nur gleich erst einmal ein Bier, oder etwas Härteres.“

„Das haben Sie sich verdient“, fand Parker und kehrte zu Rejyna zurück, die noch immer mit den Kollegen plaudernd in der Küche stand.

„Wo bist du gewesen?“, begrüßte sie ihn fröhlich.

„Ich habe mich mit Justin verplaudert. Entschuldige!“

„Wer ist Justin?“

„Sandys Bruder.“

„Sandy? Daves Freundin?“, versicherte sich Rejyna, dass sie den Namen richtig zugeordnet hatte.

Parker nickte.

„Ich wusste gar nicht, dass sie einen Bruder hat.“

„Hat sie“, bestätigte Parker und brachte seine Lippen zu Rejynas Ohr. „Möchtest du noch bleiben?“

Ihre Augen färbten sich eine Nuance dunkler. „Nicht unbedingt.“

„Dann lass uns gehen“, beschloss Parker und ergriff Rejynas Hand.

KAPITEL 16

Parker lebte in Beacon Hill. Es war eines der teuersten Viertel der Stadt, allerdings auch eines der charmantesten. Schmale Gassen, die mit roten Backsteinen gepflastert waren und bei Nacht von Gaslaternen beleuchtet wurden, verliehen dem historischen Part seine romantische Atmosphäre. Auch wenn Rejyna früher am Abend schon einmal kurz bei Parker gewesen war, bewunderte sie den Stadtteil.

„Ich bin noch nie bei Nacht hier gewesen", gestand sie. „Die Gegend ist wirklich ein Traum. Man hat überhaupt nicht das Gefühl in einer Großstadt zu sein."

„Deshalb gefällt es mir hier so gut. Es ist ruhig und trotzdem lebt man zentral."

„Mit anderen Worten, ich lebe dir zu weit draußen?", interpretierte sie lachend.

„Ganz und gar nicht. Für mich ist die Lage hier einfach nur sehr praktisch. Ich habe keine langen Wege ins Büro und kann trotzdem meinen Kaffee im Sommer in einem Garten genießen. Im Gegensatz zu dem vielen Grün um dein Haus ist er recht klein, aber dafür kann ich ihn einigermaßen sauber halten, ohne dass es in Stress ausartet."

„Ich schätze, wenn ich mir die Mieten hier leisten könnte, hätte ich die zentrale Stadtlage ebenfalls vorgezogen."

Parker stellte Lucas' Auto vor seinem Haus ab und wenig später standen sie in seiner Küche. „Magst du ein Glas Wein?"

„Gerne", bejahte Rejyna. „Wenn du eines mittrinkst. Jetzt musst du ja nicht mehr fahren."

„Stimmt. Rot oder weiß?"

„Egal. Was du hast."

„Ich habe beides."

„Dann weiß", entschied Rejyna.

Parker öffnete eine Flasche Chardonnay, füllte zwei Gläser und führte Rejyna in sein Wohnzimmer, in dem eine braune L-förmige

Ledercouch in einer Ecke stand, die sich zu der doppelflügeligen Terrassentür hin öffnete. Auch die danebensitzenden Fenster waren bodentief und die Scheiben waren mit innenliegenden Sprossen verziert. Parker dimmte das Licht im Raum und schaltete die Beleuchtung im Garten ein. Dann steuerte er mit seinem Handy die Stereoanlage an und ließ leise eine sanfte Jazzmusik im Hintergrund spielen.

„Ist die Musik in Ordnung oder möchtest du lieber etwas anderes hören?“, erkundigte er sich.

„Nein, sie ist fein“, erwiderte Rejyna und drehte verlegen das Glas in ihrer Hand. „Vielleicht hätten wir noch bei Emily und Lucas vorbeisehen sollen.“

„Em und Lucas kommen klar“, erwiderte Parker sanft.

„Aber möglicherweise haben sie es sich anders überlegt und hätten doch gerne Hilfe gehabt.“

„Sie sind ein eingespieltes Team.“ Amüsiert funkelten Parkers Augen. „Lenkst du ab?“

Rejyna trank einen Schluck Wein. „Vielleicht ein bisschen“, gab sie zu.

„Ist es dir unangenehm mit mir alleine zu sein?“, erkundigte sich Parker sofort.

„Nein!“, entgegnete Rejyna sofort . „Ich weiß nur nicht ... Der Kuss vorhin in der Küche ...“ Resolut stellte Rejyna ihr Glas auf dem Tisch vor ihnen ab. Offen sah sie ihn an. „Wo stehen wir, Parker?“

Augenblicklich wurde er ernst. Parker spürte, wie sich sein Herzschlag beschleunigte, während sich sein Brustkorb gleichzeitig enger zusammenzog. Für einige Stunden hatte er vergessen, dass er das aufregende Knistern zwischen ihnen nicht unbeschwert genießen durfte. Er war kein Mensch mit den üblichen größeren und kleineren Freuden und Enttäuschungen auf dem Weg zum Erwachsenwerden. Seine Biografie war geprägt von Eltern, die mehr Monster als Mensch gewesen waren und die tiefe Narben auf seiner Seele hinterlassen hatten, und auf einmal war alle Unsicherheit zurück. Durfte er Rejyna mit den Grausamkeiten seiner Vergangenheit konfrontieren? Durfte er sie mit seinen Bildern belasten, obwohl selbst er nach all den Jahren noch Phasen hatte, in denen er den Kampf verlor?

Allerdings war er nicht sicher, ob er altruistisch genug war, um Rejyna, nachdem er sich einmal dazu entschlossen hatte, seinen

Gefühlen nachzugeben, ohne einen Versuch gehenzulassen. Und nachdem er sie am Abend bereits geküsst hatte ...

Nein, er durfte jetzt nicht kneifen. Rejyna hatte sowohl seine Ehrlichkeit verdient als auch die Möglichkeit, ihre eigene Entscheidung zu treffen. Selbst wenn dies das Risiko beinhaltete, dass sich ihre Gefühle für ihn um einhundertachtzig Grad drehten. Allein die Vorstellung, dass ihre wunderschönen Augen ihn nie wieder mit diesem warmen, funkelnden Blick ansehen würden, ließ seinen Magen sich allerdings zusammenziehen.

Rejynas Herz begann fester zu schlagen, während sich eine Gänsehaut auf ihren Armen verteilte. Obwohl es warm im Raum war, fror sie auf einmal. Parkers Schweigen machte ihr Angst. Hatte sie den Kuss in Daves Küche falsch interpretiert?

Ich hätte nicht fragen sollen, dachte Rejyna. Es war ein Fehler gewesen. Doch der Kuss hatte all ihre Träume bestätigt und sie wollte sie nicht mehr loslassen. Sie wollte glücklich sein. Sie wollte Parker.

„Wir müssen reden, Rejyna“, verkündete Parker leise.

Sofort schnürte sich Rejynas Kehle zu. Sie hatte es geahnt. Warum hatte sie das Thema überhaupt angeschnitten? Aber wahrscheinlich war es ohnehin besser, wenn sich nichts zwischen ihnen entwickelte. Es war eben nur ein schöner Traum gewesen.

„Ich möchte, dass du weißt, wer ich bin, bevor du dich auf mich einlässt“, fuhr Parker fort.

Unwillkürlich runzelte Rejyna die Stirn. „Ich weiß, wer du bist.“

Parker schüttelte jedoch seinen Kopf und überlegte, wie er am besten anfangen sollte. Die Worte, die er eigentlich sagen musste, wollten ihm nicht über die Lippen gleiten.

„Du weißt, dass die Idee hinter H.E.L.P. von Will Johnson ist?“, vergewisserte er sich.

„Ja, das hattet ihr erzählt. Es ist schade, dass er den Erfolg des Programms nicht mehr erlebt hat. Er wäre stolz auf euch.“

„Er wäre auf jeden Fall überglücklich, dass seine Vision tatsächlich Realität geworden ist.“ Parker blickte kurz in die Ferne, bevor er sich wieder Rejyna zuwandte. „Will war für uns alle allerdings noch mehr als nur der Begründer von H.E.L.P. In erster Linie war er unser Pflegevater.“

Überrascht neigte Rejyna den Kopf. „Ihr seid alle bei ihm aufgewachsen? Du, Hunter, Emily und Lucas?“

„Ja. Zunächst war er mein Kinderpsychologe, dann hat er mich offiziell bei sich aufgenommen."

„Was war mit deinen leiblichen Eltern?"

Ja, was war mit ihnen?, wiederholte Parker die Frage für sich. Sie waren Mörder. Bestien. Monster. „Meine Mutter starb als ...", begann er.

Unwillkürlich griff Rejyna nach seiner Hand. „Das tut mir leid", rief sie bestürzt aus.

Nein, das sollte es nicht, durchfuhr es Parker. Es war gut, dass sie nicht mehr lebte. Hektisch schüttelte er den Kopf. Er hatte sich falsch ausgedrückt. Parkers Mund war auf einmal staubtrocken und er brauchte eine ganze Weile, um schlucken zu können und die nächsten Worte zu formen. Er beschloss, noch einmal anzufangen. Anders.

„Meine Eltern besaßen eine kleine Landwirtschaft. Auf dem Wochenmarkt verkauften sie ihre selbstgemachten Produkte: Marmeladen, Kuchen, Wurst, Fleisch." Bei den letzten beiden Worten wurde ihm übel, und er schloss die Augen. Panik überfiel ihn.

Oh Gott, das durfte nicht wahr sein. Würde er es nicht einmal schaffen, darüber zu berichten? Es war Jahre her, dass er zum letzten Mal in aller Deutlichkeit über seine Eltern gesprochen hatte, doch er musste sich seitdem weiterentwickelt haben, oder nicht?

„Parker?" Besorgt legte Rejyna ihre Hand auf seinen Arm.

„Es ist okay. Es geht gleich vorbei." Er schloss die Augen und konzentrierte sich darauf, ruhig und gleichmäßig zu atmen. Tatsächlich half es.

„Wir können über etwas anderes sprechen. Du musst mir nicht von deinen Eltern erzählen", bot Rejyna an. Sie verstand nicht, was in ihm vorging, aber sie hatte Parker noch nie so blass gesehen.

„Doch, das muss ich." Entschlossen sah Parker ihr in die Augen. „Ich möchte es nicht erzählen, aber ich möchte, dass du weißt, woher ich stamme." Seine Stimme war jetzt fest und sachlich nüchtern. „Ich gebe dir eine kurze Zusammenfassung und erspare dir die Details. In Ordnung?"

Stumm nickte Rejyna.

„Wie gesagt, meine Eltern besaßen einen Bauernhof. Hauptsächlich hielten sie Kühe, Schweine und Hühner. Der Hof war sehr abgelegen und das nächste Dorf lag einige Meilen entfernt. Allerdings verschwanden in unregelmäßigen Abständen immer wieder junge Leute in der Umgebung. Es waren meistens Studenten, die mit ihrem Rucksack auf der Durchreise waren oder Teenager, die grundsätzlich eine Menge Ärger machten und von denen der Sheriff daher annahm, dass sie abgehauen waren."

Rejynas Gesichtsausdruck änderte sich. Plötzlich ahnte sie, worauf die Geschichte hinauslaufen würde. „Dein Vater hat sie umgebracht?", fragte sie entsetzt.

„Meine Eltern", berichtigte Parker. „Sie haben es zu zweit getan."

„Wie viele Menschen haben sie getötet?"

„Wahrscheinlich siebenundzwanzig über einen Zeitraum von fast zehn Jahren. Mein Vater hat sich nie auf eine genaue Zahl festgelegt. Damals gab es noch keine Handys und die Polizei konnte bei keinem der Wanderer herausfinden, wann sie genau wo verschwunden sind. Die meisten Studenten hatten ihre Route nicht bekanntgegeben. Es war modern, einfach der Nase nach durchs Land zu ziehen und irgendwo in der freien Natur zu campen. Früher brauchte man keine Erlaubnis, um irgendwo ein Zelt aufzustellen."

„W...ie ist es herausgekommen?", fragte Rejyna sanft.

„Eines Nachts gab es ein furchtbares Gewitter. Ich bin davon aufgewacht und hatte entsetzliche Angst", berichtete er. Dann fügte er hinzu: „Ich war erst acht."

In Parkers Kopf formte sich das Bild des schwarz-weiß gefliesten Küchenbodens, auf dem ein weißer Holztisch mit vier weißen Stühlen stand. Handabdrücke aus Blut befanden sich an den Tischbeinen und den Stuhllehnen. Ein verschmierter Blutfluss halbierte den Raum und blutig braunrote Schuhabdrücke zogen sich kreuz und quer über den Boden. In der Mitte lag seine Mutter. Ein Messer steckte in ihrer Brust, drei andere lagen neben ihr auf dem Boden. Mit dem Fünften trennte sein Vater gerade die Leber aus dem Oberbauch. Die Übelkeit kehrte zurück, doch glücklicherweise holte ihn Rejynas Stimme zurück in die Gegenwart.

„Alle Kinder fürchten sich vor Blitz und Donner", stellte sie fest und es war eben diese Nüchternheit, die Parker half, das Bild zu verdrängen.

„Das stimmt", bestätigte er und kehrte zu seinem Bericht zurück. „Normalerweise kam meine Mutter bei Unwettern immer zu mir ins Zimmer, aber in jener Nacht ist sie nicht gekommen. Sie hat auch nicht auf mein Rufen reagiert, sodass ich all meinen Mut zusammengefasst habe und hinunter in die Küche gelaufen bin."

Rejyna wartete, doch als Parker nicht weitersprach, berührte sie seine Hand. „Was hast du gesehen?"

Parker schluckte angestrengt und seine Stimme verlor jeden Ton. „Mein Vater war dabei, sie zu auszunehmen."

Entsetzt sog Rejyna die Luft ein und hielt den Atem an. Die harten Worte schockierten sie. „Oh Gott, Parker, wie schrecklich!"

„Das ist es", erwiderte er trocken. „Doch es wird noch schlimmer."

Schlimmer? Was kann noch schlimmer sein?, fragte sich Rejyna, wartete dieses Mal aber, bis Parker von selbst weitersprach.

„Wie gesagt, meine Eltern hatten eine Landwirtschaft mit einer kleinen angeschlossenen Metzgerei."

„Nein!", stieß Rejyna entsetzt aus, als sie die Worte mit seinen Essgewohnheiten in Verbindung brachte. Ungläubig schüttelte sie den Kopf und hielt sich die Hand, die eben noch auf Parkers Arm gelegen hatte, vor den Mund. „Nein!"

Parker seufzte und schwieg. Ziellos blickte er einen Moment über ihre Schulter an Rejyna vorbei. Er brauchte einen Moment, um seine Fassung wiederzugewinnen und sich ihrem urteilenden Blick zu stellen.

Noch immer waren ihre Augen größtmöglich geweitet und ihre Haut war leichenblass. Betrübt presste Parker seine Lippen aufeinander. Er konnte ihre Reaktion verstehen. Kannibalismus war eine widerwärtige Vorstellung.

„Es tut mir leid, Rejyna", sprach er leise.

Mit einem verwirrten Blick sah sie ihn an. „Was tut dir leid? Was deine Eltern getan haben, ist nicht deine Schuld gewesen. Du hast diese Menschen nicht umgebracht und ..." Sie zögerte, bevor sie zwei Nuancen leiser hinzufügte: „... verarbeitet." Plötzlich legte sich ihre Stirn in Falten, sie kniff die Augen zusammen und sie richtete sich auf.

„Parker?"

Er ahnte ihre nächste Frage. Daher nickte er langsam. „Ja, das haben sie."

Ihre Unterlippe zitterte, als sie die Frage dennoch stellte, obwohl er sie bereits beantwortet hatte. „Sie haben das Fleisch verkauft?"

„Sie haben es verkauft und selbst verzehrt. Sie haben die Wurst und die Innereien als spezielle Delikatesse nach einem alten geheimen Familienrezept ausgewiesen."

Parker erkannte die äußeren Anzeichen der Übelkeit an Rejyna. Schließlich hatte er selbst genügend Erfahrung mit dem Gefühl. Rasch stand er auf und öffnete die Terrassentür. „Atme tief ein, Rejyna. Die kalten Luft hilft."

Mitfühlend beobachtete er, wie Rejyna seinen Rat befolgte und tatsächlich kam langsam wieder Farbe in ihr Gesicht. Auch er beherzigte den Vorschlag und fühlte, wie der frische Sauerstoff die faule Beklemmung in seinem Brustkorb aufhob.

„Ich hätte dich nicht küssen sollen", gestand er leise. „Entschuldige!"

Verständnislos schoben sich Rejynas Augenbrauen über der Nasenwurzel zusammen. „Tatsächlich?", gab sie nach einigen langen Sekunden zurück und klang mit einem Mal verärgert. „Und warum nicht? Was hat unser Kuss mit deinen Eltern zu tun?"

„Rejyna, ich weiß nicht, ob du mich richtig verstanden hast. Meine Eltern haben dieses Fleisch und diese Wurst nicht nur verkauft. Sie haben damit unsere Mahlzeiten zubereitet. Meine Mahlzeiten. Ich bin nie ein großer Fleischesser gewesen, aber mein Vater hat darauf bestanden, dass ich jedes Mal zwei Gabeln aß. Er war der Ansicht, dass ich mich mit der Zeit schon an den Geschmack gewöhnen würde. Ich habe diese Menschen verspeist." Sein Magen begann zu krampfen und Schweiß brach an seinem Rücken aus. Hastig trat er hinaus in den Garten. Parker wollte sich nicht übergeben. Nicht jetzt. Nicht vor Rejyna. Angestrengt versuchte er, die Reaktionen des Körpers seinem Willen zu unterwerfen.

„Vielleicht solltest du dich setzen", schlug Rejyna sanft vor, die plötzlich neben ihm stand. „Ich bin nicht sicher, ob ich dich auffangen kann, wenn du umfällst."

Intuitiv musste Parker lächeln. „Normalerweise werden die Frauen ohnmächtig und dann kommt der weiße Ritter, der sie vor dem Fall rettet."

„Ah, das ist eine alte Rollenverteilung", wischte Rejyna die Bemerkung mit einer Handbewegung vom Tisch. „Wir Frauen sind heute emanzipiert. Wir brauchen weder weiße Ritter noch Märchenprinzen. Es reicht, wenn ..."

... ihr ehrlich seid, hatte Rejyna eigentlich sagen wollen, doch es war kaum fair, etwas von einem anderen zu verlangen, was man selbst nicht geben konnte.

„... ihr menschlich seid - mit allen Stärken und Schwächen“, führte sie den Satz daher schnell zu Ende.

„Das ist sehr großzügig von Euch, Mylady“, dankte Parker mit einer angedeuteten Verbeugung. Erleichtert stellte er fest, dass ihn der kurze Schlagabtausch tatsächlich derart abgelenkt hatte, dass sich sein Magen beruhigt hatte. Er spürte, wie auch in sein Gesicht die Farbe zurückkehrte.

„Um noch einmal auf unseren Kuss zu sprechen zu kommen ...“, begann Rejyna vorsichtig. „Ich meinte meine Frage durchaus ernst, Parker. Was hat er mit deinen Eltern zu tun?“

Tief atmete Parker ein. „Darf ich dich daran erinnern, dass es dir selbst schlecht wurde, als du verstanden hast, dass meine Eltern Wurst aus Menschenfleisch hergestellt haben?“

„Die Vorstellung ist auch alles andere als schön, aber du bist damals noch ein Kind gewesen. Du hast dir dein Essen nicht selbst zubereitet und wenn du auch nur den Hauch von Kannibalismus in dir hättest, wärst du heute nicht Vegetarier. Es ist mir auch durchaus nicht entgangen, wie du an manchen Tagen sogar Probleme hast, anderen alleine beim Fleischessen zuzusehen.“

„Nur wenn das Fleischstück nicht als Ganzes zu erkennen ist, wie beispielsweise bei einem Ragout oder Gulasch“, gab Parker zu. „Die ersten Jahre konnte ich jedoch weder Fleisch noch Wurst überhaupt nur ansehen, geschweige denn riechen. Will hat damals die komplette Ernährung in seinem Haus umgestellt und es ist sein Verdienst, dass ich heute zumindest am Tisch sitzen und zusehen kann.“

„Ich bewundere dich für den Weg, den du gegangen bist, Parker. Was ich jedoch nicht verstehe ist, wie du die Pathologie zu deinem zweiten Schwerpunkt machen konntest.“

„Es war Wills Idee und am Anfang war ich vollkommen entsetzt. Allein die Vorstellung, einen Menschen aufzuschneiden, hat mich sofort ins Bad rennen lassen. Doch wie Will vorhergesagt hat, wurde es nach einigen Wochen besser. Mein Gehirn hat verstanden, dass ich diesen Leuten helfen kann. Leichen können uns eine Menge verraten. Man muss sie nur verstehen und das ist etwas völlig anderes als das, was meine Eltern getan haben. Das Studium war Teil meiner Therapie.“

Einsichtig nickte Rejyna. „Darf ich dich noch etwas fragen?“

„Alles!“

„Dein Vater ... warum hat er deine Mutter getötet?“, wollte

Rejyna wissen.

„Vor Gericht hat er ausgesagt, dass er wissen wollte, wie sie schmeckt", erklärte Parker. „Er sagte, dass es ihn schon lange interessiert hat und er an jenem Abend seiner Lust nicht mehr länger hatte widerstehen können. Es war Ausdruck seiner ultimativen Liebe zu ihr."

Fassungslos schüttelte sie den Kopf und Parker atmete tief ein. „Rejyna, ich verstehe, wenn sich mit dieser Geschichte deine Gefühle mir gegenüber geändert haben. Was ich dir erzählt habe, ist Stoff, aus dem Albträume gestrickt sind."

„Meine Gefühle haben sich nicht geändert, Parker. Es spielt keine Rolle für mich, wer deine Eltern waren und was sie getan haben. All die Arbeit, die Hingabe und dein Einsatz für H.E.L.P. zeigen, dass du nichts mit ihnen gemein hast. Erinnerst du dich noch daran, als ich vor eurem Bürogebäude angeschossen worden bin?"

Parker schluckte mühsam und nickte einmal. Niemals würde er den Anblick vergessen. Übergroß hatten Rejynas schwarze Augen ihn aus einem ansonsten kalkweißen Gesicht angeblickt. In seiner Erinnerung war die ganze Szene in schwarz-weiß abgelichtet, über die sich eine große Menge rotes Blut ergoss.

„Ich hatte eigentlich nur schlafen wollen, aber dein Blick hat mich davon abgehalten, die Augen zu schließen."

„Mein Blick?"

Sie nickte. „Ja. Wir kannten uns damals kaum, aber ich wusste, dass ich dir vertrauen konnte. Es gibt Situationen im Leben, da kann man einen direkten Blick in die Seele eines Menschen werfen und ich habe deine in jenem Moment gesehen."

„Du wärst fast verblutet, Rejyna. Ich denke nicht, dass dein Einschätzungs- und Erinnerungsvermögen von jenen Minuten zuverlässig ist."

„Doch, das ist es", widersprach Rejyna überzeugt. „Und ich würde immer noch gerne herausfinden, wo uns diese gegenseitige Anziehungskraft hinführt."

Parkers Herz begann plötzlich in seinem Brustkorb zu hüpfen, doch noch wollte er die Freude darin nicht freilassen. „Ist das dein Ernst?", vergewisserte er sich.

„Ja. Gestern hast du mir ein drittes Date versprochen. Bislang habe ich noch nicht erlebt, dass du ein Versprechen jemals zurückgezogen hättest."

„Das habe ich auch nicht vor. Sag mir, wann und du hast eine Verabredung."

„Versprochen?", flüsterte sie, während ihre beiden Blicke miteinander verschmolzen.

„Versprochen", erwiderte Parker fest und strich ihr eine Strähne aus dem Gesicht. Sein Herzschlag beschleunigte sich erneut. Doch diesmal tat er es aus den richtigen Gründen.

„Du bist ganz kalt", flüsterte er, während sein Daumen über ihre Wange glitt. „Wir sollten wieder reingehen."

„Deine Hand ist warm", gab sie ebenso leise zurück.

Rejyna wollte den Blickkontakt nicht beenden. Sie wollte Parkers Nähe nicht verlieren. Sie wollte noch einen Moment so stehen bleiben, auch wenn sich die zwölf Grad Außentemperatur durch den Wind eher wie acht Grad anfühlten. Parkers Berührung ließ sie das Wetter jedoch vergessen und die Hitzewelle, die ihren Körper in diesem Moment durchlief, vertrieb die Kälte ohnehin. Diese aufregende Spannung fühlte sich einfach gut an und mischte sich trotz des abenteuerlichen Kribbelns ihrer Nervenenden mit einem Gefühl von Sicherheit und Vertrautheit. Mit absoluter Gewissheit wusste Rejyna, dass sie sich auf Parker verlassen konnte. Er würde sie niemals im Stich lassen.

Ihre Nase nahm sein angenehmes After-Shave auf. Der Duft war ihr vertraut, denn sie hatte ihn in den vergangenen Wochen jedes Mal wahrgenommen, wenn sie in Parkers Nähe gestanden hatte und sie liebte den Geruch. Es war ein herber, erdverbundener Duft, der die Aromen von Kaschmirholz, Muskat und Moos mit Ingwer und Bergamotte verband.

Die Kombination weckte in Rejyna Assoziationen von Zuverlässigkeit, Integrität und Unbestechlichkeit und erinnerte sie gleichzeitig daran, wie sehr sie sich nach menschlicher Wärme, nach Liebe und Freundschaft sehnte, denn Rejyna war ein Familienmensch. Seit ihr Vater sie jedoch von zu Hause weggeschickt hatte, war sie alleine und seit sie vor zwei Jahren aus Teheran zurückgekehrt war, war sie ganz alleine.

Sicher, sie hatte Freunde. Es war ihr schließlich nie schwergefallen, Menschen kennenzulernen und Kontakte zu schließen, aber Freunde ersetzten keine Familie. Freunde kamen und gingen. Einige blieben länger als andere, manche begleiteten einen auch über Jahrzehnte.

Vorausgesetzt, man wechselt zwischendurch nicht seine Identität, dachte sie sarkastisch. Aber Freunde lebten immer ihr eigenes Leben. Sie trafen Entscheidungen aufgrund ihrer eigenen Ziele und Träume und trugen auch deren Konsequenzen. Ein Partner hingegen teilte sein Leben mit einem. Entscheidungen wurden im Hinblick auf die Auswirkungen, die diese auf das gemeinsame Leben hatten, getroffen. Ein Partner fing einen auf und stand auch in Situationen zu einem, in denen man es selbst nicht konnte. Ihr Vater war ebenfalls immer für sie dagewesen. Jede seiner Entscheidungen war von ihrem Wohl abhängig gewesen. Selbst am Ende hatte er vollkommen uneigennützig entschieden.

„Erde an Rejyna!“ Parkers leise Stimme holte sie zurück in die Gegenwart. Erst jetzt merkte sie, dass ihr Blick mit ihren Gedanken abgedriftet war.

Zaghaft lächelte sie. „Entschuldige, ich war gerade woanders.“

„Das habe ich gesehen“, erwiderte Parker lächelnd. „Lass uns reingehen, bevor du erfrierst.“ Fürsorglich zog er sie zurück ins Haus, schloss die Tür hinter ihnen und nahm sie in die Arme. Sanft wiegte er sich mit ihr zu den leisen Saxophonklängen der Musik, während sich Rejynas Kopf an seine Schulter schmiegte.

Abgesehen von dem Kuss in Daves Küche, spürte Parker Rejyna zum ersten Mal derart hautnah. Es war ein wundervolles Gefühl. Warum hatte er nicht schon viel früher mit ihr gesprochen? Er hätte sich eine Menge Qualen erspart, wenn er nicht so feige gewesen wäre. Es war gut, dass Hunter ihm einen Schubs gegeben hatte, auch wenn er den Freund dafür vor zwei Tagen noch hätte aufhängen können. Aber wofür hatte man schließlich Freunde?

Ich habe Glück, dachte Parker. Er hatte wirklich die besten Freunde, obwohl Hunter, Emily und Lucas ihm im Grunde viel mehr bedeuteten. Sie waren seine Familie. Dennoch konnten sie Rejyna nicht ersetzen.

Er zog sie ein wenig näher an sich heran und dachte dabei an die Unterhaltung, die Hunter nach ihrer Rückkehr aus Providence mit ihm in seinem Büro geführt hatte. Je länger Parker über die Worte des Freundes nachdachte, desto mehr musste er Hunter recht geben, zumal er selbst gestern Abend, nachdem sie ihm die Geschichte mit ihrem Vater erzählt hatte, das Gefühl gehabt hatte, dass es noch mehr in Rejynas Leben gab, das sie bislang für sich behalten hatte.

Einen kurzen Augenblick überlegte Parker, ob er ein Gespräch in dieser Richtung initiieren sollte, doch dann entschied er, dass sie für heute mehr als genug zu verarbeiten hatten. Der Einbruch mit Mordversuch an Rejyna, ein vermutlich elftes Opfer ihres Serienkillers, die Explosion der Autobombe und seine Horrorgeschichte von Kannibalismus reichten für einen Tag. Nein, was immer Rejyna verbarg, hatte Zeit bis morgen. Sie hatten sich eine Pause an schrecklichen Erlebnissen und Erinnerungen verdient.

„Es ist schön, dich zu spüren", flüsterte er in Rejynas Ohr. „In den letzten Monaten gab es eine ganze Reihe an Nächten, in denen ich wachgelegen und mir vorgestellt habe, dich im Arm zu halten."

Sie sah zu ihm auf. Dabei glänzten ihre Augen herausfordernd. „Du hast mich nur im Arm gehalten?"

„Nein, nicht nur", gab Parker zu.

Rejyna schluckte. „Wovon hast du noch geträumt?"

Beide sahen sich tief in die Augen und ihre Füße blieben stehen.

„Ich könnte es dir zeigen", schlug Parker nach einer langen Sekunde leise vor und beobachtete erfreut, wie sich Rejynas Pupillen weiteten. Sein Daumen glitt über ihre Unterlippe und tausend kleine Nadelstiche sendeten einen Impuls.

Rejynas Mund öffnete sich leicht und Parkers Hand wanderte über ihre Wange an ihren Hinterkopf. Langsam näherte er sich ihren Lippen, während er sich daran erinnerte wie sie sich früher am Abend angefühlt hatten.

Parker quälte sich selbst, indem er den Kontakt hinauszögerte. Sein Mund wollte nichts mehr als Rejyna küssen. Angestrengt musste er dagegenhalten und fühlte sich dabei wie bei einem Marathonlauf. Seine Atemfrequenz erhöhte sich und er spürte, dass es Rejyna genauso ging. In Zeitlupentempo setzten seine Lippen auf ihren auf und dann konnte sich Parker nicht mehr zurückhalten. Die Berührung kam dem Startschuss eines Pferderennens gleich.

Seine Zunge glitt in ihren Mund, seine Hände pressten sie an seinen Körper. Er spürte ihren runden Busen, der sein Verlangen sofort steigerte. Ihre Kurven weiter erfühlend fuhr seine Hand über ihre Hüfte und sein Glied schwoll explosionsartig an.

Rejynas Hand glitt über seinen Rücken an seinen Po und die Welt begann sich für Parker zu drehen. Er sollte die Augen aufmachen, um sein Gleichgewicht zu finden, doch das Muster der bunten Spirale in seinem Kopf war zu schön. Er wollte es nicht verlieren. Kurz entschlossen ließ er sich rückwärts auf das Sofa sinken und zog Rejyna mit sich, ohne den Kuss zu unterbrechen.

Seine Hände glitten über ihren Körper, versuchten unter ihr Top zu gelangen, doch es saß zu eng. Rejyna unterbrach den Kuss, um ihm zu helfen. Sie setzte sich auf, zog das Shirt über ihren Kopf und warf es achtlos auf den Boden. Ein schokoladenbrauner, halterloser Spitzen-BH kam zum Vorschein und ließ Parker innehalten. Mit einem Mal war sein Mund staubtrocken. Ungläubig sah er von Rejynas Busen zu ihren Augen und wieder zurück. Vorsichtig richtete er sich auf und ließ seinen Finger am oberen Spitzenrand des feinen Dessousteils entlangfahren. Er spürte, wie Rejynas Brüste reagierten und seine Speicheldrüsen setzten auf der Stelle mit erhöhter Produktion ein.

„Du bist wunderschön“, staunte er, während er eine Hand um ihre linke Brust legte. Sie passte perfekt. Bedächtig löste er den Verschluss am Rücken und sein Atem beschleunigte sich, als er den Busen in seiner ganzen Natur sah.

„Rejyna!“, flüsterte er ergriffen, während er sich langsam vorbeugte und seine Zunge um ihre Brustwarze tanzen ließ.

Sie seufzte leise und legte den Kopf in den Nacken.

Es war lange her, seit Rejyna das letzte Mal die Hände eines Mannes auf ihrem Körper gespürt hatte und sie konnte sich nicht erinnern, jemals eine nächste Berührung so sehr herbeigesehnt zu haben wie bei Parker. Seine Augen glänzten vor Bewunderung und auch wenn ihr viele Männer in der Vergangenheit gesagt hatten, dass sie einen tollen Körper hatte, so hatte sie doch noch niemand mit solcher Ehrfurcht und solchem Respekt bei gleichzeitiger Begierde angesehen.

Sie rutschte ein kleines Stück nach vorne und fühlte Parkers harte Erektion. Oh, war das gut! Doch bevor ihr Bewusstsein mehr registrieren konnte, blitzten plötzlich tausend Sterne vor ihren Augen auf und sie schloss schnell die Lider, bevor sie überlegte, wo die Flut an Reizen plötzlich herkam.

Oh! Das war schön! Was war das? Sie sank zurück, spürte Parkers Arm in ihrem Rücken und ließ sich fallen. Die Signale kamen von ihrem Busen. Gekonnt küsste Parker ihre Brüste und löste damit ein Ziehen in ihrem Unterleib aus, das von Sekunde zu Sekunde stärker wurde. Sie stöhnte leise, bewegte ihre Hüfte und spürte Parkers Hand. auf ihrer Jeans. Ja, das war gut. Nein, es war zu wenig. Verzweifelt stöhnte sie auf.

„Rejyna“, flüsterte Parker zärtlich.

„Hm?“, antwortete sie, ohne die Augen zu öffnen. Sie wollte nicht reden, aber seine Hand hatte aufgehört, sie zu streicheln, sein Mund hatte sich von ihrem Busen gelöst. Notgedrungen sah sie ihn an. Seine Augen glänzten.

„Rejyna, ich ...“ Er schluckte. „Du bist die begehrenswerteste Frau, die ich je gesehen habe. Ich ... möchte nichts tun, was du nicht willst, daher denke ich, es wäre gut, wenn wir aufhören würden.“ Parker klang atemlos.

Er dachte?, durchfuhr es Rejyna verständnislos. Parker konnte noch denken? Sie brauchte einen Augenblick, bis sie begriff, dass er nobel sein wollte, denn das Feuer in seinen Augen sprach andere Worte.

„Haben deine Träume an der Stelle aufgehört?“, fragte sie zurück, wobei sie sich aufrichtete und ihre Hände erwartungsvoll an die Knopfleiste seines Hemdes legte.

Parker schüttelte den Kopf. „Nein, das haben sie nicht.“

„Das dachte ich mir“, erwiderte Rejyna heiser und zog ihm das Hemd aus. Dann blickte sie ihm direkt in die Augen. „Meine auch nicht.“

Parkers Pupillen weiteten sich erstaunt. „Du hast von uns geträumt?“

Sie nickte. „Allerdings haben wir in meinem Traum nicht so viel geredet.“

Die Leidenschaft kehrte in Parkers Blick zurück. „Wer redet hier?“, fragte er und küsste sie erneut. Allerdings hielt er kurz darauf wieder inne. „Wir haben keine Kondome“, stellte er entsetzt fest.

„Wie lange liegt dein letzter Aids-Test zurück?“

„Sechs Monate und seitdem bin ich mit niemandem mehr zusammengewesen.“

„Dann ist es kein Problem. Ich trage eine Spirale und meine jährliche Gesundheitsüberprüfung war vor sechs Wochen.“

Spitzbübisch grinste Parker und trug Rejyna in sein Schlafzimmer. Er zog ihr die Jeans von den Beinen und bewunderte den knappen Slip, der das gleiche Design wie der BH aufwies.

„Trägst du immer solche Wäsche?“, fragte er ein wenig atemlos, während seine Hand über die Spitze glitt und er ihre Hitze spürte.

„Immer", erwiderte sie heiser.

„Wie gut, dass ich das bisher nicht wusste", raunte Parker und streifte den Stoff nach unten ab.

„Wie kommt es, dass du noch so viel anhast?", murmelte Rejyna erregt.

„Ich hatte noch keine Zeit, meine Sachen auszuziehen."

„Nimm sie dir", verlangte Rejyna und beobachtete lustvoll, wie sich Parker im Stehen seiner restlichen Kleidung entledigte. Ihr Blick blieb an seiner Männlichkeit hängen und ihr Puls beschleunigte sich, als sie sich vorstellte, dass er sie gleich ausfüllen würde. Das Pochen in ihrer Scheide wurde stärker. Nie hatte sie sich mehr nach einem Mann verzehrt.

Parker genoss Rejynas bewundernden Blick. Es war gut, dass sie ihn ebenso sehr begehrte wie er sie. Seine Augen weiteten sich jedoch, als sich Rejyna plötzlich auf dem Bett vor ihn kniete.

Ihre Hände fuhren über seinen Bauch, seine Hüfte, seine Oberschenkel. Ihre Zunge glitt um seinen Bauchnabel, über seine linke Seite weiter nach unten und dann sah sie mit einem Mal mit glänzenden Augen zu ihm auf. Ihre Hand strich über seinen Hoden, was Parkers Knie leicht erzittern ließ und dann ließ sie ihre Zunge über seine Eichel gleiten.

In Parkers Kopf blitzten weiße Lichtimpulse auf, doch er nahm noch den genießerischen Ausdruck auf Rejynas Gesicht wahr. Als sich jedoch ihre Lippen um ihn schlossen, begann der Boden unter ihm zu beben. Intuitiv legte er seine Hände auf ihre Schultern und den Kopf in den Nacken. Das war wundervoll. Für einen Moment überließ er sich dem herrlichen Gefühl, doch sehr schnell stieg der Druck in seinem Glied an.

Zu schnell, registrierte Parker.

Viel zu schnell, dachte er panisch. Er hörte seinen stoßweisen Atem und spürte das scheinbar unbändige Bedürfnis nach Erleichterung. Er wollte kommen. Jetzt. Sofort.

Nein, schrie eine Stimme in seinem Kopf.

Doch, rief sein Glied.

Nein. Doch.

Zieh dich zurück, rief die Stimme.

Bloß nicht, widersprach seine untere Körperhälfte knurrend.

Verdammt. Der Druck war nicht mehr auszuhalten. Feine

Schweißperlen bildeten sich auf Parkers Rücken. Er würde ... er musste ... Nein! Schweratmend trat Parker einen Schritt zurück.

Verführerisch lächelte Rejyna ihn an. „Es ist okay“, lud sie ihn ein, doch Parker schüttelte den Kopf.

Nein, es wäre nicht okay, dachte er für sich, denn zum Sprechen fehlte ihm die Kraft. Er brauchte all seine Konzentration, um die Kontrolle über die Situation zurückzugewinnen.

Lächelnd legte sich Rejyna auf den Rücken und wartete. Eine wohlige Wärme durchströmte sie. Wenn sie noch einen Beweis in Bezug auf Parkers Charakter gebraucht hätte, hatte sie ihn gerade erhalten. Egoismus lag nicht in Parkers Natur. Seine Selbstdisziplin war dennoch beeindruckend. Von den Männern, die sie kannte, hätte kein einziger widerstanden.

Die Matratze bewegte sich und Rejyna drehte ihren Kopf zu Parker. Er gab ihr allerdings keine Zeit zu reagieren. Seine Lippen umschlossen ihre Brust, während sich seine Hand über ihren Intimbereich legte. Automatisch presste sie sich gegen ihn und genoss die sie durchströmende Wärme und das Ziehen in ihrem Unterleib, das zu heißer Sehnsucht führte.

Es war unglaublich, wie schnell Parker ihre Wollust in die Höhe getrieben hatte. Er spielte ihren Körper geradezu meisterhaft, durchfuhr es Rejyna verwundert, doch im selben Moment löste sich der Gedanke auf, denn sein Finger glitt in sie hinein, sein Mund umschloss ihre Klitoris und Rejyna war überwältigt von den Gefühlen.

War es jemals so schön gewesen? Sie spürte ihre Feuchte, spürte Parkers weiche Lippen, die zarten Bewegungen seines Fingers in ihr, die gerade noch perfekt gewesen waren und von einer Sekunde auf die andere doch nicht mehr reichten. Automatisch bewegte sie ihre Hüfte ihm entgegen und Parker schien sie zu verstehen. Er nahm einen weiteren Finger hinzu, während er gleichzeitig saugte und küsste.

Sie seufzte zufrieden. Dann stöhnte sie vor Verzweiflung. Der Rausch baute sich in einer Höllengeschwindigkeit auf und sie brauchte mehr. Viel mehr. Sie brauchte ihn ganz. Sie brauchte ihn schnell. Verzweifelt griffen ihre Hände in sein Haar.

„Parker“, flehte sie.

Er reagierte, indem er den Druck erhöhte.

Ja, das war gut. Nein, das war nicht gut. Sie wollte nicht alleine kommen.

„Parker, bitte!“ Die Luft ging ihr aus. „Zu...sammen“, stieß sie mühsam hervor. „Bitte.“

Parker sah auf und nickte. Er verstand. Das erste Mal gehörte ihnen beiden. Vorsichtig drang er in sie ein. Es war Himmel und Hölle zugleich. Langsam tastete er sich vor. Er wollte jeden einzelnen Millimeter genießen, doch dann konnte er plötzlich nicht mehr länger an sich halten. Er schaffte es gerade noch, sich mit einem Blick in Rejynas Gesicht zu vergewissern, dass sie genauso weit war wie er. Dann bewegte er sich in ihr. Innerhalb von Sekunden bäumte sich Rejynas Körper auf, und Parker erlebte ihren Orgasmus mit allen Sinnen. Noch einmal stieß er zu, dann befreite ihn seine eigene Ejakulation von allen Zwängen. Er war im Paradies angekommen. Stöhnend sank er zusammen und drehte sich mit Rejyna auf den Rücken.

Zärtlich streichelte er über ihren Körper. „Es war wundervoll.“

„Ja, das war es“, gab Rejyna zurück und wartete, bis sich ihre Herz- und Atemfrequenz wieder normalisiert hatte. „War es wie in deinem Traum?“

„Schöner“, antwortete Parker. „Und bei dir?“

„Schöner“, erwiderte sie lächelnd.

Engumschlungen lagen sie im Bett und Parkers Finger fuhr sanft über eine Narbe oberhalb ihrer rechten Brust.

„Die Kugel, die dich vor einem halben Jahr vor unserem Büro getroffen hat, war offensichtlich nicht deine erste Schussverletzung“, stellte er leise fest.

„Nein, aber hoffentlich die letzte“, gab sie zurück und befreite sich aus der Umarmung. „Kann ich deine Dusche benutzen?“

Parker spürte, dass sie das Thema absichtlich gewechselt hatte und auch wenn er gerne mehr darüber erfahren hätte, war er bereit, auf den Themenwechsel einzugehen. Die Nacht war zu schön, um sie mit schmerzhaften Erinnerungen zu teilen. Dafür würde es andere Gelegenheiten geben.

„Du musst nicht fragen“, erklärte er leichthin.

Rejyna stand auf, doch vor dem Bett drehte sie sich noch einmal zu ihm um. „Hast du vielleicht Lust mitzukommen?“ Schelmisch grinste sie ihn an. „Fremde Duschen sind immer so schwierig. Man weiß nie, welchen Knopf und welchen Hebel man in welche Richtung ziehen, drücken oder drehen muss.“

Lachfalten bildeten sich um Parkers Augen. „Ich dachte, die moderne Frau von heute braucht keinen weißen Ritter mehr."

„In der Theorie nicht."

„Aber?"

„Aber in der Praxis ist es manchmal schön, wenn einer vorbeikommt." Verschwörerisch zwinkerte sie ihm zu.

„Dann will ich euch nicht enttäuschen, Mylady", entgegnete Parker galant und sprang auf.

Sie liebten sich ein zweites Mal, nachdem sie aus dem Bad gekommen waren. Langsamer. Zärtlicher. Aber ebenso intensiv.

Entspannt hielt Parker Rejyna anschließend im Arm. Er konnte sich nicht erinnern, jemals in seinem Leben ein solch tiefes Glück empfunden zu haben. Dabei war ihm bewusst, dass die Quelle dafür nicht alleine der körperlichen Entspannung entsprang. Der Sex war gut gewesen, keine Frage. Aber er war nur ein Teil seiner Verbindung zu Rejyna. Zwischen ihnen gab es mehr, zumindest für ihn. Er war sich sogar sicher, dass er Rejyna liebte, doch das konnte er ihr kaum sagen. Noch nicht.

„Bist du glücklich, Rejyna?", fragte er leise in die Dunkelheit.

Augenblicklich stoppte die Bewegung ihrer Finger auf seiner Bauchdecke und Parker spürte, wie sich ihre Muskulatur für den Bruchteil einer Sekunde anspannte. Dann setzte ihre Hand die Streichelbewegung fort.

„Meinst du in diesem Moment oder generell?", hakte Rejyna nach.

Die Frage verwunderte Parker. „In diesem Moment."

„Ja, das bin ich."

Parker konnte sie nicht sehen, doch ihre Stimme hatte ehrlich geklungen und sie schmiegte sich enger an ihn an, obwohl ihre Wange bereits an seiner Schulter lag und ihre Beine miteinander verschlungen waren.

„Was ist mit den sonstigen Tagen?", erkundigte er sich vorsichtig und spürte sofort wieder, wie sie fast unmerklich versteifte.

„Natürlich auch. Es war eigentlich nur eine rhetorische Frage", erwiderte sie sofort, doch Parker wusste, dass es nicht der Wahrheit entsprach. Die Antwort war zu schnell gekommen und die Muskulatur ihrer Stimmlippen hatte zu viel Spannung gehabt.

Zärtlich ließ er seine Fingerkuppen über ihren Oberarm gleiten. „Was sind deine nächsten Ziele?", fragte er und ließ es wie eine beiläufige Frage klingen.

„Ich will diesen Mistkerl finden, der seit fünf Jahren unschuldige Männer und Frauen tötet. Und dann den nächsten und den übernächsten."

„Du möchtest also Karriere machen?"

„Wenn du damit meinst, ob ich so viele Täter wie möglich einsperren will, dann ja. Aber wenn du fragst, ob ich einmal Chief werden will, dann ist die Antwort nein. Schreibtischarbeit liegt mir nicht."

„War das der Grund, warum es dir im Außenministerium keinen Spaß gemacht hat?"

Rejynas Füße bewegten sich und Parker wappnete sich vor der nächsten Unwahrheit.

„Ja." Die Auskunft war kurz und knapp. „Du kannst es dir vielleicht nicht vorstellen, da du bestimmt jahrelange Auswertungen hinter dir hast, aber für mich ist die Arbeit mit Statistiken und Tabellen nicht sehr befriedigend."

„Ich habe wirklich eine Menge Zahlen ausgewertet, und tatsächlich fand ich es die meiste Zeit recht spannend. Wahrscheinlich lag es daran, dass ich immer wusste, wofür ich am Schreibtisch sitze. Das Wissen, dass es uns mit Hilfe dieser Statistiken eines Tages gelingen würde, Serienkiller schneller und effizienter aufzuspüren, hat mich motiviert." Vor seiner nächsten Frage machte Parker eine kurze Pause. „Was ist mit deinen privaten Zielen? Möchtest du eines Tages eine Familie haben? Kinder?"

Rejyna schluckte. Ja, das war einmal ihr Traum gewesen. Einen liebenden Ehemann, zwei Kinder und mittendrin einen mittelgroßen Wuschelhund. Doch das hatte sie nicht verdient. Aber was sollte sie Parker antworten? Sollte sie ihm sagen, dass dies nicht ihrer Lebensplanung entsprach? Das wäre nur fair.

Sie waren beide in einem idealen Alter, um eine Familie zu gründen. Sie waren keine zwanzig mehr, wo man noch eine Menge Zeit hatte und auch wenn die Uhr um die dreißig noch nicht rasend schnell tickte, war es doch verständlich, dass man über Kinder sprach, wenn man jemanden kennenlernte. Schließlich hatte man auch keine Zeit mehr zu verschenken und wenn Parker Kinder wollte, dann sollte sie ihm gegenüber ehrlich sein. Allerdings wollte sie ihn nicht verlieren.

Sie atmete tief ein und bewusst unauffällig langsam aus. Welch ein Dilemma. Aber vielleicht hatte Parker die Frage auch aus einem anderen Grund gestellt. Vielleicht wollte er gar keinen Nachwuchs.

„Ich habe mich noch nicht endgültig entschieden“, wich sie schließlich aus. „Im Moment möchte ich meine Position beim FBI festigen und so viel wie möglich von Blake lernen. Alles andere lasse ich auf mich zukommen. Was ist mit dir? Stehen auf deinem Plan eine Ehefrau und Kinder?“

Du stehst auf meinem Plan, dachte Parker. Er bedauerte, dass er das Thema in einer Lage angeschnitten hatte, in der er ihr Gesicht nicht sehen konnte. Er wusste zwar, dass sie ihm eine diplomatische Antwort gegeben hatte und er glaubte, eine Traurigkeit in ihr gespürt zu haben, als ob sie sich selbst die Erfüllung eines Wunsches verbat, aber blind hatte er keinen Anhaltspunkt, um irgendwo ansetzen zu können. Er würde das Gespräch später noch einmal in diese Richtung lenken müssen. Vielleicht wenn sie sich bei einem romantischen Essen gegenübersaßen.

„Kinder sind immer eine gemeinsame Entscheidung“, entgegnete er leichthin. „Und was die Ehefrau betrifft: Ich brauche keinen Trauschein, aber ich möchte auf Dauer auch keine unverbindliche Bettgeschichte. Ich hätte gerne eine feste, vertrauensvolle und liebende Partnerschaft.“ Er küsste ihre Stirn. Dann fügte er zärtlich hinzu: „Unseren Anfang fand ich übrigens sehr gelungen.“

Rejyna schluckte. *Ja, ich auch,* dachte sie, ehe sie sich auf ihren Ellenbogen stützte und ihn ansah. „Parker, ich weiß nicht, ob ich die richtige Frau für dich bin. Wir kennen uns zwar schon seit einem halben Jahr, aber wir haben noch nie Zeit zusammen verbracht. Also, ich meine außerhalb von unserem Beruf.“

Sanft legte ihr Parker seinen Zeigefinger senkrecht auf die Lippen. „Kein Druck, Rejyna. Wir leben einen Tag nach dem anderen und schauen, was passiert. Allerdings ...“

„Allerdings?“, hakte sie nach, als er nicht weitersprach.

„Ich weiß nicht, ob dir bewusst ist, wie eng Hunter, Lucas, Em und ich zueinander stehen. Wir sind praktisch wie Geschwister aufgewachsen.“

„Worauf willst du hinaus, Parker? Ich würde nie von dir erwarten, dass du etwas an eurem Verhältnis änderst.“

„Das weiß ich, und das meine ich auch gar nicht. Es ist nur ... als Will uns als Kinder aufgenommen hat, hatte jeder von uns sein eigenes Trauma im Gepäck. Es war nicht immer einfach, aber wir haben es gemeinsam geschafft, jedes einzelne zu bewältigen. Es war eine sehr extreme und sehr intensive Zeit. Was ich damit sagen will, ist, dass jeder den anderen so gut kennt wie sich selbst. Vielleicht sogar besser. Sie werden nur einen Blick auf mich werfen und wissen, dass ..." Parker zögerte.

„... dass wir miteinander geschlafen haben?", half Rejyna, wobei sie leicht errötete.

„Das vielleicht nicht gerade, aber sie werden wissen, dass sich unsere Beziehung geändert hat. Allerdings stehen wir noch ganz am Anfang. Wir befinden uns in einer Phase, in der man eine Beziehung noch nicht unbedingt öffentlich macht."

„Parker, Familie ist nicht die Öffentlichkeit", beruhigte sie ihn. „Glaubst du nicht, dass ich meinen Eltern von dir erzählt hätte, wenn ich das nächste Mal mit ihnen telefoniert hätte?"

Seine Augen begannen zu leuchten. „Hättest du?"

„Natürlich. Ich habe kein Problem damit, wenn die anderen von uns wissen. Aber ich möchte, dass das Ende offen ist. Wie ich schon sagte, ich bin vielleicht nicht die richtige Frau für dich."

Interessant!, fand Parker, als er registrierte, dass sie zweimal gesagt hatte, sie sei vielleicht nicht die richtige Frau für ihn. Jeder andere hätte an mindestens einer Stelle hinzugefügt, er könne unter Umständen auch nicht der richtige Mann für sich sein.

„Vielleicht war es ein Fehler", bemerkte Rejyna.

Erschrocken sah er sie an. „Du bereust, dass wir uns geliebt haben?" Absichtlich hatte er ‚geliebt' gesagt. Er wollte sehen, wie sie darauf reagierte und tatsächlich wurde er nicht enttäuscht. Erleichtert stellte er fest, dass das Wort ihr gefiel. Nein, sie bereute es ganz sicher nicht.

„Nein, aber was passiert, wenn es nicht klappt? Was machen wir dann? Können wir weiterhin zusammenarbeiten?"

Parker griff nach ihrer Hand und führte sie an seine Lippen. „Wir sind erwachsen, oder? Solange wir ehrlich und fair miteinander umgehen, werden wir uns immer in die Augen sehen können. Und dann können wir auch miteinander arbeiten."

Hastig nickte Rejyna, schloss die Lider und rutschte zurück in die Kissen. ‚Ehrlich und fair' waren Parkers Worte gewesen. Zwei Dinge, die sie ihm gegenüber nicht war. Doch sie konnte ihm nicht erzählen, dass sie den Tod eines vier Monate alten Babys zu verantworten hatte.

Parker seufzte innerlich. Er war sich mittlerweile ganz sicher, dass Rejyna etwas zurückhielt. Doch wenn er erfahren wollte, was es war, brauchte er Geduld.

Und Fingerspitzengefühl, fügte er in Gedanken hinzu. Denn er würde auf keinen Fall tatenlos warten. Er würde sie nie zu etwas drängen, was sie nicht wollte, doch in diesem Fall hatte er das sichere Gefühl, dass Rejyna ihm im Grunde alles erzählen wollte. Den Anfang hatte sie mit der Geschichte von ihrem Vater im Restaurant bereits gemacht. Was immer sie davon abhielt, auch noch den Rest von sich preiszugeben ... er würde es herausfinden. Er würde dabei nur behutsam vorgehen müssen. Parker löschte das Licht und zog Rejyna zurück in seinen Arm. Zärtlich küsste er ihr Haar.

„Ich möchte, dass es funktioniert“, gestand er leise.

„Das möchte ich auch“, flüsterte Rejyna, denn obwohl sie fürchtete, dass dieser Wunsch nicht in Erfüllung gehen würde, war es die Wahrheit.

KAPITEL 17

CD abgeschlossen, meldete ihm das Brennprogramm seines Computers und vorschriftsmäßig warf er die CD aus, bevor er die Aufnahmen von Megan Petrellas Tod endgültig von seinem Laptop und seinem Handy löschte. Er verstaute das Medium in einer Hartplastikhülle und steckte sie in die Innentasche seiner Lederjacke. Dann wandte er seine Aufmerksamkeit wieder dem Tablet zu.

Grell leuchteten ihm die grünen Buchstaben des Providence Chronicle auf dessen Einstiegsseite entgegen. Es war überall das Gleiche. Je kleiner und unseriöser die Presse, desto größer und greller die Buchstaben. Allerdings wusste er, dass es für lokale Berichterstattungen nichts Aktuelleres als die örtliche Presse gab. Wie ein Rudel Wölfe stürzten sich die Reporter auf jede Kleinigkeit, die den Alltag durchbrach und brachten somit die erste Meldung über alles Ungewöhnliche. Der Name der Zeitung interessierte ihn jedoch nicht. Seine Augen blieben vielmehr an der ersten großen Schlagzeile hängen: *‚Leichenhunde in der Big River Management Area eingesetzt'.*

Seit dem frühen Samstagmittag ist die Hundestaffel im größten Waldgebiet von Rhode Island eingesetzt. Gesucht wird der 72-jährige Adam Kramer, der seit Freitagabend vermisst wird. Die Polizei vermutet ein Gewaltverbrechen. Die Suche musste wegen des aufziehenden Sturms abgebrochen werden, soll jedoch am Sonntagmorgen fortgesetzt werden. Die Hunde sind darauf trainiert ...

Er schloss die Seite und lehnte sich in seinem Stuhl zurück. Die Ausführungen über die Tiere interessierten ihn nicht. Ebenso wenig die Vermutungen des Reporters, was dem guten Adam Kramer zugestoßen sein könnte. Der Journalist hatte keine Ahnung. Anders stand es hingegen um die Polizei.

Wütend schob er den Stuhl zurück und ging nervös auf und ab. Die Hundestaffel wurde nur gezielt eingesetzt. Dementsprechend musste die Polizei einen hinreichenden Verdacht gehabt haben, wo sie nach dem Alten suchen sollte. Doch wieso vermuteten sie einen demenzkranken Mann in einem zwanzig Meilen entfernt liegenden Waldgebiet? Das ergab keinen Sinn. Es sei denn ...

Ein plötzlich aufkommender Gedanke ließ ihn entsetzt stehen bleiben. Dann kehrte er in drei großen Schritten zu dem Tablet zurück. Angespannt rief er die Internetseite der ‚Erie News' aus. ‚*Frühlingsregatta an der Bayfront*' war die erste große Schlagzeile. Darunter folgten ‚*Schlägerei vor Diskothek*' und ‚*Walmart schließt Filiale*'.

Hastig gab er die Adresse der ‚Buffalo Overview' ein. ‚*Kanadische Studentengruppe randaliert in Bowlingarena', Familientag im Zoo-Jedes Kind erhält ein freies Eis'*.

Ein wenig ruhiger wechselte er auf die Seite der ‚Toledo Times'. Vielleicht wussten die Ermittler doch nichts über ihn. Vielleicht hatten sie in Bezug auf Adam Kramer einfach nur Glück gehabt, dachte er, während er wartete, bis sich die Seite des Presseblattes aufgebaut hatte. Doch was er sah, ließ die Zeit für ihn stillstehen. Geschockt starrte er auf die Überschrift über einem Foto, das Dutzende von Polizeiwagen vor einem Yachthafen zeigte.

‚*Polizei findet drei Jahre alte Leiche*', prangte ihm entgegen. *Am Samstagnachmittag entdeckt die Polizei auf einem seit Jahren zum Verkauf stehenden Boot eine tote Frau. Bislang gibt es noch keine offizielle Stellungnahme der Behörden, aber eine sichere Quelle hat uns verraten, dass es sich aller Wahrscheinlichkeit nach um Catherine Tenner handelt. Die Richterin verschwand vor drei Jahren spurlos auf dem Weg in ein Fitnessstudio. Sie hinterlässt einen Ehemann und zwei Kinder.*

Mist! Das konnte kein Zufall sein. Erst Lana Walder und jetzt Catherine Tenner. In solch kurzem Abstand konnte es einfach kein Zufall sein. Es war zwei Jahre her, dass man sein viertes Opfer, Francis Darnell, entdeckt hatte. Sie war bereits relativ schnell nach der Tat aufgetaucht, aber das war für ihn kein Problem gewesen. Er hatte ohnehin nicht damit gerechnet, dass die Leichen für immer unentdeckt bleiben würden, zumindest nicht die weiblichen. Früher oder später hatte schließlich jemand die Boote betreten müssen. Doch zwei Opfer in zwei Tagen ... Nein, dahinter steckte mehr als Glück. Hier hatte jemand tatsächlich seine Opfer miteinander in Verbindung gebracht, auch wenn er dies nicht für möglich gehalten hätte. Cops waren nicht so schlau.

Im Grunde ist es nicht wichtig, beruhigte er sich selbst. Er mochte nicht damit gerechnet haben, dass die Morde jemals als Serie erkannt werden würden, aber er hatte es dennoch einkalkuliert. Er hatte für einen solchen Fall vorgesorgt. Es war also alles in bester Ordnung. Dennoch ärgerte es ihn. Er hasste es, wenn die Dinge nicht so liefen, wie er sie sich vorstellte.

Fieberhaft arbeitete es in seinem Gehirn. Alles hatte damit angefangen, dass eine Horde Kinder vor zwei Wochen über Samuel Crawford in Quincy gestolpert war. Warum hatte dieser verdammte Lehrer seine GPS-Schnitzeljagd nicht so planen können, dass seine Schüler auf dem Weg geblieben waren? Wütend schlug er mit der Faust auf den Tisch.

Wahrscheinlich wäre es danach klüger gewesen, dieses Jahr auszusetzen. Allerdings hatte er nicht gedacht, dass man einen einundachtzigjährigen Alzheimer-Patienten als Serienopfer kategorisieren würde, und seine Vorbereitungen hier in Providence waren so gut wie abgeschlossen gewesen. Seine gesamte Arbeit der vergangenen zwölf Monate wäre umsonst gewesen. Nein, Aussetzen war keine Alternative gewesen, aber er hatte seinen ursprünglichen Plan in einem kleinen, aber wesentlichen Detail nach dem Leichenfund am Freitag von Lana Walder auf der ‚Butterfly' geändert.

Ja, er brauchte sich wirklich keine Sorgen zu machen. Er war schlauer als all diese Ermittler zusammen. Statt sein letztes Opfer, Megan Petrella, auf die ‚Anthea' im Hafen zu bringen, wie er es zunächst vorgesehen hatte, hatte er die Yacht als reine Vorsichtsmaßnahme geändert und sich kurzfristig für ein anderes Boot entschieden.

Rein zufällig war er bei seiner Suche nach einem geeigneten Schiff in Providence vor einigen Wochen auf eine Information gestoßen, die er damals als für ihn unwichtig abgetan hatte. Doch als man Lana Walder gefunden hatte, hatte er sich unwillkürlich gefragt, ob es nicht eine glückliche Fügung des Schicksals gewesen war, dass er davon erfahren hatte. Spontan hatte er entschieden, sein Glück nicht herauszufordern, sondern auf Nummer sicher zu gehen, auch wenn dieses Boot im Trockenen lag und ihm damit nicht das gleiche Vergnügen bereitete wie es die ‚Anthea' getan hätte, denn er liebte das Geräusch der Wellen, insbesondere wenn sie den Tod begleiteten. Aber manchmal musste man im Leben Kompromisse eingehen.

Er würde allerdings darüber nachdenken müssen, ob er im nächsten Jahr nicht einige Veränderungen vornehmen sollte. Vielleicht sollte er den Ort der Entführung von dem Tatort trennen? Die Idee hatte Charme, doch das alles hatte Zeit. Im Moment sollte er sich besser auf diese ermittelnde Sonderkommission in Boston konzentrieren. Wie hieß sie noch gleich? H.E.L.P.? Einen Teil von ihnen hatte er bereits kennengelernt. Verächtlich rief er sich ihre Gesichter in Erinnerung. Sie hielten sich für die Größten. Dabei wussten sie nichts. Gar nichts.

Gut, er musste zugeben, dass die Einheit in recht kurzer Zeit ziemlich viel herausgefunden hatte, aber es würde ihnen trotzdem nicht helfen. Sie würden ihn nicht bekommen. Dennoch kratzte ihre Arroganz an seinem Ego. Er sollte ihnen einen Dämpfer versetzen.

Konzentrier dich auf deine Prioritäten, flüsterte eine Stimme in seinem Kopf. *Dich interessieren diese Leute nicht.*

Nein, eigentlich taten sie es nicht, aber hatte er nicht erst gestern überlegt, ob es nicht Zeit für eine neue Herausforderung war? Je länger er darüber nachdachte, desto besser gefiel ihm die Idee.

Er warf einen Blick auf die Uhr an der Küchenwand. 3:41 Uhr. Er sollte ins Bett gehen, doch er war hellwach. Er würde mit Sicherheit nicht schlafen können. Also konnte er auch schauen, was er über diese Gruppe aus Psychologen und FBI-Agenten herausfand. Das hätte er ohnehin längst tun sollen. Es war schließlich immer gut, seinen Gegner zu kennen.

Gründlich durchforstete er das Netz nach Informationen und nach einer Stunde rief er noch einmal die Fotos der sechs Menschen auf, die die Sondereinheit stellten. Es gab zwei Frauen in dem Team. Emily Reed und Rejyna Seymour. Eine kam von H.E.L.P., die andere vom FBI. Sein Blick blieb an Rejyna hängen.

KAPITEL 18

Tastend suchten ihre Finger im Dunkeln das Handy auf dem Nachttisch. Warum leuchtete der Bildschirm nicht?

Weil es nicht mehr klingelt, beantwortete sich Rejyna die Frage selbst. Merkwürdig! Hatte sich jemand verwählt oder hatte es schon länger geklingelt und sie hatte es nur nicht gehört? Es wäre untypisch für sie. Normalerweise wachte sie immer beim ersten Klingeln auf.

Sie lächelte, als ihr Blick auf Parker fiel, der sich neben ihr regte. Tatsächlich musste sie zugeben, dass sie lange nicht mehr so tief und entspannt geschlafen hatte. Vielleicht hatte sie das Telefon wirklich nicht wahrgenommen.

Vorsichtig, um Parker nicht zu stören, richtete sie sich auf und tastete weiter nach dem Handy. Die Anrufliste würde ihr verraten, wer sie mitten in der Nacht hatte sprechen wollen. Sie fand das Telefon und warf einen Blick auf die Uhrzeit. 3:57 Uhr. Das war wirklich mitten in der Nacht, und sie war erst vor zwei Stunden eingeschlafen. Rejyna war gerade dabei, das Telefon mit ihrem Fingerabdruck zu entsperren, als es erneut leise summte. Die im Display erscheinende Nummer ließ sie erstarren.

Erst als das Telefon ein weiteres Mal brummte, reagierte sie. Leise schlich Rejyna aus dem Raum und schloss die Schlafzimmertür hinter sich.

„Direktor Whitfield“, begrüßte sie den Anrufer kühl, als sie schließlich in Parkers Wohnzimmer stand.

„Guten Morgen, Agent Seymour“, erwiderte die männliche Stimme, die sie nur allzu gut kannte und von der sie gehofft hatte, sie nie wieder hören zu müssen. „Wie gefällt es Ihnen in Boston?“

„Es ist eine schöne Stadt. Die Kollegen sind offen und man kann sich aufeinander verlassen.“

Geflissentlich überging der Mann die Spitze, doch Rejyna wusste, dass er sie dennoch verstanden hatte. „Das freut mich, und glauben Sie mir, ich bedaure außerordentlich, dass Sie sie verlassen müssen.“

„Was?“ Entsetzt richtete sich Rejyna kerzengerade auf. „Nein! Das werde ich auf keinen Fall tun.“

Whitfield seufzte. „Hejazi weiß, dass Sie in Boston sind.“

„Woher?“, flüsterte sie geschockt.

„Das haben wir noch nicht herausgefunden“, gestand ihr ehemaliger Vorgesetzter und seine Stimme klang auf einmal müde. „Bei einer spontanen Leibesvisitation sind einem Wächter zwei kleine Schriftzüge auf den Innenseiten von Hejazis Mittel- und Ringfinger aufgefallen. Sie waren mit einem wasserfesten Stift aus der Wäscherei geschrieben, der sich nicht durch oberflächliches Händewaschen oder ein wenig schwitzende Handflächen ablöst. Es war reiner Zufall, dass der Aufseher sie entdeckt hat und pures Glück, dass er sie in den Computer eingegeben hat.“

„Was hatte Hejazi aufgeschrieben?“, fragte Rejyna und fuhr sich mit ihrer freien Hand über ihren anderen Oberarm. Ihr war plötzlich kalt.

„Es waren zwei Adressen, Agent Seymour.“

„Welche?“, flüsterte sie, obwohl sie die Antwort bereits ahnte.

„Ihre und Carls“, seufzte Direktor Whitfield. „Der Wärter hatte Hejazi im Besuchsraum abgetastet, und wir haben uns daraufhin das Überwachungsvideo seiner letzten Besuchszeit angesehen. Tatsächlich hielt der Mann die beiden entsprechenden Finger die meiste Zeit gespreizt, sodass sein Gast die Schrift lesen konnte.“

„Wer hat ihn besucht?“

„Eine Frau mit Namen Daria Vonn. Sie wissen, es gibt immer genügend kranke Frauen, die auf Typen wie Hejazi stehen. Sie hat ihm seit zehn Monaten heiße Liebesbriefe geschrieben und besuchte ihn seit acht Monaten regelmäßig alle vierzehn Tage.“

„Haben Sie mit ihr gesprochen?“

„Das wollten wir. Doch sie war bereits tot, als die Kollegen bei ihr eintrafen. Jemand hat sie in ihrem Bett mit einer fünfundvierzig Halbautomatik erschossen.“

Rejyna schloss die Augen. Das war das gleiche Kaliber, das auch ihr Angreifer in der Nacht abgefeuert hatte. Das machte die Theorie über einen Täter, den sie und Blake im vergangenen Jahr verhaftet hatten, mehr als unwahrscheinlich. Dennoch konnte sie nicht einfach ihre Sachen packen und gehen.

Es gefiel ihr in Boston. Sie mochte ihre Arbeit, aber vor allem mochte sie Parker. Sie wollte ihn nicht verlassen. Ihre Beziehung fing gerade erst an und sie wusste, dass sie etwas Besonderes verband. Parker war ihre Chance auf privates Glück, und vielleicht war er sogar ihre einzige Chance. Sie konnte ihn nicht einfach aufgeben.

„Hören Sie, Direktor Whitfield, ich danke Ihnen für die Information und auch für Ihr Angebot, mich mit einem neuen Namen und einem neuen Job zu versorgen. Aber ich kann hier nicht gehen. Die Arbeit macht mir Spaß."

„Sie können weiterhin in der Ermittlung bleiben. Gehen Sie zur DEA oder NSA ..."

„Sie verstehen mich nicht. Ich will nicht für irgendeine Behörde arbeiten. Ich bin hier in Boston Teil eines wichtigen Projekts und ich möchte weiter daran mitwirken."

„Carl ist tot, Rejyna", warf Whitfield ein.

„W...was?", stotterte sie ungläubig.

„Sein Wagen ist vorgestern Morgen detoniert, als er auf dem Weg ins Büro war."

Erschüttert sank Rejyna auf den Hocker neben der Couch. Sie war in der Vergangenheit nicht immer mit Carls Vorgehen einverstanden gewesen, denn sie hatte seine Methoden mehr als einmal als skrupellos empfunden. Für ihn hatte der Erfolg einer Operation immer an erster Stelle gestanden und kein Opfer war in seinen Augen je zu hoch gewesen, wenn es die Sicherheit der USA betraf. Doch er hatte ihr einmal das Leben gerettet und ganz sicher hatte er es nicht verdient, von einem Terroristen in die Luft gesprengt zu werden.

„Die Wahrheit ist, Sie sind in Boston nicht mehr sicher", klärte Whitfield sie auf.

Rejyna schüttelte ihre Gedanken ab und konzentrierte sich wieder auf das Gespräch. Der Mann hatte recht, dennoch ...

„Wie ich schon sagte, Ihr Angebot ist sehr freundlich, aber ich kann es nicht annehmen. Ich kann nicht jedes Jahr irgendwo in diesem Land neu anfangen. "

„Unter diesen Umständen sind Sie auf sich alleine gestellt, Agent Seymour", verkündete Direktor Whitfield kalt.

„War das jemals anders?", gab Rejyna ebenso kühl zurück

„Ich muss Sie nicht an Ihre Schweigepflicht erinnern, oder? Die Operation Hejazi unterliegt absoluter Geheimhaltung."

„Hören Sie, letzte Nacht ist jemand in mein Haus eingebrochen und wollte mich in meinem Bett erschießen. Kommt Ihnen die Situation zufällig bekannt vor? Und gestern Nachmittag hat jemand einen Sprengsatz am Wagen eines Freundes angebracht, mit dem ich unterwegs gewesen bin. Die Polizei ermittelt also bereits. Allerdings sucht sie in der falschen Verbrecherkartei. Sie verlangen nun allen Ernstes von mir, dass ich stillschweigend zusehe, obwohl ich weiß, dass diese Untersuchungen im Nichts verlaufen werden?“

„Um es kurz zu machen: Ja. Meine Leute arbeiten daran herauszufinden, wen Hejazi beauftragt hat. Sie wissen so gut wie ich, dass diese Sache für die Bostoner Polizei mehr als eine Nummer zu groß ist. Das BPD hat von Haus aus keine Möglichkeiten, um hinter Hejazis Verbindungen zu steigen. Lassen Sie die Männer also einfach weiter ermitteln. In ein paar Tagen werden sie den Fall zur Seite legen, und Sie werden es akzeptieren. Alles andere erregt nur unnötiges Aufsehen und führt zu nichts. Haben Sie das verstanden, Agent Seymour?“

„Informieren Sie mich, wenn Sie etwas Neues wissen“, reagierte Rejyna und beendete das Gespräch. Im gleichen Moment öffnete sich die Tür des Wohnzimmers und sie blickte direkt in Parkers Augen.

„Wer war das?“, erkundigte sich Parker.

„Ein ehemaliger Vorgesetzter“, antwortete Rejyna und stand auf.

„Um diese Uhrzeit?“

„Ein Kollege ist verstorben. Er dachte, ich sollte es wissen.“

„Das tut mir leid“, kondolierte Parker und nahm sie in den Arm. „Kanntest du ihn gut?“

„Kennen ist immer relativ, aber wir haben zusammen an einem großen Projekt gearbeitet.“

„Wie ist er gestorben?“, fragte Parker.

Mit einem traurig-müden Blick sah Rejyna zu ihm auf. „Können wir vielleicht wieder ins Bett gehen? Ich glaube, im Moment möchte ich nicht darüber nachdenken.“

Parkers Augen musterten sie, während seine Lippen sich zu einem verstandnisvollen Lächeln verzogen. Ohne ein weiteres Wort zu verlieren, nahm er ihre Hand und gemeinsam gingen sie zurück ins Schlafzimmer.

Im Bett kuschelte sich Rejyna sofort an seine Schulter. Ihr Herz schmerzte auf einmal. Sie hatte Parker nicht angelogen. Alles, was sie gesagt hatte, hatte der Wahrheit entsprochen und doch fühlte sie sich wie eine Betrügerin. Wie sollte eine Beziehung funktionieren, wenn sie ihn nicht über ihre drei Jahre in Washington aufklären konnte?

Washington, dachte sie abfällig. Sie war nie in Washington gewesen. Langley mochte offiziell ein Vorort der Hauptstadt sein, doch jeder wusste, Langley war nicht Washington. Langley war Langley.

Erzähl ihm von Teheran, sagte eine Stimme in ihrem Kopf.

Und wie soll ich das verdammt nochmal machen?, schoss Rejyna in Gedanken zurück. Die Wut verschwand jedoch so schnell wie sie gekommen war. Sie erinnerte sich an Parkers Worte, kurz bevor sie eingeschlafen waren.

Ich möchte, dass es funktioniert, hatte er gesagt, wiederholte sie für sich. Dann schloss sie seufzend die Augen. Wenn sie nur wüsste, wie sie das anstellen sollte.

Rejyna fühlte, wie Parkers Arme sie liebevoll noch ein wenig fester umschlossen.

„Vergiss nicht, Sweetheart, wann immer du so weit bist, mir den Rest zu erzählen, dann bin ich da“, versicherte er leise, aber mit fester Stimme und auf einmal konnte Rejyna die Tränen, die, seitdem sie ins Bett zurückgekehrt waren, in ihren Augen standen, nicht mehr länger zurückhalten.

Ich hätte niemals zur CIA gehen dürfen, dachte sie und bereute ihre Entscheidung zum zehntausendsten Mal.

Parker fühlte Rejynas stumme Tränen auf seiner Haut und strich ihr beruhigend übers Haar. „Alles wird gut, Liebes.“

Rejyna wollte Parkers Worten glauben. Das wollte sie wirklich. Sie verstand nicht, woher er überhaupt wusste, dass es außer ihrem Vater in ihrer Biografie noch ein Geheimnis gab. Er sollte davon nicht einmal den Hauch einer Ahnung haben, aber Parker war eben Parker und eigentlich sollte es sie auch nicht wundern.

Er war einer der besten Gesprächsanalytiker des Landes. Und er war der einfühlsamste Mann, den sie kannte. Ohne jede Bedingung schenkte er ihr nicht nur seine Gefühle, sondern auch sein Vertrauen. Es war überwältigend, und sie wollte Parker nicht enttäuschen. Sie wollte ihm alles erzählen, Schweigeverpflichtung hin oder her. Aber sie konnte es nicht. Selbst wenn sie bereit gewesen wäre, gegen die Verschwiegenheitsklausel zu verstoßen, würde sie ihm nicht davon erzählen können.

Woher weißt du das? Du hast es nicht versucht, kehrte die Stimme von eben in ihrem Kopf zurück und Rejyna stellte fest, dass sie recht hatte.

Vielleicht sollte sie es versuchen. Sie hatte sich schließlich am Telefon auch mit Direktor Whitfield über Carl unterhalten. Vielleicht konnte sie noch einen Schritt weitergehen. Sie konnte ganz einfach beginnen: *Es war vor zwei Jahren in einem Vorort von Teheran.* Oder sie konnte noch früher ansetzen: *Vor fünf Jahren wurde ich während meiner Graduierungsveranstaltung von der CIA angeworben.*

Sie öffnete ihre Lippen, doch Rejyna konnte sich in diesem Fall nicht selbst austricksen. Ihr Kopf wusste, worauf sie hinauswollte und sofort drückte ihr ihr geistiges Auge ein schreiendes Baby in den Arm.

Das kleine Mädchen hatte tiefschwarze Haare und eine kleine süße Stupsnase. Sie war ein wunderschönes Baby, ein müdes Baby. Dabei sollte das Kind gar nicht im Haus sein. Hatte Carl ihr nicht noch vor wenigen Minuten versichert, dass sich, nachdem er ihre zwei Wachen getötet und sie nach vierundzwanzig Stunden Folter befreit hatte, niemand mehr außer ihnen im Haus aufhielt?

Bring das Kind zum Schweigen, hörte Rejyna Carl in ihrem Kopf und sie wiegte das Kind sacht auf ihrem Arm. Tatsächlich beruhigte es sich.

Ich hab' die Papiere, verkündete Carl. *Lass uns gehen.*

Er schloss den Safe und hängte das Bild wieder an seine Stelle, während sich Rejyna über das kleine Bettchen beugte, um das Baby vorsichtig zurückzulegen. Ein lauter Schuss ließ sie zusammenfahren.

Ein zweiter Schuss fiel, doch Rejyna registrierte ihn nicht. Sie registrierte auch nicht das scharfe Brennen in ihrem rechten Brustbereich. Sie sah nur das reglose Bündel in ihren Händen, von denen das kindliche Blut tropfte.

„Rejyna?" Parkers besorgte Stimme holte sie zurück in die Gegenwart. Er musste die Nachttischlampe angeschaltet haben, denn ihr gedimmtes Licht tauchte den Raum in ein warmes gelbliches Weiß. Seine Hände lagen auf ihren Schultern und seine Augen blickten sie besorgt an.

„Rejyna?", sprach er sie erneut an und dieses Mal konnten ihre Augen ihn fokussieren. Erleichtert atmete er auf. „Wo bist du in Gedanken gewesen?"

Stumm schüttelte sie den Kopf. Sie konnte es nicht erzählen. Sie hatte gewusst, dass es nicht funktionieren würde. Es hatte noch nie funktioniert. In den ersten Tagen nach dem Ereignis hatte sie überhaupt nicht sprechen können. Es hatte mehrere Sitzungen mit einem erfahrenen CIA-Psychologen gebraucht, bis sie alleine die Fähigkeit zur verbalen Kommunikation zurückgewonnen hatte. Doch trotz aller Anstrengung war es auch ihm nicht gelungen, ihr die letzte Blockade zu nehmen. Die Ereignisse in jenem Kinderzimmer ließen sie jedes Mal verstummen.

Rejyna wusste, dass sie im Augenblick nicht einmal ein anderes Wort sprechen konnte. Wenn die Erinnerungen sie in solch extremer Form einholten, dauerte es immer einige Stunden, bis die Fähigkeit zu reden zurückkehrte. Am schnellsten ging es, wenn sie schlafen konnte. Im Schlaf konnte ihr Gehirn scheinbar entspannen und wenn sie das nächste Mal wach wurde, war ihr Sprechvermögen zurück. Früher war sie jedes Mal in Panik geraten, doch mit der Zeit hatte sie gelernt, dass sie sich vertrauen konnte. Das Schweigen dauerte keine Tage mehr wie zu Beginn. Doch Parker würde sie wahrscheinlich für verrückt halten. Wieso hatte sie die Erinnerung nicht rechtzeitig unterbunden?

Aufmerksam musterte Parker Rejynas Gesicht. Er hatte schon im Dunkeln gespürt, dass sie mental weit weg gewesen war, doch als ihr Körper erschrocken in seinem Arm zusammengefahren war, hatte er das Licht angeschaltet. Er hatte keine Ahnung, wo sich Rejyna gerade gedanklich befunden hatte, aber sie war weiß wie die Wand und zitterte am ganzen Körper.

Sein professionelles Auge erfasste sofort den emotionalen Stress, den Rejyna empfand. Unwillkürlich kehrte seine Besorgnis zurück, denn er wusste, dass dies ein normales Stressniveau weit überstieg. Es war akuter Distress in seiner gefährlichsten Form. Er nahm Rejynas Hände in seine und fühlte dabei unauffällig nach ihrem Puls. Es überraschte ihn nicht, dass er viel zu schnell war.

„Es ist alles in Ordnung, Sweetheart“, sprach er ruhig. „Hier sind nur wir beide. Niemand tut dir etwas. Okay?“

Sie nickte kurz und hektisch.

„Gut. Lehn dich zurück“, schlug er vor und schob dabei das Kissen in ihren Rücken. Er ahnte, dass sie sich nicht würde hinlegen wollen, aber der feste Halt würde ihr helfen, sich zu entspannen. „Versuch ein wenig ruhiger zu atmen. Ja, das ist besser.“

Fürsorglich zog er die Decke über Rejynas Beine und

beobachtete, wie sich ihre Atemzüge verlangsamten. Auch ihre Herzfrequenz senkte sich, doch ihr Puls war immer noch weit von den normalen sechzig bis achtzig Schlägen in der Minute entfernt. Auch ihre Kiefermuskulatur war noch immer extrem angespannt.

„Atme langsam durch die geöffneten Lippen aus." Aufmunternd lächelte er sie an und Rejyna folgte seinem Rat. „Gut. Das fühlt sich besser an, nicht wahr?"

Wieder nickte sie, dieses Mal langsamer.

Nachdem die akute Gefahr gebannt war, führte Parker ihre Hand an seine Lippen, bevor er sie zurück auf die Bettdecke legte. „Ich hole dir ein Glas Wasser."

Rejyna nickte wieder und Parker stand auf. Er ging in die Küche und füllte an seinem amerikanischen Kühlschrank ein Glas mit Eiswürfeln und Wasser. Als er ins Schlafzimmer zurückkehrte, saß Rejyna noch immer aufrecht im Bett. Allerdings hatte sie ihren Kopf mit geschlossenen Augen gegen die Wand gelehnt. Sie sah ihn jedoch an, als er sich zu ihr auf die Bettkante setzte.

Einen langen Moment blickte sie auf das Glas, das er ihr entgegenhielt. Dann atmete sie sichtbar ein, nahm es und trank einen Schluck, bevor sie es auf dem Nachttisch abstellte.

Unwillkürlich runzelte Parker die Stirn. Etwas stimmte nicht. Unter normalen Umständen hätte Rejyna sich bedankt. Sie bedankte sich immer.

„Fühlst du dich besser?", erkundigte er sich.

Wieder nickte sie. Ihre Augen blickten jedoch traurig. Und er sah, dass ihr die Situation peinlich war. Erneut lächelte Parker aufmunternd. „Möchtest du darüber reden?"

Sie schüttelte den Kopf. Interessanterweise widersprach der Mikroausdruck, der einen Bruchteil vor der Bewegung über ihr Gesicht gehuscht war, der Antwort.

„Bist du sicher?", hakte er noch einmal nach und registrierte verwundert die Verzweiflung in ihren Augen. Er hatte mit einer Reihe an Emotionen gerechnet, aber nicht damit.

Verzweifelt presste Rejyna die Lippen aufeinander. Was sollte sie tun? Parker war so nett zu ihr, so verständnisvoll und sie konnte ihm nicht einmal danken. Sie fühlte sich so hilflos. Sie wollte ihm alles erklären, aber was sollte sie tun, wenn sich einfach keine Worte formen ließen? Es war zum Verrücktwerden. Es war zum Schreien. Ihre Lippen öffneten sich automatisch, doch kein Ton kam über ihre Lippen. Stattdessen flossen zu ihrem eigenen Entsetzen Tränen über ihre Wangen.

Verdutzt nahm Parker seine Beobachtungen auf, doch er brauchte einen langen Moment, bis er letztendlich die richtigen Schlüsse gezogen hatte. Rejyna litt an einer Sprechblockade. Dies erklärte auch die unterschiedlichen Signale, die er gesehen hatte. Rejyna hatte ihm etwas erzählen wollen. Sie konnte es jedoch nicht. Wieso hatte er das Problem nicht früher erkannt?

Spontan nahm er sie in die Arme. „Oh, Sweetheart. Es tut mir leid, dass ich so lange gebraucht habe, um dich zu verstehen", entschuldigte er sich, während er seine Optionen im Kopf durchging.

Vermutlich handelt es sich um selektiven Mutismus, der durch Erinnerungen an ein traumatisches Erlebnis in ihrer Vergangenheit ausgelöst wird, dachte Parker und versuchte sich an die Vorlesungen über Traumafolgen und Gehirnblockaden aus seinem Studium zu erinnern. Das Wichtigste war zunächst eine sichere und entspannte Atmosphäre. Außerdem brauchte er einige grundsätzliche Informationen, wenn er ihr helfen wollte. Liebevoll nahm er Rejynas Hände wieder in seine, während er sie ansah.

„Die Sprechblockade ist nichts Neues für dich, richtig?", versicherte er sich als Erstes.

Rejyna schüttelte den Kopf.

„Löst sie sich normalerweise von selbst?"

Sie neigte ihren Kopf zu einer Schulter und schloss die Augen.

„Sie löst sich, während du schläfst", kombinierte Parker. „Hast du früher versucht, die Blockade mit verschiedenen Entspannungsmethoden aufzuheben?"

Wieder nickte sie. Dabei blickte sie traurig.

„Aber sie haben keine Wirkung erzielt. Ich nehme an, du warst in psychologischer Behandlung?" Er las die Antwort in ihrem Gesicht ab.

„Bist du immer noch in Therapie?" Nein.

„Wie lange liegt das Ereignis zurück, das die Blockade auslöst? Mehr als fünf Jahre? ... Weniger?" Er sah auf die Finger, die sie ihm zeigte. „Zwei bis drei", stellte er fest.

„Hängt das Ereignis mit dem Tod deines Vaters zusammen?", fragte er weiter.

Rejyna schüttelte den Kopf, aber Parker sah auch, wie die Angst in ihre Pupillen zurückkehrte.

„Keine Sorge“, besänftigte er sie sofort. „Wir werden nicht darüber sprechen. Oder zumindest nicht heute, denn ich würde gerne versuchen, dir zu helfen. Vielleicht hattest du damals einfach nicht den richtigen Kollegen oder es war Zeit für eine Therapiepause. Auf jeden Fall denke ich, dass es zu früh ist, um bereits aufzugeben.“

Ein zaghaftes Lächeln huschte über Rejynas Gesicht, als sie auf ihn deutete.

„Eigentlich habe ich nicht an mich gedacht“, antwortete Parker, der ihre Frage verstanden hatte. „Eigentlich ist dies Hunters Fachgebiet.“ Sofort spürte er, wie Rejyna seinen Vorschlag innerlich ablehnte.

Sie öffnete den Mund, doch als kein Ton über ihre Lippen kam, schloss sie ihn wieder. Frustriert ließ sie die Luft aus ihren Lungen entweichen.

Intuitiv legte Parker ihre flache Hand auf sein Herz, während er mit einem warmen Blick ihre Augen einfing. „Es ist nur ein Vorschlag, Sweetheart. Niemand zwingt dich zu etwas, aber ich bitte dich, denk darüber nach. Hunter ist wirklich gut.“

Dann beugte er sich zu ihr nach vorne. Kurz vor ihren Lippen pausierte er. „Weißt du, wobei Worte absolut überflüssig sind?“ Er legte sich neben sie, zog sie hinunter in die Kissen und küsste sie, bis sie beide keine Luft mehr bekamen.

„Parker“, presste sie atemlos hervor und riss im gleichen Moment erstaunt die Augen auf.

Parker hingegen grinste frech. „Ich schätze, wir haben gerade noch einen Weg zur totalen Entspannung gefunden.“

Glücklich lachte Rejyna. „Es sieht ganz danach aus. Küssen als Therapiemaßnahme, das ist interessant. Willst du mich immer noch zu Hunter schicken?“

„Ah, ich glaube, die Dinge haben sich gerade geändert“, gab Parker verschmitzt zurück.

KAPITEL 19

Unruhig wälzte sich Blake in seinem Bett hin und her. Schließlich warf er einen Blick auf seine Uhr. 5:53 Uhr.

„Verdammt früh", knurrte er und legte sich das Kissen über den Kopf. Er fühlte sich wie erschlagen. Wenn er wenigstens eine Nacht hinter sich hätte, für die sich das Gefühl lohnen würde, würde er sich nicht beschweren, aber die Ursache lag einfach darin, dass er schlecht geschlafen hatte. Er war erst um zwei Uhr ins Bett gegangen und war seither jede Stunde aufgewacht. Frustriert schob er das Kissen wieder von sich und starrte frustriert auf den leeren Platz in seinem Bett. Er war schon zu lange leer.

Dana könnte jetzt dort liegen, flüsterte es in seinem Kopf. *Oder Simona. Oder Kristy.* Es mangelte Blake nicht an Angeboten. Das Problem war nur, dass er weder die eine, noch die andere wollte. Am Abend war er mit Dana ausgegangen und er wusste, sie hatte erwartet, dass er die Einladung, noch auf einen Kaffee mithineinzukommen, als er sie nach Hause gebracht hatte, dieses Mal annehmen würde. Ursprünglich war dies auch sein Plan gewesen, doch als sie dann vor ihrer Tür gestanden hatten, hatte er es nicht gekonnt. Er wollte Dana nicht und es wäre falsch gewesen, ihr Hoffnungen auf etwas zu machen, von dem er genau wusste, dass er es nicht zu geben bereit war. Dana war eine nette Frau. Sie hatte es nicht verdient, benutzt zu werden.

Seufzend stand Blake auf. Heute würde er ohnehin keinen erholsamen Schlaf finden. Er konnte also ebenso gut schauen, was sich in der Nacht getan hatte. Vielleicht waren andere produktiver gewesen als er.

Blake sprang unter die Dusche, dann schlüpfte er in eine Jeans und ein hellblaues Hemd. Es war immerhin Sonntag. Da konnte er zumindest den Anzug im Schrank hängen lassen, auch wenn er arbeitete.

Während sein Vollautomat einen starken Kaffee brühte, fuhr Blake seinen Computer hoch und rief als Erstes das aktuelle Wetter in Providence auf. Zufrieden stellte er fest, dass sich der Sturm beruhigt hatte. Die Suche nach Adam Kramer würde also weitergehen können.

Er holte seinen Kaffee und rief seine Mails ab. Keines war aus Providence. Das hieß, es war noch keine weitere Vermisstenmeldung eingegangen. Er übersprang die drei privaten Nachrichten, löschte eine Reihe an Spammails und öffnete Emilys Text.

Hallo Blake, Shippendales Profil ist fertig. Außerdem haben wir angefangen, die Opfer zu psychografieren. Lucas und ich gehen kurz zum Duschen nach Hause. Wir sind ab acht wieder im Büro. Emily.

Blake warf einen Blick auf die Sendezeit des Mails. 5:31 Uhr. Die beiden hatten wirklich die ganze Nacht gearbeitet. Ihr Einsatz war wahrlich phänomenal. Die meisten seiner Kollegen arbeiteten viel. Kaum einer sah jemals auf die Uhr, wenn es darum ging, einen Täter zu fassen und die Zeit drängte. Doch Emily, Lucas, Hunter und Parker lebten für ihren Job. Keiner von ihnen schien ein großes Privatleben zu haben.

Gut, Hunter hat Mia, dachte Blake. Aber selbst er hatte in den letzten Monaten keine Stunde seiner Leistung zurückgeschraubt. Wahrscheinlich konnte Hunter von Glück sagen, dass er eine Frau gefunden hatte, die zum einen ebenso viel arbeitete wie er und zum anderen die Wichtigkeit des Programms verstand, da sie selbst davon profitiert hatte. Der Mann war ein Glückspilz.

Blake schob die Gedanken beiseite und schrieb seine Berichte zu Ende, zu denen er am Vortag nicht mehr gekommen war. Als er fertig war, war es kurz vor acht. Rasch stellte er seine Tasse in die Spülmaschine und verließ das Haus.

Er lebte in einem zentral gelegenen Vorort von Boston. Das Viertel war geprägt von Bungalows, die in dem für Neuengland typischen Baustil erbaut waren. Rote Backsteine, weiße Sprossenfenster, dunkle Dächer. Es war ein Familienviertel, aus dem lediglich Blake mit seinem Singleleben ausbrach. Wie jeden Morgen, wenn er aus dem Haus trat, überlegte er, warum er sich nicht eine Wohnung direkt in der Stadt nahm. Ein Apartment wäre wesentlich vernünftiger für ihn. Es wäre kostengünstiger und auch einfacher sauberzuhalten als ein ganzes Haus.

Aber dafür müsste ich auf Wohnungssuche gehen, seufzte Blake und wusste, dass er darauf absolut keine Lust hatte. Schlussendlich spielte es auch keine große Rolle, wo er wohnte. Dafür war er einfach nicht oft genug zu Hause. Er zog die Haustür hinter sich zu und sperrte ab.

„Bist du so weit?“, erkundigte sich Parker.

„Ja, wir können gehen.“

Parker zog Rejyna noch einmal in die Arme. „Wenn es nach mir ginge, würden wir dieses Haus für die nächsten drei Wochen nicht mehr verlassen.“

Sie lachte. „Wir würden verhungern. Ich glaube, ich kann von Glück sagen, dass sich noch eine Packung Eier in deinem Kühlschrank befunden hat, sonst hätte es nicht einmal Frühstück gegeben.“

„Also ich hatte schon vor dem Omelette das beste Frühstück der Welt“, stellte Parker fest und küsste sie.

„Wir müssen los, Parker“, erinnerte ihn Rejyna amüsiert. „Blake hat geschrieben, dass er um acht bei euch im Büro sein will und ich muss dich noch vorher im Dezernat absetzen, wenn du in die Pathologie willst. Bist du wirklich sicher, dass es für Lucas in Ordnung ist, wenn ich sein Auto fahre?“

„Selbstverständlich.“ Parker sperrte sein Haus ab und öffnete Rejyna die Fahrertür. „Bitte sehr!“

Rejyna stieg ein und gemeinsam fuhren sie zum FBI-Gebäude. Sie hielten gerade an einer roten Ampel, als Rejynas Handy klingelte. Da sie es zuvor nicht mit Lucas Wagen gekoppelt hatte, nahm sie das Gespräch direkt am Telefon an.

„Seymour“, meldete sie sich, da die Nummer des Anrufers nicht übermittelt worden war.

„Es ist zu dumm, dass du heute Nacht nicht zu Hause gewesen bist“, erklang eine heisere männliche Stimme, die Rejyna erblassen ließ, während die Ampel auf Grün umschaltete.

Unwillkürlich runzelte Parker die Stirn, als Rejyna nicht anfuhr. Während er sich auf dem Beifahrersitz zu ihr umdrehte, begann das Auto hinter ihnen zu hupen und auszuscheren. Verärgert gestikulierend fuhr der Fahrer an ihnen vorbei.

„Wer sind Sie?“, fragte Rejyna zurück und schaltete die Warnblinkanlage an, als ein weiteres Hupen ertönte.

„Ich bin derjenige, der Carl zu einem Haufen Asche gemacht hat, aber das ist vielleicht nicht so interessant für dich, denn du hast ja einen neuen Partner. Blake McGrey.“ Er ließ den Namen auf der

Zunge zergehen.

Rejyna fröstelte. „Was wollen Sie?“

„Wie ich schon sagte, du hättest heute Nacht besser nach Hause kommen sollen, denn jetzt brauchst du einen neuen Partner, obwohl ...“ Er lachte leise. „Es wird sich für dich kaum lohnen, denn ich finde dich und dann wirst auch du zu einem Haufen Asche zusammenfallen.“

„Was haben Sie vor? ... Hallo?“ Rejyna rief noch einmal in den Apparat, aber die Verbindung war beendet. Entsetzen zeigte sich auf ihrem Gesicht.

„Was ist los, Rejyna?“, wollte Parker sofort wissen.

„Ich weiß nicht“ Ihre Stimme klang gedankenverloren. „Ich glaube, jemand hat einen Sprengsatz an Blakes Wagen angebracht.“

„Was?“ Ungläubig starrte Parker sie an.

Hastig wählte sie Blakes Nummer. „Komm schon, Blake, nimm ab!“, murmelte Rejyna und trommelte ungeduldig mit den Fingern der rechten Hand auf das Lenkrad.

Blake hatte seiner Haustür gerade den Rücken zugewandt, als sein Nachbar ihm grüßend zuwinkte. Der Mann war fast zwanzig Jahre älter als Blake und hatte zwei Kinder, die demnächst aufs College gehen würden.

„Hi, Bob“, grüßte Blake. „Schon so früh wach am Sonntag?“

„Ja. Clive hat heute Nacht einen Unfall mit meinem Wagen gebaut.“

Erschrocken blickte Blake ihn an. „Ist ihm etwas passiert?“

„Zum Glück ist es nur ein Blechschaden, aber Stacy hat mir die Hölle heißgemacht, dass ich ihm das Auto gegeben habe. Doch ich frage dich, wie soll der Junge Erfahrung im Straßenverkehr sammeln, wenn er nicht fährt?“

„Du musst dir keinen Vorwurf machen, Bob. Zumindest hatte er bei deinem Mercedes eine Menge Blech und Airbags um sich herum. Hatte er was getrunken?“

„Nein, zum Glück nicht. In der Hinsicht können wir uns auf ihn verlassen.“

„Dann ist alles nur halb so schlimm.“

Robert seufzte. „Auf jeden Fall muss ich in die Werkstatt und den Papierkram erledigen und dann muss ich zur Arbeit. Ich habe ab zehn Uhr Notdienst. Mal sehen, wie ich das zeitlich hinbekomme. Ich muss einmal quer durch die Stadt und die

Busverbindungen sind leider nicht ideal.“

Blake warf einen Blick auf seinen schwarzen SUV, der vor seinem Haus in der Einfahrt stand. „Warum nimmst du nicht meinen Wagen?“

„Das kann ich unmöglich annehmen“, winkte Bob ab, doch sein Blick glitt wehmütig zu dem Auto.

„Warum nicht? Ich brauche ihn nicht. Du müsstest mich nur eben in der Stadt absetzen.“

„Bist du sicher?“ Bobs Augen begannen zu leuchten.

„Klar. Wozu hat man Nachbarn?“ Blake lachte und griff nach seinem Handy, das in seiner Hosentasche vibrierte. Gleichzeitig warf er seinem Nachbarn den Autoschlüssel zu. „Stell dir den Sitz schon ein, ich bin gleich da.“ Dann nahm er das Gespräch an. „Hi, Rejyna.“

Endlich! Erleichtert atmete Rejyna auf. „Blake. Gott sei Dank. Bist du noch zu Hause?“

„Ich bin so gut wie unterwegs. Ich stehe schon vor dem Auto.“

„Nein, Blake. Du darfst nicht das Auto nehmen. Lass es stehen“, rief sie aufgeregt aus.

„Was? Wieso nicht?“, hakte Blake verwirrt zurück. „Ich habe es meinem Nachbarn geliehen. Er fährt mich aber noch im Büro vorbei. Er sitzt schon im Wagen. Ich bin also gleich ...“

„Sag ihm, er soll aussteigen. Hörst du, Blake! In dem Auto ist eine Bombe. Verschwindet dort!“

„Eine Bombe?“, wiederholte Blake leise, dann schrie er: „Bob, komm raus!“

„Was? Warum?“, hörte Rejyna eine dumpfe Stimme aus der Entfernung und dann erklang das stotternde Geräusch eines Motors.

Neiiiiin! Panik ergriff Rejyna. Hilfesuchend blickte sie zu Parker, der ebenso bleich war wie sie.

„Komm raus! Gib mir den Schlüssel!“, befahl Blake, während er in Riesensätzen auf seinen Nachbarn zulief. Zum Glück stand die Fahrertür noch offen.

„W...wieso? Hast du es dir anders überlegt?“ Verblüfft und ein klein wenig beleidigt sah Robert ihn an, während er den Schlüssel ein zweites Mal im Schloss herumdrehte. „Er springt gleich an.“

Mit Gewalt zog Blake den Mann am Arm nach draußen und

schob ihn vom Wagen fort. „Weg hier!“

„Buuuuum!“ Ein ohrenbetäubender Knall tönte durch die Straße und ein heißer Feuerball stieg in die Luft.

Blake spürte, wie sich seine Füße hoben und er durch die Luft flog. Er wehrte sich nicht gegen die auf ihn einwirkenden Kräfte, sondern vertraute auf seine trainierten Reflexe. Automatisch drehte sich sein Körper in die bestmögliche Aufprallsituation.

„Argh!“ Blake biss die Zähne zusammen, als seine linke Schulter auf den Randstein traf, der die kleine Rasenfläche vor seinem Haus von dem gepflasterten Gehweg trennte. Er spürte einen dumpfen Schmerz an seiner Hüfte und rollte sich von den Flammen weg. Sein Herz klopfte dabei so schnell wie die Nadel einer Nähmaschine. Blake fühlte in sich hinein und wusste, dass er jeden einzelnen Knochen spüren würde, sobald das Adrenalin seinen Körper verlassen hatte. Aber zumindest schien nichts gebrochen zu sein. Einen kurzen Moment blieb er atemlos liegen, dann richtete er sich langsam auf

Wo war Bob? War er okay? Hektisch sah er sich um und sah den Mann einige Meter von ihm auf der Rasenfläche sitzen. Er war auf jeden Fall weicher gelandet.

„W… was war das?“ Geschockt starrte Robert auf das brennende Fahrzeug.

„Das war eine Autobombe“, setzte Blake den Mann ohne Umschweife in Kenntnis.

„Eine Auto...bombe?“ Verständnislos schüttelte Robert den Kopf.

„Ich schätze, du kannst den Wagen doch nicht haben“, äußerte Blake in einer Art Galgenhumor. „Bist du verletzt?“

„Nein, ich denke nicht.“ Noch immer starrte Robert auf die Flammen.

„Bob?“ Entsetzt kam Roberts Frau aus dem Haus gelaufen. Auch andere Nachbarn zeigten sich jetzt auf der Straße.

„Mir ist nichts passiert“, antwortete Robert und erhob sich umständlich. Bevor er zu seiner Frau eilte, sah er Blake noch einmal in die Augen. „Danke, Blake! Du hast mir das Leben gerettet.“

„Keine Ursache“, murmelte Blake und fügte für sich hinzu: „Ich habe es ja auch in Gefahr gebracht.“ Er blickte dem Nachbarn kurz nach, dann sah er zu seinem Auto hinüber. Ein Schauer lief über seinen Rücken. Das war knapp gewesen.

„Blake?", hörte er Rejynas panische Stimme aus seinem Handy rufen, das er wie ein Wunder noch immer in der Hand hielt. „Blake?"

„Ja, ich bin hier. Entschuldige!", erwiderte er schließlich.

„Geht es dir gut?", wollte Rejyna wissen.

„Mir ist nichts passiert. Deine Warnung kam gerade noch rechtzeitig." Er atmete einige Male tief durch. „Rejyna, woher wusstest du von dem Sprengsatz?"

„Der Kerl hat mich angerufen", informierte ihn Rejyna.

„Hast du seine Stimme erkannt?"

„Nein. Hör zu, ich bin auf dem Weg ins Dezernat. Ich lasse Parker raus, dann komme ich zu dir."

„Warte, Rejyna", stoppte Blake sie nachdenklich. „Was hat der Typ gesagt?"

„Er sagte, es sei schade, dass ich heute Nacht nicht zu Hause gewesen wäre, denn so bräuchte ich bald einen neuen Partner."

„Das war alles?"

„Fast. Er hat noch hinzugefügt, dass es sich im Grunde nicht lohnen würde, weil auch ich bald in einem Haufen Asche zusammenfallen würde. Dann hat er aufgelegt."

Über die Worte nachdenkend schritt Blake vor seiner Haustür auf und ab.

„Ich bin in fünfzehn Minuten da", verkündete Rejyna.

„Auf keinen Fall!", widersprach Blake vehement.

„Was? Wieso nicht?"

„Ich habe kein gutes Gefühl dabei", erklärte Blake. „Der Kerl hat es klingen lassen, als hätte er meinen Wagen nur präpariert, weil er deinen Aufenthaltsort nicht kennt. Aber warum sollte er dich anrufen und vor einem Sprengsatz an meinem Auto warnen, wenn er mich töten will? Weißt du, was ich glaube, Rejyna? Hier geht es nicht um mich. Der Kerl hat herausgefunden, dass sein gestriger Anschlag nicht erfolgreich war und hat zur Zeit keine Ahnung, wo du bist. Er ruft dich also an, weil er weiß, dass du auf jeden Fall zu mir eilen wirst." Aufmerksam wanderten Blakes Augen durch die Nachbarschaft. „Fahr ins H.E.L.P.-Büro. Sobald ich hier alles geregelt habe, komme ich nach."

„Bist du sicher, Blake?"

„Ja, das bin ich und pass auf dich auf, Rejyna. Jemand meint es definitiv ernst."

KAPITEL 20

Als Rejyna durch die Eingangstür in den H.E.L.P.-Empfangsbereich trat, waren Mia und Hunter gerade dabei, sich voneinander zu verabschieden.

„Hallo, Mia!“ Herzlich umarmte Rejyna Hunters Freundin. „Wir haben uns lange nicht gesehen.“

„Leider, ich hatte in letzter Zeit so viel zu tun“, gab Mia bedauernd zurück. „Dabei wollte ich unbedingt einen besseren Ausgleich zwischen Beruf und Freizeit finden. Aber manchmal gelingt es einfach nicht.“

„Wem sagst du das“, stimmte Rejyna zu. „Gehst du schon?“

„Ja, ich wollte mir nur schnell den neuen Aufenthaltsraum mit der Küchenzeile ansehen. Ich wollte mich mit eigenen Augen davon überzeugen, dass er nicht allzu gemütlich ist. Sonst kommt Hunter irgendwann gar nicht mehr nach Hause“, lachte sie.

„Ah, solange du zu Hause auf ihn wartest, besteht keine Gefahr“, gab Rejyna erheitert zurück.

„Genau so sehe ich das auch“, erklärte Hunter und zog Mia in seine Arme. Dann musterte er Rejyna aufmerksamer. „Ist etwas passiert?“

Sie seufzte. „Wieso seht ihr immer alles sofort?“

„Wir sind einfach gut“, gab Hunter gelassen zurück. „Also, was ist geschehen?“

„Blakes Wagen ist detoniert“, informierte ihn Rejyna seufzend.

„Was?“ Entsetzt blickte Mia sie an. „Ist ihm etwas passiert?“

„Nein, es geht ihm gut“, beruhigte Rejyna sie sofort. „Er kommt, sobald zu Hause alles geregelt ist.“

„Da ist offenbar jemand ziemlich wütend auf euch zwei“, stellte Hunter fest.

„Es macht den Eindruck“, erwiderte Rejyna verlegen und traf im gleichen Moment eine Entscheidung. „Äh, Mia?“

„Ja?“

„Ich will dich nicht aufhalten, aber hast du vielleicht zufällig noch zehn Minuten Zeit?“

„Natürlich. Worum geht es?"

Unsicher warf Rejyna einen Blick auf Hunter, der sofort verstand. „Ich setze schon mal Kaffee auf. Warum geht ihr in der Zwischenzeit nicht einfach in mein Büro?"

„Danke, Hunter", nahm Rejyna das Angebot an und folgte Mia, die bereits vorging. Nervös schloss sie die Bürotür von innen und schluckte einige Male, bevor sie sich zu der Anwältin umdrehte.

In Hunters Büro gab es eine ähnliche Sitzecke wie Parker sie in seinem Arbeitszimmer hatte. Mia steuerte sie als Erstes an und wartete geduldig in einem der vier Sessel, bis auch Rejyna Platz genommen hatte.

„Ist das eine private Unterhaltung zwischen zwei Freundinnen oder ein Erstgespräch zwischen einer potenziellen Klientin und einer Anwältin", erkundigte sich Mia.

„Um ehrlich zu sein, ich bin nicht ganz sicher", gestand Rejyna und legte ihre Hände im Schoß übereinander. Dann sah sie Mia plötzlich entschlossen an. „Ich glaube, Letzteres."

Mia nickte nachdenklich. „Dann bleibt alles, was du mir sagst, zwischen uns. Worum geht es?"

„Nehmen wir einmal an, ich hätte eine absolute Schweigeverpflichtung über ein in der Vergangenheit liegendes Ereignis", begann Rejyna. „Und nehmen wir einmal weiter an, es gäbe eine akute Bedrohung und ich wüsste, dass die Ermittlungen in die falsche Richtung laufen. Bin ich dann immer noch an mein Gelöbnis gebunden?"

Konzentriert zog Mia ihre Augenbrauen zusammen. „Das klingt kompliziert. Von welcher Art Bedrohung reden wir?"

„Leben oder Tod."

„Mit so wenigen Anhaltspunkten lässt sich das schwierig entscheiden, Rejyna, aber spontan würde ich sagen, dass du nach wie vor an die Schweigepflicht gebunden bist. Allerdings hat die andere Vertragsseite die Verpflichtung, dein Leben oder auch das von anderen Personen, die durch dieses Ereignis in Gefahr geraten, zu schützen."

Fest presste Rejyna die Lippen aufeinander. „Kann ich noch eine Frage stellen?"

„Jede!"

„Nehmen wir noch einmal rein hypothetisch an, es gäbe mehrere Möglichkeiten dies zu tun, doch man hätte mir nur eine Variante angeboten, die ich nicht annehmen konnte oder wollte. Ist damit der Pflicht der anderen Vertragsseite genüge getan?“

Nachdenklich lehnte sich Mia zurück, ehe sie sich wieder aufrichtete. „Rein hypothetisch gesprochen würde ich sagen, es hängt von dem Verhältnis der beiden Parteien zueinander ab und davon wie viel Druck du auf diesen Partner ausüben kannst. Aufgrund meiner Erfahrung kann ich dir allerdings sagen, falls es sich dabei um eine legale Institution handeln sollte, funktioniert das nur mit juristischem Beistand.“

„Ich verstehe.“

Mia machte eine kurze Pause. „Ich könnte dir mehr sagen, wenn ich einen Blick auf diesen Vertrag werfen könnte.“

„Das geht nicht“, seufzte Rejyna.

„Warum nicht? Niemand außer mir wird ihn sehen. Das versichere ich dir.“

„Das ist es nicht. Die Schweigeverpflichtung ist wirklich allumfassend.“

Ungläubig schüttelte Mia den Kopf. „Du meinst sie verbietet dir, juristischen Rat einzuholen? Das kann nicht sein. Du musst schließlich schon allein die Möglichkeit haben, einen Vertrag prüfen zu lassen, bevor du ihn unterschreibst.“

„Das ist möglich, solange der Anwalt von diesem Vertragspartner zugelassen ist. Das Gleiche gilt für die Wahl des Arztes in gesundheitlichen Dingen.“

„Rejyna, das ist nicht erlaubt. Niemand kann dir vorschreiben, von wem du dich beraten lässt. Wie soll denn alleine schon die Neutralität desjenigen gewährleistet sein, wenn ihn die andere Seite empfiehlt?“

„Das wiederum haben sich diese Leute in ihren Vertrag schreiben lassen“, erklärte Rejyna, doch Mia schüttelte noch immer den Kopf.

„Das ist niemals zulässig. Jemand kann dir diese Dinge vorschreiben, wenn es sich um eine Auseinandersetzung handelt, in der du als Vertreter dieser Partei agierst, aber niemals wenn der Streit zwischen dir und dieser Partei ausgetragen wird.“

Rejynas Augen begannen sich aufzuhellen. „Bist du sicher?“

„Hundert Prozent. Hast du einen Konflikt mit dem FBI?“

Rejyna schüttelte den Kopf.

„Geht es um deinen früheren Job im Außenministerium?“, bohrte Mia weiter.

„Ich war nicht im Außenministerium.“ Rejyna atmete tief ein

und sah der Freundin in die Augen. „Ich war bei der CIA."

Erstaunt hoben sich Mias Augenbrauen. „Ich nehme an, das weiß niemand?"

„Nein."

„Die CIA." Nachdenklich wiederholte Mia die Buchstaben, dann heiterte sich ihr Gesicht auf. „Das klingt nach einer Menge Spaß. Wann kann ich den Vertrag sehen?"

„Ich habe ihn in meiner Cloud gespeichert. Ich kann also jederzeit eine Kopie ausdrucken."

„Wunderbar, dann sehe ich mir das Papier doch gleich an. Ich habe allerdings noch nicht verstanden, was genau dein Ziel ist. Hat es etwas mit den Anschlägen auf dich und Blake zu tun?"

Rejyna zögerte kurz, dann nickte sie. „Detective Keller vom BPD ermittelt in dem Fall und geht all unsere alten Fälle durch. Allerdings stammt der Täter nicht aus meiner FBI-Zeit."

„Du weißt, wer er ist?"

„Nein, aber ich weiß, wer dahintersteckt." In wenigen Worten klärte Rejyna die Freundin über Hejazi auf, ohne dessen Namen zu nennen und ohne von der Operation im Iran zu erzählen."

„Der Mann hat also, trotzdem er in Guantanamo einsitzt, sowohl deinen neuen Namen als auch deine Adresse herausgefunden und deinen Tod in Auftrag gegeben. Habe ich das richtig verstanden?", fasste Mia am Ende ungläubig zusammen.

Rejyna nickte.

„Und diesem Direktor Whitfield ist nach den beiden Anschlägen auf dich nichts anderes eingefallen, als ein neuer Pass und ein neuer Job für dich?" Mariellas Augen funkelten entrüstet.

„Ja, aber ich will nicht aus Boston fliehen. Ich kann nicht ständig von vorne anfangen."

„Natürlich nicht." Mariella überlegte. „Dieser Detective Keller, der in dem Fall hier in Boston ermittelt, verschwendet also seine Zeit, richtig?"

„So ist es. Aber ganz abgesehen davon, hasse ich es, Blake im Ungewissen zu lassen. Er ist mein Partner und er wäre heute Morgen fast für eine Sache gestorben, mit der er nicht das Geringste zu tun hat. Wir sind ein gutes Team, Mia. Blake ist der beste Partner, den ich mir vorstellen kann. Er vertraut mir, und er würde jederzeit sein Leben für mich riskieren. Mein Schweigen an dieser Stelle kann unsere Zusammenarbeit schädigen. Das will ich nicht."

„Verstanden. Druck mir diesen Vertrag aus, dann sehe ich, was sich machen lässt."

Intensiv sah Rejyna die Anwältin an. „Bist du wirklich sicher, dass du dir das antun willst, Mia? Director Whitfield ist kein angenehmer Zeitgenosse. Es wird ihm nicht gefallen, wenn du dich einmischst. Das wird kompliziert."

„Ich liebe kompliziert", gestand Mia und ging hinüber zur Tür. „Hunter?", rief sie und wartete, bis er vor ihr stand. „Können wir kurz deinen Computer benutzen? Und kann ich dein Büro für eine Stunde oder zwei haben?"

Fragend sah Hunter zwischen den beiden Frauen hin und her. „Sicher, aber wolltest du nicht einkaufen gehen?"

„Ich habe es mir anders überlegt. Das hier ist besser." Sie küsste ihn auf die Wange. „Nun, mach schon, Schatz. Rejyna muss etwas für mich aus ihrer Cloud ausdrucken."

Hunter aktivierte seinen Bildschirm und trat einen Schritt zurück. „Bitte sehr."

Mia bedachte ihn mit einem auffordernden Blick zur Tür und nach einem langen Moment hob Hunter ergebend die Hände. „Okay, ich habe verstanden. Ich bin schon weg."

Rejyna loggte sich in ihren digitalen Speicher, rief das Dokument auf und sendete den Druckauftrag für das zehnseitige Papier. „Vielen Dank, Mia. Ich weiß gar nicht, wie ich das wieder gut machen kann."

„Du brauchst nichts gutzumachen, Rejyna. Wenn überhaupt, dann stehe ich in deiner Schuld. Du hast eine Kugel für mich eingefangen."

„Das war mein Job."

Mia grinste. „Und das hier ist meiner."

„Danke!", wiederholte Rejyna noch einmal.

„Keine Ursache."

Die Agentin ging zur Tür und drehte sich dort noch einmal um. „Mia, bist du sicher, dass ich auch jeden Arzt frei wählen kann?"

Mia verstand sofort, worauf sie hinauswollte und nickte. „Also, nur einmal rein theoretisch angenommen und nur als Beispiel: Wenn du plötzlich eine Gesprächstherapie bräuchtest, dann könntest du zu jedem qualifizierten Psychologen gehen. Allerdings müsste es sich immer um eine Einzeltherapie handeln. Gruppentherapien sind ausgeschlossen."

Dankend nickte Rejyna und schritt mit leichtem Herzen durch

den Flur auf den großen Besprechungsraum zu, in dem Hunter, Lucas und Emily bereits warteten. Sie lief gerade am Eingang vorbei, als Blake die Etage betrat. Sein Gesicht wies einige Schrammen auf und sein linkes Handgelenk war bandagiert.

„Oh Blake!", rief Rejyna erschrocken aus und umarmte ihn.

„Alles nur halb so schlimm", erklärte er, während er sie kurz an sich drückte.

Rejyna trat wieder zurück. „Du kommst gerade rechtzeitig. Wir wollten gerade anfangen."

„Kann noch jemand Tassen mitbringen?", rief Lucas aus dem Konferenzraum.

„Mach ich", gab Rejyna laut zurück, ehe sie sich noch einmal versicherte: „Ist wirklich alles okay?"

„Bestens. Glaub' mir, es hat mich schon schlimmer erwischt. Detective Keller war übrigens da und hat alles aufgenommen. Er hat auch ein paar Streifenpolizisten losgeschickt, denn ich bin mir sicher, dass der Typ in der Nähe war, aber leider hat niemand etwas gesehen oder gehört. Er will nachher noch mit uns beiden sprechen."

Rejyna nickte und drehte sich zur Küche, doch Blake hielt sie am Arm zurück. Fragend sah sie ihn an.

„Bist du sicher, dass du keine Ahnung hast, wer dich angerufen hat?" Seine Stimme war gedämpft und sein Blick eindringlich.

Angestrengt schluckte Rejyna. So wie Blake die Frage gestellt hatte, war es keine Lüge, wenn sie die Frage verneinte. Schließlich wusste sie nicht, wen Hejazi geschickt hatte. Aber Rejyna war klar, dass dies Haarspalterei war.

Verflixt! Was sollte sie nur tun? Sie steckte wirklich in der Klemme. Man log seinen Partner nicht an. Vor allem nicht, wenn er um ein Haar in die Luft geflogen wäre. Hier ging es nicht mehr nur um sie und Blake hatte ein Recht darauf zu wissen, wer ihm nach dem Leben trachtete. Wenn sie ihn allerdings einweihte, konnte sie dafür ins Gefängnis wandern. Unwillkürlich glitten ihre Augen zu Hunters Büro. Durch die offene Tür sah sie, wie Mia ihren Vertrag studierte.

Prüfend wanderte Blakes Blick, der ihrem gefolgt war, von Mia zurück zu Rejyna. Er mochte kein wandelnder Lügendetektor wie Hunter sein, aber Blake hatte einen guten Copinstinkt. Seine Partnerin enthielt ihm etwas Wesentliches vor. Wenn sie jedoch mit Mia darüber gesprochen hatte, dann war ihr Schweigen vielleicht nicht freiwillig.

„Ich weiß wirklich nicht, wer mich angerufen hat“, unterbrach Rejynas Antwort plötzlich seine Gedanken. Sie klang jedoch frustriert.

Warum?, fragte sich Blake automatisch und rief sich noch einmal die Formulierung seiner Frage ins Gedächtnis. *Bist du sicher, dass du keine Ahnung hast, wer dich angerufen hat?* Angestrengt dachte er nach. Gab es vielleicht einen Täter und einen Drahtzieher?

„Aber du weißt, wer dahintersteckt?“

Rejyna schluckte und sah auf den Boden.

Freundschaftlich hob Blake ihr Kinn an. „Du weißt, dass du mir vertrauen kannst, Rejyna.“

„Ich weiß, und ich vertraue dir auch. Aber mir sind die Hände gebunden, Blake. Es tut mir leid.“

„Wer zwingt dich zum Schweigen?“, erkundigte sich Blake nun direkt. „Ist es dein früherer Arbeitgeber?“

„Das Außenministerium hat damit nichts zu tun.“

„Ich rede auch nicht vom Außenministerium. Du hast schon vor dem FBI für eine Polizei- oder Rechtsbehörde gearbeitet. Da jedoch nichts darüber zu finden ist, muss es eine verdeckte oder geheime Geschichte gewesen sein.“

Entgeistert starrte ihn Rejyna an. „Woher weißt du das?“

„Du warst von Anfang an zu gut“, klärte Blake sie grinsend auf. „Niemand, der ohne Praxiserfahrung gerade seinen Lehrgang in Quantico absolviert hat, fügt sich so reibungslos in unseren Job ein.“ Er wurde wieder ernst. „Hier will jemand eine alte Rechnung begleichen, liege ich richtig?“

„Es sieht danach aus“, seufzte Rejyna. „Es tut mir wirklich leid, dass du in die Sache mit hineingezogen wurdest. Du hast nichts damit zu tun.“

„Die bösen Kerle spielen selten nach fairen Regeln, aber ich kann auf mich aufpassen. Mach dir also keine Gedanken.“

„Gib mir noch ein bisschen Zeit. Vielleicht kann ich dir in ein paar Stunden einen Namen nennen.“

„Kümmert sich Mia darum?“

„Ja.“

„Diese ganze Geheimniskrämerei klingt nach CIA. Streich dir eine Haarsträhne aus dem Gesicht, wenn ich falsch liege.“ Blake wartete, doch Rejyna zeigte keine Reaktion. Bedächtig nickte er.

„Das sind die schlimmsten Typen. Gewissenlos und skrupellos. Sie gehen für ihre Operationen über Leichen. Der Einzelne interessiert sie nicht. Alles, was zählt, ist ‚das amerikanische Volk'."

Rejyna wünschte, sie könnte widersprechen, doch das konnte sie nicht. Sie hatte es am eigenen Leib erfahren. Doch daran durfte sie nicht denken. Nicht jetzt.

„Ich bin froh, dass du dort raus bist", gestand Blake. „Du passt nicht zu diesem Verein."

„Danke, Blake." Gerührt schluckte Rejyna die aufsteigenden Tränen hinunter. „Ich hole schnell die Tassen."

„Fangen wir an", schlug Hunter vor, nachdem Blake von allen begrüßt worden war und er erzählt hatte, was sich am Morgen ereignet hatte. „Die wichtigste Frage vorweg: Wann ist der Termin mit Howard Shippendale?"

„Heute Nachmittag um drei", informierte ihn Blake. „Es war die einzige Zeit, die sein Anwalt zur Verfügung gestellt hat."

„Dann sprechen wir mit ihm um drei", erwiderte Lucas schulterzuckend und griff nach seinem Handy. „Ich schreibe Finn und frage, ob er es einrichten kann, ins Büro zu kommen." Finnlay Dixon war ihr Informatiker und es würde einfacher sein, wenn er die Kameras im Vistatorium steuerte.

„Wer ist Shippendales Anwalt?", wollte Hunter wissen.

„Ein gewisser Patrick Stewart Beddingfort", antwortete Blake.

„Hm, den Namen habe ich noch nie gehört." Nachdenklich schürzte Hunter die Lippen.

„Ich auch nicht", gestand Blake.

„Er stammt aus einer New Yorker Kanzlei: Beddingfort, Lovell & Partners", klärte Emily auf, die den Namen auf ihrem Laptop eingegeben hatte. „Sie hat ihren Sitz auf der 5th Avenue, beschäftigt zweiundvierzig Anwälte und deckt das gesamte juristische Spektrum ab."

„Was ist Beddingforts Schwerpunkt?", wollte Rejyna wissen.

„Strafrecht. Dabei spielt er nicht nur weit oben, sondern besetzt gleich die Spitze der Topliga", entgegnete Emily.

„Wunderbar", brummte Blake ironisch.

„Bis drei haben wir noch eine Menge Zeit. Ich werde ihn mir ansehen", versprach Emily, wobei sich ihre Augen verengten. „Auf keinen Fall werden wir ihn unser Spiel bestimmen lassen."

Blake musterte sie interessiert. „Du magst ihn nicht."

„Ich kenne ihn nicht", gab Emily zurück.

„Du magst ihn trotzdem nicht", konterte Blake grinsend.

„Sagen wir, ich mag seine Klientenliste nicht", konkretisierte sie. „Martin Weiss, Steven Gregory, John Peterson. Soll ich weiterlesen?"

„Nicht nötig", brummte Lucas. Weiss war ein einflussreicher Senator gewesen, bis er seine Frau mit einem Golfschläger erschlagen hatte, Gregory hatte eines der Top Fünfzig Dow-Jones-Unternehmen geleitet, bis er eine junge Praktikantin vergewaltigt und während eines Streits in einem angeblichen Affekt fünf Tage später getötet hatte und Peterson hatte bei einem Banküberfall mehr als dreißig Geiseln genommen und fünf davon erschossen.

„Ich finde das sehr interessant", warf Hunter ein.

„Was genau meinst du?", hakte Rejyna nach.

„Na ja, ich frage mich, warum Howard Shippendale solch großes Geschütz auffährt. Ich meine, er ist noch nicht einmal verhaftet. Ihr habt ihn lediglich zu einem zweiten Gespräch gebeten. Jeder mittelmäßige Anwalt hätte ihn dabei beraten können."

„Shippendale hasst Mittelmäßigkeit", klärte Lucas ihn auf.

„Okay, aber warum hat er nicht eine der Topkanzleien in Boston angerufen?", hakte Hunter nach. „Er muss hier sicherlich die ein oder andere Beziehung haben."

„Ich denke, das hat zwei Gründe. Zum einen kann auch die Topkanzlei in Boston nicht mit Beddingfort, Lovell & Partners aus New York mithalten", informierte ihn Emily. „Und zum anderen glaube ich, Howard Shippendale möchte einfach nicht, dass sich sein zweiter Besuch beim FBI in der Stadt herumspricht. Daher hat er auch nicht die Kanzlei in Chicago beauftragt, mit der er normalerweise zusammenarbeitet. Das erste Gespräch mit uns kann er vor aller Öffentlichkeit vertreten. Schließlich ist auf seiner Yacht eine Leiche gefunden worden. Ein zweiter Besuch hingegen lässt sich nicht mehr so einfach erklären."

„Vermutlich hat er deswegen auch keine Einwände erhoben, dass er uns hier treffen soll statt im Dezernat", folgerte Blake.

„Ein perfektes Image ist für ihn alles", nickte Emily bestätigend.

„Aber bedeutet das nicht, dass er damit als Täter ausscheidet?", hakte Rejyna ein.

„Die Betonung liegt auf ‚Image'", klärte Lucas sie auf. „Auf den ersten Blick verkörpert Shippendale den attraktiven, erfolgreichen Geschäftsmann mit extrem hohen moralischen Standards, doch er trägt eine dunkle Seite in sich, die er sehr gut verbirgt. Inwieweit er diese unter Kontrolle hat, muss Em nachher herausfinden, wenn sie ihm gegenübersitzt."

„Howard war fünfzehn Jahre alt, als der Name seines Vaters im Zusammenhang mit einem illegalen Pokerclub fiel", führte Emily aus. „Der alte Shippendale muss auch regelmäßig Kunde in einem billigen Bordell gewesen sein, was durch eine Razzia ans Tageslicht gekommen ist."

Blake runzelte die Stirn. „Ich habe den Vater durch das System laufen lassen. Nichts von alledem wird darin erwähnt."

„In eurem System steht nur das, was jemand eingegeben hat", bemerkte Emily trocken.

„Heißt?" Herausfordernd blickte Blake sie an.

„Es heißt: Nur weil es nicht erfasst ist, bedeutet es nicht automatisch, dass es nicht wahr ist", stellte Emily fest. „Mit Geld konnte man sich schon immer seine Freiheit erkaufen."

Blake wollte widersprechen, doch, auch wenn es ihm nicht gefiel, wusste er, dass Emily recht hatte. Es gab immer schwarze Schafe und früher war es mit entsprechendem Namen und Verbindungen wahrscheinlich sehr einfach gewesen, sich auszukaufen. „Woher wisst ihr von den Dingen?"

„Howard hat vor ungefähr zehn Jahren nach diesen Ereignissen im Netz gesucht und sie entsprechend kommentiert", erklärte Lucas. „Er hat ein Pseudonym benutzt, aber nachdem wir seine Spur einmal gefunden hatten, war es leicht, ihr zu folgen und sie zu bewerten. Seine Likes und Dislikes zeigen, wie wütend er gewesen ist und wie sehr er seinen Vater verachtet hat."

„Interessanterweise war der Umstand, dass sein Vater sich hat erwischen lassen, schlimmer für Howard als die Sache an sich", sprach Emily weiter. „Denn auch wenn es nie zu einer Anklage gekommen ist, wurde hinter vorgehaltener Hand getuschelt. Howard hat darunter gelitten und sich von seiner Umwelt plötzlich mehr geduldet als respektiert gefühlt. Wir haben uns daraufhin seine Mutter näher angesehen. Sie ist eine Frau, die sehr viel Wert auf den äußeren Schein legt und für die christliche und gesellschaftliche Werte der Maßstab ihrer Entscheidungen sind. Sie war schon immer ein sehr engagiertes Mitglied der Kirchengemeinde, aber im Laufe ihrer Ehe hat sie sich immer weiter in die Welt Gottes geflüchtet. Dies dürfte auch der Grund sein, warum sie sich nie von ihrem Mann getrennt hat, obwohl ihm auch immer wieder Verhältnisse mit seinen Sekretärinnen nachgesagt worden waren."

„Dann wissen wir, woher Howards Benehmen rührt", brummte Blake. „Ihr habt vorhin von einer dunklen Seite bei dem Mann gesprochen. Könnt ihr das näher definieren?"

„Er steht auf SM-Sex", klärte Lucas ihn auf. „Im Grunde ist es nicht wirklich eine Überraschung, dass der Kerl auch im Schlafzimmer auf das Spiel von Dominanz und Unterwerfung steht, allerdings sieht es so aus, als ob sich seine Neigungen in dieser Hinsicht mit den Jahren verstärkt haben. Ich denke, wir müssen auch nicht extra erwähnen, dass es mit ihm kein Wechselspiel gibt. Howard Shippendale würde niemals die erniedrigte Rolle einnehmen."

„Interessant daran ist vor allem, dass er auf ältere, reife Frauen steht", fügte Emily hinzu. „Er will keine Frau in Dienstmädchen- oder Schülerinverkleidung, die seine Befehle ausführen, sondern eine im Leben stehende Geschäftsfrau im strengen Businesskostüm mit High-Heels."

„Wann hat er seine Vorliebe angefangen auszuleben?", wollte Rejyna wissen.

„Das können wir leider nicht beantworten", bedauerte Lucas. „Im Augenblick können wir nicht einmal sagen, ob und in welcher Form er dem Drang überhaupt nachgibt. Möglicherweise spielt er das Spiel auch nur in seinem Kopf oder am Telefon. Aber ..." Er machte eine spannungsgeladene Pause, „... wir wissen auf jeden Fall von dem ersten Opfer, Rebecca Hudson, dass sie diese Sexvorliebe teilte."

„Im Ernst?" Ungläubig sah Rejyna ihn an.

„Ja", bestätigte Emily. „Tagsüber hat sie als Investmentbankerin Millionenbeträge hin- und hergeschoben und abends hat sie sich auspeitschen lassen. Sie war jahrelang Kundin in einem Sexclub, bis sie drei Jahre vor ihrem Verschwinden ihren Mann geheiratet hat. Von da an ist nichts mehr in dieser Richtung von ihr zu finden."

„Sie hat also ihren persönlichen Meister gefunden", kombinierte Blake.

„Entweder das oder ihr Mann stand nicht darauf und sie hat ihren Geschmack geändert", stellte Emily eine weitere Alternative vor.

„Das Problem ist nur, dass sich solche Dinge meistens nicht ewig unterdrücken lassen", überlegte Hunter. „Eine Weile lang ist das Neue interessant, aber jemand, der auf harten SM steht, wird sich zwangsläufig früher oder später beim Blümchensex langweilen."

„Du meinst, Rebecca Hudson könnte angefangen haben, den Club heimlich zu besuchen?", begann Rejyna laut zu denken. „Oder sie könnte Howard Shippendale kennengelernt haben. Die beiden haben festgestellt, dass sie etwas gemeinsam haben und von da an haben sich die Zwei heimlich getroffen, wenn er geschäftlich in Erie war."

„Eine Sitzung ist schiefgelaufen", folgte ihr Blake gedanklich, „und der gute Howard hat festgestellt, dass ihm das Bestrafen bis zum Tod den ultimativen Kick versetzt."

„Allerdings wurden die weiblichen Opfer erstochen", wandte Emily ein.

„Vielleicht hat er damit seine Tat vertuschen wollen", äußerte Blake.

„Das ist möglich", nickte Hunter grübelnd. „Aber es erklärt noch nicht den Tod der Männer."

„Na ja, es wäre schon denkbar, dass er die Männer an seines Vaters Statt tötet, wie Parker es gestern erläutert hat", wandte Lucas ein. „Wir wissen, dass Hass und Verachtung seit seiner Jugend in ihm getobt haben. Durch die strenge Erziehung seiner Mutter hat er jedoch ein starkes Gewissen, was ihn daran hindert, seinen Emotionen zu folgen. Er konzentriert sich zunächst darauf, seinen Vater wirtschaftlich und gesellschaftlich zu überholen. Dennoch reicht es nicht, um seinen Durst nach Rache zu befriedigen. Der Kampf zwischen Gefühl und Vernunft droht ihn innerlich zu zerreißen und eines Tages kann er sich nicht mehr zurückhalten. Er tötet einen alten Mann und als ihn niemand verdächtigt und er merkt, dass er tatsächlich mit einem Mord durchkommt, obwohl sein Vater nicht einmal in der Lage war, unbemerkt an einem illegalen Glücksspiel teilzunehmen, beginnt seine Karriere als Serienmörder."

„Das erste Opfer war demnach ein Zufallsopfer", sinnierte Hunter. „Wann hat diese Affäre zwischen seinem Vater und Lana Walder angefangen?"

„Vor ungefähr vier Jahren", rechnete Blake zurück. „Wir wissen nicht, wann Shippendale davon erfahren hat, aber vielleicht hat er sich von da an absichtlich starke Frauen gesucht, die den Eigenschaften von Lana Walder entsprechen."

„Dabei steigerte er sich derart in die Figur hinein, dass er sich eines Tages nicht mehr beherrschen kann, die Frau direkt zu töten“, fuhr Lucas fort. „Da die Polizei bis dahin nur zwei seiner Opfer gefunden und diese nicht in einen Zusammenhang gebracht hat, hält er sich für unbesiegbar und das Risiko für minimal.“

„Das klingt alles sehr einleuchtend, aber es dürfte schwer werden, das alles zu beweisen.“ Blake seufzte und lehnte sich in seinem Stuhl zurück. Langsam gab ihm sein Körper die Folgen des harten Aufpralls am Morgen zu spüren. Möglichst unauffällig suchte er sich eine bequemere Sitzposition, während Rejynas und Lucas’ Handy gleichzeitig summten.

„Vergiss nicht, bis hier ist alles reine Theorie“, erinnerte ihn Emily. „Unser Psychogramm besagt lediglich, dass er das Potenzial in sich trägt. Es ist durchaus möglich, dass Howard Shippendale genügend Selbstdisziplin besitzt, um seine Gefühle zu kontrollieren. Unter Umständen ist er nicht mehr als ein einfacher überheblicher Schnösel.“

„Finn ist um halb drei hier“, verkündete Lucas, nach einem Blick auf sein Telefon. „Das ist prima. Dann kann er die Aufnahmensteuerung übernehmen und ich kann mich auf Shippendale konzentrieren.“

Rejyna richtete sich in ihrem Stuhl auf und atmete tief ein. „Sie haben Adam Kramer gefunden“, teilte sie den Inhalt ihrer Nachricht mit. Einen Moment wurde es still. Es war für alle sichtbar, dass sie dieses Ende traurig stimmte.

„Wir haben damit gerechnet“, erinnerte Hunter sie sanft. „Am Ende ist es eine gute Nachricht für uns.“

„Ich weiß“, seufzte Rejyna. „Es tut mir dennoch leid.“

„Wir bedauern alle den Tod des Mannes“, versicherte ihr Blake mitfühlend. „Hoffen wir, dass Carter Spuren an seinem Körper findet, die uns helfen, seinen Mörder zu fassen.“

„Haben wir noch immer keine weitere Vermisstenmeldung aus Providence?“, fragte Rejyna.

Blake versicherte sich noch einmal mit einem Blick auf sein Telefon, dass ihm keine Textnachricht oder Anruf entgangen war, ehe er antwortete. „Nein, bisher nicht.“

„Ich weiß nicht, ob ich das gut oder schlecht finden soll“, murmelte Rejyna. „Mein Bauchgefühl sagt mir, dass er sein weibliches Opfer längst in Händen hat.“

„Ich habe heute früh schon mit Chief Hardy telefoniert und er hat mir gesagt, dass seine Leute gegen acht noch einmal alle von uns favorisierten Boote kontrolliert haben. Niemand ist in der Nacht dort gewesen“, berichtete Blake. „Wir müssen Carter verständigen. Ich möchte, dass Adam Kramer in unsere Pathologie gebracht wird.“

„Parker wird wahrscheinlich mit ihm rausfahren wollen“, warf Lucas ein.

„Ich werde ebenfalls nach Providence fahren“, entschied Rejyna.

„Okay, aber trag' eine Weste“, bat Blake. „Und ruf Keller an. Er soll mindestens einen Mann mitschicken, der die Umgebung im Auge behält.“

„Meinst Du, dass das notwendig ist? Der Kerl weiß nicht, warum ich gestern in Rhode Island gewesen bin“, wandte Rejyna ein. „Nichts an meinem Besuch dieser Seniorenresidenz hatte einen offiziellen Charakter. Ich kann einfach einen der Bewohner mit einem Freund besucht haben. Ich bin nicht einmal mit meinem Auto dort gewesen. Woher soll er wissen, dass wir uns für einen vermissten alten Mann interessieren?“

„Ich habe keine Ahnung, wie dieser Typ arbeitet, aber wir wissen, dass er auf der Suche nach dir ist und ein Leichenfund verbreitet sich lokal ziemlich schnell. Es wäre möglich, dass er davon hört und auf gut Glück hinfährt.“

„Okay, du hast recht. Es kann nicht schaden, auf alles vorbereitet zu sein. Aber wenn ich er wäre, würde ich eher das Dezernat im Auge behalten.“ Ihre Augen blitzten plötzlich auf. „Das ist es, Blake. Nachdem ich heute früh nicht bei dir aufgetaucht bin, beobachtet er bestimmt das FBI-Gebäude.“

Nachdenklich fuhr sich ihr Partner übers Kinn. „Das ist durchaus möglich. Ich fahre hin und sehe mich um.“

„Nein, du wirst hier gebraucht“, winkte Rejyna ab. „Ich werde Keller von unserem Verdacht berichten. Noch ist es sein Fall.“

„Sie hat recht, Blake“, warf Lucas ein. „Außerdem hat dieser Kerl dich ebenso im Visier wie Rejyna.“

„Er will über dich an mich herankommen“, erinnerte Rejyna ihn leise.

„Das wird ihm nicht gelingen“, brummte Blake. „Er weiß nicht, wo ich mich aufhalte. Mir ist ganz sicher niemand hierher gefolgt.“

„Dann pass auf, dass das so bleibt.“

„Keine Sorge.“ Umständlich erhob sich Blake aus seinem Stuhl. Vielleicht hätte er die Tabletten, die ihm der Sanitäter angeboten hatte, doch nicht rundheraus ablehnen sollen.

„Wenn du willst kannst du in Parkers Büro arbeiten, Blake“, bot Hunter an.

„Danke, aber ich glaube, ich mache es mir hier gemütlich.“

„Wie du willst. Das Angebot steht.“

Blake wartete, bis alle den Raum verlassen hatten. Dann streckte er vorsichtig seine Glieder. Er sollte unbedingt die Unebenheiten aus seiner Einfahrt begradigen lassen. Und auch die großen Steine als Abgrenzung zwischen dem gepflasterten Weg und der Rasenfläche sollte er überdenken. Sie waren definitiv keine gute Idee gewesen. Allerdings hatte er nicht wissen können, dass er eines Tages nach einem Flug durch die Luft ausgerechnet dort landen würde. Wäre er zwei Meter weiter auf dem Rasen gelandet, würde er sich jetzt nicht fühlen, als hätte ihn ein Traktor überfahren. Plötzlich spürte er ein Augenpaar auf sich, und Blake sah zur Tür hinüber.

Emily, erkannte er. Zielstrebig kam sie auf ihn zu und legte zwei Tabletten neben das Wasserglas, aus dem er vorhin getrunken hatte.

Fragend hob er seine Augenbraue in die Höhe. „Was ist das?“

„Ein Muskelrelaxans. Es nimmt den Schmerz, ohne deine Aufmerksamkeit oder deine Leistungsfähigkeit zu beeinträchtigen. Schmerzen lenken ab und für das Gespräch mit Shippendale und seinem Anwalt brauchst du deine ganze Konzentration. Außerdem ist niemand anwesend, für den es sich lohnt den starken Mann zu spielen“, stellte sie gelassen fest. Dann drehte sie sich um und ging.

Verdutzt sah Blake ihr nach. Dieser Frau entging nicht viel, daher wunderte es ihn nicht, dass sie die versteckten Anzeichen über sein wahres körperliches Befinden entdeckt hatte. Interessant war jedoch, dass ihm Emily ein Schmerzmittel gebracht hatte. Offensichtlich war sie bereit, ihn als Mitglied des Teams zu respektieren. Mit einem Grinsen auf den Lippen drückte er die Pillen aus der Verpackung und schluckte sie.

KAPITEL 21

Parker wartete vor der Einfahrt in die Big River Management Area auf Rejyna. Er war mit Carter Ayres nach Providence gefahren, doch statt direkt mit dem Pathologen zu Adam Kramers Leiche durchzufahren, war er an der Information ausgestiegen, um die letzten Meilen gemeinsam mit ihr zurückzulegen. Er freute sich auf Rejyna und konnte es kaum erwarten, sie wiederzusehen, auch wenn sie sich erst vor drei oder vier Stunden voneinander verabschiedet hatten. Als er Lucas' Wagen auf den Besucherparkplatz einbiegen sah, winkte er Rejyna zu und deutete mit der Hand auf einen Parkplatz neben ihm.

„Schön, dich wiederzusehen", flüsterte er leise mit funkelndem Blick, als er ihr aus dem Auto half.

„Hast du mich vermisst?"

„Und wie", gestand Parker.

„Wo ist Carter?", erkundigte sich Rejyna.

„Er ist schon reingefahren. Ich wollte auf dich warten. Der Waldboden ist von dem vielen Regen der letzten Nacht ziemlich aufgeweicht. Lucas' Wagen ist daher nicht unbedingt das richtige Fahrzeug für den Untergrund. Chief Hardy nimmt uns in seinem SUV mit." Gemeinsam gingen sie zu dem Mann hinüber, der mit einem seiner Männer neben seinem Dienstfahrzeug wartete.

„Guten Morgen, Chief", grüßte Rejyna.

„Guten Morgen, Agent Seymour. Es sieht so aus, als ob Sie mit Ihren Annahmen richtig gelegen hätten."

„Leider. Wie weit ist es bis zum Fundort?"

„Etwa zehn Meilen und dann noch einmal ungefähr hundert bis hundertfünfzig Yards querfeldein." Er warf einen kritischen Blick auf Rejynas Schuhwerk. „Der Boden ist ziemlich aufgeweicht. Lassen Sie mich sehen, ob ich ein paar Schuhe für Sie auftreiben kann. Welche Größe haben Sie?"

„Sieben, aber machen Sie sich keine Umstände. Ich komme zurecht", winkte Rejyna ab, doch der Mann schüttelte den Kopf und wandte sich an den jungen Polizisten neben ihm. „Johnson, gehen Sie zu Mike rein und fragen Sie ihn nach ein Paar Wanderschuhen."

„Ja, Chief." Der junge Mann eilte hinüber zur Information.

„Ich habe gehört, die Nacht war ruhig?", versicherte sich Rejyna noch einmal.

„Ruhig würde ich sie nicht nennen. Es gibt immer ein paar Typen, die glauben, wir würden bei Sturmwarnung nicht arbeiten und ihr Glück versuchen. Wir hatten zwei Einbrüche, eine Schlägerei und eine tote Prostituierte, die wir noch nicht identifiziert haben. Aber wenn die Frage auf Ihren Killer abzielte, dann war die Nacht wohl ruhig. Niemand hat die Boote betreten und es gibt auch keine neue Vermisstenmeldung."

Johnson kehrte mit einem Paar halbhohen Wanderstiefeln zurück. „Sie sind Größe achteinhalb", meinte er entschuldigend. „Aber wir müssen nicht weit laufen."

„Ich bin sicher, es wird gehen. Vielen Dank!", entgegnete Rejyna freundlich.

„Dann fahren wir los!" Chief Hardy nahm hinter dem Steuer Platz und der junge Kollege wollte Rejyna oder Parker den Beifahrersitz überlassen, doch Parker lehnte dankend ab.

„Setzten Sie sich nach vorne, Officer. Agent Seymour und ich nehmen die Rückbank." Verschwörerisch zwinkerte er Rejyna zu und griff, nachdem sie losgefahren waren, versteckt nach ihrer Hand. Er fühlte sich wie ein kleiner Schuljunge, der heimlich seinen Spickzettel unter der Schulbank hielt, aber er genoss das aufregende Prickeln.

Als der erste Polizist in Sicht kam, erklärte Chief Hardy, dass sie das Gelände weiträumig abgesperrt hätten. Er hatte zwar nicht viel Hoffnung, dass sie nach dem Unwetter noch viele brauchbare Spuren finden würden, doch er wollte sich ganz offensichtlich nicht nachsagen lassen, nicht gründlich gearbeitet zu haben.

Fünf Minuten später stellte er den Wagen an der Seite ab. Mehrere Polizeiautos sowie ein Leichenwagen parkten ebenfalls an der Stelle. „Den Rest müssen wir zu Fuß gehen."

Rejyna wechselte ihre Schuhe, dann machten sie sich auf den Weg. Ein Kollege der Hundestaffel wartete noch auf sie. „Agent Seymour? Ich bin Sergeant DiPrino. Wir hatten gestern telefoniert."

„Schön, Sie kennenzulernen, Sergeant. Vielen Dank, dass Sie die Suche heute Morgen so früh fortgesetzt haben."

„Selbstverständlich. Das hatte ich versprochen."

„Rejyna, ich gehe schon zu Carter, in Ordnung?" Parker nutzte die kurze Gesprächslücke, um sich zu verabschieden.

„Sicher", nickte Rejyna und Parker eilte hinüber zu dem Pathologen, neben dem er in die Hocke ging.

„Wie sieht es aus?", fragte Parker sofort.

„Der Mann wurde erstochen. Insgesamt habe ich elf Stichwunden im Oberkörper gezählt."

„Da war jemand ziemlich wütend."

„Danach sieht es aus", gab Carter ihm recht.

„Die Leiche hat Feuchtigkeit, aber keinen direkten Regen abbekommen", stellte Parker mit einem professionellen Blick fest. „Ich nehme an, der Täter hat ihn vergraben?"

„Die Grube ist dort hinten." Carter deutete in eine Richtung. „Ich habe ihn ein paar Meter hier rüberbringen lassen, damit sich die Kollegen dort drüben in Ruhe umsehen können. Vermutlich wurde Adam Kramer in der Nähe des Grabes getötet."

„Wie tief war die Erde ausgehoben?", wollte Parker wissen.

„Nicht tief. Vielleicht sechzig Zentimeter? Sieh es dir an."

„Mach ich gleich." Parker zog sich ein Paar Handschuhe an und zog den Stoff des Hemdes, das Kramer trug, gerade. Unwillkürlich runzelte er die Stirn.

„Was ist los?", wollte Carter wissen.

„Sieh mal. Diese beiden Schnitte sind von unten nach oben ausgeführt worden." Parker öffnete das Hemd vollständig und versicherte sich mit einem Blick auf die Wunde, dass er richtig lag.

„Du hast recht", staunte Carter. „Mann, wie machst du das nur, dass du solche Dinge mit bloßem Auge erkennst?" Carter Ayres war ein erfahrener Pathologe mit mehreren Auszeichnungen. Er gehörte unbestritten zu den führenden Experten, dennoch gab es Situationen, da stellte Parker ihn in den Schatten.

„Es ist einfach Glück, dass es mir ins Auge gefallen ist", erwiderte Parker bescheiden.

„Unsinn. Wir wissen beide, dass dies nichts mit Glück zu tun hat. Ich werde die Wunden untersuchen müssen, aber ich schätze, dass dies die ersten beiden Stiche gewesen sind."

„Das denke ich auch. Können wir die Autopsie heute noch durchführen?" Parker verspürte auf einmal eine innere Unruhe.

„Eigentlich habe ich noch drei Leichen, die schon länger auf der

Liste stehen, aber weil du es bist, ziehen wir Mr Kramer vor und ich lege eine Nachtschicht ein.“

„Du bist der Beste, Carter.“

„Sag das meiner Frau, wenn ich wieder nicht zum Essen nach Hause komme.“

Parker setzte einen zerknirschten Ausdruck auf. „Es tut mir ehrlich leid. Wenn du willst, helfe ich dir bei den anderen Körpern.“

„Unsinn. Ich komme schon zurecht. Du siehst besser zu, dass ihr diesen Irren schnappt. Ich frage mich wirklich, welches Arschloch einen Kick beim Töten eines Zweiundsiebzigjährigen bekommt. Die Welt wird immer verrückter. Fährst du mit mir zurück?“

„Ich denke, ich werde mit Rejyna fahren, wenn es dir nichts ausmacht.“

„Im Gegenteil. Dann kann ich wenigstens in aller Ruhe meine Lieblingsmusik hören.“

„Du sprichst von diesem Hard Rock und Heavy Metal Kram?“, vergewisserte sich Parker.

„So ist es. Es gibt nun einmal Menschen, die Kunst noch zu schätzen wissen.“

„Kunst?“ Zweifelnd blickte Parker den Kollegen an.

„Ja, musikalische Kunst, aber du bist zu jung, um das zu verstehen.“

„Das muss es sein“, lachte Parker und erhob sich. „Ich sehe mich noch ein wenig um.“

„Mach das. Ich packe unseren Freund derweil ein.“

„Brauchst du Hilfe?“

„Ach was, aber danke für dein Angebot.“

Eine halbe Stunde später trat Parker neben Rejyna, die gedankenverloren in die ausgehobene Erdgrube blickte, in der Adam Kramer verscharrt worden war.

„Auch wenn das Wetter die Umgebungsspuren weggeschwemmt hat“, sprach er leise, „wird uns Adam Kramer eine Menge Dinge über unseren Täter verraten und je mehr wir über ihn wissen, desto besser können wir seine Entscheidungen bestimmen. Es besteht eine Chance, deinen Vater zu finden, Rejyna.“

Lächelnd blickte sie ihn an. „Wenn ich es nicht besser wüsste, würde ich sagen, dass du Gedanken lesen kannst.“

„Leider habe ich keine übersinnlichen Kräfte."

Einen kurzen Moment lang schwiegen sie beide.

„Weißt du, Parker, je länger ich darüber nachdenke, desto sicherer bin ich mir, dass mein Vater nicht würde gefunden werden wollen", teilte Rejyna ihm schließlich mit. „Ich habe dir erzählt, dass er, nachdem er die tödliche Diagnose erhalten hatte, seine letzten Jahre alleine organisiert hat. Dazu gehörte auch das Ende seines Lebens. Es ist schwer nachvollziehbar, aber er hat selbst seine Beerdigung geplant."

„Lass mich raten, er wollte anonym begraben werden."

Rejyna nickte. „Im Schatten eines alten Baumes. Mein Vater hat den Wald geliebt. Er hat ihn immer als friedlichen Ort empfunden, der ihm Ruhe und Kraft geschenkt hat. Wenn wir also einmal vergessen, wie er gestorben ist, dann glaube ich, dass es ihm dort gefällt, wo er ist. Er hat seinen Frieden gefunden."

„Und wirst du damit ebenfalls leben können?", erkundigte sich Parker vorsichtig.

Rejyna überlegte einen Moment, dann sah sie ihm fest in die Augen. „Ja, ich denke schon. Es wäre allerdings einfacher, wenn wir seinen Mörder fassen würden."

„Das werden wir, Rejyna. Adam Kramer wird uns zu einem entscheidenden Durchbruch verhelfen. Mit etwas Glück können wir heute noch ein gutes Täterprofil erstellen und es anschließend durch das H.E.L.P.-Programm laufen lassen."

„Das klingt wirklich gut. Machen wir uns auf den Rückweg."

„Whitfield", meldete sich der CIA-Direktor kurz und knapp.

Die Stimme passt zu dem Mann, dachte Mariella, während ihr das Foto des glatzköpfigen Mannes von Hunters Computerbildschirm entgegenprangte. Sie wusste immer gerne, mit wem sie es zu tun hatte und so hatte sie zunächst im Netz einige Erkundigungen über den Mann eingeholt, bevor sie seine Nummer gewählt hatte.

Der Mann war groß und schwer und verkörperte eine harte Persönlichkeit. Mariella konnte sich gut vorstellen, dass es nicht viele Menschen gab, die sich trauten, ihm zu widersprechen. Direktor Whitfield war es gewohnt, das zu bekommen, was er wollte. Er war ein wahrer Patriot. Doch wenn Mariella ihm in die Augen blickte, hatte sie das Gefühl, dass dieser Mann sich nicht von moralischen Bedenken aufhalten ließ.

Zum ersten Mal seit sie mit Hunter liiert war, war Mariella

versucht gewesen, seine professionelle Einschätzung zu dem Mann einzuholen. Doch dann hatten ihr Stolz und ihr Ehrgeiz gesiegt. Sie konnte es alleine mit Whitfield aufnehmen. Außerdem hätte Hunter Fragen gestellt, die sie nicht hätte beantworten können.

„Guten Morgen, Direktor Whitfield. Mein Name ist Mariella Anderson von der Kanzlei Anderson & Anderson in Boston. Ich vertrete Miss Rejyna Seymour und ..."

„Woher haben Sie diese Nummer?", unterbrach der Mann sie polternd, doch Mariella ließ sich nicht einschüchtern.

„Wie ich bereits sagte, ich bin Agent Seymours Anwältin und habe mir im Zuge dieser Funktion den Vertrag angesehen, den Sie mit Ihrer ehemaligen Mitarbeiterin vor zwei Jahren geschlossen haben."

„Dann wissen Sie, dass Ihre Klientin ein Problem hat, es sei denn mir wäre entgangen, dass Ihre Kanzlei als Kontakt für unsere Mitarbeiter zugelassen worden ist, was ich mir jedoch nicht vorstellen kann."

„Nein, in diesem Punkt liegen Sie richtig."

Ein zufriedenes Grunzen drang durch den Hörer.

„Es wundert mich allerdings ein wenig, dass die Kollegen Ihrer Rechtsabteilung Ihnen zu einem solchen Vertrag geraten haben", wandte Mariella ein. „Die Paragraphen siebzehn und achtzehn widersprechen dem amerikanischen Grundgesetz und damit ist der gesamt Vertrag ungültig."

„Entschuldigung?"

„Ah, ich denke, Sie haben mich verstanden, Direktor Whitfield. Dieser Vertrag ist das Papier nicht wert, auf dem er gedruckt worden ist. Es dürfte Ihnen bei der herausragenden Kompetenz der Kollegen in Ihrer Rechtsabteilung schwerfallen nachzuweisen, dass diese beiden Paragraphen aus Versehen in den Vertrag geraten sind. Ich habe meiner Mandantin dazu geraten, Sie auf Ausnutzung ihrer juristischen Unwissenheit zu verklagen."

„Ich glaube, Sie möchten Ihre Strategie noch einmal überdenken, Miss Anderson. Sie mögen dort drüben in Boston eine nette Kanzlei geerbt haben, aber selbst eine Siamkatze hat keine Chance im Kampf gegen einen Tiger. Ich schlage Ihnen vor, Sie fahren Ihre kleinen Katzenkrallen wieder ein und ich vergesse, dass es diesen Anruf gegeben hat."

Mariellas Augen verengten sich. Sie kochte vor Wut. Wen glaubte dieser Mann, vor sich zu haben? Er musste sich parallel

Informationen zu ihr aus seinem Geheimdienstnetz gezogen haben, doch offensichtlich waren seine Auskünfte zu ihrer Person nicht ausführlich. Ansonsten wüsste er, dass sie Drohungen nur noch mehr reizten.

„Auch der Tiger kann die Gesetze des Dschungels nicht ändern, Direktor Whitfield.“ Mariella machte eine kurze Pause. „Ich frage mich, wie der Präsident der Vereinigten Staaten es finden wird, wenn er von der Sache erfährt und ich verspreche Ihnen, dass er davon hören wird. Ich denke, er wird wollen, dass Köpfe rollen werden. Was meinen Sie?“

Sie hörte den schweren Atem des Mannes und wusste, dass sie gewonnen hatte. Zufrieden lehnte sie sich in Hunters Sessel zurück und wartete.

„Was wollen Sie?“, knurrte Whitfield schließlich.

„Agent Seymour möchte ihren aktuellen Partner Agent Blake McGrey über die Teile ihrer Vergangenheit informieren, die in direktem Zusammenhang mit den Anschlägen auf sie und McGrey stehen.“

„Es gab einen Anschlag auf Seymours Partner?“ Whitfields Stimme klang auf einmal wieder normal.

„Heute Morgen“, bestätigte Mariella. „Jemand hat einen Sprengsatz unter seinem Auto angebracht.“

„Ich nehme an, dem Mann ist nichts passiert?“

„Nein. Agent Seymour hat zuvor einen Anruf erhalten und konnte ihn rechtzeitig warnen.“

„Es nützt der Sache nicht, wenn Agent McGrey von der Operation erfährt. Er kann mit diesem Wissen nichts anfangen.“

„Er ist keine Privatperson, Direktor Whitfield. Außerdem geht es nicht immer darum, ob etwas nützt. Manchmal ist auch die Frage, ob etwas schadet. Und abgesehen davon hat er nach dem Anschlag auf seine Person ein Recht darauf zu erfahren, wer oder was dahintersteckt. Nur so kann er sich schützen.“

„Wenn Agent Seymour die Stadt verlässt, ist er automatisch außer Gefahr. Ich habe ihr einen neuen Namen und einen neuen Job angeboten. Es ist nicht mehr meine Verantwortung, wenn Sie es vorzieht in Boston zu bleiben“, erklärte Whitfield hart.

„Falsch“, widersprach Mariella sofort. „Agent Seymour ist wegen einer früheren Operation, die sie für Sie getätigt hat, in Gefahr. Damit ist es Ihre Verantwortung, sie zu schützen und das wissen Sie. Ansonsten hätten Sie sie nicht heute Nacht informiert. Ich frage mich übrigens, wie lange Sie bereits davon wussten, dass ihre Adresse aufgeflogen ist. Vielleicht sollte ich die Berichte anfordern?“

„Sie spielen ein hartes Spiel, Miss Anderson. Übertreiben Sie es nicht“, warnte Whitfield.

„Agent Seymour hat ihren Lebensmittelpunkt in Boston. Es ist unzumutbar zu verlangen, dass sie alles aufgibt, was sie sich hier aufgebaut hat.“

„Wenn ich ihr eine Informationsfreigabe erteile, wer garantiert mir, dass sie nicht in drei Monaten mit jemand anderem zusammenarbeitet?“

„Niemand. Wir wollen die Schweigepflicht auch nicht generell aufheben. Ebenso wenig werden wir aber auch eine einmalige Ausnahmeregel generieren. Wir werden diesen Paragraphen komplett neu formulieren und Agent Seymour wird zukünftig jeden Menschen über die Teile ihrer Vergangenheit bei der CIA in dem Umfang informieren können, wie es notwendig ist, um ihr eigenes und das Leben der Menschen um sie herum zu schützen.“

„Dann kann ich es gleich in die USA Today setzen.“

„Bleiben Sie sachlich, Direktor Whitfield. Agent Seymour hat kein Interesse daran, mehr zu erzählen als absolut notwendig.“

Wieder entstand eine Pause. „In Ordnung. Setzen Sie einen Vertrag auf, Miss Anderson. Ich werde ihn von meinen eigenen Anwälten prüfen lassen.“

Die Bürotür ging auf und Hunter steckte seinen Kopf zur Tür herein. Erfreut ihn zu sehen, winkte Mariella ihn zu sich, während sie weiter in ihr Telefon sprach.

„Das mache ich sehr gerne. Ich möchte jedoch eine sofortige schriftliche Zusage über die Informationsfreigabe an Agent McGrey. Sie können mir diese innerhalb der nächsten Stunde per Mail zukommen lassen. Ach ja, vielleicht sollte ich noch erwähnen, dass ich nicht gedenke, mich mit Ihren Anwälten über Wochen hinweg zu streiten. Ich mache Ihnen einen einzigen Vertragsvorschlag. Er wird für beide Seiten fair, aber nicht diskutierbar sein. Wenn er Ihnen nicht zusagt, sehen wir uns vor Gericht.“

„Auf Wiederhören, Miss Anderson“, verabschiedete sich Direktor Whitfield und Mariella glaubte, den Mann während seiner nächsten Worte grinsen zu hören. „Wenn Sie übrigens Boston oder die Selbstständigkeit eines Tages satthaben sollten, dann rufen Sie mich an.“

Das leise Klicken verriet ihr, dass der Mann aufgelegt hatte. Kopfschüttelnd legte sie ihr Handy auf den Schreibtisch und stand auf.

„Wenn deine Augen so leuchten, dann hast du in der Regel einen grandiosen Sieg errungen“, bemerkte Hunter amüsiert.

„Ehrlich? Mir fällt noch mindestens eine andere Gelegenheit ein, bei der sie funkeln“, erwiderte sie mit einem flirtenden Blick.

Hunter legte seine Hände um Mariellas Taille und setzte sie auf seinen Schreibtisch. Dann trat er zwischen ihre Beine. „Ja, die fällt mir auch ein.“ Er küsste sie heiß und innig, doch bevor der Kuss außer Kontrolle geraten konnte, klopfte es und Lucas trat ein.

„Entschuldigt“, meinte er, ohne jedes Anzeichen von Verlegenheit. „Ich wollte nur wissen, wo wir uns zusammensetzen?“

„Wir nehmen dein Büro“, entschied Hunter.

„Okay, dann bis gleich. Beeil dich ein bisschen, wenn’s geht.“ Lucas grinste und Mariella lachte, während sie Hunter zur Seite schob und vom Tisch sprang. „Lucas ist wirklich unverbesserlich.“

„Auf jeden Fall hat er ein miserables Timing“, brummte Hunter. „Mit wem hast du telefoniert?“

Verschwörerisch zwinkerte sie ihm zu. „Das ist ein großes Anwaltsgeheimnis.“

„Okay, ich gebe auf. Bist du noch länger hier?“

„Ungefähr eine Stunde. Dann würde ich in der Stadt ein paar Dinge besorgen und zu Hause auf dich warten.“

„Das klingt verlockend. Möglicherweise wird es allerdings spät bei mir.“

„Das habe ich mir schon gedacht. Wir hatten diese Woche ja auch schon zwei sehr schöne Abende. Man soll nicht gierig sein“, seufzte sie sehnsuchtsvoll.

„Ist es wirklich in Ordnung?“, vergewisserte sich Hunter.

„Natürlich.“ Mariella küsste ihn und schob ihn zur Tür. „Befreie die Welt von einem weiteren Killer und weck mich, wenn du nach Hause kommst.“

„Besondere Wünsche?“

„Ich bin sicher, dir fällt etwas ein.“

„Etwas in dieser Art?“, murmelte Hunter, während er Mariella noch einmal innig küsste.

„Ja ... ja, ich glaube, das passt“, stimmte sie verträumt zu.

KAPITEL 22

„Sitzt du an dem Täterprofil?“, erkundigte sich Hunter, als er mit zwei Kaffeetassen in der Hand Lucas’ Büro betrat.

„Ja“, bestätigte Lucas und nahm dankend eine der Tassen entgegen.

„Wie kommst du voran?“

„Bis vor zwei Stunden hätte ich geantwortet: schleppend. Es war einfach nicht genug, um eine vernünftige Auswertung von unserem Programm zu erhalten. Es nutzt uns schließlich nichts, wenn das Profil so oberflächlich ist, dass wir Tausende von Treffern erhalten.“

„Aber das Blatt hat sich gewendet?“

„Ich muss meine Vermutung noch untermauern, aber sagen wir, im Augenblick bin ich optimistisch. Ich habe mir die weiblichen Opfer noch einmal angesehen. Es sind zwar alles Karrierefrauen, aber da sie nicht eine gemeinsame Wirtschaftssparte besetzen, dachte ich, dass es noch mindestens ein weiteres Auswahlkriterium neben Geschlecht, Alter und Führungsposition für ihn geben muss.“

„Was hast du entdeckt?“, wollte Hunter ungeduldig wissen. Lucas’ Spannung übertrug sich auf ihn.

„Vor ungefähr sechs Jahren hat der Senat beschlossen, das bestehende Abtreibungsrecht zu verschärfen und hat einen Arbeitsausschuss ins Leben gerufen, der eine neue Gesetzesregelung erarbeiten sollte. Dies löste hitzige Diskussionen im Land aus und interessanterweise hat sich das Opfer von vor drei Jahren, Catherine Tenner, in dieser Sache stark engagiert. Da sie sich bis dahin mit politischen Äußerungen in der Öffentlichkeit sehr zurückgehalten hat, hat mich diese Beteiligung stutzig gemacht. Ich habe daraufhin mit ihren Eltern telefoniert und dabei erfahren, dass die Richterin während ihres Studiums schwanger gewesen ist. Nach ihrem Abschluss hat sie den Jungen allerdings zur Adoption freigegeben, weil sich ein Kleinkind und eine Stelle am Gerichtshof nicht vereinbaren ließen. Ihre Eltern hatten das

Kind zunächst nehmen wollen, aber dann hatte der Vater einen Schlaganfall und die Mutter hatte alle Hände mit der Pflege ihres Mannes zu tun."

„Was ist aus dem Kind geworden?"

„Es wurde in einem anonymen Verfahren adoptiert, das heißt, keiner der beteiligten Parteien weiß voneinander und auch später hat niemand die Möglichkeit, Informationen darüber einzuholen", informierte ihn Lucas.

„Aber hatte Catherine Tenner nicht zwei Kinder mit ihrem Mann?", erinnerte sich Hunter.

„Strenggenommen hatten sie eine gemeinsame Tochter. Der Junge stammt aus der ersten Ehe des Mannes, lebte aber bei dem Vater. Er war drei Jahre alt, als sein Vater Catherine heiratete. Zehn Monate nach der Hochzeit kam das Mädchen zur Welt und Catherine Tenner reduzierte ihre Stelle auf fünfzig Prozent, um mehr Zeit für beide Kinder zu haben."

„Vielleicht hat sie es bereut, ihren eigenen Sohn vor Jahren weggegeben zu haben ", folgerte Hunter.

„Das wäre möglich, auf jeden Fall war sie plötzlich für die Verantwortung bereit, die sie als junge Richterin nicht hatte tragen wollen. Mit diesem neuen Wissen habe ich Lana Walder studiert. Sie war ehrenamtliches Mitglied in einer Organisation, die Adoptionen vermittelt und sich dabei auf Familien spezialisiert hat, die zwar ein gutes Einkommen haben, sich aber ein teures Vermittlungsverfahren nicht leisten können. Die durchschnittlichen Kosten liegen bei fünfzehn bis dreißigtausend Dollar für ein amerikanisches Kind. Eine solche Summe muss ein junges Paar mit einem normalen Einkommen erst einmal ansparen, zumal sie in der Regel im Vorfeld schon eine Reihe an hohen Arztrechnungen beglichen haben, bis sie herausgefunden haben, dass sie kein eigenes Baby bekommen können."

„Was hat Mrs Walder als Wirtschaftsprüferin dort gemacht?"

„Sie hat die finanziellen Hintergründe der sich bewerbenden Ehepaare gecheckt. Zum einen gibt es leider immer wieder Menschen, die die Großzügigkeit anderer ausnutzen wollen, um selbst Geld zu sparen, aber zum anderen muss die Organisation auch sicherstellen, dass die Eltern die finanziellen Mittel haben, um ein Kind großziehen zu können. Ihre erste Verantwortung haben sie gegenüber den Kindern."

„Okay, Mrs Walder engagiert sich also bei einer

Adoptionsvermittlung. Hast du den Grund dafür herausgefunden?“

„Natürlich. Dreimal darfst du raten.“

„Sie hat selbst einmal ein Kind zur Adoption freigegeben“, folgerte Hunter.

„So ist es. Sie stand damals ganz am Anfang ihrer Karriere. Eine Abtreibung war auf legalem Weg nicht möglich, also hat sie es ausgetragen und abgegeben. Fünfzehn Jahre später heiratet sie einen Mann, der eine Tochter von dreizehn Jahren mit in die Ehe bringt und wird kurz darauf selbst noch einmal schwanger.“ Lucas lehnte sich in seinem Stuhl zurück. „Ich muss die Biografien der anderen Frauen noch einmal daraufhin überprüfen, aber ich wette, dass wir hier ein entscheidendes Kriterium gefunden haben.“

„Wir suchen also einen Mann, der entweder adoptiert worden ist oder in einer Pflegefamilie aufgewachsen ist. Er muss die Trennung von seiner Mutter bewusst miterlebt haben, um einen solchen Hass zu entwickeln, dass er dafür tötet. Oder ...“ Hunter überlegte laut weiter. „Oder er hat später auf traumatische Weise davon erfahren und ist aus allen Wolken gefallen. Denkbar wäre beispielsweise, dass es Spannungen im Verhältnis zwischen ihm und seinen Adoptiveltern gegeben hat und sie ihm ihre Enttäuschung plötzlich ins Gesicht geworfen hätten.“

Nachdenklich wiegte Lucas seinen Kopf. „Im Augenblick können wir dazu keine zeitliche Einordnung vornehmen, aber ich bin mir sicher, dass eine extrem schmerzhafte Form der Zurückweisung der Auslöser gewesen sein muss, um einen hasserfüllten jungen Mann zum Serienkiller werden zu lassen.“

„Du meinst, er könnte versucht haben, mit seiner leiblichen Mutter in Kontakt zu treten, was sie abgelehnt hat?“

„Zum Beispiel“, bejahte Lucas. „Wenn es keine anonyme Adoption gewesen ist, wäre das möglich.“

„Wo hast du das Alter des Täters angesiedelt?“

„Zwischen vierundzwanzig und vierzig, aber hier habe ich schon eine große Sicherheitsabweichung nach oben und unten eingebaut. Vermutlich ist er zwischen Ende zwanzig und Mitte dreißig.“

„Mit diesen neuen Adoptionserkenntnissen müssen wir Howard Shippendale als Täter wohl ausschließen.“ Frustriert fuhr sich Hunter durch die Haare. „Dabei hätte ich diesen Mistkerl gerne überführt.“

„‚Du sollst keine voreiligen Schlüsse ziehen‘. Wie oft haben wir diesen Satz im ersten Semester unseres Studiums in der

Wahrscheinlichkeitsvorlesung von Professor Brackstone gehört? ‚Nur weil etwas unwahrscheinlich ist, ist es nicht unmöglich'", zitierte Lucas den Mann ein weiteres Mal.

„Soll das etwa heißen ..." Ungläubig hob Hunter seine Augenbrauen in die Höhe.

„... dass der gute Howard adoptiert ist?", führte Lucas die Frage zu Ende. „Ja, das soll es heißen, oder zumindest halb. Es ist ein wenig kompliziert und Blake musste nicht nur ziemlich tief in den Akten graben, sondern auch all seinen Charme bei der guten alten Mrs Shippendale spielen lassen, um die Geschichte herauszufinden."

„Er ist bei ihr gewesen? Ich habe gar nicht mitbekommen, dass er weggefahren ist. Ich dachte, er wollte die Mutter möglichst aus der Sache raushalten?"

„Das wollte er, aber da der gute Howard mit der Wahl seines Anwalts reichlich hohe Geschütze aufgefahren hat, war Blake der Ansicht, dass er vor dem Gespräch heute Nachmittag so viele Informationen wie möglich über den Mann in Erfahrung bringen sollte."

„Das ist kein schlechter Ansatz", fand Hunter. „Was hat er herausgefunden?"

„Howards leibliche Mutter ist Margot Shippendale, die Schwester des alten Douglas Shippendale. Sie hatte eine Affäre mit ihrem verheirateten Chef und wurde schwanger. Dem Mann gehörte ein Hotelkonzern und er muss damals um die siebzig Jahre alt gewesen sein. Er wollte weder seine Frau verlassen, noch wollte er einen Skandal. Daher hat er Margot kurzerhand die Leitung für alle europäischen Häuser angeboten. Seine einzige Bedingung war, dass sie ihn nicht als Vater nannte und sie sofort nach Paris zog. Kannst du noch folgen?"

„So weit ist alles klar."

„Gut. Margot hat das Angebot angenommen, hatte aber keine Lust auf ein Kind. In Europa hätte sie keinerlei familiären Rückhalt gehabt und alleinerziehend in einer leitenden Position, die dich achtzehn Stunden jeden Tag fordert, ist nicht unbedingt ein Traum. Zum gleichen Zeitpunkt hatten Nancy und Douglas erfahren, dass Douglas zeugungsunfähig ist. Kurzerhand haben sie eine mehrmonatige Reise unternommen und sind mit einem Kind zurückgekehrt. Laut Nancy Shippendale war sie zuerst nicht begeistert von der Idee, ihren Neffen großzuziehen. Laut ihrer

Aussage hatte man in ihren Kreisen jedoch mindestens ein Kind zu haben und da ihr Mann auf keinen Fall wollte, dass es bezüglich seiner Manneskraft Spekulationen und Gerüchte gab, hat sie sich von ihrem Mann dazu überreden lassen, das Kind seiner Schwester als ihres auszugeben. Der alte Shippendale hat das Ganze als Fügung des Schicksals angesehen. Hier bot sich ihnen die Möglichkeit, ein Kind zu erhalten, durch dessen Adern sogar noch familiäres Blut floss, muss er argumentiert haben. Aus seiner Sicht war es die beste Lösung seines Problems."

„Es hat also nie eine offizielle Adoption gegeben", versicherte sich Hunter.

„Nein. Margot ist immer die Tante gewesen. Sie ist auch nie wieder in die Staaten zurückgekehrt. Sie hat irgendwann einen griechischen Milliardär geheiratet, ihre Karriere beendet und ..." Auffordernd wartete Lucas' darauf, dass Hunter den Satz zu Ende sprach.

Fragend blickte Hunter ihn an. „... ein Kind bekommen?"

Lucas nickte. „So ist es. Nancy Shippendale muss ihre Schwägerin gefragt haben, ob sie ihren Sohn unter diesen Umständen nicht zu sich nehmen wolle, aber das hat Margot rundheraus abgelehnt. Nach vierzehn Jahren habe sie den Jungen nicht aus seinem gewohnten Umfeld reißen wollen. Er wäre ja ohnehin fast erwachsen, habe sie gemeint und sie habe mit einem Baby mehr als genug zu tun."

„Weiß Howard von der Geschichte?"

„Angeblich hat er von dieser Auseinandersetzung nichts mitbekommen. Allerdings hat ihm der alte Douglas die Geschichte einige Jahre später während eines Streits an den Kopf geworfen. Bei dieser Gelegenheit hat er auch gleich gedroht, ihn zu enterben."

„Wie alt ist Howard damals gewesen?"

„Sechzehn oder siebzehn", offenbarte Lucas.

„Das war der Zeitpunkt, zu dem sein Vater in diese anderen beide Skandale verwickelt gewesen ist", meinte Hunter grübelnd.

„Richtig. Wenn Howard unser Täter ist, dann hätten wir hiermit die Ursache für die Morde an den Männern. Ich hänge allerdings immer noch an der Alzheimergeschichte. Ich bin nicht sicher, wie viel Bedeutung sie wirklich hat"

„Darüber habe ich, ehrlich gesagt, schon die halbe Nacht nachgedacht."

„Tatsächlich? Ich dachte, du hättest nachts besseres zu tun. Und da liege ich abends in meinem Bett und beneide dich." Theatralisch schüttelte Lucas den Kopf.

„Ich sagte, ich habe die halbe Nacht nachgedacht", wiederholte Hunter, wobei er das Wort ‚halbe' stark betonte.

„Ah, das beruhigt mich wieder. Also, zurück zu dem Krankheitsbild. Zu welchem Entschluss bist du gekommen?"

„Unabhängig von Shippendale glaube ich nicht, dass sie ein Teil des Hasses, den der Täter empfinden muss, repräsentiert. Vielmehr tendiere ich zu der Annahme, dass ihm dieser Fakt ein einfaches Opfer bietet. Außerdem verbindet auf diese Weise niemand die beiden Verbrechen miteinander. Orientierungslosigkeit gehört zum Krankheitsbild von Alzheimerpatienten. Es erregt kein ungewöhnliches Aufsehen, wenn diese Patienten verschwinden. Anders sähe es bei Vermisstenmeldungen zweier gesunder erwachsener Personen aus, die innerhalb von nur wenigen Stunden bis Tagen eingingen. Unser Täter ist intelligent, extrem organisiert und kontrollsüchtig. Ich glaube, er nutzt einfach den Vorteil, den ihm diese Krankheit für seine Pläne bietet. Aber du bist unser Soziologe. Was ist deine Einschätzung?"

„Ich teile deine Ansicht und würde diesen Punkt auch in einem ersten Durchlauf nicht in seinem Profil bewerten."

„Der gute Howard ist also noch im Rennen", fasste Hunter zusammen, während er den Freund musterte. „Du bist ganz schön fleißig gewesen, Lucas. Warum legst du dich nicht noch eine Stunde auf die Couch? Du hast die ganze Nacht gearbeitet und wenn Shippendale mit seinem Anwalt auftaucht, brauchen wir all unsere Konzentration."

„Ich weiß, aber ich muss noch die Geschichten der anderen Frauen überprüfen. Zwei Treffer reichen nicht. Es könnte Zufall sein."

„Ich kümmere mich darum", versprach Hunter, nahm die beiden inzwischen leeren Tassen und stand auf. „Mach die Augen für eine Weile zu, Lucas."

Seufzend sah er Hunter nach. Ja, er brauchte Schlaf. Dringend sogar, denn ihm fehlte weit mehr als nur eine Nachtruhe und das würde auch seinen Freunden auffallen, sobald der Fall abgeschlossen war.

KAPITEL 23

Rejyna und Parker hatten sich gerade von Chief Hardy verabschiedet und wollten in Lucas' Wagen einsteigen, mit dem Rejyna hergefahren war, als ein junger Officer auf sie zugeeilt kam.

„Agent Seymour! Dr McNamara! Warten Sie, bitte", rief er über den Parkplatz.

„Was gibt es noch, Officer?", erkundigte sich Parker freundlich.

„Der Chief hat gesagt, ich soll Sie aufhalten. Ich glaube, er will Ihnen noch etwas sagen."

Mit ausholenden Schritten kam ihnen der Polizeichef entgegen. „Ich denke, wir haben die Vermisstenmeldung, die Sie erwartet haben."

Rejyna seufzte innerlich. „Wer ist es?"

„Die Frau heißt Megan Petrella, ist achtundvierzig Jahre alt und Anwältin. Ihr Mann ist noch auf dem Revier in der Stadt."

„Ihre Männer müssen noch einmal auf die Schiffe", entschied Rejyna. „Ein Blick von außen reicht nicht mehr."

„Sie sind schon unterwegs, aber ich kann mir nicht vorstellen, dass sie zuvor etwas übersehen haben. Was machen Sie jetzt?"

Rejyna und Parker verständigten sich mit einem wortlosen Blick, ehe Rejyna antwortete. „Wenn Sie nichts dagegen haben, begleiten wir Sie."

Und wenn nicht, folgen wir ebenfalls, fügte sie in Gedanken hinzu. Die Zusammenarbeit mit dem Chief war bislang gut verlaufen, insofern sah sie keinen Grund, unhöflich zu sein, nur weil sie eine innere Ungeduld verspürte.

Der Chief nickte einmal. „Wir fahren vor."

Als sie fünfzehn Minuten später vor dem Polizeigebäude parkten, hatte Chief Hardy bereits Nachricht von seinen Leuten.

„Meine Männer habe alle vier von Ihnen angegebenen Yachten kontrolliert. Jede ist sauber", informierte er Rejyna und Parker.

„Dann müssen wir uns alle anderen Boote ansehen. Haben Sie die Liste noch?", vergewisserte sich Rejyna.

„Selbstverständlich. Ich habe sie sogar schon auf vier Teams aufgeteilt. Eine Kontrolle sollte somit nicht länger als dreißig Minuten dauern. Ich hoffe nur, das richtige Schiff befindet sich auf der Liste, damit wir die Frau rechtzeitig finden."

„Bisher haben unsere Auswertungen gestimmt", bemerkte Rejyna mit fester Stimme, während sie zu Parker hinübersah, durch dessen Kopf der gleiche Gedanke huschte wie durch ihren.

Bislang hatte sich die entscheidende Yacht allerdings auch in der engsten Auswahl befunden. Dementsprechend hätte sich der aktuelle Tatort auf einem dieser vier von Lucas markierten Schiffe befinden sollen. Aufmunternd blinzelte Parker ihr einmal zu. Sie würden Megan Petrella auf einem der anderen sechzehn Schiffe finden. Es war unmöglich, dass sie danebenlagen. Sie durften einfach nichts übersehen haben.

Parker wandte sich an den Chief. „Können Sie uns dem Ehemann vorstellen?"

„Natürlich. Kommen Sie!" Gemeinsam betraten sie das Revier und Chief Hardy führte sie in einen Besprechungsraum, in dem einer seiner Leute mit dem Mann wartete. Der Officer verließ bei ihrem Eintreten jedoch sofort den Raum und Peter Petrella hob seinen Kopf, den er verzweifelt in seine Hände gestützt hatte.

Er war Anfang fünfzig, hatte grau meliertes Haar und harmonische Gesichtszüge. Seine blauen Augen waren jedoch getrübt und blickten sorgenvoll. Unsicher sah er zwischen den hereinkommenden drei Menschen hin und her.

„Wir haben Ihre Frau noch nicht gefunden", beruhigte Parker den Mann als Erstes. Sofort wich die Spannung aus den Schultern des Mannes und Parker hoffte, dass die Erleichterung nicht nur von kurzer Dauer sein würde. Sie mussten die Frau rechtzeitig finden.

Chief Hardy trat vor. „Mr Petrella? Wir haben uns noch nicht kennengelernt. Ich bin Nick Hardy, Polizeichef von Providence. Ich verspreche Ihnen, dass wir alles tun werden, um Ihre Frau zu finden."

„Vielen Dank!"

„Das hier sind Special Agent Seymour und Dr McNamara vom FBI in Boston."

„Ich bin unabhängiger psychologischer Berater", korrigierte Parker.

„Psychologischer Berater? FBI?" Irritiert zog Peter Petrella die

Augenbrauen zusammen. Dann kehrte Energie in ihn zurück. „Was, glauben Sie, ist meiner Frau zugestoßen?"

„Noch wissen wir das nicht", bemerkte Parker ruhig. „Wir sind zufällig vor Ort gewesen, als die Vermisstenmeldung uns erreicht hat."

„Was macht das FBI in Providence?"

„Heute Morgen wurde die Leiche eines älteren Herrn gefunden, der seit Freitag vermisst wurde", klärte Rejyna ihn auf. „Möglicherweise hat das Verschwinden ihrer Frau nichts mit diesem Fall zu tun, aber um ganz sicherzugehen, würden wir Ihnen gerne ein paar Fragen stellen. Ist das in Ordnung?"

„Fragen Sie!"

„Wann haben Sie Ihre Frau das letzte Mal gesehen?"

„Am Freitagmorgen. Wir haben zusammen das Haus verlassen, als wir zur Arbeit gegangen sind."

„Ihre Frau ist Anwältin, ist das korrekt?", versicherte sich Rejyna.

„Das stimmt. Sie hat sich auf Immobilien- und Baurecht spezialisiert."

Rejynas Handy vibrierte und sie warf einen schnellen Blick auf das Display.

Dir. Whitfield hat die Schweigepflichtklausel für Blake aufgehoben. Neuer Vertrag kommt in den nächsten Tagen. Mia

Danke, du bist die Beste, tippte Rejyna rasch zurück, während sie zuhörte, wie Parker die Unterhaltung weiterführte.

„Was machen Sie beruflich?"

„Ich bin Chirurg."

„In einem Krankenhaus?"

„Nein, ich habe eine eigene Praxis. Plastische Chirurgie."

„Darf ich fragen, wieso Sie Ihre Frau erst heute vermisst haben? Sind Sie verreist gewesen?"

„Nein, ich nicht. Megan hat mich Freitagabend gegen acht angerufen und mich darüber informiert, dass sie überraschend zu einem Klienten nach New York müsse, dessen Gerichtstermin vorverlegt wurde. Sie hat mir gestern früh noch eine SMS geschrieben, aber sie hat nicht angerufen, was ungewöhnlich ist. Als ich heute gar nichts mehr von ihr gehört habe, habe ich ihren Klienten angerufen und nach Megan gefragt."

„Sie haben die Nummer des Klienten Ihrer Frau?", wunderte sich Parker.

„Ja ... hm, in diesem Fall ... sagen wir einfach, wir kennen beide die Familie."

„Ich verstehe", erwiderte Parker. Mit anderen Worten, entweder der Mann oder seine Frau war Patient des Schönheitschirurgen. „Sie haben also telefoniert, und was haben Sie erfahren?"

Die Stimme des Mannes fiel zusammen. „Megan ist niemals in New York gewesen. Es gab keine Vorverlegung der Verhandlung." Sein Blick wurde schwermütig. „Ich weiß, wie das klingt, aber ich schwöre Ihnen, Megan betrügt mich nicht. Wir haben keine Eheprobleme. Wir sind ein glückliches Paar."

Beruhigend legte Parker dem Mann eine Hand auf den Arm. „Ich glaube Ihnen, Peter."

„Wie wollte Ihre Frau nach New York kommen?", mischte sich Rejyna wieder ein.

„Normalerweise fährt sie mit dem Auto."

„Dann sollten wir eine Fahndung nach dem Fahrzeug rausgeben", überlegte Rejyna. „Wo parkt Megan ihr Auto, wenn sie arbeitet?"

„Sie hat einen Parkplatz vor der Kanzlei."

„Ich schicke einen Wagen vorbei", reagierte Chief Hardy sofort und verließ mit dem Kennzeichen, das Peter auf einen Zettel notiert hatte, den Raum. Zehn Minuten später steckte er den Kopf wieder zur Tür herein.

„Kann ich Sie kurz sprechen?", fragte er an Rejyna und Parker gewandt.

Unruhig sprang Peter Petrella auf. „Haben Sie Megan gefunden?"

„Nein, leider noch nicht", verneinte der Chief bedauernd. „Aber ich versichere Ihnen, dass Sie sofort erfahren werden, wenn wir Neuigkeiten haben."

„Wir sind gleich zurück", versprach Parker, während er und Rejyna dem Polizeichef in den Flur folgten, auf dem ihnen der junge Officer, der Rejyna am Morgen die Wanderschuhe organisiert hatte, entgegenkam.

„Entschuldigung, wenn ich störe, Chief, aber Sie wollten direkt informiert werden, wenn der Autopsiebericht über die tote Frau von heute Nacht da ist und er ist gerade reingekommen", teilte er seinem Vorgesetzten mit und hastete die Ergebnisse herunter. „Todesursache ist Herzversagen aufgrund einer Überdosis. Wahrscheinlich hatte sie noch kurz zuvor Sexualverkehr. Der Sex muss einvernehmlich gewesen sein, zumindest gibt es keine Spuren von Gewaltanwendung. In den einschlägigen Clubs und auf der Straße kennt die Frau jedoch niemand. Sollen sich Will und Henry weiter umhören?“

„Nein“, entschied der Chief. „Der Fall muss warten. Ich brauche alle verfügbaren Leute für die Suche nach Megan Petrella.“

„In Ordnung, dann gebe ich das weiter.“ Der junge Officer nickte Rejyna und Parker zu, dann verschwand er eilig.

„Sie wollten uns sprechen, Chief?“, begann Parker.

„Ja. Meine Leute sind bei all Ihren aufgelisteten Yachten gewesen. Megan Petrella ist nicht dort“, berichtete Hardy.

„Sind Sie sicher, Chief?“, hakte Rejyna nach.

„Hundert Prozent. Niemand hat in den letzten Wochen eines der Schiffe betreten.“

„Das kann nicht sein“, murmelte Parker für sich, während er unruhig auf und ab ging. Wieso war das Schiff nicht auf der Liste aufgeführt? „Ich rufe Lucas an“, entschied er schließlich. „In der Zwischenzeit müssen wir so viel wie möglich über Megan herausfinden. Wir müssen wissen, wann sie genau verschwunden ist, wer sie zuletzt gesehen hat ...“

„Ich mache das“, übernahm Rejyna.

„Gut!“ Parker nahm sein Handy und wählte Lucas’ Nummer. Nach dem dritten Klingeln nahm der Freund ab. Seine Stimme klang verschlafen. Auf der Stelle bedauerte Parker, ihn geweckt zu haben, aber das hier konnte nicht warten. Trotzdem entschuldigte er sich.

„Kein Problem. Ich habe immerhin dreißig Minuten die Augen zugehabt“, entgegnete Lucas sofort. „Was gibt es?“

„Wir haben eine vermisste Frau in Providence, die unserem Profil entspricht, aber sie ist auf keinem der von dir aufgelisteten Boote.“

„Was heißt, sie nicht dort? Habt ihr alle überprüft?“ Lucas war mit einem Schlag hellwach.

„Ja. Der Polizeichef hat seine Leute ausgesandt. Die Frau ist auf keiner der Yachten.“

„Das kann nicht sein“, bemerkte Lucas, doch Parker hörte an der Stimme seines Freundes, dass er bereits dabei war, Antworten zu suchen. „Ich habe alle in Frage kommenden Boote auf die lange Liste gesetzt. Es kann mir keines durchgerutscht sein. Der Typ muss seine Kriterien geändert haben.“

„Das Boot spielt eine Rolle in seinem Szenario. Ich kann mir nicht vorstellen, dass er plötzlich einen anderen Tatort wählt“, warf Parker ein.

„Nein, das glaube ich auch nicht. Ich vermute eher, dass er sich für ein privates Boot entschieden hat. Eines von dem er zufällig erfahren hat und was noch nicht auf dem Markt ist. Wir brauchen Mund-zu-Mund-Informationen.“ Er überlegte kurz. „Pass auf, Parker, ich komme zu euch runter. Dann kann ich schneller auf einkommende Informationen reagieren. Hunter kann den Kontrollraum für das Vistatorium schließlich ebenso gut mit Finn führen wie ich.“

„Das macht Sinn.“ Parker zögerte kurz. Am liebsten wollte er weiter bei Rejyna bleiben, aber er wusste, dass seine Fähigkeiten sinnvoller an Carters Seite in der Pathologie eingesetzt waren. Er kämpfte kurz gegen sich selbst, dann siegte die Vernunft. „Wenn du kommst, fahre ich zurück und sehe mir Adam Kramers Leiche an. Vielleicht finden wir etwas, was uns weiterhilft. Du müsstest dann später nur Rejyna mit zurücknehmen.“

„Mach ich. Warte noch mal kurz, Parker. Hast du die Möglichkeit, mit einem Familienangehörigen der Frau zu sprechen?“

„Ja, ihr Ehemann sitzt nebenan. Warum?“

„Hunter kann es dir erklären. Ich gebe dich weiter.“

„Peter, darf ich Sie etwas Persönliches fragen“, bat Parker, als er wenig später zu Peter Petrella und Rejyna zurückkehrte.

„Wenn es hilft, meine Frau zu finden.“

„Das hoffe ich. Sie und Megan haben einen Sohn, richtig?“

„Pauly, ja.“

„Entschuldigen Sie bitte, wenn ich so direkt nachfrage, aber ist Megan Paulys leibliche Mutter?“

„Sie ist seine Mutter in jedem Sinn des Wortes“, echauffierte sich der Mann.

„Das bezweifle ich nicht, Peter“, reagierte Parker ruhig. „Aber es ist wichtig für uns zu wissen, ob sie ihn auch zur Welt gebracht hat.“

Die Schultern des Mannes sackten zusammen. „Paulys Mutter starb bei der Geburt. Drei Jahre später lernte ich Megan kennen und wir haben geheiratet. Sie hat Pauly geliebt wie ihr eigenes Kind. Sie hat sogar ihre Arbeitszeit zurückgeschraubt, um zu Hause zu sein, wenn er aus der Schule kommt.“ Fest sah er Parker an. „Sie ist seine Mutter."

„Das glaube ich Ihnen. Ist Ihre Frau früher schon einmal schwanger gewesen, Peter?"

„Ja, ungefähr ein halbes Jahr nach unserer Hochzeit. Wir hatten es nicht geplant, doch wir haben uns gefreut. Allerdings haben wir das Kind verloren. Lilly starb mit nur fünf Monaten am plötzlichen Kindstod. Eines Morgens lag sie einfach tot in ihrem Bettchen. Wir waren beide am Boden zerstört, aber Megan fiel die Verarbeitung schwerer als mir. Wir haben eine gemeinsame Gesprächstherapie gemacht und sie hat sich anschließend einer Arbeitsgemeinschaft angeschlossen, die jungen Frauen alternative Wege zu Abtreibung aufzeigt und sie in Fragen zu den verschiedenen Adoptionsverfahren berät."

„Ich würde meine Frage gerne noch einmal anders formulieren. Hat Ihre Frau vor Lilly schon einmal ein Kind entbunden?" Parker spürte, dass sich Rejyna über die Frage ebenso wunderte wie Peter, doch sie griff nicht ein und er hielt seine Augen auf den Mann gerichtet.

„N...nein, es ist ihre erste Schwangerschaft gewesen." Sein Augenbrauensenker arbeitete.

„Sind Sie ganz sicher, Peter?"

„J...ja, eigentlich schon." Der Stirnmuskel arbeitete ebenfalls und Parker gab dem Mann einen Moment Bedenkzeit, bevor er vorsichtig nachhakte. „Worüber denken Sie nach?"

„Ich erinnere ich mich an eine Bemerkung der Ärztin, die den ersten Ultraschall gemacht hat. Sie sagte etwas wie: ‚Aber das wissen Sie ja.' Ich habe den Worten damals keine Bedeutung beigemessen und dachte, es bezöge sich auf ein weibliches Allgemeinwissen, aber wenn Sie so direkt fragen ..." Grübelnd verlor sich der Satz im Raum. Schließlich wurde Peters Blick jedoch wieder entschlossen. „Was wissen Sie über Megan?"

„Im Augenblick wissen wir nur das, was Sie uns erzählt haben, Peter."

„Aber wie kommen Sie auf Ihre Frage? Megan hatte kein eigenes Kind. Warum hätte sie es mir verschweigen sollen?"

„Leben Megans Eltern noch?", erkundigte sich Parker

„Ihre Mutter."

„Könnten Sie sie fragen, ob sie etwas über eine frühere Schwangerschaft ihrer Tochter weiß?"

„Warum ist das so wichtig?", verlangte Peter zu wissen.

Parker warf Rejyna einen kurzen Blick zu, um sich zu versichern, dass es in Ordnung war, wenn er fortfuhr, denn normalerweise übernahmen sie oder Blake die Aufklärung von Angehörigen. Allerdings hatte er bislang keine Zeit gehabt, Rejyna von Hunters Vermutung zu berichten. Doch sie signalisierte ihm, dass sie kein Problem damit hatte, wenn er die Unterhaltung weiterführte.

„Mr Petrella, noch sind wir nicht sicher, aber es besteht die Möglichkeit, dass Ihre Frau von einem Mann entführt wurde, der Megan ausgewählt hat, weil sie einmal ein Kind zur Adoption freigegeben hat."

Mit dem Blick eines Menschen, der Schwierigkeiten hatte, das Gehörte zu erfassen, starrte Peter ihn an. „Wollen Sie mir sagen, Megan ist nicht die erste vermisste Frau? Seit wann wissen Sie von diesem Verrückten? Und wieso haben Sie die Öffentlichkeit nicht gewarnt? Wenn meiner Frau etwas passiert, dann werde ich Sie verklagen ..."

„Peter, bitte beruhigen Sie sich", bat Parker. „Wir tun alles, um Ihre Frau zu finden und noch wissen wir nicht einmal, ob Megan von diesem Mann entführt worden ist. Würden Sie bitte Ihre Schwiegermutter anrufen und sie fragen, ob Megan einmal ein Kind zur Welt gebracht hat? Ansonsten wird es Agent Seymour tun."

„Ich mache es", erklärte Peter, wobei er Parker einen wütenden Blick zuwarf. „Aber ich gehe für den Anruf vor die Tür. Ich brauche frische Luft."

Rejyna erhob sich ebenfalls und lehnte sich gegen das Fensterbrett. „Was ist das für eine Geschichte mit der Adoption?"

In wenigen Worten weihte Parker sie ein und erklärte ihr, dass er nach Boston zurückfahren würde, sobald Lucas eingetroffen war. „Ich würde sehr viel lieber mit dir hierbleiben", gestand er leise, während er vor sie trat und ihr zärtlich eine Hand an die Wange legte. „Du siehst müde aus, Sweetheart. Ich hätte dich heute Nacht mehr schlafen lassen sollen."

„Ich wollte die Nacht nicht eintauschen", gestand Rejyna und ihre Augen funkelten in Erinnerung an all die Dinge, die Parker mit ihrem Körper angestellt hatte.

„Das freut mich zu hören", entgegnete Parker und küsste sie liebevoll, bevor er sie in seine Arme zog. Seine Nase nahm den Duft ihres Haares auf und er genoss es, ihren schmalen Körper zu halten. Wären sie zu Hause gewesen, hätte er sie langsam ihrer Kleidung entledigt und sie zärtlich auf dem Boden geliebt, aber im Augenblick war er auch zufrieden, Rejyna nur halten zu können.

Er fühlte ein tiefes Glück in seinem Herzen und betete innerlich, dass sich dies nie ändern würde. Aufgrund seiner Arbeit wusste Parker nur zu gut, dass sich das Leben in der Kürze eines Wimpernschlags um einhundertachtzig Grad drehen konnte. Er dachte an Peter Petrella, dessen Welt bis vor einer Stunde noch in Ordnung gewesen war. Er sah den verzweifelten Blick des Mannes und wollte sich nicht vorstellen, wie auch der letzte Funken Hoffnung darin verschwinden würde, wenn sie seine Frau nicht rechtzeitig fanden. Gleichzeitig wusste Parker, dass er es nicht ertragen würde, wenn Rejyna etwas passierte.

„Ist alles in Ordnung?", fragte Rejyna leise.

Parker drückte sie noch einmal an sich, dann entließ er sie aus seinen Armen und vergrößerte den Abstand ein wenig. Schließlich konnte jeden Moment jemand hereinstürmen. „Ich wollte dich nur spüren", erklärte er. „Ich hoffe, dass wir Megan finden, bevor er ihr etwas antut."

„Denkst du, er hat sie überhaupt auf ein Boot gebracht?"

„Ja, davon bin ich nach wie vor überzeugt."

„Aber wie sollen wir dieses Schiff finden, wenn es nirgendwo erfasst ist?", wollte Rejyna wissen.

„Hardys Leute werden sich umhören müssen. Es wird immer geredet und es weiß immer jemand etwas. Man muss nur die richtigen Fragen stellen. Ich bin mir sicher, dass Lucas bereits einen Fragenkatalog im Kopf hat, wenn er ankommt."

„Ihr glaubt also, dass es sich um eine Yacht handelt, die noch gar nicht offiziell zum Verkauf steht."

„Oder es ist ein Boot, das zur Zeit nicht benutzt wird."

„Aber birgt das nicht das Risiko, dass sein Opfer auf jeden Fall eher früher als später gefunden wird?"

„Doch, aber vielleicht braucht er genau diesen Kitzel. Viele Serienkiller gehen im Laufe der Zeit immer größere Risiken ein. Je sicherer sie sich in ihrem Tun fühlen, desto langweiliger wird die Tat. Die Spannung reduziert sich und damit verliert sich auch das Hochgefühl, nach dem sie streben."

Die Tür des Konferenzraumes öffnete sich und Parker drehte sich um. Weder er noch Rejyna mussten die Antwort von Megans Mutter hören, als sie Peter Petrella hereinkommen sahen. Ein Blick in sein Gesicht genügte.

„Megan ist mit achtundzwanzig schon einmal schwanger gewesen“, berichtete er. „Die Beziehung hat jedoch nicht gehalten und sie hat das Kind zur Adoption freigegeben. Es ist so, wie Sie es gesagt haben.“ Fest blickte er Parker und Rejyna in die Augen. „Und jetzt, Agent Seymour und Dr McNamara, sagen Sie mir: Was macht dieser Typ normalerweise mit den Frauen, die er entführt?“

KAPITEL 24

„Danke für die Tabletten“, bemerkte Blake, während er mit Emily im Empfangsbereich darauf wartete, dass Howard Shippendale mit seinem Anwalt Patrick Stewart Beddingfort zur Tür hereinspazierte. Die beiden hatten gerade geklingelt und der Aufzug brauchte normalerweise nicht mehr als zwanzig bis dreißig Sekunden.

„Kein Problem. Ich kann sehen, sie haben geholfen“, gab Emily zurück.

„Das haben sie.“

„Die Wirkung sollte zwölf bis fünfzehn Stunden anhalten, aber lass dir später von Parker für alle Fälle noch zwei Tabletten für heute Nacht mitgeben.“

„Mach ich, danke!“ Die Tür öffnete sich und zwei Herren traten ein.

Blake schritt sofort auf sie zu. „Vielen Dank, dass Sie gekommen sind, Mr Shippendale.“

„Dieser Besuch ist ein absolutes Entgegenkommen meines Mandanten. Das ist Ihnen hoffentlich klar“, entgegnete Beddingfort sofort bissig.

„Selbstverständlich“, erwiderte Blake freundlich, ohne sich seine wahren Gefühle für den Anwalt anmerken zu lassen. „Ich bin Special-Agent Blake McGrey. Dies ist Miss Reed.“

„Mr Shippendale hat mich bereits über Sie in Kenntnis gesetzt“, unterbrach Beddingfort. „Ich weiß auch über Ihr kleines psychologisches Programm Bescheid, Miss Reed. Es gibt keine Möglichkeit, meinen Mandanten zu einer Aufnahme zu zwingen. Ohne unsere Erlaubnis ist Ihnen lediglich eine Tonaufnahme als Gesprächsaufzeichnung gestattet. Eine psychologische Stimmenauswertung ist gegen das Gesetz und ist als Beweismittel unzulässig.“

„Das wissen wir selbstverständlich, Mr Beddingfort“, säuselte Emily in einer süßen Stimme, die Blake noch nie von ihr gehört hatte. „Es ist auch gar nicht unsere Absicht, die Kameras laufen zu lassen. Die Aufnahmen, beziehungsweise ihre Auswertung, sind sehr zeitintensiv.“ Sie öffnete die Tür des Vistatoriums und lud die Herren ein, einzutreten. Mit der Hand deutete sie auf verschiedene Kameras, die an der Decke befestigt waren.

„In dem Raum befinden sich fast zwanzig Bildaufnahmegeräte plus drei Mikrofone. Da Sie sich über uns informiert haben, wissen Sie, dass wir auf Mikroausdrücke spezialisiert sind, die sich in nur einem Bruchteil einer Sekunde abspielen. Das bedeutet, wir haben bereits nach nur fünf Minuten über tausend Einzelbilder zur Auswertung zur Verfügung. Wenn Sie dies auf eine übliche Gesprächsdauer von dreißig bis vierzig Minuten hochrechnen, verstehen Sie, dass wir die Technik nur einsetzen, wenn wir entweder von der Schuld eines Menschen fast hundert Prozent überzeugt sind oder ein Kunde explizit darum bittet, weil er dem FBI auf diesem Weg seine Unschuld beweisen kann. Dies kommt nicht häufig vor, aber doch immer mal wieder, beispielsweise, wenn das Risiko besteht, dass durch eine laufende Untersuchung ein wirtschaftlicher, gesellschaftlicher oder emotionaler Schaden für den Befragten entsteht. Da Sie mit Sicherheit auf einige Erfahrungen mit der Bundesbehörde zurückgreifen können, Mr Beddingfort, wissen Sie, dass deren Budget immer knapp ist. Je höher eine mögliche Schadensersatzklage allerdings ausfallen könnte, desto mehr Gelder ist das FBI bereit, in eine Untersuchung zu investieren.“

„Sie meinen, Sie wenden diese ganze Technik meistens gar nicht an?“ Shippendale klang irritiert.

„Nein, wie ich schon sagte“, wiederholte Emily zuckersüß, „die Aufbereitung der Daten ist extrem zeit- und damit kostenintensiv. Leider können auch wir unsere Leistung dem FBI nicht unentgeltlich zur Verfügung stellen.“ Emily machte eine bedauernde Geste mit den Händen.

„Wir haben diesen Ort lediglich vorgeschlagen, weil wir Sie nicht in Schwierigkeiten bringen möchten, Mr Shippendale“, erklärte Blake. „Ich will ehrlich zu Ihnen sein. Es gibt einige offene Fragen, was Sie und Ihre Beziehung zu Miss Walder betrifft ...“

„Ich habe keine Beziehung zu dieser Frau. Ich habe sie nicht einmal gekannt“, unterbrach Howard Shippendale verärgert. Sein Anwalt brachte ihn jedoch mit einer Geste zum Schweigen.

„Fahren Sie fort“, verlangte er an Blake gewandt. „Mein Mandant sagte mir, Mrs Walder wurde das Opfer eines

Serienkillers."

„Das ist korrekt", bestätigte Blake, während er einen Stuhl von dem Glastisch nach hinten zog und sich setzte. Alle anderen folgten ihm.

„Vielleicht können Sie mir dann erklären, warum Sie Ihre Zeit damit verschwenden, meinen Mandanten zu verhören? Mr Shippendale ist ein ehrenwerter Bürger, der sich mit Ausnahme von ein paar Strafzetteln wegen Falschparkens bislang nichts hat zu schulden kommen lassen."

„Insgesamt gibt es elf Leichen in sechs Städten, in denen Ihr Mandant ein Büro hat", klärte Blake ihn auf.

„Das soll jetzt wohl ein Scherz sein?" Beddingfort hob beide Arme in die Luft. „Mr Shippendale hat in allen größeren Gemeinden Filialen. Er leitet ein Franchiseunternehmen."

„Das wissen wir. Daher sehen wir auch die Möglichkeit, dass entweder alles ein Zufall ist oder jemand vielleicht sogar Ihrem Mandanten schaden möchte." Blake machte eine strategische Pause, ehe er mit einem Ton, der eine Nuance härter klang, fortfuhr. „Allerdings besteht ebenso die Möglichkeit, dass Mr Shippendale diese Morde begangen hat. Schließlich war Mrs Walder die Geliebte seines Vaters. Wir hoffen, dass eine zweite Unterhaltung Klärung bringt. Dieses Mal geht es jedoch nicht nur um Mrs Walder, sondern auch um alle anderen Opfer des Serientäters."

„Dann stellen Sie Ihre Fragen, damit wir dieses Treffen, das die reinste Zeitverschwendung ist, so kurz wie möglich halten", entschied Beddingfort.

„Moment", unterbrach Shippendale und selbst Blake konnte sehen, wie es in dem Mann arbeitete. „Sie sagten, dass Sie mit diesen Aufnahmen auch die Unschuld eines Mannes beweisen können. Stimmt das?"

„Das ist korrekt", bejahte Emily.

Entschlossen richtete sich Shippendale auf. Sein Befehlston war zurück. „Ich will, dass Sie die Kameras aktivieren."

„Mr Shippendale, das ist keine gute Idee", informierte ihn sein Anwalt. „Sie sollten ..."

Fest sah der Immobilienmakler Beddingfort an. „Hören Sie, ich bin kein Serienmörder. Diese ganze Technik kann also nur für mich arbeiten. Es wäre dämlich, dies nicht zu nutzen."

„Die Kameras laufen, richtig?“, vergewisserte sich Hunter, der mit Finn im Technikraum saß.

„Im Silentmodus, ja. Du kannst dir die Bilder also später ansehen, kannst sie aber nicht in dein offizielles Gutachten einfließen lassen“, erläuterte der Techniker, obwohl Hunter dies alles wusste.

„Das macht nichts. Sobald du in den sichtbaren Modus wechselst, schieb mir die Bilder in einen separaten Ordner.“

„Kein Problem, mach ich.“

„Mr Shippendale, ich fürchte, das ist nicht so einfach. Jede Nutzung muss von mir genehmigt werden und wie Miss Reed eingangs leider richtig festgestellt hat, ist mein Budget limitiert“, bemerkte Blake.

„Ich zahle für die Aufnahme“, entschied Howard Shippendale.

„Das geht leider nicht“, bedauerte Emily. „So gerne ich Ihren Auftrag auch annehmen würde. Unser Vertrag mit dem FBI untersagt uns leider die Annahme von Klienten, gegen die aktuell ermittelt wird.“

„Dann genehmigen Sie diese Aufnahme“, begehrte Shippendale. Hart starrte er Blake an, der abwiegend seinen Kopf hin und her neigte.

Shippendale beobachtete ihn kurz, dann wandte er sich an seinen Anwalt. „Auf welche Schadenssumme kann ich klagen, wenn herauskommt, dass ich im Verdacht stehe und unschuldig bin?“

„Das kommt auf den Schaden an, aber sicherlich wird es eine siebenstellige Summe sein“, antwortete Beddingfort.

„Eine siebenstellige Summe, McGrey. Haben Sie das gehört? Was glauben Sie? Wird Ihrem Chef das gefallen? Was immer das hier kostet ...“ Shippendale zeigte mit dem Arm einmal um sich. „... es dürfte weit darunterliegen.“

Blake zögerte noch zwei Sekunden, dann nickte er Emily zu. „Gut, wir machen die Aufnahme. Aber, Mr Shippendale, ich mache Sie darauf aufmerksam, dass das Ergebnis in vollem Umfang genutzt werden wird. Wenn sich herausstellen sollte, dass Sie diese Morde begangen haben, können Sie nichts, was sich während dieses Verhörs abspielt, rückgängig machen. Ist Ihnen das klar?“

„Ich bin nicht dumm, Agent McGrey“, erklärte der Mann mit einem arroganten Grinsen.

Du magst nicht dumm sein, aber du bist definitiv nicht schlau genug für uns, dachte Blake für sich, während er innerlich die Siegesfaust ballte. Als Emily ihm von ihrem Vorhaben erzählt hatte, war er nicht davon überzeugt gewesen, dass es wirklich funktionieren würde. Doch er hatte ihrer Einschätzung vertraut und tatsächlich hatte sie recht behalten. Hoffentlich ging der Rest ihres Planes ebenso auf.

„Ich stelle die Kameras an", verkündete Emily und die Männer am Tisch schwiegen, bis sie zurückkehrte.

„Laufen sie?", wollte Shippendale wissen?

„Ja. Sie sehen es an dem kleinen roten Licht", erklärte sie.

„Dann beginnen wir", entschied Blake. Seine ersten Fragen waren einfach. Es waren Fragen, die Howard problemlos wahrheitsgemäß beantworten konnte. Sie sollten ihn nicht in Bedrängnis bringen, im Gegenteil. Sie sollten ihn entspannen. Dann stellte Blake die erste Frage, von der er ausging, dass Howard sie mit einer Lüge beantworten würde. Einer kleinen, aber scheinbar erfolgreichen Lüge, denn Emily wollte, dass die Selbstsicherheit des Maklers stieg.

„Mr Shippendale, waren Sie ein beliebter Schüler bei Ihren Klassenkameraden?"

„Was hat das mit dem Fall zu tun?", kam sofort Beddingforts Einwand.

„Wir versuchen die Persönlichkeit Ihres Mandanten zu verstehen, Mr Beddingfort. Wir brauchen diese Fragen für die spätere Datenauswertung", erklärte Emily geduldig.

Der Anwalt musterte sie misstrauisch, nickte Shippendale dann aber zu.

„Ja, ich denke, ich war einer der beliebten Schüler", antwortete Howard.

„Gab es niemals Hänseleien oder Streiche, die Ihnen gespielt wurden?", hakte Blake nach.

„Es war wohl eher umgekehrt."

„Das heißt, Sie haben die anderen aufgezogen? Was waren das für Scherze?"

„Das Übliche: Salz im Nachtisch, Kakerlaken unter der Bettdecke, eine kalte Dusche. Sie kennen diese Dummen-Jungen-Streiche während der Pubertät."

„Ich wette, Sie waren der Prom-King in Ihrem Jahrgang." Emily ließ eine Nuance Bewunderung mitklingen, die den Anschein erweckte, als versuche sie ihre heimliche Schwärmerei für den Mann zu unterdrücken, was ihr nicht zu hundert Prozent gelang.

Shippendale schenkte ihr ein charmantes Lächeln. „Selbstverständlich. Ich wünschte nur meine Prom-Queen wäre so hübsch gewesen wie Sie, dann hätte ich das offizielle Foto sicherlich aufgehoben."

Scheinbar verlegen senkte Emily ihren Blick, während sie in Wahrheit die bittere Galle herunterschluckte, die in ihrer Speiseröhre aufstieg.

„Em ist wirklich die Beste", bemerkte Finn anerkennend im Technikraum. „Wenn ich es nicht besser wüsste, würde ich sagen, sie steht auf den Typen."

„Niemand beherrscht den bewussten Einsatz von Mimik und Stimme so perfekt wie sie", stimmte Hunter zu. „Dieser aufgeblasene Idiot merkt nicht einmal, wie sich die Schlinge langsam zuzieht."

„Welchen der beiden Kerle meinst du? Wenn du mich fragst, ist der Anwalt ein ebenso arrogantes Arschloch wie Shippendale."

Hunter lachte leise. „Da hast du recht."

„Der Typ war niemals Prom-King, richtig?", vergewisserte sich Finn.

„Nein, das war er nicht. Aber er wäre es gerne gewesen."

Es ist Zeit für den ersten Stoß, signalisierte ihm Emily unauffällig und so sprang Blake in der Zeitlinie unvermittelt fünfzehn Jahre nach vorne.

„Mr Shippendale, kennen Sie Rebecca Hudson?"

„Rebecca Hudson?" Der Makler ließ sich den Namen durch den Kopf gehen. „Nein, der Name sagt mir nichts. Sollte er?"

Verdammt! Er ist wirklich gut, durchfuhr es Blake. Wenn er Emilys und Lucas' Recherche nicht vollständig vertrauen würde, wäre er niemals darauf gekommen, dass der Mann ihn eiskalt anlog. „Sie ist Investmentbankerin in Erie", half er Shippendale auf die Sprünge.

Wieder schien Shippendale zu überlegen. „Nein, tut mir leid. Es klingelt nicht."

„Sie sind in der Vergangenheit häufiger in Erie gewesen."

„Natürlich bin ich regelmäßig dort gewesen. Ich habe zwei Büros in der Stadt."

Beddingfort blickte genervt auf seine Uhr. „Führt das Ganze zu etwas?"

„Haben Sie es eilig, Mr Beddingfort?", gab Blake unschuldig

zurück. „Sie werden doch sicherlich nach geleisteter Arbeitszeit bezahlt.“

„Ich versichere Ihnen, Agent McGrey, ich habe genug zu tun. Ich bin nicht darauf angewiesen, die Zeiten meiner Mandanten unnötig in die Länge zu ziehen.“

„Ich werde mich beeilen“, versprach Blake süffisant und wandte sich wieder an den Makler. „Sie bestehen also darauf, Mrs Hudson nicht zu kennen?“

„Ich sagte bereits, dass mir der Name nichts sagt.“

„Vielleicht erinnern Sie sich, wenn ich Ihnen ein Bild zeige?“ Blake entnahm der Papierakte vor ihm ein Foto. Es zeigte eine attraktive blonde Frau mit schulterlangen Haaren in einem strengen Hosenanzug.

Während Shippendale das Bild betrachtete, sah Blake zu Emily hinüber, die ihm leicht zunickte. Der Makler kannte die Frau also.

„Nein, tut mir leid. Ich habe sie noch nie gesehen“, beteuerte Shippendale. „Was ist mit ihr?“

„Wir vermuten, dass sie das erste Opfer unseres Serientäters ist“, erläuterte Blake, während er ein zweites Foto auf den Tisch legte. „Die Polizei in Erie hat ihre Überreste heute Vormittag geborgen.“

Einen Moment lang starrte der Makler auf die Aufnahme des schwarzen Skeletts, bevor er sich angewidert abwandte.

Entschieden drehte sein Anwalt das Bild herum und schob es über den Tisch zu Blake zurück. „Was soll das? Mein Mandant sagte schon, dass er die Frau nicht kennt. Erie hat einhunderttausend Einwohner. Wie kommen Sie also darauf, dass Mr Shippendale und Mrs Hudson sich gekannt haben sollen?“

„Nun, beide haben gewisse Vorlieben“, informierte ihn Blake. „Und in einer Stadt der Größe von Erie ist die Szene relativ klein.“

„Vorlieben?“ Beddingfort kniff die Augen zusammen. „Welche Vorlieben?“

Blake wartete, doch als Shippendale nicht antwortete, klärte er den Anwalt auf. „Ihr Mandant steht auf SM-Praktiken.“

Shippendale lehnte sich ihm auf dem Tisch entgegen. „Was ich in meinem Schlafzimmer mache, geht Sie nichts an.“

„Wenn Sie eine Frau zu Tode foltern, schon“, widersprach Blake.

„Kennen Sie bereits die Todesursache der Frau, Agent McGrey?“, wollte Beddingfort wissen.

„Noch haben wir keinen offiziellen Obduktionsbericht.“

„Das ist lächerlich“, regte sich Shippendale auf. „Ich habe nichts mit dem Tod dieser Frau zu tun.“

„Aber Sie kannten sie?“, hakte Blake nach.

Beddingfort beugte sich zu seinem Mandanten hinüber und die beiden wechselten flüsternd einige Sätze. Dann richtete sich der Anwalt wieder auf. „Es wäre möglich, dass Mr Shippendale und Mrs Hudson sich einige Male getroffen haben und einvernehmlichen Sex miteinander hatten. Mein Mandant ist sich jedoch nicht ganz sicher. Er kannte den richtigen Namen der Frau nicht. Ebenso wenig hat er sie jemals in dieser Form gesehen.“ Er deutete auf das erste Foto, das noch immer auf dem Tisch lag. „Wenn sie sich getroffen haben, trug die Frau eine schwarze Perücke und war stark geschminkt.“

„Unter welchem Namen kannten Sie Mrs Hudson?“, wollte Blake wissen.

„Sie nannte sich Lady de Winter.“

„Und Sie waren dann wahrscheinlich Max de Winter“, kommentierte Blake ironisch.

„Rebecca de Winter“, murmelte Emily. „Die weibliche Hauptfigur in Hitchcocks erstem Film, die alles tut, um ihrem Mann zu gefallen und der sie dennoch immer bestraft.“

„Wann haben Sie Mrs Hudson zum letzten Mal gesehen?“, fragte Blake.

„Woher soll ich das wissen? Es ist mindestens fünf Jahre her. Ich habe sie angerufen, wenn ich in Erie war und manchmal haben wir uns gesehen, manchmal nicht. Irgendwann war ihr Handy ausgeschaltet und ich konnte sie nicht mehr erreichen. Ich habe mir gedacht, dass sie kein Interesse mehr hat und habe den Kontakt gelöscht.“

„Was ist mit diesen Frauen?“ Blake legte ihm Bilder der anderen Opfer vor. „Und ehe Sie antworten, Mr Shippendale, sollten Sie sich die Fotos genau ansehen, denn auch ich habe keine Zeit zu verschwenden.“

„Spul bitte nochmal zurück, Finn“, bat Hunter.

„Bis wohin genau?“

„Bis kurz bevor Blake das erste Foto auf den Tisch legt. Ja, genau. Danke!“ Hunter zoomte auf Shippendales Gesicht und ließ parallel dazu auf dem gleichen Bildschirm die Bilder der Untertischkamera laufen.

„Er hat sie gekannt", urteilte Finn.

„Ja, das hat bereits seine Augenbewegung verraten, als Blake das erste Bild zu ihm herumdreht. Seine Pupillen weiten sich jedoch, als er das zweite Bild sieht und er schluckt langsamer als vorher. Siehst du." Hunter spulte die Sekunde in extremer Zeitlupe ab.

„Du meinst, er ist sexuell erregt?"

„Sieh dir die Aufnahmen der Unter-Tisch-Kamera an. Diese beiden haben definitiv eine gemeinsame Geschichte, Finn."

„Was du alles mit bloßem Auge siehst. Für mich sah er ehrlich schockiert aus."

„Als Shippendale das Bild der Leiche gesehen hat, war er tatsächlich kurz entsetzt. Es kann daher rühren, dass er nichts von Rebeccas Tod wusste, oder er war einfach erstaunt, dass wir sie gefunden haben. Auf jeden Fall hat ihm der Anblick der Knochen nichts ausgemacht. Der Ekel auf seinem Gesicht war nur gespielt."

Unsicher blickte Blake zu Emily, doch offensichtlich konnte auch sie im Moment nicht einschätzen, ob Shippendale die Wahrheit gesagt hatte, als er jegliche Kenntnis über die anderen Frauen abstritt. Sollte er ihn mit den männlichen Opfern konfrontieren oder besser noch warten?

„Ich würde Sie gerne etwas fragen, Mr Shippendale", übernahm Emily die Gesprächsführung. „Wie haben Sie sich gefühlt, als Sie erfahren haben, dass Nancy und Douglas Shippendale nicht Ihre leiblichen Eltern sind?"

„Wie bitte?" Die langsame Bewegung seines Unterkiefers war ein deutliches Zeichen dafür, dass ihn die Frage aus dem Nichts getroffen hatte.

„Ihre biologische Mutter ist Margot Shippendale. Es muss ein Schock gewesen sein zu hören, dass Ihr Vater eigentlich Ihr Onkel ist."

„Woher wissen Sie davon?" Shippendale war ehrlich erstaunt, und er war wütend.

„Ein dummer Zufall, glauben Sie mir", winkte Emily ab. „Das Wissen, dass Nancy und Douglas eine Adoption verhindert haben, indem sie Sie aufgenommen haben, hat die Beziehung zu Ihrem Vater jedoch nicht verbessert, habe ich recht?"

„Unser Verhältnis ist nie besonders gut gewesen. Nachdem ich die Wahrheit über meine eigentliche Abstammung erfahren habe, habe ich jedoch zumindest die Gründe dafür verstanden. Douglas war es immer nur darum gegangen, perfekt zu sein, doch ich erinnerte ihn jeden Tag an seine Unvollkommenheit, denn der große Douglas Shippendale war zeugungsunfähig. Er sagte mir, dass ich meinen Namen, mein Erbe, meine gesamten Chancen nur ihm verdanke, denn niemand hätte mich haben wollen. Nicht Margot, die mich zur Welt gebracht hat und auch nicht Nancy, die mich großgezogen hat. Allerdings habe ich ihm Letzteres nicht geglaubt. Nancy ist mir immer eine gute Mutter gewesen."

„Sie sind nach der Schulzeit sofort ausgezogen."

„Ja, ich habe es keine Minute länger zu Hause ausgehalten. Nachdem Nancy erfahren hat, wie Douglas mich aufgeklärt hat, war die Atmosphäre zwischen den beiden eisig und das Verhältnis zwischen Douglas und mir hat sich ebenfalls nicht verbessert. Douglas bezeichnete mich von jenem Tag an als Schmarotzer und ich wollte ihm so schnell wie möglich zeigen, dass ich sein Geld nicht brauche. Ich habe mir mein eigenes Unternehmen aufgebaut und nach nur wenigen Jahren habe ich mehr Geld verdient als er."

„Das muss sie ungemein befriedigt haben." Emily sprach aus, was auf Howard Shippendales Gesicht deutlich zu sehen war.

„Ja, das hat es zu Anfang."

„Nur zu Anfang?", hakte Emily nach.

„Es war ein Ziel, das ich errungen habe. Jahrelang habe ich darauf hingearbeitet und als ich es endlich erreicht habe, habe ich es natürlich genossen. Doch am Ende ist es wie mit jedem Ziel: Hat man es geschafft, dann braucht man früher oder später eine neue Herausforderung."

„Welche war das für Sie?"

„Pass gut auf, Finn", riet Hunter derweil im Technikraum. „Gleich kannst du etwas lernen. Emily wird die Schlinge gleich zuziehen und dann haben wir diesen Kerl. Siehst du, wie viel Kraft es ihn kostet, seine Wut zu unterdrücken? Es sind nur kleine Anzeichen, die kaum wahrnehmbar sind. Noch hat er sich unter Kontrolle, aber Emily wird ihn dazu bringen, sie zu verlieren." Sein Telefon klingelte.

„Hallo, Hunter. Wie läuft es bei euch?", meldete sich Parker.

„Prima. Em und Blake verhören gerade Howard Shippendale. Wir stehen kurz davor, ihn als Täter zu entlarven."

In der Leitung wurde es still.

„Parker? Bist du noch dran?"

„Ja, bin ich. Hm, Hunter ... ich enttäusche euch nur ungern, aber Shippendale kann nicht der Mörder sein."

„Was?" Erschüttert fiel Hunter in seinem Stuhl zurück. „Wieso nicht?"

„Carter und ich haben gerade die Obduktion von Adam Kramer abgeschlossen."

Verwirrt zog Hunter seine Brauen zusammen. „Und?"

„Der Mörder war höchstwahrscheinlich eine Frau", erklärte Parker. „Rein theoretisch würde auch ein kleiner schmächtiger Mann infrage kommen, aber es ist eher unwahrscheinlich. Er dürfte maximal 1,65 Meter groß sein und wahrscheinlich auch nicht mehr als fünfundfünfzig Kilo wiegen. Die Stichwunden deuten auch auf ein Messer hin, das normalerweise ausschließlich von Frauen benutzt wird. Die Führung der Klinge ist ebenfalls typisch weiblich. Ich habe mir auch Lana Walders Leichnam noch einmal angesehen. Leider hat die Zeit an ihrem Leichnam nicht viel übriggelassen, um die Wunden zu vergleichen. Es gibt lediglich eine Spur auf dem rechten Schultergelenk, die mit einer neunzigprozentigen Wahrscheinlichkeit die Aussage zulässt, dass sie mit dem gleichen Messer getötet worden ist."

„Bist du absolut sicher, dass der Mörder eine Frau ist?", hakte Hunter noch einmal ungläubig nach. „Messer werden eigentlich eher von männlichen Tätern gewählt."

„Ich weiß und wie gesagt, vielleicht ist es auch ein kleiner, dünner Mann, obwohl die berechnete Muskelkraft für eine Frau spricht. Auf keinen Fall passt jedoch Shippendales Figur auf Adam Kramers Mörder."

„Verdammt!" Verzweifelt raufte sich Hunter die Haare, doch es half alles nichts. Wenn Parker sagte, dass Shippendale nicht ihr Mann war, dann war er es nicht. Er beendete das Gespräch und klopfte kurz darauf an die Tür des Vistatoriums.

„Es tut mir leid, dass ich unterbreche, aber ich muss euch kurz sprechen", sagte er zu Emily und Blake. Sofort erhoben sich beide.

„Bitte entschuldigen Sie uns für einen Augenblick. Es dauert nicht lange", versprach Blake und schloss die Tür hinter sich.

„Was ist los?", wollte Emily wissen. Noch nie hatte einer von ihnen eine Sitzung unterbrochen.

„Shippendale ist nicht der Täter." Rasch berichtete Hunter von Parkers Anruf.

Nachdenklich schüttelte Emily den Kopf. „Der Typ ist schuldig,

Hunter. Du musst gesehen haben, wie sein Musculus corrugator supercilii während der letzten Minuten gearbeitet hat. Und auch sein Musculus depressor labii inferiores hat reagiert. Dir kann auch unmöglich die Arbeit des Musculus buccinator entgangen sein, als er Rebecca Hudsons Leichnam gesehen hat."

„Das habe ich alles bemerkt, Em."

„Könnt ihr das Ganze vielleicht so ausdrücken, dass ich euch folgen kann? Eure Fachbegriffe sind nur böhmische Dörfer für mich", unterbrach Blake.

„Es bedeutet, dass der Kerl deutliche Signale gesendet hat, die eindeutig darauf hinweisen, dass er etwas zu verbergen hat. Der Mann hat kein Problem mit Gewalt, solange er derjenige ist, der sie ausführt."

„Die Art und Weise, wie er erfahren hat, dass seine Eltern nicht seine Eltern sind, muss ihm den Boden unter den Füßen weggezogen haben", überlegte Emily laut. „Ohne die geringste Vorwarnung ist seine ganze Welt über ihm zusammengebrochen. Es ist kein Wunder, dass er kontrollsüchtig geworden ist und die Wut, die sich in ihm aufgestaut hat, musste auch irgendwann einen Weg nach draußen finden."

„Aber wir kommen nicht an Parkers Fakten vorbei", erklärte Hunter. „Allerdings muss ich dir recht geben, der Typ sendet unterschiedliche Signale. Ich habe mir nach Parkers Anruf noch einmal die Anfangssequenz, also die Bilder vor der offiziellen Aufnahme, angesehen. Als Shippendale versicherte, dass er kein Serienmörder sei, war es die Wahrheit. Es gibt nicht das kleinste Anzeichen einer Lüge."

„Wunderbar", seufzte Blake frustriert. „Mit anderen Worten, wir müssen uns dafür entschuldigen, ihn noch einmal belästigt zu haben."

„Warte!", bat Emily.

„Worauf? Wir können ihn nicht ewig grillen und wegen arrogantem Verhalten kann ich ihn leider nicht einsperren."

„Der Typ ist nicht unschuldig", beharrte Emily.

„Könntet ihr euch bitte einigen?", bat Blake.

„Hunter, du hast selbst gesagt, dass er unterschiedliche Signale sendet. Das wäre nicht der Fall, wenn er seine Hände in Unschuld waschen würde. Blake, gib mir noch zehn Minuten. Wenn wir bis dahin nichts haben, lassen wir ihn gehen."

„Zehn Minuten?"

Emily nickte.

„Hast du einen Plan? Ich meine, ein Ziel. Weißt du, worauf du hinauswillst?"

Direkt sah Emily ihm in die Augen. „Ja, ich denke schon."

Blake hielt ihren Blick prüfend. Emily wirkte selbstsicher und überzeugend. Am Ende musste er sich jedoch eingestehen, dass er keine Ahnung hatte, ob sie ihn mit ihrem Blick nicht ebenso manipulierte wie sie es die ganze Zeit mit Shippendale getan hatte. Er wagte einen Schuss ins Blaue.

„Ich dachte, wir hätten uns darauf geeinigt, im Team ehrlich zueinander zu sein", erinnerte er sie ruhig und registrierte das erstaunte Aufblitzen in ihren Augen. Unwillkürlich wusste er, dass er Emily Reed zum ersten Mal ertappt hatte. Doch sie verschleierte ihre Reaktion sofort.

„Ich bin ehrlich, Blake", versicherte sie. „Ich habe einen Plan. Jedoch kann ich nicht garantieren, dass er aufgeht. Wir haben allerdings nichts zu verlieren, oder?"

„Okay, zehn Minuten", gab Blake sein Einverständnis. Er hatte seine Hand schon am Griff der Tür zum Vistatorium, als er sich noch einmal zu Hunter umdrehte. „Hast du etwas von Lucas oder Rejyna gehört?"

„Nein, nichts. Bislang fehlt noch immer jede Spur von Megan Petrella."

Blake seufzte und öffnete die Tür.

„So wie ich das sehe, haben Sie nichts gegen meinen Mandanten in der Hand", stellte Beddingfort fest, als Emily und Blake zurückkehrten. „Ich denke, wir können diese kleine Unterhaltung beenden."

„Wir sind gleich fertig, Mr Beddingfort", versicherte Emily, während sie versuchte, sich innerlich zu beruhigen. Blakes Äußerung hatte sie aufgewühlt. Zum ersten Mal hatte der Agent sie durchschaut. Sein Instinkt hatte ihn richtig geleitet. Allerdings hatte er seiner eigenen Annahme nicht vollkommen vertraut. Sie konnte die Welt also für sich wieder richten, wenn sie herausfand, was Shippendale verbarg. Dann würde Blake nicht wissen, dass sie geblufft hatte.

Sie mochte noch keinen Plan haben, aber sie konnte Fragen stellen, beschloss Emily. Eine nach der anderen. Sie würde zuhören und vor allem würde sie zusehen. Mit einem verbindlichen Lächeln versprach sie: „Wir haben nur noch einige wenige offene Punkte. Dann können wir eine lückenlose Auswertung der Unterhaltung erstellen. Das ist es doch, was Sie wollen, Mr Shippendale, oder?"

„Ich habe diese Frauen nicht umgebracht", stellte der Immobilienmakler noch einmal klar, als er bestätigend nickte.

Konzentriert hatte Emily ihn dabei im Blick. *Hunter und Parker haben recht. Er hat die Frauen nicht getötet,* erkannte sie. Sie entschied noch einmal einen Schritt zurückzugehen. „Wie ist das Verhältnis zu Ihrer Mutter, also zu Mrs Nancy Shippendale, die Sie großgezogen hat."

„Ich bin ihr ewig zu Dank verpflichtet. Wir hatten zwar ein Kindermädchen im Haus, aber am Ende war sie immer für mich da. Sie hat an meinem Bett gesessen, wenn ich krank gewesen bin, sie hat mit mir Hausaufgaben gemacht und ist zu jeder meiner Schulveranstaltungen gekommen. Sie ist ein treuer und verantwortungsbewusster Mensch. Wenn sie eine Aufgabe übernimmt, dann können Sie sich zu einhundert Prozent darauf verlassen, dass sie sie auch durchzieht."

„Es ist jedoch kein inniges Verhältnis, dass sie zueinander pflegen."

„Nancy lebt für ihre Kirchengemeinde. Ich teile diese Leidenschaft nicht. Ich bin ... wie soll ich sagen ... etwas tatsachenorientierter, aber ich respektiere ihre Art, die Welt zu sehen und zu leben." Seine Zunge befeuchtete seine Lippen.

„Sie habe es jedoch nie akzeptiert, dass Nancy ihren Mann nicht verlassen hat", entgegnete Emily.

Shippendales Oberkörper schwankte einige Zentimeter nach links und die Lüge folgte auf dem Fuß. „Es ist ihre Entscheidung. Ich respektiere sie."

„Es muss wehgetan haben zu sehen, wie Ihre Mutter litt, als ihr Mann ein Verhältnis mit Lana Walder hatte."

„Douglas hatte im Laufe der Jahre viele Affären. Wahrscheinlich gab es keine einzige Sekretärin, die er nicht gevögelt hat." Shippendales Blick wurde starr. Es war ein Zeichen unterdrückter Wut.

„Lana Walder war jedoch mehr als eine oberflächliche, ein paar Wochen anhaltende Affäre", erklärte Emily. „Ihr Vater wollte Nancy verlassen."

„Davon weiß ich nichts."

Eine weitere Lüge, erkannte Emily an Shippendales Stimme und den bewegungslosen Pupillen. Absichtlich verlieh sie ihrer Stimme bei der nächsten Frage einen weichen Klang. „Haben Sie damals mit Lana gesprochen, Howard?“

„Was soll das Ganze?“, polterte Beddingfort. „Mein Mandant hatte seinen Lebensmittelpunkt zu jenem Zeitpunkt schon lange in Chicago. Er ist nur selten zu Hause gewesen. Es ist also nicht verwunderlich, dass er keine Einzelheiten über die Gespielinnen seines Vaters kannte.“

„Sie haben recht“, lenkte Emily sofort ein. Sie senkte ihre Augen, ehe sie Shippendale verlegen ansah. „Es war eine persönliche Frage. Das war unprofessionell von mir.“

„Nein, ich habe nicht mit Mrs Walder gesprochen“, antwortete Shippendale unerwartet. Ebenso überraschend war die Tatsache, dass es die Wahrheit zu sein schien.

Emily musterte ihn konzentriert. Sein linker Mundwinkel hatte sich bewegt. Er verspottete sie innerlich, denn er spielte mit ihr und er glaubte, sich mit uneinholbarem Vorsprung auf der Zielgeraden zu befinden. Wieso? Emilys Herz schlug hart in ihrem Brustkorb. Sie wollte ihn nicht gewinnen lassen. Doch wenn sie nicht verlieren wollte, musste sie ihren eigenen Hass auf diesen Mann beiseiteschieben. Sie brauchte einen kühlen Kopf.

„Darf ich Sie fragen, warum Sie die ‚Butterfly‘ nicht direkt nach dem Tod Ihres Vaters verkauft haben?“, wechselte Emily den Fokus und beobachtete, wie der Makler die Beine übereinanderschlug. Die Thematik gefiel ihm nicht. Gut.

„Ich habe versucht, die Yacht zu verkaufen, aber es hat sich leider kein ernsthaft interessierter Käufer gezeigt.“

„Kann es sein, dass Sie den Preis so hoch angesetzt haben, dass sich kein Käufer gefunden hat?“, mischte sich Blake zum ersten Mal wieder ein. Er hatte dieses Detail bereits während ihres letzten Gesprächs angedeutet und Emily hatte ihn im Vorfeld gebeten, den Punkt dieses Mal als direkte Frage zu formulieren, wenn sie das Thema darauf brachte.

„Ich bin Geschäftsmann, Agent McGrey. Es macht keinen Sinn unter Wert zu verkaufen. Ich habe nichts zu verschenken.“

„Was ist mit den Kosten?“, gab Blake zu bedenken.

„Die Kosten sind uninteressant. Ich kann sie steuerlich geltend machen. Sie vergessen, ich bin in der Immobilienbranche. Glauben Sie mir, früher oder später findet jedes Objekt zu jedem Preis einen Käufer. Man muss es sich nur leisten können, zu warten.“ Seine

Antwort wurde von einem überheblichen Grinsen begleitet.

„Kann es nicht auch sein, dass Sie im Grunde gar nicht verkaufen wollen?“, hakte Blake nach.

Bevor Shippendale antwortete, sah er kurz zu Emily hinüber. „Ich schätze, das ist möglich. Immerhin hat mich dieses Schiff viele Jahre meiner Kindheit begleitet, und nicht alle Erinnerungen daran sind schlecht. Aber die menschliche Psyche ist nicht mein Fachgebiet.“

Emilys Verstand arbeitete auf Hochtouren. Dieser überhebliche, arrogante Mistkerl hielt sich für unendlich schlau. Wenn sie nur wüsste, was sein Geheimnis war. Dann könnte sie es ihm auch entlocken. Dessen war sie sich sicher.

„Wissen Sie was ich glaube, Howard?“ Emily machte eine kurze Pause. „Ich denke, Sie haben die Yacht nicht verkaufen wollen, weil dieses Schiff Ihrem Vater mehr bedeutet hat als alles andere, was er besessen hat. Sie wissen, dass er sich im Grabe herumdrehen würde, wenn er sehen könnte, wie es jedes Jahr mehr und mehr verfällt, weil sich niemand mehr darum kümmert. Es ist Ihre eigene kleine Rache, die Sie für sich genießen.“

Emily hatte Shippendale nicht aus den Augen gelassen. Sie hatte gesehen, dass sie richtig geraten hatte, aber es war nur die Hälfte der Wahrheit. Es fehlte noch etwas. Seine Augen waren nach rechts oben gewandert. Er hatte alte Bilder aus seinem Gedächtnis abgerufen. Bilder, die ihn glücklich machten. Nein, Bilder, die ihn befriedigten und plötzlich machte es ‚Klick’ in Emilys Kopf.

„Kann ich kurz einen Blick in die Notizen werfen“, bat sie Blake, der sofort die Akte zu ihr hinüberschob.

Verwundert beobachtete er, wie Emily durch den Inhalt blätterte. Sie hatte noch nie etwas nachsehen müssen. Wonach suchte sie? Sie hielt die Akte leicht schräg, sodass nur sie sie einsehen konnte, während ihr Zeigefinger über ein Papier glitt. Blake ließ sich seine Irritierung nicht anmerken, obwohl sie stieg. In der Akte befand sich nichts, was die Hilfe einer manuellen Zeilenunterstützung benötigt hätte.

„Hier ist es“, rief Emily aus, als sie gefunden zu haben schien, was sie suchte. „Die digitale Bilderfassung des Hafens in Quincy hat Ihren letzten Besuch auf der ‚Butterfly’ vor zweieinhalb Jahren erfasst. Genauer gesagt am 15. September.“

„Digitale Bilderfassung?“, hakte Shippendale nach. Mit einem Mal war er nervös.

„Ja. Wussten Sie davon nichts?“, fragte Emily unbedarft. „Vor nicht ganz drei Jahren gab es mehrere Einbrüche am Hafen sowie Formen von Vandalismus. Der Hafenbetreiber musste sich etwas einfallen lassen.“

„Es gab Wächter“, erinnerte sie Shippendale.

„Richtig, aber man vermutete, dass sich die Täter schon Tage vor der Tat auf dem Gelände umsahen und installierte am Eingang eine Kamera mit einer Software, die alle Besucher anhand ihrer Telefone in den Taschen identifizieren und mit den jeweiligen Zeitpunkten des Betretens und Verlassens des Geländes speichern konnte. Leider war das System nur für einige Monate geliehen und wurde aus Kostengründen wieder abmontiert, nachdem man die Bande gefasst hatte. Sonst hätten wir Mrs Walders Mörder leicht finden können.“

„Ein solches Vorgehen ist verboten. Es verstößt gegen das Recht jedes Einzelnen“, schnaufte Beddingfort.

„Nicht wenn das System auf Daten zugreift, die der Handynutzer freigegeben hat. Auf diesem Weg funktioniert schließlich auch digitale öffentliche Werbung“, erklärte Emily unschuldig. „Die großen Anzeigentafeln in den Städten greifen auf die Handydaten der in der Nähe stehenden Personen zu und zeigen die Werbung, die auf die größte Interessenschnittmenge zutrifft. Mögen viele der vorbeigehenden Leute Bier, so läuft eine Werbung von Budweiser, trinken mehr Leute Wein, dann sieht man eine Weinwerbung. Es ist legal, weil der User seine Daten freiwillig preisgibt.“

„Es stimmt. Ich bin an jenem Tag dort gewesen“, brachte Shippendale das Gespräch zurück auf das eigentliche Thema. Er klang aggressiv. „Es war Douglas’ Todestag. Was soll das also?“

„Richtig, Sie sind dort gewesen“, bestätigte Emily und machte eine Pause. „Sie sind allerdings nicht erst gekommen, nachdem Ihr Vater tot war. Sie waren bereits früher am Tage dort.“

„Das ist Blödsinn!“ Shippendale sprang auf und wandte sich an seinen Anwalt. „Können wir jetzt gehen? Ich denke, ich habe mich lange genug kooperativ gezeigt.“

„Nicht so schnell, Mr Shippendale“, ging Blake dazwischen und erhob sich ebenfalls. Seine Körperhaltung machte unmissverständlich klar, dass ein Verlassen des Raumes nicht zur Wahl stand. „Setzen Sie sich wieder und beantworten Sie Miss Reeds Fragen.“

Beddingfort nickte seinem Mandanten zu, und Shippendale

nahm wieder Platz.

Emily konzentrierte sich. Sie durfte jetzt keinen Fehler machen. Die Geschichte mit der digitalen Bilderfassung war erfunden. Sie wusste nicht, wann der Mann die Yacht betreten hatte, aber sie ging jede Wette ein, dass es vor dem Tod des Alten gewesen war. Howard Shippendale mochte nicht ihr Serienkiller sein, aber er war ein Mörder. Er hatte seinen Vater umgebracht. Und er hatte die Yacht nicht verkaufen wollen, weil sie seine gedankliche Trophäe war. Im Gegensatz zu vielen anderen Mördern musste er nicht an den Ort seiner Tat zurückkehren, aber er musste ihn nach wie vor besitzen. Die Yacht war das Zeichen seines endgültigen Sieges über Douglas Shippendale.

„Sie haben Ihren Vater aufgesucht, um mit ihm über sein Verhältnis zu Lana Walder zu sprechen. Die Affäre ging bereits über ein Jahr, und Sie hatten den Verdacht, dass dies mehr als eine seiner üblichen Bettgeschichten war. Die Frau entsprach schließlich auch nicht dem Bild seiner üblichen Gespielinnen. Sie wussten, wie sehr Nancy unter den Gerüchten litt und konnten es nicht mehr ertragen, tatenlos zuzusehen, wie Ihr Vater die Frau behandelte, die ihm jahrzehntelang zur Seite gestanden hatte. Sie wollten, dass er die Affäre beendet, doch Douglas hat Ihnen stattdessen gesagt, dass er Nancy verlassen wird. Er hat Sie ausgelacht. Vielleicht hat er sogar mit seinen vielen Frauen geprahlt.“ Emily beobachtete Howard. Sie reizte ihn. Sie musste Shippendale dazu bekommen, sich selbst zu beschuldigen.

„Sagen Sie nichts“, riet sein Anwalt.

„Er hat Ihnen gesagt, dass ihm der wirtschaftliche Erfolg nicht viel bedeutet“, fuhr Emily fort. „Für ihn ist dieser immer nur Mittel zum Zweck gewesen, denn er war ein Lebemann. All die Jahre haben Sie hart für Ihr Geld gearbeitet, um Douglas zu zeigen, dass Sie besser sind. Doch in jenem Moment haben Sie verstanden, dass Ihr beruflicher Erfolg Ihrem Vater egal war. Ihn interessierten nur die Frauen und auf diesem Gebiet konnten Sie ihm nicht das Wasser reichen.“

„Ich kann jede Frau haben, die ich will.“

„Aber Sie können es nicht genießen, Howard. Jede Frau, die Ihr Vater in seinem Bett hatte, hätte ihn auf der Stelle geheiratet. Sie hingegen möchte niemand heiraten. Die Frauen glänzen an Ihrem Arm. Sie himmeln sie an wie Laura, die Sie gestern Morgen zum Dezernat mitgebracht haben. Doch irgendwann wachen sie alle auf und merken, dass sie sich selbst aufgeben müssen, wenn sie mit Ihnen zusammen sind. Sie kontrollieren sie. Sie dominieren sie. Sie erniedrigen sie."

Emily wagte noch einen weiteren Vorstoß. „Ihr Vater hat sie an jenem 15. September ausgelacht, weil Sie nur in der Lage sind zu erigieren, wenn Sie die Peitsche in der Hand haben. Sie sind wütend geworden und all Ihr Hass, den Sie seit Jahren mühsam unter Verschluss gehalten hatten, hat sich entladen."

Shippendale ballte die Fäuste und Beddingfort legte eine Hand auf seinen Unterarm. „Sagen Sie nichts. Sie hat nichts gegen Sie in der Hand." Dann wandte sich der Anwalt Emily zu. „Nur zur Erinnerung: Der Vater meines Mandanten ist an einem Herzinfarkt gestorben."

„Den Ihr Mandant ausgelöst hat", konterte Emily.

Shippendales Nasenflügel zitterte fast unmerklich und Emily wünschte, Hunter wäre mit ihr im Raum. Er nahm Mikroausdrücke mit bloßem Auge wahr, die sie nur erahnte. Unwillkürlich glitt ihr Blick zu der Kamera in der oberen rechten Raumecke. Das kleine Licht neben der Linse wechselte kurz auf grün, bevor es zurück auf rot sprang.

Bedächtig atmete Emily aus. Hunter war der Beste. Er hatte ihre Unsicherheit gesehen und hatte die Kamera einmal aus- und wieder eingeschaltet, um ihr zu signalisieren, dass sie fortfahren sollte. Sie lag richtig.

„Sie wussten, dass Douglas Herzprobleme hatte. Vermutlich sind Sie einige Wochen zuvor in ihrem Elternhaus gewesen und haben bei der Gelegenheit seine Tabletten gegen Placebos ausgetauscht. Auf jeden Fall aber haben Sie während der Diskussion auf dem Schiff den Blutdruck ihres Vaters bewusst nach oben getrieben ..."

Shippendale presste seine Fingernägel so stark gegen seine Handinnenflächen, dass die Knöchel weiß hervortraten.

„... und als er immer weniger Luft bekam, haben Sie ihm ein Kissen auf das Gesicht gedrückt. Nicht lange genug, um zu ersticken", führte Emily aus. „Dazu sind Sie zu klug. Aber lange genug, bis die Panik einsetzt, der Körper Adrenalin ausstößt und damit das Herz zu Höchstleistung antreibt."

Shippendales Lippen wurden ebenfalls weiß.

„Nichts davon können Sie beweisen", stellte der Anwalt fest, der auch nur einen Blick auf seinen Mandaten benötigte, um zu sehen, dass Emily mit ihrer Anschuldigung richtig lag.

„Das muss ich nicht“, erklärte Emily mit kaltem Blick. „Douglas Shippendales Leiche wird es uns erzählen. Wir werden ihn exhumieren lassen und wenn der Gerichtsmediziner weiß, wonach er suchen muss, ist der Rest ein Kinderspiel.“

Emily richtete ihre Aufmerksamkeit wieder auf den Immobilienmakler. „Sie haben zugesehen, wie Ihr Vater einen Herzinfarkt erlitt und Sie haben sich daran erfreut, wie er vor Ihnen auf dem Boden lag. Sie haben gewartet, bis er tot war, dann haben Sie sich von Bord geschlichen.“

„Er lag nicht auf dem Boden“, stieß Shippendale verächtlich aus. „Er ist vor mir gekrochen und hat dabei gewinselt wie ein Hund. Er hat mich um Hilfe angefleht.“

„Doch Sie haben ihm nicht geholfen“, folgerte Emily.

„Shippendale!“, warnte sein Anwalt ein weiteres Mal, doch der Mann war zu wütend, um sich zurückzuhalten.

„Natürlich nicht. Ich mache keine halben Sachen. Dinge, die ich beginne, bringe ich zu Ende.“ Funkelnde Augen blitzten über den Tisch. „Und immer erfolgreich.“

„Nicht immer“, korrigierte Emily. „Dieses Mal haben Sie verloren.“

Blake erhob sich. „Mr Shippendale, ich verhafte Sie wegen des Mordes an Douglas Shippendale.“

Die Augen des Maklers weiteten sich, als er begriff, was passiert war.

KAPITEL 25

Frustriert schob Lucas seinen Stuhl zurück und öffnete das Fenster. Tief atmete er die frische Luft ein. Sie war kühl, aber der Sauerstoff belebte seine Lungen. Mittlerweile hatten Chief Hardys Leute alle zum Verkauf stehenden Schiffe kontrolliert. Doch noch immer hatten sie keine Spur der vermissten Megan Petrella.

„Nochmal von vorne", entschied Lucas und kehrte an den Schreibtisch zurück, den ihm Hardy zur Verfügung gestellt hatte. Resolut griff er nach einem Kugelschreiber und einem Blatt Papier. Laut sprach er mit sich selbst. „Was sind die Anforderungen des Täters? Er sucht eine Yacht oder ein Boot. Es muss zum Verkauf stehen."

Grübelnd sah Lucas auf. Musste es das? Bisher hatten alle von ihm ausgewählten Schiffe zum Verkauf gestanden. Aber vielleicht hatte er in diesem Jahr eine Alternative gefunden, die ihm besser gefallen hatte? Er strich das Wort ‚Verkauf' durch und ersetzte es durch ‚verlassen'. Welche Boote waren verlassen? Viele reiche New Yorker hatten ein Strandhaus in Providence, in dem sie nur den Juli und den August verbrachten und viele von ihnen besaßen auch eine Yacht.

Es ist eine Möglichkeit, dachte Lucas, doch sein Bauchgefühl signalisierte ihm, dass dies nicht zu ihrem Täter passte. Es war Anfang April und dementsprechend würde man in spätestens drei Monaten die Leiche seines letzten Opfers finden. Natürlich war es immer möglich, dass ein Boot plötzlich einen Interessenten fand, aber das sichere Wissen, dass Megan Petrella in wenigen Wochen gefunden werden würde, entsprach nicht den Anforderungen des Täters.

Lucas notierte die Idee dennoch auf dem Zettel. Allerdings schrieb er sie weiter unten auf das Blatt und überlegte anschließend erneut.

Eine weitere Idee kam ihm, und er zog die Tastatur seines Laptops näher zu sich heran. Gab es vielleicht am Wasser liegende Häuser, die mit einem Boot verkauft wurden? Hastig klickte er sich durch die Seiten der örtlichen Makler und landete zwei Treffer. Eines der beiden Häuser lag dabei gut zweihundert Meter vom nächsten Nachbarn entfernt. Es war ideal, wenn man nicht gesehen und gehört werden wollte.

Sofort rief Lucas den Makler an und erfuhr, dass es vor vier Wochen tatsächlich einen Interessenten gegeben habe, der sich die Villa angesehen, sie aber letztendlich doch nicht genommen hatte.

„Das Objekt ist schwer zu verkaufen“, erklärte ihm der Mann. „Das Haus hat einem kinderlosen Ehepaar gehört. Der Mann erlag vor zehn Jahren einer Krankheit und seitdem ist nichts mehr an dem Gebäude gemacht worden. Die Frau starb vor ungefähr neun Monaten und hat das Haus der Pflegeorganisation vermacht, die sich in den letzten Jahren um sie gekümmert hat. Die Organisation will das Haus verkaufen, aber natürlich möchten sie kein Geld investieren.“

„Verständlich“, meinte Lucas. „In den Unterlagen steht, dass zu dem Haus eine Yacht gehört.“

„Yacht ist vielleicht ein wenig übertrieben, aber es gibt ein großes Motorboot. Das ist richtig.“

In wenigen Worten erklärte Lucas dem Makler, warum er sich das Grundstück ansehen wollte. „Können wir uns vielleicht bei der Adresse treffen? Ich kann natürlich einen Gerichtsbeschluss beantragen, aber das würde dauern und es zählt jede Minute.“

„Ich brauche ungefähr eine Viertelstunde“, erklärte der Makler, ohne Zögern.

Lucas bedankte sich und machte sich auf den Weg, Rejyna zu suchen. Er fand die Agentin im Büro des Chiefs. Rasch erklärte er seinen neuen Gedankengang.

„Ich fahre mit dir“, erklärte Rejyna.

„Zur Sicherheit sollten wir uns auch diese zweite Adresse ansehen. Ich werde zwei Leute hinschicken“, meinte Chief Hardy.

„Sehr gut. Wir melden uns, sobald wir den Makler getroffen haben“, versprach Lucas.

Die Fahrt dauerte zwölf Minuten und ein weißer Mercedes wartete bereits in der Einfahrt vor der Garage. Es war eine große weiße Holzvilla, die zu ihren Glanzzeiten mit Sicherheit zu den mondänsten Häusern der Gegend gezählt hatte. Leider hatte der Makler jedoch nicht übertrieben. Die Witterung hatte der Fassade ziemlich zugesetzt.

„Möchten Sie zuerst das Innere des Gebäudes sehen oder soll ich Sie gleich zu dem Boot führen", erkundigte sich der Makler. Er war noch jung, Rejyna schätzte ihn auf höchstens Anfang dreißig, eher Ende zwanzig, und er wirkte leicht nervös.

„Wir würden gerne zuerst das Boot ansehen", erwiderte Lucas und folgte dem Mann durch das Haus auf die andere Seite des Grundstücks.

„Leider befindet sich das Schiff in dem gleichen schlechten Zustand wie das Haus. Es ist wahrscheinlich schon mehr als zwanzig Jahre nicht mehr bewegt worden, und jeder Dollar ist besser in einer neuen Yacht investiert."

Mit dem Auge einer Agentin sah sich Rejyna um. Das Schloss der Eingangstür war unversehrt gewesen und von der Straße aus gab es keinen anderen Weg zum Wasser als durch das Gebäude. Sie vermutete jedoch, dass man über das Ufer des angrenzenden Landes unbemerkt zu dem Boot gelangen konnte.

„Die nächsten drei Nachbargrundstücke sind unbebaut. Sie gehören den drei Kindern einer Familie, jedoch hat keines von ihnen eigene Bauambitionen, da sie alle bereits ein eigenes Haus in Rhode Island besitzen. Verkaufen werden sie das Land in absehbarer Zeit ebenfalls nicht."

Lucas und Rejyna verzichteten, den Mann darauf aufmerksam zu machen, dass sie keine potenziellen Interessenten waren und er ihnen das Haus dementsprechend nicht schmackhaft machen musste. Sie wussten, dass er nur redete, um die Stille zu füllen. Sie sprangen an Bord und der Makler öffnete ihnen die Tür zu der Kajüte. Der typisch modrige Geruch eines zu wenig gelüfteten Raumes schlug ihnen entgegen und sofort wusste sowohl Lucas als auch Rejyna, dass Megan nicht hier war.

Lucas fühlte, wie ihn die Frustration in Form einer kalten Dusche traf. Wütend über sich selbst, trat er zurück ins Freie. Dicke Wolken hingen am Himmel und versprachen Regen.

Verdammt! Warum konnte er die Frau nicht finden? Er hatte den Fundort aller weiblichen Opfer dieses Scheißkerls vorhergesagt. Wieso war er, was ausgerechnet diesen aktuellen Tatort betraf, nicht in der Lage ihn zu sehen? Alle anderen Frauen waren seit Monaten, ja seit Jahren, tot. Bei ihnen wäre es nicht auf einen Tag angekommen. Aber dies hier war ein Wettrennen gegen die Zeit. Sie hatten die Chance, Megan zu retten. Wenn er nur seinen Job richtig machen würde. Verzweifelt fuhr sich Lucas durch die Haare. Wenn sie zu spät kamen, war es seine Schuld.

„Es war einen Versuch wert“, sprach Rejyna neben ihm.

Lucas wusste, dass sie die Worte ebenso sehr zu sich selbst gesprochen hatte wie zu ihm. Es war auch richtig. Es war ein Versuch wert gewesen. Allerdings nur, weil er nicht mit einer vielversprechenden Alternative hatte aufwarten können.

„Möchten Sie sich das Haus noch ansehen?“, fragte der Makler ein wenig ratlos.

Mit schlechtem Gewissen wandte sich Lucas dem Mann zu. Er konnte schließlich nichts für die Situation. „Nein, vielen Dank! Wir möchten Ihre Zeit nicht länger in Anspruch nehmen. Der Täter, den wir suchen, war definitiv nicht hier.“

Der junge Mann wirkte sichtbar erleichtert. „Ich kann nicht sagen, dass ich das bedaure. Das Objekt ist auch, ohne dass es der Tatort eines Verbrechens ist, schwer genug zu verkaufen. Die Pflegegesellschaft ist mit dem Preis bereits auf den reinen Grundstückswert heruntergegangen, aber dennoch muss der Käufer nicht nur in das Haus investieren, sondern auch noch diesen Kahn entsorgen. Die Kosten dafür sind leider ziemlich hoch. Es wäre einfacher gewesen, das Schiff vor Jahren an eine Schiffswerkstatt zu verkaufen. Damals hätte das Boot vielleicht noch jemand ausschlachten können, aber heute ist weder etwas von der Innenausstattung noch von der Technik zu gebrauchen.“

Gemeinsam kehrten sie durch das Haus auf die Straße zurück.

„Vielen Dank, dass Sie sich die Zeit für uns genommen haben“, bedankte sich Rejyna.

„Kein Problem. Ich hoffe, Sie finden diese vermisste Frau schnell.“

„Das hoffen wir auch“, erwiderte Rejyna und verabschiedete sich. Sie folgte Lucas zum Auto und hing während der Rückfahrt ihren eigenen Gedanken nach. Verwundert sah sie auf, als Lucas plötzlich anhielt. „Was ist los?“, wollte sie wissen.

„Der Makler hat gesagt, dass es teuer ist, ein Schiff zu entsorgen, richtig?“, vergewisserte sich Lucas, während er sich zu ihr drehte.

„Ja. Worauf willst du hinaus?“

„Müll wird immer teurer. Das ist auch der Grund, warum immer mehr Leute alte Geräte oder Möbel einfach irgendwo abstellen. Ein solches Verhalten findet man nicht nur bei Wohnungs- oder Häuserauflösungen, wo die Erben nicht einsehen, für Entsorgungen zu zahlen. Ich wette mit dir, dass es auch bei

Schiffseigentümern existiert. Oftmals hat dies nicht einmal finanzielle Gründe. Manchmal liegt dem Ganzen auch einfach ein Protestverhalten der Bürger zugrunde. Das ist ein sehr interessantes psychologisches Phänomen. Es spielt überhaupt keine Rolle, dass man sich die Kosten leisten könnte. Es ist der kleine Sieg des scheinbar unbedeutenden Individuums über die Politik."

„Du glaubst also, es gibt so etwas wie einen versteckten Schiffsfriedhof?", folgerte Rejyna.

Aufgeregt nickte Lucas.

„Wir müssen Chief Hardy anrufen. Niemand wird einem Gesetzesvertreter von einem solchen Ort erzählen", überlegte Rejyna. „Wir können nur hoffen, dass seine Leute einen guten Draht zur Straße und damit Zugriff auf einige Informanten haben." Sie hatte ihr Telefon bereits in der Hand und sprach kurze Zeit später mit dem Chief.

„Er hat noch nie davon gehört und war dementsprechend nicht allzu überzeugt", teilte Rejyna Lucas wenig später mit.

„Das kann ich mir vorstellen. Das Gebiet obliegt schließlich seiner Verantwortung", bemerkte Lucas. „Wird er sich trotzdem darum kümmern?"

„Ja, seine Männer werden sich umhören. Er meldet sich, sobald er etwas hört." Rejyna musterte Lucas. Sie hatte ihn selten so erschöpft gesehen, allerdings war es kein Wunder. Ihm fehlte eine ganze Nacht Schlaf und wahrscheinlich hatte er auch seit Stunden nichts Vernünftiges gegessen. Sie kannte ihn mittlerweile gut genug, um zu wissen, dass er sich keine Zeit für eine Mahlzeit nahm, wenn die Zeit drängte und ein Leben auf dem Spiel stand.

„Im Augenblick können wir nichts tun", stellte sie fest. „Vielleicht sollten wir die Zeit nutzen und etwas Essen gehen. Außer ein paar Eiern hatte Parkers Kühlschrank nichts zu bieten und das ist schon Stunden her."

„Du hast Hunger?"

„Nein, aber ich weiß, dass ich Energie brauche. Wenn wir Megan finden, gibt es alle Hände voll zu tun."

„Du hast recht", stimmte Lucas zu. „Du musst etwas essen."

„Wir müssen etwas essen", korrigierte Rejyna bestimmt und zum Glück diskutierte Lucas nicht.

„Worauf hast du Lust?", erkundigte sich Lucas.

„Egal, solange es Substanz hat. Entscheide du!"

„Steak?“

„In Ordnung.“

Lucas suchte in seinem Navigationsgerät das nächste Steakhaus und startete die Wegführung. Fünf Minuten später hielten sie vor einem Restaurant.

„Such uns schon einmal einen Tisch und gib unsere Bestellung auf. Ich rufe nur noch schnell Parker an und höre nach, ob er und Carter etwas Interessantes gefunden haben.“

„Mach das“, bemerkte Lucas und betrat das dunkle Lokal. Nur zwei Tische waren besetzt, was ihm entgegen kam. Im Augenblick hatte er keine Lust auf großes Stimmengewirr. Er bestellte zwei Steaks mit Salat und jeweils einer Ofenkartoffel sowie eine große Flasche Wasser und wartete auf Rejyna.

„Hast du bestellt?“, erkundigte sie sich, als sie sich zu ihm setzte.

„Ja. Es müsste gleich kommen.“ Grinsend betrachtete er sie.

Verwirrt hob Rejyna fragend ihre Augenbrauen.

„Du hast dich verraten“, teilte Lucas ihr mit.

„Verraten? Was habe ich verraten?“ Noch immer verstand sie nicht, worauf Lucas hinauswollte.

„In Parkers Kühlschrank waren nur Eier“, wiederholte er. „Das heißt, du bist heute Nacht bei ihm gewesen.“

„Es ... es war sicherer, nicht zu Hause zu schlafen, solange das neue Alarmsystem nicht installiert ist“, reagierte sie verlegen.

„Auf jeden Fall“, stimmte Lucas ihr zu. „Ich bin überzeugt, du hast das Gästezimmer genommen.“

Eine leichte Röte überzog Rejynas Gesicht. „Hör zu, Lucas, ich weiß, du meinst es gut ...“

Beruhigend zwinkerte Lucas ihr zu. „Du musst mir nichts erklären, Rejyna. Ich wollte dich nur ein wenig aufziehen. Und ich war neugierig“, gab er zu. „Parker hat sich viel zu lange mit grundlosen Schuldgefühlen geplagt. Er hat es verdient, glücklich zu sein.“

„Das hat jeder von euch“, erklärte Rejyna, denn sie hatte das Gefühl, dass sich Lucas in dieser Hinsicht nicht allzu sehr von Parker unterschied.

„Parker ist ein großartiger Mensch“, überging Lucas die Bemerkung. „Und du tust ihm gut, Rejyna. Aber vergiss nicht, dass es für ihn ein sehr großer Schritt ist, sich vollständig zu öffnen und sein Herz zu verschenken. Wenn es dir nicht ernst ist, solltest du das Ganze lieber im Keim ersticken.“

„Ich spiele nicht, Lucas, aber ich kann auch keine Garantien geben. Ich kann nicht in die Zukunft sehen."

„Das verlangt niemand. Alles, worum ich dich bitte, ist, fair zu sein."

Eine Kellnerin brachte ihr Essen und Rejyna wartete mit ihrer Antwort, bis sie wieder alleine waren. „Das werde ich. Allerdings bitte ich dich um das Gleiche. Wenn die Beziehung auseinanderbricht, möchte ich mich nicht versetzen lassen müssen. Für Parker mag es ein Risiko sein, mir zu vertrauen, aber ich riskiere mindestens ebenso viel und am Ende habe ich vielleicht sogar mehr zu verlieren als er, denn er hat eine Familie, die ihn auffängt."

Lange betrachtete Lucas die Frau, die ihm gegenübersaß. Zum ersten Mal erkannte er, wie alleine sich Rejyna im tiefsten Innern fühlte und wie sehr sie ihn, Parker, Hunter und Emily um ihre Verbundenheit beneidete.

Freundschaftlich legte er seine Hand auf ihre und sah ihr offen in die Augen. „Du gehörst zu uns, Rejyna, und wir unterstützen dich ebenso wie Parker. Ich verspreche dir, dass wir immer so weit wie möglich objektiv sein werden und dass jeder von uns Parker die Hölle heiß machen wird, wenn er Mist baut."

Unsicher lächelte Rejyna. Lucas Worte waren in ihrer Aussage ausgesprochen süß und mehr konnte sie kaum erwarten, allerdings klangen sie, als würden sie und Parker nicht viel Privatsphäre haben.

„Keine Sorge. Wir werden uns nicht einmischen", erklärte Lucas, der ihre Gedanken erraten zu haben schien. Dann fügte er mit einem verschwörerischen Zwinkern hinzu: „Zumindest nicht mehr als bei Hunter und Mia."

„Ihr interferiert bei den beiden?", wunderte sich Rejyna.

Leise lachte Lucas. „Bislang war es nicht notwendig, aber verlass dich drauf, dass wir Hunter ganz schon den Kopf waschen würden, wenn er irgendwelche merkwürdigen Ansichten oder Eigenheiten entwickelte. Das gehört doch zu den Aufgaben einer Familie, oder nicht?"

„Ja, wahrscheinlich schon", erwiderte Rejyna gerührt und realisierte, dass sie eine solch enge Familienbande als Einzelkind und auch ohne jeden weiteren Familienkreis nie kennengelernt hatte. Aber die Vorstellung gefiel ihr.

Sie hatten gerade die Rechnung beglichen, als Chief Hardy bei Emily anrief und ihr eine Adresse durchgab. Seiner Stimme war deutlich anzuhören, wie wenig ihm gefiel, dass sich Lucas' Annahme als richtig herausgestellt hatte.

„Ein alter Informant, der uns vor Jahren einmal bei einem Mordfall in einer Werft einen wertvollen Tipp gegeben hat, hat sich ein wenig umgehört und tatsächlich gibt es ein altes verlassenes Grundstück ungefähr zehn Meilen landeinwärts. Keiner weiß genau, wem es gehört. Es hat eine ziemlich versteckte Zufahrt und man muss den Weg kennen."

„Wir brauchen ungefähr acht Minuten, sagt das Navi", teilte Rejyna dem Chief mit, die die Adresse parallel in Lucas' Wagen eingegeben hatte.

„Dann sollten wir zeitgleich dort eintreffen", bemerkte Hardy. „Das Grundstück will ich mit eigenen Augen sehen. Ich wohne mein ganzes Leben lang in dieser Gegend. Es ist mir ein Rätsel, wie ich nichts davon wissen konnte. Angeblich liegen dort mehr als zwanzig Schiffe."

„Machen Sie sich nichts daraus. Es ist das Ziel der Bösen, ihre Taten vor uns geheim zu halten", tröstete Rejyna und dachte laut weiter. „Wenn das Grundstück im Landesinneren liegt, dann müssen die Schiffe entsprechend transportiert werden."

„Richtig. Angeblich gibt es einen Mann, der das Ganze organisiert. Er nimmt einen Bruchteil dessen, was eine reguläre Entsorgung kosten würde."

„Wissen Sie, um wen es sich handelt?"

„Noch nicht. Er nennt sich Rod. Das ist bis jetzt alles, was ich weiß, aber ich versichere Ihnen, dass ich den Kerl fassen werde. In spätestens drei Tagen sitzt er in einer netten, kleinen Zelle. Und seine Auftraggeber werde ich auch finden. Auf sie wartet mindestens eine saftige Geldstrafe, wenn nicht sogar ein paar Jahre Gefängnis. Bis gleich, Agent Seymour."

„Hardy ist ganz schön wütend", stellte Lucas fest, der das Gespräch über die Freisprechanlage des Autos mitgehört hatte.

„Allerdings. Ich will im Augenblick nicht in der Haut dieser Leute stecken. Chief Hardy kennt, glaube ich, wenig Erbarmen an dieser Stelle, was auch richtig ist."

„Mein Gefühl sagt mir, dass wir endlich richtig liegen", meinte Lucas, während er durch die Straßen raste.

Fragend sah Rejyna zu Lucas hinüber. „Glaubst du, Megan lebt noch?“

Tief atmete Lucas ein bevor er antwortete. „Nein.“ Er warf einen kurzen Blick auf Rejyna. „Was ist mit dir?“

Traurig schüttelte sie den Kopf, während sie leise hinzufügte: „Aber ich hoffe es trotzdem.“

Lucas folgte der Route, die ihm der Bildschirm des Navigationsgerätes vorgab. Die geteerte Straße hatten sie bereits vor gut sechs Meilen verlassen und die Büsche und Bäume an den Seiten wurden dichter.

„Kein Wunder, dass der Chief diesen Ort nicht kennt“, stellte Lucas fest. „Hier musst du wirklich wissen, wo du hin willst. Diesen Weg fährt niemand freiwillig und schon gar nicht mit einem Bootsanhänger.“ Lucas blickte in den Rückspiegel. „Chief Hardy ist hinter uns.“

„Dort vorne muss es sein“, vermutete Rejyna und deutete auf ein Tor, das in einen stabilen Zaun eingearbeitet war, der weitestgehend von wilden Rankenpflanzen eingenommen war.

Lucas hielt an und wartete, bis einer von Chief Hardys Leuten das Tor aufgestemmt hatte. Dann fuhr er als Erstes auf das Grundstück. Zunächst wirkte die Umgebung nicht anders als das Waldgebiet, durch das sie die letzten zehn Minuten hindurchgefahren waren. Doch dann lichteten sich die Bäume und eine Reihe an Booten kam zum Vorschein: Motorboote, Katamarane, Segelboote in unterschiedlichen Größen lagen auf dem Land.

„Meine Güte“, staunte Chief Hardy, der wie Lucas und Rejyna ausgestiegen war. „Einige der Wracks müssen schon seit zwei Jahrzehnten hier liegen.“

„Und Sie wissen nicht, wem dieser Grund gehört?“, Rejyna konnte es nicht glauben.

„Der eingetragene Besitzer ist vor dreißig Jahren gestorben. Wir sind dabei herauszufinden, wer der Erbe gewesen ist, denn es hat nie eine Umschreibung stattgefunden.“ Hardy ging auf ein Segelboot zu. „Die Namen der Schiffe wurden entfernt. Ich schätze, dass auch die Schiffskennungen nicht mehr vorhanden sein werden.“

„Hier hat jemand ganze Arbeit geleistet“, stellte Rejyna fest.

„Wir werden sie trotzdem alle finden. Den Organisator und die Schiffseigentümer“, erklärte Hardy überzeugt. „Doch zuerst kümmern wir uns um Megan Petrella. Wie sollen wir vorgehen?“

Lucas überlegte, während er sich umsah. „Lassen Sie Ihre Männer ein Boot nach dem anderen durchsuchen. Ich werde mich mit Agent Seymour umsehen, in der Hoffnung, dass ich das richtige Boot schneller finde, wenn ich es sehe."

„In Ordnung." Chief Hardy erteilte die Anweisung an seine Leute und Lucas und Rejyna liefen durch die Schiffskörper hindurch.

„Siehst du das Boot dort hinten?" Lucas zeigte auf eine weiße Motoryacht. „Sie ist etwas kleiner als die ‚Butterfly', ist aber ansonsten der gleiche Typ."

„Sehen wir sie uns an", meinte Rejyna, als sie ihren Schritt beschleunigte. Über die Bootsleiter kletterten sie an Bord. Einem inneren Instinkt folgend zog Rejyna ihre Waffe. „Ich gehe vor."

Widerspruchslos trat Lucas zur Seite. Am Anfang ihrer Zusammenarbeit hatte der Mann in ihm an dieser Stelle protestieren wollen, doch ihr Vertrag mit dem FBI war in diesem Punkt eindeutig und ließ keinen Spielraum. Blake und Rejyna waren die offiziellen Gesetzesvertreter. Sie waren für Gefahrensituationen ausgebildet und es war ihre Aufgabe, zu beschützen. Er folgte Rejyna, die sich mit dem Rücken neben der Tür zur Bootskajüte positionierte.

Rejynas Herz klopfte, als sie die Hand auf den Türknauf legte und ihn langsam herumdrehte. Sie hatte die Tür erst einen kleinen Spalt geöffnet, als sie den typischen Leichengeruch wahrnahm.

Wir sind zu spät, durchfuhr es sie, doch sie gab sich nicht die Zeit, die Information vollständig zu verarbeiten. Stattdessen riss sie die Tür auf, richtete ihre Waffe in die Kajüte und sprang die drei Stufen hinunter.

„Gesichert", rief sie wenig später nach draußen.

Blutspuren bedeckten den Boden und mit einem dicken Kloß im Hals hob Rejyna die Sitzfläche der Eckbank nach oben. Mit leblosen Augen starrte sie Megans Leiche an.

KAPITEL 26

Sharad stand am Fenster und blickte durch die leicht gekippten Sonnenjalousien hinunter auf die Straße. Er befand sich in einer Wohnung im fünften Stock, die direkt auf der gegenüberliegenden Seite des FBI-Dezernats lag. Von hier aus hatte er den perfekten Blick auf den Eingang des Gebäudes. Bereits seit sechs Stunden beobachtete er, wer das Bureau betrat und wer es verließ.

Eigentlich wollte er um diese Zeit gerade in Teheran landen, denn er hatte den Abend mit seiner Familie verbringen wollen. Es war schließlich der Geburtstag seines Schwagers. Doch statt sich von dem guten Essen, das seine Schwester zusammen mit seiner Mutter und seiner Frau seit Tagen vorbereitet hatte, verwöhnen zu lassen, saß er noch immer in Boston fest.

Er hätte diesen Auftrag niemals annehmen sollen. Er hasste die USA. Allerdings hatte er keine andere Wahl gehabt. Wenn Aref Hejazi rief, sagte man nicht Nein. Der Auftrag hatte auch nach einem Spaziergang im Park geklungen und der Anfang war auch wie am Schnürchen gelaufen.

Anweisungsgemäß hatte er Daria Vonn getötet, nachdem sie ihm Namen und Adresse seiner zwei Zielpersonen gegeben hatte. Dann hatte er diesen CIA-Agenten ausgeschaltet und sich nach Boston begeben. Automatisch war Sharad davon ausgegangen, dass auch der Rest ein Kinderspiel sein würde. Doch dann hatte er versagt. Dabei er hatte noch nie versagt. Noch nie hatte er daneben geschossen, und noch nie hatte eine von ihm gelegte Autobombe ihr Ziel verfehlt.

Blinder Hass wütete in ihm. Rejyna Seymour würde dafür bezahlen. Sie würde ihm nicht noch einmal entkommen. Er musste sie nur finden und das war lediglich eine Frage der Zeit. Sharad hatte gehofft, sie am Morgen zu dem Haus ihres Kollegen locken zu können, doch die Frau war nicht aufgetaucht. Er hätte es besser wissen müssen. Eine Frau wie Rejyna Seymour hatte keinen Funken Loyalität in den Knochen. Doch früher oder später würde sie hier auftauchen. Sie würde irgendwann in ihr Büro zurückkehren.

Ein schmerzhaftes Stöhnen ließ ihn sich umdrehen. Die vierzigjährige Frau, die die Wohnung bewohnte, regte sich am Boden. Es wunderte ihn, dass sie noch nicht verblutet war. Einen Moment beobachtete er sie. Sein Messer steckte noch immer in ihrem Unterleib. Er hätte es ihr ins Herz stechen sollen. Seine Augen trafen ihren verständnislosen Blick. Noch immer verstand sie nicht, was geschehen war.

Mit einer Schachtel frischer orientalischer Datteln hatte er am Vormittag bei ihr geklingelt und sich als ihr neuer Nachbar vorgestellt. Charmant hatte er sie in ein Gespräch verwickelt und sie um Tipps gebeten. Wo konnte man besten einkaufen? Welche Ärzte waren zu empfehlen? Welche Wäscherei war am zuverlässigsten? Sharad wusste, wie man alleinstehende Amerikanerinnen um den Finger wickelte. Sein Englisch war nahezu perfekt und er konnte unendlich charmant sein. Er hatte nur drei Minuten gebraucht, bis die Frau ihn auf eine Tasse Kaffee in ihre Wohnung gebeten hatte. Rasch hatte er sich versichert, dass die Frau für den weiteren Tag keine Pläne hatte, dann hatte er sein Messer aus der weiten Cargohose gezogen.

Sharad widmete seine Aufmerksamkeit wieder der Straße. Es war nicht viel los am Sonntag. Vielleicht sollte er für heute aufgeben und noch einmal an dem Haus der Agentin vorbeifahren. Allerdings bestand die Gefahr, dass es mittlerweile bewacht wurde. Die Polizisten am Morgen, die nach der Zündung der Autobombe herbeigeeilt waren, hatten ebenfalls die Gegend um Blake McGreys Haus abgesucht.

Nein, es ist zu gefährlich, entschied er. Es war besser, er behielt das Bürogebäude der des FBI im Auge. Selbst wenn sie heute Abend nicht mehr auftauchen sollte, so würde er sie spätestens morgen früh sehen. Und dann: Peng! Ein Schuss – ein Treffer. Selbst Rejyna Seymour konnte nicht mehr als drei Leben haben.

Die Frau am Boden wimmerte leise. Zunächst versuchte Sharad es zu ignorieren, doch es störte seine Stille. Genervt trat er schließlich zu ihr, nahm das Messer wieder an sich und stieß ein zweites Mal zu. Dieses Mal wählte er das Herz. Sofort breitete sich eine unheimliche Ruhe im Raum aus.

Sharad atmete bewusst ein und aus. Ja, das war besser. Langsam stand er auf, reckte seine Glieder und kehrte ans Fenster zurück. Was war das? Überrascht blickte er auf eine Frau und einen Mann, die über den Parkplatz eilten. Das war Rejyna Seymour.

Nein, nein, nein! Rasch griff er nach seinem Gewehr, doch bis er es angelegt und ausgerichtet hatte, war die Agentin im Gebäude verschwunden und die Tür schloss sich hinter ihr.

Wütend nahm er die Waffe herunter. Diese Frau hatte mehr Glück als Verstand. Sechs Stunden blickte er aus dem Fenster und ausgerechnet in den dreißig Sekunden, in denen er nicht hinsah, tauchte sie auf.

Es ist egal, beruhigte er sich selbst. Er hatte sie wiedergefunden. Das war erst einmal das Wichtigste. Rejyna Seymour würde nicht ewig dort drinnen bleiben. Er musste nur noch ein wenig länger warten und wenn sie das Gebäude verließ, hatte er sie. Dann war es endgültig vorbei, und er konnte nach Hause fliegen.

KAPITEL 27

Rejyna und Lucas betraten das FBI-Gebäude und gingen hinauf in den dritten Stock, wo Blake, Hunter und Emily auf sie warteten. Sie liefen gerade die Treppen nach oben, als Rejynas Telefon klingelte.

„Hi, Lisa", grüßte sie die Freundin, deren Nummer sie erkannt hatte. „Ich hoffe, der Kater ist nicht allzu schlimm."

„Oh, sag nichts", stöhnte Lisa. „Der letzte Tequila war definitiv zu viel."

„Nur der Letzte?", lachte Rejyna.

„Na ja, vielleicht auch schon der davor. Aber die Nacht war es wert."

„Wann bist du gegangen? Ich habe dich irgendwann nicht mehr gesehen?"

„Keine Ahnung. Marcus hat mich nach Hause gebracht. Er ist wirklich süß."

„Kennst du ihn schon länger?"

„Ich habe ihn vielleicht zwei- oder dreimal gesehen. Dave hat ihn schon mal mitgebracht, wenn Marcus ihn überraschend besucht hat und wir mit der Clique verabredet gewesen sind. Wir haben immer ein bisschen geflirtet, aber es ist nie etwas passiert. Bis gestern."

„Und? Ist es etwas Ernstes?", hakte Rejyna nach.

Lisa überlegte einen Moment. „Ich glaube nicht." Ihre Stimme wurde wieder fröhlich. „Hey, warum treffen wir uns nicht zum Essen? Dann können wir endlich einmal wieder in Ruhe plaudern. Wir haben uns eine gefühlte Ewigkeit nicht mehr privat gesehen."

„Das würde ich gerne, aber wir ich muss leider arbeiten."

„Sucht ihr immer noch diesen Serienkiller?"

„Ja, und leider haben wir zwei neue Opfer in Providence."

„Oh, Mist! Sind es wieder ein Mann und eine Frau?"

„Ja. Die Opfer passen exakt in das Profil. Es sieht allerdings danach aus, als ob unser Täter eine Frau ist."

„Eine Frau? Das ist ungewöhnlich. Seid ihr sicher?"

„Das Obduktionsergebnis ist eindeutig."

„Wer hat die Autopsie durchgeführt?"

„Carter Ayres mit Parkers Unterstützung."

„Dieser Parker scheint wirklich sympathisch zu sein. Ich kann verstehen, dass du auf ihn stehst."

„Lisa!", mahnte Rejyna zischend.

„Was? Du hast mich nach Marcus gefragt, da ist es nur fair, wenn ich die gleiche Frage zurückstelle. Wie ernst ist es?"

„Ich muss Schluss machen, Lisa. Tut mir leid."

Die Freundin giggelte. „Das klingt nach ‚wirklich Ernst'."

„Ich melde mich, sobald es hier ruhiger wird", überging Rejyna die Bemerkung und beendete die Verbindung.

„War das Lisa Galotti, deine Freundin beim BPD?", erkundigte sich Lucas.

„Ja. Sie wollte sich heute Abend zum Essen treffen. Warum fragst du?"

„Reine Neugier", gab Lucas zu. „Ich glaube, ich bin ihr einmal vor einigen Monaten auf einer Veranstaltung des BPD begegnet. Sie ist recht hübsch. Groß und lange blonde Haare, wenn ich mich richtig erinnere."

„Stimmt. Hast du Interesse? Wir können gerne zusammen ausgehen."

„Nein, danke", lehnte Lucas schmunzelnd ab. „Glücklicherweise brauche ich an der Stelle keine Hilfe und ganz abgesehen davon, dass mir mein Junggesellenleben im Augenblick ausgesprochen gut gefällt, ist sie nicht mein Typ."

Verwundert sah Rejyna ihn an. „Warum nicht?" Es war eine ernste Frage, denn Rejyna hatte sich schon häufig gefragt, warum Lisa noch immer Single war. Wenn sie die Freundin fragte, so hörte sie, dass der Richtige einfach schwer zu finden sei. Doch Rejyna verstand nicht, warum. Lisa war Anfang dreißig, attraktiv, selbstständig, finanziell unabhängig und hatte Humor. Was wollte ein Mann noch mehr?

„Wir haben damals nur ein paar Worte gewechselt, aber mein erster Eindruck ist, dass sie eine Frau ist, die das Leben in vollen Zügen genießt."

„Was ist verkehrt daran?"

„Nichts. Sie hat einen harten Job, der ihr jeden Tag vor Augen führt, wie vergänglich das Leben ist. Es ist verständlich, dass sie in ihrer Freizeit den Ausgleich sucht und allem, was plötzlich kompliziert wird oder Kompromissbereitschaft erfordert, sofort den Rücken zuwendet. Für Lisa Galotti bedeutet Freizeit ausnahmslos Spaß. Das ist in Ordnung. Es ist allerdings nicht mein Stil.“ Mit Schwung öffnete Lucas die Etagentür und ließ Rejyna vorgehen.

Nachdenklich schritt Rejyna neben Lucas an den leeren Schreibtischen der Kollegen vorbei und auf den Besprechungsraum zu. Bislang hatte sie Lisa noch nie so gesehen, aber sie musste zugeben, dass Lucas recht hatte. Mit Lisa hatte man immer eine Menge Spaß, allerdings war sie tatsächlich kompromisslos.

Rejyna erinnerte sich an einen Abend, als sie zu sechst zum Squashspielen verabredet gewesen waren. Einer aus der Gruppe hatte unerwartet von seiner Schwester und ihrer Freundin Besuch bekommen. Beide Mädchen hatten im Rollstuhl gesessen und so hatte Rejyna vorgeschlagen, statt Squash zu spielen lieber zum Bowlen zu gehen, woran sich auch die beiden Gäste beteiligen konnten. Mit Ausnahme von Lisa waren sofort alle einverstanden gewesen. Die Freundin hatte sich damals mit plötzlichen Kopfschmerzen verabschiedet, aber Rejyna hatte gewusst, dass der wahre Grund ein anderer gewesen war. Lisa hatte einfach keine Lust gehabt, Rücksicht zu nehmen.

So lange sie Lisa kannte, hatte diese auch erst eine feste Beziehung gehabt und diese hatte sie beendet, nachdem der Mann einen Kinoabend hatte absagen müssen, weil seine geschiedene Frau spontan geschäftlich verreisen und er plötzlich auf seine vierjährige Tochter aufpassen musste, die normalerweise bei der Mutter lebte. Er hatte Lisa eingeladen, den Abend bei einem netten Essen in seinem Haus zu verbringen, doch davon hatte Lisa nichts wissen wollen.

Nein, all das war auch nicht ihr Stil, erkannte Rejyna. Doch sie sah auch die vielen positiven Eigenschaften, die Lisa besaß und sie würde niemals vergessen, dass sie es nicht zuletzt der Freundin verdankte, sich so schnell in Boston eingelebt zu haben. Wenn Lisa sie in den ersten Wochen nicht all ihren Bekannten vorgestellt hätte, hätte sie niemals so viele Leute in derart kurzer Zeit kennengelernt.

„Gute Arbeit“, lobte Blake und klopfte Lucas anerkennend auf die Schulter, als er mit Rejyna den kleinen Konferenzraum betrat.

„Nicht wirklich“, gab Lucas zurück, während er müde in einen der Stühle fiel.

„Du konntest nicht wissen, dass er plötzlich die

Rahmenbedingungen geändert hat", stellte Hunter fest.

„Außerdem hättest du dann immer noch nichts von diesem illegalen Schiffsfriedhof gewusst", fügte Blake hinzu. „Wenn ich es richtig verstanden habe, hatte nicht einmal der Chief in Providence davon Kenntnis."

„Nein, hatte er nicht. Aber es ändert nichts daran, dass wir zu spät waren und Megan Petrella deswegen tot ist."

„Hör auf, Lucas", befahl Hunter streng. „Die Anwältin ist tot, weil sie jemand entführt und erstochen hat. Es ist nicht deine Schuld."

„Ich weiß", seufzte Lucas.

„Falls es dir hilft, Megan Petrella starb bereits gestern Nachmittag, also lange bevor wir überhaupt von ihrem Verschwinden wussten", erklärte Blake.

Erstaunt richtete sich Lucas auf. „Dann wären auch alle Wachen an den Häfen zu spät gewesen, selbst wenn er eines der Boote auf meiner ersten Liste gewählt hatte."

„So ist es", bestätigte Hunter.

„Wir müssen diese Frau finden, die seit Jahren unschuldige Menschen tötet. Ihr Geschlecht ist vielleicht eine Erklärung, warum die Opfer alte gebrechliche Männer und Frauen sind", überlegte Rejyna.

„Möglich, obwohl ich denke, dass mehr dahintersteckt", meinte Hunter.

„Die Frauen gelten zwar gemeinhin als das schwache Geschlecht, aber die meisten der Opfer waren durchaus sportlich", erinnerte Blake. „Sie mögen gegen einen ausgewachsenen Mann körperlich keine Chance gehabt haben, aber sie waren gewiss nicht schwach."

„Wo sind Parker und Emily?", fragte Rejyna.

„Parker ist noch in der Pathologie. Er obduziert Megan Petrella", informierte sie Blake. „Es ist ein Glück, dass der Beratervertrag es zulässt. Ansonsten hätten wir wahrscheinlich Tage auf ein Ergebnis warten müssen. Carter hat bereits alles andere liegengelassen, aber irgendwann ist auch die Geduld der Kollegen am Ende."

„Verständlich. Jeder will schließlich seinen Fall lösen", brummte Lucas. „Wo ist Em?"

„Hunter und ich haben sie nach Hause geschickt", berichtete Blake und grinste. „Das Gleiche werden wir im Übrigen jetzt auch mit dir machen."

„Ganz sicher nicht", widersprach Lucas vehement.

„Sei vernünftig", bat Hunter. „Ihr beiden habt die ganze Nacht gearbeitet und die zehn-Minuten-Pause auf deinem Sofa im Büro hilft da auch nicht viel."

„Es waren dreißig", trotzte Lucas.

„Dann darfst du noch zwanzig Minuten bleiben", folgerte Blake. „Doch anschließend gehst du nach Hause und schläfst."

„Okay", gab Lucas nach und offenbarte damit, wie erschöpft er wirklich war. „Was wissen wir über diese Frau? Hast du das Psychogramm umgearbeitet, Hunter?"

„Das habe ich, und Finn lässt auch bereits das Computerprogramm darüberlaufen. Bis vor einer Stunde hatten wir vier oder fünf Namen, die wir sofort wieder löschen konnten. Wir haben die Suche jetzt auf alle Staaten ausgeweitet, denn schließlich kann die Täterin überall leben. Für zwei Morde innerhalb weniger Tage und mit einem Abstand von zwölf Monaten muss ich mir meine Opfer nicht zwangsläufig in der Nähe suchen."

„Habt ihr überlegt, warum die Täterin plötzlich den Tatort für das weibliche Opfer geändert hat?", warf Rejyna ein.

„Noch nicht abschließend", antwortete Hunter.

„Unser erster Gedanke war, dass sie nervös geworden ist, nachdem die Kinder die Leiche von Samuel Crawford entdeckt hatten", rekapitulierte Blake. „Allerdings hat man in früheren Jahren auch schon Eric Dubovsky und Francis Darnell gefunden. Nach beiden Fällen hat sie ihre Tatortkriterien nicht gewechselt. Warum sollte sie es also ausgerechnet jetzt tun?"

„Es sei denn, sie hat von unseren Ermittlungen Wind bekommen", wandte Rejyna ein. „Die örtliche Presse hat schließlich von Lana Walder berichtet."

„Aber niemand hat sie in Zusammenhang mit Samuel Crawford gebracht", überlegte Blake. „Es könnte auch einen ganz einfachen Grund geben."

„Zum Beispiel?" Erwartungsvoll sah Rejyna ihren Partner an.

„Zum Beispiel das Wetter", meinte Blake. „Die Medien haben rechtzeitig vor dem sich nähernden Sturm gewarnt. Selbst im Hafenbecken ist ein Sturm dieses Ausmaßes nicht angenehm. Außerdem ist es wahrscheinlich, dass sich der Hafenmeister die Schiffe anschließend genauer ansieht. Sturmschäden müssen schließlich zeitnah bei den Versicherungen gemeldet werden."

„Das klingt einleuchtend", nickte Rejyna nachdenklich.

„Was klingt einleuchtend?", erkundigte sich Parker, der in diesem Moment den Raum betrat. Allein Rejynas Anblick ließ sein Herz höher schlagen und mit einem Schlag war seine Müdigkeit verschwunden. Den halben Tag hatte er in den Kellerräumen der Pathologie verbracht. Dabei konnte die Lüftung noch so gut funktionieren und das künstliche Licht konnte noch so hell sein, nichts von beidem ersetzte frische Luft und Tageslicht. Es war ihm ein Rätsel, wie Carter Ayres mit seinen Kollegen dort unten Tag für Tag arbeiten konnten.

Leicht berührte er Rejynas Schulter, als er den Stuhl neben ihr besetzte. Sie waren noch nicht so weit, dass er sie vor den anderen küssen konnte, aber das war vielleicht auch ganz gut, denn Parker war sich nicht sicher, ob ihm ein zärtlicher Begrüßungskuss reichen würde.

Sowohl die Leiche von Adam Kramer als auch die von Megan Petrella waren derart brutal zugerichtet, dass er zu der Überzeugung gelangt war, dass die Täterin wahre Freude beim Töten empfunden hatte. Alleine die Vorstellung verursachte Übelkeit in ihm.

„Blake meint, der Sturm könnte der Grund für den Tatortwechsel sein", beantwortete Lucas seine Frage. „Was sagt du?"

Parker dachte einen Moment darüber nach. „Das wäre möglich."

Hunter blickte auf sein Telefon. „Finn hat eine Nachricht geschickt. Das Programm ist durchgelaufen. Insgesamt haben wir dreizehn verdächtige Namen."

„So wenig hatten wir noch nie", stellte Blake fest.

„Das ist der Vorteil bei einem weiblichen Serienkiller mit einem eigentlich typisch männlichen Profil", erläuterte Lucas.

„Lass Finn die Liste an mich schicken. Dann jage ich die Namen durch unser System. Unter Umständen landen wir damit in diesem Fall sogar am schnellsten einen Treffer."

„Äh, Leute, da gibt es nur ein Problem", merkte Parker vorsichtig an und plötzlich war es im Raum mucksmäuschenstill.

„Nämlich?", fragte Blake schließlich argwöhnisch nach.

„Wir haben nicht eine Täterin, sondern mindestens zwei", klärte Parker die anderen auf. Für einige Sekunden sagte niemand ein Wort.

Hunter fand als Erster seine Sprache wieder. „Was heißt, wir haben mindestens zwei Täterinnen?"

„Wie ihr wisst, ist Lana Walders Körper leider in keinem guten Zustand mehr gewesen. An zwei Stellen konnte ich jedoch noch eine verwertbare Spur eines Messerstichs finden. Ohne jeden Zweifel ist die benutzte Tatwaffe dieselbe. Auf die Täterin trifft das hingegen nicht zu."

„Wir haben zwei Mörderinnen?", wiederholte Blake ungläubig.

„Das ist unmöglich", behauptete Lucas. „Das Profil ist so untypisch weiblich, dass es unmöglich auf zwei Frauen zutreffen kann. Das widerspricht allen Statistikregeln."

„Dann haben wir einen Fehler gemacht", erklärte Parker entschieden. „Lana Walders Mörderin war höchstens 1,60 Meter groß und ..." Er machte eine kurze Pause. „Sie war Linkshänderin."

„Das darf nicht wahr sein!" Frustriert lehnte sich Hunter gegen seine Stuhllehne.

„Okay, vergessen wir alles, was wir bisher gedacht haben und überlegen, was die neuen Erkenntnisse für uns bedeuten", schlug Rejyna energiegeladen vor. „Wir suchen zwei Frauen, die sich Jahr für Jahr abwechseln. In welcher Beziehung stehen sie zueinander? Sind bei der Tat beide Täterinnen anwesend oder führen sie nur die Planung zusammen aus?"

„Ich vermute, sie begehen die Tat zu zweit", überlegte Lucas laut. „Aber es ist nur eine Annahme, die auf meinem Bauchgefühl beruht. Was ihre Beziehung betrifft, so können wir zum jetzigen Zeitpunkt nur sagen, dass es eine sehr innige und vertraute Verbindung sein muss. Es könnte sich um ein Geschwisterpaar handeln oder auch um Mutter und Tochter."

„Was ist mit einem Liebespaar?", wollte Rejyna wissen.

„Ein lesbisches Pärchen? Denkbar", nickte Lucas.

„Wenn wir die Möglichkeit der Geschwister außen vor lassen, dann bedeutet es, dass sich das Tatmotiv aufteilt", warf Hunter nachdenklich ein. „Damit dürfte sich wahrscheinlich die Trefferquote unseres Computerprogramms vergrößern. Bislang sind wir davon ausgegangen, dass eine Person beide Opfertypen hasst. Doch jetzt ist es möglich, dass nur eine die Vaterfigur verabscheut und auch nur eine von ihnen von ihrer Mutter verlassen worden ist, weil diese eine berufliche Karriere vorgezogen hat."

„Dann müsste eine der beiden deutlich älter sein, oder?", erkundigte sich Blake. „Das würde den Altersunterschied zwischen den Opfern erklären."

Grübelnd wiegte Lucas seinen Kopf hin und her, ehe er ihn schließlich schüttelte. „Wir sollten es nicht ausschließen, aber ich würde diesen Punkt gerne offen lassen. Männer sind bis ins hohe Alter hinein zeugungsfähig. Es ist gut möglich, dass die Täterin einen senioren Vater hatte, der jedoch keinerlei Interesse an einem Kind zeigte."

„Aber würde es dann nicht mehr Sinn ergeben, wenn die eine die männlichen Opfer und die andere die weiblichen töten würde?", fragte Rejyna.

„Ich gebe dir recht. Ich halte es für unwahrscheinlich, dass sie sich Jahr für Jahr abwechseln. Aber es ist durchaus denkbar, dass eine der beiden die Tat über Jahre hinweg nicht ausführen konnte", führte Parker aus. „Das Zusehen mag ihren Hass lange Zeit gestillt haben, doch dann wollte sie plötzlich selber das Messer führen. Das Problem ist, wir wissen nicht, ob eine der beiden im letzten oder in diesem Jahr zum ersten Mal getötet hat. Möglicherweise ist auch eine der beiden in den zwölf Monaten verstorben und die andere führt die Taten nun alleine weiter."

„Ich fahre ins Büro, setze drei neue Profile auf und starte das H.E.L.P.-Programm neu", verkündete Hunter.

„Wieso drei Profile?", hakte Blake nach.

„Eines für jede Täterin und eines, falls es sich doch um Geschwister handeln sollte."

„Ich komme mit", entschied Lucas und erhob sich.

„Definitiv nicht", widersprach Hunter. „Du gehst nach Hause. Vor morgen früh will dich niemand sehen."

„Wir hatten auch eine Abmachung", erinnerte ihn Blake. „Deine zwanzig Minuten sind schon lange abgelaufen."

„Ich lege mich für ein paar Stunden im Büro aufs Ohr", versuchte Lucas es noch einmal. Dabei suchte er mit seinem Blick bei Parker nach Unterstützung, doch der Freund eilte ihm dieses Mal nicht zur Hilfe.

„Du weißt, wie gefährlich Schlafmangel ist", mahnte Parker sanft. „Ab einem gewissen Punkt spürt man die Müdigkeit nicht mehr, und man überschätzt seine Konzentrationsfähigkeit. Falls etwas passiert, rufen wir dich an."

„Okay, ihr habt gewonnen."

„Ich fahre mit dir, Hunter", beschloss Blake. „Sobald die ersten Namen auftauchen, können wir sie zusammen durchgehen."

„Wenn du mit Blake fährst und uns deinen Wagen gibst, dann

holen wir auf dem Weg was zum Essen“, schlug Parker an Hunter gewandt vor.

„Das ist die beste Idee des Tages“, freute sich Hunter und warf Parker seinen Autoschlüssel zu.

Gemeinsam fuhren sie im Aufzug nach unten und schritten durch die Eingangshalle auf die große doppelflügelige Tür zu.

KAPITEL 28

Die Tür des Dezernats öffnete sich und Sharad griff nach seinem Gewehr. Die Jalousien des Fensters waren noch immer heruntergelassen, doch der Raum zwischen den Lamellen genügte ihm, um den Lauf hindurchzuschieben und zu zielen. Während der letzten Stunden waren zwei Polizisten mehrfach um den Block spaziert. Sie hatten Blicke auf die Dächer geworfen und sich die Leute in den umliegenden Cafés und Bistros angesehen. Wahrscheinlich kontrollierten sie, ob jemand ungewöhnlich lange auf seinem Platz verweilte.

Die Amerikaner sind so vorhersehbar, dachte Sharad verächtlich. Als ob er nicht schlauer war, als sich inmitten der Öffentlichkeit zu positionieren.

Ein Mann in einem Anzug schritt über den Parkplatz. Sharad wusste nicht, ob er zum FBI oder zum BPD gehörte, aber er vermutete Letzteres, denn er hatte am Mittag die beiden Polizisten eingewiesen und hatte auch am Morgen die Reste von Blake McGreys Fahrzeug inspiziert.

Konzentriert behielt Sharad den Eingang im Auge. Ein Mann trat hinaus, dann folgte McGrey und hinter ihm kam Rejyna Seymour mit dem Kerl, der auch gestern mit ihr in Providence gewesen war.

„Ja!“, jubelte er. Jetzt würde er seinen Auftrag beenden.

Wie jedes Mal, bevor er einen tödlichen Schuss abgab, gönnte sich Sharad einen genussvollen Atemzug. Er arbeitete gerne mit Sprengsätzen. Sie waren zuverlässig - zumindest meistens, und sie hatten den Vorteil, dass man meilenweit entfernt sein konnte, wenn sie detonierten. Doch sie vermittelten ihm nicht das gleiche Hochgefühl wie es ein finaler Schuss tat. Er betrachtete es als Privileg, die letzten Sekunden eines Lebens miterleben zu dürfen. Wer wusste schon, wann der Tod ihn ereilte? Niemand, außer dem Schützen.

„Ich hoffe, Sie haben sich von allen Menschen richtig verabschiedet, Agent Seymour“, sprach er zu sich selbst, während er das Gewehr auf Rejynas Brustkorb ausrichtete.

„Detective Keller, gibt es etwas Neues?“, erkundigte sich Rejyna, als der Mann vor sie trat.

„Ich bin eigentlich nur hier, um Ihnen mitzuteilen, dass Ihr Fall ein anderer übernehmen wird.“

„Ich verstehe“, erwiderte Rejyna.

Aufmerksam musterte der Detective sie. „Das scheint Sie nicht zu wundern, Agent Seymour.“ Er ließ seinen Blick über die drei Männer in ihrer Begleitung wandern. „Ebenso wenig wie Sie“, stellte er dabei fest.

„Es ist bei Anschlägen auf zwei Agenten nicht unüblich, dass das eigene Haus die Ermittlungen übernimmt“, kam Blake Rejyna zur Hilfe.

„Nein, das ist es nicht“, stimmte Keller ihm zu. „Allerdings hat der übernehmende Kollege normalerweise einen Namen, und es gibt eine offizielle Übergabe. Niemand hat jedoch auch nur Einsicht in die Ermittlungsakte erbeten, geschweige denn, dass man mir gesagt hat, wer den Fall von nun an bearbeitet. Ich kann nicht behaupten, dass mir dieser Stil gefällt.“

„Das verstehe ich, Detective Keller, und es tut mir wirklich leid. Ich wusste nicht, dass Ihnen der Fall entzogen wird“, entschuldigte sich Rejyna.

„Dennoch ist es keine Überraschung für Sie. Sie haben damit gerechnet“, erklärte der Mann kühl. „Haben Sie bereits gestern Abend davon gewusst, als wir uns auf Daves Party gesehen haben?“

„Nein, das habe ich nicht“, erwiderte Rejyna.

„Nun, wie dem auch sei“, fuhr Keller fort. „Ich bin gekommen, um Ihnen zu sagen, dass es am Nachmittag keine Auffälligkeiten um diesen Block herum gegeben hat und dass keiner der von Ihnen notierten Verdächtigen der Attentäter ist, aber das wissen Sie wahrscheinlich auch schon. Im Übrigen haben wir über die DNA-Analyse leider keinen Treffer in der Datenbank erzielt. Diese Information mag vielleicht für den übernehmenden Kollegen interessant sein. Ich wünsche noch einen schönen Abend.“ Damit drehte sich der Detective um und kehrte zu seinem Wagen zurück.

Seufzend blickte Rejyna ihm nach. „Ich kann verstehen, dass er sauer ist.“

„Das wäre ich an seiner Stelle auch“, gab Blake zu. „Allerdings können wir daran nichts ändern. Lasst uns gehen!“

„Steviiiie! Nicht!“ Der entsetzte Schrei einer Mutter in Kombination mit dem lauten Hupen zweier Autos und quietschenden Bremsen ließen Rejyna, Parker, Hunter und Blake aufsehen. Auch Detective Keller war stehengeblieben.

Ein Fußball rollte vom gegenüberliegenden Bürgersteig auf die Straße und ein etwa achtjähriger Junge lief ungeachtet der Verkehrssituation hinterher. Eines der beiden auf ihn zurasenden Fahrzeuge wich in letzter Sekunde aus und krachte mit der Motorhaube in ein am Straßenrand parkendes Auto, der andere Wagen kam gerade noch rechtzeitig zum Stehen. Unterdessen folgte der Junge noch immer seinem Ball, der Rejyna direkt vor die Füße rollte. Sie bückte sich und ein lauter Knall hallte durch die Luft. Ein zweiter folgte sogleich.

Das sind Schüsse, erkannte sie, bevor sie die volle Bedeutung begriff. Ihre Hände lagen noch immer an dem Ball, ihre Augen waren jedoch auf das Kind gerichtet, das auf einmal leblos am Boden lag.

„In Deckung!“, schrien Detective Keller und Blake gleichzeitig, während sie das Feuer erwiderten.

„Hinter die Autos“, rief Hunter, nahm den verletzten Jungen auf die Arme und brachte sich hinter einem dunklen Toyota in Sicherheit. Parker griff Rejynas Arm und zog sie hinter einen Mitsubishi.

„Der Schüsse kommen aus dem vierten oder fünften Stock“, rief Blake zu Keller hinüber.

„Ich gehe rein“, gab der Detective zurück.

„Wir gehen zusammen“, entschied Blake. „Gehen Sie vor. Ich gebe Ihnen Deckung. Rejyna, du sicherst mich und kümmerst dich anschließend um den Tatort. Okay?“

Mit der Waffe in der Hand nickte sie. Sie durfte jetzt nicht zusammenbrechen. Sie hatte eine Aufgabe zu lösen.

Konzentrier dich, befahl sie sich selbst, aber sie wusste, dass das einfacher gesagt als getan war. Zum zweiten Mal in ihrem Leben hatte ein unschuldiges Kind eine für sie bestimmte Kugel abgefangen. Das war nicht fair. Wie schlimm war der Junge verletzt? Er durfte nicht sterben! Er durfte auf keinen Fall sterben. Wie sollte sie sonst weiterleben?

„Der Junge“, stieß sie mühsam hervor. „Du musst dich um ihn

kümmern, Parker."

„Kommst du hier zurecht?"

„Ja. Geh!", befahl sie und richtete ihre Augen auf die Straße. Auf keinen Fall würde sie zulassen, dass Blake etwas geschah.

Blass vor Wut, aber mit sicheren Handgriffen baute Sharad sein Gewehr auseinander und verstaute es in dem Gewehrkoffer. Das durfte einfach nicht wahr sein. Seine Kugeln hatte Rejyna Seymour verfehlt. Und das wegen eines verdammten Fußballs. Es war nicht zu fassen. Die erste Kugel war in der Hauswand des FBI eingeschlagen, da sich die Frau exakt in dem Moment gebückt hatte, als er geschossen hatte. Sofort hatte er eine zweite Kugel hinterhergejagt, doch da war ihm der Junge in die Schussbahn gelaufen und nun hockte die Frau hinter einer amerikanischen Blechkarre. Er hasste Amerika.

Sharad brauchte weniger als fünfzehn Sekunden, bis der Koffer geschlossen war und er die Tür der Wohnung hinter sich zuzog. Er raste drei Stockwerke nach unten, dann hörte er, wie die Haustür aufsprang. Hastig rannte er den Flur entlang und presste seinen Körper in den Türrahmen des letzten Apartments auf der rechten Seite. Sein Herz klopfte vor Zorn, nicht vor Aufregung. Noch immer haderte er mit seinem Pech. Er wartete, bis die Schritte die Treppe der zweiten Etage passiert hatten, dann öffnete er das Flurfenster und kletterte an der Feuerleiter herunter, unter der er seinen Mietwagen abgestellt hatte.

„Es muss eine dieser beiden Wohnungen sein", erklärte Detective Keller.

„Klopfen wir", entschied Blake und hämmerte bereits gegen das Holz.

Aus Kellers Apartment ertönte eine dunkle zitternde Stimme. „Ja?"

„Polizei! Öffnen Sie die Tür, Sir", befahl der Detective mit gezogener Waffe.

Vorsichtig ging die Tür einen Spalt auf. Die Sicherungskette war angelegt. „Haben Sie einen Ausweis?", fragte ein alter Herr.

„Sind Sie allein?", wollte Keller wissen, nachdem er dem Mann seine Marke gezeigt hatte.

„Ja."

„Öffnen Sie bitte die Tür."

Ungeduldig wartete der Detective bis der Mann die Kette abgelegt hatte. „Wer wohnt nebenan?“

„Eine junge Frau mit ihrer Tochter. Na ja, jung ist relativ. Sie ist um die Vierzig, aber in meinem Alter ist das jung.“

„Es öffnet niemand“, stellte Keller mit einem Blick auf die noch immer geschlossene Tür fest.

„Dann wird sie nicht zu Hause sein. Ihre Tochter ist am Wochenende meistens bei ihrem Vater. Die Ehe wurde geschieden, wissen Sie.“ Die Hände des Alten zitterten. „Was wollen Sie von ihr? Sie ist eine nette Frau.“

„Wir suchen einen Scharfschützen.“

„Einen Scharfschützen?“ Verständnislos sah ihn der Mann an.

„Ja, aus einer der Wohnungen ist geschossen worden. Haben Sie es nicht gehört?“

„Ich bin gerade im Bad gewesen.“ Der Mann blickte verwirrt.

„Ihnen ist also nichts Außergewöhnliches aufgefallen?“

„Nein. Ich war heute gar nicht draußen.“

„Schließen Sie die Tür hinter mir und legen Sie die Kette wieder vor.“ Keller trat zurück in den Flur, wo Blake auf ihn gewartete hatte.

„Bereit?“, erkundigte sich Blake mit auf die Wohnungstür gerichteter Waffe. Er wartete, bis Keller nickte, dann trat er die Tür mit seinem Fuß auf. Gemeinsam mit dem Kollegen von der Polizei betrat er das Apartment.

Er registrierte das offenstehende Fenster im selben Moment wie er den Frauenkörper auf dem Boden sah. Sofort wusste er, dass sie richtig waren. Unwillkürlich wollte er zu der Frau eilen, doch sein Training befahl ihm etwas anderes. Systematisch überprüfte er zuerst alle Räume der Wohnung.

„Gesichert!“, rief er kurz darauf und auch Keller meldete: „Gesichert!“ Beide Männer nahmen ihre Waffen herunter und eilten zu der Frau.

„Sie ist tot“, brummte Keller. „Und das schon seit geraumer Zeit. Die Leichenstarre ist schon eingetreten.“

„Er muss den ganzen Tag hier auf Rejyna gewartet haben“, folgerte Blake.

„Sie lagen mit Ihrer Annahme, dass er das Dezernat im Auge behalten würde, richtig. Wir hätten damit rechnen sollen, dass er sich Zutritt zu einer Wohnung verschafft.“

„Sie haben sich nichts vorzuwerfen, Detective“, entgegnete

Blake. „Sie haben alles getan, was in Ihrer Macht stand. Mit etwas Glück hat ihn eine der Kameras rund um das Dezernat erfasst und wenn wir noch mehr Glück haben, hat er vielleicht sogar einen Fingerabdruck hinterlassen. Gegenüber den Informationen in Bezug auf genetisches Material verfügen unsere Datenbanken hier über ein weitaus größeres Informationsvolumen."

„Da gibt es nur ein Problem. Wer wird diese Wohnung auf Spuren untersuchen?"

Blake grinste verschmitzt. „So wie ich das sehe, ist das Ihr Tatort, Keller. Das Apartment kann schließlich kaum warten, bis sich die politischen Befindlichkeiten irgendwelcher hochrangigen Führungsleute aufgelöst haben. Aber vielleicht holen Sie sich vorher noch die Zustimmung Ihres Chiefs."

„Der hat mit Sicherheit kein Problem, wenn ich weitermache. Er war stinkwütend über den Anruf aus Washington."

„Na dann, legen Sie los! Und rufen Sie mich an, sobald Sie einen Namen haben. Wenn wir wissen, wer er ist, können wir den Kerl über das H.E.L.P.-Programm finden." Ein wenig ruhiger verließ Blake das Gebäude und überquerte die Straße. Ein Rettungswagen raste gerade mit Signallicht und Sirene davon.

„Ich nehme an, das ist erst einmal ein gutes Zeichen", meinte er, als er neben Parker trat. „Es bedeutet, dass der Junge zumindest noch lebt."

„Ja, er lebt, aber ob er es schafft, steht in den Sternen", seufzte Parker. „Habt ihr den Schützen?"

„Nein. Er war weg, als wir in die Wohnung kamen." Blake wirkte auf einmal erschöpft. „Er hat die Frau, die dort lebte, erstochen."

„Das tut mir leid", bedauerte Parker.

„Mir auch. Sie hat eine Tochter. Zum Glück war sie nicht zu Hause, aber ihr Leben wird sich dennoch dramatisch verändern."

Parkers Blick glitt hinüber zu Rejyna. Professionell hatte sie alles vor Ort organisiert und unter Kontrolle gebracht, doch der verletzte Junge hatte sie tief getroffen. Er sah, wie viel Kraft es sie kostete, sich auf ihre Arbeit zu konzentrieren.

‚Nicht schon wieder', hatte sie fast lautlos geflüstert, als er mit ihr in Deckung gegangen war. Dabei hatten ihre Augen starr zu dem Auto hinübergeblickt, hinter dem Hunter mit dem Jungen gesessen hatte. Der Ausdruck in ihren Augen war der Gleiche gewesen wie der in der Nacht, als eine Erinnerung ihre Sprechfähigkeit blockiert hatte.

Intuitiv ahnte Parker, dass in jener Situation in ihrer Vergangenheit ebenfalls ein Kind involviert gewesen war. Zunächst hatte er sich gewundert, dass sie nicht zu ihm getreten war, während er den Jungen erstversorgt hatte. Auch als die Rettungssanitäter eingetroffen waren, hatte sie ihm keinen einzigen Blick zugeworfen. Doch dann hatte Parker ihr Verhalten verstanden. Rejyna hatte es bewusst vermieden, an das Kind zu denken, da sie befürchtete, ihre Sprache erneut zu verlieren.

„Keller übernimmt erst einmal wieder. Rejyna und ich warten hier, bis seine Mannschaft eingetroffen ist, aber es gibt keinen Grund, dass ihr auch hier rumsteht“, meinte Blake.

„Brauchst du Rejyna unbedingt dafür?“, hakte Parker nach.

Verdutzt blickte Blake erst ihn, dann Rejyna an. Und er verstand. „Du hast recht. Der Tag war anstrengend genug für sie. Ich komme hier auch alleine zurecht. Hebt mir allerdings bitte etwas zu Essen auf.“

„Machen wir“, versprach Parker und ging zu Hunter hinüber, der mit Lucas an seinem Wagen lehnte. „Blake hat gesagt, wir können gehen.“

„Prima. Dann bin ich weg. Bis spätestens morgen früh“, verabschiedete sich Lucas.

„Hunter, könntest du mir einen Gefallen tun?“, bat Parker den Freund.

„Klar. Was soll ich tun?“

„Ich brauche ein wenig Zeit mit Rejyna.“

„Kein Problem. Nimm dir so lange frei, wie du willst. Sobald der Fall abgeschlossen ist ...“

„Nein, das meine ich nicht“, unterbrach ihn Parker. „Ich brauche keinen Urlaub, ich brauche nur etwas Privatsphäre und zwar jetzt gleich.“

Hunter stutzte verständnislos. „Du meinst ‚jetzt‘ wie in ‚jetzt sofort‘?“

Parker nickte. „Und ich brauche sie im Büro. Könntest du vielleicht dafür sorgen, dass uns niemand stört und zwar unter gar keinen Umständen?“

Aufmerksam begutachtete Hunter den Freund. Er hatte zunächst eine flapsige Bemerkung auf den Lippen gehabt, aber Hunter erkannte, wie ernst es Parker mit der Bitte war. Daher schluckte er sie hinunter und nickte. „Falls du meine Hilfe brauchst, gib Bescheid.“

„Vielleicht brauche ich sie tatsächlich. Daher möchte ich auch im Büro bleiben." Parker überlegte kurz, dann erklärte er Hunter die Situation in zwei Sätzen. „Wenn ich Recht habe, wird die Sprechblockade einsetzen, sobald Rejyna Zeit hat, die Situation Revue passieren zu lassen", endete er.

„Du willst dem zuvorkommen", folgerte Hunter nachdenklich. „Das könnte funktionieren."

„Sie war generell bereit, einen Versuch mit mir zu wagen und auch wenn wir beide dabei nicht an heute gedacht haben, so ist dies hier doch eine Chance. Es wäre mir lieber, wenn du das Gespräch führen würdest, aber ich glaube nicht, dass ich sie so kurzfristig davon überzeugen kann."

„Das musst du auch nicht. Du kannst das ebenso gut wie ich", versicherte Hunter, bevor er schelmisch hinzufügte: „Du solltest nur dafür sorgen, dass euch keiner stört."

„Sollten wir Hunter und Finn nicht helfen?", erkundigte sich Rejyna, nachdem Parker sie in sein Büro geführt und die Tür hinter ihnen geschlossen hatte.

„Später. Im Moment brauchen sie uns nicht und ich habe eine Idee, wie wir die Zeit wesentlich effektiver nutzen können als den beiden im Weg zu stehen." Er zog Rejyna in seine Arme und küsste sie.

Parker spürte, wie sich ihre Muskeln entspannten und ihre Lippen seinen Bewegungen folgten. Automatisch schlossen sich seine Arme fester um ihren Körper, und er schloss die Augen. Es wäre einfach gewesen, sich in dem Kuss zu verlieren, doch er hatte eine Aufgabe.

Sanft strich er Rejyna eine Strähne aus dem Gesicht und ließ sie auf dem Sofa Platz nehmen, während er einen der Sessel zu ihr drehte. Scheinbar gelassen lehnte er sich darin zurück. „Erzähl mir, wie du zur CIA gekommen bist, Sweetheart", bat er mit ruhiger Stimme.

Erstaunt weiteten sich Rejynas Augen. „W...was?", flüsterte sie stotternd. „Woher weißt du ..." Ihre Stimme versagte vor Überraschung.

„Es war nicht schwierig zu erraten", erklärte Parker. „Deine schnelle Reaktion gestern in Providence, als der Motor meines Wagens stotterte, wies darauf hin, dass du ein spezielles Training für ein derartiges Szenario hast. Du hast in Washington gelebt, aber du hast nie für das Außenministerium gearbeitet und dann war da noch dieser geheimnisvolle Anruf heute Nacht, von dem du nichts erzählen durftest. Wenn man all das zusammenführt, erhält die CIA in Langley die höchste Wahrscheinlichkeit."

„Ich habe nicht gesagt, dass ich nicht über das Gespräch reden durfte", korrigierte Rejyna.

„Nicht mit Worten, nein. Aber es hat ebenso deutlich in deinem Gesicht gestanden wie die Tatsache, dass du nie im Truman Gebäude gearbeitet hast."

„Seit wann weißt du, dass ich nie im Außenministerium angestellt gewesen bin?"

„Praktisch seitdem du es das erste Mal erwähnt hast."

Scharf versuchte sich Rejyna daran zu erinnern, wann sie Parker davon erzählt hatte. Sie konnte sich den Zeitpunkt nicht mehr ins Gedächtnis rufen, aber sie war sich ziemlich sicher, dass es in einer größeren Runde gewesen war.

„Heißt dass, Hunter, Lucas und Emily wissen ebenfalls, dass ich gelogen habe?"

„Davon gehe ich aus", bejahte Parker. „Du bist keine schlechte Lügnerin, Sweetheart. Ich nehme an, es gehört zur Grundausbildung von Spionen. Aber es reicht dennoch nicht, um uns auszutricksen."

„Aber keiner von euch hat jemals etwas gesagt. Warum nicht?"

„Warum hätten wir das tun sollen?", hielt Parker dagegen. „Jeder von uns hat seine Geheimnisse und es hat für unsere Zusammenarbeit nie eine Rolle gespielt. Wir sind davon ausgegangen, dass du deine Gründe hattest, das Ministerium als Arbeitgeber anzugeben."

„Ich musste eine Schweigepflichtklausel unterschreiben, als ich die Agency verließ", erklärte Rejyna leise.

„Das habe ich mir gedacht. Dann werde ich meine Frage zurückziehen."

„Das musst du nicht." Rejyna sah ihn an, doch ihre Augen hatten jeden Glanz verloren. „Ich habe heute Morgen mit Mia gesprochen. Sie sagt, dass ich jederzeit mit einem Psychologen über meine Zeit bei der CIA reden kann." Ihr Blick wurde unsicher. „Du hast eine offizielle Zulassung, oder?"

„Ja, die habe ich", bestätigte Parker ernst und Rejyna atmete erleichtert auf.

„Das ist gut", murmelte sie. „Ich ... ich kann dir trotzdem nicht alles erzählen. Oder zumindest kann ich das heute nicht. Ich kann nicht riskieren, dass ich verstumme.“ Ihre Atemfrequenz erhöhte sich.

„Scht“, beruhigte Parker sie, während er nach ihren Händen griff. „Es gibt keinen Zwang, verstehst du? Wir unterhalten uns nur. Du erzählst mir, was du erzählen möchtest.“

„Du verstehst nicht. Es geht nicht darum, was ich erzählen möchte, sondern was ich erzählen kann. Allein der Gedanke an bestimmte Ereignisse reicht, um mir die Fähigkeit zum Sprechen zu nehmen.“ Rejyna begann zu zittern, und Parker musste sich zusammenreißen, sie nicht in seine Arme zu ziehen.

„Ich habe eine Frage, auf die ich eine Antwort brauche, Rejyna, um die Situation einschätzen zu können. Verrate mir, wie lange hat die erste Sprechblockade gedauert?“

Ein Schaudern lief durch ihren Körper. „F...fünf Wochen.“

Aufmunternd lächelte Parker sie an. Nichts deutete auf den Schreck hin, der ihn durchfahren hatte. *Fünf Wochen,* wiederholte er im Geiste. Das bedeutete, dass sich das Erlebte tief in ihre Gehirnstrukturen eingebrannt hatte. Damit hatte sich der Druck auf ihn um ein Vielfaches erhöht. Einen Fehler konnte er sich nicht leisten. Allerdings wusste er auch, dass er etwas unternehmen musste.

Wenn er richtig lag und es Parallelen zu dem heutigen Ereignis gab, musste er handeln. Rejyna würde früher oder später erfahren, wie es dem angeschossenen Jungen ging. Das ließ sich gar nicht vermeiden und wenn das Kind starb, würde die Sprechblockade sofort einsetzen und keine noch so entspannte Nachtruhe würde sie zunächst aufheben können. Was Rejyna allerdings nicht ahnte war, dass auch eine positive Nachricht über den Gesundheitszustand des Kindes mit einer sehr hohen Wahrscheinlichkeit das gleiche Problem auslösen würde. Die einzige Möglichkeit, die Parker daher sah, war, die Blockade aus ihrem Gehirn zu löschen und die Verarbeitung neu zu programmieren.

Parker wusste, dass viele Menschen und auch viele seiner Kollegen dies immer noch als Humbug abtaten, aber Hypnosetherapien waren erfolgreich und er hatte eine Zusatzausbildung in diesem Bereich, auch wenn sie schon einige Jahre zurücklag und er nicht Hunters Praxis hatte. Die Frage war jedoch, wie offen war Rejyna für die Methode?

„Bist du schon einmal hypnotisiert worden, Sweetheart?“, wagte er einen vorsichtigen Vorstoß.

„Hypnotisiert?“, gab sie verwundert zurück. „Nein, natürlich nicht. Wieso?“

„Lach mich nicht aus, aber ich denke, es ist tatsächlich die effektivste Methode, dir zu helfen. Die wichtigste Voraussetzung ist jedoch, dass du mir vertraust.“

„Ich vertraue dir, Parker“, sagte sie sofort. „Das heißt jedoch nicht, dass ich an Hypnose glaube. Ehrlich gesagt überrascht es mich ein wenig, dass du mir vorschlägst, mich auf die Couch zu legen, damit du ein Pendel über mir schwingen lassen kannst, um mich anschließend wie ein Huhn gackern zu lassen.“

Parker lachte leise. „Das ist eine interessante, aber nicht ganz richtige Vorstellung. Ich fürchte, so etwas sieht man allenfalls im Fernsehen.“

Er wurde wieder ernst. „Hypnose ist nichts anderes als ein tiefer Entspannungszustand. Du kannst dich hinlegen, wenn du magst, aber du kannst ebenso gut sitzen bleiben. Die meisten Patienten fühlen sich in einer aufrechten Position wohler. Auf keinen Fall gibt es aber ein Pendel, und ich kann dich auch nicht zu einer Handlung bringen, die du nicht tun möchtest. Während einer Hypnose bist du die ganze Zeit bei Bewusstsein. Du bekommst alles mit, du triffst deine eigenen Entscheidungen und du wirst dich auch anschließend an alles erinnern können.“

Skeptisch neigte Rejyna ihren Kopf, doch sie dachte über Parkers Vorschlag nach. „Was ist das Ziel?“

„Gefühle prägen sich grundsätzlich in unser Gehirn ein. Sie hinterlassen Spuren, wie die Fahrrinnen von Autos auf Straßen. Manche davon sind positiv, andere sind negativ. Dabei können auch negative Wege eine positive Wirkung haben, indem sie uns warnend erinnern und somit beispielsweise eine Wiederholung verhindern. Extreme Ausprägungen negativer Emotionen wie Todesängste oder auch grauenvolles Entsetzen helfen uns jedoch nicht mehr, wenn sie Blockaden auslösen. Dann hindern sie uns daran, Situationen sinnvoll einzuschätzen und unser Leben zu leben. In diesem Fall wird es Zeit für eine Reparatur. Dafür gibt es in der Regel unterschiedliche Methoden und es ist die Aufgabe eines Therapeuten zu erkennen, welche für seinen Patienten am vielversprechendsten ist.“

„Und du schlägst mir eine Hypnose vor?“ Rejyna klang immer

noch nicht überzeugt, doch Parker ließ sich nicht beirren.

„Ja, das tue ich. Eine Konversationshypnose, um genau zu sein. Ich helfe dir dabei, dich in einen tiefenentspannten Zustand zu versetzen und dann unterhalten wir uns. Genau so, wie wir es jetzt auch tun, nur mit dem Ziel, dass du die positive Erfahrung machst, über die Vergangenheit reden zu können, ohne dass es irgendwelche negative Folgen auf dein Sprechvermögen hat. Dein Gehirn wird dies als neues Erlebnis abspeichern und interessanterweise überschreibt es damit den Inhalt der alten Programmierung."

„Wirklich? Das klingt ganz einfach. Warum hat der Therapeut der CIA das Verfahren nicht angewendet?"

„Vermutlich hatte er keine entsprechende Ausbildung."

Unentschlossen bewegte Rejyna ihre geschlossenen Lippen. „Okay, lass es uns versuchen", entschied sie schließlich. „Was soll ich machen?"

„Entspann dich, Rejyna, und lehn dich zurück. Atme ruhig, lass alle Muskeln bewusst los. Lockere die Schulterpartie, die Arme ..." Mit ruhiger Stimme leitete Parker ihre Aufmerksamkeit auf die großen Muskelgruppen des Körpers. Er wartete, bis Rejyna vollkommen gelöst auf dem Sofa saß und ihr Puls langsam und gleichmäßig schlug. Dann wiederholte er seine erste Frage vom Anfang ihrer Unterhaltung. „Wie bist du zur CIA gekommen, Sweetheart?"

„Eine Agentin hat mich auf meiner Graduierungsfeier angesprochen", erzählte Rejyna. „Nie zuvor hatte ich auch nur mit dem Gedanken gespielt zur CIA zu gehen, aber man erklärte mir, dass man mich schon länger beobachtete und ich quasi ideale Voraussetzungen für den Job mitbrächte. Ich sei emotional unabhängig, hätte nie exzessiv getrunken und auch weder geraucht noch Drogen konsumiert. Ich sei offen gegenüber anderen Kulturen, gleichzeitig aber patriotisch und vor allem sei ich stressresistent. Psychischer Druck reduziere nicht meine Leistungsfähigkeit. In Kombination mit meiner Studienfachspezialisierung auf die Länder des Mittleren Ostens machte mich das zu einer idealen Kandidatin, zumal ich auch noch perfekt Persisch und ein ganz akzeptables Arabisch spreche." Sie lächelte sarkastisch. „Was man mir nicht sagte, war, dass der eigentliche Grund für meine Rekrutierung meine Herkunft war."

„Du meinst, weil du dich mit deinem Äußeren in diesen Ländern unauffällig bewegen kannst?", vergewisserte sich Parker.

„Nein. Ich meine, meine familiäre Abstammung, meinen Vater. Die CIA bildete mich vierundzwanzig Monate aus und setzte mich für die nächsten zwölf Monate in vergleichsweise einfachen Operationen ein, damit ich praktische Erfahrungen sammeln konnte, wie es so schön hieß. Dann sendete man mich in den Iran, wo man das Gerücht streute, dass Amir Behkalams Tochter zurückgekehrt sei."

Entsetzt hielt Parker die Luft an. „Warum haben sie das getan?", fragte er schließlich. „Sagtest du nicht vor ein paar Tagen, dass dein Vater noch immer Feinde im Iran hat? Das muss die CIA gewusst haben."

„Das haben sie", bejahte Rejyna. „Sie haben mich als Köder benutzt."

Parker hielt die entstehende Pause. Als Psychologe wusste er, dass der Erfolg der Therapiesitzung maßgeblich von Unterbrechungen an bestimmten, entscheidenden Stellen und auch von deren Länge abhing. Im Augenblick brauchte aber auch er einige Sekunden, um die Information zu verarbeiten.

„Man wusste, dass der amtierende Präsident den Atomwaffenbau trotz aller Verhandlungen und Zugeständnisse vor dem UN-Sicherheitsrat fortsetzte", sprach Rejyna weiter. „Man kannte allerdings weder die genauen Pläne noch die Drahtzieher. Aber man ging davon aus, dass sich die Verantwortlichen mir zeigen würden, da verantwortungsvolle geheime Posten immer innerhalb der Familien blieben."

„Wann hast du erfahren, dass du der Lockvogel warst?"

„Nach dem ersten gescheiterten Entführungsversuch. Mein damaliger Partner, Carl, hat mich aufgeklärt. Bei der CIA hatte man wohl nicht damit gerechnet, dass ich mich tatsächlich erfolgreich gegen meine Angreifer zur Wehr setzen konnte. Da mein Verhalten kontraproduktiv gewesen war, ist der Agency nichts anderes übriggeblieben, als mir zu sagen, dass ich mich das nächste Mal bitte nicht ganz so effektiv wehren möge." Die Worte klangen ironisch, ehe Rejyna wieder ernst wurde. „Man hoffte, dass mich die Entführer zu dem Verantwortlichen brachten, wo ich herausfinden sollte, wie weit die Iraner mit dem Bau einer Atomwaffe waren."

„Warum ist man nicht davon ausgegangen, dass du einfach erschossen werden würdest?"

„Das passt nicht zu der Kultur“, erklärte Rejyna. „Feige Attentate aus dem Hinterhalt sind in der Regel sachorientiert. Hier ging es jedoch um emotionale, individuelle Rache und die CIA rechnete damit, dass man von mir erfahren wollte, wo sich meine Eltern aufhielten. Die ganzen Jahre über hat man meinen Vater schließlich nicht gefunden, obwohl man ihn mit Sicherheit gesucht hat.“

„Du hast dich also kidnappen lassen“, stellte Parker nach einer weiteren Pause fest.

Rejyna nickte und schauderte.

„Hatte man dich verkabelt?“

„Nein, das wäre zu gefährlich gewesen. Man wollte, dass die Verantwortlichen glaubten, ich sei alleine im Land, um meine Wurzeln zu erforschen. Schließlich sollte man mich für eine naive, ungefährliche junge Frau halten. Nur so bestand überhaupt die Chance, dass man mir etwas erzählte. Ich sollte die Männer dazu bringen, mir zu beweisen, wie viel besser sie im Vergleich zu meinem Vater waren und dass sie ihn nicht gebraucht haben, um ihr Vorhaben erfolgreich weiterzuführen. Sie sollten mir zeigen, was sie ohne meinen Vater geschaffen haben.“

Parker fürchtete die Antwort auf seine nächste Frage, dennoch musste er sie stellen „Ist der Plan aufgegangen?“

Rejynas Blick wurde starr. „Wir haben Namen erfahren und die Pläne sichergestellt. Aber der Preis war zu hoch.“ Eine einzelne Träne lief an ihrer Wange hinunter.

Parkers Stimme wurde leiser und sanfter. „War es ein Junge oder ein Mädchen?“

„Ein Mädchen. Sie hieß Roja.“ Schmerzhafte Verzweiflung stand in ihren Augen. Sofort verlangsamte Parker das Tempo.

„Atme tief ein, Rejyna“, bat er ruhig. „Sehr gut und du bist nach wie vor völlig entspannt. Du fühlst Trauer, aber du fühlst keinen Schmerz.“ Erneut ließ Parker einige Sekunden verstreichen, ehe er sie aufforderte, weiterzuerzählen. „Was ist passiert, Sweetheart?“

„Innerhalb von vierundzwanzig Stunden hat man mich an drei verschiedene Orte gebracht. Am Ende bin ich in dem Keller eines Privathauses gelandet. Carl hat alles aus der Ferne beobachtet. Nach dem letzten Transport hat er entschieden, dass ich genug ertragen hatte. Er hat gewartet, bis es dunkel wurde, dann ist er in den Keller eingedrungen. Lautlos hat er die beiden Wachen vor meiner Tür erledigt und mich befreit. Zufällig hatte ich am Mittag mitangehört, dass sich die Baupläne der Bombe in einem Safe im Kinderzimmer befanden. Wir dachten beide, dass wir alleine im Haus wären und haben beschlossen, die Zeichnungen mitzunehmen.“ Rejyna schluckte.

„Aber ihr wart nicht alleine?“, hakte Parker nach.

„Nein. In dem Kinderbett lag ein Baby. Hejazis Baby. Sie hätte dort nicht schlafen dürfen. Hejazis Frau lebte mit dem Kind in einem Haus in der Stadt. Sie hielt sich nie auf dem Land auf.“

„Außer an jenem Tag“, korrigierte Parker.

„Richtig.“ Sie schluckte abermals. „Carl suchte den Safe und fand ihn hinter einem Bild an der Wand. Mittlerweile hatte das Baby zu weinen begonnen. Ich wollte nicht, dass es die Mutter weckt. Daher habe ich es auf den Arm genommen. Sie war noch ganz klein.“

„Hat es sich beruhigt?“, wollte Parker wissen, um einen Moment in der Situation zu verweilen.

„Ja.“ Rejynas Blick wurde weich und Parker wiederholte seine Frage von vor einigen Tagen noch einmal. Damals hatte er das Gefühl gehabt, keine ehrliche Antwort erhalten zu haben. Vielleicht hatte er jetzt mehr Glück.

„Möchtest du eines Tages Kinder haben, Rejyna?“

„Ich habe immer von einer eigenen Familie geträumt, aber ich habe sie nicht verdient.“

„Wieso glaubst du das?“

„Weil ich für den Tod dieses kleinen Mädchens verantwortlich bin. Ich habe es getötet.“

„Wie ist es gestorben?“, erkundigte sich Parker.

„Mit dem Baby und der Mutter hat sich noch ein Leibwächter im Haus befunden. Frag mich nicht, wieso der Mann nicht vorher aufgetaucht ist. Ich habe keine Ahnung. Carl hat immer vermutet, dass er in einer versteckten Ecke eingeschlafen sein musste. Auf jeden Fall habe ich das Kind zurücklegen wollen, als Carl die Papiere gefunden hatte. Ich beugte mich über das Bett, als dieser Iraner auf mich schoss. Die Kugel traf mich von hinten, doch sie blieb nicht stecken. Das Projektil trat aus meinem Brustbereich aus und traf das Baby, das ich noch immer im Arm hielt. Es hatte nicht die geringste Chance. Es war sofort tot.“

Rejynas Stimme zitterte, doch sie brachte die Erzählung zu Ende. „Carl erschoss den Mann und befahl mir, das Kind niederzulegen, doch ich brachte es nicht fertig. Also hat er es getan.

Mittlerweile kam die Mutter ins Zimmer gestürzt. Carl tötete sie ebenfalls, dann hat er mich aus dem Haus gezerrt. An den Rest kann ich mich nicht mehr erinnern. Er hat mich wohl zu einem Arzt gebracht, der mich so weit medizinisch versorgt hat, dass ich zurück in die Staaten geflogen werden konnte. Carl hat unterdessen eine Truppe zusammengestellt, die Aref Hejazi bei der Rückkehr in sein Haus überwältigt und dann heimlich ausgeflogen hat."

„Ist Carl der Kollege, von dessen Tod du gestern Nacht erfahren hast?"

Rejyna nickte. „Hejazi steckt dahinter." Sie berichtete Parker, was sie von Director Whitfield erfahren hatte. „Er will seine Tochter und seine Frau rächen", endete sie.

„Du hast das Mädchen nicht umgebracht, Rejyna, und es ist auch nicht deine Schuld, dass dieser Leibwächter auf dich gezielt hat."

„Wenn ich das Kind nicht auf dem Arm gehabt hätte ..." Sie ließ den Rest des Satzes in der Luft hängen.

„Du hast das Baby aufgenommen, um es zu trösten, Sweetheart. Du hat nichts falsch gemacht und meiner Meinung nach ist Hejazi der Einzige, der sich mit den ‚Wenns' dieser Welt beschäftigen darf. Wenn er sich nicht bereit erklärt hätte, eine Atomwaffe mitzubauen, die Tausende von unschuldigen Menschen tötet ... Wenn er keine Rache an dir hätte üben wollen ... Wenn er nicht seine Frau und sein Kind in das Haus gebracht hätte, in dem er eine amerikanische Agentin gefangen hielt ... Wenn er keinen Idioten als Leibwächter seiner Familie zurückgelassen hätte ..." Parker hielt inne. „Du trägst keine Schuld an dem, was damals passiert ist, Rejyna. Und du hast dir auch heute nichts vorzuwerfen."

Heiße, stumme Tränen flossen über ihr Gesicht und Parker wechselte die Position. Er setzte sich neben Rejyna auf das Sofa und zog sie in seine Arme. Unmöglich konnte er die räumliche Distanz länger aufrechterhalten. Dabei brauchte er diesen Kontakt mindestens ebenso sehr wie sie. Es machte ihn wütend, wenn er daran dachte, wie kaltblütig und gewissenlos die CIA Rejynas Leben riskiert hatte. Doch seine Gefühle mussten warten. Im Augenblick musste er für Rejyna Ruhe verströmen. Sanft ließ er seine Hände über ihren Rücken fahren. Dabei las er unauffällig die kurze Textnachricht von Hunter, die auf dem Bildschirm seines Handys aufleuchtete.

Wenigstens eine gute Nachricht, durchfuhr es ihn erleichtert. Er wartete noch ein wenig, dann entschied er, dass es Zeit wurde, Rejyna langsam aus der Ebene ihres Unterbewusstseins zurückzuführen und er hatte auch schon eine Idee, welche Methode er dafür wählen würde. Liebevoll nahm er ihr Gesicht in seine Hände.

„Ich werde dich jetzt küssen", verkündete er, während er sein Gesicht dem ihren näherte. Einfühlsam berührte sein Mund ihre Lippen und Parker registrierte, wie Rejyna stufenweise den tranceähnlichen Zustand verließ. Als er sicher war, dass sie die Bewusstseinsebene vollständig zurückerlangt hatte, gab es keinen Grund mehr für Parker sich länger zurückzuhalten.

Er intensivierte den Kuss, zog Rejyna auf seinen Schoß, damit sie seine Erektion spüren konnte und er ließ seine Hand über ihre Brust fahren. Er hörte, wie sich ihre Atemzüge beschleunigten, spürte, wie sie sein Hemd aufknöpfte und er wusste nicht, wie er jemals unter der Bewegung ihrer Hüfte, die eine aufregende Reibung an genau der richtigen Stelle erzeugte, aufhören sollte. Mühsam unterdrückte Parker ein Stöhnen, als Rejyna ihre Hand auf sein Glied und unter ihre Klitoris legte.

„Wie leise kannst du sein, Sweetheart?", fragte er vorsichtig.

„So leise wie es sein muss", gab sie zurück. „Und du?"

„Auch", entgegnete er und hoffte, dass es stimmte.

Unsicher blickte Rejyna hinüber zur Tür. „Was ist, wenn plötzlich jemand hereinschneit?"

„Niemand wird kommen. Vertrau mir!", versprach Parker und zog ihren Kopf wieder zu sich herunter.

Grinsend hob Parker zehn Minuten später sein Hemd vom Boden auf. „Ich bin nicht sicher, ob ich mich in dieser Sitzecke jemals wieder konzentrieren kann." Er schlüpfte in sein Hemd. „Wenn mir vor einigen Tagen jemand erzählt hätte, dass ich dich auf dieser Couch lieben würde, während Hunter, Finn und mittlerweile wahrscheinlich auch Blake zwei Türen weiter arbeiten, dann hätte ich ihn für verrückt erklärt."

„Soll das heißen, du hast noch nie in diesem Büro ..." Sie errötete leicht.

„Nein, habe ich nicht. Was ist mit dir?"

„Ich arbeite in einem Großraumbüro", gab Rejyna schmunzelnd zurück.

„Gut. Dann haben wir eine weitere Gemeinsamkeit gefunden",

stellte Parker zufrieden fest. Dabei betrachtete er sie schelmisch. „Ich glaube, wir müssen trotzdem noch ein paar Minuten warten, bevor wir zu den anderen gehen. Bei dem Glanz in deinen Augen wissen sie ansonsten sofort, was wir getan haben."

„Bei dem Glanz in meinen Augen?", gab Rejyna gespielt entrüstet zurück. „Was ist mit dem Glanz in deinen Augen?"

„Ah, ich ziehe eine Sonnenbrille auf."

Rejyna lachte amüsiert. „Gute Idee und sehr unauffällig. Erinnere mich daran, dass ich ab heute immer ein Paar dunkle Gläser in der Handtasche habe." Sie schlüpfte in ihre Pumps und setzte sich anschließend auf die Couch. „Kann ich dich etwas fragen, Parker?"

„Selbstverständlich", erwiderte er.

„Hat die Hypnose funktioniert?" Fragend sah sie ihn an.

„Haben wir uns über deine Mission bei der CIA unterhalten?", gab er zurück.

Sie nickte.

„Und hast du mir von Roja Hejazi erzählt?"

Wieder nickte sie.

„Und hat die Sprechblockade zu irgendeinem Zeitpunkt eingesetzt?"

„Nein, aber müsste ich nicht das Gefühl haben, dass etwas geschehen ist?"

Parker nahm wieder ihre Hände. „Es ist etwas geschehen, Sweetheart. Du hast über das Erlebnis berichtet und gerade hast du sogar eine direkte Frage zu dem kleinen Mädchen beantwortet. Als ich den Namen erwähnt habe, hat dein Gehirn automatisch ein Bild des Babys generiert. Was glaubst du, wäre gestern in der gleichen Situation geschehen? Hättest du weitersprechen können?"

Rejyna überlegte einen Moment. „Nein, wahrscheinlich nicht."

„Das glaube ich auch nicht. Du hast heute einen großen Schritt gemacht."

„Danke für deine Hilfe", flüsterte sie ergriffen.

„Gern geschehen. Im Übrigen, der Junge von heute Nachmittag wird wieder gesund. Er hat die Operation gut überstanden."

„Ein Glück!", freute sich Rejyna erleichtert. „Dann müssen wir jetzt nur noch Hejazis Auftragskiller und unseren Serienmörder finden."

„Dann lass uns sehen, wie weit die anderen sind", schlug Parker vor und reichte Rejyna die Hand, um ihr aufzuhelfen.

KAPITEL 29

„Das H.E.L.P. Programm läuft noch immer“, berichtete Finn. „Bislang haben wir nur dreimal zwei Namen, die auf das weibliche Pärchenpsychogramm zutreffen.“

„Wie lange, schätzt du, wird es dauern, bis wir etwas haben, womit wir arbeiten können?“, erkundigte sich Blake.

Finn überlegte. „Neunzig Minuten? Vielleicht länger.“

„Es macht keinen Sinn, wenn wir alle hier rumsitzen“, erklärte Parker. „Ich würde die Zeit nutzen und mir die Profile noch einmal genauer ansehen. Da ich den ganzen Nachmittag in der Pathologie war, hänge ich ein wenig hinterher.“ Abstimmend sah Parker zu Rejyna hinüber. „Ist das okay für dich?“

„Natürlich. Ich glaube, ich würde kurz zu Lisa fahren. Sie hat mich früher am Abend angerufen und vorgeschlagen, dass wir zusammen Essen gehen. Ich hatte ihr abgesagt, weil ich dachte, wir hätten zu tun, aber wenn das nicht der Fall ist ...“ Unsicher sah sie in die Runde.

„Geh nur. Ein wenig Abwechslung tut dir nach dem ganzen Stress gut“, stimmte Parker zu.

„Nimm meinen Wagen“, bot Hunter an.

„Danke!“

„Aber sei vorsichtig“, mahnte Parker.

„Keine Sorge. Der Kerl weiß nicht, wo ich bin und außerdem dürfte er gerade genug mit sich selbst beschäftigt sein“, meinte Rejyna.

„Das ist richtig. Dennoch hat Parker recht“, mischte sich Blake ein. „Pass auf dich auf!

„Mach ich. Ich bin in spätestens eineinhalb Stunden zurück“, versprach sie.

„Habt ihr eigentlich noch was von der Pizza übriggelassen?“, erkundigte sich Parker.

„Was denkst du?“, fragte Blake.

Parker blickte auf die leeren Kartons, die auf dem Boden lagen. „Wahre Freunde!“, kommentierte er seufzend.

Wortlos hob Blake die Verpackungen auf und nahm sie mit in die kleine Küche, die das Team vor einigen Wochen hatte einbauen lassen. Kurz darauf kehrte er mit einer noch warmen Pizza zurück, die er vor Parker abstellte.

„Wahre Freunde lassen keine kalte Pizza übrig", bemerkte er trocken.

Überrascht sah Parker auf. Dann strahlte er. „Ihr seid die Besten! Danke!"

„Du kannst dich bei Gelegenheit revanchieren", meinte Hunter.

„Jederzeit", versprach Parker und begann zu lesen.

„Whoa!", rief Finn dreißig Minuten später verdutzt aus.

„Was ist los?", wollte Blake wissen.

„Sieht aus, als hätte das Programm in ein Wespennest gestochen", erklärte der Informatiker aufgeregt. „Auf einmal spukt der Computer eine ganze Reihe von Namen aus. Wartet, ich drucke sie aus."

Hunter warf einen Blick auf den Bildschirm. „Es sind Treffer für eines der beiden Profile." Noch immer ratterte der Drucker im Hintergrund.

„Das hört ja gar nicht mehr auf", stellte Blake fest. „Wie viele Namen sind das?"

„Wir sind bei eintausenddreihundertsechsundachtzig und das Programm sucht noch immer", berichtete Finn.

„Brich den Druckvorgang ab und schick uns die Datei per Mail, sobald sie vollständig ist", bat Hunter.

„So viele Treffer gab es noch nie." Blake nahm die Papiere, die der Drucker bis zu diesem Moment ausgeworfen hatte, in die Hand und blickte überrascht auf die Vielzahl an Namen. „Wie kommt das?"

„Es muss eine Gruppe von Menschen sein, die miteinander verwoben sind", überlegte Parker.

„Du meinst so etwas wie eine Facebookgruppe?", hakte Blake nach.

„Sie müssen nicht unbedingt in einer Gruppe sein", erläuterte Finn. „Es reicht, wenn es einzelne Verbindungen gibt. Stell dir beispielsweise eine Kochgruppe vor. Nicht selten kann so eine Seite vier- bis fünfstellige Mitgliederzahlen haben. Der Einzelne hat jedoch sehr wahrscheinlich nicht nur eine solche Themenseite abonniert, sondern ist auch noch in einer Gruppe über italienisches

Essen, gesunde Lebensmittel, Blitzrezepte und so weiter. Wenn die Software auf ein passendes Profil stößt, arbeitet sie erst einmal alle von dort ausgehenden Verzweigungen ab und offensichtlich gibt es eine ganze Reihe an Menschen, die die Anforderungen dieses einen Psychogramms erfüllen."

„All diese Leute haben also etwas gemeinsam", verstand Blake. „Kannst du mir vielleicht auch sagen, was das ist?"

„Das versuche ich gerade herauszufinden", äußerte Finn. „Gib mir ein paar Minuten."

„Es wird Tage dauern, diese Masse an Leuten durchzusehen", seufzte Blake. „Es scheint wirklich ein Fall der Extreme zu sein. Erst bekommen wir so gut wie gar keine Treffer und jetzt haben wir eine derart hohe Zahl, dass wir ihr gar nicht mehr Herr werden."

„Wir müssen sie noch einmal klassifizieren", überlegte Hunter. „Das Problem ist nur, dass wir alle weiteren Kriterien lediglich vermuten können. Es besteht also das Risiko, dass wir unsere Täterin zu früh aussortieren."

„Ich hab's", erklärte Finn. „Ich weiß, was diese Frauen vereint. Sie sind alle mehr oder weniger professionelle Prostituierte."

„Prostituierte?", vergewisserte sich Parker hellhörig. „Bist du sicher?"

„Definitiv", bestätigte Finn.

„Warum? Woran denkst du?", erkundigte sich Blake, dem Parkers Aufregung nicht entgangen war.

„In Providence hat man heute Nacht eine tote junge Frau gefunden. Sie starb wohl an einer Überdosis. Als ich am Mittag gefahren bin, hatte man sie noch nicht identifiziert, aber Chief Hardys Leute gingen davon aus, dass sie aus dem Rotlichtmilieu stammt", klärte Parker ihn auf. „Es kann Zufall sein, aber wir sollten es überprüfen."

„Ich rufe Hardy an. Vielleicht hat er mittlerweile einen Namen." Blake hatte sein Telefon bereits in der Hand und kurz darauf hatte er den Chief am Apparat. Rasch erklärte er ihm sein Anliegen.

„Warten Sie, ich sehe nach. So weit ich weiß, haben die Kollegen die Frau anhand ihrer Fingerabdrücke identifiziert", berichtete der Chief.

Blake hörte Papierrascheln. „Ich lege das Gespräch auf den Lautsprecher, damit die Kollegen von H.E.L.P. mithören können. Dr McNamara und Hunter Holmes kennen Sie ja. Darüber hinaus ist noch der Internetspezialist Finn Dixon im Raum.

„Guten Abend, die Herren."

„Guten Abend, Chief", grüßten Hunter, Parker und Finn zurück.

„Hier habe ich es", erklärte Hardy. „Die Tote heißt Brittany Adams, einundzwanzig Jahre alt. Ihr letzter Wohnsitz ist in Quincy gemeldet."

Eine spannungsgeladene Atmosphäre breitete sich unter Parker, Hunter, Finn und Blake aus. Unwillkürlich richteten sich alle ein wenig gerader auf.

„In Quincy?", vergewisserte sich Blake erregt. „Sind Sie sicher?"

„So steht es hier", bestätigte der Chief. „Hilft Ihnen das?"

Blake sah zu Hunter hinüber, der bereits dabei war, den Namen in der erstellten Computerdatei zu suchen. Er brauchte nur wenige Sekunden, dann hob er seinen Daumen als Zeichen, dass Brittany auf ihrer potenziellen Täterliste stand.

„Ja, das hilft uns sehr. Können Sie mir den vorläufigen Autopsiebericht senden?"

„Sicher. Es steht allerdings nicht viel drin. Die Frau starb an einer Überdosis Heroin. Sie muss den Stoff zum ersten Mal genommen haben. Kurz vor ihrem Tod hatte sie Sex, allerdings gibt es keine Spermaspuren."

„Das wäre auch zu schön gewesen. Können Sie herausfinden, ob jemand die Frau kennt?"

„In der Szene ist sie unbekannt. Das haben meine Männer bereits eruiert."

„Möglicherweise ist sie nur für ein paar Tage in Providence gewesen", überlegte Hunter.

„Oder sie hat früher in Quincy als Prostituierte gearbeitet und ist mit jemandem zusammen nach Providence gezogen, wo sie ihre Tätigkeit fürs Erste eingestellt hat", sprach Parker laut aus, was er dachte.

„Unter diesen Umständen muss sie irgendwo gelebt haben", führte Blake den Gedanken fort. „Sie muss mindestens einkaufen gewesen sein."

„Ich höre mich um", versprach Hardy. „Wie dringend brauchen Sie die Information? Im Moment haben wir hier nämlich alle Hände voll zu tun."

„Gestern?", scherzte Blake mit einem bedauernden Unterton.

„Verstehe", brummte Hardy. „Dann räume ich der Sache oberste Priorität ein, aber dafür schulden Sie mir einen Gefallen,

McGrey."

„Kein Problem. Rufen Sie mich an, wenn Sie ihn einfordern wollen."

„Verlassen Sie sich drauf", versprach der Chief und beendete die Verbindung.

„Das ist niemals Zufall", entschied Parker. „Blake, kannst du überprüfen, ob es auch in den anderen Städten jeweils eine tote Prostituierte gibt? Der Todeszeitpunkt müsste zeitlich kurz nach dem Eingang der Vermisstenmeldungen der weiblichen Opfer liegen."

„Mach ich." Über seine mobilen Zugangsdaten loggte sich Blake in den FBI-Server ein. „Lana Walder verschwand am vierten April letzten Jahres in Quincy. Demnach suchen wir zwischen dem vierten und vierzehnten April eine tote Prostituierte in Quincy, die aus ..." Er sah auf. „Was war der Tatort vor Quincy? Kalamazoo?"

„Korrekt!", bestätigte Parker, während er dem Agenten über die Schulter sah.

„Ka-la-ma-zoo", tippte Blake in das System ein und sendete die Anfrage ab. Fünf Sekunden später hatte er einen Namen. „Avery Campbell, zwanzig Jahre alt, starb an einer Überdosis Heroin. Ihre Leiche wurde nachts hinter einem Club gefunden", las er vor.

„Klingt ziemlich identisch", meinte Finn.

„Gebt mir die Daten des Jahres davor", bat Blake.

„Neunter bis neunzehnter April in Kalamazoo und der Herkunftsort müsste Toledo sein", erinnerte sich Parker.

„Nancy Pepper, einundzwanzig Jahre alt. Sie starb in der Nacht vom elften auf den zwölften April an einer Überdosis. Gefunden wurde sie am nächsten Morgen hinter den Mülltonnen einer kleinen Gasse. Eine Seitenstraße weiter gibt es fünf oder sechs Etablissements."

Nacheinander überprüfte Blake die restlichen Orte. „Das Ganze hat System."

„Haben wir all diese Namen auch auf unserer Liste?", wollte Hunter wissen.

„Ja, haben wir", bestätigte Finn.

„Kannst du uns bitte die Daten isolieren und auf den großen Bildschirm schicken?", bat Hunter.

Finns Finger flogen über die Tastatur und wenig später erschienen die Profilbilder der sechs Frauen auf dem überdimensional großen Bildschirm, der an einer Wand des

Raumes hing.

„Okay, sehen wir uns die Damen einmal an. Ich nehme Brittany.“ Parker nahm an einem der freien Rechner Platz.

„Dann untersuche ich Avery“, verkündete Hunter und nahm den anderen Rechner. „Wir sollten dabei auch versuchen herauszufinden, ob die Frauen in der Stadt, in der sie gestorben sind, nur zu Besuch gewesen sind oder ob sie über mehrere Monate hinweg dort gelebt haben.“

„Bei Letzterem wäre es interessant zu wissen, ob sie alleine dort wohnten“, fügte Parker hinzu.

„Was kann ich machen?“, fragte Blake unschlüssig in die Runde.

Hunter grinste ihn an. „Kaffee kochen?“

Blake warf ihm einen sarkastischen Blick zu, doch er fügte sich kommentarlos der Aufgabe. „Wie stark wollt ihr ihn?“, war seine einzige Frage.

„Ziemlich stark“, erklärte Parker. „Das wird eine lange Nacht.“

KAPITEL 30

Überrascht blieb er neben seinem Auto stehen, aus dem er gerade ausgestiegen war. Die Frau, die gerade an seinem Wagen vorbeigelaufen war, sah von hinten aus wie Rejyna Seymour. War sie es wirklich? Aufgeregt begann sein Herz zu klopfen.

Den ganzen Tag hatte er überlegt, wie er am unauffälligsten Kontakt mit der Agentin aufnehmen konnte und plötzlich tauchte sie direkt vor ihm auf. Und das auch noch alleine. Zufrieden grinste er. Seine Glückssträhne hatte ihn also nicht verlassen.

Hastig überdachte er noch einmal seine nächste Handlung. Vernünftigerweise sollte er die Frau ignorieren. Vernünftigerweise sollte er alles um ihn herum ignorieren und sich einfach dem nächsten Projekt widmen. Zwölf Monate hatte er Zeit, um Eileen zu einer Mörderin zu machen. Heute war sie nur eine einfache Prostituierte. Eine Hure.

Wie Brittany, Avery, Nancy und all ihre Vorgangerinnen hasste sie es, ihren Körper zu verkaufen und dann auch noch die Hälfte des Geldes an ihren Zuhälter abgeben zu müssen. Doch wie alle anderen vor ihr war sie zu schwach, um alleine aus der Szene auszusteigen. Aber er würde ihr helfen. Er würde ihr eine Perspektive geben, würde ihre Wut schüren, und er würde ihr die Gelegenheit zur Rache geben.

Er war gut darin. Das hatte er bewiesen. Sechsmal hatte er eine junge Frau, die bis dahin keiner Fliege hatte etwas zuleide tun können, in eine kalte Killerin verwandelt und niemand ahnte auch nur von seinem Talent. Selbst wenn das FBI seine Opfer gefunden hatte und glaubte, ein Muster erkannt zu haben, so brauchte er im nächsten Jahr doch nur einige Kleinigkeiten im zeitlichen Ablauf zu ändern und schon war er ihnen wieder um mehrere Nasenlängen voraus.

Die Hartplastikhülle drückte gegen seine Brust und erinnerte ihn an seinen eigentlichen Plan. Nein, es war nicht vernünftig, Rejyna Seymour zu entführen. Aber er spürte das dringende Bedürfnis nach einer neuen Herausforderung und manchmal musste man im

Leben auch einmal etwas Unvernünftiges tun. Die CD konnte er trotzdem wie versprochen abgeben. Rejyna Seymour würde seinen Zeitplan nicht ändern oder zumindest nicht in Bezug auf das Filmmaterial. Eileen hingegen würde er unter den neuen Umständen erst morgen abholen können, doch sie würde ihm die Verspätung verzeihen. Da war er sich sicher und er würde wesentlich ausgeglichener sein, wenn er dieser neuen Spezialeinheit gezeigt hatte, dass sie keine Chance hatte, das Spiel gegen ihn zu gewinnen.

Dieses H.E.L.P.-Programm war nett, aber am Ende bestand es aus ein paar Psychologen und einem Computer. Nein, das war keine Gefahr für ihn und nach all dem Lob, das die Einheit in den letzten Monaten erhalten hatte, konnte sie durchaus einen kleinen Dämpfer vertragen. Am Ende war es auch ein Wink des Schicksals, dass er der hübschen Agentin ausgerechnet jetzt über den Weg lief.

„Rejyna?“, rief er laut und beschleunigte seinen Schritt.

Erstaunt drehte sich die FBI-Agentin um. „Hey!“, grüßte sie überrascht zurück. „Willst du zu Lisa?“

„Ja. Ich wusste nicht, dass ihr verabredet seid. Ich wollte nur schnell etwas mit ihr besprechen, aber das hat auch Zeit bis morgen oder ich kann sie später anrufen.“

„Unsinn. Du musst meinetwegen nicht gehen. Ich habe ohnehin nicht lange Zeit. Ich wollte sie nur schnell zum Essen überraschen.“

„Sie weiß gar nicht, dass du kommst?“, hakte er verwundert nach, während er für sich dachte: *Das wird ja immer besser.*

„Nein, aber die Portionen sind riesig. Es reicht auf jeden Fall für drei“, erklärte sie, während sie die Tüte mit dem Essen hochhielt.

„Da kann ich kaum widerstehen. Ich muss zugeben, es riecht ziemlich lecker.“

„Gebratene Ente und Szechuan Hühnchen“ klärte Rejyna ihn auf.

„Mein Leibgericht.“

„Welches?“

„Beides“, lachte er. „Seid ihr mittlerweile in eurem Fall weitergekommen?“

„Das sind wir tatsächlich. Mit etwas Glück haben wir bald eine Verhaftung.“

„Das klingt nach einem entscheidenden Durchbruch.“

„Den haben wir. Bislang sind wir davon ausgegangen, dass es

sich um einen männlichen Täter handelt, doch jetzt wissen wir, dass wir eine Frau suchen müssen."

„Eine Frau?", tat er verdutzt und sah sich unauffällig um. Außer ihnen war niemand auf der Straße. Sein Auto parkte zehn Meter hinter ihnen. Eine günstigere Gelegenheit würde er kaum bekommen.

„Aah!", schrie er schmerzverzerrt auf, ging in die Hocke und rieb sich den Knöchel. „Ich bin umgeknickt."

Automatisch ging auch Rejyna in die Knie. „Wie schlimm ist es? Kannst du den Fuß belasten?" Besorgt blickte sie nach unten auf das Gelenk, wodurch sie den Schlag zu spät kommen sah. Ihr Arm hob sich noch in einem intuitiven Abwehrreflex, aber sie war zu langsam. Seine Hand traf ihre Schläfe und schlagartig wurde es dunkel um Rejyna. Sie verlor das Gleichgewicht und fiel zur Seite.

Noch einmal blickte er sich um. Sie waren immer noch allein. Sehr gut. Hastig hob er die Agentin auf seinen Arm, lief drei Autos zurück und legte sie in den Kofferraum seines Wagens. Bevor er die Klappe schloss, fesselte er ihre Hand- und Fußgelenke mit den Plastikfesseln, die er in ihrer Jackentasche fand, nahm ihre Waffe an sich und drehte unschlüssig ihr Telefon in seinen Händen.

Sein erster Gedanke war gewesen, die SIM-Karte zu zerstören und das Telefon im Gulli zu entsorgen, doch dann entschied er sich anders. Mit einem sauberen Stofftaschentuch wischte er seine Fingerabdrücke ab, dann legte er das Handy auf die Mauer. Das H.E.L.P.-Team sollte es ruhig finden. Sie sollten wissen, dass er sie nicht fürchtete.

KAPITEL 31

„Wenn ich mir Averys Profil ansehe, bin ich mir zu einhundert Prozent sicher, dass die lenkende Figur im Hintergrund männlich ist“, stellte Hunter fest.

„Ja, die Theorie der zwei weiblichen Täterinnen können wir streichen“, stimmte Parker zu. „Wenn ich euch Brittany in wenigen Worten charakterisieren sollte, dann würde ich sagen emotional instabil, leichtgläubig und hochgradig manipulierbar. Sie war zerrissen vor Widersprüchen. Auf der einen Seite war sie voller Hass, der sich zum einen gegen Männer, aber auch gegen sich selbst richtete und auf der anderen Seite hat sie sich insbesondere nach männlicher Liebe und Anerkennung gesehnt. Sie wollte selbstständig sein und hat doch für alles nach Hilfe gesucht.“

„Das Gleiche gilt für Avery“, hakte Hunter ein. „Sie hat von dem Märchenprinzen geträumt, der sie eines Tages findet und mit ihr auf sein Schloss reitet. Interessanterweise hat sie ältere Männer verabscheut. Das Geld war ihr dabei egal. Eine Zeit lang hat sie sich für das Finden von Elternteilen, insbesondere von Vätern interessiert.“

„Vermutlich hat sie ihren Vater gesucht“, folgerte Blake. „War es vor ungefähr drei oder vier Jahren?“

„Ja, woher weißt du das?“, wollte Hunter wissen.

„Vielleicht kann ich doch etwas mehr als Kaffeekochen“, gab Blake zurück und genoss den Moment für eine lange Sekunde.

„In Ordnung“, brummte Hunter. „Die nächste Kanne setze ich auf.“

„Das klingt nach einem Deal“, nickte Blake zufrieden. „Während ihr beide psychografiert habt, habe ich ebenfalls einige Erkundigungen eingezogen. Die Väter all dieser jungen Frauen sind auf den Geburtsurkunden als ‚unbekannt’ angegeben.“

„Die Frauen sind also ohne Väter aufgewachsen“, sinnierte Parker. „Wahrscheinlich sind sie Kunden gewesen.“

„Und vermutlich haben die Mütter ihren Töchtern erzählt, dass der Vater schuld daran ist, dass sie in dem schmutzigen Milieu gelandet sind“, sprach Blake weiter.

„Oder zumindest ist es seine Schuld, dass Mutter und Tochter nicht rausgekommen sind“, korrigierte Parker. „Damit mussten die Mädchen einen Hass auf jede Vaterfigur entwickeln.“

„Unser Täter sucht gezielt nach einer solchen jungen Frau und lenkt ihren Hass in eine geordnete Bahn“, vermutete Hunter. „Dazu gibt er ihnen ein Ventil, ihre Wut auszulassen.“

„Was ist mit den Müttern?“, hakte Parker nach.

„Sie sind alle vor einigen Jahren gestorben. Jede von ihnen war jedoch im horizontalen Gewerbe beschäftigt.“

„Wie sind sie gestorben?“, interessierte Parker.

„Das ist unterschiedlich“, berichtete Blake. „Eine starb an einer Überdosis, eine andere an einer Geschlechtskrankheit, eine dritte wurde von einem Freier erstochen. Es sind die üblichen Geschichten.“

„Ohne Familie konnte jede Frau problemlos alle Verbindungen abbrechen“, überlegte Hunter nachdenklich.

„Du hast dir nicht zufällig auch die Autopsieberichte angesehen?“, fragte Parker.

„Noch nicht, aber ich habe sie offen“, antwortete Blake.

Parker rutschte zu ihm heran und deutete auf Blakes Rechner. „Darf ich?“

„Sicher.“ Blake schob den Laptop zu ihm hinüber.

„Alle Frauen hatten kurz vor ihrem Tod noch Geschlechtsverkehr“, berichtete Parker kurze Zeit später. „Ich würde sagen, unser Täter sucht sich eine labile junge Frau ohne enge Bindungen und tritt als weißer Ritter in ihr Leben. Er führt sie aus dem Milieu, bietet ihr einen Neuanfang in einer Stadt, in der sie niemand kennt und später auch niemand vermissen wird und nutzt ihre Emotionen für sich.“

„Die Frau fühlt sich wie im siebten Märchenhimmel“, spann Hunter den Gedanken weiter. „All ihre Träume sind mit einem Mal wahr geworden. Sie verspürt eine enorme Dankbarkeit und diese Abhängigkeit nutzt unser Mann für sich.“

„Ihr meint, er macht aus ihr eine Mörderin?“ Fassungslos sah Blake zwischen den beiden Psychologen hin und her.

„Ja, das tut er“, nickte Parker bestätigend. „Er schürt den Hass auf ihren Vater auf subtile Weise und zeigt ihr gleichzeitig ein Ventil für die Wut, die in ihr wallt. Wahrscheinlich beginnt er damit, sie ein Küchenmesser in einen Boxsack stechen zu lassen.

Eines Tages tauscht er den Sack gegen ein großes Plüschtier, dann bringt er ein echtes Tier nach Hause."

„Warte einen Moment", bat Blake verwirrt. „Wer bitte sticht einfach auf ein unschuldiges Tier ein? Hier gibt es doch eine natürliche Barriere."

„Du gehst von einem emotional stabilen Menschen mit intakten natürlichen und gesellschaftlich erworbenen Hemmschwellen aus", erläuterte Hunter. „Diese Grenzen sind bei unseren Frauen zwar vorhanden, aber nicht verankert. Dies nutzt der Täter, indem er sie nach und nach aushebelt. Er schafft eine Situation, in der ein Tier zum Feind wird, beispielsweise ein Marder, der zum dritten Mal in vier Wochen die Kabel des Autos angefressen hat oder ein Kaninchen, das über den liebevoll angepflanzten Salat im Garten hergefallen ist. Dann lenkt er das Thema geschickt zu dem Vater der jungen Frau über. Er vergleicht seine Wut auf das Tier mit ihrem Hass über den Egoismus ihres Erzeugers, der nur Spaß, aber keine Verantwortung haben wollte. Er macht ihr noch einmal klar, dass ihr Vater sie wissentlich im Stich gelassen hat. Es ist seine Schuld, dass ihre Mutter sich prostituieren musste. Es ist seine Schuld, dass sie nie eine wirkliche Chance im Leben hatte, während ihr Vater sein Leben nach Strich und Faden genossen hat. Geschickt kehrt er dann zu seiner eigenen Wut über das Tier zurück. Dabei lässt er nebenbei den Satz fallen, dass der Vater es nicht verdient hat, zu leben und natürlich hat die Frau in dieser Situation wie zufällig ein Messer in der Hand. Du verstehst, worauf ich hinaus will?"

„Ja, ich verstehe", brummte Blake. „Er hat sie vorher darauf konditioniert, ihren Hass mit dem Messer an dem Boxsack abzuarbeiten und es ist ein automatischer Reflex, dem ihre Muskeln in diesem Moment folgen."

„So ist es. Diese Übertragungsphase dauert am längsten. Wenn die Frau jedoch das erste Mal getötet hat, ist der Rest für ihn ein Kinderspiel."

„Sobald er sicher ist, dass sie jegliches Gewissen verloren hat, erklärt er ihr, dass er ihren Vater für sie gesucht und gefunden hat", sprach Parker weiter. „Er entführt das männliche Opfer, präsentiert es der jungen Frau als ihren Vater und sieht damit, ob sie so weit ist, einen Menschen zu töten."

„Es ist für ihn also eine Art Generalprobe?", vergewisserte sich Blake.

„Ja, ich denke, so sieht er es“, bekräftigte Parker. „Dann spielt er mit ihrer Dankbarkeit ihm gegenüber.“

„Und nach ihrem Vater ist seine Mutter dran“, folgerte Blake. „Denkt ihr, die beiden haben zusammen gelebt?“

„Sie haben auf jeden Fall einen Haushalt gehabt“, bejahte Hunter. „Aber es ist nicht notwendigerweise gesagt, dass unser Täter jeden Tag dort gewesen ist. Es ist durchaus vorstellbar, dass er in einer anderen Stadt arbeitet und sie nur die Wochenenden gemeinsam verbringen. Er könnte sie glauben lassen, dass er seine Stelle aufgeben wird, sobald er einen neuen Job gefunden hat.“

Zum dritten Mal in fünf Minuten warf Parker einen Blick auf die Uhr. Wo blieb Rejyna nur so lange?

„Machst du dir Sorgen um Rejyna?“, erkundigte sich Blake, dem die innere Unruhe des Freundes nicht entging.

„Na ja, sie wollte nach eineinhalb Stunden zurücksein, nicht wahr? Jetzt sind es schon mehr als zwei“, gab Parker zu.

„Warum rufst du sie nicht an?“, riet Hunter. „Bestimmt hat sie einfach nur die Zeit vergessen.“

Unschlüssig hielt Parker sein Telefon in der Hand. Er wollte nicht, dass sich Rejyna kontrolliert fühlte.

„Soll ich sie anfunken?“, bot Blake an.

„Nein, ich mach schon, danke.“ Entschlossen drückte er die Kurzwahl ihrer Nummer. Wenig später hörte er den Freiton, dann schaltete sich der Anrufbeantworter ein. Unwillkürlich kräuselte er die Stirn.

„Was ist los?“, fragte Blake, alarmiert von Parkers Blick.

„Der Anruf wird von der Mailbox angenommen.“

„Er geht auf die Mailbox?“, wunderte sich auch Blake.

Parker versuchte es noch einmal, dann nickte er bestätigend.

„Vielleicht hat sie keinen Empfang in der Gegend“, überlegte Hunter. „Oder Ihre Batterie ist leer.“

„Dann würde es nicht zunächst klingeln“, entgegnete Parker. Er wandte sich an Blake. „Hast du eine Nummer von Lisa Galotti?“ Zum ersten Mal fiel ihm auf, dass er keine privaten Kontaktdaten der Frau hatte.

„Nein, aber wir erreichen Sie über ihre Dienststelle“, erklärte Blake und rief bereits in der Zentrale des Polizeidezernats an.

„Special-Agent Blake McGrey vom FBI“, stellte er sich mit autoritärer Stimme vor. „Ich muss dringend mit Detective Galotti sprechen. Können Sie mich bitte verbinden?“

„Detective Galotti hat heute einen freien Tag, Sir. Kann Ihnen ein Kollege helfen?“, erklärte die Telefonistin freundlich.

„Leider nein und die Angelegenheit kann auch nicht bis morgen warten. Bitte leiten Sie den Anruf auf Ihr Diensthandy.“

„Ich versuche es, Sir. Einen Moment, bitte.“

„Galotti“, meldete sich Lisa kurz darauf.

„Hallo Lisa. Hier ist Blake, Rejynas Partner. Erinnern Sie sich an mich? Wir sind uns vor einigen Monaten mal begegnet.“

„Selbstverständlich erinnere ich mich.“

„Könnten Sie mir bitte kurz Rejyna geben.“

„Rejyna? Wie kommen Sie darauf, dass Sie hier ist?“ Lisa klang erstaunt.

„Ist sie das denn nicht?“, wunderte sich jetzt auch Blake. „Sie wollte zu Ihnen fahren.“

Nervös schob Parker seinen Stuhl zurück und stand auf. Er konnte zwar nur Blakes Worte hören, doch sie gefielen ihm nicht. Sie vergrößerten lediglich seine Sorge.

„Wir hatten früher am Abend telefoniert, aber Rejyna sagte mir, dass sie arbeiten müsse“, berichtete Lisa.

„Ich weiß, aber dann ergab sich eine Lücke und sie wollte Sie überraschen.“

„Vielleicht wollte sie eher Parker McNamara überraschen“, schlug Lisa vor, wobei das verschmitzte Grinsen in ihrer Stimme nicht zu überhören war.

„Parker steht direkt neben mir“, informierte sie Blake ernst.

Auch Lisas scherzender Unterton verschwand auf der Stelle. „Sie ist nicht hier, Blake. Wann ist sie weggefahren?“

„Vor mehr als zwei Stunden. Sie wollte eigentlich schon wieder zurücksein“, antwortete Blake, während es bereits in ihm arbeitete. „Sehen Sie meine Nummer in Ihrem Display?“

„Ja, das tue ich.“

„Prima, dann schicken Sie mir Ihre Kontaktdaten und ich melde mich, sobald wir etwas von Rejyna hören.“ Hastig beendete er das Gespräch.

„Kannst du ihr Handy orten lassen“, erkundigte sich Parker sofort.

„Das hatte ich vor“, nickte Blake. Dabei wählte er bereits die Nummer der Technikabteilung des FBI. „Hi, Martin. Du musst mir einen Gefallen tun und Rejynas Handy für mich orten ... nein, es gibt keine offizielle Verfügung, aber ich versichere dir, dass sie damit kein Problem hat.“ Blake schloss seine Augen und ballte seine Faust.

Er ist ebenso nervös wie ich, erkannte Parker, was seine innere Anspannung nicht löste. Im Gegenteil.

„Martin, habe ich dich jemals um etwas gebeten, das für Ärger gesorgt hätte?“, klang Blakes Stimme durch den Raum. „Bitte ping ihr Handy einfach an. Wenn ihr etwas passiert ist, zählt jede Minute ... wenn nicht, dann übernehme ich die Verantwortung ... ja, versprochen, aber nun mach endlich!“

Ungeduldig trommelte Blake mit den Fingern auf der Tischplatte, während er auf die Rückmeldung wartete. Als Martins Stimme zurückkehrte, verharrte Blakes Hand in der Luft und seine Stirn kräuselte sich. „Bist du sicher?“, hakte er nach. „Okay, danke!“

„Was ist los?“, wollte Parker wissen, der auf einen Blick erkannte, dass etwas nicht stimmte. „Hat er das Telefon gefunden? Sag mir, dass es nicht ausgeschaltet ist.“

„Nein, es ist nicht ausgeschaltet“, informierte ihn Blake. Dabei sprach er langsamer als üblich.

„Was ist das Problem? Wo ist sie?“, fragte Parker.

Direkt sah ihm Blake in die Augen. „Ihr Handy ist direkt vor Lisas Haus.“

Parker zuckte zurück. „Was? Vor Lisas Haus? Wie ist das möglich?“

Statt zu antworten, rief Blake bereits wieder Lisa an, die ihm mittlerweile ihre Nummer geschickt hatte. „Ich bin es noch mal. Blake. Könnten Sie bitte einmal hinunter zur Straße gehen? Rejynas Telefon müsste sich direkt vor Ihrem Haus befinden.“

„Ich bin schon unterwegs.“

„Ich schalte den Lautsprecher ein. Parker und zwei weitere H.E.L.P.- Kollegen sind bei mir.“

Man hörte einen Schlüssel klimpern und Füße eine Treppe hinuntereilen. Eine Tür öffnete sich und auch wenn es keinen Straßenlärm gab, war durch die veränderte Akustik allen im Raum klar, dass sich Lisa jetzt auf der Straße befand.

„Hier ist nichts“, murmelte sie.

„Gehen Sie ein paar Meter vor oder zurück. Die Ortung gibt immer nur einen Umkreis an“, bat Blake.

„Ich weiß. Warten Sie ... Dort vorne steht Rejynas Auto.“

Parker wurde bleich. Automatisch suchte er Halt an einem Regal.

„Es ist niemand drin."

„Ist es abgeschlossen?", wollte Blake wissen.

„Ja."

„Was ist mit dem Handy?"

Es dauerte einen Moment, bis Lisas Stimme zurückkehrte. „Ich sehe es. Es liegt auf einer Mauer."

„Gibt es Spuren eines Kampfes? Liegt sonst etwas in der Nähe?"

Wieder entstand eine Pause. „Nein, nichts", berichtete Lisa schließlich. „Der Motor ist ebenfalls kalt."

Blake atmete tief ein. Es war unwahrscheinlich, dass sich Rejyna im Kofferraum ihres Wagens befand, dennoch mussten sie nachsehen. Mit dem Blick auf Parker gerichtet, sprach er ins Telefon. „Haben Sie eine Brechstange, Lisa?"

Parkers Augen weiteten sich und auch die Polizistin verlor für einen Moment ihre Sprache.

„In meinem Wagen. Ich hole sie", sagte sie schließlich.

„Du glaubst ..." Parker fehlten vor Entsetzen die Worte.

„Eigentlich glaube ich es nicht", erwiderte Blake leise. „Aber wir müssen dennoch sichergehen."

Nervös lauschten sie den Geräuschen, die aus Blakes Handy drangen. Kalte Schweißperlen bildeten sich auf Parkers Stirn und er hielt den Atem an, als er hörte, wie Lisa die Brechstange ansetzte und der Kofferraum aufsprang.

„Lisa?", fragte Blake, als er nichts mehr hörte. Intuitiv wusste er, dass keiner von ihnen die Stille länger aushalten konnte.

„Er ... er ist leer", flüsterte Lisa und Blake erkannte, dass die Polizistin ebenso angespannt gewesen war wie er, Parker und Hunter.

Erleichtert atmete er auf. „Ich schicke unsere Spurensicherung vorbei. Können Sie die Straße so lange sichern, bis die Kollegen da sind?"

„Kein Problem, ich warte hier."

Blake hatte die Verbindung gerade beendet, als sein Handy vibrierte. „Detective Keller", grüßte er den Kollegen, der die Anschläge auf Rejyna bearbeitete. „Ich hoffe, Sie haben gute Nachrichten?" Blake stellte das Gespräch abermals laut, sodass alle anderen mithören konnten.

„Die habe ich in der Tat. Wir konnten zwei Fingerabdrücke gewinnen, die für eine Identifizierung ausgereicht haben. Der Mann heißt Sharad al Therani. Er ist vor zwei Wochen in die USA eingereist und war auf einen Rückflug in den Iran für heute Morgen gebucht. Den Flug hat er jedoch gestern um zwei Tage verschoben."

„Haben Sie eine Hoteladresse von ihm?"

„Leider nein. Die offizielle Suche nach ihm ist angelaufen, aber Sie wissen, dass wir nichts tun können, solange er nicht irgendwo auftaucht. Allerdings sagten Sie, dass das H.E.L.P.-Programm den Mann vielleicht aktiv finden könnte."

Parker und Hunter nickten gleichzeitig.

„Wir können es auf jeden Fall versuchen", gab Blake die Information weiter. „Schicken Sie mir einfach alles, was Sie bisher über den Mann gefunden haben. Vielleicht haben wir Glück."

„Sie haben die Unterlagen in einer Minute", versprach Keller und verabschiedete sich.

Nachdenklich drehte Blake sein Telefon in der Hand. „Kann es sein, dass dieser al Therani etwas mit Rejynas Verschwinden zu tun hat?"

Parker dachte einen Moment darüber nach, doch dann schüttelte er den Kopf. „Nein, das glaube ich nicht. Al Therani hätte sie getötet, nicht entführt."

„Das sehe ich genauso", stimmte Hunter zu.

„Ich habe mir gedacht, dass ihr das sagen werdet", seufzte Blake. „Irgendwie habe ich nur das Gefühl, es wäre einfacher, wenn al Therani dahinterstecken würde."

„Das kommt daher, weil wir den Gegner dann kennen würden", erläuterte Hunter.

„Wir werden sie finden", erklärte Parker. Dabei sprach er die Worte nicht zuletzt auch für sich selbst aus. Sie mussten Rejyna finden. Alles andere war inakzeptabel.

„Das werden wir", bestätigte Hunter. „Finn, ruf Em und Lucas an. Sie sollen so schnell wie möglich herkommen. Wir brauchen hier alle Augen und Köpfe."

Blakes Handy vibrierte abermals. „Das ist die e-Mail von Detective Keller mit den Infos zu al Therani."

„Schick sie an Finn", bat Parker.

„Erledigt", verkündete Blake zwei Sekunden später. „Ich hänge mich ans Telefon und sorge dafür, dass sich die Kollegen in den Heimatorten der toten Prostituierten noch einmal in den bekannten Vierteln und Etablissements umhören. Bisher wurde ja nur in den Orten, in denen ihre Leichen gefunden wurden, nach ihnen gesucht. In ihren Herkunftsstädten muss sie jedoch jemand kennen. Vielleicht hat sich sogar eine von ihnen einer Kollegin oder Freundin anvertraut und ihr erzählt, dass sie einen Mann kennengelernt hat, mit dem sie wegzieht."

„Gute Idee", lobte Hunter. „Parker und ich geben unterdessen ein Profil des Täters ein. Das sollte nicht allzu lange dauern, denn es ist dem Ersten sehr ähnlich. Finn, du kümmerst dich um al Therani?"

„Mach ich", bestätigte der Programmierer.

KAPITEL 32

Unruhig lief Parker in seinem Büro auf und ab. Dann ließ er sich in einen Sessel fallen. Fassungslos starrte er auf das Sofa ihm gegenüber, auf dem er Rejyna vor gerade einmal vier Stunden geliebt hatte. Vier Stunden. Das Sechstel eines Tages. Verzweifelt stellte er seine Ellenbogen auf die Knie und stützte seinen Kopf in die Hände. Wie schnell sich seine Welt doch gedreht hatte. In jenem Moment war er so glücklich und unbeschwert gewesen. Keine Sekunde hatte er daran gedacht, dass es vielleicht das letzte Mal sein könnte, dass er Rejyna im Arm hielt. Wo war sie? War sie noch am Leben? Schmerzhaft krampfte sich sein Herz zusammen und für einen Moment vergaß er zu atmen. Unerwartet spürte er eine warme Hand auf seiner Schulter. Überrascht sah er auf.

„Wir werden sie finden", versprach Emily mit sicherer Stimme und blickte ihm fest in die Augen.

„Ich habe dich nicht kommen gehört", gestand er.

„Ich war leise", erklärte sie. „Finn und Hunter haben eine Prognose zu al Theranis Aufenthaltsort abgegeben. Blake leitet sie gerade an Detective Keller weiter. Der Typ hat wahrscheinlich einen Porsche Cayenne gemietet und hat sich ein abgelegenes Hotel im Grünen gesucht, dessen Inhaber persischer oder arabischer Abstammung ist. Es hat entweder einen, von einem Imam abgenommenen, Gebetsraum oder liegt in der Nähe einer Moschee. Selbst wenn wir einen großen Umkreis von fünfzig Meilen ansetzen, dürfte es nicht allzu viele Häuser geben, die diese Bedingungen erfüllen."

„Wenn Keller den Mann findet, hätten wir ein Problem gelöst."

„Das scheint dich nicht unbedingt aufzuheitern", stellte Emily fest.

„Das liegt wahrscheinlich daran, dass es im Moment nicht unser dringlichstes Problem ist", seufzte Parker. „Es ist gut, wenn der Mann gefasst ist, aber leider hilft es uns nicht bei der Suche nach Rejyna."

„Komm mit rüber", bat Emily. „Der Computer wirft gerade die

ersten Ergebnisse auf das neue Profil des männlichen Täters aus."

Sie traten gerade in den Flur, als die Klingel ertönte. Überrascht sahen sich Emily und Parker an. Wer konnte das sein? Parker warf einen Blick auf das Bild, das die Außenkamera auf den Bildschirm hinter der Rezeption schickte.

„Das ist Lisa Galotti, Rejynas Freundin bei der Polizei", stellte Parker fest und drückte die untere Tür auf, ehe er am Eingang ihrer Büroräume auf sie wartete.

„Lisa", begrüßte er die Frau kurz darauf erstaunt. „Was machen Sie hier?"

„Ich bringe Rejynas Handy vorbei und wollte fragen, ob es nicht etwas gibt, wobei ich helfen kann. Das Warten macht mich ganz krank."

Ihr Blick war fast flehentlich und Parker brachte es nicht übers Herz, sie sofort wegzuschicken. Einladend trat er einen Schritt zur Seite. „Kommen Sie herein. Das ist Emily Reed. Em, das ist Detective Lisa Galotti."

Die beiden Frauen reichten sich die Hand, dann gingen sie zu dritt hinüber in den Besprechungsraum. Hunter, Lucas und Blake blickten von ihren Unterlagen auf und erhoben sich. Parker übernahm die Vorstellung, während Emily jede Regung der Frau beobachtete.

„Wir verstehen, dass Sie helfen wollen, Lisa", begann Hunter sanft, „allerdings können Sie im Augenblick nicht mehr tun als warten."

„Warten ist grausam", erklärte Lisa. „Zum ersten Mal stehe ich auf der anderen Seite und es macht mich verrückt, nichts tun zu können. Wenn ich Rejyna nur nicht früher zum Essen eingeladen hätte."

„Sie müssen sich keine Vorwürfe machen", beruhigte sie Blake.

„Wenn ich es richtig verstanden habe, hat Rejyna Ihnen zuerst abgesagt. Haben Sie sich danach mit jemand anderem verabredet?" Die Frage kam von Emily.

„Nein."

„Sie haben also niemanden heute Abend erwartet?", hakte Emily noch einmal nach.

Entschieden schüttelte Lisa den Kopf.

„Worauf willst du hinaus, Em?", erkundigte sich Hunter.

„Wenn niemand außer uns wusste, dass Rejyna zu Lisa wollte, dann muss sie dem Täter zufällig in die Arme gelaufen sein. Dies lässt im Grunde nur zwei Schlüsse zu. Entweder der Kerl wohnt in Detective Galottis unmittelbarer Nähe oder er war auf dem Weg zu ihr. Letzteres impliziert, dass Sie den Mann kennen, Lisa."

Die Polizistin wurde blass. „Was?" Entsetzt sah sie sich um. „Nein!"

„Emily hat recht", meinte Blake nachdenklich. „Ich glaube, wir können sogar noch einen Schritt weitergehen. Er muss nicht nur Lisa, sondern auch Rejyna kennen, denn noch ist nicht einmal offiziell bekannt, dass wir den Fall überhaupt übernommen haben."

„Dabei entspricht Rejyna nicht seinem Opfertyp", murmelte Parker, ehe sein Blick über den Tisch wanderte und an einigen Blättern hängenblieb. „Sind das die ersten Übereinstimmungen, die das H.E.L.P.-Programm auf das aktualisierte Täterprofil gefunden hat?"

„Die ersten fünfundzwanzig", bejahte Hunter. „Die Suche läuft noch."

Parker griff nach den Papieren und hielt sie Lisa entgegen. „Würde Sie sich die Namen einmal ansehen? Vielleicht ist einer darunter, den sie kennen."

Die Zweifel darüber standen Lisa im Gesicht, aber sie ging die Namen der Reihe nach durch und las auch die darunter stehende Kurzinformation über Alter, Beruf und Familienstand. Hin und wieder war auch eine Adresse aufgeführt. Immer drei Personen standen auf einem Blatt. Lisa legte jedoch ein Papier nach dem anderen auf den Tisch zurück. Bedauernd schüttelte sie den Kopf, als sie auch das vorletzte Blatt zur Seite legte.

„Es tut mir leid, aber ich kenne keinen einzigen Na..." Entsetzt erstarrte sie das letzte Papier in ihrer Hand an.

„Welcher Name ist es?" Aufgeregt trat Parker auf sie zu.

„Nein, das kann nicht sein. Das ist unmöglich", stieß sie aus. „Das hier ist ein Fehler." Sie legte das Papier umgedreht auf den Tisch und ließ ihre Hand schützend darauf liegen.

„Lisa, welchen Namen haben Sie erkannt?" Hunters Stimme klang ruhig, seine Augen blickten verständnisvoll und zur Verstärkung berührte er leicht ihre Schulter.

„N...nein." Noch immer schüttelte sie ihren Kopf, während alle anderen sie abwartend ansahen.

„Lisa?", bat Blake noch einmal eindringlich.

„Es ist Daves Name", flüsterte sie schließlich entgeistert.

„Dave?", hakte Hunter fragend nach, während Parker leise fluchte.

„Ich Idiot! Warum bin ich nicht von selbst darauf gekommen? Die ganze Zeit haben wir gesagt, dass der Täter von unserer Untersuchung gewusst haben muss."

„Wer ist Dave?", wiederholte Hunter seine Frage noch einmal.

„Dave Carrera", erklärte Parker. „Lisas Partner."

„Dave ist kein Mörder. Niemals." Lisa schien mit einem Mal aus ihrem Schock aufgewacht zu sein. Entschlossen richtete sie sich auf und sah den fünf Menschen um sie herum ins Gesicht. „Das hier ist ein Fehler."

„Wie lange arbeiten Sie schon mit Dave zusammen?", erkundigte sich Blake.

„Seit fünf Jahren. Ich kenne ihn, glauben Sie mir. Dave ist nicht Ihr Mann."

„Ich wette, Dave hat eine sehr bestimmte Vorstellung, wie die Dinge abzulaufen haben", schoss Parker ins Blaue.

„Daran ist nichts verkehrt", behauptete Lisa. „Vor allem nicht, wenn er richtigliegt und das tut er in der Regel."

„Er ist also auch im Job tonangebend", folgerte Parker.

„Er ist der dienstältere von uns beiden."

„Sein Verhalten hat nichts mit Seniorität zu tun", widersprach Parker. „Was passiert, wenn die Dinge nicht nach seinem Kopf laufen. Wird er wütend?"

Lisa verlagerte ihr Körpergewicht und presste ihre Lippen kurz aufeinander.

„Dave hat zwei Seiten", behauptete Parker an alle anderen gewandt. „Er kann ein äußerst charmanter Mann sein, aber er kann mit Sicherheit auch sehr belehrend sein."

„Wann und wie lange hast du den Mann gesehen?", wollte Lucas wissen.

„Ich war gestern Abend auf seiner Party. Rejyna ist eingeladen gewesen und hat mich mitgenommen." Ausführlich berichtete er von der Geschichte im Schlafzimmer. „Justin hat Dave vorgeworfen, seine Schwester manipuliert zu haben und ich habe Dave abgenommen, als er behauptete, alles sei Sandys freie Entscheidung gewesen", endete er, bevor er mit seinen eigenen Überlegungen fortfuhr.

„Doch was ist, wenn dies nicht ganz der Wahrheit entspricht? Vielleicht wollte Sandy wirklich aus dieser Sekte raus, aber das bedeutet nicht automatisch, dass sie auch all die anderen Dinge will, die sie im Augenblick tut. Möglicherweise will sie ebenso wenig in einem Schuhhaus arbeiten wie eine Ausbildung zur Krankenschwester machen. Je länger ich darüber nachdenke, desto mehr komme ich zu der Erkenntnis, dass Dave Carrera eine subtil kontrollierende Ader hat."

„Stimmt das, Lisa?" Rückversichernd sah Hunter die Polizistin an.

„Er kontrolliert vieles, weil er weiß, wie schnell Dinge schieflaufen können, wenn man auch nur ein Detail übersieht", schwächte Lisa ihre Antwort ab. „Er hat früher im Personenschutz gearbeitet und einer seiner Schützlinge ist während eines Auftrags umgekommen, weil das Sicherheitsteam eine winzige Kleinigkeit übersehen hat. Dave versucht einfach nur, seinen Job korrekt zu machen."

„Der Mann lebt seit Jahren hier in Boston", gab Emily zu bedenken.

„Das würde die Theorie bestätigen, dass er seinen Hauptwohnsitz behält", überlegte Lucas. „Wie verbringt Dave seine freien Tage, Lisa? Verreist er häufig?"

„Nicht, dass ich wüsste", meinte Lisa mit gesenktem Blick.

„Lisa, bitte seien Sie ehrlich", bat Hunter. „Es hilft niemandem, wenn Sie lügen oder etwas verschweigen."

„Gut! Dave hatte vor zwei oder drei Jahren mal eine Beziehung in Pittsburgh und ist dort öfter hingeflogen, aber es hat nicht gehalten."

„Haben Sie die Frau einmal kennengelernt", hakte Lucas nach.

„Nein, sie war nicht oft in Boston. In der Regel hat Dave sie besucht."

„Von Pittsburgh aus ist es nicht weit bis Buffalo oder Toledo", bemerkte Finn mit einem Blick auf die Karte.

„Das ergibt alles keinen Sinn", behauptete Lisa. „Dave ist schon seit Monaten mit Sandy zusammen. Sie wohnt bei ihm."

„Das heißt nicht, dass er nicht ein Doppelleben führen kann", stellte Emily nüchtern fest. „Quincy liegt sozusagen um die Ecke und Providence ist wirklich auch nicht weit. Die Fahrt schafft er sogar problemlos mehrfach unter der Woche."

„Dave hatte am Freitagmittag frei und auch am Samstag", erinnerte sich Parker. „Er hatte also Gelegenheit, nach Providence zu fahren und sowohl Adam Kramer als auch Megan Petrella zu entführen und zu töten. Selbst für den Mord an Brittany hätte er noch Zeit gehabt, ohne zu spät zu seiner eigenen Party zu sein."

„Dave hat seine Feier vorbereiten müssen. Haben Sie das vergessen?", wandte Lisa ein.

„Das Essen war von einem Caterer", widersprach Parker. „Die Getränke und das Beiseitestellen der Möbel für die Tanzfläche hätte er in Ruhe Tage zuvor erledigen können."

„Wir bitten ihn zu einem Gespräch", entschied Blake. „Führen wir es im Vistatorium?"

„Auf jeden Fall", beschloss Parker.

Hunter warf Lucas einen kurzen Blick zu und als Blake nach draußen ging, um mit Dave Carrera zu telefonieren, wandte sich Lucas an Lisa. „Soll ich Ihnen unseren Aufnahmeraum zeigen? Sind Sie interessiert?"

Sie zögerte kurz, doch dann fuhr sie sich durch die Haare und zwang sich zu einem Lächeln. „Ja, gerne."

Hunter wartete, bis die beiden den Raum verlassen hatten, dann sah er Parker an. „Ich nehme an, du willst die Unterhaltung mit Detective Carrera führen?"

„Ja, das will ich", nickte Parker. „Das macht auch Sinn, weil ich den Mann bereits kenne. Hast du etwas dagegen?"

Gründlich musterte Hunter den Freund. „Nicht, wenn du objektiv und vor allem sachlich bleiben kannst."

Tief atmete Parker ein. Er musste sich wirklich zur Ruhe zwingen. „Bin ich schon jemals nicht sachlich geblieben?"

„Es stand noch niemals so viel auf dem Spiel", gab Hunter unbeeindruckt zurück. „Glaube mir, ich weiß, was es heißt, wenn die Frau, die man liebt, in Gefahr schwebt und man nicht die geringste Ahnung hat, wo sie ist. Ich weiß, was du fühlst, Parker, und ich bin ehrlich erstaunt, wie gut du dich im Griff hast. Aber ich weiß auch, dass alles an einem seidenen Faden hängt. Ein kleines Wort, eine falsche Betonung und deine Selbstbeherrschung bricht zusammen."

„Aber dann bist du da, um zu übernehmen", erklärte Parker ohne den geringsten Zweifel in seiner Stimme. Lediglich seine Augen blickten herausfordernd.

Für eine kurze Sekunde war Hunter sprachlos, dann grinste er. „Ja, das bin ich." Ergänzend fügte er hinzu: „Das sind wir alle."

„Dann ist ja alles geklärt."

„Nicht ganz", widersprach Hunter. „Du kannst das Gespräch

mit Carrera nicht alleine führen."

„Blake wird dabei sein wollen", bemerkte Parker.

„Allerdings", ertönte Blakes Stimme von der Tür aus, der in diesem Moment zurückkehrte.

„Nichts für ungut, aber du bist ebenso emotional betroffen wie Parker", wandte Hunter ein. „Es wäre klüger, zumindest eine neutrale Person im Raum zu haben."

In Blake tobte es, doch er zwang sich dazu, einmal tief einzuatmen, bevor er antwortete. Er musste unter allen Umständen ruhig bleiben, doch er würde sich ganz sicher nicht das Gespräch mit ihrem Hauptverdächtigen aus der Hand nehmen lassen. Rejyna war schließlich seine Partnerin. Er setzte gerade zu einer Antwort an, als Emily sprach.

„Wir sind alle emotional beteiligt, Hunter", erklärte sie sanft. „Keiner von uns kann von sich behaupten, in diesem Fall wirklich neutral zu sein. Lassen wir Parker und Blake mit dem Mann reden, wir anderen verfolgen die Unterhaltung aus dem Technikraum."

Grübelnd nickte Hunter. „Einverstanden. Wann ist er hier?"

„Er hat gesagt, dass er zu Hause ist und zehn Minuten braucht", gab Blake Auskunft.

„Vielleicht hätten wir besser zu ihm fahren sollen", grübelte Parker. „Wenn Rejyna bei ihm ist ..."

„Er wird Rejyna ganz sicher nicht in seine Wohnung gebracht haben", meinte Blake entschieden.

„Blake hat recht", stimmte Hunter zu. „Der Mann ist schließlich kein Dummkopf, und wir haben hier die besten Chancen, die Wahrheit zu erfahren."

„Überzeugt, aber dann lasst uns zusehen, dass wir noch so viel wie möglich über den Mann in Erfahrung bringen", entschied Parker.

Wachsam sah sich Dave Carrera um, als er das Vistatorium betrat. Schließlich wandte er seine Aufmerksamkeit Parker und Blake zu. „Also, worum geht es?"

„Setzen wir uns, Dave", schlug Parker vor und deutete auf einen Stuhl am Tisch. Er und Blake nahmen gegenüber des Detective Platz.

Argwöhnisch blickte Dave sich noch einmal um, dann schob er den Stuhl zurück und setzte sich. „Was ist das hier? Ein Aufnahmestudio?"

„Das trifft es ganz gut“, bejahte Parker.

„Laufen die Kameras?“, wollte Dave wissen.

„Sie werden gerade angeschaltet.“ Parker zeigte auf eine Kamera, deren Licht in diesem Moment von grün auf rot wechselte.

Unwillkürlich kräuselte sich Daves Stirn. Mit zusammengekniffenen Augen blickte er Blake an. „Am Telefon sagten Sie, Rejyna sei entführt worden.“

„Das ist richtig“, bestätigte Blake.

„Mir ist nicht ganz klar, wie ich Ihnen helfen kann, aber wenn es etwas gibt, was ich tun kann, dann sagen Sie es.“

Blake kam direkt zur Sache. „Wo waren Sie gegen halb acht heute Abend?“

Daves Augenbrauen schnellten in die Höhe. „Sie verdächtigen mich, etwas mit Rejynas Verschwinden zu tun zu haben?“

„Beantworten Sie bitte einfach meine Frage.“

„Oh, nein. An dieser Stelle hört der Spaß auf. Das hier schreit nach einem offiziellen Verhör. Davon war bislang nicht die geringste Rede.“

„Ist es denn ein Problem?“, fragte Parker und klang dabei ruhiger als er innerlich war.

„Allerdings“, erwiderte Dave Carrera verärgert. „Wir sind praktisch Kollegen, und Sie verdächtigen mich eines Verbrechens. Sie locken mich unter einem falschen Vorwand hierher und ...“

„Das stimmt nicht“, widersprach Blake. „Ich habe Ihnen gesagt, worum es geht.“

Süffisant lächelte Carrera. „Dabei haben Sie nur die Kleinigkeit vergessen zu erwähnen, dass Sie mich als Verdächtigen sprechen wollen und nicht als Kollegen, der vielleicht eine Verbindung hat, die hilfreich sein könnte. Was hätten Sie getan, wenn ich es abgelehnt hätte, hier herzukommen? Hätten Sie mich von einer Streife abholen lassen?“

„Das hätte ich.“ Blake nickte, während er den wütenden Blick des Mannes hielt.

Erzürnt beugte sich Dave über den Tisch. „Schalten Sie die Kameras aus. Sofort.“

„Sie verweigern die Aufnahme?“, vergewisserte sich Blake.

„Ich habe gesagt, Sie sollen sie ausschalten“, wiederholte Dave mit blitzenden Augen. „Ohne meine Einwilligung ist jede bildliche Aufzeichnung verboten.“

Die Lichter an den Kameras wechselten auf Grün.

„Gestern waren Sie von unserer Technik noch ganz begeistert", erinnerte sich Parker.

„Gestern haben Sie mich auch noch nicht wie einen Verbrecher behandelt", konterte Carrera.

„Wenn Sie unschuldig sind, haben Sie nichts zu befürchten", meinte Blake.

„Ich habe nichts zu befürchten, Agent McGrey", stellte Dave fest. „Es ist einfach eine Sache des Prinzips. Im Übrigen ist dies hier reine Zeitverschwendung. Wenn Ihre Partnerin entführt wurde, sollten Sie besser alles daransetzen, Sie zu finden, anstatt Ihre und meine Zeit zu verschwenden." Er erhob sich. „Ich werde jetzt gehen. Wenn es etwas gibt, womit ich Ihnen wirklich helfen kann, rufen Sie mich an."

„Sie können die Bildaufzeichnung untersagen, aber Sie können sich weder dem Gespräch entziehen noch der Tonaufnahme", erklärte Blake hart, während er ebenfalls aufstand. „Sie können allerdings auf die Anwesenheit Ihres Anwalts bestehen."

Ungläubig starrte der Detective ihn an. „Sie verdächtigen mich wirklich", flüsterte er rau.

„Kommen Sie, Dave, setzen Sie sich und wir beruhigen uns alle wieder", schlug Parker vor. Auch wenn es ihn innerlich zerriss und er die Antworten am liebsten mit beiden Händen kräftig aus Lisas Partner herausgeschüttelt hätte, wusste er doch, dass sie auf diese Weise nicht weiterkommen würden. „Ich denke, Sie verstehen, dass unsere Nerven gerade ein wenig blank liegen."

Mit einem fixierten Blick musterte Dave ihn, dann glitt er zurück auf seinen Stuhl. „Lassen Sie die Kameras laufen."

„Sind Sie sicher?", hakte Parker nach.

„Ja. Was wollen Sie wissen? Sie hatten gefragt, wo ich heute Abend gewesen bin, richtig? Ich war zu Hause. Ich habe bis in den Nachmittag hinein geschlafen und danach aufgeräumt."

„Kann das jemand bezeugen?", erkundigte sich Blake.

„Ich war allein."

„Was ist mit Sandy?", fragte Parker.

„Sie ist um drei zur Arbeit gegangen."

„Wollten Sie Lisa am Abend besuchen?"

„Lisa?" Verwundert zuckte Daves Kopf zurück. „Warum sollte ich Lisa an einem freien Sonntagabend besuchen? Wir haben ein gutes Verhältnis, aber es ist rein beruflicher Natur. Wir sehen uns fünf bis sechs Tage die Woche und verbringen mehr Zeit miteinander als ein Ehepaar. Ich weiß ja nicht, wie Sie und Rejyna es halten, aber Lisa und ich verspüren darüber hinaus nicht noch das Bedürfnis, einen Großteil unserer Freizeit miteinander zu teilen. Wir treffen uns schon mal auf Partys und gehen auch zwei- oder dreimal im Jahr mit Kollegen bowlen, aber das war es."

„Siehst du etwas, was deinen Argwohn erregt", erkundigte sich Emily mit einem raschen Blick hinüber zu Hunter.

„Nein", erwiderte er, ohne seine Augen von den Bildschirmen vor ihm zu nehmen.

„Ich habe gleich gesagt, dass er unschuldig ist", bemerkte Lisa, die sich ebenfalls in dem Raum befand.

„Es ist ungewöhnlich, dass ein Unschuldiger die Aufnahme verweigert", stellte Finn fest.

„Finn, spul bitte noch einmal die Bilder der Kameras vier und elf zurück auf den Anfang", bat Hunter. „Nochmal ein Stückchen vor ... ja, genau, danke."

Konzentriert beobachtete er die Augenbewegung des Mannes, während er der Stimme lauschte. Schließlich schüttelte er den Kopf. „Nichts weist auf ein Ablenkungsmanöver hin. Seine Meinungsäußerung klingt nach innerer Überzeugung, aber das muss nichts heißen. Wir sind erst am Anfang und da lassen sich Stimme und Körperhaltung noch recht gut steuern, vor allem von jemandem mit Carreras Erfahrung. Lasst uns hören, wie er auf die nächsten Fragen reagiert."

„Wie um alles in der Welt kommen Sie überhaupt darauf, dass ich etwas mit Rejynas Entführung zu tun haben könnte?", wollte Dave wissen. „Ich habe überhaupt kein Motiv für eine solche Handlung."

„Sie wussten, dass wir Lana Walder gefunden hatten und Sie wussten, dass wir die Morde einem Serienverbrecher zugeordnet hatten. Es war Ihnen klar, dass es nur eine Frage der Zeit war, bis wir auf Sie stoßen würden."

Dave Carrera sah Parker an, als hätte dieser seinen Verstand verloren. „Auf mich? Sie halten mich für Ihren Serienmörder? Sie sind komplett verrückt."

„Sie entsprechen dem Profil", stellte Parker scheinbar gelassen fest.

„Dem Profil?" Fassungslos starrte Carrera über den Tisch. „Ich habe einen guten und verantwortungsvollen Job bei der Polizei, habe einen großen Freundeskreis, engagiere mich in der Gesellschaft. Vielleicht können Sie mir erklären, welche dieser Eigenschaften mich zu Ihrem Verdächtigen machen?"

„Keine dieser Eigenschaften macht Sie zu einem Mörder", bemerkte Parker. „Allerdings schließt auch keine davon Sie aus."

„Finn, zeig uns bitte noch einmal die Sekunde, als Daves Unterkiefer nach unten klappt, im Zeitraffer", bat Hunter im Technikraum.

„Kommt sofort."

„Die Verblüffung ist echt", seufzte Hunter kurz darauf, nachdem er die Szene aus zwei verschiedenen Perspektiven studiert hatte.

„Verstehen Sie mich nicht falsch", meldete sich Lisa zu Wort. „Ich bin nach wie vor von Daves Unschuld überzeugt. Aber woher wissen Sie, dass er gerade ehrlich erstaunt war? Jeder weiß, dass ein offener Mund Überraschung ausdrückt und jeder kann seine Lippen öffnen, oder nicht?"

„Natürlich", bestätigte Lucas. „Aber dafür muss die Bewegung des Unterkiefergelenks bewusst geführt werden, was ein Zusammenspiel verschiedener Muskelgruppen und Sehnen voraussetzt. Bei Dave ist der Mund jedoch aus dem entgegengesetzten Grund aufgeklappt. Seine Muskulatur hat nicht gearbeitet. Der Musculus temporalis hält einen Dauertonus, der der Schwerkraft entgegenwirkt und dadurch das Herabsinken des Unterkiefers verhindert. Bei echtem extremen Erstaunen setzt dieser kontinuierliche Spannungszustand für einen Moment aus und infolgedessen öffnet sich der Mund. Eine totale, auf einen Punkt stattfindende Relaxation lässt sich nicht willentlich herbeiführen."

„Vor einigen Jahren sind Sie häufiger nach Pittsburgh geflogen", stellte Blake fest. „Warum?"

„Ich wüsste nicht, was Sie das angeht, aber der Grund war eine Frau."

„Wie hieß sie?"

„Georgina Pine. Wir waren einige Monate zusammen, doch die räumliche Distanz war auf Dauer zu groß."

„Sie wissen, dass wir sie anrufen können, um uns Ihre Aussage bestätigen zu lassen?"

Dave zog einen Mundwinkel leicht nach oben und verschränkte die Arme vor dem Körper. „Tun Sie das."

Parker entschied, das Thema zu wechseln. „Wie würden Sie Ihre Beziehung zu Sandy beschreiben? Gestern sagten Sie, dass aus Ihrer anfänglichen Hilfe Gefühle entstanden sind."

„Das ist richtig. Ich mag Sandy. Wir haben eine gute Zeit miteinander, aber was hat das mit Rejyna zu tun?"

Parker überging die Frage. „Für Sandy ist das freie Leben neu. Sie ist auf Hilfe angewiesen. Ich wette, es gefällt Ihnen, dass sie Ihren Rat annimmt."

„Ich bestimme nicht ihre Entscheidungen", klärte Dave Parker auf. „Ich zeige ihr lediglich Optionen auf."

„Das heißt, es würde Ihnen nichts ausmachen, wenn sie morgen zu ihrer Familie zurückkehrt?", forderte Parker ihn heraus.

Wütend blitzten Daves Augen auf. „Natürlich würde es das. Es wäre eine dumme Entscheidung."

„Nicht zuletzt, weil auch Sie damit ihre Zeit verschwendet hätten?"

Daves Finger krallten sich zusammen. „Es ist Sandys Entscheidung, was sie mit ihrem Leben macht", presste er hervor.

„Sie haben allerdings gerne die dominante Rolle in einer Beziehung", stellte Parker fest. „Sie bevorzugen junge Frauen, die an ihren Lippen kleben, die Sie beeindruckend finden und die Sie lenken können. Sobald die Frauen eine gewisse Selbstständigkeit entwickeln, enden Ihre Beziehungen und während Sie älter werden, ändert sich das Alter Ihrer Freundinnen nicht. Sie sind immer noch höchstens Anfang zwanzig."

„Das klingt, als sei ich ein perverser Greis, der sich an jungen Mädchen vergreift. Dabei liegen zwischen Sandy und mir gerade einmal zehn Jahre. Das ist kaum der Rede wert."

„Wenn Sie beide mitten im Leben stehen würden, nicht", gab Parker ihm recht. „Doch davon kann mit zwanzig kaum die Rede sein. In dem Alter befindet man sich noch immer in einer rasanten Entwicklungsphase. Man hat gerade die Abnabelung von den Eltern hinter sich, geht die ersten eigenen Schritte und tastet sich vor. Sie lieben es, der Erfahrene zu sein, denn das macht Sie in Ihren Augen unabhängig. Es macht Sie zu dem stärkeren Part der Beziehung und das ist es, was Sie brauchen. Sie investieren Freundschaft und Zuneigung, aber niemals Liebe, denn um nichts in der Welt wollen Sie noch einmal der kleine Junge sein, der von seiner Mutter verlassen wurde. Dieser Schmerz ist zu groß. Daher setzen Sie alles daran, dass Sie derjenige sind, der die Fäden in Händen hält und Sie sind auch derjenige, der die Beziehung beendet."

Daves Gesichtsfarbe hatte sich bei der Nennung seiner Mutter leicht gerötet, doch ansonsten hatte sich nichts an ihm gerührt. Es schien, als sei sein Körper zu einer Salzsäure erstarrt. Lediglich der Muskulus temporalis in seiner rechten Schläfe zitterte sichtbar.

„Es war eine Woche nach der Beerdigung Ihres Großvaters und einen Tag vor Ihrem sechsten Geburtstag als Sie Ihre Mutter zum letzten Mal gesehen haben", übernahm Blake das Wort. „Hat sie Ihnen am Morgen, bevor Sie in die Schule gegangen sind, gesagt, dass Sie nicht wieder nach Hause zurückkehren würden und dass Sie am Mittag eine Mitarbeiterin des Jugendamtes abholen würde?"

Langsam drehte Dave seinen Kopf dem Agenten zu. Seine Miene war versteinert. „Was hat meine Mutter mit Rejynas Entführung zu tun?"

„Ganz einfach, Detective Carrera. Sie ist Ihr Motiv", erklärte Blake kalt.

Die Augen des Detectives färbten sich dunkler, seine Pupillen wurden kleiner. „Ich glaube, langsam reicht es. Solange Sie nicht einen einzigen handfesten Beweis vorlegen können, dass ich etwas mit Ihren Serienmorden zu tun habe, muss ich meine Kindheit nicht vor Ihnen ausbreiten. Sie geht Sie nicht das Geringste an. Das hier ist beleidigend."

„Glauben Sie mir, das kann ich sehr gut nachvollziehen. Aber deswegen wird Sie niemand mit Samthandschuhen anfassen", konterte Blake. Sein Ton war ruhig, doch seine Augen blitzten wütend. „Tatsache ist, wir haben einen Serienmörder, dessen weibliche Opfer alle um die fünfzig sind, das Kind einer ersten frühen Schwangerschaft zur Adoption freigegeben haben und später, nachdem sie es beruflich zu einigem Erfolg gebracht haben, mit einem gutsituierten Mann eine Familie gegründet haben. Das mag Ihnen nicht gefallen, aber die Parallelen zu dem Leben Ihrer Mutter, die später drei Kinder großgezogen hat, lassen sich nicht übersehen."

„Ihre Mutter hat Sie und Ihren Bruder einen Tag vor ihrem sechsten Geburtstag verlassen", übernahm Parker das Wort. „Es war nicht so, dass sie sich vorher viel um Sie gekümmert hat. Die meiste Zeit haben Sie in irgendwelchen Kinderbetreuungen verbracht und eine ganze Reihe an Nächten haben Sie bei Ihrem Großvater geschlafen. Nach dessen Tod hat Ihre Mutter sich jedoch zu einer Adoptionsfreigabe entschlossen. Ich vermute mal, dass sie beruflich einen weiteren Schritt nach oben steigen konnte und als Verkaufsleiterin eines internationalen Konzerns hat dies weitere Reisen und eine noch größere zeitliche Flexibilität bedeutet. Schließlich bestimmten die Kunden die Termine und ihr Leben beinhaltete Abendessen in edlen Restaurants, schöne Hotels, Einladungen zu Events. Diese Position hätte sie in ihrer damaligen familiären Situation niemals annehmen können. Sie wäre in den Innendienst degradiert worden und ohne große Aufstiegschancen an einen Schreibtisch gefesselt gewesen."

„Da ist es wohl verständlich, dass sie ihre Karriere dem anstrengenden Leben mit zwei herumtobenden Jungen vorgezogen hat", folgerte Dave sarkastisch und es brauchte keine besonderen psychologischen Kenntnisse, um zu sehen, dass diese Wunde noch immer nicht verheilt war. Mit übereinanderliegenden Unterarmen beugte er sich auf dem Tisch Parker und Blake entgegen.

„Das war ein netter Ausflug in meine Familiengeschichte. Lassen Sie mich raten, was als Nächstes kommt", fuhr er bitter fort. „Wahrscheinlich habe ich nicht verkraftet, dass meine Mutter mich verlassen hat. Ich bin bindungsunfähig und vermutlich halten Sie mich auch für emotional instabil, weil ich mich auf der einen Seite danach sehne, bedingungslos geliebt zu werden, auf der anderen Seite aber jede Nähe zurückweise, denn wie kann mich jemand akzeptieren, wenn selbst meine Mutter mich nicht hat haben wollen? Da ich nicht vollkommen unwissend bin, erkenne ich die Ursache und hasse mich dafür, dass ich trotz meines Wissens nicht aus diesem Kreislauf ausbrechen kann. Allerdings hasse ich meine Mutter noch mehr, denn es war ihre Aufgabe, mir Wurzeln zu geben. Sie hätte mir als Kind emotionale Sicherheit und Schutz vermitteln müssen. Die Wut auf sie wird immer größer und eines Tages kann ich den Schmerz nicht mehr aushalten. Ich übertrage meinen Hass und beginne Frauen zu töten, die ihre Kinder aus egoistischen Gründen zurückgewiesen haben, aber auch Jahre später, als sie ihre Mutterliebe endlich entdeckt hatten, kein Interesse an ihnen gezeigt haben und statt dessen lieber neue Kinder gezeugt haben. Habe ich den Kern Ihrer Theorie getroffen?"

Parker stoppte Blake vor einer Antwort, indem er ihn unter dem

Tisch mit seinem Fuß berührte, und ließ einen Moment verstreichen. Dabei sah er dem Detective direkt in die Augen.

Herausfordernd hielt Dave Carrera den Blick.

„Wie viel davon entspricht Ihrer Ansicht nach der Wahrheit?“, wollte Parker nach einer langen halben Minute wissen.

Die Frage traf Carrera unvorbereitet. Sein Kopf neigte sich kurz nach rechts, ehe er sich wieder gerade auf Parker richtete. Dann sanken Carreras Schultern leicht nach vorne und er schluckte sichtbar.

Als er sprach, klang seine Stimme resignierend. „Vermutlich alles, bis auf den letzten Teil. Ich habe niemanden umgebracht.“

„Seine Mutter hat noch drei Kinder bekommen?“, hakte Lisa entgeistert nach.

„Drei Töchter“, konkretisierte Lucas.

„Das muss grausam sein. Ich meine, es ist sicherlich schon schwer genug zu verkraften, wenn sich deine Mutter gegen dich und für eine Karriere entscheidet, aber dann zu erfahren, dass sie eben diese für andere Kinder aufgibt ...“ Fassungslos schüttelte sie den Kopf.

„Es ist ganz sicher keine leichte Kost“, bestätigte Lucas. „Es hinterlässt tiefe Spuren in einer Kinderseele, wenn sich ein Elternteil vollständig abwendet. Dabei sind die Narben in der Regel größer, wenn die Mutter geht.“

„Sie meinen ...“ Lisa zögerte kurz, ehe sie feststellte: „Es gibt viele Kinder, die von ihrer Mutter zur Adoption freigegeben worden sind und sie werden nicht alle zu einem Mörder.“

„Um zu töten, müssen grundsätzlich viele Dinge zusammenkommen. Daves letzte Reaktion war auf jeden Fall echt“, urteilte Hunter. „Die leichte Rechtsneigung seines Kopfes signalisiert, dass er Parkers Punkt anerkennt und für einen Moment stellt er seine situative Position in den Hintergrund. Er vergisst, dass er ein Verdächtiger ist und sich möglicherweise selbst belasten könnte.“

„Allerdings wendet er seinen Kopf Parker gleich daraufhin wieder aufrecht zu“, ergänzte Emily.

„Und das bedeutet was?“, wollte Lisa wissen.

„Es heißt, dass er als aufrichtig wahrgenommen werden will“, informierte sie Emily.

„Es bestätigt aber auch seine emotionale Beteiligung, und er zeigt damit Gesprächsbereitschaft“, ergänzte Hunter. „Ich glaube, dass die Bewegung zwar eine bewusste Handlung war, die Auslösung dazu aber unbewusst erfolgt ist. Wie du gesagt hast, Em, will Dave seinen folgenden Worten Glaubwürdigkeit verleihen. Der Grund dafür könnte jedoch darin liegen, dass er sich aus diesen Fesseln befreien will und in seinem Inneren weiß, dass er dafür professionelle Hilfe braucht. Er schafft es nicht allein, doch er ist zu stolz, um sich zu öffnen. Die aktuelle Situation bietet ihm jedoch ein Sprungbrett.“

„Ich stimme dir zu“, meinte Lucas. „Aber wir sollten nicht vergessen, dass er von dem neuen Leben seiner Mutter gewusst hat. Er war keineswegs erstaunt, als Blake die drei Kinder erwähnt hat.“

„Haben Sie Ihre Mutter jemals wiedergesehen?“, erkundigte sich Blake ein wenig sanfter.

„Ich habe sie vor ungefähr sieben Jahren getroffen. Und wenn Sie es genau wissen wollen, habe ich meine Dienstmarke missbraucht, um sie zu finden.“ Müde lehnte sich der Detective in seinem Stuhl zurück. „Ich weiß nicht, warum ich mich überhaupt dazu überreden ließ.“ Er fuhr sich mit beiden Händen durch das Gesicht. „Eigentlich stimmt das nicht. Ich denke, ich weiß, warum ich es getan habe. Ich habe heimlich gehofft, dass sie mich heute, wo eine Beziehung für sie keine Entbehrungen mehr mit sich bringt, in ihre Arme schließt.“

„Doch das hat sie nicht“, stellte Blake fest, um Dave aus seinen Erinnerungen herauszuholen und ihn zum Weitersprechen zu bewegen.

„Nein.“ Er schüttelte den Kopf. „Sie hat gesagt, dass sie damals einen großen Fehler begangen habe, der ihr auch sehr leid tue. Zuerst dachte ich, sie rede von der Adoption, doch im nächsten Satz sagte sie, dass sie sich besser für eine Abtreibung hätte entscheiden sollen, dann wäre es für alle Beteiligten einfacher gewesen. Sie hätte allerdings mittlerweile mit diesem Kapitel abgeschlossen. Sie habe heute einen liebevollen Mann und drei wunderbare Töchter. Damit sei in ihrem Leben kein Platz mehr frei.“

Empört hielt Lisa die Luft an. „Das ist ... grausam. Sie hat Dave faktisch wortwörtlich gesagt, dass er besser gar nicht geboren worden wäre. Welche Mutter äußert so etwas vor ihrem Kind? Elterliche Liebe ist doch nicht auf eine bestimmte Anzahl an Kindern limitiert."

„Die Worte sind unverzeihlich", bekräftigte Lucas. „Dave hat diese zweite Zurückweisung auch noch immer nicht vollständig verarbeitet. Es spielt keine Rolle, wie alt du bist, du sehnst dich immer nach der Liebe deiner Eltern. Sie sind deine Wurzeln und wie ein Baum ein starkes Wurzelwerk braucht, um fest und sicher in der Erde zu stehen und den Stürmen zu trotzen, so ist auch unsere Persönlichkeit umso stärker je mehr seelische Sicherheit uns in den ersten Jahren mitgegeben wurde. Solche Worte können dich in Sekunden entwurzeln, wenn die Basis nicht stimmt."

„Aber Daves Adoptiveltern müssen einen guten Job gemacht haben", kam von Emily. „Sie konnten zwar die Erfahrungen der ersten sechs Jahre nicht auslöschen, aber was wir gerade auf seinem Gesicht gesehen haben, war Enttäuschung und Schmerz, keine Wut."

„Seine Aussagen sind authentisch", stimmte auch Lucas zu. „Seine Antworten sind klar strukturiert. Er spricht in der Ich-Form, verzichtet auf Verallgemeinerungen, hat keine Aussetzer, stottert nicht und überlegt nicht lange."

Frustriert seufzte Hunter, während Lucas', Emilys und Finns Augen auf ihm ruhten. Das Ergebnis gefiel ihm nicht und Parker würde es noch weniger zusagen, aber alles Lamentieren half nichts. Dave Carrera war nicht ihr Mann, und es wäre Zeitverschwendung, ihn weiter zu verhören. Es würde sie Rejyna keinen Schritt näherbringen.

„Finn, schalte die Kameras aus", entschied er, „und druck uns bitte die Liste mit den nächsten Namen aus. Mittlerweile muss das Programm noch weitere Männer gefunden haben, die auf das Profil passen."

Parkers trainiertes Auge registrierte, wie die kleinen roten Lämpchen an allen Kameras erloschen und er wusste, was es bedeutete. Die anderen hielten Dave Carrera für unschuldig.

Im Grunde war er zu der gleichen Überzeugung gelangt, doch er konnte den Mann noch nicht gehenlassen. Dave Carrera war ihre einzige wirklich heiße Spur. Ja, sie hatten noch eine Reihe von Namen, doch die Zeit würde niemals reichen, um darunter den Richtigen zu finden.

Parker mochte keine Ahnung haben, warum der Killer Rejyna entführt hatte. Sie fiel aus seinem regulären Muster heraus. Doch er war sich sicher, dass der Täter Rejyna nicht am Leben lassen würde. Zumindest nicht allzu lange. Nein, er konnte Dave Carrera nicht verabschieden. Er brauchte ihn. Er musste ihn zu Rejyna führen. Der Detective musste ihnen helfen.

In Parkers Kopf drehten sich die wildesten Gedanken. Verdammt, dieses Karussell fuhr zu schnell, schimpfte er innerlich verzweifelt. Wie sollte er sich bei dieser Geschwindigkeit auf einen Punkt konzentrieren? Wie sollte er sich überhaupt konzentrieren? Wieso gelang es ihm nicht, alles logisch zu sortieren? Ansonsten hatte er damit doch auch kein Problem. Frustriert fuhr er sich durchs Haar. Wenn er nur nicht ein solches Chaos im Kopf hätte. Auf einmal spürte er Blakes Hand auf seinem Unterarm.

„Alles okay?“, erkundigte sich der Freund.

Verwirrt schluckte Parker. Dann nickte er hastig, obwohl im Augenblick nichts in Ordnung war. Gar nichts. Er brauchte einen neuen Ansatz, eine neue Frage. Er musste verhindern, dass Hunter hereinkam und das Gespräch beendete.

„Wer hat Sie überredet?“, stieß er hastig hervor.

„Wie bitte?“ Verwirrt blickte der Detective ihn an und auch Blake wirkte, als könne er die Frage nicht zuordnen.

Angestrengt versuchte Parker, seine Ruhe wiederzufinden, bevor er sich erneut an Dave wandte. „Sie sagten, sie wüssten nicht, warum Sie sich dazu überreden ließen, Ihre Mutter zu suchen und zu treffen. Ich würde gerne wissen, wer Sie dazu überredet hat.“

„Mein Bruder. Meine Adoptiveltern hatten mich immer darin bestärkt, wenn ich erwachsen bin, meine Mutter und meinen Bruder zu suchen. Sie meinten, sie seien meine Wurzeln. Ich verspürte allerdings nie das Bedürfnis, nach meiner Mutter zu forschen. Mein Bruder war allerdings eine andere Geschichte. Ich zögerte lange, doch eines Tages ließ mich die Neugier nicht mehr los. Ich stellte einen Antrag und nach einigen Monate ungeduldigen Wartens kontaktierte er mich.“

„Sie sind nicht zusammen aufgewachsen?“, wunderte sich Blake.

„Hat Ihr tolles Computerprogramm das nicht herausgefunden?“

„In der Zwischenzeit mit Sicherheit“, erwiderte Blake. „Im Vorfeld hatten wir jedoch nur zehn Minuten Zeit, uns auf dieses Gespräch vorzubereiten und haben uns dabei im Wesentlichen auf Sie und Ihr Psychogramm konzentriert.“

„Das klingt plausibel“, bekannte Dave, bevor er Blakes Frage beantwortete. „Vor dreißig Jahren hat der Staat Adoptionen hauptsächlich aus der Interessensicht der kinderlosen Paare gesehen und da es weit mehr Paare als Jungen und Mädchen gab, war es politisch populärer ein Gesetz zu erlassen, dass einem Ehepaar nur ein Kind zuspricht. Die Folgen, die das Auseinanderreißen von Geschwisterpaaren auf die kindliche Psyche hat, waren damals entweder noch nicht erforscht oder man hat sie geflissentlich ignoriert. Angeblich hat man auch geschaut, ob Kinder und Eltern zueinanderpassen, aber in Wahrheit glich das System damals mehr oder weniger einem Lotteriespiel. Ich schätze, ich habe Glück gehabt bei Rachel und Maurice aufgewachsen zu sein.“

Parkers Stirn legte sich in Falten. Er hatte das Gefühl, dass ihm etwas entging. Etwas lag die ganze Zeit vor ihm, doch kaum streckte er die Hand danach aus, löste es sich in Luft auf. Es machte ihn langsam wahnsinnig. Er fühlte sich wie ein kochender Kessel, der zu viel Druck hatte.

Auf einmal konnte er nicht mehr sitzen bleiben und kurz entschlossen stand er auf. Er musste sich bewegen. Dabei ignorierte er Blakes verdutzten Blick.

Mach weiter, signalisierte er ihm.

„Wo ist Ihr Bruder aufgewachsen?“, führte Blake das Gespräch fort, obwohl er keine Ahnung hatte, ob es Sinn machte in dieser Richtung weiterzufragen.

„Wir lebten damals in Harrisburg. Als meine Mutter uns verlassen hat, wurden wir zunächst in einem Waisenhaus untergebracht. Ich kann mich an nicht mehr viel erinnern, aber ich weiß noch, dass ich mich furchtbar einsam und alleine gefühlt habe. Meinem Bruder ist es ebenso gegangen, aber er hat seine Gefühle niemandem gezeigt. Nachts haben wir uns gemeinsam in ein Bett gekuschelt, obwohl es verboten war, und wir haben zusammen geweint. Aber während ich mich auch tagsüber nicht von dieser schmerzhaften Traurigkeit freimachen konnte und mich in irgendeine Ecke verkrochen habe, hat mein Bruder rebelliert. Er hat die Sachen anderer Kinder kaputtgemacht, seinen Teller absichtlich auf den Boden geworfen, einmal hat er sogar einen Besen gegen die Fensterscheibe geschlagen. Er war so furchtbar wü...tend.“

Parker hatte den Worten nur mit halbem Ohr gelauscht, doch

der kleine Aussetzer war ihm dennoch nicht entgangen. Was hatte Dave gerade gesagt? Sein Bruder sei wütend gewesen? Und vorher? Was hatte er vorher gesagt?

Fieberhaft versuchte sich Parker zu erinnern. Er hatte gesagt, dass er Glück gehabt habe, bei Rachel und Maurice aufgewachsen zu sein. Das war richtig, fand Parker. In der Kürze der Zeit hatte er nur wenige Informationen zu den beiden finden können, aber nichts deutete auf das Gegenteil hin. Das Ehepaar hatte Dave Carrera ein gutes Zuhause geschenkt.

Parker hatte den Satz kaum zu Ende gesprochen, da begann sein Herz wie wild zu rasen. Noch einmal wiederholte er in Gedanken seinen letzten Satz. *Das Ehepaar hatte Dave Carrera ein gutes Zuhause geschenkt. Dave Carrera!*

Langsam drehte er sich zu dem Detective um. „Was ist mit Ihrem Bruder geschehen? Ist er ebenfalls adoptiert worden?“

„Finn, wir brauchen den Namen des Bruders“, bat Hunter im Technikraum, dem die Blinzelbewegung des Mannes auch mit bloßem Auge nicht entgangen war. Dave Carrera war während seiner Worte ein Gedanke durch den Kopf geschossen. Es war ein Gedanke gewesen, den er zuvor noch nie gedacht hatte und der ihn für den Bruchteil einer Sekunde aus der Bahn geworfen hatte.

„Und bitte sieh auch gleich nach, ob der Name auf der Liste der Profilübereinstimmungen auftaucht“, ergänzte Emily aufgeregt.

„Ist der Bruder älter oder jünger?“, wollte Lucas wissen. „Es würde passen, wenn er der Ältere wäre.“

„Er ist älter, aber nur um eine halbe Stunde“, ertönte plötzlich Lisas Stimme.

Überrascht sahen sie alle an.

„Sie kennen ihn?“, vergewisserte sich Hunter sprachlos.

„Sie sind Zwillinge?“, sprach Lucas zur gleichen Zeit verwundert aus.

„Ja und ja, zweieiig. Aber er hat ebenso wenig mit der Sache zu tun wie Dave.“

„Sie haben den gleichen genetischen Code, die gleichen Veranlagungen“, murmelte Emily, Lisas Aussage ignorierend.

„Kennen Sie zufällig seinen Namen? Das würde uns eine Menge Zeit ersparen?“, erkundigte sich Finn.

Lisa nickte. „Marcus Brown.“

Mit über der Brust verschränkten Armen lehnte sich Dave in seinem Stuhl zurück und schwieg.

„Erzählen Sie weiter, Dave“, bat Parker, doch Dave schüttelte den Kopf.

„Vergessen Sie’s. Ich weiß, worauf Sie hinauswollen, aber Marcus ist ebenso wenig ihr Mann wie ich es bin.“

„Wenn Sie so sicher sind, dann können Sie uns auch erzählen, was passiert ist“, forderte Blake ihn heraus.

„Wenn ich wüsste, dass Sie nicht jedes Wort so oft drehen, bis Sie das Ergebnis herausbekommen, das Sie gerne sehen möchten, würde ich es tun“, konterte Dave.

Blake zog seine Brauen in die Höhe. „Ist das die Arbeitsweise des BPD?“

„Selbstverständlich nicht“, echauffierte sich Dave und löste seine abwehrende Körperhaltung auf.

„Gut. Ebenso wenig ist es die des FBI.“ Blakes Blick wurde resolut. „Wenn Ihr Bruder unschuldig ist, gibt es keinen Grund, uns nicht von ihm zu berichten. Als Kollege sollten Sie wissen, wie viel Zeit diese Spielchen kosten. Es ist Zeit, die Rejyna unter Umständen nicht hat.“

„Warum befragen Sie Marcus nicht einfach selbst, Agent McGrey? Unser Verhältnis ist nicht gerade einfach. Ich will nicht, dass es noch komplizierter wird. Ich bin sein Bruder.“

„Und darüber hinaus sind Sie Polizist, Detective Carrera“, erinnerte ihn Blake.

„Dann liefern Sie mir wenigstens ein Indiz, dass er etwas mit der Sache zu tun hat. Aber das können Sie nicht, nicht wahr?“

Dave wartete einen Moment, doch wie er erwartet hatte, erhielt er keine Antwort. „Ich glaube, Ihnen ist nicht klar, was Sie von mir verlangen, Agent McGrey. Marcus ist alles, was mir von meiner Familie geblieben ist. Ich sage nicht, dass wir eine innige Beziehung haben, aber dennoch ist sie besser als gar keine.“

Sein betrübter Blick wurde hart. „Sie haben recht: Ich bin Polizist, und ich habe geschworen, die Gesetze zu wahren und den Menschen zu helfen. Ich werde also ganz sicher keinen Serienkiller in Schutz nehmen, aber ich werde ohne einen einzigen handfesten Beweis auch ganz sicher keine Sondereinheit auf meinen eigenen Bruder hetzen.“

Die Männer sahen auf, als Hunter, gefolgt von Lucas, Emily und Lisa, den Raum betrat. Für eine Sekunde blieb Daves Blick an seiner Partnerin hängen. „Seit wann bist du hier? Hast du etwa alles mitangehört?“

Stumm nickte sie.

„Sie hat Sie verteidigt wie eine Löwin ihr Junges“, informierte ihn Hunter, während er ihm die Hand entgegenstreckte. „Hunter Holmes.“

„Dave Carrera, aber das wissen Sie ja bereits“, entgegnete er, noch immer unschlüssig, wie er über Lisas Anwesenheit denken sollte. Schließlich entschied er seine Ressentiments auf später zu vertagen. Entschieden sah er sie an. „Du kennst Marcus. Kannst du dir vorstellen, dass er all diese Frauen umgebracht hat?“

„Nein“, antwortete sie sofort, doch die Frage war ihr sichtbar unangenehm.

„Da haben Sie ...“, begann Dave, doch Emily unterbrach ihn kühl, ohne ihren Blick von Lisa zu nehmen.

„Entschuldigung, aber woher nehmen Sie diese Überzeugung?“

„Wo...woher?“ Lisa wechselte ihr Standbein.

„Ja“, bestätigte Emily, wobei sie die Verlegenheit der Frau ignorierte. „Ich meine, nur weil Sie mit dem Mann geschlafen haben, heißt das nicht, dass Sie ihn auch kennen.“

Lisa errötete und sah erbost zu Parker, der verteidigend die Hände hob. „Ich habe nichts gesagt. Sie haben sich selbst verraten.“

„Ich habe nichts dergleichen gesagt“, widersprach Lisa bestimmt.

„Nicht mit Worten“, schränkte Lucas ein. „Aber der verlegene Ausdruck auf Ihrem Gesicht in Kombination mit Ihrer Körperhaltung war ebenso aussagekräftig.“

Perplex neigte Dave seinen Kopf zu einer Schulter. „Du schläfst mit Marcus? Seit wann?“

„Er hat mich gestern nach Hause gebracht und ... da ist es passiert. Es ist kein großes Ding. Es war ein einfacher One-Night-Stand.“

„Moment“, unterbrach Parker verwirrt, der sich plötzlich erinnerte, gestern einem Marcus vorgestellt worden zu sein. „Sprechen Sie von dem Mann, mit dem Sie gestern die Party verlassen haben? Er hieß Marcus, nicht wahr?“

„Marcus Brown, genau“, bejahte Lisa. „Er ist Daves Zwilling.“

Konzentriert versuchte sich Parker an die Szene zu erinnern. Worüber hatten sie gesprochen, als das Thema auf den aktuellen Fall zu sprechen gekommen war? „Er hat mitbekommen, dass wir die männlichen und weiblichen Opfer miteinander in Beziehung gebracht haben und dass wir wissen, dass sich der Täter derzeit in Rhode Island aufhält", resümierte er, bevor er mit einem Schlag erblasste.

„Was ist los, Parker?" Besorgt legte ihm Emily eine Hand auf den Arm.

Erschrocken sah er zu Hunter, Emily, Lucas und Blake hinüber. „Rejyna hat ihn provoziert", berichtete er tonlos.

„Was hat sie gesagt?", wollte Blake wissen.

„Ich kann mich nicht mehr an ihre genauen Worte erinnern, aber sie meinte, dass sich der Täter selbst maßlos überschätze und wir ihn identifizieren würden. Es waren allerdings weniger die Worte selbst als die nonverbalen Signale, die sie unbewusst gesendet hat. Sie hat schließlich gedacht, unter Freunden und Kollegen zu sein und hat daher nicht auf ihre Körpersprache oder jede Nuance ihres Tones geachtet, aber es war klar, dass sie nur Verachtung und Spott für die Überheblichkeit des Täters empfand. Es war nichts, was einem von uns in einem normalen Gespräch überhaupt aufgefallen wäre, aber bei unserem Mörder muss es eine ganze Lawine an Hassemotionen und Rachegelüsten ausgelöst haben."

Resolut wandte sich Blake an Lisa. „Hat dieser Marcus Sie im Laufe des Abends über den Fall ausgefragt?"

Verärgert kniff die Polizistin die Augen zusammen. „Vielen Dank für das Kompliment. Sie scheinen offenbar anzunehmen, dass es keinen anderen Grund gibt, mit mir zu schlafen."

„Für normale Männer bestimmt, für einen Serienmörder nicht unbedingt", gab Blake unbeeindruckt zurück. „Hat er nun Fragen zu dem Fall gestellt, oder nicht?"

Verlegen knetete sie ihre Lippen umeinander. „Ich weiß es nicht", gestand sie schließlich.

Genervt schüttelte Blake den Kopf. „Nun kommen Sie schon, Lisa. Das hier ist nicht der richtige Zeitpunkt für Eitelkeiten."

Hilfesuchend blickte sie zu Parker. „Sie haben mich gestern erlebt. Ich hatte viel zu früh viel zu viel getrunken und als Marcus mich nach Hause gebracht hat, haben wir noch eine Flasche Wein aufgemacht. Um ehrlich zu sein, ich kann mich an nicht mehr viel erinnern. Ich könnte nicht einmal sagen, ob wir wirklich Sex hatten."

„Marcus weiß allerdings, wo Sie wohnen", stellte Parker fest.

„Ja, aber das heißt nicht, dass er heute Abend vor meinem Haus war."

„Ich muss Sie jetzt mal etwas fragen", mischte sich Dave ein und blickte in die Runde. „Wenn ich alles richtig verstanden habe, haben Sie ein Psychogramm des Täters erstellt, Ihr Programm hat eine Liste von Leuten erstellt, auf die dieses zutrifft, und darunter war auch mein Name. Der Name meines Bruders muss jedoch offenbar nicht darauf gestanden haben, ansonsten hätten Sie ihn ebenso herzitiert wie mich. Wieso interessieren Sie sich also plötzlich doch für ihn? Vertrauen Sie Ihrem Programm nicht?"

„Die Computeranalyse nimmt trotz großer Prozessoren eine Menge Zeit in Anspruch", erläuterte Hunter. „Daher beginnen wir mit unserer Arbeit, sobald wir die ersten Ergebnisse haben. Die Computer laufen derweil weiter und ..." Er legte ein Papier auf den Tisch. „... auf der nächsten Liste taucht nun auch der Name Marcus Brown auf."

„Er ist aufgeführt?" Erregt sah Parker auf die gelbe Markierung. Marcus Brown. Er war ihr Mann. Er musste es einfach sein. „Wo wohnt Ihr Bruder, Dave?"

„Ich ... ich weiß es nicht."

Feindselig starrten ihn alle an.

„Ich weiß es wirklich nicht", fügte Dave hinzu. „Er hat sein Haus in Providence an diesem Wochenende aufgegeben, weil er einen neuen Job in ... keine Ahnung, was er gesagt hat, ich glaube, in Syracuse hat."

Eine spannungsgeladene Stille senkte sich über der kleinen Gruppe ab. „Ihr Bruder hat in Providence gewohnt?", hakte Parker schließlich nach.

„Ja, die letzten zehn oder zwölf Monate. Er arbeitet für eine Personalvermittlungsagentur, die ihren Hauptsitz in Philadelphia hat. Sie will allerdings im Nordosten der USA expandieren und Marcus eröffnet verschiedene Büros für sie. Sobald eines läuft, zieht er weiter."

„Kennen Sie den Namen der Agentur? Wissen Sie, wo er in den letzten Jahren überall gewesen ist?", feuerte Parker seine nächsten Fragen los.

„Nein, weder das eine noch das andere."

„Macht nichts. Das bekommen wir raus", erklärte Blake und hatte bereits sein Telefon in der Hand.

„Dave, Sie sind vorhin dabei gewesen, Parker zu erzählen, wie Sie und Marcus als Kinder getrennt wurden. Bitte berichten Sie, wie es weitergegangen ist. Sie sind relativ schnell adoptiert worden, richtig?", lenkte Lucas das Gespräch zurück. Wenn sie den Mann finden wollten, brauchten sie so viele Informationen wie möglich. Vor allem brauchten sie erst einmal eine breitere Verdachtsbasis. Ein Partygespräch, das mit einem One-Night-Stand geendet hatte und ein Wohnort reichten kaum aus.

„Ja, das stimmt. Rachel und Maurice kamen aus North Carolina und so bin ich in Charlotte aufgewachsen. Sie haben sich alle Mühe gegeben, mit Marcus in Kontakt zu bleiben und Rachel ist das erste halbe Jahr jeden Monat einmal mit mir nach Harrisburg gefahren, damit Marcus und ich uns sehen konnten. Doch dann ist auch er von einem Paar aufgenommen worden, und seine Eltern wollten einen klaren Schnitt zu Marcus' früherem Leben. Sie haben den Kontakt zu mir untersagt, und wir haben uns aus den Augen verloren."

„Marcus hat mehrfach die Familien gewechselt", erklärte Finn, der in diesem Moment in den Raum kam. „Er war wohl kein einfaches Kind und hat kaum jemals das Ende der Probezeit erreicht. Mit vierzehn ist er von einem Ehepaar hier in Boston aufgenommen und endlich auch adoptiert worden. Von da an lief es für ihn besser."

„Das hat er mir auch erzählt", bestätigte Dave.

„Er hat gelernt, sich anzupassen", bemerkte Parker, während er in die Unterlagen sah, die Finn mitgebracht hat. „Der Mann war Verhaltenspsychologe und er muss Marcus' psychosoziales Interesse geweckt haben. Auf jeden Fall hat Marcus zugehört, gelesen und die neu erlernten Methoden angewandt. Als er gemerkt hat, dass es funktioniert und er die Menschen um sich herum tatsächlich beeinflussen kann, hat er das Selbststudium intensiviert."

„Davon hat er nie etwas gesagt", widersprach Dave.

„Natürlich hat er das nicht", erwiderte Lucas. „Er wollte niemanden darauf stoßen, wie manipulativ er in Wahrheit ist."

„Woher wollen Sie das alles wissen? Keiner von Ihnen kennt Marcus", stellte Dave fest.

„Seine Internetspuren verraten uns alles, was wir wissen müssen", brummte Parker. „Und Ihre Äußerungen bestätigen es. Sagten Sie vorhin nicht selbst, dass er sie dazu überredet hat, Ihre Mutter zu suchen? Und obwohl Ihre Adoptiveltern Ihnen das ebenfalls über Jahre hinweg vorgeschlagen haben, ist es Ihr Bruder gewesen, der Sie schließlich davon überzeugt hat. Sagen Sie, Dave, haben Sie Ihre Mutter eigentlich zusammen aufgesucht?“

„Ja, wir sind zusammen zu ihr gefahren“, erinnerte sich der Detective. „Wir haben uns in einem Café getroffen, doch sie hat nicht einmal etwas bestellt. Sie hat sofort gesagt, dass sie dafür nicht lange genug bleiben würde.“

„Wie hat Ihr Bruder reagiert?“

„Er hat gar nichts gesagt. Im Grunde hat er die ganze Zeit nichts gesagt. Er hat einfach nur dagesessen und mich reden lassen.“

„Was ist passiert, nachdem Ihre Mutter gegangen war?“

Ziellos blickte Dave in die Ferne. „Nichts. Wir haben eine ganze Weile einfach nur reglos dagesessen. Ich glaube, wir waren einfach beide vollkommen geschockt. Schließlich habe ich vorgeschlagen, dass ich nach Boston ziehen könne. Dann würden wir zumindest wieder in einer Stadt leben und könnten hin und wieder etwas zusammen unternehmen.“

„Wie hat Marcus reagiert?“, fragte Lucas.

„Er hat gesagt: ‚Mach, was du für richtighältst’, und ist gegangen.“

„Sie haben sich also wegen Ihres Bruders für das BPD entschieden?“, hakte Lucas nach und Dave nickte. „Ursprünglich wollte ich nach Chicago oder New York, aber im Grunde war es für mich egal. Ich kannte in keiner Stadt jemanden, also konnte ich auch in Boston arbeiten. Marcus ist allerdings einige Wochen später nach Erie gezogen. Er hat dort eine neue Agentur übernommen, aber es war kein böser Abschied. Ich habe verstanden, dass es für ihn eine berufliche Chance war und wir haben mehr oder weniger regelmäßig telefoniert. Wenn er beruflich in Boston zu tun hatte, haben wir uns auch auf ein Bier oder ein Essen getroffen.“

„Er ist nach Erie gegangen?“, vergewisserte sich Parker hellhörig.

„Ja. Warum fragen Sie? Wundert Sie das?“

„In Erie hat unser Mörder zum ersten Mal getötet“, klärte Hunter, „oder vielleicht sollte ich besser sagen, dort hat er zum ersten Mal töten lassen.“

Dieses Mal erblasste Dave. „Das ist nicht möglich“, stammelte er. „Es muss Zufall sein.“

„Ich fürchte nicht“, brummte Blake, der in diesem Moment zurückkehrte. „Dave Brown hat in all unseren Städten gelebt. Wir haben dies anhand seiner Kreditkartenzahlungen nachvollziehen können.“

„N...nein! Mein Bruder kann kein Serienmörder sein", flüsterte Dave entsetzt. „Wir sind Zwillinge. Wir sind gleich."

Mitfühlend betrachtete ihn Hunter. Was Dave Carrera im Augenblick verspürte, konnte jeder von ihnen bei H.E.L.P. nachempfinden. Die Erkenntnis, einen Serienmörder in der Familie zu haben, steckte niemand einfach weg. Hunderte von Fragen warteten darauf, sich in Daves Kopf im Kreis drehen zu können.

Hätte er es früher sehen müssen? Hätte er den Tod dieser unschuldigen Frauen und Männer verhindern können, wenn er es früher geahnt hätte? Waren ihm vielleicht Kleinigkeiten aufgefallen, die er als Nichtigkeit abgetan und ignoriert hatte? Hätte er niemals Kontakt mit Marcus aufnehmen sollen? Hätte er ihn früher suchen sollen? Was wäre passiert, wenn er sich nicht hätte von ihm überreden lassen, ihre Mutter zu finden? Hätte er, wäre er ... Dave Carrera würde die Schuld bei sich suchen. Er würde all sein Können und Wissen in Frage stellen und Selbstzweifel, ob er wirklich ein guter Cop war, würden ihn heimsuchen.

Hunter bedauerte den Mann. Vor Carrera lag ein langer und steiniger Weg der Verarbeitung und er wusste, dass nicht alle Menschen in Daves Umfeld Verständnis für ihn aufbringen würden. Mehr als ein Kollege würde ihn in Zukunft misstrauisch anblicken und würde hinter seinem Rücken über ihn tuscheln, wenn er einen Fall nicht innerhalb kürzester Zeit gelöst hatte.

„Sie sind nicht gleich", widersprach Hunter resolut. „Sie haben die gleichen genetischen Voraussetzungen, aber jeder von Ihnen hat seine eigenen Erfahrungen gemacht und ist seinen eigenen Weg gegangen und durch die vielen Millionen und Abermillionen kleiner Entscheidungen, die jeder von Ihnen jeden Tag im Laufe der Jahre getroffen hat, sind Sie zwei vollkommen eigenständige und unterschiedliche Menschen geworden. Sie haben mit Ihrem Bruder nicht viel mehr gemeinsam, als einen biologischen Code. Lassen Sie sich von niemandem etwas anderes einreden."

„Sie tragen keine Verantwortung für die Taten Ihres Bruders", ergänzte Emily ebenso entschieden. „Das sollten Sie nie vergessen!"

Unsicher sah Dave zu Lisa, doch in ihrem Gesicht las er die gleiche Bestätigung. „Du bist ein guter Detective, Dave. Du konntest nicht sehen, wie krank er ist. Marcus wirkt völlig normal." Tränen füllten ihre Augen. „Er war so charmant und verständnisvoll. Er gab mir gestern das Gefühl, auf meiner Seite zu stehen, mich zu verstehen. Wenn ich daran denke, dass ich mit ihm intim gewesen bin ...“ Sie biss sich auf die Unterlippe und wandte ihren Kopf ab.

„Es ist auch nicht Ihre Schuld“, versicherte Lucas sanft und reichte ihr ein Taschentuch. „Es ist typisch für Psychopathen, dass Sie ihre Umwelt perfekt täuschen können. Sie haben keinerlei Empathieempfinden und kein moralisches Gewissen. Sie sind allerdings sehr anpassungsfähig. Sie lernen, die Gefühle, Emotionen und Reaktionen, die von ihnen erwartet werden, zu spielen. Dadurch gelingt ihnen die Integration in die Gesellschaft. Häufig werden sie sogar als extrem charmant und hilfsbereit charakterisiert. Ihre Mitmenschen bescheinigen ihnen ein hohes Einfühlungsvermögen, dabei ist jedes Lächeln, jede Gestik einstudiert.“

„Nicht jeder Psychopath wird automatisch zum Mörder“, klärte Emily auf. „Es gibt unterschiedliche Typen, bei denen bestimmte Verhaltensweisen verschieden stark ausgeprägt sind. Bei Marcus Brown scheinen sich mehrere Verhaltensweisen zu vermischen. Er ist dominiert von Hass und Wut, aber er ist nicht impulsiv. Im Gegenteil. Er hält seine Aggression ein ganzes Jahr lang unter Kontrolle. Dabei konzentriert er sich darauf, seine Handlungen bis ins Detail zu planen, wozu auch die Manipulation seiner jeweiligen Partnerin gehört.“

„Mit jedem gelungenen Mord steigert sich sein Selbstbewusstsein. Er sieht sich selbst über der Gesellschaft stehen“, ergänzte Hunter.

„Das ist alles schön und gut“, reagierte Parker ungehalten. „Aber können wir vielleicht die Erstellung eines vollständigen Psychogramms auf später verschieben und uns darauf konzentrieren, Rejyna zu finden.“

„Ja, das sollten wir“, nickte Hunter. Er verstand die Ungeduld des Freundes nur zu gut.

„Chief Hardy hat einen Wagen zu Marcus’ letzter Adresse geschickt. Das Haus ist jedoch leer“, verkündete Blake, der gerade eine Kurznachricht des Polizeichefs bekommen hatte.

„Damit war zu rechnen“, nickte Lucas. „Mit diesem Ort hat er abgeschlossen.“

„Sie meinen, er ist weitergereist?“, hakte Dave nach.

Nachdenklich wiegte Lucas seinen Kopf hin und her. Schließlich schüttelte er ihn entschieden. „Nein, das denke ich ehrlich gesagt nicht. Vielmehr glaube ich, dass er noch immer hier in Boston ist. Marcus hat Rejyna entführt, weil er sie bestrafen und uns eine Lektion erteilen will. Er will uns zeigen, dass er besser ist als wir."

„Was ist mit seinem Handy? Darüber können wir ihn finden." Hoffnungsvoll sah Parker zu Blake, dessen Unterkiefer sich leicht bewegte. Auch seine rechte Ferse hob sich vom Fußboden ab.

Emilys Blick härtete sich. Warum war Blake auf einmal verlegen? „Was ist los?", wollte sie wissen.

„Für eine Handyortung brauchen wir eine richterliche Genehmigung."

„Und?" Herausfordernd starrte sie ihn an, während Blake fieberhaft überlegte, wie er die verhasste Nachricht überbringen sollte.

„Blake?" Nichts Gutes ahnend erinnerte ihn Emily daran, dass alle noch immer auf eine Antwort warteten.

Entschieden straffte er die Schultern. Es gab keinen Weg, die Botschaft zu versüßen. „Ich habe schon mit dem bereitschaftshabenden Richter telefoniert, doch leider hat er die Ortung wegen zu schwacher Beweislage abgelehnt."

„Das kann er nicht tun", stammelte Parker entsetzt. Auch alle anderen blickten erschrocken drein.

„Das klingt nach Richter Stoneheart", vermutete Lisa und Blake nickte zustimmend.

„Das kann er nicht machen", wiederholte Parker, dieses Mal klang seine Stimme fester. „Eine FBI-Agentin ist in Lebensgefahr. Er kann sie nicht einfach ihrem Schicksal überlassen."

„Dem Mann ist jedes Schicksal egal", brummte Dave. „Manchmal glaube ich, er trägt seinen Namen zurecht. Sein Herz ist wirklich kalt wie Stein. Er interessiert sich nur für die Gesetzeslage."

„Dann orten wir ihn ohne Genehmigung", schlug Parker in seiner Verzweiflung vor.

„Das geht nicht, Parker", bedauerte Blake.

„Warum nicht?" Impulsiv blitzten Parkers Augen auf. „Du hast auch Rejynas Handy heute Abend suchen lassen. Dein Freund Martin hilft dir sicherlich noch einmal."

„Das war etwas anderes", erklärte Blake ruhig. „Ich wusste, selbst wenn es eine ganz einfache Erklärung für ihr Verschwinden gegeben hätte, wäre Rejyna mit der Ortung einverstanden gewesen. Sie hätte unsere Beweggründe verstanden und niemand wäre, obwohl es eine illegale Handlung gewesen war, zu Schaden gekommen. In Bezug auf Marcus Brown liegt die Sachlage jedoch anders.“

„Du stellst deinen Job also über Rejynas Leben?“

Langsam drehte sich Blake zu Emily um. Wie so häufig verriet ihr Ton auch dieses Mal nicht das Geringste über ihre Emotion. Ihrem Ausdruck nach hätte sie ihn genauso gut nach dem Wetter fragen können.

„Mein Job ist mir in diesem Fall vollkommen egal“, antwortete er ruhig. „Und ja, Parker, du hast recht. Martin würde mir sicherlich helfen und wenn es nicht Martin wäre, dann wäre es ein anderer Kollege. Die meisten unserer Jungs wären ohne Zögern bereit, ihren Hut für das Leben eines guten Agenten zu riskieren. Eine Ortung ohne Gerichtsbeschluss bedeutet jedoch gleichzeitig, dass Marcus Brown ungestraft davonkommt. Ein Mann, der sechs junge Frauen dazu gebracht hat, zwölf Menschen und anschließend sich selbst mit einer Überdosis Heroin zu töten, wird wegen eines Formfehlers freien Fußes den Gerichtssaal verlassen.“

Blake blickte sich in der Runde um. „Wenn ihr mir sagt, dass ihr bereit seid, diesen Preis zu zahlen und wenn ihr wirklich der festen Überzeugung seid, dass Rejyna dies befürworten würde, dann werde ich dieses verdammte Telefon orten lassen.“

„Wir müssen einen anderen Weg finden“, entgegnete Parker sofort. Dabei hatte er das Gefühl, an den Worten zu ersticken. Niemals war ihm eine Entscheidung so schwer und so leicht zugleich gefallen.

Er wollte Rejyna wiederhaben. Er wollte sie in seine Arme schließen und nie wieder loslassen. Der Gedanke, dass er vielleicht niemals wieder in ihre lebensfrohen Augen blicken sollte, ließ ihn vor Entsetzen erstarren. Doch Parker wusste, dass Rejyna ihm nie verzeihen würde, wenn der Mörder ihres Vaters dafür ungestraft davonkäme. Er selbst mochte in diesem Augenblick vielleicht bereitsein, diesen Preis zu zahlen, doch Rejyna war es ganz sicher nicht.

Nein, hier ging es nicht nur um das, was er wollte, erkannte Parker, und das Spiel war schließlich auch noch nicht verloren. Sie hatten noch eine Chance. Sie mochte gering sein, aber sie existierte.

„Rejyna erwartet mehr von uns“, erklärte er überzeugt. „Sie würde wollen, dass wir Brown auf legalem Weg verhaften und noch haben wir nicht all unsere Optionen ausgespielt.“

Zustimmend nickten die anderen.

„Ich rufe Marcus an“, schlug Dave vor.

„Und was wollen Sie ihm sagen?“, erkundigte sich Parker. „Es ist immerhin halb zwölf in der Nacht. Telefonieren Sie häufiger um diese Zeit mit Ihrem Bruder?“

„Nicht häufig, aber es kommt vor. In der Regel schreibe ich ihm eine Nachricht und wenn er wach ist, ruft er zurück.“

„Und was wollen Sie ihm sagen?“

Dave dachte kurz nach. „Ich könnte ihm von Problemen mit Sandy erzählen.“

„Die Idee ist nicht schlecht“, urteilte Lucas. „Wenn Sie ihm berichten, dass ihr Bruder plötzlich aufgetaucht ist und Sandy dazu überredet hat, Sie zu verlassen und zu ihrer Familie zurückzukehren, dann ist das eine Geschichte auf die Marcus mit Sicherheit reagiert.“

„Allerdings müssen Sie ihn dazu bringen, sich so schnell wie möglich mit Ihnen zu treffen“, fuhr Parker fort. „Er darf keine Zeit haben, darüber nachzudenken, wie er die in ihm geweckte Wut besänftigen kann. Sein Fokus muss zunächst darauf liegen, Ihnen den moralischen Beistand zu gewähren, den die gesellschaftliche Norm von ihm als Bruder erwartet. Bekommen Sie das hin?“

„Ich denke schon“, bejahte Dave. „Soll ich ihn zuerst anschreiben oder soll ich in diesem Fall besser gleich anrufen?“

„Schreiben Sie zuerst eine SMS“, antwortet Parker nach kurzem Überlegen. „Aber erwähnen Sie bereits, worum es geht.“

Flink tippte Dave die Wörter in sein Handy. Sobald die Nachricht versendet war, senkte sich eine spannungsgeladene Stille über den Raum. Gebannt starrten alle auf das Telefon des Detective. Es verging eine Minute. Es vergingen zwei Minuten.

Komm schon, flehte Parker. Eine weitere Minute zog vorüber, ohne dass etwas geschah.

Bitte!, drängte Parker. Kalter Schweiß rann seinen Rücken herunter und ließ ihn frösteln. *Bitte reagiere!*

Vier Minuten. Fünf. Sechs. Sieben. Parker sank in seinem Stuhl zusammen. Es hatte nicht funktioniert. Sein Herz, das sein Blut zuvor mit einhundertachtzig Schlägen durch die Adern gepumpt hatte, schlug nun nur noch mit einem Drittel des Tempos und ließ ihn erschöpft und hoffnungslos zurück.

„Wir finden sie“, versprach Emily und nahm ihn in den Arm.

Tränen schossen in Parkers Augen und er schloss seine Lider, während er die Umarmung für einen Moment auf sich wirken ließ. Er war zumindest nicht alleine.

Ein Handy vibrierte. Hoffnungsvoll sah Parker auf.

„Es ist meins“, stellte Blake frustriert fest und die Spannung, die sich von jetzt auf gleich im Raum aufbaut hatte, entwich sofort wieder wie die Luft aus einem Ballon. Während der nächsten zwei Minuten telefonierte Blake, wobei er hauptsächlich zuhörte. Dann beendete er das Gespräch.

„Das war Detective Keller“, informierte er die anderen. „Die Aufenthaltsprognose für Sharad war goldrichtig. Sie haben ihn in einem Motel, fünfzehn Meilen westlich der Stadt, ausfindig gemacht. Leider hat er sich seiner Verhaftung wiedersetzt und es kam zum Schusswechsel.“

„Sind Kollegen verletzt?“, wollte Dave wissen.

„Nein. Nur Sharad hat es erwischt. Er ist gestorben, bevor der Krankenwagen eingetroffen ist.“

„Ein Problem weniger“, stellte Lisa fest.

Ja, ein Problem weniger, dachte Parker freudlos und starrte wieder auf Daves Handy, das weiterhin stumm auf dem Tisch lag. *Bitte klingele endlich!*

„Welche Alternativen haben wir?“, warf Hunter in den Raum, der seinem Blick gefolgt war.

„Ich könnte Marcus anrufen“, meinte Lisa. „Schließlich hat er die letzte Nacht bei mir verbracht.“

„Zwei Anrufe um diese Uhrzeit sind verdächtig“, argumentierte Lucas. „Wir sollten ein vollständiges Psychogramm erstellen. Dann können wir seinen Aufenthaltsort vielleicht bestimmen.“

„Es dauert viel zu lange“, winkte Parker ab.

„Je eher wir anfangen, desto eher haben wir ein Ergebnis“, entschied Emily. „Es ist auf jeden Fall besser als nichts zu tun. Finn hat außerdem schon einige Dinge zusammengestellt. Vielleicht haben wir Glück und wir haben schneller ein Gesamtbild als wir denken.“ Bewusst verlieh sie ihrer Stimme eine gute Portion Hoffnung.

„Ich mache mich gleich an die Arbeit“, meinte Lucas und erhob sich.

„Und ich helfe dir. Zu zweit sind wir schneller“, bemerkte Emily, während sie ebenfalls aufstand.

Lucas hatte gerade die Tür in der Hand, als Daves Handy summte. Augenblicklich drehten sie sich zum Tisch zurück.

Mit erwartungsvollen Augen sah Parker den Mann an.

„Es ist Marcus", bestätigte dieser. Die Nervosität, die ihn plötzlich überfiel, spiegelte sich in seinem Gesicht.

„Gehen Sie ran, Dave", bat Hunter freundlich. „Es macht nichts, wenn Ihre Stimme zittert. Marcus kennt nicht den wahren Grund, der dahintersteckt und Sie wirken dadurch auf jeden Fall authentisch. Es wird ihm zeigen, wie aufgewühlt Sie sind."

„Wenn möglich, sollte der Vorschlag, sich zu treffen, von Marcus kommen, nicht von Ihnen", riet Lucas.

Dave nickte einmal, dann nahm er den Anruf entgegen.

KAPITEL 33

Dave saß am Strand im Sand. Leise und gleichmäßig rauschten die Wellen des alten Hafenbeckens an Land. Ein schmaler Grünstreifen trennte ihn von dem hinter ihm liegenden Parkplatz, auf dem er sein Auto abgestellt hatte, und dem vierspurigen Boulevard, der um diese späte Zeit nicht mehr sehr befahren war. Er war alleine am Strand. Blake und Parker warteten jedoch nur zweihundert Meter von ihm entfernt. Sie hielten vor einem nahegelegenen Restaurant, von wo aus sie Dave später folgen würden.

„Ein schwarzer Buick fährt auf den Parkplatz und hält hinter dir", informierte Blake den Kollegen. Über funkgesteuerte Mikrofone und Ohrknöpfe konnten sie auch auf die Distanz hin Kontakt halten. Das förmliche Sie hatten sie mittlerweile abgelegt.

„Das ist Marcus", bemerkte Dave. „Könnt ihr mich sehen?"

„Ja", kam Blakes Antwort. „Mit dem Fernglas können wir von hier aus alles beobachten."

Dave blickte hinaus aufs Meer. Erst als Marcus neben ihm im Sand Platz nahm, sah er seinen Bruder an. Es war nur ein kurzer Blick, ehe er seine Augen wieder hinaus auf das dunkle Wasser richtete. „Du hättest nicht kommen müssen."

„Das sagtest du schon am Telefon", kommentierte Marcus und blickte ebenfalls in die Ferne. Für eine Weile sprach keiner der beiden Männer, dann ergriff Marcus das Wort. „Es fühlt sich furchtbar an, wenn man erfährt, benutzt worden zu sein."

„Korrekt", gab Dave einsilbig zurück.

„Vor allem, wenn es ein Mensch ist, von dem du gedacht hast, du könntest ihm vertrauen."

„So ist es." Er hielt Marcus eine halbvolle Wodkaflasche entgegen. „Möchtest du?"

Marcus nahm einen Schluck und reichte die Flasche zurück. „Alkohol ist keine Lösung."

„Ich weiß. Doch manchmal sucht man keine Lösung."

„Man möchte nur den Schmerz betäuben."

„So ist es. Ich habe wirklich geglaubt, dass wir etwas Besonderes hätten."

„Manchmal irrt man sich und man schätzt die Menschen falsch ein."

Etwas in Marcus' Stimme ließ Dave aufhorchen. Er hatte sich nur ein wenig Trost von seinem Bruder zu holen und ihn dann seines Weges schicken wollen, damit Blake und Parker ihm folgen konnten. Doch im Augenblick war er sich nicht sicher, ob sie überhaupt von ihm sprachen. Irritiert wandte er sich seinem Bruder zu und musterte dessen Gesicht. Ein überhebliches Grinsen breitete sich darauf aus und bestätigte Daves Vermutung. Hier ging es nicht um ihn und Sandy. Hier ging es um ihn und Marcus.

„Was hat mich verraten?", fragte Dave. Schmerzhaft fühlte er jeden Schlag seines Herzens an seinen Rippen.

„Der Treffpunkt", verriet Marcus. „Es erschien mir merkwürdig, dass du mitten in der Nacht am Meer sitzen wolltest. Es war ein Ort, den ich wählen würde, aber zu dir schien er mir nicht zu passen. Du hattest nie viel übrig für das Wasser, die Wellen und die Schiffe."

„Im Gegensatz zu dir."

„Ja. Der Ozean gibt mir das Gefühl von Freiheit." Marcus griff nach der im Sand stehenden Flasche und nahm einen zweiten Schluck. „Wie dem auch sei, ich hatte ein merkwürdiges Gefühl, so als ob du mich nicht bei dir zu Hause sehen wolltest. Einer inneren Eingebung folgend habe ich auf deinem Festnetz angerufen und du kannst dir vorstellen, wie erstaunt ich war, Sandys fröhliche Stimme zu hören."

„Hast du ihr etwas angetan?" Daves Blut gefror zu Eis.

„Ich tue grundsätzlich niemandem etwas an, Dave. Das solltest du eigentlich wissen. Die Menschen tun all die Dinge freiwillig."

„Du bringst sie dazu."

„Ich helfe ihnen, einen Weg zu finden, so wie du Sandy versuchst zu helfen."

„Allerdings manipuliere ich sie dabei nicht."

„Wirklich nicht? Hast du ihr nicht erst neulich noch von Verbrechen in Chinatown erzählt, weil du nicht wolltest, dass sie diesen Job bei dem Schönling annimmt?"

„Das hatte rein gar nichts mit dem Ladenbesitzer zu tun, sondern einzig und allein damit, dass Sandy die Erfahrung fehlt, die man in diesem Viertel braucht. Das Publikum dort ist ... speziell."

„Das hattest du ihr doch erklärt, als sie das Angebot bekommen hat. Erst als sie es dennoch annehmen wollte, bist du mit der Geschichte der Überfälle gekommen."

„Es war keine Geschichte, sondern die Wahrheit."

„Möglich. Dennoch ist es eine Form der Manipulation", beharrte Marcus auf seiner Meinung.

Dave beschoss das Thema zu wechseln. „Wo ist Rejyna?"

Süffisant zog Marcus einen Mundwinkel nach oben. „Darauf erwartest du nicht ernsthaft eine Antwort, oder?"

„Warum hast du sie entführt, Marucs?"

Er zuckte mit den Achseln. „Das Spiel brauchte eine neue Herausforderung. Es wurde langweilig." Seine Stimme klang gleichgültig.

„Du spielst mit dem Leben von Menschen."

„Nein! Ich spiele mit den Menschen. Das ist ein Unterschied, Dave. Ich bin nicht derjenige, der das Messer in den Körper eines anderen sticht und ich bin auch nicht derjenige, der das Heroin spritzt. Ich zwinge niemanden zu etwas. Jeder hat zu jeder Zeit die freie Wahl."

„Ist Rejyna freiwillig in dein Auto gestiegen?"

Wieder zogen sich Marcus' Mundwinkel leicht nach oben. „Sie ist eine Ausnahme, aber sie zählt nicht, denn es geht nicht um sie."

„Worum geht es dann?"

„Es wird Zeit, dass jemand diesen Psychologen von H.E.L.P. ihre Grenzen zeigt. Ihre Kompetenz wird maßlos überschätzt."

Ungläubig schüttelte Dave seinen Kopf. Das war Wahnsinn. Warum hatte er in all den Jahren nicht gesehen, wie krank Marcus war? Wie hatte es ihm nur entgehen können?

„Ich verstehe dein Verhalten nicht, Bruder", gestand er. „Ich meine, ich kann nachvollziehen, dass du wütend auf unsere Mutter bist und ich verstehe, wie schmerzhaft ihre zweite Zurückweisung gewesen ist. Aber all diese unschuldigen Leute, die du im Laufe der Jahre getötet hast ..." Er hob die Hand, als Marcus widersprechen wollte. „... oder jemand anderen dazu gebracht hast, sie zu töten", schränkte er genervt ein. „Was haben sie damit zu tun?"

„Du glaubst, es geht um unsere Mutter?", stieß Marcus verachtend aus. „Du verstehst wirklich gar nichts, Bruder, aber das ist wohl auch nicht zu erwarten. Du bist damals schließlich direkt von diesem ersten Paar ins Herz geschlossen worden und im Schoß einer liebenden Familie gelandet. Ich wette, es gab ein

Einfamilienhaus mit einem weißen Zaun, einem Hund und netten Nachbarn. Wahrscheinlich gab es auch noch Großeltern, Cousins und Cousinen ..."

„Nein, Marcus, ganz so einfach ist es nicht gewesen", unterbrach ihn Dave verärgert. „Meine Kindheit und Jugend mag einfacher gewesen sein als deine, aber sie war ganz gewiss kein Ponyhof. Ich musste mir einiges an Hänseleien gefallen lassen, denn Adoptionen waren damals noch eine Besonderheit, vor allem in jener Gegend, in der ich aufgewachsen bin. Ich musste lernen, mich durchzusetzen und zu bestehen."

„Aber du bist nicht von sieben verschiedenen Familien aufgenommen und nach einigen Wochen wieder zurück ins staatliche Waisensystem geworfen worden. Dich hat niemand bei den ersten Schwierigkeiten fallenlassen. Dein Vertrauen wurde nicht missbraucht." Aufgebracht erhob sich Marcus und starrte hinaus aufs Meer.

Er wartete, bis auch Dave aufgestanden war, dann drehte er sich langsam zu seinem Bruder um. „Es mag sein, dass ich schwierig gewesen bin. Es mag sein, dass ich aggressiv gewesen bin und provoziert habe. Aber alles, was ich gesucht habe, war Liebe und Akzeptanz. Der Weg war falsch, keine Frage. Aber damals kannte ich keinen anderen. Ich bin schließlich nur ein Kind gewesen. Erst als ich von Claudia und Nelson Mancado aufgenommen wurde, habe ich das verstanden. Nelson hat mir beigebracht, dass ich es in der Hand habe, wie die Welt auf mich reagiert. Er hat mir erklärt, dass ich mit meinem Verhalten, das Verhalten der anderen nicht nur beeinflussen, sondern auch lenken kann. Anfangs habe ich ihm kein einziges Wort geglaubt, doch er hat mir einen Handel vorgeschlagen."

Ein kalter Schauer lief an Daves Rücken hinunter. „Was für einen Handel?"

„Er mir das Versprechen abgenommen, dass ich lerne, mein Verhalten zu ändern, wenn er mir beweisen kann, dass er recht hat." Marcus Augen leuchteten bewundernd im Schein des Mondes. „Ich habe den Deal angenommen und innerhalb von sechs Monaten hat er seine Frau dazu gebracht, sich zu erhängen."

Daves Herz setzte die Arbeit für zwei Schläge aus. Ungläubig starrte er seinen Bruder an.

„Er war ein Meister der Psychologie. Er hat mir alles beigebracht, was ich kann." Sowohl Marcus' Ton als auch seine

Körperhaltung zeigten, wie sehr er den Mann vergötterte.

„Er hat dich benutzt“, flüsterte Dave entsetzt, bevor seine Stimme wieder lauter wurde. „Verstehst du nicht, was er getan hat, Marcus? Er hat dich zu einem Mörder gemacht.“

„Er hat sein Wissen an mich weitergegeben“, erklärte Marcus dankbar. Dann wurde sein Blick hart. „Und er hat definitiv niemals mein Vertrauen missbraucht. Im Gegensatz zu dir.“ Blitzschnell bewegte sich Marcus Hand hinter seinen Rücken und in weniger als einer Sekunde hatte er eine Waffe auf seinen Bruder gerichtet.

Daves Reflexe setzten unwillkürlich ein. Er zog seine eigene Waffe, die er in einem Schulterholster unter der Jacke trug. Dann zögerte er kurz, doch sein trainiertes Ohr hörte, wie Marcus seine Pistole entsicherte. Er sah die Entschlossenheit seines Bruders, ihn zu töten, und Daves Zeigefinger betätigte den Abzug.

„Peng!“, hallte es laut durch die Nacht und Marcus’ fiel zu Boden.

„Dave?“, kam Blakes entsetzte Stimme durch den Kopfhörer. „Dave!“

„Mir geht es gut“, antwortete Dave tonlos. Der Schock war unüberhörbar.

„Was ist mit Marcus?“ Parkers Stimme überschlug sich. „Wir brauchen ihn, um Rejyna zu finden.“

Entgeistert kniete Dave neben seinem Bruder nieder. Erschüttert starrte er auf das Blut, das sich auf Marcus’ Oberkörper ausbreitete. Er hatte seinen Bruder erschossen. Seinen eigenen Bruder.

In Zeitlupentempo richteten sich seine Augen auf Marcus’ Gesicht. Es war blass und unzählige kalte Schweißperlen standen auf der Stirn, doch es stand ein unverkennbar glückliches Strahlen darauf. „Es ist schade, dass ich nicht miterleben kann, wie du damit fertigwirst, deinen eigenen Bruder getötet zu haben, aber ich musste mich entscheiden.“ Sein Atem kam stoßweise.

„Du wirst nicht sterben“, erklärte Dave stur und presste seine Hände auf die Wunde.

Siegesgewiss lächelte Marcus ihn an. „Du hattest deine Wahl ... und hast deine Entscheidung getroffen. Jetzt ... wirst du es nicht mehr verhindern können. Du wirst damit leben müssen, ein ... Brudermörder zu sein.“ Das Lächeln auf seinem Gesicht wich dem Ausdruck des Schmerzes.

„Wo ist Rejyna?“

„Mach dir keine Sorgen, Dave. Ich habe gelogen, als ich gesagt habe, dass diese H.E.L.P.-Psychologen überschätzt werden. Die Wahrheit ist, ich habe verkannt, wie gut sie sind. Dieser Parker wird sie finden ... und er wird sie töten.“ Müde schloss Marcus die Augen und nach einem letzten Atemzug fiel sein Kopf zur Seite.

Unfähig zu begreifen, was in den letzten Minuten passiert war, starrte Dave seinen Bruder an.

„Was hat er gesagt? Wo ist Rejyna?“ Parker klang verzweifelt, als er neben Dave in den Sand fiel. Ein Blick auf Marcus genügte ihm, um zu wissen, dass der Mann tot war. Dennoch legte Parker für einen kurzen Moment seinen Zeige- und Mittelfinger an die Halsschlagader und begann dann mit einer Herzdruckmassage.

Blake ließ ihn für einige Sekunden gewähren, dann legte er dem Freund nachdrücklich eine Hand auf die Schulter. „Er ist tot, Parker.“

„Ich weiß, aber wir können ihn zurückholen. Wir brauchen ihn.“

„Er wird uns nicht helfen“, widersprach Blake. „Wir müssen Rejyna aus eigener Kraft finden.“

Parker stoppte die Wiederbelebung und atmete tief durch. Blake hatte recht. Er durfte jetzt nicht die Nerven verlieren. Er musste sich zusammenreißen.

Blake wartete, bis Parker seine Hände von dem Körper genommen hatte, dann hob er mit einem Taschentuch Marcus’ Waffe auf. Noch bevor er das Magazin geöffnet hatte, wusste er, dass sie nicht geladen war.

„Er hat es geplant“, stellte er wütend fest, während er Dave und Parker das leere Magazin entgegenhielt. „Dieser Mistkerl wollte, dass du ihn erschießt.“

„Ich habe meinen Bruder ermordet“, raunte Dave entsetzt.

„Du hast ihn in Notwehr erschossen“, korrigierte Blake.

„Seine Waffe war nicht geladen. Das ist Mord.“

„Er hat dich manipuliert, Dave“, hielt Parker sanft, aber bestimmt dagegen. „Und wenn du in Schuldgefühlen versinkst, dann hat er dich für den Rest deines Lebens in seinen manipulativen Händen. Wenn du ihn deine Emotionen bestimmen lässt, dann hat er gewonnen. Dann hat er sein Ziel erreicht. Doch es liegt an dir, ihm einen Strich durch die Rechnung zu machen. Wenn er nicht dein Bruder, sondern ein dir unbekannter Täter wäre, würdest du dir keine Vorwürfe machen. In dem Fall wäre er ein Fremder, der in einer Situation mit einer Waffe auf dich gezielt hat, in der du davon ausgehen musstest, dass er abdrückt."

„Ich hätte auf seinen Arm zielen können", widersprach Dave.

„Du musstest die Entscheidung im Bruchteil einer Sekunde treffen und du hast gelernt, in einem solchen Fall immer auf die größte Fläche zu zielen", erläuterte Blake entschieden. „Du hast alles richtig gemacht."

Dave schnaufte durch die Nase. „Wahrscheinlich hast du recht", nickte er schließlich. „Ich hoffe nur, dass mein Gefühl dem Verstand folgen kann. Vielleicht weiß einer von euch einen guten Psychologen für mich. Ich glaube, es wird Zeit, dass ich meine Vergangenheit mit professioneller Unterstützung aufarbeite."

„Ich schreibe dir einen guten Namen auf", versprach Parker.

„Aber erst finden wir Rejyna", entschied Blake. „Wir brauchen einen neuen Plan und müssen auch den Tod von Brown melden."

„Das übernehme ich", verkündete Dave.

„Dann rufen wir im Büro an und hören, was Em und Lucas herausgefunden haben", schlug Parker vor. „Wir können über den Lautsprecher im Auto telefonieren."

„Unsere erste Einschätzung von Marcus Brown war falsch", informierte Emily Blake und Parker als Erstes. „Es geht ihm nicht um Rache an seiner Mutter, sondern einzig und allein um die dominante Macht, die er über andere Menschen halten kann. Er ist in seiner Kindheit so oft hin- und hergeschoben worden, ohne dass er aus seiner Sicht etwas dagegen unternehmen konnte, dass er sich irgendwann geschworen haben muss, sich nicht mehr länger behandeln zu lassen, sondern aktiv Einfluss auf die Handlungen anderer zu nehmen."

„Das wissen wir mittlerweile", bekannte Blake und klärte Emily, Hunter, Lucas und Finn am anderen Ende der Leitung über die letzten Ereignisse auf.

„Marcus Brown war ein wirklich mieser Hund", entglitt Lucas. „Wird Dave damit fertigwerden?"

„Mit der Hilfe eines guten Psychologen", bekannte Parker. „Er ist zumindest offen dafür. Hunter, kannst du dir diesen Nelson Brown einmal ansehen, der Marcus adoptiert hat?"

„Das habe ich schon getan und was ihr gerade berichtet habt, bestätigt meinen Eindruck. Der Mann hat seine Position als

Therapeut für seine eigenen Zwecke benutzt. Sein großes Steckenpferd war die menschliche Manipulation, worüber er übrigens auch promoviert hat."

„Lebt der Typ noch?", wollte Blake wissen.

„Nein, er ist vor fünf Jahren mit dem Auto gegen einen Baum gefahren", klärte Hunter ihn auf. „Das Datum liegt kurz vor dem Tod von Carl Levine und Rebecca Hudson in Erie. Das waren die ersten beiden Opfer vor fünf Jahren."

„Seltsam", fand Parker.

„Das scheint mir ein ziemlich starker zeitlicher Zufall zu sein", fand auch Blake und loggte sich über sein Handy in die offizielle Datenbank ein. „Es gab keine Bremsspuren", las er den anderen kurz darauf aus der Fallakte vor. „In Nelson Browns Bad fand man ein starkes Antidepressivum. Marcus Brown hat damals bestätigt, dass sein Vater an Depressionen litt, die sich in letzter Zeit verschlimmert hätten. Der Unfall wurde als Suizid deklariert und die Akte geschlossen."

„Vielleicht war Nelson Brown Marcus' erstes Manipulationsopfer", überlegte Lucas.

„Oder Nelson Brown hat plötzlich erkannt, welches Monster er geschaffen hat", warf Hunter ein.

„Das wird für immer ein Rätsel bleiben", meinte Parker. „Mich interessiert im Augenblick viel mehr, wie Marcus auf seinen Opfertyp gekommen ist. Ich meine, es ist einleuchtend, dass er sich eine Prostituierte gesucht hat. Wie wir bereits festgestellt haben, hatte er hier einen großen Pool zum Fischen und daraus ergibt sich automatisch der Typ des männlichen Opfers. Auch dieses Verhältnis haben wir bereits analysiert. Aber wenn die persönliche Beziehung von ihm zu seiner Mutter nicht die eigentliche Ursache, sondern vielleicht nur der Auslöser für seine Taten war, dann muss es einen anderen Grund geben, warum der zweite weibliche Opfertyp Karrierefrauen mit einer parallel familiären Vergangenheit wie der seiner biologischen Mutter sind."

„Ich frage mich auch, woher Marcus die Information über diese Frauen hatte", grübelte Emily. „Ich meine, woher wusste er, dass sie alle schon einmal ein Kind zur Welt gebracht hatten? Die Frauen sind damit nicht gerade hausieren gegangen."

„Es ist auch noch völlig unklar, warum er die Frauen auf ein Schiff bringt", hakte Lucas ein.

„Er hat vorhin gesagt, dass ihm der Ozean ein Gefühl von

Freiheit gibt“, erinnerte sich Blake an die Unterhaltung, die er zwischen Marcus und seinem Bruder mitangehört hatte.

„In seinen Fußspuren lässt sich dazu keine besondere Affinität finden“, meinte Lucas. „Ich würde in einem solchen Fall auch eher davon ausgehen, dass er die Leichen am Ende ins Meer geworfen hätte. Irgendwie ist das nicht stimmig.“

„Sagt einmal“, mischte sich Parker wieder ein, „diese Häuser, in denen Marcus gewohnt hat, die waren nicht gerade klein. Und sie standen auch alle in guten Wohngegenden, richtig?“

„Richtig“, bestätigte Finn.

„Worauf willst du hinaus?“, wollte Hunter wissen.

„Du fragst dich, wie er sich das leisten konnte, obwohl er nur Gelegenheitsjobs hatte“, vermutete Blake und klang auf einmal aufgeregt.

„Ihr meint, dass jemand hinter Marcus Brown steht?“, schlussfolgerte Emily skeptisch.

„Wäre das so undenkbar?“, gab Parker, ebenfalls erregt, zurück. „Ich denke, wir können davon ausgehen, dass Marcus’ Adoptivvater von Anfang an die Absicht verfolgt hat, ihn zu einem Meister der Manipulation auszubilden. Er hat Marcus’ soziopathische Veranlagung erkannt und diese für seine Zwecke genutzt.“

„Du glaubst, Marcus war Nelson Browns ganz persönliches Forschungsobjekt?“, vergewisserte sich Blake, dass er den Sinn der Worte richtig erfasste.

„Ja, das nehme ich an“, bestätigte Parker. „Und ich vermute, dass er Marcus’ emotionale Verfassung nach dem Treffen mit seiner Mutter ausgenutzt hat.“

„Marcus wird mit den gleichen Hoffnungen und Träumen in dieses Café gegangen sein wie Dave“, überlegte Lucas. „Doch dann kam die brüske Zurückweisung, und er hat sich der Aktion genau so hilflos gegenüber gesehen wie den Abschiebungen in seiner Kindheit. Er hatte nicht die geringste Möglichkeit, sich einzubringen. Seine Mutter hat ihm nicht die geringste Chance gegeben, ja, sie wollte ihn nicht einmal kennenlernen. Das muss ihn rasend vor Wut gemacht haben.“

„Aber Marcus’ Reaktion, von der Dave berichtet hat, klang eher als würde er einen endgültigen Schlussstrich unter die Sache ziehen“, warf Blake ein.

„Das war seine erste Reaktion“, stimmte ihm Lucas zu. „Es war das gleiche Muster, das er auch als Kind angewandt hat. Wann immer ihn eine Familie zurück ins staatliche System geschoben hat, hat er so getan als mache es ihm nichts aus. In der nächsten Familie hat er dann das gleiche Verhaltensmuster an den Tag gelegt wie zuvor. Er hat provoziert, weil er Angst hatte, Gefühle zu investieren. Schließlich ist seine heile Welt ohne jede Vorwarnung von jetzt auf gleich eingestürzt, ohne dass er die Gründe dafür hätte nachvollziehen können. Morgens gibt ihm seine Mutter einen Abschiedskuss, nachmittags will sie nichts mehr mit ihm zu tun haben. Er fürchtet sich vor einer Wiederholung und wenn er rebelliert, dann hat er die Situation in seinen Augen im Griff. Dann weiß er, was passiert und tatsächlich findet er eben diese Bestätigung bei jeder Abschiebung. Marcus trauert aber nicht dem letzten Zuhause nach, sondern widmet sich der neuen Aufgabe und genau so hat er auch gegenüber der Ablehnung seiner Mutter reagiert."

„Aber die Abweisung kann nicht ohne Wirkung geblieben sein", meinte Blake.

„Das ist sie auch nicht", versichert Parker. „Marcus mag sie bewusst verdrängt und einfach als eine weitere Ablehnung beiseitegeschoben haben, aber in seinem Unterbewusstsein hat sie Wunden hinterlassen."

„Nelson Brown hat dies erkannt und für seine Zwecke genutzt", folgerte Lucas.

Nachdenklich glitt Parkers rechter Daumen über die Fingerkuppen seiner rechten Hand. „Es ist eine rein hypothetische Annahme, aber gehen wir einmal davon aus, dass Nelson Brown zur selben Zeit mit jemandem Kontakt hatte, der einen abgrundtiefen Hass auf eben jenen selben Muttertyp verspürte. Damit hätte er ein perfekt verbindendes Element gehabt. Nelson Brown weiß, dass Marcus nach einer neuen Herausforderung strebt. Er will die Gewissheit zurückerlangen, dass er nicht mehr das hilflose Kind ist, das dem Willen anderer ausgeliefert ist. Er will sich selbst beweisen, dass er die Macht in der Hand hat. Er will bestimmen, lenken, die Zügel halten. Er und nicht die anderen."

„Brown schürt das Feuer, indem er Marcus genau darin unterstützt. Wiederholt sagt er ihm, wie begabt er ist und er schwärmt Marcus immer wieder von dem Glücksgefühl vor, die Handlungen anderer Menschen soweit zu beeinflussen, dass sie sogar einen Mord begehen oder ihr eigenes Leben beenden", fuhr

Hunter fort und Parker ergänzte:

„Geschickt verbindet er Marcus' unterbewusste Sehnsucht nach Rache an seiner Mutter mit dem bewussten Streben nach einer eigenen Manipulationsleistung. Nelson Brown bringt Marcus und diese Person, die unter jenem gleichen Muttertyp leidet, miteinander in Kontakt und ... buum! Sein Feuerwerk zündet."

Eine Weile war es still in der Leitung, dann ergriff Hunter das Wort. „Diese unbekannte Person müsste ein Patient Browns sein. Nur dann hätte er genügend Einfluss, um auch auf dieser Seite die entsprechende positive Zuwendung zu erhalten, indem er Phantasien weckt, die Erlösung versprechen."

„Er könnte suggerieren, dass es der einzige Weg sei, den empfundenen Schmerz und den gefühlten Hass für immer zu verbannen", folgte Lucas dem Gedankengang.

„Und tatsächlich fühlt sich diese Person besser, als das erste Opfer, Rebecca Hudson stirbt", schloss sich Emily an. „Doch das Gefühl ist nicht von Dauer und Marcus Brown braucht eine Wiederholung, weil er beweisen will, dass hinter seiner Tat kein Glück, sondern wahres Können steckt."

„Meine Güte", stöhnte Blake. „Wie viele kranke Menschen gibt es auf dieser Welt?"

„Zu viele", erwiderte Emily kühl.

„Wenn wir uns die Eigenschaften dieser Person vor Augen führen, landen wir wieder bei Howard Shippendale", erklärte Lucas.

„Der Mann hat diese Frauen nicht getötet", entgegnete Hunter. „Ich kann mir die Aufnahmen gerne noch einmal ansehen, aber ich bin mir absolut sicher, dass wir nichts so Gravierendes übersehen haben."

„Dennoch deutet alles auf ihn hin", gab Emily ihm recht.

„Hey, Leute!", mischte sich Finn plötzlich ein. „Ich glaube, ich habe etwas gefunden."

„Was ist es?", wollte Hunter wissen.

„Hier! Ich habe den Namen Shippendale mit psychologischen Begriffen und Likes kombiniert und jetzt seht euch Ergebnis einhundertzwölf an."

„Was steht auf dem Bildschirm?", fragte Parker ungeduldig.

„Nancy Shippendale", klärte Emily ihn auf.

„Nancy Shippendale? Das ist Howard Shippendales Mutter", versicherte sich Blake.

„Korrekt“, stimmte Lucas zu und für eine halbe Minute hörte man nur das Klicken von Tastaturtasten.

„So wie es aussieht, war sie Nelson Browns Patientin“, verkündete Hunter schließlich. „Blake, du musst uns ihre Patientenakte besorgen. Browns Nachfolgerin ist auch bei Praxisübernahme verpflichtet, alle bestehenden Akten mindestens zehn Jahre lang zu archivieren.“

„Mach ich“, versprach Blake. „Aber es wird mindestens morgen Vormittag werden, bis wir Einsicht nehmen können.“

„Das Ganze ergibt Sinn“, murmelte Parker. „Erinnert euch: Nancy Shippendale hat das Kind ihrer Schwägerin nicht großziehen wollen. Sie hat es nur ihrem Mann zuliebe getan und als Dank wurde sie jahrelang von ihm hintergangen. Sie hat sich immer mehr der Kirche zugewendet, doch ihren Hass hat es nicht gemindert und daher hat sie eines Tages bei Nelson Brown Hilfe gesucht.“

„Jetzt habt ihr mich verloren“, gestand Blake. „Ich verstehe, warum Nancy Shippendale therapeutische Hilfe gesucht hat, aber worin bestand der Mehrwert für Brown? Sie hat die Frauen schließlich nicht umgebracht.“

„Mit ihrem kirchlichen Hintergrund hätte sie das niemals gekonnt“, erklärte Lucas. „Aber sie hat Marcus Brown ihren Hass übertragen. Wie zuvor gesagt war es bislang seine Strategie gewesen, sich abzuwenden. Die aggressiven Gefühle gegenüber seiner Mutter hatten bislang nur im Unterbewusstsein existiert. Nelson Brown musste diese zunächst in die Bewusstseinsebene führen und wer war dafür besser geeignet, als Nancy Shippendale mit ihrem abgrundtiefen Hass gegenüber ihrer Schwägerin, die in ihren Augen ihre Ehe zerstört hatte?“

„Nancy Shippendale hat übrigens eine Schwester die, bevor sie in Rente gegangen ist, bei einer Krankenkasse gearbeitet hat“, warf Finn ein. „Über ihr System ließe sich herausfinden, welche Frauen eine Geburt hatten, aber später keinerlei Kinderuntersuchungskosten eingereicht haben.“

„Das Ganze wird immer wilder“, kommentierte Blake düster. „Die Mutter, die Schwester.“

„Es wäre reine Spekulation zu behaupten, dass die Schwester etwas damit zu tun hat“, erklärte Finn. „Nancy hätte nur einmalig ihren Zugangscode gebraucht. So wie ihr Marcus Brown beschreibt, wäre es für ihn wahrscheinlich einfach gewesen, die

Schwester im Beisein von Nancy dazu zu bringen, sich in das System einzuloggen und sie dann so lange abzulenken, bis Nancy die Daten auf einen Stick kopiert hat. Später ließen sich diese dann in Ruhe recherchieren."

„Und Nancy hätte nicht mehr getan als ein paar Daten zu besorgen", folgerte Emily. „Damit hätte sie in ihren Augen immer noch eine weiße Weste."

„Es muss ihr wie Hohn vorgekommen sein, als ihr Mann ein Verhältnis mit Lana Walder angefangen hatte. Schließlich stand sie für den gleichen Frauentyp wie ihre Schwägerin, für deren Freiheit sie auf Wunsch ihres Mannes hin auf ihre eigene verzichtet hatte."

„Der Aufseher in Quincy hat erzählt, dass Nancy Shippendale schon Jahre vor dem Tod ihres Mannes nicht mehr auf der Yacht gewesen sei, obwohl sie früher häufig mit dem Schiff rausgefahren war", erinnerte sich Parker. „Möglicherweise lag die Ursache darin begründet, dass ihr Mann das Schiff als kleines Liebesnest genutzt hat."

„Sie ist auf jeden Fall unsere Hauptverdächtige und nachdem Marcus alle Adressen aus dem Navi seines Wagens gelöscht hat, ist sie im Moment auch unsere einzige Spur", erklärte Blake. „Wir fahren zu ihr."

„Sollen wir uns dort treffen?", erkundigte sich Hunter.

„Nicht nötig. Ich fordere eine Einheit an, die, wenn es sein muss, jede Ecke des gesamten Shippendale Grundstücks in Minuten durchsucht haben kann", meinte Blake, nachdem er einen kurzen Blick mit Parker ausgetauscht hatte.

„Schaut, ob ihr noch etwas anderes findet", schlug Parker vor. „Immerhin wäre es möglich, dass wir falschliegen."

An Blakes Fensterscheibe klopfte es, und er ließ die Scheibe herunter.

„Detective Mandley, Sir", stellte sich der Mann vor. „Sind Sie Agent McGrey?"

„Ja", bestätigte Blake und stellte Parker vor, während er dem Kollegen des BPD seine Marke zeigte. „Ich weiß nicht, wie viel Sie schon über den Fall wissen, aber der Tote hat meine Partnerin Agent Seymour entführt. Gerade haben wir eine neue Spur darüber, wo er sie festhalten könnte. Wäre es für Sie in Ordnung, wenn wir unsere Aussage später machen?"

Der Mann reichte ihm seine Karte. „Kein Problem. Rufen Sie mich an, sobald Sie eine freie Minute haben. Ich hoffe, Sie finden

Ihre Partnerin unversehrt."

„Danke!", erwiderte Blake und setzte in Gedanken hinzu: *Das hoffe ich auch.* Er startete den Motor und gab Gas. Ein Blick in Parkers fahles Gesicht sagte ihm, dass er sich beeilen sollte. Parker würde die Ungewissheit nicht mehr viel länger ertragen können, aber das konnte keiner von ihnen. Sie alle kamen an den Rand des nervlich Verkraftbaren.

KAPITEL 34

Schicksalsergeben lag Rejyna auf der Matratze des Wasserbettes. Ihre Hände waren über ihrem Kopf an das obere Messinggestell gebunden, während ihre Füße an das Bettende gefesselt waren. Die ganze letzte Stunde hatte sie versucht, die Stricke zu lösen, doch die Knoten hatten keinen einzigen Millimeter nachgegeben. Sie musste sich nichts vormachen. Ihre Lage war aussichtslos. Sie würde auf diesem Bett sterben.

Tränen traten in ihre Augen, doch sie weigerte sich zu weinen, denn mit dem Knebel im Mund brauchte sie eine freie Nase zum Atmen. Auf keinen Fall würde sie ersticken. Automatisch glitt ihr Blick zurück an die Decke und sie fragte sich, ob es nicht vielleicht sogar der angenehmere Tod war.

Nein, wahrscheinlich nicht, beantwortete sie sich die Frage selbst, während sie angstverfüllt das Nagelbrett betrachtete, das direkt über ihr an der drei Meter hohen Decke befestigt war. Unzählige überlange Nagelspitzen blitzten ihr entgegen, doch sie würden sich in ihren gesamten Oberkörper bohren, sobald das Brett auf sie herunterkrachte. Im Augenblick hielten zwei starke Elektromagnete das Brett in Position. Brach der Stromzufluss jedoch ab, bedeutete dies das Ende ihres Lebens. Es war eine einfache, aber tödliche Konstruktion, die Marcus Brown gebastelt hatte.

Rejyna schluckte und drehte ihren Kopf zur Tür, ehe sie die Augen schloss. Der digitale Timer der Zeitschaltuhr zeigte noch vierzehn Minuten und achtunddreißig Sekunden, bis die Stromverbindung ausgeschaltet werden würde. Selbst wenn es Parker, Blake, Hunter, Lucas, Emily und Finn gelingen sollte, sie in dieser Zeit in der Villa von Nancy Shippendale zu finden, was an sich schon an ein Wunder grenzte, so würde ihr Kommen sie trotzdem nicht retten. Im Gegenteil. Sie würden das gesamte Haus nach ihr absuchen und dabei auch irgendwann die Tür zu diesem Schlafzimmer öffnen, nicht wissend, dass dies die zweite Möglichkeit war, die Stromzufuhr der Elektromagneten zu kappen.

Der Tod wird wahrscheinlich schnell kommen, dachte Rejyna. Trotzdem fühlte sie den Angstschweiß an Händen und Füßen, und ihr Herz pochte schmerzhaft. Sie musste es nicht leugnen: Sie fürchtete den Tod. Allerdings wollte sie die letzten Minuten ihres Lebens nicht in Angst und Schrecken verbringen. Sie wollte an etwas Schönes denken. Sie wollte an Parker denken.

Mit einem Mal war Rejyna froh, dass sie beide über ihren Schatten gesprungen waren und ihren Gefühlen füreinander Raum gegeben hatten. Sie war froh, dass sie keine Spielchen gespielt und Parker nicht hingehalten hatte, sondern das Abenteuer riskiert hatte. Zumindest starb sie jetzt nicht, ohne geliebt zu haben.

Ein Lächeln breitete sich auf ihren Lippen aus, während ihr Herz wieder schwerer wurde, denn sie wusste, dass Parker sich Vorwürfe machen würde. Es war nicht seine Schuld, dass sie Marcus nicht mehr Skepsis entgegengebracht hatte. Es war auch nicht seine Schuld, dass sie ihn nicht früher als Täter entlarvt hatten, denn Rejyna war sich ganz sicher, dass das H.E.L.P.-Team Marcus Brown aufspüren würde. Es war höchstens noch eine Frage von Stunden. Nur schade, dass sie statt Stunden nur noch sieben Minuten und elf Sekunden hatte.

Ein melodiöser Klingelton klang durchs Haus. Wenig später hörte Rejyna, wie die Haustür aufgebrochen wurde und kurz darauf waren die Laufschritte schwerer Stiefel auf der Holztreppe zu hören. Erneut schloss sie die Augen. Es schien, als hätten sich ihre wenigen letzten Minuten soeben noch einmal verkürzt.

KAPITEL 35

„Sie ist tot“, verkündete Blake mit einem Blick auf den am Boden liegenden Körper von Nancy Shippendale.

Parker betrachtete die Splitter des zersprungenen Glases neben der Leiche und beugte seine Wange zu ihrem Gesicht herunter. „Es riecht nach Bittermandel. Sie hat vermutlich Blausäure genommen.“

„Das Erdgeschoss ist gesichert“, verkündete der Leiter der Sturmeinheit, der in diesem Moment ins Wohnzimmer trat. „Keine Geisel oder weitere Personen auf dieser Ebene. Vier meiner Männer durchsuchen jetzt den Garten. Ich gehe mit dreien ins Obergeschoss.“

Blake nickte zustimmend. „Ich kümmere mich um den Keller.“

Nachdenklich kräuselte Parker die Stirn, während er die Männer die Treppe hinaufeilen hörte und seine Augen Blake folgten. „Rejyna ist nicht im Keller“, verkündete er unerwartet.

Blake, der bereits im Flur stand, hielt im Schritt inne und drehte sich zu Parker zurück. „Was macht dich da so sicher?“

„Dies ist sein letzter Coup. Er hat ihn nicht in einem Loch oder im Dunkeln geplant. Daher ist auch das gesamte Haus hell erleuchtet. Er hat jede einzelne Lampe angeschaltet. Marcus war der festen Überzeugung, über allen zu stehen. Er hat sich als Sieger hoch oben im Licht stehend gesehen und genau dort hat er auch seinen letzten Mord geplant.“

Eine Tür knallte im Obergeschoss gegen die Wand. Die Männer durchsuchten die Zimmer der ersten Etage. Ein zweiter dumpfer Laut folgte. Parker erbleichte.

Hastig eilte Blake zurück und griff den Freund am Arm. „Was ist los?“

„Sie müssen aufhören“, flüsterte er entgeistert, ehe das Leben in ihn zurückkehrte. „Stopp!“, schrie er laut und raste zwei Stufen auf einmal nehmend die Treppe hinauf. „Aufhören!“

Verblüfft starrten ihn vier Augenpaare an. Auch Blake, der mittlerweile ebenfalls im Flur des ersten Stockwerks stand, hob irritiert seine Augenbrauen.

„Was ist los, Parker?“, wollte er wissen.

„Erinnerst du dich an Marcus’ letzte Worte? Er hat gesagt, dass ich sie finden und töten werde.“

„Und?“

„Verstehst du nicht, Blake? Er war ein Meister der Manipulation. Er hat unsere Handlung vorausgesehen und seinen Plan darauf ausgerichtet.“

„Sollen wir weitermachen“, erkundigte sich der Leiter der Sturmeinheit, doch Blake hob abwehrend die Hand und schüttelte verneinend den Kopf, ohne seinen Blick von Parker abzuwenden.

„Heißt?“, fragte er.

„Das weiß ich noch nicht. Aber wie kann ich Rejyna töten, Blake? Das geht nur unwissentlich.“ Grübelnd blickte er sich um und begann laut zu denken. „Was tun wir?“

„Wir durchsuchen das Haus, Sir“, antwortete einer der Einsatzkräfte.

Parkers Blick fiel auf die beiden offenen Türen. „Sie öffnen die Türen“, murmelte er vor sich hin.

„Natürlich, sonst können wir die Zimmer nicht sichern“, erklärte sein Kollege und rollte die Augen.

„Die Tür.“ Parker blickte auf. „Er hat die Tür mit etwas versehen, dass Rejyna tötet, wenn wir sie aufstoßen.“

„Sie meinen, er hat Sprengstoff angebracht?“, hakte ein anderer der Spezialeinheit nach.

„Sprengstoff oder etwas anderes.“ Enthusiastisch nickte Parker. „Können wir von draußen in die Zimmer sehen?“

„Auf der Süd- und auf der Westseite gibt es einen Balkon“, bekannte der Kommandeur der Einheit. „Auf der Nordseite müssten wir eine Leiter anstellen oder uns vom Dach abseilen, was schneller ginge.“

„Zwei von Ihnen kümmern sich um die Zimmer, die nach Norden gehen“, entschied Blake. „Hat eines der bereits geöffneten Zimmer einen Balkonzugang?“

„Dieses hier!“ Der Mann deutete auf die Tür neben ihm. „Den Westbalkon müssen wir ebenfalls vom Dach aus begehen.“

„Dann los“, befahl Blake. „Nehmen Sie die Westseite, Parker und ich kümmern uns um Süden.“

Gemeinsam betraten Parker und Blake den Balkon, der sich über die gesamte Hausseite erstreckte. Gespannt blickten sie durch die

Fensterscheiben, doch die nächsten beiden Zimmer waren leer. Es blieb nur noch ein Zimmer übrig. Es war das auf der Ecke. Parker hielt die Luft an, als er durch die Scheibe blickte, doch die Vorhänge waren so dicht zugezogen, dass er nicht hindurchsehen konnte.

„Geh zur Seite“, brummte Blake, dann schlug er mit dem Griff seiner Pistole kräftig gegen die Scheibe. Er musste dreimal zuschlagen, ehe das Glas zerbrach. Parker hatte bereits seine Jacke ausgezogen und hielt sie Blake entgegen. Rasch wickelte dieser sie um Hand und Arm, um die stehengebliebenen Splitter herauszubrechen, ohne sich dabei zu verletzen. Dann zog er den Vorhang zur Seite.

„Rejyna!“, rief Parker entsetzt und erleichtert zugleich. Er war erleichtert, weil er sie endlich gefunden hatte, doch der Anblick des über ihr an der hohen Decke schwebenden, massiven Nagelbretts mit unzähligen Spitzen entsetzte ihn. Behände sprang er ins Zimmer, während Rejyna ihm verzweifelt etwas zu sagen versuchte. Immer wieder bewegte sie ihren Kopf in Richtung Tür.

Es dauerte einige Sekunden bis Parker ihrem Blick folgte. Kaltes Grauen packte ihn, als er den Timer sah. Zwölf Sekunden. Elf.

Verdammt, er hatte kein Messer, um ihre Fesseln zu durchtrennen.

Zehn Sekunden.

„Blake, hast du ein Messer?“, rief er.

„Nein. Lass uns das Bett zur Seite ziehen. Schnell.“ Blake eilte auf die andere Seite des Bettes und gemeinsam versuchten sie das Gestell zu bewegen. Die Muskeln der Männer spannten sich an. Sie drückten und zogen, doch das Bett ließ sich nicht bewegen.

„Es hat eine Wassermatratze“, fluchte Blake und sah sich suchend um.

„Der Schreibtisch“, stieß Parker aus und hastete bereits auf den massiven Holztisch zu. Blake folgte ihm und zusammen stemmten sie das antike Möbelstück. Verdammt, war das schwer.

Wir werden ihn niemals hochgenug heben können, durchfuhr es Parker verzweifelt, während sie den Tisch zum Bett trugen und sein Blick hinüber zu dem Timer glitt.

Fünf Sekunden.

Einer der Spezialeinsatzkräfte sprang durch das Fenster ins Zimmer, eilte zu ihnen hinüber und fügte seine Muskelkraft hinzu.

„Auf drei“, wies Blake an. „Eins, zwei, drei.“

Unter lautem Stöhnen hoben die Männer den Tisch in die Höhe und hielten ihn schützend über Rejyna. Mit einem lauten ‚Wusch' sauste das Brett nach unten. Die Nägel bohrten sich in die Tischplatte und die Männer balancierten ihr Gleichgewicht aus, denn auch wenn sie die Füße zur Unterstützung auf der weichen Matratze abgestellt hatten, hatten sie den Großteil des Gewichts noch immer selbst gehalten.

Parker fiel vor dem Bett auf die Knie und entfernte den Knebel aus Rejynas Mund. „Alles ist gut", versicherte er, als er sah, wie ihre Unterlippe zitterte. Dabei fuhr er ihr zärtlich über eine Wange.

„Stellen wir das Teil auf den Boden zurück", schlug Blake vor, wobei er dem Mann der Sondereinheit ein verschwörerisches Grinsen zuwarf. „Sie haben sicherlich ein Messer bei sich, oder?"

„Immer", erwiderte der Mann mit dem gleichen Grinsen auf dem Gesicht und während er Rejynas Fesseln durchschnitt, bemerkte er zu Blake: „Ich würde sagen, Ihr Muskeltraining hat sich heute auf jeden Fall bezahlt gemacht."

„Ich sag ja immer, ich habe keine Ahnung, warum es Hemden in kleineren Größen als XL geben muss."

Der Mann lachte. „Das habe ich auch noch nie verstanden."

Parker setzte sich auf das Bett und zog Rejyna auf seinen Schoß. Fest umschlossen sie seine Arme, während er sie geduldig weinen ließ. Er wusste, dass es keine Tränen des Schmerzes waren, sondern sie von der Lösung der Anspannung herrührten. Sanft strich er über ihren Rücken und flüsterte dabei beruhigende Worte in ihr Ohr, die nicht nur Rejyna brauchte. Auch er selbst fühlte die Reaktion seines Körpers auf den Stress der letzten Stunden. Erst jetzt spürte er, welche Anstrengung es ihn gekostet hatte, seine Angst um Rejyna im Zaum zu halten und nicht die Nerven zu verlieren. Unwillkürlich schlossen sich seine Arme fester um Rejynas zarten Körper. Er wollte sie nie wieder loslassen. Nie wieder wollte er eine solche Angst empfinden.

„Ich habe nicht geglaubt, dass du mich rechtzeitig finden würdest." Rejynas Stimme zitterte. „Und als ich euch im Haus gehört habe, habe ich gedacht ..." Ihre Stimme versagte, doch Parker wusste, was sie hatte sagen wollen. Sie hatte gedacht, dass sie den Raum durch die Tür betreten und damit ihren Tod auslösen würden.

„Ich hätte es besser wissen müssen." Rejyna lächelte zaghaft.

„Wie seid ihr auf Marcus Brown gekommen?"

„Es ist eine lange Geschichte. Sie hat Zeit. Im Augenblick ist nur wichtig, dass er tot ist. Er wird nie wieder jemanden zu einem Mord bewegen." Sanft nahm er ihr Gesicht in beide Hände. „Versprich mir, dass du mir nie wieder einen solchen Schrecken einjagst."

„Ich versuche es", erwiderte Rejyna lächelnd. „Parker?"

„Hm?"

„Ich weiß nicht, ob du es hören möchtest, aber ..." Sie schluckte, dann sah sie ihm fest in die Augen. „Ich liebe dich."

Parkers Augen begannen zu leuchten. „Wie kommst du darauf, dass ich es nicht hören will?"

„Willst du?" Auch ihre Pupillen begannen zu funkeln.

„Immer und immer wieder", versicherte er. „Denn ich liebe dich auch, Sweetheart, und wenn es nach mir geht, holen wir morgen die restlichen Sachen aus deinem Kleiderschrank und du räumst sie bei mir ein."

„Ah, mal sehen", gab Rejyna verschmitzt zurück. „Ich bin mir nicht sicher, ob du bei deinen ganzen Anzügen so viel Platz machen kannst, wie ich brauche."

„Du bekommst so viel Platz wie du willst", versprach Parker und bevor Rejyna noch etwas antworten konnte, beugte Parker seinen Kopf nach unten und küsste sie leidenschaftlich.

KAPITEL 36

Lucas hielt an einer roten Ampel. Resigniert lehnte er den Kopf gegen die hohe Rückenlehne des Fahrersitzes. Er war auf dem Weg nach Hause, und eigentlich sollte er sich gut fühlen. Rejyna war in Sicherheit, Marcus Brown war tot und mittlerweile waren auch die noch verbliebenen weiblichen Opfer auf jeweils einem der von ihm identifizierten Schiffe geborgen worden. Doch statt des Hochs, das üblicherweise auf den Abschluss eines Falls folgte, fühlte er sich frustriert und schwermütig. Der Grund dafür lag auf seinem Küchentisch.

Ich hätte den Brief ungeöffnet wegwerfen sollen, dachte er. Doch Lucas wusste, dass dies nicht möglich gewesen war. Offizielle Schreiben des Gerichts warf man nicht in den Müll. Man las sie.

Die Ampel schaltete auf Grün und Lucas fuhr geradeaus über die Kreuzung. Um nach Hause zu kommen, hätte er rechts abbiegen müssen, doch es zog ihn nicht nach Hause. Allerdings wusste er auch nicht, wo er ansonsten hinfahren sollte. Infolgedessen fuhr er während der nächsten zwanzig Minuten ziellos durch die verlassenen Straßen der Stadt. In den letzten zwei Tagen und Nächten hatte Lucas weniger als drei Stunden geschlafen. Er spürte die Müdigkeit in seinem Körper, doch er hatte kein Interesse an seinem Bett. Er wusste, dass dort kein erholsamer Schlaf auf ihn warten würde.

Sein Blickfiel auf die digitale Uhr in seinem Wagen. 1:14 Uhr. Er sollte wirklich nach Hause fahren. Was er hier tat, war lediglich Umweltverschmutzung. Seufzend bog er links ab. Lucas wusste nicht genau, wo er war. In diesem Teil der Stadt war er noch nie gewesen, aber er hatte auch keine Lust das Navi einzuschalten. Er würde einfach auf eine der großen Hauptstraßen zurückkehren. Von dort würde er den Weg irgendwann schon finden.

Auf der linken Straßenseite erschien eine Reihe von Bars und Clubs, deren Musik von außen in sein Auto drang. Lucas zögerte kurz. Vielleicht war das eine Alternative? Ein Drink würde ihn sicherlich entspannen. Kurz entschlossen fuhr er in eine gerade frei gewordene Parklücke.

Er entschied sich für einen Schuppen mit dem Namen „Dreams come true". Der Laden war nicht ganz so voll wie die anderen und auch die Musik war ruhiger. Statt des Elektropop, gab es hier Livemusik von einem Farbigen, der sich selbst am Klavier begleitete. Lucas nahm einen Platz an der Bar und bestellte einen Whisky.

Der erste Schluck brannte regelrecht in seiner Kehle. Lucas schloss die Augen. Er war kein Whiskytrinker, doch er hieß den brennenden Geschmack willkommen. Der hochprozentige Alkohol vertrieb alle anderen Gefühle und erfüllte damit seinen Zweck.

Er nahm einen zweiten Schluck und als er das Glas vor sich abstellte, traf sein Blick im Spiegel auf ein Paar grünblaue Augen. Lucas kniff seine Lider ein wenig zusammen, um in dem schummrigen Licht der Bar besser fokussieren zu können.

Waren die Augen blau oder waren sie grün? Er konnte sich nicht entscheiden und beschloss, dass es im Grunde egal war. Es waren interessante Augen. Langsam drehte er sich auf dem Barhocker nach links, um einen direkten Blick zu erhaschen.

Die Frau zögerte. Lucas sah es an der Haltung ihrer Schultern, doch dann drehte sie sich ihm zu. Speichel sammelte sich plötzlich in Lucas Mundraum, und er schluckte bewusst.

Es muss am Whisky liegen, dachte er, während ihn der Blick der Frau gefangen hielt. Noch immer konnte er nicht sagen, ob ihre Augen grün oder blau waren, doch der Schmerz, der darin stand, traf ihn unvorbereitet. Wieso hatte er ihn nicht im Spiegel bemerkt?

Ohne nachzudenken, stand Lucas auf und ging mit seinem Glas zu ihr hinüber. „Ist der Stuhl noch frei?", erkundigte er sich, wobei er auf den Platz neben ihr deutete.

Wieder zögerte sie für einen Moment, doch dann nickte sie und Lucas setzte sich.

„Was trinken Sie?", erkundigte er sich.

„Wodka-Martini", antwortete sie. Ihre Stimme war hell und klar. Sie passte zu ihrem Äußeren.

„Ein Wodka-Martini und noch einen Whisky", bestellte Lucas.

„Kommt sofort", erwiderte der Barkeeper und stellte die beiden Drinks kurz darauf vor ihnen ab.

„Danke!", entgegnete die schöne Unbekannte, während sie Lucas zuprostete.

„Keine Ursache. Sind Sie aus Boston?", erkundigte er sich.

„Nein. Ich warte auf meinen Flieger. Er geht morgen früh."

„Was ist aus den guten alten Hotelzimmern geworden? Sind sie aus der Mode gekommen?", scherzte Lucas.

Die Fremde zuckte mit den Schultern. „Ich schätze, ich habe die falsche Wahl getroffen. Im Internet sah das Haus gut aus und versprach eine ruhige Gegend, aber das gilt wohl nur für tagsüber."

Lucas trank seinen Whisky in einem Zug. Dann hielt er ihr seine Hand entgegen. „Haben Sie Lust zu tanzen?"

Unentschlossen sah sie auf seine Handfläche, dann in seine Augen.

Gespannt hielt Lucas den Atem an. Dabei hörte er das Blut in seinen Ohren rauschen, und er fühlte sein Herz in seinem Brustkorb schlagen. Er sollte aufpassen mit dem Whisky, mahnte er sich selbst. Doch der Gedanke verschwand, als sie ihre filigrane Hand in seine legte und vom Stuhl rutschte.

Wow!, durchfuhr es ihn, als er zum ersten Mal ihre langen schlanken Beine sah und ihre Kurven wahrnahm. Die Welt drehte sich für eine Sekunde, doch dann richtete sie sich glücklicherweise wieder und Lucas erhob sich ebenfalls. *Ich sollte wirklich aufhören, zu trinken.*

Sie erreichten gerade die Tanzfläche, als der Pianospieler einen neuen Song anstimmte. Das Lied war langsamer und automatisch zog Lucas die Frau in seine Arme. Er spürte die Traurigkeit, die von ihr ausging, doch er spürte auch, dass sie in dieser Bar war, um zu vergessen. Es war ihm recht. Er wollte heute Nacht auch nicht mehr analysieren. Er wollte ebenfalls einfach nur alles um ihn herum vergessen.

Lucas konnte nicht verhindern, dass sein Körper auf die weiblichen Kurven reagierte und wenn er ehrlich war, wollte er es auch nicht. Der Whisky in seinem leeren Magen wirkte und intensivierte das wunderbar aufregende Kribbeln, das die angenehme Wärme begleitete. Mit einem Blick versicherte sich Lucas jedoch, dass die Frau in seinen Armen kein Problem mit seiner körperlichen Reaktion hatte, die sie unweigerlich fühlen musste.

Zufrieden mit dem, was er in den Augen seiner Tanzpartnerin sah, zog er sie noch ein wenig enger an sich heran. Die Musik hielt das langsame Tempo, und Lucas genoss die Zeit auf der Tanzfläche. Er hatte lange keine Frau mehr gefühlt. Zu lange, stellte er fest, denn er hatte vergessen, wie gut sie rochen. Der Duft von Kokos und Limette umschmeichelte seine Nase, und er lehnte seine Wange an ihre, um diesen betörenden Geruch noch intensiver aufnehmen zu können.

Er wusste nicht mehr, wann er angefangen hatte, die Frau in seinen Armen zu küssen. Doch seine Lippen befanden sich auf einmal an ihrer Schläfe und wanderten über ihre Wange hinunter zu ihrem Hals. Lucas hörte keine Musik mehr, sondern fühlte nur noch den Puls ihrer Halsschlagader, lauschte ihrem Atem und seine Hand glitt über ihren Rücken weiter nach unten. Dann strichen seine Finger nach oben, fuhren unter seidenweiches Haar und umfassten ihren Hinterkopf. Tief blickte Lucas ihr in die Augen, ehe er mit seinen Lippen ihren Mund umschloss.

Seine Füße hatten aufgehört, sich zu bewegen. Sie hatten vergessen, dass sie sich mitten auf einer Tanzfläche befanden. Lucas' Fingerspitzen fühlten den Zipper des Reißverschlusses ihres Kleides und für einen Moment waren sie versucht, ihn langsam nach unten zu ziehen. Glücklicherweise endete im selben Moment das Lied und der Klavierspieler kündigte eine kurze Pause an.

Lucas löste seine Lippen von ihren und blickte in ihre Augen. Sie waren dunkelgrün und hielten kleinere helle Punkte, die ihn an das Wasser einer Lagune erinnerten, in die nur einzelne Sonnenstrahlen fielen. Er führte seine Partnerin zurück an die Bar und bestellte einen weiteren Wodka-Martini für sie und einen dritten Whisky für sich. Nach zwei harten Drinks würde er ohnehin ein Taxi nach Hause nehmen müssen. Also konnte er auch noch einen dritten nehmen.

„Kommst du öfter her?“, erkundigte sie sich.

„Mein erstes Mal.“ Lucas versank in ihren Augen und hinter all der Traurigkeit, die sie ausstrahlten, sah er das gleiche feurige Verlangen, das auch seinen Körper durchströmte. Eine Idee kam ihm und während er noch dabei war zu überlegen, ob er sie in die Tat umsetzen sollte, hörte er sich schon sprechen. „Wie weit ist es bis zu deinem Hotelzimmer?“

Er sah die Überraschung in ihren Augen, sah ihre erste ablehnende Reaktion und ohrfeigte sich innerlich. Seit wann bat er eine Frau, mit der er gerade einmal fünf Sätze gewechselt hatte, ihn mit auf ihr Zimmer zu nehmen? Er musste betrunkener sein, als er dachte. Bevor er sich jedoch entschuldigen konnte, lächelte sie ihn an.

„Es ist direkt gegenüber.“

Überrascht weiteten sich Lucas Pupillen. Dann fühlte er die Erleichterung, dass er es nicht verdorben hatte, und er fühlte die Freude, auf das, was kommen würde.

Den Mutigen gehörte die Welt, jubelte er innerlich. Gemeinsam verließen sie kurze Zeit später die Bar.

Sie überquerten die Straße und betraten das kleine Hotel mit der billigen Leuchtreklame über der Tür. Der Nachtportier an der Rezeption hob nur kurz seinen Kopf, bevor er weiter auf den Fernseher vor ihm starrte. Der Teppich auf der Treppe war heruntergekommen und Lucas war sich nicht sicher, ob er einmal braun oder rot gewesen war. Doch was interessierte ihn die Farbe des Teppichs. Im Flur zum zweiten Stock stand ein Kondomautomat und plötzlich fiel Lucas ein, dass er nicht auf einen One-Night-Stand vorbereitet war.

„Warte kurz", bat er und zog einen Zehn-Dollar-Schein aus seiner Jeans, mit dem er ein Fünferpäckchen Präservative kaufte.

Sie lächelte verhalten und Lucas spürte, dass ihre Unsicherheit zurückkehrte.

Sie tut das hier ebenso zum ersten Mal wie ich, dachte er auf dem Weg zu ihrem Zimmer und für einige Sekunden kämpfte er mit sich. Er wusste, dass er sie nur noch einmal küssen musste, um in ihr Zimmer zu gelangen. Doch das war nicht seine Art.

Nur dieses eine Mal, lockte eine Stimme in seinem Kopf. *Du musst nicht immer den weißen Ritter spielen. Denk einfach mal an dich. Du hast es dir verdient.* Doch Lucas ignorierte die Stimme, als er sah, wie die attraktive Fremde unschlüssig die Zimmerkarte in ihrer Hand drehte. Kurz entschlossen legte er ihr beide Hände auf die Schultern. Dann wartete er, bis sie zu ihm aufsah.

Aufmunternd lächelte er sie an. „Es ist in Ordnung, wenn du deine Meinung geändert hast. Ich bin in diese Bar gegangen, um einen Drink zu nehmen, nicht um eine Frau für die Nacht zu finden."

Sie presste ihre Lippen kurz aufeinander, als müsse sie überlegen, ob sie ihre nächsten Worte aussprechen sollte oder nicht. „Es ist nicht so einfach, weißt du?"

Wartend sah Lucas sieh an.

„Einerseits möchte ich, dass du mit hereinkommst ..."

„Aber?", hakte Lucas nach, als sie längere Zeit stockte.

„Ich habe das noch nie gemacht." Als sie erkannte, dass ihre Worte leicht miss zu verstehen waren, wurde sie rot. „Ich meine, ich habe noch nie einen Mann ... ich kenne nicht einmal deinen Namen.“ Herausfordernd sah sie ihn nun an.

„Lucas“, antwortete er lächelnd und hielt ihr offiziell seine Hand entgegen.

„Joleena“, erwiderte sie und reichte ihm ihre Hand im Gegenzug.

„Angenehm, Joleena, und wenn es dich beruhigt, ich habe es auch noch nie gemacht.“ Er küsste sie auf die Wange und trat einen Schritt zurück. „Schlaf gut und hab’ vielen Dank für deine Gesellschaft und den Tanz.“ Damit drehte sich Lucas um und ging zügigen Schrittes den Gang hinunter.

„Lucas“, rief sie, als er gerade ins Treppenhaus abbiegen wollte.

Überrascht drehte er sich um und sah, dass sie ihm mit einer Hand die Tür offenhielt. Tief atmete er ein. War es wirklich eine gute Idee? Er horchte in sich hinein und sein Körper gab ihm die Antwort. Erregt nahm er die Einladung an.

Als Lucas am nächsten Morgen aufwachte, schmerzte sein Kopf und seine Kehle war trocken wie die Sahara. Er brauchte mindestens fünf Anläufe, bis er seine Augen vollständig öffnen konnte, ohne dass das durch den schmalen Spalt in den nicht vollständig zugezogenen Vorhängen hereinfallende Licht keine zusätzlichen Schmerzen mehr verursachte. Wo war er? Irritiert sah er sich um. Dann fiel ihm alles wieder ein. Die Bar, der Whisky, Joleena, der grandiose Sex. Wow! Nie zuvor hatte er solch explosiven, intensiven Sex erlebt.

Seine Blase drückte und Lucas torkelte ins Bad. Wuuh, ihm war schwindelig. Er stützte sich kurz am Waschbecken ab, obwohl er in dem kleinen Bad kaum Platz zum Umfallen hatte. Trotzdem war er froh, als die Welt um ihn herum aufhörte, sich zu drehen.

Noch immer benommen ging Lucas zur Toilette, dann trank er einen gefühlten halben Liter Wasser aus dem Wasserhahn. Suchend blickte er sich um, doch er befand sich in keinem Hotel, das Zahnbürsten oder andere Hygieneartikel bereitstellte. Wahrscheinlich sollte er froh sein, dass ein Stück Seife in der Dusche lag. Leicht angewidert blickte er zu der kleinen Kabine mit dem Duschvorhang. So verlockend eine heiße Dusche auch klang, er würde damit warten, bis er zu Hause war.

Lucas kehrte in das Schlafzimmer zurück und erblickte seine Kleider zusammengelegt auf dem einzigen Tisch im Zimmer. Unwillkürlich lächelte er. Joleena musste sie dorthin gelegt haben, denn er war sich ganz sicher, dass sie in der Nacht keine Zeit gehabt hatten, um Hemd, Hosen und Socken ordentlich abzulegen. Wie spät war es eigentlich? 8:05 Uhr. Es war noch früh. Kein Wunder, dass es ihm so schlecht ging. Er konnte höchstens drei Stunden geschlafen haben. Himmel, sein Kopf dröhnte. Er hätte den Whisky nicht trinken dürfen. Aber wenn er den Whisky nicht getrunken hätte, hätte er niemals den Mut gefunden, zu Joleena hinüberzugehen, sie zum Tanzen aufzufordern und er hätte auch niemals mit ihr geschlafen.

Sein Blick fiel auf die aufgerissene Kondompackung. Zwei Stück befanden sich noch darin. Das bedeutete, dass sie drei verbraucht hatten. Hatte er jemals dreimal ... mit einer Frau ... in einer Nacht? Lucas wollte den Kopf schütteln, doch die geringste Bewegung ließ ihn zusammenfahren. Wo war Joleena überhaupt?

Vorsichtig bewegte er seinen Kopf und sah sich um. Er erinnerte sich daran, in der Nacht eine Lederreisetasche auf dem Tisch stehen gesehen zu haben. Doch sie war weg. Anscheinend war ihr Flug wirklich früh gegangen. Wieso hatte sie sich nicht von ihm verabschiedet? Hatte sie ihm vielleicht eine Nachricht hinterlassen? Aufmerksam ließ er seinen Blick noch einmal durch das Zimmer wandern. Doch offensichtlich gab es keinen Zettel für ihn.

Seufzend setzte sich Lucas aufs Bett. Wenn es nach ihm gegangen wäre, hätte er Joleena gerne wiedergesehen. Doch offensichtlich war es für sie tatsächlich nur ein One-Night-Stand gewesen.

Er bedauerte ihre Entscheidung, doch es blieb ihm nichts anderes übrig als sie zu akzeptieren. Schließlich wusste er nicht mehr über sie als ihren Vornamen und er bezweifelte, dass dieses Hotel nach Namen fragte oder Kreditkarten nahm. Nein, Joleena würde wohl nicht mehr als eine schöne Erinnerung für ihn bleiben.

****

BÜCHER VON JESSICA WESTIN

H.E.L.P

H.E.L.P.: **Entkommen**
H.E.L.**P.**: **Entwurzelt**
H.E.**L.**P.: **Entscheidung** (März 2019)

Seal Team: Shadow Forces

Seal Team: Shadow Forces: **Dark OPS** (November 2018)

Black Panther Operations

Black Panther Operations: **Skye**
Black Panther Operations: **Ash**
Black Panther Operations: **Blue**
Black Panther Operations: **Cal**
Black Panther Operations: **Pax**

FBI: Houston

FBI: Houston: **Wann immer**
FBI: Houston: **Wer immer**
FBI: Houston: **Wo immer**
FBI: Houston: **Wie immer**
FBI: Houston: **Was immer**

FBI: Chicago

Chicago Heat: **Spiel auf Herz und Tod**
Chicago Heat: **Kein Reiz ist ohne Risiko**
FBI: Chicago: **Liebe mit und ohne Leidenschaft**
FBI: Chicago: **Stumme Verbindungen**

Contact Jessica

jessica@jessicawestin.com
http://jessicawestin.de
https://www.facebook.com/jesswestin/

IMPRESSUM

Jessica Westin
c/o Scheer UB
Höhenweg 17a
66130 Saarbrücken

mailto: jessica@jessicawestin.com

Geboren in den USA, lebt **Jessica Westin** heute mit ihrem Mann und ihren beiden Söhnen im Südwesten Deutschlands. Neben ihrer Familie sind ihre beiden großen Leidenschaften Bücher und Reisen. Beides hat sie zu ihrem Beruf gemacht. Noch immer fliegt sie einmal im Monatfür eine große deutsche Airline als Flugbegleiterin um die Welt. An allen anderen Tagen erweckt sie in ihren romantischen Krimis die wunderbaren Charaktere ihrer Fantasie für ihre Leser zum Leben.

42427181R00209

Printed in Poland
by Amazon Fulfillment
Poland Sp. z o.o., Wrocław